平雲俠客傳

时未寒　著

中国文史出版社

目　录

序　章

建安十九年，刘备率军占据涪郡，攻克雒城，即与张飞、赵云二路人马兵临城下，围堵成都。

刘璋无心再战，开城投降，刘备遣其迁回荆州，自领益州牧。

当初刘备曾与将士约定“若事定，府库百物，孤无预焉”，等城破之后，将士们手舞足蹈，开始争田抢地，一个个就像是穷凶极恶的强盗，竟将府库也抢劫一空，搞得益州人言啧啧，民怨盈涂。

白袍将军赵云见事态严重，直言进谏：“益州初罹兵革，难免人心惶惶，唯有仁治才能获得天下人的好感，若是主公采用横抢硬夺的手段，只怕会流失民心。主公不如将田宅尽数归还，等百姓们安居复业之后，再另想办法向他们征发兵役，收取租税。”

一语惊醒梦中人。

刘皇叔欣然采纳了赵云的提议，决心搞一场大改革，以新政治理益州。遂封赵云为“翊军将军”，镇守大邑，断绝蜀地西南方的羌夷后患。

大邑属蜀郡和汉嘉郡的交界处，与青衣羌部落安玛城邻近，乃兵家必争之地。赵云在斜江河岸锦屏山筑建“白马沟”及“望羌台”，东拒孙权，西隔安玛，并且严明军纪，规定将士们不得欺凌百姓，不得掠人财物，一经发现，就以军法论处，绝不姑息养奸。

至于西羌部族的隐患，赵云胸有成竹：“六夷虽然民风彪悍，但是战事早已平息，各方没有了利益冲突，他们就没有理由进犯成都。”

他当机立断，不但采用怀柔政策，积极调解羌、汉两族的积怨，而且允许羌族部落的人在大邑城里自由来往，让羌、汉两族可以化解敌意，和睦相处。一时之间，大邑境内物阜民安，百姓们完全可以丰衣足食，夜不闭户。

[注]：夏、周之时，大邑县为古蜀国地，汉高祖五年（前202年）平定巴蜀，曾置名江原县、临邛县，至唐咸亨二年（671年），正式命名大邑县。据《旧唐书》记载："其邑广大，遂以为名。"故此书县名皆以"大邑"取代。

第一章：世外闲人

蜀汉初定，万物待兴。

大邑城的东边有一处烟霞湖，九曲十八弯，云雾遮绕。

临湖一座白岩峰，山上寺观名“钟峰”，山林茂密，风光秀丽。时值乱世，百姓疾苦，世外清修之地侥幸远离，依旧是青山绿水，可惜香火寂寥，物是人非。

寺中有一世外隐士，姓张名守朴，年已及艾，常以采药为生。按理说修道之人烧香燃灯，不杂尘务，偏偏钟峰观内只有张守朴独身一人，孑然无依。

他每天清早上山拾薪采药，中午劈柴煮饭，一到后半夜就精神抖擞，独坐房中奉戒诵经，掐着手指头占卜算卦，口中念念有词：“该来的总是要来……”

也不知他是在推算生死之日，还是为俗事所扰，眉宇间总有一丝淡淡的忧伤。当清晨雾气缭绕之时，他便如释重负，背着竹篓下山，神态飘逸，健步如飞，仿佛庆幸自己又能看见东升的太阳。

但是今日他的步伐忽然放缓，因为他无意中发现林中小路上出现了斑斑血迹，不远处的灌木丛中竟躺着一名年轻的游客。

只见此人一袭青衫，浑身是血，一双布靴破旧不堪，身上斜插着一柄黑鞘短刀，装束打扮不像蜀人。张守朴满腹疑惑，上前探了探鼻息，心里暗想：这小子身中十余处刀伤都没死，难不成我每天持斋礼拜，居然是在为他祈福?

世外之人当以慈悲为怀，他自然不能见死不救，便将昏迷不醒的年轻游客背回钟峰观。他安置好年轻人之后，清早照常采药，傍晚就劈柴生火，煮烂一锅草药，尽数敷于伤者患处。

有道是救人一命，胜造七级浮屠。他每晚替年轻人换药三次，精心照料半月有余，终于救回了一条性命。

哪知年轻人醒来的第一个反应，却是突然握紧短刀，绷着脸叫道："你……我躺在这里多久了？此地是不是鹤鸣山？"

张守朴眨了眨眼睛，欲言又止。

年轻人低头瞧了瞧敷在身上的草药，清瘦的脸庞涨得通红："在下从来不亏欠人情，也不想落人口实，等我领教了鹤鸣派的'雷鸣十八破'之后，便还你这个人情！就算此刻要留下我一只手臂，也如你所愿！"

张守朴目瞪口呆，诧异地道："我好心救你，你却要送我一条胳臂，是准备给我熬汤还是红烧？"

"喂狗也可以！"年轻刀客咬牙坐起，突然抬起右臂旋转刀鞘，心头停留一分犹豫，两指迅速夹住刀柄，竟要拔刀斩下自己左手。不料他眼前一花，忽觉肘上一麻，短刀无缘无故脱手，居然被张守朴握在了掌中。

鹤鸣山的道士果然有些本事！年轻人暗吃一惊，摸了摸额前一道寸余长的伤疤，一滴冷汗顿时从他脸颊滚落。

只见张守朴弹了弹刀鞘，煞有介事地道："嗯，刀身狭短，质地轻巧，给我劈柴倒也不错。"

"你……"年轻刀客缓了一口气，皱眉道，"在下颜风，千里迢迢赶到鹤鸣山来，是想领教一下蜀中绝技，想不到竟被你所救。此番欠下这份人情，我若再以性命相拼，岂不是猪狗不如！"

"你半路遇见了强盗？"张守朴怔住了，这年轻人虽然愣头愣脑的，倒也是个胸襟坦荡之人，心里不免添了几分好感。

颜风紧握拳头，恨恨地道："无名水寇欺我不识水性……哼哼，苍天饶我不死，迟早要他们十倍奉还！"

"无上天尊。若是怨恨一定要令生灵涂炭，那我罪孽不小。"张守朴扬手将短刀抛还颜风，面色凝重。

他心知眼前这位年轻人戾气极重，此次侥幸捡回了一条命，可能残暴的本性会变本加厉。而且此人的短刀似乎也是不祥之物，刀鞘上透着一股阴寒的邪气，如果让他带着愤怒下山，不知江湖上又会有多少人遭殃。

颜风脸色一沉，道：“此刀名为‘紫卿’，锋如炽火，刀声似鹤。滴水之恩无以为报，道长若是不嫌麻烦，等我一死，你将此刀拿去市集典当了，倒也可以换些酒钱。”

年轻人似乎不愿欠下人情债，一心想将眼前的救命之恩报了，胳臂可以砍，随身之物居然也可以送，如此孤傲乖僻之人确实相当罕见。

张守朴展颜一笑，无奈地道：“紫卿正是仙鸟，看来小兄弟与道家颇有渊源。可惜你找错了地方，此处并不是鹤鸣山太清观。”

颜风愕然，苍白的脸庞上泛起一丝失望的表情。

他挣扎起身，默默地走到院子外面，抬头远眺青山，又瞧了瞧紧握在手中的紫卿刀，深吸一口冷气，将黑鞘短刀倒悬掌中，暗红色的刀光倏闪，竟将院子里一棵碗口般粗的枫树一劈两断！

弹指间，刀锋回鞘。

好快的刀！

张守朴暗自心惊，故意轻叹一句：“唉，这株枫树跟你无冤无仇，居然找它出气……”

他摇了摇头，自顾出了观堂，劈柴煮饭。

明月高悬，空山寂静。

颜风躺在篾床之上，一双眼睛死盯着屋梁，思绪混乱，辗转难眠。

他这几日伤势已无大碍，心里记挂着上鹤鸣山挑战一事，觉得刻不容缓，在钟峰观里多待一个时辰都是折磨。

他此番入川，就是听闻蜀中鹤鸣山“青鹤九打”“雷鸣十八破”的绝技，奇诡难测。其中“破刀”“破剑”“破甲”三式，更是闻名天下，若是紫卿刀能抵挡鹤鸣派的“破刀”之技，以后闯荡江湖，便多了个吹牛的本钱。

哼哼，就算技不如人，大不了一颗脑袋留在太清观，老子好歹也开了眼界，不枉此生。可是现在算什么？躺在这里一事无成，我又不想修道成仙！

想起张守朴的救命之恩，他心里又多了一份煎熬，我有手有脚，竟要他来养我，传出去怎么见人？我瞧这道士功力不俗，搞不好跟鹤鸣山的人是一伙的……哎哟不好！他知道我要去找鹤鸣派的晦气，会不会暗地里对付我？

颜风倒吸一口冷气，摸了摸身后的黑鞘短刀，侧耳聆听隔壁房间的动静，心念一动，轻手轻脚地站起来，踮起脚尖往院子外面走去。

月色下的钟峰观透着一股煞气，两扇观门虚掩，冷风从门缝中挤进来，发出吱吱的怪叫，犹如鬼泣。

颜风打开观门，一瘸一拐地下了台阶，就像是做错事的孩子，一颗心已悬在喉咙里。

他瞧了瞧脚上一双破旧不堪的靴子，硬着头皮往漆黑的山林深处下去。回首望了一眼钟峰观的屋檐，却见一个黑影子懒洋洋地坐在观前台阶上，说话的声音冰冷似水："一路上都是尖角的碎石，你腿上的刀伤随时会裂开，你能走到山脚处，而且脚上不起泡的话，我就喊你一声颜大爷。"

颜风满面羞涩，手指头划过额前一道倾斜的刀疤，远眺山脚烟霞湖面的皎洁月色，摇头晃脑地道："其实我早就想通了，我可以去大邑城里碰碰运气，不一定非要上鹤鸣山……"

他转身回屋，装作无事发生一样。

自此每天一日两餐，张守朴将斋饭送到颜风房中，换好草药就走，不会多说半句废话。颜风也不敢追问他是不是鹤鸣派的弟子，心里暗暗打定主意，等养好了伤，我跳着下山都可以，你也拦不住我。

钟峰观冷冷清清，加上二人整天也说不上几句话，甚至连碰面的机会都极少。颜风白天坐在道观的院子里吹风，晚上就开始数星星，憋得他浑身难受，但也只能忍气吞声。

过了数日，张守朴半夜起来，继续盘腿掐指，静默调息，耳边听到院子外面传来一阵咔嚓声响，心生好奇。他推门去瞧，却见颜风蹲在院子角落，正挥舞砍柴刀卖力地劈柴，一段段薪柴被他摆放整齐，竟堆成了一道弧形的矮墙。

颜风察觉到身后动静，回头咧嘴一笑："我吃你的住你的，总得做点事情报答。我看你每天只准备两顿饭，多劈一根都不干，不如让我一口气全部劈完，免得麻烦。"

"看见门前这株老松没有？我觉得它碍手碍脚的，正好你闲来无事，抽空将它也劈喽。"张守朴话音一落，转身进房睡觉。

颜风抬头一望，好家伙！这株枯藤老松树虽已枯老，但是盘根错节，起码也有三丈余高，瞧它粗壮如水桶，我一个人都抱不过来，凭手中这柄砍柴刀，得砍到什么时候？

翌日清晨，张守朴背着竹篓出门采药，见颜风双目通红，满头大汗，一动不动地呆望老树。而树身之上的刀痕只有左右两处，左边由下而上反切，右边是斜角平砍，两道缺口虽已深至七寸，但是再也砍不进半分。

张守朴抚须微笑，道：“不错不错，年轻人刀法精湛，令人刮目相看。只不过，我有一事不明，若是你一天之内搞不定，难道明天就不能继续砍？”

颜风忧心忡忡地道：“道长有所不知，在下向来在刀口上讨生活，一饭之德必偿，睚眦之怨必报。若是被困在山野之中，恐磨灭了斗志，难成大事……”

“死在你刀下的亡魂，至今已有多少？”

“三十七人。”颜风抬手轻弹暗红色的刀锋，精芒闪烁，似乎对自己的刀法充满了自信。

张守朴眼珠子一转，笑道：“那围攻你的水寇之中，刀法胜于你的又有几人？”

这句话就像是尖细的针芒，狠狠地扎在了颜风的心头。

颜风面红耳赤，盯着手中的紫卿刀，暗自叹息，我连一株老树都对付不了，又有什么资格挑战蜀中高手？此番如果不是张道长救我，说不定我早就给阎王爷劈柴烧饭去了。

“世人常说‘手中无剑，心中有剑’，其实那都是骗人的。仇恨和生存哪个更重要呢？就好比眼前这株老树，以刀相劈，是为了准备薪柴煮饭，人活在世上不正是为了填饱肚子吗？砍柴刀握在手中，即便砍不断，我明天可以再砍，而你的刀却一直放在心里，宣泄不出就牙痒难忍，晚上当然睡不着啦！”

张守朴哈哈大笑，步伐轻盈，飘然下山。

颜风低头轻拂黑鞘短刀，默然半晌，他说得也有道理，我人在钟峰观里养伤，老树又不会平白无故飞走，不必急于一时。等伤好之后我就去鹤鸣山砍人了，就算砍不断此树，也碍不了我事。

他豁然开朗，每天睡到日上三竿，然后进山去抓些狍子野兔，劈柴生火，怡然自乐，院子门前这株枯藤老树，再也不愿去多瞧一眼。

林鸟匿迹，风寒花落，转眼已过了深秋季节。

二人相处数月，再也没有提过鹤鸣山一事，日子虽然无趣，却是落个清闲。每逢月明之夜，他们也时常在观前赏月品茗，月朗星稀，茶香氤氲，不知不觉中，竟能洗净内心的焦虑。

张守朴并没有询问颜风的身份来历，江湖上这种浪迹天涯的刀客实在太多，习以为常。他见天气转凉，翻箱倒柜给颜风找出一件合身的衣裳，时常在夜里挑灯，将破旧的衣襟悉心缝补。

颜风穿在身上，心头有一种久违的温暖，只是觉得张守朴性情乖僻，不好意思再让他取笑“红烧胳膊”一事，嘴里那句多谢就迟迟说不出口。

这日清晨，满山雾气缭绕，张守朴一反常态，并没有背起竹篓下山，而是梳洗一番，在钟峰观正堂之上焚香静坐，身前摆着一块四四方方的青石板，三寸余厚，石面光如铜镜。

颜风满心好奇，诧异地问：“今日有客人？”

“仇人登门，不敢怠慢。”张守朴面无表情。

颜风听出他谨慎的语气，心里大感意外，以张守朴的武功修为，足以抗衡江湖上的一流高手，如果他是在等仇人，何以心情如此放松？说明仇人根本不足为惧。问题是既然没有威胁，他的举止又为何这般庄敬肃穆？

“你怎知是仇人上山？”

“我只要掐指一算，便知未来。”

颜风翻了个白眼，不以为然地道：“掐指我也会，鬼知道能不能算到未来。方外之士苦修度厄，讲究道德大乘，这些我都信，但是你说大话的时候，会不会牙疼？”

“凡人皆食五谷杂粮，又不是整天要你喝风饮露，你疼我未必会疼，而且我的仇人并不是你的仇人，你怎么知道我会不会疼？”张守朴瞧见颜风脚下一双补得五颜六色的靴子，皱了皱眉头，目中闪过一丝忧虑，只是脸上的表情依然冷淡，“你腿伤已好，不必再担心路上的碎石……”

“我明白了，你是嫌我碍眼……好，我现在就上山采药，天黑之前回来。只不过有件事情我必须提醒你，谁让你牙疼，我定要他十倍奉还！”

颜风瞧了一眼青石板，若有所思地退出观堂，一手提上砍柴刀，去屋里取了竹篓，大步下山。

观堂之中烟气缭绕，张守朴盘膝而坐，脸色冷峻。

他每天晚上坚持掐指算卦，不管是否灵验，心里清楚该来的总是要来，他等待这一刻已有多年，内心并没有焦虑的情绪，反而从容自若。

只是刚才他有意提醒颜风，我的仇人与外人无关，如果想离开钟峰观，今日正是告别之时，希望你走得越远越好。可惜以颜兄弟的个性，不一定肯走，年轻人虽然桀骜不驯，倒也重情重义。

张守朴闭目沉思，心乱如麻。

冷风呼啸而起，挟着满天的落叶，掠过孤寂的屋檐。

忽然，一道鬼魅般的黑影，出现在钟峰观外的台阶之上。

来人背负双手，一袭黑衣，头上一顶黑巾斗篷，遮掩了他的五官，完全瞧不清相貌。

只见他若无其事地在观堂上踱步一圈，正襟坐落张守朴对面，望着青石板沉默良久，突然幽叹道：“佑亭兄，别来无恙。”

第二章：不速之客

张守朴嘴角一扬，并没有感到意外："我日思夜想，昔日'好友'总是要来见我一面，今日果然等到贵客光临。"

他说这一声"好友"之时，脸上的表情似笑非笑，嘴唇微微轻颤，尽显辛酸。

"一别数年，小弟也甚是挂念……"

"我一天不死，你便寝食难安，你的来意我岂会不知？如今天下三分，时局已定，我这只闲云野鹤早已厌倦了尘世，只怕你的不辞辛苦，却是白走一遭。"

黑衣人淡淡一笑，道："佑亭兄不一定猜得出我的来意。"

"老规矩！你我测字问前程。"

张守朴挽起袖子，食指在青石板上轻轻一划，石屑纷纷崩落，立即刻出一道笔直的凹痕，宛如楚河汉界，各守一边，大有与黑衣人隔岸对峙的气势。

黑衣人气定神闲，伸出一只丰润白皙的手掌，指尖在青石板上疾走如飞，片刻之后，光洁的石面上就出现了一个"益"字，笔画遒劲有力，入石三分。

"无上天尊，此字不必测了……"张守朴目光闪动，轻叹道，"心有所念，生有所执。自刘皇叔持益州牧以来，铸造直百钱，敞开官市，虽是取之于民，但也用之于民，西蜀百姓能安居立业，自然是要以休养生息为念。如今木已成舟，已经无可挽回，你又何必耿耿于怀？"

"好，我再测一字。"

黑衣人并无反驳之意，以精钢铁骨般的手指轻拂石面，唰唰数笔，划出一个“山”字。

张守朴心头一凛，瞧他力透指尖，笔痕均匀，功力已非同往日。为了避人耳目，他一定花了不少的心思，我若是与他胡搅蛮缠，万一颜风采药回来，恐多生事端。

“我知道你此行目的，正是想劝我出山，随你逐鹿中原。出字的下半部正是山字。若是我取上半部的一竖悬空，当作草字，何解？屈灵均有诗云，‘何所独无芳草兮，尔何怀乎故宇’，看来你依然逃不开这个死局。”

“佑亭兄果然没有令我失望，那我再测个‘死’字。”

钟峰观外冷风斜吹，落叶无声盘旋。

张守朴突然感觉到黑衣人的身上多了一分杀气，虽然早有预料，心里难免有些悲怆。他强装笑容，平心静气地道：“此字似葬上未出草，而下无安稳的立足之地，再加上左夕右匕……夕阳西落，死于刀下，你这个‘死’字也是无处可逃。”

黑衣人哈哈大笑，道：“我的测法与你不同！若能顺从天意，我纵是终老无为，也必争朝朝夕夕！而金刀在握，得万丈阳光普照，利锋之上更有一马平川之势，此乃极贵之兆也。”

“原来这么多年，你只学会了画饼充饥。”

“佑亭兄何出此言？”

“你又何必明知故问？”张守朴语气冷漠。

黑衣人沉默良久，突然轻叹一声，无奈地道：“当年主公‘废史立牧’，你一心辅助长公子刘范，领东州兵南征北战，雄踞一方。可是自季玉公掌益州牧以来，你便执意退隐山林，小弟当然深感惋惜，怎奈俗事缠身，不能与佑亭兄闲卧秀峰山水之间，那也是无可奈何。”

“你舍得荣华富贵吗？”

“小弟一颗赤胆忠心，早已看淡生死，又何必妄言富贵！只要佑亭兄点个头，小弟自当尽心竭力助你完成阳城侯之遗愿，复兴大业，事在人为。”黑衣人低头揖礼，态度恭谨。

张守朴摇头轻叹：“曹操西征张鲁，占据汉中，退可保关中周全，进可取刘备老命，而此时你兵取成都，东吴也有可能插上一脚，再加上大邑与新津二城早已阻断了后路……若是天下人皆与你为敌，只怕你的黄粱美梦，到头来终究是一场空。”

“那我唯有人挡杀人，神挡杀神！”

黑衣人鼻音阴沉，神气倨傲，似乎早已思考过三面受敌的局面。此番他上山来请张守朴，志在必行，只要昔日故友能点头答应，他必然如虎添翼。

张守朴目光如炬，沉声道：“说得不错，当年张家村的惨剧，我一刻也没有忘记！”

黑衣人身躯一震，似乎触动了心弦：“小弟满腹苦衷无处可倾，多年来一直想负荆请罪，可惜始终寻不到兄长下落。逝者已去，存者偷生，兄长若是能助小弟一臂之力，成事之后再来取我人头也不晚。”

“莫非你想兵分二路，竟要与安玛城西羌部族联盟？”张守朴灵光一闪，猛然惊悟黑衣人的真实来意，额前渗出少许冷汗，“大邑守将乃白袍将军赵子龙，此人文韬武略，胆气过人，具万夫不当之勇。就算你绕开锦屏山的望羌台，先取新津，赵将军大可以沿岷江而上，列阵崇州，等你自投罗网。”

“非也，关羽尚在荆州驻守，远水救不了近火。只要我暗中除去赵云，斩下他的首级示众，趁乱夺取大邑，再由佑亭兄领东州兵马北上，完成大业。此计我已深思熟虑，确保滴水不漏。你意下如何？”

“刘备雄才大略，手下良将如云，白袍将军镇守大邑，更是深得百姓拥戴，想不到你目光短浅，偏要逆天而行！唉，如此卑劣的勾当，亏你也想得出来！人在做，天在看，就算你想方设法去拉拢羌胡蛮族，恐怕也是劳而无功，枉费心机。”

“呵呵，赵云非死不可。”黑衣人语气坚决，喉间有少许颤音，似乎对这位传说中的名将颇为忌惮。

张守朴叹声道：“论单打独斗，他岂是你的对手？但是百万军中如入无人之境者，当世豪杰只属赵子龙一人！我此生最庆幸之事，就是没有在沙场上遇见他。”

“一个名字，就可以吓死这么多人？”

“你以为世人是忌惮赵云的武力？那你真是想错了。单是赵云的一颗忠肝义胆，一袭白袍银枪，吓死的只是那些纸上谈兵之人，而你我二人在战场上厮杀，大好头颅悬于马背之上，纵有视死如归的决心，也万万没有一夫当关的勇气！可叹，可叹！赵云之威猛岂是常人力所能及？莫说一个名字究竟有多少分量，就算是给我十个胆子，看见赵云也会脚软！”

“呵呵，依你所言，吕奉先的赤兔飞奔，岂不是要吓死一片。”

“三姓家奴，怎可与赵云将军的忠义相提并论？若是要将一个人的名字与名声相连，天下英雄，唯赵云耳。”

“嗯，这话倒也不错。我知佑亭兄生性纯良，并不是嗜杀之人，更何况男人之间的胜负输赢，不一定非要在战场上……”

张守朴截口冷笑：“不必说了！我可没有这个本事，你另请高明。”

黑衣人默然半晌，缓缓吐出一口冷气。

他深知张守朴性情冥顽，一心只想避世修行，再劝下去的话也是徒劳。只是昔日患难与共的好兄弟，如今竟落得针锋相对的地步，他左思右想都不是滋味，心里一股怨气油然而生，身躯微微一颤，下意识地将袖中双拳握紧。

钟峰观内顿时一片死寂，杀气弥漫。

张守朴心思隐动："我好像猜错了你的来意……你此行目的，难道竟是为了取我性命？"

黑衣人正色地道："佑亭兄，你当真是铁石心肠吗？"

"哈哈哈！"张守朴放声大笑，回音绕梁，"可笑啊可笑！当年你为了断我念想，夺取我手中的东州兵符，不惜潜入竟陵县屠村灭我张家，我妻儿老父，村中一百二十八口人皆惨死铁骑之下。我有没有问过你，为何如此铁石心肠？！主公是非不分，执意为你开脱，谎称屠村凶手是东吴残兵所为，好言劝我放下仇恨，我有没有问过他，为何如此铁石心肠？！"

黑衣人一时语塞，叹道："佑亭兄对我误会极深，此事我也有口难辩。试问天下觊觎兵符之人，又何止我一个？朝廷惯使离间之计，兴平元年之事我一刻也没有忘记，主公惊闻两位公子被朝廷处死，郁郁而终，刘季玉承继父位自是天意，可惜，他始终斗不过刘备……"

"罢了，罢了！不必多言！我时常想起那曹子建，年纪轻轻才思非凡，作诗云'要道甚省不烦，淡泊无为自然'，你我都一把年纪了，居然及不过一位弱冠少年吗？如今我深居荒山，与世无争，终是不负主公的教诲，你若是心念旧情，就当世上再无我张佑亭。无上天尊，我每日必持戒诵经，祈你功成名就，也算是对得住你！"

张守朴这番话说得愤慨激昂，暗中却早已气沉丹田，以防备黑衣人的重手偷袭。

对于黑衣人的为人品行，张守朴了如指掌，昔日"好友"亲自上山来请，若是被冷言相拒，他极有可能心怀恶念，上演杀人灭口的好戏。

黑衣人似乎心事重重，瞧不清他脸上的表情变化。只见他微微抬头，环顾钟峰观的屋梁，缓缓地道：“清修之地断了香火，确实可惜……既然佑亭兄下定决心潜心修道，我也不来勉强。小弟此次上山实乃真情实意，一来是有心请佑亭兄出山相助，这二来嘛，便是想以‘大悲手印’的浅薄之学，再向佑亭兄讨教几招分筋错骨手。”

张守朴脸色大变，故作镇定：“当年你我早已分出高下，你的‘大悲手印’确实胜我一筹，就算我能捉虎擒蛟，也绝对敌不过你五指交缠的变化。时隔多年，想必你也练得炉火纯青了，还戏言什么‘讨教’？恐怕我连一招都接不住。”

张守朴进山修道之前，以小擒拿的绝技威震西蜀。

其中“小锁”“大缠”的手法精妙无比，其刚不可折，其柔不可卷，而且他在掌力上也暗蕴了分筋错骨的技法，重者常常断臂折腿，轻者力气顿消，完全失去抵抗能力。大凡与他交过手的人，皆是心服口服，五体投地。

此刻他突然听到黑衣人说出“大悲手印”四字，内心却有几分惊惧。只因他当时年少气盛，曾与好友交过一次手，亲眼验证过大悲手印的招式变幻，掌力方位更是无迹可寻，莫说以分筋错骨手抗衡，就是小锁、大缠之力他也根本施展不了。

此掌法出自西域，名虽曰“大悲”，其实凶险无比。每次只要张守朴回想起当年与黑衣人交锋之时的情景，纷飞的掌印殷红似血，凌厉的杀招险象环生，至今让他心有余悸。

“佑亭兄隐居空山，想来定是潜心修习武功，天下除你之外，已无人能接我这一式大悲手。”黑衣人话音一落，左掌虚空一转，一道灼热掌风赫然拍向张守朴的小腹！

“无上天尊。”

张守朴垂眉轻叹，双掌交缠之时，迅速罩住对方的掌劲罡风，拈袖回旋，悬空划出一个半圆，无名指微微一颤，探入虚无的圈中，疾点黑衣人手腕上的“列缺”穴。

他这一招有虚有实，若是对方缩掌防守，瞬息间便能化险为夷，将掌风顶回去。但如果黑衣人转腕之后，意图强行进攻，就不得不先化解脉门上的凶险。此招攻守兼备，在大缠之中暗藏了小锁，正是分筋错骨手的技巧。

黑衣人似乎早已预料张守朴指尖的变化，掌心突然朝右倾斜，以虎爪之形，扣死张守朴的指尖，轻轻往前一送，凌厉的掌风遽然停滞在他小腹一寸之处。

张守朴身躯僵直，衣衫立即凹陷出一道弧形的气浪，发出嘶嘶声响，眼中流露出一丝无奈的悲怨，一闪即逝。

他只能以袖劲借力，一式“水中探月”，手腕反转之时，意图锁死对方的进犯。岂料黑衣人一声叹息，缩手回缠，迅速绕住了张守朴的臂弯，右掌斜击，“扑扑”闷响，灼热如火的掌风已拍中了张守朴的胸肋。

张守朴遭此一击，胸腹猛地一缩，整个身躯弓成虾形，随着地上一道尘扬，猝然滑出数丈之远。

钟峰观内一声轰然震响，石墙上粉屑尽落，道长胸前一片衣衫已被掌风摧裂，化作了寸寸布蝶，四下飘散。

“我算尽天机，终有此劫……”张守朴紧贴墙面，口中喃喃吐出一句。忽明忽暗的烛灯照在他的脸上，嘴角竟出现了欣慰的笑意，只是那道黝黑蜿蜒的鲜血，顺着他的脸颊簌簌而下，悲凉之中似乎透着无奈的叹息。

“论西蜀之英雄，我只畏忌赵云与你神武将军二人。此番小弟心意已决，不想再有后顾之忧，佑亭兄，来生再做兄弟。”

黑衣人一声长叹，默然起身，大步走出钟峰观外。

秋风瑟瑟，山雀群飞。

颜风背着药篓回山，一路上归心似箭，他奔至观门台阶之时，心里突然有一种不祥的预感，疾步冲进大堂，顿时傻眼，耳边嗡嗡刺鸣，犹遭五雷轰击。

只见张道长佝偻身躯，瘫坐墙角，枯槁的手臂死撑在地，气若游丝：“你……你为何不走……”

“张道长！”

颜风握紧双拳，浑身颤抖，仿佛心头被人刺了一刀，又被狠狠揉碎，抛入冰冷的谷底深渊。

他咬紧牙关，摇摇晃晃地走到张守朴身前，只见道长胸口的衣衫已被人掏出了一个掌洞，苍白的肌肤赫然留下了五道鲜红的指印，触目惊心。

“这是什么？！”颜风失声惊呼。

“此乃西域绝学，大悲手印……阿波悉摩，曼多提尼，般若波罗蜜……”张守朴睁开虚弱的双眼，喃喃自语，念诵梵音，目中露出一丝无奈的恐惧。

颜风紧紧握住张守朴的手掌，发指眦裂：“张道长，我颜风对天发誓，纵是粉身碎骨，也一定要为你报仇！”

“不，颜兄弟……”张守朴缓缓摇头，眼中透出安详，“我时常劝你放下屠刀……只因刀剑可以扶善惩恶，也能解救天下苍生。世间种种恩怨，一辈子都还不清的，唯有仁义之心……方能化解仇恨。”

天下苍生？我为什么要去解救他们，他们有谁会认识我？

此时的颜风早已肝肠寸断，恍惚之时，根本听不懂张守朴在说些什么，忽觉道长手腕僵硬，冰寒如霜，那张苍白的脸颊显露一丝轻松的解脱，一腔浩气忠魂终于羽化仙游。

颜风泪水夺眶而出，望着沾满鲜血的掌心，再也控制不住悲愤的情绪，猛地狂吼一声，指尖剧动，胯间“紫卿”刀赫然出鞘。

刀光忽闪！

地上那块三寸余厚的青石板顿时被虹光刀气挑弹半空，“轰”的一声，四分五裂，化作一蓬消散纷扬的尘土。

钟峰观前秀木震摇，满天落叶萧萧。

夜色黯然，枯藤老树下多了一座寂寞的孤坟。

颜风静坐坟前，将院子里的薪柴点燃，道长房中的衣物也尽数焚烧，唯独舍不得那件缝补多次的长袍，攥在手中，泪如雨下。

秋风吹散灰烟，渐渐飘远。

颜风在火光中轻拂紫卿短刀，暗自感伤，人的一生如此短暂，世外修行也好，混迹市井也罢，就算我放得下仇恨，总有一天仇恨还是会来找我……你不正是如此吗？

我当然明白你的意思，你背负着国仇家恨，心系天下苍生，可是我呢？我千里迢迢跑到蜀地，是为了找人打上一架……我颜风可不是心胸狭隘之人，但是天下苍生的死活又关我何事？

唉，我连几个水匪都搞不定，又怎能与大悲手印抗衡？

颜风咬了咬牙，突然握紧拳头，狠狠地道：“好！不管你是何方神圣，你杀我朋友，我绝对不会善罢甘休的！老子纵是挖地三尺，也要将你找出来！”

“……张道长，你一路走好，保佑我一口气活到八十岁，活蹦乱跳，无病无灾！”

颜风单掌回旋，收起刀锋，抹去眼角一滴泪水，起身眺望远处的青山绿湖，幽幽叹声，“江湖人自有江湖人的命运，虽然你我萍水相逢，当不了你的患难知己，但是滴水之恩我铭记在心……你千万不要怪我，我颜风若是不替你讨还公道，誓不为人！”

第三章：初到贵地

大邑城。

此城北与崇州交界，东与新津毗邻，更与西边的安玛城遥遥相望，正是蜀地阻隔羌族部落的第一道防线。

刘备高瞻远瞩，授命赵云镇守此地，当得起“人尽其才，物尽其用”之能。为了确保成都的后院不会起火，大邑守将必须万中挑一，单凭英勇善战远远不够，要有沉着冷静的头脑，也要有德才兼备的声望。而赵将军智勇双全，爱民如子，西蜀之地无人不知，无人不敬，他当然是最佳人选。

当初赵云直言劝谏主公以新政治国，无论税赋征田，必须取之有道，西蜀百姓深感恩情，每逢秋收时日，家家户户都会在门前挂起旗幡，到处都是“云”字飘扬。而兵营将士进城之时，也会自觉解剑卸甲，涌入酒肆茶馆，与街坊邻居们谈笑风生，正是军民同乐，一派和悦景象。

冷风如歌，山茶争放。

颜风环抱紫卿刀，茫然无措地走在罗巷街上。

只见街道两旁店铺林立，左边一家叫“云牖茶馆”，右边便是“登云酒楼”。为了褒扬赵将军的殊勋茂绩，百姓们张灯结彩，各尽其能，取个店铺名字都得跟赵云沾边，恨不得家家都改成了赵姓，从此子孙兴旺，光耀门庭。

城巷四处欢声笑语，看不见乱世苍凉，偶有行人在街头相遇，上前寒暄几句，顺便聊起家常。不远处一群孩童互相追逐打闹，抬头瞧见了颜风，忽然一哄而散，纷纷躲进屋宅，探着脑袋小心张望。

几位系着头巾的妇人倚门而立，掩面回避，仿佛看到了一只怪物，忍不住窃窃私语，眼眸里写着一丝惊讶。而男人们眉头紧锁，似乎对眼前这位外乡人充满了敌意，瞪着他腰间的短刀，脸上一片阴郁。

颜风心里嘀咕，有什么好看的？我脸上又没有雕花！

他揉了揉额前的刀疤，仰头往罗巷街的北边大步而行，对路人的指指点点淡然置之。

等他走到一处宽阔的街巷，耳边突然听见吆喝之声。

“少侠请留步！小店的‘烫油鸭子’名闻天下，您若是不尝一尝，抱憾终身呐！”

烫油鸭子？

颜风回首一瞧，好家伙！只见街边一处高楼客栈，雕梁画栋，门侧竖着两根木桩，一块巨型的硬木牌匾浮悬半空，以四根粗长的铁锁相连，足有一人多高，一个鎏金的“雲”字龙飞凤舞，气势非凡。另有三条方形彩旗横插牌顶，迎风飘展，分别写着平、步、青三字，连起来一看，正是“平步青云”。

大门外站着一位热情洋溢的年轻伙计，身上穿着一件粗布蓝衫，就像是一株沐浴春风的杨柳树，身躯前后摇摆，明亮的双眼中闪烁着真挚的笑容。

颜风扭头张望街上的行人，心想我初来乍到，人生地不熟的，大邑城的人脾气好像都有点怪，难得碰见这般好客的伙计，并没有嫌弃我是外乡人。嗯，这家平步客栈规模不小，正合我意，暂且找个落脚之处，等摸清了鹤鸣山的虚实，再杀上去也不迟。

“鸭子不吃也罢，不知你这家平步客栈，可有空闲的客房？”

年轻伙计笑道：“客房是有，不过店名您却搞错啦！小店名谓‘平云’，正是直上青云的意思。您在街上也看到了，每家每户都挂着云幡彩旗，我们若是取个‘步’字，未免让人说三道四。”

颜风转念一想，此话倒也有理，罗巷街上随处可见“云”字彩旗，当然是为了拍赵云将军的马屁，若是他们挂个“平步客栈”的招牌出来，摆明了就是跟街坊邻居过不去，不出半月，定然关门大吉。

他将短刀斜收衣带，跨步进了客栈。

环顾四处，大堂通畅明亮，地上一尘不染，红漆屋梁上挂着几盏彩灯，舍貌俨然，气势非凡。只是偌大的屋堂却只摆了四张方桌，当中一位虬髯汉子满脸暴汗，正在低头吃面。

此人吃相十分奇特，嘴里吸上一根宽面，筷子却在碗里挑挑拣拣，桌上顿时弹出一堆密密麻麻的花椒。

左首一人脸色苍白，瘦骨嶙峋，像极了寒窗苦读的书生。他怀里挟着细长的布包，端着酒壶自斟自饮，抬头瞧了一眼颜风腰上的黑鞘短刀，沉思半晌，冲着年轻伙计皱眉道："小浪，再来一壶。"

年轻伙计晃了晃脑袋，快步去后堂取酒。

颜风隔了一张桌子坐下，摸出几枚五铢钱币，正要开口，身后闪出一名伙计，将手中一碟五香花生"哐当"一声扔在桌上，不耐烦地道："挏马酒喝不喝？"

颜风斜视邻桌的书生，诧异地问："蜀地不是颁布禁酒令了吗？"

等他转过头去，只见年轻伙计此时已换了一件白色长衫，脖子上居然围着一块缎纹丝巾，巾角血红，宛如赤焰。此人一脸不悦的表情，牙缝里突然蹦出阴阳怪气的问话，与先前的春风杨柳判若两人。

颜风如堕云雾，为何伙计态度大变，莫非是嫌我钱少？

他忍住性子，瞧邻桌汉子吃面吃得这般风生水起，顿觉腹中饥饿难忍："鱼香鸭肥，乡下人不一定吃得起，不如先上一碗牛肉宽面，让我填填肚子……哎！等等，别放花椒。"

片刻之后，年轻伙计端来一碗热气腾腾的宽面，满脸堆笑："怕少侠口味淡了，给您添了少许麻油。"

颜风定睛一看，筷子险些掉在地上。

想不到年轻伙计又换了一件粗布蓝衫，脸上春风依旧，一双清澈的眼珠子闪烁不停。

他越想越不对劲，这人脑子是不是有病？等他扫视大堂，却意外发现伙计身后多了一位冷冰冰的白衣人，脖子上那块缎纹丝巾分外显眼。二人一前一后，装束虽然不同，但是五官相貌几乎一模一样！

此人似乎对颜风毫无兴趣，斜眼盯着邻桌挑花椒的男人，仿佛一只蹲守猎物的猫儿，时刻在留意偷食老鼠的动静。

颜风又好气又好笑，我以为这伙计深藏不露，原来竟是孪生兄弟，一个热情似火，一个凛若冰霜，他们要是穿上相同的衣衫，轮番上前招呼客人，大白天说不定能吓死好几个。

“哈哈，我面已吃完！孙五侠有话直说，有屁快放，莫要耽搁了我的行程。”

此时，正在吃面的虬髯汉子哈哈一笑，起身打了个饱嗝，抹去脸上的汗，冲着邻桌的白脸书生抱了抱拳，神情倨傲，语气嚣张。

白脸书生皱眉道：“剑南兄弟，咱们事先可是说好的，我请你吃面，你告诉我飞燕子的下落，陈公馆的案子咱们也不再追究。大丈夫一言九鼎，你可别跟我装糊涂。”

虬髯汉子嘿嘿笑道：“我施剑南虽然懂一些偷鸡摸狗的营生，但是做人也有底线。我向来只负责探查地形，贩卖消息，管他是飞贼还是大盗，一个也不认识！嘿嘿，为了养家糊口，犯法的事儿我可不做，就算你拉我去衙门打个半死，吐出来的无非是一碗清汤面。再说了，飞燕子盗去的是陈公馆的财物，与你们鹤鸣派的人又有何干系？不如我与孙五侠定个君子协议，若是飞燕子再来找我合作，兄弟必然第一时间通知你！”

颜风听闻，心里暗暗寻思，想不到我刚进大邑城，就碰见了鹤鸣派的弟子，瞧这书生性情孤僻，不苟言笑，若是上前表明来意，请他带我上鹤鸣山，省下不少力气……就是不知他会不会当场跟我翻脸？

“死贱男！”

站在堂上的白衣伙计冷哼一声，突然敲了敲桌子，指着施剑南桌前的花椒骂道，“我去你娘的！要想清清白白地做人，自然不能留人把柄！耍赖是吗？好！你将花椒一个不剩全部咽下去，保管五哥不会找你麻烦。”

施剑南脸色微变，抚须冷笑：“你骂我贱男，我一点都不生气！知道为什么？我一不抢佛道中人，二不偷妇孺病残，无非是在绿林道上混口饭吃。嘿嘿，被大名鼎鼎的鹤鸣七侠骂两句，我也不会掉块肉！告辞告辞！”

他拱了拱手，一副有恃无恐的表情，大步往客栈门外走去。

忽见人影一闪，白衣人身形疾转，一抬脚就拦在了门口，拧起大腿往前一顶。施剑南躲避不及，下巴撞在了白衣人的膝盖上，哎哟一声惨叫，弯腰蹲在地上，一张脸已肿成猪头。

颜风并没有看清白衣人的动作，心里暗暗称奇，虬髯大汉身形魁梧，起码高出他半个脑袋，而且说话的声音又极其洪亮，左看右看，都不像是个骗吃骗喝的草包，为何如此不堪一击？

“你们可都瞧见了，是他自己撞上来的。”白衣人装模作样地拍了拍裤脚上的灰尘，嘴里吹了一声口哨，若无其事地张望街角。

邻桌的白脸书生左手扶着布帛，右手托住酒碗，虽然与颜风相隔一张桌子，但是身上却有一股淡淡的杀气，仿佛正绕着颜风转圈。颜风皱了皱眉，一时半刻猜不出此人的用意，只得低头吃面，装作无事发生。

一旁的蓝衫伙计赶紧上前查看施剑南的伤势，唉声叹气地道："老哥啊，飞燕子的同伙少说也抓了三个，可是个个被你打得半死，以后你再滥用私刑，我找大哥说去！"

白衣人冷冷地道："你的意思，是要让大哥来教训你的亲哥？"

"哎！我一个姐姐，五个兄长，都是两个鼻孔两只耳朵，难道你还能比他们多一条腿出来？"蓝衫伙计晃了晃脑袋。

"我去你娘的！"

"我娘怎么了？我娘不就是你娘吗？有本事你就当着她面骂我。"蓝衫伙计翻了个白眼。

孪生兄弟虽然是一个妈生的，但是为人脾性却是天壤之别。

白衣人气急败坏地从桌子底下取出一截麻绳，利索地将施剑南捆上，狠狠地踢上一脚，嘴里嘀咕："老子送你去鹤鸣山，陪你慢慢玩！"

白脸书生端碗浅饮一口酒，淡淡地道："老七说得不错，咱们鹤鸣七子，在大邑城里也算是有头有脸的人物，维护地方治安当然没有问题，但是你见人就揍，司府衙门岂不是形同摆设？若是被'居心叵测'之人传了出去，恐怕有损大将军的声誉。"

原来这三人竟是鹤鸣派同门师兄弟，逮到劫案的疑犯，有意追问匪首的下落，怎知施剑南技不如人，偏偏还要嘴硬，难免遭受一番皮肉之苦。

可是他们并不是衙门里的官差，何以要来多管闲事？

白衣人听到"居心叵测"四字，似有警觉，终于开口询问颜风："这位先生是从哪里来？要到哪里去？"

颜风填饱了肚子，底气十足，抱拳笑道："在下颜风，北方晋阳人氏，自幼喜欢游历河川，拜访名山，今日路经天府富庶之地，一时流连忘返，叨扰之处多多包涵。"

"你可知老七为何唤你进店？"白衣人摇了摇脑袋，斜视颜风的短刀。

颜风微微一怔，烫油鸭子不是平云客栈的招牌菜吗？你胞弟喊我进来，当然是想揽客上门，难道怀疑我是强盗不成？

他一时茫然不解，不知如何答话。

"颜少侠有所不知。"蓝衫伙计眼珠子一转，往门外张望一眼，郑重地道，"自从赵云将军来了咱大邑城之后，百姓衣食无忧，鸡犬不惊，不管是锦屏山的军爷还是江湖上的朋友，进城之人一律不许携带枪斧刀剑。咳，咳，颜少侠初到此地，不懂大邑城的规矩，若是由得你大摇大摆走去市集，恐有不便……”

他对颜风有几分好感，说话的语气平顺温和，尽量将声音压低。

“惭愧，惭愧。”

颜风暗吃一惊，心里隐隐不安，原来大街上行人的指指点点，竟是指责他带着兵器招摇过市的缘故。

若是街坊邻居将我当作悍匪，一拥而上，我却稀里糊涂地拔出刀来，岂不是要当场欠下一笔血债？去他娘的！那我真是跳进黄河也洗不清了！颜风学着白衣人的口吻暗骂一句，衣衫后背一片凉爽。

他抬头瞧了施剑南一眼，见这位绿林好汉早已鼻青脸肿，满脸血迹，哼哼唧唧的也不知在说些什么。此时他突然想起鹤鸣山一事，脱口问道："方才听这位大哥说，要送此人去鹤鸣山问罪？”

“鹤鸣山乃蜀中道家圣地，江湖上解决不了的事，太清观的师伯长老一定会给个说法，你是北方来的朋友，自然不懂我们蜀人的规矩。”白脸书生神情淡漠，指尖一弹，将一滴酒水轻洒手中细长的布帛，眼中透着一丝挑衅。

他这动作看似优雅，脸上的杀气却是有增无减。

三人盯着紫卿短刀少说也有半个时辰，却始终猜不出兵器上的门道。按理说，以三对一的局面对他们有利，但是混迹江湖的老手，遇事冷静，没有九成把握，谁也不敢轻敌，说不定白衣人一脚踢伤施剑南，也只是个下马威。

江湖上的险恶，不是每个人都能体会。

“不错，北方来的朋友，极有可能是魏曹奸细。”颜风嘴角一扬，颇为自嘲。

蓝衫伙计摇头叹道："要是撞见了衙门里的人，他们肯定是这样想，但我们不会。”

“有何区别？”

“如果颜少侠是北方派来的奸细，只怕早已将大邑的民情查探仔细，你擅自带刀进城，是嫌它不够碍眼吗？呵呵，大家都是成年人，不必拐弯抹角，你心里想什么无人知晓，但是你进城做什么，却瞒不过我们的眼睛。”

“哦？我要做什么？”颜风大感意外。

蓝衫伙计并不言语，转身走去后堂，托着一盏茶壶出来，将指尖一只小瓷杯倒置桌前，轻轻一转，动作娴熟地沏上一杯碧绿色的香茶。杯中水气袅袅，渺如云雾，其中有数枚茶粒，遇水之后溘然散开，叶呈鹤形，香气回绕屋梁。

颜风心生疑惑，举杯浅品一口，喉中一道泉流瞬间浸入心脾，令人神清气爽，回味无穷。猛然想起在钟峰观之时，曾与张道长月下对饮，醇如山泉的茶香正是此味，忍不住感慨赞叹：“好茶！云雾山茶的滋味确实不同凡响！”

他话音一落，只见鹤鸣三子对视一眼，微微点头，似乎对年轻刀客的身份已确信无疑。

蓝衫伙计哈哈大笑，道：“颜少侠孤陋寡闻了！平云客栈除了烫油鸭子的招牌菜，还有一壶鹤鸣山的云雾山茶，价值千金，堪称天下双绝！寻常人家一年也喝不到几回，不曾想颜少侠初入蜀地，竟一口品出茶中的珍品，看来飞燕子功劳不小！”

颜风愕然，此话何解？我在钟峰观的确喝过几次云雾山茶，张道长可从来没有提及珍贵之处，怎么反倒是飞燕子的功劳？

“人若无欲，即便是粗茶淡饭也好过山珍美味，现在蜀中百姓连一盏山茶都喝不起，莫非正是禁酒令的缘故？”

“说起禁酒一事，是简大学士的功劳，主公知人待士，当得起宽仁有度的明主。哈哈，想来颜少侠也是酒道中人，与我卫二哥可以拼一拼。”

颜风眼珠子一转，笑道：“改天我跟你喝一回。”

“童七侠啊，此事真的与我无关呐！”施剑南被五花大绑，苦于无力挣扎，他脸色铁青，突然大声叫喊起来。但见白衣人拂动长衫，飞起一脚，赫然踢中他的肚子，疼得他哀号连连，缩着身子倒地不起。

蓝衫伙计假装没有瞧见，摇头轻叹道：“唉，事到如今我也不来瞒你，陈公馆失窃的物件，正是要进献成都的云雾贡茶。”

“啊？原来你们怀疑我是飞燕子？”颜风恍然大悟。

“非也，非也。云雾贡茶原本要由飞龙营送往成都，飞燕子夜盗陈府之后，并未离开大邑。仔细一想，他定是在等人接应……施剑南身为帮凶，难辞其咎，而颜少侠您是个聪明人，若是稀里糊涂地受人蛊惑，贸然去做些偷鸡盗狗之事，不是英雄好汉所为！”

第四章：鹤鸣七侠

好家伙！

颜风望着蓝衫伙计似笑非笑的表情，倒吸一口冷气，原来从伙计热情招呼他进店的那一刻开始，他就已经踏入了一场是非。

鹤鸣七侠见闻广博，处事冷静，当他们看见颜风提刀进城，已断定他与盗窃贡茶一事脱不了关系，唯有艺高人胆大的悍匪，才有这种招摇过市，旁若无人的境界。

但是年轻刀客身上的黑鞘短刀透着一股邪气，他们没有把握一击得手，所以三人在暗中观察颜风的一举一动，又装模作样地斟茶试探。云雾山茶如此名贵，平常百姓哪里喝得起？当颜风一口认出云雾山茶之时，再不打开天窗说亮话，未免显得小家子气。

江湖上的事自有江湖规矩，如果施剑南的拳头能大上一圈，他也用不着鼻青脸肿，满地找牙，遭受这种窝囊气。

颜风握紧刀鞘，心里却生出一种从未有过的歉意。

他可以在刀光血溅之中，找到发泄愤怒的快感，但他无法用怨气去面对三个让他蒙受不白之冤的陌生人。紫卿刀一旦出鞘，或许每晚的梦中，又会多出三个冤魂。

人在江湖，很多事情说不清也道不明，他不愿与天下人为敌，也不想去辩解这一小撮的鹤形菜叶，其实张道长已经请他喝过三回。

他眼前又浮现张守朴胸前的血掌印，脑子极其清醒，我的仇人是大悲手印，我心里放不下仇恨，但也绝对不能冲动。

他此时完全没有轻敌之念，却有怜悯之心。

颜风缓缓呼吸，将一腔怒气强行吞回肚子里。

不料他吐纳之时，忽觉丹田一股浊气游遍全身，顿感四肢无力。他暗想不妙，左掌扣住桌面，撑住摇摇欲坠的身子，目中一道凌厉的精芒暴射蓝衫伙计：“你在茶里下毒？”

蓝衫伙计咧嘴一笑：“鹤鸣七子光明磊落，怎会使毒害人？‘望乡酥’的用途，只是为了避免刀光剑影，一个时辰后自解，颜少侠不必担心。”

“鹤鸣派的弟子，果然都有大侠风范。”颜风面露冷笑。

“哈哈，不敢不敢。忘了给颜少侠介绍，这位是我义兄孙慕秋，江湖人称落雨剑，与我大哥风雪剑齐名……这位呢就大有来头。”

蓝衫伙计指了指白衣人，晃着脑袋道，“他比我先出娘胎，所以我要喊他一声大哥，可是他偏偏排行老六，时常被哥哥们欺负，一肚子火气只好撒我身上！他叫童啸波，我叫童小浪，我兄弟二人在大邑城里做点小买卖，虽然与世无争，倒也见过大风大浪，若是碰见悍匪强盗生事扰民，那就只好说声对不住了。”

白脸书生干咳一声，沉声道：“蜀地看似太平，但是包藏祸心者我也见过不少。我瞧颜先生气宇不凡，杀气凌人，万一大家翻起脸来，恐惊扰了街坊，我七弟以‘望乡酥’化解争执，实乃情非得已，先生勿怪。”

颜风初涉川蜀，鹤鸣七子的名号确实是第一次听说，瞧施剑南惊慌失措的表情，他当然也有理由相信，平云客栈的伙计绝非等闲之辈。

他不爱多管闲事，但有时候倒霉事儿会找上自己，就像是下雨天走在路上的污泥，会悄悄爬上你的裤腿。事已至此，他也无力挽回，又不是第一次遭人暗算，若是没有张道长相救，他此刻早已横尸荒山野岭，也不知道喂饱了哪只畜生。

“各位不必自责，我瞧孙先生布帛之中，定是一件成名的兵器，你举起放下，来来回回折腾了三回。很好！以后有机会，定要领教一下‘落雨剑’的风采！这位童大哥嘛，故意去找施先生的晦气，守在门外，就是防止我夺门而走。至于小浪兄弟……价值千金的云雾山茶你也肯请我品尝，深感盛情，改天我一定请你喝酒！”

三人脸色微变，也不知是庆幸还是吃惊。

童小浪抱了抱拳，笑道：“承颜少侠之邀，受宠若惊，万万不敢推辞。”

颜风眼角扫到施剑南的身上，心念一动，轻叹道：“唉，在下初到宝地，不想惹是生非，身在蜀地自然要守你们蜀人的规矩。我有个两全其美的办法，不如将我送往鹤鸣山，由贵派长老主持公道，再派人下山查探真相，还我一个清白。换句话说，就算我是飞燕子的同伙，也绝无可能再与他接头碰面，一场刀光剑影烟消云散，三位意下如何？”

他这番委曲求全的建议，原有私心。

只因他历经千辛万苦，目的就是上鹤鸣山挑战“青鹤九打”与“雷鸣十八破”，这次误打误撞结识了平云客栈的鹤鸣三侠，正好来个顺水推舟。他心道：“我可管不了燕子麻雀的闲事，遭人陷害又算得了什么？哼哼，现在暂且让你们咬一口，以后我加倍奉还便是。”

孙五侠坐在桌前，将细长的布帛紧贴腰肋，淡淡地道：“鹤鸣派的弟子，志在维护蜀汉和平，职责所在，身不由己，先生莫要怨恨。我等虽然不是司府衙门的官差，但是大邑城一有风吹草动，必将身先士卒，肝脑涂地！倘若颜先生不是飞燕子的同伙，自当问心无愧，等擒住匪首之后，蜀中百姓一定会还你清白。”

他没说赞成，也没说反对。

白衣人童啸波却早已按捺不住，手指头敲了敲桌面，冷冷地道：“可否交出兵器？”

颜风目光一凛，额前一道斜形的刀疤布满青筋，仿佛一头藏匿荒野草丛的猛兽，倏然预感到危险的来临。

童啸波僵直手腕，暗自心惊，此人性情暴戾，绝非善类，此时他强制住内心的怨气，一旦触碰底线，以后免不了记恨于我，我暂且忍他一忍。

鹤鸣七子不说身经百战，在西蜀一带也是响当当的英雄人物，今日面对陌生刀客，三人的内心深处皆有一种莫名恐惧。不是没有信心对敌，而是不知该如何出手。

他们分站大堂，围成一个品字形，其实早已计算过动手的角度方位。伺机夺刀，还是先发制人？三人深思熟虑之后，不约而同地放弃。

没有人愿意以性命相搏，也没有人敢以血肉之躯，去试探黑鞘短刀的威力。高手之间的临阵博弈，往往打不起来，只因一个人的杀气与他自身的能力是对等的，只要用心去感应，就不会独断专行。

童啸波抬头看了一眼灰蒙蒙的天色，也不多话，走到孙五哥身前耳语几句。

孙慕秋皱眉沉思：“大哥他……好像不在天柱峰顶……”

“且不管他是敌是友，今晚我便送他上山，咱鹤鸣派没理由欺负一个外乡人，他在山上好吃好住的，也不会落人闲话……”

童啸波哼哼数声，转身拎起施剑南的衣领退出后院，就像老鹰抓小鸡一样，将他扔进幔布遮掩的车厢，接着去客栈马厩牵出一匹黑鬃骏马，喂上几口草料，开始检查车辕轮毂。

鹤鸣三子之所以迟迟没有动手，其实是对颜风心存好感。

这种感觉他们也解释不了，总觉得颜风的气质与众不同，言行举止不像绿林土匪。而且此人主动提出上鹤鸣山求证真相，语气诚恳，合情合理，就算他意图对付施剑南，此时已身中“望乡酥”，一时半会谅他也玩不出什么花样。

大邑城距鹤鸣山不过四十余里，一路小跑，在一个时辰之内便能跑到三枫村，只不过，蜀汉为绝西羌蛮族的骚扰，沿路设置了不少关隘，而且山路崎岖，岔路极多，不熟悉地形之人，很有可能失足踩进陷阱暗坑，尸骨无存。

童啸波身为鹤鸣派弟子，当然轻车熟路，他将一面锦色小旗斜插车顶，打开后院柴房大门，回首低唤：“颜先生请上来吧！老七，看见老板娘回来，千万不要多嘴！”

“要是酒鬼二哥突然回来呢？”童小浪试探一句。

童啸波不以为然：“卫老二每天起早贪黑，忙得晕头转向，死贱男一事你最好不要跟他说。他要是敢发脾气揍你，让五哥一剑戳死他了事！”

颜风心中窃喜，假装万般无奈地站起身来，摇摇晃晃地走去后院，只是抬脚动作极其艰难，好不容易晃到马车跟前，往车厢内一躺，早已累得气喘吁吁，满头大汗。

哼哼，强龙不斗地头蛇，老子先忍了这口气，有你鹤鸣七侠带路，我再也不会走错山头，等我领教了鹤鸣派的绝学之后，也要让你们尝一尝酥手酥脚的滋味。

马车驶出后巷之后，渐渐加快了速度。

路上的行人瞧见车顶飘扬的锦旗，纷纷避让，童啸波等马车穿过街尾，走到行人稀少之处，倏地挥手扬鞭，黑鬃骏马犹如离弦之箭，绝尘而去。

秀林清幽，暮色临近。

颜风躺在颠簸的马车上，一路长吁短叹。他料不到自己在钟峰观修身养性数月，居然也学会了能伸能屈，回想起张道长的谆谆教诲，心里更是感慨万千。

斜卧车厢的施剑南突然抖了抖腿脚，小声问道：“小兄弟，你真是飞燕子的同伙？”

“真真假假，由不得我。”颜风闭目养神。

施剑南满脸沮丧，无奈地道：“唉，都怪老子学艺不精，只会做些拔葵啖枣的事儿！你也瞧见了啊，鹤鸣派这些人对付不了飞燕子，就来找我们这些小鱼小虾出气！”

颜风皱起眉头，试探地问："你们蜀中可有高手，会使一门'大悲手印'的武功？"

施剑南愕然："从未听说过……什么手印？大慈大悲？你可以去雾中山大光明寺，问问那些和尚会不会耍。"

颜风翻了个白眼，他知道施剑南说的是"大慈大悲千叶手"，原本就是佛门绝学，小时候常听师父说起。可是"大悲手印"明明是西域邪术，而且只有大、悲、手三个字相同，就算是历经佛门后代的改良，也用不着改得这么夸张吧？偷工减料吗？

他抬起胳臂转了转手腕，发现"望乡酥"的药效果然非比寻常，四肢完全可以动弹，偏偏握不住拳头，就算让他跳下马车逃跑，也绝对走不出五十步。

江湖险恶，奈何，奈何？回首望乡，肝肠寸断。

此时，远处传来阵阵马蹄之声，童啸波猝然勒紧缰绳，迅速将马车停住，一个侧翻，毕恭毕敬地站在路旁。

颜风听见动静，挑帘一看，只见一队铁甲骠骑手执青龙长幡，马鞍两侧悬挂鸦翎羽箭，拥簇着一辆镏金高篷的马车，呼啸疾行。

"什么情况？"施剑南脱口问了一句。

童啸波眼眉一抬，低声咬牙："闭嘴！"

但见秋风扬起了一帘青紫色的绉纱，映出一道威仪非凡的身影，眉宇之间灿如繁星的光芒，一闪即逝。

颜风如遭雷击，失声轻呼："好家伙！此人是谁？"

施剑南瞧见这种阵势，似乎有些紧张，屏住呼吸听着外面的动静，等马蹄声走远之后，懒洋洋地缓了一口气，嘿嘿笑道："小兄弟，天下英雄我见得多了，鹤鸣七子在我眼里也算不了什么，但是看见飞龙营的人，老子一个屁都不敢放，你可知道为什么？"

"为什么？飞龙营跟飞燕子有何关系？"

"啊？真是对牛弹琴！"施剑南一脸倦意，鼓起腮帮子长长吐了一口气，"西蜀飞龙营，便是大邑锦屏山赵云赵将军的军营，帐下猛将如云，个个骁勇善战，曹丞相见了都要忌惮三分。你来蜀地游山玩水，居然连飞龙营都不知道？你刚才瞧见的人影，搞不好就是白袍将军赵子龙……难怪童家兄弟将你当成没脑子的奸细，不冤，不冤！"

他是赵云？

颜风心跳加速，暗自感慨，车中之人英风凛凛，令人望而生畏，倘若他真是赵云，能单枪匹马在长坂坡上七进七出，如入无人之境，传言果然不虚。

可是他转念一想，哪怕你是天神下凡，也是吃五谷杂粮长大的吧？别人怕你，我颜风不见得要给你面子。他鼻孔里“哼”的一声，没好气地道：“我与赵云非亲非故，不认识他也有罪？”

“有没有罪，当然是鹤鸣七子说了算！他们七个现在是大邑城的红人，比司府衙门的人还横，哪里会给江湖朋友面子？你要是真去了鹤鸣山，给你加个通敌的罪名，吃不了兜着走！嘿嘿，不如你帮我解开绳子，兄弟带你远离是非之地。”

颜风舒展僵硬的手指，挠了挠额头上的刀疤，似乎心有所动，但是嘴角却扬起一丝傲气：“我有心要走，他们也拦我不住，只是带你一跑，我铁定就是飞燕子同伙……呵呵，你真当我是三岁小孩吗？”

夜色空灵，鸦雀惊飞。

黑鬃骏马绕开树林，逐渐放缓脚步，辘辘车轮碾过地上的碎石，发出喀喇喇的异响。

前方隐隐出现几点火光，两座竹棚高塔分列路旁，冷风一吹，微弱的篝火忽明忽暗。但见一道破旧的石墙围成半圆形的瓮门，露营的帐前斜卧数人，身旁的米酒皆被打翻在地，酒香四溢，顺着车轮的泥坑蜿蜒流淌，像是百姓在路边村子集会，一个个早已喝得东倒西歪。

颜风暗叹，蜀人在乱世之中也能过得这般悠闲快活，想来定是刘豫州治国有道，不失为当世雄才。

“颜先生。”童啸波下车轻唤一声，语气平缓，“此处乃出江镇田园村，正是羌汉两族通商集会之地，我家中老母年事已高，想给她寻一件貂皮小袄御寒过冬，烦请你稍等片刻，我去村子里转转。”

“嗯，童六侠自便。”颜风表情冷漠。

“我再交代一句，等颜先生药性一过，是去是留你自行决定，鹤鸣山不是非去不可，我也不来拦你。但是这位贱男诡计多端，你莫要听他胡说八道，若是半路让他跑了，我可担当不起。”

颜风不以为然地道：“我手无缚鸡之力，绳结又绑得这么紧，施先生就算一路滚着回去，天亮之前也逃不出大邑地界，童六侠不必担心。”

童啸波哈哈一笑，转身进村。

等他身影消失在夜幕之中，施剑南猛地坐起，心急如焚地道：“小兄弟！机不可失，你放我一条生路，来日必报大恩。等我再去接上一笔大买卖，定要算你一份！”

颜风盘膝而坐，淡淡微笑："我对云雾山茶不感兴趣。"

"金叶子有没有兴趣？"施剑南眼珠子滴溜溜地转，说话的语气极其慎重。

"我对飞燕子倒是……"颜风一句话还没有说完，耳边忽闻破风之声，神情一震，一把抓住施剑南的衣襟，侧身斜躺，顺手抄起车厢内的坐枕横挡胸前。

嗖，嗖，嗖！

三支铁矢箭羽破窗而入，犹如疾坠流星，颤巍巍地钉在枕木之上。

"哪里走！"

村前的竹棚高塔下传来一声暴喝。

只见童啸波飞身而起，在夜空中舞起嚯嚯掌风，急速扑向石墙边一道狭长的黑影。岂料黑影俯腰回旋，错步凌空，自肋下斜出一道耀眼的剑光，"呲"的一声，赫然削落童啸波一截衣袖。

第五章：田园血案

童啸波心知遇见强敌，情急之下将身子往右边一闪，脚尖挑起一扬尘土，拔腿往马车方向飞奔。

石墙上映出一道人影，竟是一名背负长弓的黑衣人。只见他身如弯月，突然挥臂挽弓，箭指黑鬃骏马，夜色下点点寒星连环疾射，破空而至！

马儿惊吓嘶鸣，撅蹄奔出数步，立即翻仰倒地。

颜风手臂一紧，下意识地去摸紫卿短刀，却发现掌心满是鲜血，低头一看，施剑南面色苍白，捂着脖子哼哼唧唧，一支铁箭已射中了他的肩胛，距咽喉要害仅差一寸。

颜风担心他流血过多撑不住，撕开车窗上的帘子，迅速将他的手掌与脖子缠绕在一起，猛然惊觉“望乡酥”的药效已过，心头狂喜，一脚踢碎了车厢，拖着死猪般的施剑南跳下马车。

童啸波一路狂奔，耳闻箭风声响，见黑鬃骏马已身中数箭，倒在地上哀鸣不绝，气得他浑身哆嗦，扬起脖子上的赤焰丝巾，双掌绕胸一转，一股罡风霎时锁死迎面射来的箭头，凌空弹腿，将箭支踢成两截。

他身子借力跃起，狂吼一声，抡起迅猛的掌风迎着剑气而上，排山倒海般攻向黑衣人。

“雷鸣破剑？你，你是童啸波？”

黑衣人似乎突然想起赤焰丝巾的主人是谁，再也不敢恋战，手中一泓碧水剑气划出一朵银花，绕着石墙急退。

尘土飞扬，落叶缤纷。

童啸波与黑衣人对拆了数招，身法变化却没有对方灵活，始终近身不了。漫天银光却逼得他连连后退，脚边碎石被剑气挑在半空，噼里啪啦地弹在脸上，疼得他手舞足蹈，脱口大骂："我去你娘的！居然认识老子？颜兄弟……你就站在一旁看热闹？"

鹤鸣七子在西蜀名号极响，"雷鸣十八破"一使将出来，他不戴那块丝巾，也照样有人认识。

颜风对鹤鸣派"青鹤""雷鸣"的绝技神往已久，此时瞧见黑衣人剑法凌厉，身法上的变化更是无尽无穷，而童啸波的掌风击中碎石之时，弹跳的动作看似狼狈，其实是见招拆招，借力打力。一个手无寸铁之人，竟能以飞扬的碎石去克制对方的剑气，对敌经验已相当老练。

莫非"雷鸣十八破"的绝技就是借物抵器？

颜风若有所思，见二人你退我进，你攻我守，一时半刻难分高下，不免看得津津有味，此时听见童啸波的骂声，也有些幸灾乐祸，雷鸣十八破确实有两下子，但是你跟别人打架，关我什么事？

黑衣人的剑招精妙无比，但他似乎不想与童啸波为敌，一招剑气横扫，身子突然往后疾退："童六侠，我与你们鹤鸣派无冤无仇，何必苦苦相逼。"

"放屁！田园村民的尸体你怎么解释？"童啸波怒斥。

什么尸体？颜风一惊，顺着跳动的篝火仔细打量黑衣人，见此人一身锦缎劲装，腰系玉带，脚上穿着一双深棕色的兽皮靴子，像是富贵人家。只是他脸庞被一块黑巾遮掩，黑暗中露出一双晶亮的眼睛，分不出到底是男是女。

颜风皱了皱眉头，心想你这种鬼鬼祟祟的装扮，一看就不像好人，碰见鹤鸣七侠算你倒霉。

黑衣人背剑负手，冲着童啸波大声叫道："童六侠想必是误会了，我也是碰巧路过此地。黑灯瞎火的我也来不及反应，不妨查看了他们身上的伤口，再下结论也不迟。"

若他真是路过村子，突然遭陌生人追杀，换谁都会逃命。心慌意乱时来了一出"射人先射马"的好戏，也是在情理之中。

童啸波微微一怔，他虽然有些狂妄自大，但并非不讲理之人。鹤鸣七子一贯以维护西蜀安定为己任，大邑城的百姓都深受其惠，而且"大侠"二字，不是江湖上的朋友随口喊的，忠诚大义岂可当作儿戏？碰见恶人自然绝不手软，但是也不能让好人负屈含冤。

“见人就跑，莫非是做贼心虚？”童啸波神情冷漠。

“假设童六侠突然遭遇凶手返回现场，是要躺下装死过关吗？”黑衣人反问一句。

“此话差矣。”颜风突然呵呵一笑，若有所思地道，“屠村之人当然不止你一个，偏偏你撤退之时正好撞见童六侠进村。如果我没有猜错，你留在现场的目的，其实是想毁尸灭迹。”

黑衣人摇头轻叹：“我真是路过田园村，比童六侠早到一步而已，但是无凭无据的，我有一百张嘴也说不清楚了！不如劳烦这位小兄弟进村一探究竟如何？”

颜风望着一眼躺在地上叫唤的施剑南，正色地道：“深更半夜穿成这般模样，当然是有所图谋，不敢以真面目示人罢了。但是以你的武功，童六侠不一定拦得住……我在想你竭力为自己申辩，或许另有隐情，进去瞧上一眼，倒也无妨。”

黑衣人抱拳行礼：“多谢多谢！”

颜风弹了弹腿脚上筋骨，活动自如，丹田的气息也早已恢复了正常，他大步走向竹棚高塔下的篝火，点燃一根松木火把，石墙上顿时映出一条长长的影子，钻进了漆黑的村庄。

黑衣人等颜风走远，扭头朝马车望了一眼，轻叹道：“大邑境内竟会发生屠村惨案，童六侠是不是很疑惑？我比你先到一步，自然找到了一些蛛丝马迹，但是我说出来，你不一定肯信。”

童啸波冷眼敌视，闭口不语，似乎不想听他的废话。

“嘿嘿，依童六侠的判断，屠村之人是何方神圣？会不会是飞燕子？”黑衣人嘿嘿一笑。

童啸波冷哼道：“扰我大邑者，除了西羌蛮族便是东吴残兵，飞燕子虽能夜盗百户，却不曾滥杀无辜。”

“唉，看来江湖传闻不假，鹤鸣七侠光明磊落，恩怨分明，从来不会冤枉好人。”黑衣人缓缓点头，语气极其谨慎，“我对童六侠的人品佩服得五体投地，但是有一件事你肯定猜不到，你可知为何我会先你一步，出现在田园村？”

“为什么？”

“因为鹤鸣派的人都太自以为是，而且眼力也越来越差！哈哈！童六侠驾车出了平云客栈，我一路上一直紧随在后，寸步未离。”

童啸波脑子里嗡的一声，愀然变色。

此人一路跟踪我，意欲何为？他，他竟比我先到田园村，岂非轻功了得？童啸波瞪大眼珠子，死盯着黑衣人手中倒悬的剑锋，猛然间迸射出一丝惊恐的表情。

“飞燕子？！”

空旷的田园村一片死寂。

此时的颜风高举火把，越过石墙，见地上果然躺着数具尸体，背脊上惊现几处被箭矢射穿的血窟窿，扑鼻而来的是令人作呕的腥味，蜿蜒的血迹与打翻的酒水汇在一起，凌乱不堪。

夜风中蔓延着一股死亡的气息，到处都是马蹄踩踏过的痕迹，破败荒凉，犹如人间炼狱。

颜风环顾四周，发现路边有几座圆顶的小屋，门框已被人封死，木柱旁翻仰的尸体就像是一只只刺猬，身上钉着密密麻麻的白羽箭矢。

凶手为何屠村？莫非他们在寻找什么值钱的东西？

他俯身查看，见其中几名死者的服饰与中原百姓大不相同，不论男女，衣领上皆缝制了一排梅花形的银饰，在夜色下闪闪发光。他们穿着青色的麻布长袍，套上一件羊毛短袄，身挂短刀，刀鞘上镶嵌着数枚五颜六色的珊瑚石。

看这些人的装束像是西羌人，他们怎么会在田园村聚集？

颜风沉思片刻，举起火把原地转了一圈，断定田园村的凶案是一伙绿林马贼所为。他绕开泥泞小路，脚下不小心绊倒一个酒坛子，汩汩酒水淌过三具重叠的尸体，耳边忽然听见一丝微弱的呻吟声。

他神情一震，将火把往地上一扫，只见死人堆里伸出一只纤细的手掌，正在冷风中轻颤。

啊！这人还有一口气！

颜风又惊又奇，一个箭步冲上去，迅速扒开冰冷的尸体，一把握住了幸存者的手臂。

此人竟是一位羸弱的羌族女子，身穿一袭青绿色的长袍，领口与襟边均镶绣着银丝梅花的图案，盘辫绕鬓，头上裹着绣花布帕。她眼眸黯淡无光，一张俏脸刷白如雪，也不知是惊吓还是欣喜，紧紧抱住颜风的胳臂，仿佛溺水之人抓住了一根浮木，打死也不肯松手。

颜风满脸惊愕，低头瞧见她脚踝上血流不止，却不是刀伤，而身旁两名羌人的后背至少挨了三刀，深可见骨，显然是同族人拼死将她压在身下，才侥幸逃过一劫。

“姑娘，这里到底发生了什么事？马贼怎么会来大邑城屠村？你，你看清凶手模样了吗？”

“噶儿嘛！北兵！”羌族女子满脸惊恐，银牙咬得咯咯直响。

颜风一头雾水，听不懂她在说什么。忽而醒觉，西羌人不一定会说汉话，我问她这么多问题，教她如何回答？

“莫急，莫急，我先带你出去。”颜风语气轻柔，尽量将手臂伸直，指了指高塔，扶起脚步蹒跚的羌族女子，往石墙方向走去。

正走到村口，墙外狂风大作，尘沙扑面，隐隐之中似听到童啸波一声怒吼。

颜风心里一惊，原来黑衣人另有帮手？

那羌族女子听到村口的动静，吓得浑身发颤，抬头瞪了颜风一眼，咬着嘴唇一言不发。

等颜风走出田园村，高举手中的火把晃了一晃，顿时呆若木鸡，额头落下一滴冷汗。只见路边空无一人，连负伤倒地的黑鬃马儿也不知去向。

这算什么？莫非他二人遭了马贼暗算？糟糕！荒郊野外岔路极多，鹤鸣山的方位我也辨认不了，这位姑娘吓得不轻，连话也说不清楚，万一飞龙营的人路过此地，我当真是有口难辩！

颜风的性情虽然磊浪不羁，但也不是心浮气躁之人，他仔细一想，比武打架一事终归是没有救人重要，她脚上有伤，行走不便，我先安顿好她，找个精通羌语的人问明缘由，再上鹤鸣山也不晚。

他打定主意，搀扶羌族女子坐在竹塔下休息，去附近找了一些干燥的枯木碎枝，将熄灭的篝火重新点燃。羌族女子围着篝火取暖，脸色渐渐红润起来，只是一双星辉般的眼眸左右闪躲，惶惶不安，似乎不敢正视陌生人。

颜风淡淡一笑，卷起张道长为他缝制的衣袍，扯下一片布缕，放在羌族女子的脚下：“姑娘莫要害怕，我不是坏人。等止住了血，我想办法送你去大邑城。”

羌族女子瞧了一眼他腰间的黑鞘短刀，默然低头，侧过身扎紧脚踝上的伤口。

颜风走到马车停住的位置，拔出地上的箭矢，确实与村中的白色箭羽不同。看来黑衣人并没有说谎，他与马贼不是一伙人。但是颜风想不通童六侠为何要不辞而别，居然连一声招呼也不打吗？而且黑鬃马儿早已中箭倒地，难道他扛起马儿，自己套上缰绳，拉着施剑南飞奔而走？

哎呀！那黑衣人干吗去了？坐在车上挥鞭子吗？颜风坐在篝火旁，突然憋不住笑，喉间发出咕咕一声，顿觉失态，慌忙掩饰："姑娘你饿不饿？我去村子里找点吃的。"

"谢谢小哥儿！村子里的粮食被抢光了……他们……他们并非马贼，而是一伙北川飞龙营的官兵。"羌族女子忽然开口说话，声音清脆悦耳，口齿伶俐。

"你说什么？"颜风大惊失色。

飞龙营的官兵？开什么玩笑？原来这位姑娘会说汉话？颜风暗自吐出一口气，只觉得这一声"小哥儿"喊得他头皮发麻，浑身不自在。

他转念一想，这姑娘凭什么断定是飞龙营的官兵？蜀汉之地的守军竟去抢夺百姓的粮食，岂不是无稽之谈？等等，难道他们就是要针对西羌人？

颜风倏然想起路遇一队飞龙营的铁甲骠骑，马鞍上的箭羽好像是乌黑的鸦翎，与凶徒遗留的白羽箭矢完全不同，忍不住惊问："姑娘，你可有证据？"

"若是马贼抢粮，绝对不会屠杀村民，只因汉人的人情世故向来一脉相承，填饱肚子而已，犯不着断了往后的生计。而这群官兵手持钩镰长枪，行动敏捷，虽然刻意乔装打扮，但是像这种纪律严明，速战速决的兵营规矩，不是一般乌合之众可比。"

"西蜀遍地军营，东边又与东吴毗邻，为何你一口断定是飞龙营的官兵？"

"小女子是青衣羌人，眼看冬季将临，族叔带队前往新津城，与裴擒虎裴将军商议借粮一事。裴将军权衡再三，答应开仓放粮。族人欢欣鼓舞，一路护送粮队返回家乡，顺道来田园村的交易集会，看看能否用皮毛再多换点粮食……可是，谁也没有想到，傍晚与村民欢庆之时，竟惨遭一伙凶神恶煞的官兵屠杀。他们不仅抢走了粮食，连布帛马匹也尽数掠夺……如果是东吴的官兵或者是邻城的军士，何以能避开大邑守营的耳目？他们是从天而降的吗？可怜族叔，他，他舍命护我……"

羌族女子神情悲愤，泣不成声。

颜风听闻她一番话语，觉得尚有几分道理，按理说田园村是在大邑境内，来路不明的凶徒突然洗劫村庄，飞龙营的人难道都是瞎子？马贼抢粮犯不着屠村，所以此事极有可能是当地兵营监守自盗。

颜风呆望手中的箭矢，一时之间茫然无措。

城中百姓向来尊崇赵云，视他为再生父母，万一他是个两面三刀之人，只图一己私利，而置道义于不顾，我有什么能耐揭穿他？张道长啊张道长，你教教我，区区蝼蚁如何才能解救苍生?

“姑娘，此事疑点重重，一面之词恐难以服众。不如我先送你去大邑城，等你养好了伤之后再做打算。”颜风不太愿意多管闲事，但是小姑娘楚楚可怜，他总不能见死不救，万一凶匪中途折返，定会杀人灭口，不如尽快远离是非之地。

“不不，大邑城可去不得！”羌族女子秀眉微蹙，语气坚定，她突然摇摇晃晃地站起身来，向颜风鞠躬行礼，“小女子多谢小哥儿相救，心中甚是感激，但是汉人官兵与我们青衣羌人宿怨已久，大邑又是飞龙营的辖地……我要是借不到粮食，无颜面对父老乡亲，只能再去一次新津城。先生若是不方便……我……你……”

她低着头欲言又止，夜风吹拂额前一缕青丝，面容含羞，姿态忸怩。

颜风当然明白她的话意，正所谓好人做到底，送佛送到西，她都喊我哥哥了，我送她去一趟新津城又有什么关系？只是我与她萍水相逢，男女有别，难道让我一路背着她去?

他正在犹豫，羌族女子似乎猜出了他的心思，脸儿一片绯红，不知是火光照映还是害羞。她突然歪歪斜斜迈出几步，围着篝火走上一圈：“我并未伤到筋骨，走得慢一点无妨。”

颜风瞧见姑娘的羞态，心里一慌，挠了挠额头的刀疤，拾起地上一段被施剑南丢弃的绳子，笑道：“也好，你牵着绳子跟在我后面，我就当半夜三更起来放牛。”

羌族女子“扑哧”一声，唇角一弯浅浅的笑意随风飘远，心情似乎也舒展了许多：“小哥儿救我一命，我倒忘了还未请教尊姓大名。”

颜风眨了眨眼睛，道：“在下颜风，知己红颜的颜，玉树临风的风！不知姑娘……”

“姜无素。”

羌族女子嫣然一笑，腮上一抹红晕，宛如山茶绽放。

第六章：夜闯新津

风寒夜冷，山路崎岖。

二人迎着飘零落叶，往东边的荒山野地穿行。

颜风牵绳走在前面，担心姜无素体力不支，三步一回头，尽量放缓脚步。姜无素拄着木棍，低头避开地上尖锐的碎石，使劲抓住紧绷的绳子，累得香汗淋漓，不停地喘气。偏偏她性子倔强，一见颜风回头，立即快步跟上，绑在脚踝上的布条早已一片血迹。

萧疏的草木挡不住刺骨的风吹，但是二人心头却有一股暖意，聆听彼此的脚步声时，一种熟悉的默契感油然而生，就像是多年未见的老朋友，相聚在繁花似锦的田园里。

他神思恍惚之时，猛地瞧见草丛中有一块红白相间的碎布，慌忙上前拾起，正是童啸波脖子上那条赤焰丝巾。

“莫非童六侠遭遇不测？”颜风心里一惊，喃喃自语。

姜无素皱眉问道：“你说的可是平云客栈的童六侠？”

颜风“嗯”的一声，将丝巾塞入怀中，心想有机会将丝巾还给童六侠便是，若是鹤鸣七侠硬是要冤枉老子，大不了打上一架，我也懒得解释。

耳边涓涓水声，远处出现波光暗涌的江面，仿佛夜空中闪烁的星辉，洒落在拂动的绸丝上，泛起点点粼光。

颜风眺望江面，心情十分舒畅，心道：“今晚有幸能与佳人同行，也不知是不是我的造化，不管这段路途有多长，让我一直这样牵绳走下去，走上三天三夜我也愿意！”

沿江对岸隐隐出现高耸的城墙，颜风缓了一口气："前面就是新津城了吧，咱们歇一会儿。"

他转身瞧了一眼姜无素的脚踝，上前将她搀扶到一块青石上休息，左右翻看衣衫，却不知撕哪块衣襟比较合适。

姜无素面含羞色，摆手制止："颜哥儿不用担心，你这件衣裳这么多补丁，再撕开就穿不了了。进城之后先找个地方安顿下来，可不能让裴将军的人瞧见咱们。"

"你不是要找裴将军借粮吗，怎么又不肯见，见他……"

颜风听见"颜哥儿"三字，顿觉腿脚发软，慌忙侧身退开一步，心想西羌人说不定就是以哥儿小妹称呼对方，没什么好大惊小怪的。只是，你喊得这么腻人，没几个人受得了啊！

"颜哥儿有所不知，羌汉两族时相攻伐，积怨颇深，裴将军碍于往日情面，答应的是私下借粮，此事非同儿戏，千万不可外传。城中百姓见我去而折返，一定认为羌人不怀好意，若是宣扬了出去，我担心裴将军名节不保。"

"那照你的意思，我们得偷偷进城？"

新津位于成都东南，与西北的大邑城八字形分布，一左一右，均为蜀郡重镇。

城中守将姓裴名擒虎，英勇善战，乃刘璋旧部，当年曾随少主刘循退守雒城。成都兵败之后，刘备为了收拢人心，拜刘循为奉车中郎将，因裴擒虎战功显赫，遂被封为辅汉将军，隔岷江驻防，以拒东吴。

裴擒虎勇猛无敌，对先主刘璋也是忠心耿耿，加上他又是土生土长的蜀人，由他治理一方百姓，人人服气。东吴当然也崇敬裴老将军的为人，虽然边境偶有骚乱，但是两国之间久无战事，倒也风平浪静。

新津南门高墙矗立，冷落的城桥寂静无声。

桥头燃着一处火堆，两名抱着枪戟的守卫懒洋洋地坐在地上，正挨着肩膀烤火取暖。此桥是进城必经之路，要想神不知鬼不觉地溜进去，唯一的办法就是快刀斩乱麻，干掉守卫。

颜风眉头紧锁，突然觉得这件事情不太靠谱。

师父教我绝世刀法，时常叮嘱我不可滥杀无辜，习武之人要有锄强扶弱的信念，才是立身之本。如今为了一名羌族的女子，我竟要去杀两个无辜的汉人？那我跟绿林恶匪有何区别？

可是姜姑娘的族人等着粮食过冬，惊动了守卫，只怕会引起百姓猜忌，闹得满城风雨，到时候羌族饿死多少人，会不会都算在我头上？

颜风远远望着城桥，左右为难。

“颜哥儿。”姜无素眼眸流转，小声地道，“马上就要天亮了，不如你先进城去，到宝兴布行找掌柜的借一件衣裳，说我名字即可。等我换了汉人的服饰，守卫便不会生疑。”

“留你一人在城外，我怎能放心？倒不如过去将他二人打晕，换上一身兵服，咱们大摇大摆地进城去。”

“你想冻死他们？”姜无素瞪大了眼睛。

“扒他一件外套而已，又不脱裤子……”

“可是城楼上仍有巡夜官兵，若是被他们发现异样，岂不是弄巧成拙？”

颜风一怔，觉得姜姑娘确实心细入微，城中守卫纪律严密，不是山寨土匪可比，万一遭遇突变，刀下又死几个冤魂。

“好，待我引开他们的注意，你直接冲进城门，咱们熄火为号。”

颜风话音一落，飞身越过山坡草丛，径直往城桥走去。

桥头的守卫听见脚步声响，立即发现了颜风的身影，慌忙持枪戒备，大喊一声：“站住！哪里跑出来的？”

颜风朗声道：“在下是大邑城平云客栈的伙计，进城来找童啸波童六侠，有要事商议。”

“童六侠？原来是飞龙营的人。”两名守卫对视一眼，迎上前去，笑容满面，“既然都是自己人，你当然知道新津城的规矩。”

“什么规矩？”颜风一怔。

“哈哈，你一定是新来的！你可知刘豫州铸造的‘直百钱’，一枚相抵五铢钱一百枚。咱们裴老将军有言在先，府库若是充实，百姓当然一起享福，只不过咱们偏远小城，向来自给自足，而且与你们赵云将军也是井水不犯河水，若是两家有公务来往，必须缴纳三枚直百钱。”

好家伙！这不是明抢吗？

颜风满脸窘色，恨不得抽自己一个耳光，想不到西蜀兵营竟有这种规矩，悔不该假扮平云客栈的人，简直是自讨苦吃！

他抬头眺望城墙，见上面有数名巡夜的守卫来回走动，心想我若是此刻动手，难免打草惊蛇，只能将他二人引到城门下面，伺机行事。

守卫突然瞥见他斜插右胯的紫卿刀，皱眉道：“我瞧你穿得这么寒酸，身上肯定掏不出几个钱。真有急事的话，你将佩刀抵押也成，等找到了童六侠，再赎回去吧。记得是三枚直百钱啊！”

颜风眼珠子一转，笑道：“这是赵云将军赏赐的宝刀，不可轻易交付他人，不如让我悬挂在城门高处，以示敬意。等我办完了公事，自来取回。”

守卫闻言短刀是赵云所赠，脸上露出羡慕的表情，觉得颜风的要求合情合理，大伙儿按规矩讨要过路费而已嘛，可不是故意刁难，就算传到赵云将军耳朵里也不丢人。

二名守卫随颜风走到城下，指了指头顶的巨石拱门，道：“少侠请自便，一时半会我也找不到梯子。”

“千万别眨眼！”

颜风挽起袖子，飞身弹腿，脚尖在城墙上轻轻一点，忽然消失不见。

守卫目瞪口呆，昂起脑袋往后退出一步。只听耳边一阵呼呼风响，眼前一黑，脑袋上“嘭”的一声，仿佛两只软脚的河虾，顿时晕厥倒地。

颜风托住二人的胳臂迅速拉到火堆旁，假装低头闲聊，将点燃的干柴偷偷踢开。但见火势渐熄，城桥上一片漆黑，一个娇小的黑影猫着腰冲上桥面，动作敏捷，一头钻进城门，往僻静的街道角落疾冲而去。

城楼上的守卫并没有发现有人进城，远远望见桥头的火堆突然熄灭，大声叫嚷起来：“下面什么情况啊？”

“风大，风大！”颜风干咳一声，将火焰重新复燃，让两名守卫肩挨着肩坐在火堆旁，说声“得罪”，转身进城去追姜无素。

街道上空无一人，万籁俱寂。

姜无素藏身小巷一动也不动，见颜风的身影出现，终于松了一口气，回眸一笑，隐没黑暗。

她娇小的身子在街道上穿行带路，左转右拐，健步如飞，似乎对新津城的地形十分熟悉。转眼工夫到了一处幽深的小巷，她轻叩门上铜锁三声，突然朝身后的颜风招了招手。

门后亮起一缕灯光，二人闪身进屋，却见一个鬓发苍白的老叟掌执一盏油灯，睁开惺忪的双眼，惊恐万状地打量着姜无素，一句话也说不出来。

“陈叔叔是宝兴布行的掌柜。”姜无素略显疲累，随手将老叟掌中的油灯接过去，闪身进了里屋。

老头子怔忡半晌，将陌生人从头到脚打量一番，就像是一把油腻的刷子，刷得颜风浑身奇痒难忍，实在是憋不住了，脱口叫道："陈掌柜……你好。"

陈掌柜时而皱眉，时而微笑，也不问陌生人姓什么叫什么，突然叹了一口气，指了指墙上的木梯，道："你去阁楼将就一晚。"

阁楼上堆满了绫罗绸缎，五颜六色，波光流动。

颜风瞧见木架上挂着几件裁剪精良的襟边长袍，眼睛一亮，赶紧将一身全是补丁的破烂脱了下来，里里外外焕然一新。他抖了抖玄纹云袖，心里暗叹，张道长啊，不是我颜风不念旧情，我再穿几天就要变成叫花子啦！好歹让我打扮得体面一点，至少不会给你丢脸对不对？

他哈哈一笑，觉得心情大好，倒头扎进布料堆里，一时之间酣意无比，渐入梦乡。

窗前斜照一缕阳光。

街道上熙熙攘攘，行人络绎不绝。

远处传来吆喝叫卖声，徐徐而过的车轮突然压碎了路边一块青瓦，"吱呀"一声，颜风蓦然惊醒，刺眼的阳光几乎令他睁不开眼。

他下了阁楼，推门走出里屋。但见外堂的墙上钉着数排衣架，桌子上摆满了花花绿绿的布帛，陈掌柜手里举着剪刀，小心裁剪布料，门前几位妇人扭着腰肢，将布帛围裹在身上，一边沾沾自喜，一边又缠着掌柜讨价还价。

陈掌柜歪着脑袋瞧了颜风一眼，笑眯眯地道："不错不错，颜兄弟一表人才，眼光也好。这件衣袍原本是裴二爷定制的，穿你身上倒也合衬。"

"啊？那我……我赶紧脱下来。"颜风脸色一红。

陈掌柜上前招呼客人，扭头笑道："你穿着吧，裴二爷不差这件，就当是我送你的见面礼！"

"多谢多谢。"颜风没有想到陈掌柜如此慷慨，心里倍增好感。

他在宝兴布行转了一圈，便开始与陈掌柜闲聊家常。二人一见如故，彼此称兄道弟，就差烧香喝酒拜把子。

聊起青衣羌族，陈掌柜口沫横飞，说起当年在安玛城做裁缝的往事，颇为得意。不停地夸赞部落族长仁义无双，视他为己出，从来没有将他当作外人。但是一说起姜无素，陈掌柜就笑而不答。

颜风猛然想起半天不见她人影，皱眉沉思，莫非她偷偷去找裴擒虎了？那岂不是要暴露身份？应该找人去送信啊！唉，想不到女人心急起来，行事如此草率。

“颜兄弟不用担心。”陈掌柜的眼睛虽然眯成了一条缝隙，但是洞察力十分惊人，一眼就瞧出他的心思，嘿嘿笑道，“姜姑娘聪明伶俐，心细谨慎，我认识她这么多年，从来没有见她出过什么差错，傍晚时分肯定回来。”

颜风恭声道：“陈老哥跟我一位朋友有几分相似之处，他遇事从容冷静，恬淡处世，今日在下有幸得识老哥哥，相逢恨晚。”

陈掌柜哈哈大笑，突然指着他腰间的短刀，意味深长地道：“兵者，不祥之器。颜兄弟听我一句劝，羌汉两族历年来纷争不息，望羌台上看似风平浪静，但是只要有居心叵测之人煽风点火，遭难的就是百姓。万一哪天你深陷两难抉择的处境，做哥哥的给你提个醒：夫乐杀人者，则不可得志于天下矣。”

“陈老哥的意思是说放下屠刀，立地成佛？”

“呵呵，你想成佛倒也可以。雾中山大光明寺的玄嗔和尚乃蜀中四大绝顶高手之一，我跟他有一面之缘，有机会给你引荐引荐。”

颜风愕然，心想为何他要介绍个和尚给我认识？你给我十个胆子，我也不敢招惹什么蜀中四大高手啊！莫非他是要劝我剃度为僧？暗示我疏远姜姑娘？

不对！陈掌柜与姜姑娘相识多年，对羌汉矛盾了如指掌，搞不好他是担心我哪天会与羌人发生冲突，劝我莫要大开杀戒。

颜风心下释然，对淳朴善良的陈掌柜又敬重了几分。

日薄风凉，炊烟四起。

街道上往返的行人渐渐少了，眼看酉时已过，陈掌柜起身将门柱上两只“宝兴布行”的布纱灯笼摘下，合上店铺门板，准备打烊。

忽然，两条黑影从左侧小巷子窜了出来，闪身进入店堂，迅速将剩余的一块门板关上。

其中一人取下遮在头顶的风帽，双瞳剪水，清澈明亮，暗青色的长袖褶裙难掩婀娜身姿，唇边一抹弧度，梨涡浅笑，宛如清扬。

颜风又惊又喜，他当然认得出姜无素的容貌，只是那一头乌黑的秀发被银簪挽住，活脱脱就是汉人的气质，与先前憔悴不堪的羌族姑娘简直是天壤之别。

“陈叔叔！”姜无素搂住陈掌柜的胳臂，举止亲昵，仿佛久别重逢的亲人。

“死丫头，出门也不交代一声？再不回来的话，颜兄弟要把我这店铺拆喽！”陈掌柜板起脸儿瞪她一眼，掌灯进了里屋，“两位贵客里面请吧。”

颜风猜想姜无素带来的人绝不简单，既然不愿意暴露身份，我还是站得远一点，以免被人误会我狗拿耗子多管闲事。

客人进屋之后，一声不吭，倚窗窥视街道小巷的动静，确定无人跟踪，踱步桌前，解开了披在肩上的斗篷。

“就是这位小英雄救了你？他……他可曾瞧清楚凶手的模样？”

只见油灯下一张苍白的脸枯瘦如柴，目光炯炯有神。此人一身长襦锦袍，大拇指上套着一枚碧光闪亮的玉扳指，指尖轻捋颌下长须，颇有几分文士的风范。

他扭头张望颜风一眼，声音沙哑，表情淡漠。

姜无素应道：“颜风哥哥救出侄女的时候，官兵早已跑远。侄女也想不明白，他们为何不放一把火烧了村子……”

“颜少侠。”中年文士冲着颜风点了点头，算是打了招呼，眉宇间有一些傲慢，“老朽有一事请教，但愿你莫要隐瞒。我瞧你面生得很，不像蜀人，为何深更半夜会出现在田园村？”

颜风面露微笑，将大邑城平云客栈的事情简单说了，意在消解鹤鸣七侠的误会，所以随童啸波连夜赶往鹤鸣山。但是半路杀出来的那名黑衣人，他却只字不提。

他态度毕恭毕敬，完全是看姜无素的情面，若是换成大街上被人劈头劈脑地质问，他可能会一拳打在对方鼻子上。

“鹤鸣七子最近一直在追查飞燕子的下落，他半夜带颜少侠上山，恐怕另有原因。”中年文士面色一寒，眼珠子直溜溜地瞪着陈掌柜。

陈掌柜吃了一惊，皱眉道：“师爷怀疑他们是明修栈道，暗度陈仓？”

中年文士冷冷地道：“赵云屯兵锦屏山，修筑望羌台，原本就是为了防御羌族叛乱，他告示全城百姓，允许羌汉两族通商往来，但是暗地里却挖沟封渠，在白马村布罗阵仗，欲拒蛮族于千里之外。试想大邑城境内，哪个有胆抢掠粮车？活得不耐烦了吗？！”

“师爷高见。”陈掌柜频频点头。

“哼，为了掩饰罪行，他们当然要杀人灭口。老朽若是没有猜错，童老六夜奔鹤鸣山早有预谋，他沿路查探邻村的动静，就是为了确保飞龙营的行动万无一失！”

中年文士绷着一张黑脸，胡须上沾了不少口水，情绪颇为激动。

第七章：冤家路窄

颜风闻言一怔，上鹤鸣山是我想出来的主意，难道我一脚踏进大邑城，童啸波就开始算计我了？

飞龙营虽然嫌疑最大，但是没有真凭实据，颜风不敢妄下结论，他见中年文士一口咬定鹤鸣七子是屠村帮凶，忍不住翻了个白眼，道："先生的推断看似无隙可乘，却忽略了一个细节。"

"哦？颜少侠有何见解？"

颜风含笑不语，转身对着姜无素问话："姜姑娘，运粮车队共有几辆？"

姜无素应道："顾师爷开仓放粮五百石，装车总数六辆，每车均由三名族人牵行。"

"我进田园村时，粮车完好无损，我也特意查看过车轮的大小，可是沿途并没有发现任何痕迹。也就是说，凶手从天而降，展翅而飞，完全违背常理……我当时在想，有没有一种可能，前后是两批人？一批屠村杀人，另一批却藏身暗处，半路劫粮，演了一出黑吃黑的好戏。"

陈掌柜眯起小眼，面露赞许之色。

颜风又问姜无素："凶手抢粮之时，姜姑娘是否早已晕厥在地？"

"没有，当时族人与村民们正在饮酒高歌，村口突然射来强弓利箭，人群惊慌失措，互相踩踏，死伤无数……我在混乱之中被人一棍子打晕，醒来时才知是族叔为了护我安危，将我压在身下。"

“也就是说，你看见了飞龙营杀人，但到底是谁抢走了粮食，并不知情？”颜风语气慎重。

姜无素星眸流转，默然点头，似乎对颜风“螳螂捕蝉，黄雀在后”的说法也颇为认同。

中年文士突然冷笑道：“若是可以这样推论，那我也可以假设颜少侠与童老六不是第一天认识，你二人屠村之后，欲盖弥彰，故意装作路过田园村，索性救出小……我小侄女，平白无故就多出一个能证明你清白的证人。”

颜风脸色一沉，他原本对鹤鸣七子并无好感，但他们几个也不至于如此厚颜无耻，要在人背后恶语中伤。此时瞧见中年文士这种故作聪明的丑态，实在牙痒难耐，这老家伙满嘴胡说八道，咬死鹤鸣七侠不松口，我再跟他纠缠下去，搞不好越描越黑。

“唉……”

窗外飘来一声幽幽的叹息。

屋檐上忽然出现了一双兽皮靴子，两条小腿悬空搭在横梁上，悠闲自得地晃荡。

“什么人？”中年文士袖风一动，瞬息间拂灭桌上的油灯，身形一展，破窗而出。

只见夜色下掠起一名蒙头蒙脸的黑衣人，脚踏砖墙，仰面后翻，足尖踢起数片青瓦，人已飘出三丈。

中年文士啪啪两拳，砸碎迎面射来的飞瓦，五指箕张，一式“大鹏展翅”，疾扑黑衣人的后颈。

岂料黑衣人轻功了得，早已侧身跃至对面山墙，长剑负手，迎风而立：“哈哈！想不到堂堂的裴府师爷，竟不知隔墙有耳，半夜三更跟几个瞎子串通一气，合伙造谣，而且判断能力更及不上一个傻小子，传出去怕是要笑掉人的大牙！”

不知他在窗外偷听了多久，躲在屋檐上居然无人察觉，他故意嘲讽中年文士，但是这一句话却将屋内四人全都骂了一遍。

颜风暗自心惊，他当然认出了黑衣人是谁。此人在村口与童啸波双双失踪，怎么会突然出现在宝兴布行？他转念一想，姜姑娘现在是田园村血案唯一证人，为了灭口，凶手肯定不择手段。我得守在她身边，可不能中了敌人的调虎离山之计。

“喂！小英雄，你不问我童啸波死哪去了吗？”

黑衣人将身躯紧贴山墙，眼瞧中年文士追上屋梁，呵呵一笑，手中长剑反撩，犹如飞檐走壁的蝎虎，抖出两朵剑花，直削中年文士的头顶。

颜风将身子挡在姜无素前面，时刻留意小巷周围的动静，耳听黑衣人喊话，嘴角微扬，没好气地道：“他给家中老娘买皮袄去了！我看阁下喜欢半夜三更出来吹风，改天让他也给你捎一件吧，免得你遭染风寒！”

“多谢好意。”

黑衣人剑走游龙，身形飘逸，与中年文士对拆两招，堪然避开刚猛的拳风，身子在山墙上跳跃起伏，弹指间又连刺了三剑。

中年文士双臂忽开忽阖，左冲右撞，攻势极其凶猛，竟以手肘臂弯去抵挡碧水剑气，两只衣袖皆被刺得千疮百孔，却听见一阵叮叮当当的金铁相击之声，原来他手臂上竟绑着一对铁质护腕，无惧刀剑，逼得黑衣人连连后退。

“呵呵，你可瞧好喽，这位就是新津城的大活宝，顾长龄顾师爷！”黑衣人手腕一抖，大声道，“裴公府里这么多的人才，数顾师爷名气最大！他一天到晚游手好闲，只会一些溜须拍马、栽赃嫁祸的本事，江湖人称拳屁双绝！”

“放屁！”中年文士拳出如风，暴跳如雷。

“你看看！我话还没说完，他又放了一个！”

黑衣人一剑刺出，赫然点中顾师爷的手臂，“叮”的一声，像是刺中了师爷手肘上的护腕，整个人借力往后倒退斜仰，腕力下沉，反挑剑尖，顷刻间掀起了屋顶一片青瓦，身形腾空而起，宛如秋千架上玩耍的孩童，飘落在小巷对街的山墙。

颜风见他动作一气呵成，颇具超凡俊逸的气质，心里油然生出几分好感，此人剑法出众，性情洒脱，我紫卿刀若有机会与他一较高下，不枉此生。

“颜哥儿……”躲在颜风身后的姜无素咬了咬嘴唇，面现殷忧，“我千辛万苦联络到顾师爷，让他想法子向裴老将军求情，若是他有什么不测，我怕……”

颜风正色道：“梁上之人并无恶意，姜姑娘宽心，他要是有心暗算顾师爷，正好证明他做贼心虚。而且以顾师爷的武功，三百招之内，二人很难分出胜负。”

“我看不一定！”

巷口街边的角落竟然躺卧着一个男人，衣衫褴褛，满脸胡茬。他手里抱着一只硕大无比的酒葫芦，跷起二郎腿，就好像街坊邻居吃饱喝足，自顾休憩看戏。

他身上穿得破破烂烂，一双皮靴子却是油光锃亮，而且酒葫芦上居然画着一幅精致的青绿山水图，中间绑了一束暗红色的缎带，底部也镶着锡箔银丝，瞧他的模样像是个有钱人。

这酒鬼兴致勃勃地观望着屋顶上的打斗，冷不防蹦出一声感叹：“唉，老家伙的手上虽然套着铁圈，我就不信他大腿上也有！那得多大一圈啊？若是他半夜起来撒尿，走路的姿势不稳，岂不是要摔成一个狗吃屎的模样？”

此人满嘴污言秽语，却一眼瞧出了顾师爷的破绽。

颜风哑然失笑，客气地道：“有道是，观棋不语真君子，阁下既然在旁看戏，还是自得其乐比较好。”

“我没有别的喜好，除了喝酒，就是爱看人打架。做人尽量低调一点，我也总不能冲上去大喊一声，你怎么不攻他裤裆啊？”

他突然扯开嗓门，一条街上的人几乎都能听见。

几家店铺的阁楼上立即传来异响，街坊妇人慌忙抱下伏窗观战的孩童，噼里啪啦地关上门窗。

顾师爷听见酒鬼的胡言乱语，气得破口大骂：“哪里钻出来的杂种？来来来！有胆子你们两个一起上，顾某何惧！”

黑衣人精芒忽闪，手中冰寒的长剑凌空一荡，果然转换了攻势，刺向顾师爷的下盘。

顾师爷口气强硬，但是大腿上绝无可能也套上精钢护圈，血肉之躯如何抵挡兵刃？顿时方寸大乱，挥舞双臂去隔挡剑气，两只脚在屋顶上乱蹦乱跳，已将屋顶一排排瓦片踩得稀碎。

“当心当心，他要偷袭你命根子啦！”酒鬼好心提醒，嘴里喷出一口酒水，忍不住哈哈大笑，“哈哈哈！拳屁双绝在新津城里放一个屁都能遮天盖地，我哪有资格与您老人家动手动脚啊？我可是遵纪守法的大好良民，闲来无事喜欢看热闹而已，您若是被人戳中要害，以后千万不要找我撒气！”

顾师爷被黑衣人的剑气纠缠，一件亵袴已被划出数道裂痕，虽未伤及肌肤，只是那种凉飕飕的感觉仿佛蚁虫噬咬，令他胆战心惊，哪里还敢分心说话？他又羞又怒，只得反守为攻，双拳改为鹰爪之势，左右开弓，试图锁住黑衣人的剑锋。

颜风其实对顾师爷的人品极其厌恶，这老家伙从踏入宝兴布行那一刻起，只会信口开河，妄断是非，明显就是恃势凌人，要不是姜姑娘有求于你，谁愿意听你胡诌八扯！

他见顾师爷形势虽然窘迫，却并无性命之忧，最多是缺胳膊断腿，总比缺心眼强上百倍，所以依然无动于衷，隔山观虎斗。

“他攻你裤裆，你就不能抓他胸部？这叫你来我往，谁也别占谁便宜。虽然大家的动作都有些下流，但是生死关头迫不得已，只好尽情揩油，百无禁忌。”

酒鬼口无遮拦，竟突然开始指点顾师爷，果然是看戏的心态。

顾师爷幡然醒悟，迅速荡开剑锋，形如枯槁的指爪立即攻袭黑衣人的胸口。黑衣人似乎一惊，缩剑急退，回旋的锋刃拍在顾师爷的手臂上，又是一阵叮叮当当。

“你？你……你……”顾师爷连呼数声，似乎从黑衣人的剑法上瞧出了一丝端倪，猛然想起一桩怪事。

“你什么你？”黑衣人冷笑一声，攻势未减。

颜风见二人纠缠不休，恐怕一时半刻分不出胜负，低头打量酒鬼，忽然心思一动，诧异地问道：“原来你不是他的同伙？”

“荒唐，飞贼蒙脸就是怕被人认出相貌，我追了他好几个月，终于在新津城撞见。咱们闲话少说，我瞧小兄弟的气质异于常人，武功不弱，等会我抓捕他归案的时候，你千万不要挡我财路，免得难堪。”

酒鬼起身拍了拍裤腿，将酒葫芦悬挂身后，晃晃悠悠地往巷子里走过来。

他腰上悬着个庞然大物，走路的姿势也大摇大摆，就像是常年混迹市井的地痞无赖，不闹点事情出来浑身难受。

“且慢！”黑衣人斜眼往小巷一探，忽然闪身退开，大喊一声。

众人皆是一怔，不知他为何喊停。

黑衣人叹道：“我有一句话，不知道你们愿不愿意听。当年刘璋领益州牧，羌汉两族常年争战不休，百姓们生计艰难，尝尽了人间冷暖，而刘备来了之后，矛盾逐渐改善，大邑城的赵云将军大胆提倡羌汉通商，允许自由往来，修筑望羌台的原因，也只是为了抵御小部分的蛮族暴乱。可是新津城做了什么？同为蜀汉重镇，想法却完全不一样，国事家事搞得一团糟……”

顾师爷脸色阴沉，截口呵斥：“你到底想说什么？”

黑衣人冷冷地道：“我想说的是，西蜀一旦战祸遍地，遭殃的还是老百姓！”

颜风心里一惊，他这番话是何用意？莫非他一路跟来是另有图谋？说不定他与劫粮一事有着千丝万缕的关系。

“这位先生，可否听我一言？”一旁的姜无素款款施礼，语气平静，“你说的话很有道理，小女子不懂时局大势，也时常为一些民怨载道束手无策，只因我是个普普通通的羌族百姓，心里想的是明天还有没有炊米下锅，寒冬天里有没有新衣保暖。依我的看法，裴老将军赠衣送粮，何错之有？难不成要眼睁睁地看着羌族人全都饿死冻死，天下才会太平吗？”

“嗯，姜姑娘口齿伶俐，确实为族人操碎了心！但是你莫要忘了，城门失火会殃及池鱼，若是你部族首领为了一时安稳，听信妖言惑众，等你青衣族人黎庶涂炭之日，悔之晚矣。”

“追寻自由，总有人要流血牺牲。如果我们连活下去的权利都没有，又何必为人……”

姜无素轻启丹唇，凛若冰霜，脸上那份执着与坚定令颜风百感交集，想不到姜姑娘如此善解民意，她在部族之中一定遭遇过太多的辛酸。她是一名弱女子，祈盼的只是羌族人能吃饱穿暖，好好活下去而已，享乐的日子太过遥远，时局纷争也与她无关。

可是我能为她做些什么？如果裴擒虎真有私心联合羌族造反，势必血流成河，作为身在西蜀的汉人，我又将如何抉择？

他似乎突然明白了陈掌柜的暗示，残暴的杀人者，绝无可能得志于天下，凡事都有主次之分，是非对错，当以大义为重。

“人人都有争取生存的权利，你羌人如此，汉人也一样！”酒鬼精芒忽闪，狠狠瞪了姜无素一眼。

姜无素客气地道：“先生所言极是。小女子觉得裴老将军一心体恤民情，眼中并无羌汉之分，借粮一事，原本就是为了加深两地的友谊，何故要断定他另有企图呢？”

酒鬼冷笑道：“若是赵云将军所为，西蜀自然无人反对。但是裴擒虎的心思神鬼皆知，他若是问心无愧，为何擅自开仓放粮，做出欺上瞒下的丑事？道理很简单，他向来与飞龙营不合，暗中勾结青衣羌，伺机而动，等主公进兵汉中之时，便在后院放火，先取大邑，再攻崇州。”

“无知鼠辈，血口喷人！”顾师爷大怒。

黑衣人哈哈一笑，自嘲地道：“西蜀之地，我最佩服的人只有一个！此人头脑冷静，思维清晰，而且深受大将军的信任。唉，我要是有他这种混吃混喝的本事，也不用每天晚上穿着这一身破衣裳，在别人的房顶上飞来飞去。”

酒鬼抬眼斜视，淡淡地道:“你是在取笑我吗？”

“你追了我都快小半年了，几时见我敢与酒胆卫季开玩笑？嘿嘿，我知道今天晚上你最感兴趣的人不是我，而是姜姑娘！”

“哈哈，你又不是我肚子里的烧鹅，怎会知道我想什么！”

“鹤鸣七子卫老二？”顾师爷大惊失色，脚步趔趄，险些从屋顶摔下来。

酒鬼拍了拍胸膛，傲睨自若：“如假包换！”

颜风饶有兴致地盯着卫季的酒葫芦，心想此人其貌不扬，竟是童啸波的二哥？他突然出现在新津城，当然不是找结义兄弟，而是为了追捕夜盗陈公馆的飞燕子。

“你，原来你就是飞燕子？！”

颜风猛然醒悟，身形一晃，一飞冲天，卷起流云般的袖风，迅速扑向站在山墙上的黑衣人，“我正要问你童六侠的下落，你倒是自己找上门来，人在哪里？！”

“无可奉告！”

飞燕子持剑回旋，一式“平湖望月”，仰首避开颜风疾攻而来的衣袖，身姿轻盈如燕，动作敏捷。

单从他超尘脱俗的剑法上来看，比起寻常绿林大盗的档次不知要高出几倍，而且这等轻功绝技，无人能望其项背，为何甘愿去做偷鸡摸狗的飞贼？

颜风正在诧异之时，耳边倏然听见呼呼异响，回头一望，只见酒胆卫季正高举巷子角落一根竹竿，狂奔而至，以横扫千军的气势攻袭三人落脚之处。

“都给老子下来！”卫季一声怒吼，将手中的竹竿舞出一篷光影，“嘭”的一声，瞬间击中山墙，哗啦啦一片砖瓦翻飞，尘土四散。

“卫老二，你擅拆民房，该当何罪！”

飞燕子的轻功果真惊世骇俗，他人未落地，半空中传出一声呵斥，脚尖在巷子砖墙上一点，轻轻松松地飘落另一处屋檐。

颜风飞身而下，回头瞧见飞燕子的动作，心里暗暗称奇，我瞧他一身轻功自是从小苦练，必定花费了比常人更多的时间和精力。虽然路子选得不对，但是精通一门技艺又谈何容易？唉，换作是我也当如此，若是不去做飞贼，岂非白白浪费了一身本领？

第八章：弹指刀声

"他妈的！你哪只眼睛瞧见的？"

卫季大怒，将竹竿往地上一点，路面的青砖立即被他捅出一个大洞，碎石飞扬。

"那你是哪只眼睛瞧见我进陈公馆的？"飞燕子坐在屋檐之上，前后晃荡小腿，语气淡漠，不知是在申辩还是挑衅。

卫季一时语塞，冷笑道："你轻功蜀中第一，当然嫌疑最大。"

"杀人有伤，捉贼见赃。你证物找不到，连一个证人也没有，凭什么断定是我飞燕子偷走了贡茶？嘿嘿，为了小小的一包茶叶，又是抓人又是拷打，施剑南虽然游手好闲，不务正业，但是比起你们鹤鸣七侠强得太多，起码他知道人情世故，绝不会出卖朋友。"

"我鹤鸣七子有何不妥之处？"

卫季目中一道寒光暴射，手中竹竿被他捏得咯吱作响，犹如一尊泥塑神像，杀气腾腾。

飞燕子似乎被卫季的气势骇住，心神一震，吐息道："好，你当我刚才那句是放屁……就算鹤鸣七侠再不讲理，他们也都是铁骨铮铮的好汉，西蜀人人皆知。"

卫季懒得跟他废话，厉声道："你几时见过我六弟？说！他现在何处？"

"鹤鸣七子个个想抓我归案，赏钱看不上，名声可要紧。嘿嘿，你不会怀疑我是屠村凶手吧？"

"哼！谅你也没这个胆子！"

飞燕子笑道：“那就好，童六侠给他老娘买皮袄子去啦！”

颜风见他说得郑重其事，心里暗笑，我不来揭穿你，反正迟早要落在鹤鸣七侠的手里，让你受点皮肉之苦也好，改一改油嘴滑舌的毛病。

此时，顾师爷一言不发，一改嚣张跋扈的嘴脸，冲着卫季行礼：“适才老朽不知是卫老弟大驾，多有冒犯，多有冒犯……”

卫季斜眼冷笑：“咱们各为其主，您千万别跟我客气，我若是不乔装打扮一番，恐怕进不了新津城。”

顾长龄打了个哈哈，道：“大邑、新津均为西蜀重地，卫老弟这句话就见外了，我知你是为田园村一事而来。实不相瞒，裴公借粮确实是坏了规矩，但是事出有因，也担心会引起百姓不必要的猜疑，还望卫老弟明察秋毫，不要轻信闲言碎语。”

“明人不做暗事，我就直说了。”卫季扭头瞪了颜风一眼，又瞧了瞧姜无素，“昨晚田园村惨遭不测，死者共计四十一人，其中汉人二十三名，羌人一十八人。想必顾师爷都知道了吧？人数不对是不是？我听说进城的羌人有十九人，怎么少了一位？”

他已经知道姜无素的身份，这句话显然是明知故问。

顾师爷一怔，不知应该如何回答。

“小女子姜无素，见过卫二侠。进城借粮的羌族人数确实是十九人，只因我在田园村逃过了一劫。”

鹤鸣七侠威震西蜀，深得民心，姜无素身为羌人，没有理由与鹤鸣派的人针锋相对。就算卫季要追查裴将军借粮一事，她俯仰无愧，不需要隐瞒任何事。

“想来定是这位小兄弟救了你。”卫季斜视颜风，慎重地点了点头，“很好，现在我想邀请姜姑娘跟我去一趟大邑城，将整件事情的来龙去脉复述完整。小兄弟会不会阻拦我？”

“你试试。”

夜风轻拂，颜风额前一道斜形的刀疤突然布满了血丝。

此时此刻，他终于明白了卫季的来意，飞龙营为了追查田园村劫粮一案，刻不容缓，而姜无素是唯一的活口，也是至关重要的证人。

卫季的目光停在颜风的黑鞘短刀上，觉得有一股逼人的邪气，仿佛要摄人魂魄。

他内心隐隐有些不安，此人兵器古怪，来历不明，如果是裴府请来的帮手，我处境不妙。

闯荡江湖的高手，一定要具备敏锐的洞察力，像顾师爷这种养尊处优的奴才，偶尔会遗忘江湖上的凶险，因为权力可以摆平的事情，根本用不着他亲自动手。

鹤鸣七侠一片赤胆忠心，绝对不是为了私欲，只有叱咤风云的英雄人物，才能令他们俯首称臣。而能让卫季肝脑涂地的英雄，普天之下，唯有赵云一人。

田园村的血案漏洞百出，匪徒在飞龙营眼皮底下行凶，这是破天荒第一回。鹤鸣七侠处事冷静，当然分得清楚什么是轻重缓急，什么叫大小主次。

卫季的任务只有一个，尽快查出主谋，捍卫飞龙营的声誉。

可是他碰见了颜风，一个浪迹天涯的刀客。

颜风的想法没有这么多，如果他连一个孱弱的女子都保护不了，张道长那句“解救天下苍生”就是一句笑谈。他想验证大道仁义是否值得追寻，必须先从姜无素开始，不用作出艰难的选择，也不用卑躬屈膝地去乞求他人谅解。他已经没有固执己见的冲动，但是要他全心全意地去保护朋友，依然是义无反顾。

街道冷清，杀气渐浓。

顾师爷见气氛不对，偷偷溜回小巷，悄无声息地钻进了宝兴布行。

他贵为裴府师爷，在新津城里也算是有头有脸的人物，可是往鹤鸣七子身边一站，完全不能相提并论，只要卫老二不找他麻烦，就谢天谢地。

坐在屋檐上的飞燕子也早已不知所踪，他之所以来去如风，是因为没有人可以拦得住。鹤鸣七子能不能拦住颜风？这个问题就没有答案了，就像颜风所说的一样：你可以试试看。

卫季仰望夜空，轻叹一声，道：“姜姑娘是大邑城的客人，我没有理由为难她。我卫季从来没有冤枉过一个好人，跟不跟我走，由她自己决定。”

姜无素眼眸闪烁，恭谨地道：“卫二侠的人品我绝对信得过，田园村归属大邑境内，自然应该由飞龙营的人出面澄清。只不过，小女子不愿意去大邑城。”

“现在你满意了吗？”颜风面露笑容。

“我卫老二行事光明磊落，说一不二，姜姑娘这句话，我不太满意！”

卫季脸色一寒，忽然错步起跳，仰头喷出一道水箭，脚尖横踢手中的竹竿。呼呼风起，笔直的竹竿竟然裂成四片，弯成伞状，犹如苍龙出海，低沉的颤音顷刻间破空疾飞，化作一道强弓利弩，直袭颜风！

他的身影极快，气沉丹田之时，早已跃身而上，竟追上喷溅而出的烈酒，双掌“呼呼”斜拍，立即击散瀑布般的水幕，凶猛的罡风掌力摧弹水珠，顿时在巷壁上射出无数个小洞。

只见颜风气定神闲，右掌紧贴胯间，紫卿黑鞘在风中微微轻颤。

卫季心里一惊，糟糕，判断失误！原来这小子不是左撇子？

他脑中的疑惑一闪而过，耳边已听见一丝凄厉的鹤鸣，暗红色的刀光刺得他几乎睁不开眼睛。

唰！

刀光即逝，仿佛天边坠落的流星，四段被刀锋撕开的竹片飞舞半空，像极了一柄撑开的大伞，在颜风的头顶盘旋不息。

他衣袖上早已被洒水溅出了好几个窟窿，却是面不改色心不跳，仿佛戏台上的将军，站立在五彩缤纷的帷幔之下，颇有王者风范。

紫卿短刀依然斜插黑鞘，颜风的脸上突然露出一种古怪的笑容，好像没有计较是谁先动的手，也好像从来没有拔过刀。

卫季只听见破竹的刀声，完全没有瞧清颜风出刀的动作，但是那一声凄厉的鹤鸣，他永远都不会忘记。

那是一种他从来没有经历过的恐惧。

“好快的刀……”卫季嘴角微微抽动。

“一出手便有四式杀招，竹竿水洒皆成暗器。如果我没有猜错，正是鹤鸣派‘青鹤’九打的神通。”

“哈哈，哈！小兄弟好眼力！”卫季抱起酒葫芦猛灌一口，用笑声掩饰尴尬。

“你肯定很好奇，为什么我的刀鞘是在右边？”颜风踏前一步，朗声道，“紫卿出鞘，御气回巢。在下自七岁起，便潜心研习以指力运气御刀，至今已有三十七人死于刀下，我不希望卫二侠是第三十八个。”

“为什么？”

“鹤鸣七侠名震西蜀，皆是光明磊落的好汉，暂且抛开黑白善恶不谈，我也要先敬你三分。”

听到“御气回巢”四字，卫季微微一怔，猛地发觉胸口一片冰凉，衣衫赫然开裂，一道斜斜的血迹，细如丝线。

卫季深吸一口气，沉声道：“你的刀法异于常人，紫卿鹤舞，或许与我鹤鸣派有些渊源。你敬我三分，我必还你三丈，田园村一事关乎大将军的声誉，我酒鬼卫季没有什么大学问，只知道忠心报国，绝不允许败法乱纪之人生事扰民。”

“好人也可以不讲理，你抓贼除恶跟我也没有半点关系！在下只有一个心思，没有人可以强迫姜姑娘做她不愿意做的事！”颜风语气坚定。

姜无素凝视着颜风的背影，心里五味杂陈，他一心护我安危，从来没有问过我来自何方，家在哪里……若是有机会，定要带他去安玛城见我阿爹，感谢他相救之情。

她俏脸微红，只觉得心儿扑扑跳个不停，芳心大乱。

卫季暗自感叹，老子一身酒胆，从娘胎出来就没有怕过谁，想不到这小子比老子还彪！

年轻人眉宇之间那种不羁的神情，仿佛让卫季看见了自己。

谁都有年少轻狂的岁月，但不是每个人都能明辨对错是非，醉过才知酒浓，痛过方知情深，颜风或许体验过生死存亡的滋味，但是他绝对不懂攘权夺利、尔虞我诈的丑恶。

卫季相信，田园村的血案摆明了是有人故意嫁祸赵云，而他潜入新津城的目的，也不是为了抓捕飞燕子这么简单。

“你以为凭你一己之力，便能顾得姜姑娘周全？那你就大错特错了！四十一条人命，丧心病狂的匪徒哪里会有人性？我只希望你莫要有侥幸心理。姜姑娘身处险地，随时随地都会发生危险，倘若执迷不悟，追悔莫及。”

卫季领教了颜风的戾气，万般无奈，唯有苦口婆心，竭力劝他以大局为重。但是颜风脸上的表情已经表达得很清楚，如果动嘴能够解决争执，普天之下就不会再有人动手。他饱经世故，身经百战，深知无论从哪个角度，都没有把握阻止颜风的鹤唳刀声，只有一个占尽先机的可能，就是姜无素。

他目中精芒一动，极力表现出一种无奈和沮丧，猛地一拍酒葫芦，“嗖”的一声，晶莹剔透的酒水忽然在空中划出一道弧形。

卫季身随气动之时，酒葫芦当然也是暗器。“青鹤”九打的精髓之处，讲究功力浑然，而且举手投足间，天地万物都可化为武器。

呜呜，呜！

悲怆的鹤鸣声再次响起！

酒葫芦赫然被刀光劈开，此时的卫季闷哼一声，与颜风几乎是脸贴着脸，彼此擦身而过。刀光乍现，一滴飞扬的鲜血，溅落在颜风的眼角边。

紫卿出鞘，御气回巢。

谁也预料不到，卫季凌空抛出酒葫芦原是虚晃一招，他根本不想与年轻人硬拼。他以酒葫芦牵引颜风的指气御刀，却伸出拇指戳向颜风的胸口。侧身挡过了凌厉迅猛的刀光，突然身形飘忽急旋，手中一截细长的银丝，鬼魅般地缠住了姜无素的脖子。

烈酒、葫芦、指力、银丝，卫季这一连串的动作完全是一气呵成，滴水不漏。

姜无素娇躯一颤，犹如惊弓之鸟。

卫季瞄了一眼地上的断指，强忍十指连心的痛楚，心有余悸地道："我断一指，换姜姑娘随我去大邑城做客几日，这个买卖虽然不是很划算，但我可以作出承诺，她要是少了一根头发，你砍下我脑袋当夜壶！"

他话声一落，立即挟持姜无素缓步退出小巷。

紫卿邪刀的威力，卫季亲眼验证，他无心与颜风为敌，也不愿意让人小看了鹤鸣七子的骨气。挟持人质实属无奈，就像是童小浪要在茶中下药，本意就是为了化解不必要的纷争。大丈夫能伸能屈，大敌当前，当然是兵不厌诈。

"颜哥儿！你，你不要为我担心……"姜无素的呼唤声渐渐低沉，脸庞上一丝悲切的温柔，悄然被黑暗吞没。

颜风握紧拳头，呼吸急促。

他不敢冲上去，因为他怕卫季狗急跳墙，紫卿刀速度再快，也不可能用姜姑娘的性命开玩笑。他不知所措地望着姜无素的背影，脑子里一片空白，如果换成是"大悲手印"，我会不会让他走？

颜风身子晃了晃，感觉胸口一腔沸腾的愤怒，蓦然化作了一阵心痛。

顾师爷听见动静，第一个冲了出来，急得连连跺脚："完了完了！她被赵云的人抓走，只怕凶多吉少！"

陈掌柜失声叫道："师爷莫要吓我，赵将军一世英雄，怎么可能为难她一个小姑娘？"

"唉，说来话长，裴公是地地道道的蜀人，他当然最清楚羌汉之间的矛盾根源。刘备占据益州之后，一心充实国库，便开始强征赋税，你以为赵云镇守大邑是为了百姓的安定繁荣吗？哼，这是刘备的阴谋诡计！为了防止西部蛮族的异心，冠冕堂皇称之为'抚民'，暗中却是顺者昌，逆者亡！可怜，羌人命如草芥，根本抵挡不住兵戈战祸的凌虐，田园村的血案正是飞龙营的警告，等你们羌人吃饱穿暖，反咬我一口怎么办？当然是宁可错杀一千，绝不放走一个！"

“住口！”

颜风狂吼一声，怒目圆睁。

顾师爷这番话说得颜风心惊肉跳，满身冷汗。

想不到赵云口口声声爱民如子，竟也暗藏私心，难道为了江山社稷，就不管百姓死活了吗？怪不得飞燕子处处与鹤鸣七子作对，原来他早已洞悉羌汉百姓的无奈和凄凉，他只有去找回最后那一点尊严，才能活出自己的精彩。

乱世之中本无道义可讲，既然你们这么喜欢玩争权夺利的游戏，那我颜风就奉陪到底!

他一时悲愤交加，拼命握紧拳头。他怕控制不住自己的情绪，若是让颤抖的手指突然弹向紫卿邪刀，宝兴布行可能会被他拆了。

姜姑娘，你我虽然萍水相逢，连话都没说上几句，但是牵绳远行之情义，我已难以忘怀。我颜风为了追查“大悲手印”的下落，心中从未放下过仇恨，我也不愿重蹈覆辙，让你成为我另一个遗憾。

窗外夜色凄冷，颜风辗转不安，一夜无眠。

初冬的季节风寒露冷，山雾弥漫。

颜风清晨起来，耳闻门外传来叽叽喳喳的争吵声，一群人围在街口议论纷纷，他们都听见有人半夜三更在屋顶上打架，可到底是哪个挨千刀的拆了铺子，无人知晓。

街道上的行人熙来攘往，颜风低头开始打扫门前的破砖碎瓦，心事重重。

昼时他便蹲在门前，呆望远处依稀的城墙，夜里独坐阁楼冥思苦想，连陈掌柜精心准备的酒菜，他也一筷未动。只是眉宇间那一点愁云一直郁郁难散，不免长叹一声，闷头睡觉。

如此煎熬了数日，颜风忙前忙后，却始终不说一句。

陈掌柜当然知道他有心事，只字不提姜无素，清晨出门买了一罐豆浆，又去厨房煮上一锅小米粥，回头嘱咐颜风：“颜兄弟，今日我约了客人，劳烦你在布行看家，若是顾师爷有什么动静，切莫意气用事。”

颜风皱了皱眉，突然问了一句：“你说顾师爷会不会向裴将军求情？让当官的出面调解误会？”

“裴公与赵大将军素来不和，恐怕很难卑躬屈膝，除非……”

“除非什么？”颜风追问。

陈掌柜欲言又止，忍不住叹道："鹤鸣七侠名声在外，不可能做出落井下石的事情，但是顾师爷这种趋炎附势之人，咱也信不过。唉，姜姑娘的事儿你就别担心了。"

颜风道："陈老哥，在下初到蜀地，承蒙你盛情款待，不胜感激。我做事自有分寸，也不愿意再与顾师爷有什么瓜葛……不如咱们就此别过，有机会再来拜访老哥。"

"我没什么朋友，每天进进出出的都是一些争长论短的客人，你这一走咱们何日再相聚？等等……莫非你要去大邑城救姜姑娘？你可千万不要乱来啊！"

陈掌柜愀然变色，不知该如何劝说这位固执的小兄弟。

颜风淡淡一笑，语重心长地道："我思索再三，终于明白解铃还须系铃人，陈老哥不必为我担心。"

"你这是要去哪里？"

"不入虎穴焉得虎子，我决定去飞龙营，拜访赵云。"

第九章：望羌城营

寒风刺骨，草木凋零。

颜风去驿站马行租了一匹快马，一路西行，远眺云雾缭绕的大邑城楼，勒缰止步，怅然若失。

他不知姜无素身在何处，说不定被卫季连夜带进了平云客栈，由鹤鸣七子严加看管。要是他们将她关在马厩里，一日三餐一碗清汤宽面草草打发，烫油鸭子肯定吃不上。

人品之好坏，每个人的看法不同而已。颜风虽然对鹤鸣七子没有什么好感，但也想起曾答应过童小浪有机会请他喝酒，只盼童小浪莫要忘记约定，若他能敬人一分，自然也能善待姜姑娘。

颜风强忍住一肚子的火气，冷静思量，我在平云客栈早已领教过童小浪的“望乡酥”，鹤鸣七子下药、绑架的手段，原是为了避免不必要的争执，并无害人之心，只要姜姑娘没有性命之忧，后面的账我会跟他们慢慢算！

他手中缰绳一抖，骏马纵蹄长啸，直奔锦屏山而去。

锦屏山起始于斜江东岸，止于猛溪河畔，一堂十二山屏，春夏秋冬风光锦绣。

东岸第一座山名静惠山，山环水绕，地形纵横交错，荒野之中修筑了一座雄伟的瓮城，宛如高峰插云。一道拦马沟河横卧城前，三丈多宽，深及十余丈，削壁浅滩上刀枪林立，荆棘密布，若是不小心失足掉落，定教人身首异处，死无葬身之地。

颜风越过山坳，马似流星，远远瞧见城头“望羌台”三字，心想我夜入新津，勇闯兵营，全是因为我要保护最关心的那个人，你们将我当成流寇也好，奸细也罢，总有一天我要搞得西蜀天翻地覆，不得安宁！

他昨夜辗转难眠，脑子里蹦出来最多的一个念头，就是“射人先射马，擒贼先擒王”。

飞龙营的主将是赵云，当然也是羌汉矛盾的罪魁祸首！如果潜入兵营，擒住赵云，逼迫鹤鸣七子交出姜无素，谅他们也不敢拿主将的性命开玩笑。此计划虽然风险极大，但也是最有效的方法。

而且他也想通了一个道理，找鹤鸣七子出气于事无补，就算他一怒之下将他们全部斩杀，西蜀之地也许还会冒出八大金刚、九天菩萨，他能杀得尽天下强权吗？

回想起姜无素在小巷里那一抹无辜的眼神，颜风心里更是怒火中烧，男儿大丈夫敢做敢当，脑袋掉了也是碗大的疤！哼哼，别人当你赵云是盖世英雄，我颜风偏不认识！

他一骑快马奔至城下，但见护城河上架起一座铁锁浮桥，城门两边分列数名藤甲步兵，手持长戟，严阵以待。当中一名佩剑的步营督吏气势威严，厉声喝问：“来者何人！”

颜风翻身下马，抱拳揖礼：“在下颜风，乃童啸波童六侠的朋友！前几日与他路遇田园村，亲眼看见屠村血案，特意赶来飞龙营求见赵云赵将军，有紧急军情禀报！”

军营的城防与县城的治安当然不一样，不论是白天还是夜晚，望羌台上守卫起码比新津城多出数倍，此刻他若是硬闯，顷刻间万箭齐发，随时都可以将他射成刺猬。幸好他早有准备，白天反而更容易让人放松警惕，哪怕童啸波正巧身在兵营，他也完全有理由当面质问：去你娘的！你将我抛在野外，连招呼也不打一声，摆明了就是想过河拆桥啊！

步营督吏目光如电，抬头往城墙之上望了一眼，示意弓箭手解除警戒：“童六侠无故失踪，大将军早已下令全城搜索，你说是童六侠的朋友，可有凭证？”

“不瞒军爷，在下正为此事而来。”颜风高举手臂，抖了抖童啸波遗落途中的赤焰丝巾，面不改色。

步营督吏认出是童六侠的随身之物，犹豫片刻，道：“我家大将军正在辕门主营议事，你且随我去偏帐等候，待我去禀告少将军，见不见客，看你运气。”

“多谢军爷！”

颜风心头暗喜，等我进了飞龙营，能不能见到赵云，可由不得你。

步营督吏摆了摆手，大步往辕门走去，数名藤甲步兵步伐整齐，紧贴颜风身侧，就像是押解俘虏一样，在山谷城墙之下列队前行。

望羌台分为外城与内城，徒步穿过山坳，出了东山辕门之后，再越过山谷丘崖，眼前便出现了一座座幡旗大帐。只见山谷的空地上围着一道泥墙壁垒，四周皆是焦木栅栏，三步一岗，五哨为营，甚为壮观。

军营之内尘土飞扬，喊声震天。百余名将士正光着膀子在操场上操演阵型，一队铁甲骑兵从栅栏外呼啸而过，青龙长幡上绣着一个“赵”字，迎风飘展，威风凛凛。

颜风第一次目睹军营的宏伟气势，忍不住啧啧赞叹，好家伙！要是哪天我做了大将军，振臂一挥，攻城略地！谁敢鼻孔朝天轻视于我？哼哼，三跪九叩我也不见得会搭理他！男儿一生若能经历这般精彩，让我少活十年也愿意！

随行的兵士绕过操场，围在一座密不透风的营帐旁休息，步营督吏客气地将颜风迎进去，抱拳道：“请颜兄弟解下佩刀，在此等候。”

“这是在下吃饭的家伙，望军爷小心保管。”颜风环视一圈，见偏帐角落堆满了马镫马鞍，上面铺着一层层的毡毯，像是个储存军需的库房。他微微一笑，解下腰间的黑鞘紫卿刀，毕恭毕敬地递上。

步营督吏伸出双手去接，忽觉手臂一麻，不是刀沉，而是颜风的手掌突然往下一压，出手如风，已点中他左胸的“天突”“俞府”二穴。

他喉间一句话还没来得及喊，身子立即僵硬。

颜风一把搂住了他的肩膀，俯在他耳边轻声细语地道：“军爷莫要惊慌，在下无心伤人。我问你什么话，你只需摇头或者点头，千万不要耍花样。”

步营督吏身子动不了，喊又喊不出来，只能哭丧着脸，急得连连点头。

颜风嘴角一扬，取出童啸波的赤焰丝巾，煞有介事地系在步营督吏的脖子上：“童六侠躲起来不敢见人，我只好到飞龙营碰碰运气。以后见了他，烦请你物归原主。我且问你，飞龙营里是不是来了一位羌族姑娘？”

步营督吏眼珠子一转，使劲点头。

“很好，我倒是没有白跑一遭。”颜风竖起耳朵聆听帐外的动静，确定没有异常，便拍了拍督吏的肩头，一脸坏笑，“我来飞龙营之前，早已想过后果，横竖都是个死，好歹我也找几个垫背的。我若是将你扔在库房，搞不好会饿上三天。嘿嘿，还是要劳驾军爷带我去见她一面，担保你性命无忧。”

步营督吏抽了抽鼻子，满脸惊诧，他实在想不明白，眼前这位年轻人居然敢硬闯飞龙营，是喝多了还是高烧未退？

但是颜风的手段他已亲身验证，绝非小儿把戏，真将自己往毡毯堆里一埋，就该轮到他无故失踪好几天了。蝼蚁尚且偷生，做人岂有不惜命之理？他暗中打定主意，我此番被人挟持，这笔账应该算在童老六的头上。

颜风挽住督吏的手臂，架着他大摇大摆地走出偏帐，故意当着军营护卫的面，对飞龙营赞不绝口："不错啊，今日多亏老哥关照，让兄弟能一睹飞龙营的风采，真是天大的福气！走走，咱哥俩去西边大营瞧瞧！"

步营督吏根本无力反抗，只得强颜欢笑，一个劲地点头，领着颜风往西辕门走去。

只是他脚尖悬空，快步如飞，走路的姿势与平时大不相同。

帐外的军士颇觉好奇，但是一瞧见他脖子上的赤焰丝巾，心里疑虑顿消，能跟童六侠的朋友称兄道弟，换谁都乐意，督吏长官显然是求功心切，步子迈得太急而已。

二人一路绕过几座大营，转眼便来到了西边的辕门帐外。

守卫将颜风上下打量一番，心里虽然好奇，却并不多话，而督吏脸上极不自然的笑容，也未引起兵士们的猜疑。

但见前方出现一处高篷大帐，旗幡密布，帐前一名五花大绑的武将，满脸羞愧地跪在帐前，一声不吭。而他身后居然跪着两名羌族的妇人，其中是一位戴着头巾的小姑娘，正挽着身旁花白老妇的手臂，以泪洗面，神情悲戚。

周围聚拢了数名高大威猛的将士，有些在交头接耳，窃窃私语，有些则是偷眼窥探主帐内的动静，不停地摇头叹气。

当中一名剑眉大眼的年轻将军，约莫三十出头，胸前系扣一片鱼鳞状的银胄铠甲，一身戎装战服，脸色铁青，指着跪在帐前的武将，大声呵斥道："张著！你身为主帅帐下偏将军，胆敢胡作非为，视飞龙营的声誉为儿戏，我看你还有何话可说？"

颜风暗自吃惊，瞧这阵势，难不成此人便是田园村的主谋，被飞龙营抓获问罪？可是羌族人怎么会出现在兵营里？看小姑娘哭得肝肠寸断，难道竟也是为了姜姑娘而来？

他此时一头雾水，只得悄悄地牵引督吏绕去主帐的左边，二人背靠着背，躲在幡旗大杆之下，静观其变。

人群中的将士并没有留意到颜风的动静，其中一位身负弯弓的武将迈步上前，狠狠瞪了剑眉将军一眼，情绪有些激动："大将军有言在前，向来允许羌汉联姻，张著兄与羌族姑娘本就是情投意合，哪点违背了道义？如今过错已无力挽回，末将……恳请大将军，看在他这些年跟随您出生入死的份上……望能对张著从……从轻发落！”

他虽然是在跟剑眉将军说话，却突然弯腰躬身，低头冲着主帐抱拳施礼，说话的声音也变得有些发颤。

颜风见眼前这武将的态度如此毕恭毕敬，心想主帐之内的“大将军”定是赵云无疑。今日我擅闯兵营，哪里还管得了成败结局？若有幸能见识到白袍将军的风采，也算不枉此行。

“韩倘！”剑眉将军不等主帅发话，截口喝道，“你身为飞龙营射声校尉，向来也知道咱军营里的规矩，凡是入宅扰民，欺男霸女之人，皆以军法论处！张著贪恋羌族姑娘美色，纠缠不休，擅自带人冲进布鬲村抢亲，甚至不顾村民阻拦，执意要与姑娘私奔！怎料山高水深，导致姑娘意外失足落江溺水……你说！你说这算是谁的过失？有因必有果，做错了就得认！”

跪在地上的张著身躯一颤，满脸悔意：“少将军说得不错，是我害了她……我，我该死……”

韩倘咬了咬牙，沉声道：“我与你征战沙场，从来没见你孬种一回！好男儿死在战场上那一刻，你自然能见到爱人，何必急于一时？你一心求死，可曾想过营中这么多兄弟盼着再与你并肩作战？他奶奶的！换成老子，娶了她妹子也是将功补过！”

跪在老母身旁的小姑娘掩面低泣，听见一句“娶了她妹子”，娇躯一颤，羞得面红耳赤，偷偷地望了一眼张著，心情极为复杂。

刚才射声校尉这番话原是赌气，但是听了却让人有些感动。大丈夫襟怀坦荡，儿女情长在久经沙场的武将眼里，抵不过冲锋陷阵的豪爽。为了弥补羌族阿妈的丧女之痛，不如化悲为喜，重新再做一家人，也算是尽忠尽孝的好事。

剑眉将军突然冷笑道：“你说他二人一见钟情，只怕无人肯信。军营的兄弟亲眼看见张著在大邑城里酒后耍泼，图谋不轨。羌族姑娘不堪凌辱，偏又无力反抗，生米既然煮成了熟饭，她也只好认命了。若是人人效仿张将军，我蜀汉军营里的将士岂非个个变成了畜生？！你真以为我父帅是非不分吗？”

“赵广！你，你这是什么屁话？”

韩倘瞪大眼睛狂吼一声，声如洪钟，颌下胡须根根皆竖。

颜风恍然大悟，原来这位名唤赵广的剑眉将军正是赵云的儿子，怪不得耀武扬威，语气如此咄咄逼人。这位“羌族姑娘”的遭遇确实令人同情……羌族姑娘？他，他说的难道是姜姑娘?

颜风头冒冷汗，只觉得后颈陡生一股寒气。

他突然想起姜无素，瞪大了眼睛仔细打量跪在地上的羌族姑娘，无论是服饰还是发型都与姜无素的模样一般无二，忍不住想冲上前去问一句：你是不是姓姜?

如果赵广口中的“羌族姑娘”真的是姜无素的话，只怕那晚布行小巷一别，从此分隔阴阳，再无相见之日。颜风顿觉眼前一片金星闪烁，冷不防握住了拳头，浑身不停地颤抖，紧贴肋下的紫卿短刀也发出了“呜呜”的低鸣。

酒鬼卫季！你的死期到了！

颜风双目通红，牙关咬得咔咔直响，嘴角隐隐出现一抹惨白，仿佛要扑上去将张著咬下一块肉来。

步营督吏察觉到颜风的异样，感应到一股冰寒瘆人的杀气，已完全浸湿了他的衣裳。心里不免又惊又怕，虽然我早猜到你是从西羌过来替族人报仇的，但是大白天敢闯进飞龙营来，天下唯你一人！看来今日这场祸事不小，我得见机行事。

射声校尉这一声吼，整个辕门兵营都能听见，围观的将士面面相觑，立即闭上了嘴，惊惶万状地盯着主帐。

赵广身为飞龙营的少将军，职位自然高过兵营的射骑、越骑，此时他见韩倘以下犯上，实在忍无可忍，剑眉一横，怒道：“军营法纪重如泰山，张著逼死羌族无辜百姓，是铁板钉钉的事实！你以为我不想救他吗？他就不是我兄长了吗？！”

韩倘微微一怔，自知理亏，情急之下，“扑通”一声跪在地上，朝着主帐大营大喊：“大将军！我等射骑营众将士一致荐言，羌族女子之死实属意外，望赦免张将军死罪，让他戴罪立功！此后不管酷暑严寒，吾等均愿为布鬲村效劳，做牛做马在所不惜！”

“兄弟齐心，壮我军威！”

“将军仁德，天人共鉴！”

周围数十名将士纷纷拜跪帐前，阵势整齐，喊声震天。

步营督吏抖索着手，捅了捅颜风的背脊，示意他赶紧跪下行礼。

颜风惊觉之时，却依然怒瞪张著，心里恨得咬牙切齿，头可断，血可流，要我跪在赵云帐前受辱，简直是痴心妄想!

赵广抬眼瞧见背倚旗杆的颜风，不知陌生人怎会突然出现在飞龙营中？不由得剑眉微蹙。

张著扭头望向肝胆相照的同僚们，一时之间热泪盈眶，转身跪倒在羌族阿妈的身前，悲声呼喊："阿妈！我张著就算是罪有应得，也绝对不丢布嵩村的脸面！我若是生，便是你亲生儿子！我若是死，也还是你不争气的女婿！"

羌族阿妈一把扶住张著，含泪伸出手掌，轻轻抚摩他的头顶。

她像是在洗涤一场罪孽，似乎要将张著心里所有的悔恨全都消散虚无，让眼前这个令人又爱又恨的女婿，从此以后在痛苦中再次振作起来。

张著满心愧疚，"哇"的一声，扑倒在阿妈的肩头，身经百战的将军竟放声大哭，就像是一个做错事的孩子，万般委屈地祈求母亲的原谅。

小姑娘见阿妈终于原谅了姐夫，更是悲喜交加，喜极而泣。只是她不敢抬头正眼对视张著，生怕自己抵挡不住汉人身上那种独特的英雄气概。

"人生离合，自有定数……张著啊张著，阿妈别无他求，就是在等你这句话。"

主帐之内忽然传出一声轻柔低沉的话语，略带沙哑，犹如盛夏的夜晚身处茂密的林荫树下，与清风朗月相伴，倍感舒畅。

第十章：白袍将军

将士们闻声皆喜，心想张将军此番遭遇飞来横祸，侥幸死里逃生，原是羌人的宽仁有度，而大将军并不点破，自然是在等张著这句承诺。只要阿妈冰释前嫌，一场羌汉冲突顷刻间便可云消雾散。

赵云？你终于出现了！

颜风神情一震，不管张著对姜姑娘做过什么事，他也算得上敢做敢认的汉子。唉，可怜姜姑娘，我，我竟来不及与她倾诉衷肠……罢了罢了！我刀下从来不杀悔过求死之人，就当是我与她有缘无分吧！

他此刻心如刀割，脑子却没有迷糊，我与姜无素邂逅，原是上天安排的一场机缘巧合，若硬是要与至死不渝的情感扯上关系，只怕那也是一厢情愿……去你娘的！鹤鸣七子横行乡里，专横跋扈，自然是仗着你赵云的威风，而你身为一军统帅，党恶佑奸，纵容属下做些伤天害理之事，简直是天理不容！今日颜某定要替天行道！

颜风暗骂一句粗口，右腕下意识地贴近了紫卿刀，将胸口堆积的满腔恨意通通转至赵云身上。

他远眺锦屏山，心中默念：姜姑娘，我救你一次救不了第二次，但是公道自在人心，为了知己朋友的相遇之情，我不入地狱，谁入地狱？

只听帐内之人幽叹了一声，道："张著任性妄为，无视军法纪律，按理本该斩首示众，怎知阿妈连夜赶往飞龙营，恳请我网开一面……正所谓人非草木，孰能无过？只要真心悔改，善莫大焉。”

“谨听大将军教诲。”众将士齐声回应。

“你们都起来吧。对于张著来说，身为三军之将，战死沙场是他的荣耀。而作为蜀汉的臣子，羌汉两族的和睦才是民心所向。可叹，羌人百姓尚有此等觉悟，我若是因循守旧，未免让人看了笑话。只不过……国有国法，家有家规，我暂且将张著的过错记下，免去他飞龙营偏将一职，是非曲直，日后咱们在战场上了结。”

赵云这一番话顿时令将士们欢欣鼓舞，纷纷拥上前去扶起张著与阿妈，好言安慰。射声校尉韩倘走到张著身前，一时之间百感交集，也不知该说些什么好，挥臂在张著肩头捶了一拳。

“韩倘！”赵云在帐内大喊一声，正言厉色道，“我还有话说。我知你与张著亲如手足，但是军法面前不容情面！今日他死罪可免，活罪难逃，命你在辕门监督执刑，打不够八十军棍，唯你是问！”

“末将领命！”韩倘深吸一口气，示意帐前两名藤甲武士将张著押往辕门，转身搀扶阿妈，送母女二人去偏帐休息。

颜风距离营帐入口十步之遥，手指轻颤，眉宇间却泛起一丝犹豫不决。

此时就算他艺高人胆大，也断然不敢在众目睽睽之下冲入主帅大营。赵云手下猛将如云，若是要这些忠心耿耿的将士以血肉之躯去阻挡刺客的刀锋，只怕眼皮子都不会眨一下。

赵广见父亲执法严明，也不知是欣慰还是感慨，拭去额前几点汗珠，无意中观望颜风的举动，对陌生人的身份颇有疑虑，他见颜风神情异常，忍不住脱口问了一句：“许督军，你不在城门守卫，进辕门大营所为何事？”

步营督吏闻声打了个战，苦于无法动弹，也不能开口说话，一时之间挤眉弄眼，表情极其痛苦。

赵广皱眉道：“是不是有紧急军情禀报？”

颜风灵机一动，此番要接近赵云倒也不难，我只需将田园村的所见所闻说出来，为了寻求真相，赵云一定会邀我进帐当面询问。我伺机而动，先杀他个措手不及。

他打定主意，深吸了一口气，抱拳应道：“在下颜风，本是江湖一介浪子，曾与童六侠路过田园村，目睹屠村惨剧，今日特意赶往飞龙营将此事禀告赵云将军。督吏大人不敢怠慢，亲自领在下前来拜见主帅，少将军勿怪。”

赵广瞧见系在步营督吏脖子上的赤焰丝巾，果然是童六侠的随身之物，心中疑虑渐消，慎重地点了点头："童六侠无故失踪，父帅担心他遭人毒手，这几日一直茶饭不思，忧心如焚。颜兄弟若是知道他的下落，倒也来得及时……"

"老六现在何处？"赵云猛然听见帐外二人的对话，似有惊意，语气极为关切。

那晚赵云赶往成都，半路曾与童啸波的马车擦身而过，他来不及停车问候老六几句，想来已颇为懊悔，一听到有童啸波的消息赶紧追问，可见他与鹤鸣七子的情谊非同一般。

颜风故作恭谨的样子，躬身行礼："回赵将军的话，在下对童六侠的行踪并不知情，只知他是给家中老母买皮袄子去了！"

"买皮袄子？"赵云闻言一呆，如堕云雾。

但见营帐的门帘揭起，一道高大威武的身影出现眼前。

此人两鬓花白，似已年逾半百，身穿一袭束腰锦袍，脚上一双方口翘头履，阔面重颐，龙形虎相。他目中激射两道锐利的寒星，嘴角却有一丝平易近人的笑意，显露出世外之人的坦然与豁达，完全不像久经沙场的大将军。

颜风今日终于目睹赵云的英武不凡，心里唏嘘不已，赵子龙果然是一代虎将，名不虚传，单凭他眉宇间这般英雄姿态，隐有威武逼人的气势，试问天下谁人还敢轻敌？就算是在百万军中再去找个猛将出来，也及不上他万一！

顾师爷说他假仁假义，姜姑娘也觉得羌汉两族的友谊根本就靠不住，我究竟该不该找他晦气？颜风突然想起姜无素，只觉得胸口郁闷难当，手指头又抖了一抖。

他当然考虑过拔刀的后果，而且也一直在犹豫，颜风啊颜风，你只要一动手，从此以后便是蜀汉的敌人，一条路就得走到底了，你扛得起吗？

颜风并不是胆小怕事之人，但是赵云的绝世风采确实令他心生敬畏。他耳边响起张守朴的恳切教诲，似乎对自己的草率有所动摇，觉得眼前这个传说中的白袍将军，无论从哪个角度去看，都不像是个奸佞小人。

"小兄弟不是蜀人？"赵云目光闪动。

"大将军好眼力！在下本是北方晋阳人氏，不曾想在大邑城平云客栈结识了'深明大义'的鹤鸣七侠，竟怀疑我是飞贼的同伙。在下向来不愿招惹是非，万般无奈之下，便要童六侠领我上鹤鸣山一游，以洗刷不白之冤。途中惊遇田园村血案，救出一名羌族女子，为防凶徒半路阻截，便护送姑娘连夜赶往新津城……不料酒鬼卫季假借飞龙营查案为由，趁机掳走了姜姑娘。呵呵，江湖上的恩怨，在下勉强可以应付，可惜烽火营中的是非，却无能为力。姜姑娘遭人掳掠，有口难辩，又撞见了‘人见人爱’的张著将军，竟落得含冤受屈，愤而投江的下场……这就叫作祸不单行！”

颜风一口气将整件事情全盘说出，说到“深明大义”“人见人爱”之时，一副咬牙切齿的模样，话语之中暗含讥讽。言下之意自然是在数落鹤鸣七子的张狂妄行，顺便来个指桑骂槐，将飞龙营也一并骂了。

帐外众将士听了颜风这番话，皆是心惊不已，原来这小子不是鹤鸣七侠的朋友，反而像是跑来兴师问罪的？此人单枪匹马闯入望羌城营，莫非是吃了熊心豹子胆？

赵云脸色一变，扭头望向身旁的赵广，皱眉问道：“竟有此事？卫老二在哪里？”

“父帅，二哥追捕飞燕子已有数月，久未露面，行踪无人知晓。他那牛脾气大邑城里人尽皆知，说他去欺负女人，岂不是无稽之谈？”

赵广难解颜风话意，只觉得这外乡人胆敢来飞龙营挑事，搞不好是裴擒虎的别有用心，他这般咄咄逼人的语气，不似善类。

赵云环顾四周，颔首微笑，道：“小兄弟是不是误会了？卫老二虽然性格乖张，偶尔有些意气用事，但从来不做仗势欺人的勾当。你说他掳走羌族姑娘，可是亲眼所见？”

“田园村劫粮一事，想必大将军已有耳闻，大邑境的案子怎么少得了鹤鸣七子的身影？他进新津城的目的本是刺探裴公虚实，宁可被在下削断一指，也要带走姜姑娘，当然是为了扳回飞龙营的面子，可算是费尽苦心。但是在我看来，他无非就是好大喜功，沽名钓誉之徒，妄称侠义！在下今日贸然前来，本想恳请大将军给个公道，放姜姑娘回去，可惜……”

颜风神思恍惚，忍不住低叹一声。

赵云心里暗想，卫老二一身浩然正气，怎会做出这般落井下石之事？年轻人口无遮拦，居然来我飞龙营痛斥他的罪行，究竟是胆色过人，还是受人蛊惑？

“你在新津城里可曾听过一些风言风语？”

赵云心有所动，以年轻人说话的语气来判断，不像是信口雌黄，而他与卫季之间的误会，分辨不出谁是谁非。此番他贸然闯入军营，倒是一副得理不饶人，有恃无恐的表情，何以如此大胆？莫非是有人暗中挑唆不成？

赵云的第一个念头自然是想到裴擒虎，他目中一丝疑惑一闪而过，似乎不愿多猜。

颜风冷笑道：“若要人不知，除非己莫为。”

赵广一听此言，火冒三丈，怒道：“大胆刁民！飞龙营岂是你胡闹的地方？！你擅闯军营已是重罪，我父帅素来宽宏大量，以德服人，若是再胡言乱语，饶你不得！”

众将士见少将军厉声呵斥，纷纷谏言：“大将军！裴擒虎假意借粮，半途又派人屠村抢粮，就是想借刀杀人，嫁祸给飞龙营！”

“我看八成就是他捣鬼！他企图引起羌族百姓的怨恨，陷大将军于不义，这种无耻小人，跟他讲什么道义？卫二侠去新津城里，无非是要找出凶徒藏粮所在，还咱们飞龙营一个清白，怎么就变成刺探军情了？这小子乱加罪名，教我们如何服气！”

“好小子，胆敢跑来望羌台撒野！”

数名将士见颜风在主帅面前搬弄是非，顿起恨意。

当中一员武将骂骂咧咧，闪身跃步旗杆，探手欲擒扣颜风肩头，不料触手之处坚如磐石，掌心反被一股内力吸附。只见颜风耸肩一抖，“砰”的一声，武将的身躯如遭雷击，仿佛有人在背后拉扯住他的衣带，硬生生将他拽了回去。

武将猝不及防，踉踉跄跄地连退了一丈开外才稳住脚步，满脸惊惧之色。

此时的赵云瞧见了颜风从容不迫的身姿，目光流转：“呵呵，少年人正是不惧虎狼的年龄。此番你来我望羌城营，究竟是找人，还是问罪？”

颜风皱眉道：“只要将卫季找出来，是非曲直，一问便知。”

赵云笑道：“倘若一时半会找不到他，又将如何？小兄弟有所不知，我飞龙营不是什么了不起的地方，大邑城的叔伯父辈也时常有兴致与将士们共醉。只是今日你两手空空，未见你带上好酒，单凭掌中一柄利器，便来军营讨要公道？呵呵，好像不合规矩。”

他这番话不像是存心刁难颜风，身为飞龙营的主帅，自然是先让人三分礼，然后再跟你提军营里的规矩。

赵广闻言，理直气壮地道：“父帅莫要理会，就算二哥在这里，也不需要跟他解释什么！”

颜风见飞龙营不分青红皂白，有意偏袒卫季，心里又气又怒，很好，这可是你自找的，与其束手就擒，我不如先发制人，倒要瞧瞧你赵云有何能耐挡我紫卿一刀！老子拔刀就拔刀了，也不用跟你解释什么！

他此时心意已决，指尖御气挑弹紫卿短刀，身形一晃，忽现一片森寒耀眼的刀光，直劈白袍将军赵子龙！

颜风意图使出威慑之力，只想教飞龙营的人见识见识他的手段，并无杀心。眼看刀锋近在咫尺，身子却被人在后面一把抱住，顿时偏了重心。而那赵广一直在小心留意颜风的动静，察觉异动，眼疾手快，不顾一切地扑向父亲，竟赫然挡在了颜风的刀前，只听“呲”的一声，背脊上一片鱼鳞铠甲应声而裂。

赵广忍住刀气侵肤的刺痛，死命将父亲推开数步。一众武将见颜风突然出刀行刺主帅，皆是大惊失色，顿时蜂拥而上，将赵云层层守护，围成密不透风的人墙。刹那之间，哗啦啦一片刀枪剑戟一字排开，敌人胆敢再向前一步，将士们随时准备以性命相搏。

兵营内的阵势非江湖草莽可比，奋勇杀敌乃职责所在，颜风一击未中，自知错过了时机，此刻若再想接近赵云半步，简直是难如登天。

“你……你要杀大将军，就先杀了我！”

步营督吏双目通红，放声嘶吼，就像是一只八脚蜘蛛，手足并用，死死地钳住了颜风。

他穴位被封，苦于无法动弹，只得耐心等待血脉通畅之时，再杀颜风一个措手不及。方才他见颜风突然动手，情急之下竟提前冲破了气血阻碍，义无反顾地飞扑上去，四肢交缠，意图抱死颜风。

只是他这动作不甚雅观，仿佛久别重逢的两口子，亲热地贴紧了爱人的身躯，让人面红耳赤。

颜风虽然行事莽撞，但是生性善良，疾恶如仇，紫卿刀下从来都不肯滥杀无辜。事已至此，他也不愿多作解释，封刀回鞘，语气有些淡漠：“你先下来。”

此时的赵云慌忙查看儿子的伤势，但见赵广戎装尽裂，背脊上惊现一道细细的刀痕血丝，幸好性命无碍，不免大为宽心，缓缓吁气。

他今日无端端地遭遇刺客行凶，百思不得其解，想不到年轻人与卫老二的积怨如此之深，竟拔刀问罪，泄愤他人。刚才年轻人这一刀，简直凶猛无比，若是儿子慢上一步，我赵子龙只怕难逃此劫!

赵云暗自猜测，裴公借粮一事算不上舞弊营私，他向来知道我主张羌汉敦睦，无意与他针锋相对，怎么可能派人杀我?

“小兄弟，我蜀汉臣子与魏曹势如水火，人尽皆知。若是你误会我徇私枉法，要去做一些同室操戈的丑事，那真是天大的冤枉。”

“父帅！不必跟他胡搅蛮缠了，他定是裴擒虎派来的奸细，做贼心虚，前来探听飞龙营的动静。左右给我拿下！”赵广气急败坏，喝令身旁的刀斧兵动手。

“且慢！”赵云厉声呵斥，摆手示意刀斧兵退下，“辅汉将军与族长深交多年，眼看青羌族人过冬艰难，借粮原是情分，帮助百姓渡过难关，更是仁义行善之举，你怎可造谣生事？我瞧这位颜兄弟胆色过人，颇具英雄气概，不像是个颠倒黑白之人，莫非是另有隐情？”

赵云亲眼看见颜风的举止，很难理解一位少年人竟有如此的胆气。此人擅闯兵营，刺杀主帅，不惜犯下滔天罪行来讨要一个所谓的公道，完全不像失去理智之人，其中定是事出有因。

“哼哼，赵子龙！我在帐外听得一清二楚！姜无素她……她不堪张著凌辱，失足落水而死……你身为一城主帅，任凭属下妄作胡为，不杀你天理难容！”

颜风背上扛着步营督吏，甩又甩不掉，挣也挣不脱，索性不去理会，说起姜无素的无辜遭遇，双拳紧握，情绪极其激愤。

只怕这第二刀一出，也顾不上步营督吏的生死了，他此刻在盛怒之下，眼眸过处，皆是敌人。

“姜无素？哪个姜无素？”

赵云满脸惊讶：他，他居然是为了一个女人？

在场众将士闻言一怔，皆是大惑不解，布鬲村的羌族姑娘不是姓布吗？何时改成了姜姓？

赵云见颜风怨气冲天，说得有板有眼，一时错愕无比：“你是百濮族人？你跟布秀姑娘是什么关系？”

“她叫姜无素！”颜风大声纠正。

赵云回首见将士们脸上迷惘的表情，心下释然，一声叹息：“我终于明白了，卫老二掳走的姑娘是青衣羌姜氏，而张著心仪的姑娘是百濮布氏，想不到其中原是误会一场……”

“你说什么？”颜风猛吃一惊，额前滴下一点冷汗。

“说来话长，张著曾去提亲，被长辈拒之门外，他一时糊涂，擅自带人去布鬲村抢亲，不料途中导致布秀姑娘失足落河。阿妈不忍断送了张将军的前程，亲自赶来为女婿求情。若是颜兄弟对处罚结果不满意，大可直言。此番你私闯军营禁地，已是死罪，竟然企图行刺军营主将！推出辕门五马分尸都算是对你客气的了！”

赵云面色一沉，不怒自威。

只不过白袍将军一生戎马，杀敌无数，却并不是耀武扬威之人，他反而觉得颜风这出误会，让人又好气又好笑。想不到这年轻人的脾气如此冲动鲁莽，完全不顾军营威仪，居然一言不合就拔刀？此刻若是换成敌我两军对垒的沙场，颜风纵有一百个脑袋也不够砍。

“不是姜姑娘？你们……你们将她关在何处？”颜风浑身一颤，失声叫起。

他此刻已顾不上死罪活罪，心中一直牵挂着姜无素的安危，怒火消融之时，嘴里吐出一口凉气，脸颊上霎时通红一片，也不知是懊恼还是欢喜。

赵云面露微笑：“这件事，你还是得去问卫老二。”

颜风愕然，心道：“你这是在推搪我吗？你宝贝儿子都找不出他的行踪，我上哪儿去找？你也不用激我，此番硬闯飞龙营，我一心盼着能救姜姑娘出来，压根儿就没考虑过后果！是杀还是剐，当然是你赵大将军说了算！”

眼看寻人无望，颜风早将生死置之度外，胸膛一股热血翻涌，始终不肯服输：“好！一人做事一人当，横竖都是死！麻烦行刑之时绑紧一点，被五匹马儿在地上拖来拖去，老子怕痒得很！”

第十一章：鸦翎箭阵

“哈哈哈！果然是英雄出少年，我喜欢你！”

赵云抚须大笑，转身阔步回帐。

众将士见大将军心情舒畅，完全忘记了刺客行凶一事，“五马分尸”简直就像是一句玩笑，不知究竟是何用意。这算什么？军营禁地岂容凶徒造次，大将军怎可视而不见？他们越想越不对，表情极其紧张，纷纷将目光投向了少将军。

赵广无缘无故挨了一刀，只觉得背脊上凉飕飕的，气得他眼睛死瞪着颜风，似要喷出火来。

他绞尽脑汁也猜不出父亲的心思，姓颜的小子来路不明，极有可能是敌方派来的刺客，三言两语就完事了？开什么玩笑啊，这不是放虎归山吗？

“刺客在哪里？！”

辕门营帐处传来一声狂吼，只见韩倘背负铁胎长弓，正闻讯赶来。他大步流星地奔至颜风身前，忽然呆滞半晌，满脸惊异，哎？许督军几时变得这般勇猛？瞧他模样像是擒住了刺客，却为何身子悬空，两脚不沾地？

他见颜风神情冷漠，纹丝不动，一时之间搞不清楚到底是谁抓住了谁。他摸了摸脑袋，支支吾吾地道，“少将军，这……这是什么状况？”

赵广沉着脸儿，一声不吭，心里却在暗想对策。

适才赵云既没说抓人也没说放人，显然认定刺客行凶完全是出于误会，并没有责怪之意。但是赵广却不服气，飞龙营的面子可不是闹着玩的，父帅尊崇仁义，我不见得就要卑躬屈膝。哼！今日若是放你大摇大摆地离开锦屏山，简直就是奇耻大辱！

“许督军，你可以下来了。”赵广剑眉轻扬，似乎理解了父亲的意愿，说话的语气也变得柔和起来，“既然是一场误会，飞龙营怎能蛮不讲理？军民亲同一家，本该时刻牢记鱼水之情，颜少侠确实是一时冲动，但是不知者不罪，咱们宽厚待人，当以仁义为先。大伙儿不用剑拔弩张，左右都退下吧。成大事者，肚子里也能撑船，更何况咱们这些身经百战的将士！”

步营督吏此时手脚酸麻，渐渐支撑不住，耳边听闻少将军一番话语，如获大赦，“扑通”一声坐倒在地，大口喘气，汗如雨下。

想起颜风刚才那一刀，他越想越觉得后怕，唉，先不说我这舍命一抱到底有没有成效？倘若真的伤了大将军，我这个城门督军罪责难逃，肯定是死路一条！

颜风大感意外，就这么放我走了？以后若是我将此事大肆宣传，你们飞龙营还要不要做人？

他当然不相信赵广能捐弃前嫌，如此豁达大度，鼻子里哼了一声，漠然道：“我要不要三跪九叩，感谢你的宽宏大量？”

韩倘闻言怔住：“放肆！你是从哪座深山跑出来的？少将军有心给你留一条活路，你竟然不知好歹！”

他绕着颜风转了一圈，仔细打量刺客的装束打扮，盯着黑鞘短刀瞧上半天，也不知是惊讶还是疑惑，总觉得颜风身上有一种说不出来的戾气，令人心悸胆寒。

“呵呵，不必行此大礼。”赵广冲着韩倘使了个眼色，笑道，“只不过……军营有军营的规矩，就算江湖上的绿林好汉拜山蹚水，也得讲究个宾主礼节对不对？我且不管颜少侠是有心还是无意，此番擅闯我飞龙营，总得给个说法。不如就以军营规矩决断是非，是生是死，全凭天意。”

去你娘的！你果然不是善茬子，我怎知你军营有什么狗屁规矩？

颜风嘴角一扬，不以为然地道：“在下区区蝼蚁之命，本就不值几个钱，就算你锦屏山下筑着龙潭虎穴，遍地刀山剑树，颜某又有何惧？”

他当然明白逆水行舟，不进则退的道理，要想冲出飞龙营，没有一点胆量绝对过不了关。他本是血气方刚的年纪，浑身是胆，根本就没有将赵广口中的“规矩”放在眼里。

赵广哈哈一笑，朗声道：“好气魄！正所谓自古好汉重英雄，不识英雄总是空！颜少侠，辕门大营由西往东，距望羌城门不过短短三里之遥，先让你跑出西门三百步，要是你能穿行山谷，躲过骑射营的猎捕，就当你已破了咱们的阵仗，飞龙营必然恭送大驾，既往不咎！”

韩倘本是骑射营射声校尉，统领兵营神射手，此时听到“骑射营”三字，似乎突然明白了少将军的用意，眉头微微一皱。

飞龙营骑射营声名远播，乃是蜀汉的精锐之师，连曹魏大军都要忌惮三分，若是赵广下令以“鸦翎箭阵”来对付姓颜的小子，那简直就像是踩死一只蚂蚁。

“少将军……”韩倘斜视颜风一眼，欲言又止。

赵广当作没有听见，遥指辕门，大声喝令：“即刻传话，速速打开城门！凡是跑过望羌台下的活禽走兽，一律不许阻拦！”

传令官得令，飞身上马，穿越辕门，往锦屏山的东边绝尘而去。

帐外几名骑射营的将士听闻少将军要与刺客来一场狩猎大戏，喜出望外，一个个摩拳擦掌，跃跃欲试。

咚，咚，咚！

片刻之后，远处的山坳大营响起了擂鼓之声，战马嘶鸣，震天动地。骑射营击鼓传令，迅速在山谷内集结了数百名骑射兵，分为左右两翼，严阵以待。

众将士在辕门壁垒旁一字排开，列队前行，只等射声校尉一声号令，大伙儿踏步推进，倾巢而出，瞬息间便可将颜风射杀于望羌台下。

好家伙！颜风目睹飞龙营的雄伟气势，备受感染，只觉得一腔热血直冲脑门，令人豪气顿生。

颜风目光闪动，昂首挺胸地走到辕门壁垒处，环顾四周，哈哈大笑道：“军中无戏言，颜某万一侥幸逃脱了，还望少将军遵守承诺，莫要让天下英雄耻笑！”

韩倘瞧见颜风临危不惧，偏偏又是一副死不服输的样子，心里不是个滋味，他妈的！这小子莫非是个愣头青？从来没有见过这么狂妄自大的，不给他点颜色瞧瞧，真要欺我骑射营无人！

“鸦翎箭阵的射程至少在百米以上，你可莫要嬉皮笑脸！”韩倘脸色一沉。

“多谢韩将军好意！”

颜风话音一落，立即飞身掠起，足尖在身旁将士的马背上一点，人已飘出山谷数丈开外。

他自小苦练刀法，以罡气弹指御刀，体内蕴含的丹田气劲非一般习武之人可比。只见颜风迎风伸展衣袖，身前一阵尘沙盘旋，宛如鹞鹰惊飞，转眼间变成一点黑影，隐没山道。

众人从未见过如此神通，顿时瞠目结舌，半天没有回过神来。

“此人竟有这等敏捷的身手，若能为我蜀汉所用，定是一员虎将！”韩倘又惊又喜，提枪上马，斗志倍增。

他久居大邑，除了大将军赵云能令他心悦诚服，很少能遇见真正的高手，校场练兵，不如与敌人正面交锋一回，眼前这个千载难逢的机会可万万不能错过。他一时喜形于色，心里默念，小子，我瞧瞧你到底有多大的本事，但愿莫让我失望！

韩倘纵马出列，高举掌中五色令旗，往山谷处一指：“骑射营听令！乾位即刻追击，侧翼掠阵围堵。没有我的命令，不可轻举妄动！”

空旷的山谷响声震天，黄沙弥漫。

数百名骑射营的将士蜂拥而上，列阵往东边山谷前行。十余骑弓箭手在侧翼呼啸追击，率先冲上东南边的丘陵，紧追前方的黑点。

锦屏山周围皆是陡峭的山崖屏障，颜风要想越过东辕门，唯有山谷一条大路。他虽然硬憋着一口气，一路狂奔，但是始终跑不过训练有素的战马，只过了半炷香的时间，身后已传来了嗒嗒疾驰的马蹄声。

山道上赫然出现数名骑射兵，凌空挥舞着一截套绳，抛向身旁的同伴。他们绷紧手中的绊马绳，分散阵型，疾驰而来，看模样像是要拦住颜风，防止他逃往山谷峭崖，以确保后面的弓箭手能清楚辨认猎物的位置。

颜风眼珠子一转，喜上眉梢，你这是嫌我跑得太慢，给我送匹快马！

他飞身跃上高低起伏的丘陵，突然俯卧，趴在地上一动不动。骑射兵并没有看清颜风的动作，迅速往山丘聚拢，等瞧见了颜风的身影，忽觉眼前一花，颜风一声轻啸，凌空起跃，扬起手中一蓬黄沙，堪然冲进阵型！

刀光一闪！人群中的绊马绳立即一分两段。

骑射兵急忙勒住缰绳，调转方向，虽然左右已经散开，但是阵型并没有乱。数匹战马围着颜风转圈，始终没有发起攻势，他们一心只想将颜风逼进山谷大道，没有韩倘的命令，谁也不敢擅自行动。

颜风恩怨分明，绝非生性残暴之徒，他头一回与军营将士较量，完全不知深浅。可是他脑子也算清醒，心想我若是拔出紫卿刀一通乱砍，杀这几个兵勇当然是切菜一样，但是违背了道义初衷，以后我怎么抬得起头？

骑射兵的阵型没有绊马绳相连，每个人的位置难免偏移，颜风瞅准机会，脚尖踢扬尘土，几点碎石“扑扑”两声，击中其中一名弓箭手。他趁战马惊吓之际，错步绕到后面，一把扯住弓箭手的脚踝，硬生生地将他拉下马背。

颜风翻身上马，纵蹄飞奔，转眼间穿过丘陵，直冲东边的静惠山。

军营战马体力超凡，速度也是惊人，跑起来更像是一阵风。颜风仿佛看见了站在望羌城楼的守卫，正在热情地向他招手，不由得心花怒放，哈哈！你们千算万算，也没算到我颜风会抢马！这叫什么？随机应变啊！

他正得意之时，身后突然传来一声尖锐的口哨，战马扬蹄嘶鸣，竟然在空旷的山谷中绕了一圈，即刻调转方向，回奔西辕门而去。

颜风大惊失色，什么情况？

原来军营战马皆训练有素，而且能辨识主人，一旦听见召集的口哨声，自然要飞奔主人身边。颜风远远瞧见漫山遍野的骑射兵已现身山谷，黑压压的一片，少说也有五六百人。当中一人横枪在手，高举五色令旗，正是射声校尉韩倘。

颜风翻了个白眼，飞身跃下马背，无可奈何地拍了拍袖口，冲着山谷抱拳大喊：“韩将军！我以为你们骑射营会将我乱箭射死，原来是玩猫捉老鼠的游戏。现在我人已到了东辕门，不知少将军答应我先跑三百步，还算不算数？”

“呵呵，你准备等天黑了再跑？”韩倘抬头望了一眼天色。

颜风哈哈大笑，弯腰深吸一口气，撒腿就跑。

此时，骑射营侧翼有数名执戟副尉正在山丘上观望，瞧见颜风落荒而逃的样子，犹如受了惊吓的野兔，一个个在马背上笑得前俯后仰。不等韩校尉号令，其中三名执戟武士早已按捺不住，大呼小叫地挥舞着手中湛金枪，踏马追逐而去。

将士们每日在飞龙营辛苦操练，校场上的人形木桩也不知被他们捅烂了几座，都快闷出病来了，今日居然撞见了一次实战机会，情绪自然亢奋无比。

但见尘沙飞扬，不消片刻，三名骑射营的副尉已手舞足蹈地冲到颜风身前，抡起手中长枪，疾刺敌人背脊！

颜风一路狂奔，只想憋住一口气顺利穿越前方的城门，他扭头瞧见身后的追兵，暗骂一句该死！身形一晃，侧翻旋转半圈，凌空飞起一脚，正中执戟武士面门。

骑射副尉仗着几分蛮力，自恃勇猛，但是对于江湖草莽的身手变化却惘然无措。这名武士完全看不懂颜风这一脚是怎么出现的，当场被踢晕了过去。余下二人对视一眼，撅蹄扬尘，迅速将颜风围在中间，手中的钩镰枪在地上戳戳点点，始终找不到最好的位置下手。

韩倘远远望见三名属下束手无策的模样，气得七窍生烟，恨不得冲上前去将他二人活活掐死！少将军既与颜风定下赌约，若是被颜风占了先机逃出了望羌营，只怕威风扫地，要让人笑掉大牙！

“好小子，你能接近城门三步之内，老子以后跟你姓！鸦翎箭阵！”

韩倘横枪马背，脸色铁青，口中一声暴喝，猛地高举手臂，狠狠地挥落五色令旗。

骑射营众兵士得令，踏步屈膝，弯弓引箭。

只听“唰啦啦！”一片破空疾响，成百上千支黑压压的鸦翎长箭呼啸而出，犹如苍穹之上急泻而来的暴雨，发出阵阵轰鸣。景象之壮观，足具遮天蔽日之势。

漫天箭雨铺天盖地，激射而至。

颜风不及细想，迅速按住身旁马鞍，低头钻入马腹之下。

可怜那几名骑射营的副尉始终是军营中的寻常兵勇，哪里躲得了飘风急雨般的箭阵？一时慌不择路，急忙跳马勒辔，却始终慢了一步。疾泻而下的箭矢就像是成群结队的乌鸦，化作遮天的乌云，荡起一片震耳欲聋的鸦鸣，顷刻间人仰马翻，人与马皆被射成了刺猬。

黄沙在风中狂舞，密密匝匝的箭矢穿透躯体，状似蓬草荆棘，血肉模糊，惨不忍睹。

锦屏山前鸦雀无声，飞龙营众将士眼看着三名执戟副尉求功心切，丧命鸦翎箭阵之下，心里虽然有些触动，但是每个人的脸上都没有流露出悲伤的表情。

箭阵当前，韩将军怎能为了三人的性命而延误军情？战场军令当然不是儿戏，三名伙伴是为了兵士的荣誉而死，应该替他们感到高兴才对。

颜风见地上箭羽密布，根本找不出一处落脚空隙，不由得倒吸一口凉气。他脑子里想起田园村的场景，虽然满目疮痍，但可以断定劫粮之事绝非飞龙营所为。鸦翎箭阵的威力非同小可，足以惊天骇地，若是飞龙营的人存心劫粮，完全可以将田园村夷为平地，寸草不生，我怎么可能救得了姜无素？只怕连一只苍蝇也逃不出去。

他抬头望向远处的城楼，见此处山道距离望羌城门尚有数百步之遥，若是韩倘再发动第二波箭雨大阵，如何方能逃出生天？我哪来的力气扛起死马飞奔啊？

他原是救人心切，脑子一热闯入望羌城营，却始终没有料到军营禁地的凶险之处，完全与江湖匪类的争抢斗殴迥然相异。他终于领教了什么叫兵强将勇，不免感慨万千，草莽英雄如何能去抵挡精锐之师？简直是以卵击石！颜风啊颜风，你今日真是自取其辱！

颜风百感交集，双膝微曲，竟扯过马儿的缰绳，紧紧缠住了自己的脚踝，挺直胸膛，冲着山谷深处大喊："韩将军！在下有幸见证飞龙营鸦翎箭阵，不虚此行！大丈夫死不足惜，就算颜某今日被利箭穿身，陷于万劫不复之地，老子他娘的也要站着去死！"

旷野之上，回音激昂。

韩倘闻声一惊，内心颇为震动，英雄好汉我见过不少，此人宁死不屈，不逊我蜀汉将士之风骨，若有朝一日能与他在战场上并肩杀敌，岂不快哉！

射声校尉性情豪迈，向来不拘小节，此时他见颜风视死如归，不免心生相惜之情，口中喃喃自语："市井男儿有此气概，倒也少见得很……"

他幽幽轻叹，似乎触动了深藏已久的心事，缓缓放下手臂，不忍将颜风射杀。

忽闻望羌城外骏马嘶鸣，山道之上尘沙滚滚。

但见一袭奔驰的快马飞跃城河，彤红如火焰，马上一名黑衣人冲天而起，身轻如燕，赫然将掌中数枚布袋抛落城墙。半空中传出"扑扑"数声，布袋竟自行炸裂，幻起浓浓青烟，随风一荡，竟将望羌城楼笼罩在一片黑雾之中。

第十二章：清风道长

颜风眼看已无路可逃，焦心如焚，此时鼻前闻到一股异香，身旁数步之内突然一片漆黑，如同天狗食日般的景象。他正诧异之时，只见悬空的青烟突然转了个方位，晃晃悠悠地往身后的骑射营飘去。

天助我也！

颜风神情大震，只要浓烟遮挡了骑射营的视线，弓箭手自然不敢到处乱射，城楼上可都是他们自己人啊！颜风欣喜若狂，仔细辨认城门的方向，拔腿飞奔。

浓雾之中响起急促的马蹄声，好像是在指引颜风冲出望羌城门。颜风心领神会，轻啸一声，快步追上骏马，弹腿起跃，不偏不倚地落于马背。

枣红色的骏马飞踏黄沙，疾如闪电，颜风下意识地抱紧马背上的黑衣人，耳闻城楼守卫的呼喊，扭头一望，城门之上“望羌台”三字已模糊不清，雄伟的城墙也渐渐远去。

冷风拂面，伴着一缕淡淡的幽香，天地间仿佛突然安静下来，恍惚如梦。

颜风浪迹江湖多年，第一次遭遇如此凶险，纵有满腔英雄气概，也被“鸦翎箭阵”吓出了一身冷汗。哪怕绝世高手，也万万躲不开这漫天箭雨，百万军中取敌将首级？简直是他娘的扯淡！想不到我死里逃生，侥幸捡回了一条命！

他此时确定后面没有追兵，长吁一口气，顿觉心神疲惫，浑身上下一点力气也使不出来，若不是他拼命抱住黑衣人，此刻只怕早就坠马倒地，昏昏沉睡。

“你死了没有？”黑衣人突然开口，语气却有几分冷漠。

颜风“啊”的一声，猛然惊醒，慌忙松开手臂，翻身跃下马背，恭谨施礼：“多谢壮士相救，感激不尽！”

黑衣人勒住缰绳，嘿嘿一笑：“你几时变得这么客气。”

颜风定睛一看，但见眼前的黑衣人身形瘦弱，嘴角轻扬，黑巾蒙住了半张脸，贼溜溜的眼睛闪烁不停，脚上一双深棕色的兽皮靴子，悠然自得地晃来晃去。

不是别人，正是被酒胆卫季苦追了半年的飞燕子！

“你……你怎么知道我在飞龙营？”颜风吓了一跳，惊恐万状地瞪着飞燕子。

“陈公馆的云雾贡茶我都知道藏在何处，你一个外乡人的动静，岂能瞒过我的眼睛？放心吧，我不会害你……唉，我瞧你对姜无素一往情深，心里羡慕得很……”

“羡慕？”颜风听他话语中似有一股酸溜溜的醋意，大惑不解，“怎么飞兄与姜姑娘也认识？大家既然都是为朋友两肋插刀，大恩不必言谢，我再跟你客套反而小家子气了！你不用羡慕我，我冒险潜入望羌城，连姜姑娘人在何处都一无所知，惭愧，惭愧。”

颜风讪讪一笑，回想在望羌城内刀劈赵云、力敌骑射营一事，算得上震惊天下的豪情壮举！可是他也知道，如果这些事从他口中说出来，味道完全不对，飞燕子非但不会信，而且会有吹牛的嫌疑。

飞燕子晃了晃脑袋，一本正经地道：“说得在理。你这人吧，虽然有些愣头愣脑的，但是没什么心机……我听闻你硬闯飞龙营，有心给你准备一副上好的棺材送过来，可是转念一想，楠木棺材价钱不菲，救个活人比较省钱。便赶去长乐街找胡麻子买了几袋硝石药粉，不贵不贵，总共一百三十枚五铢钱。”

他突然摊开手掌，眉角上挑，笑起来的样子有些幸灾乐祸。

颜风想去摸口袋，抖了抖手腕，龇牙笑道：“先欠着！我有手有脚的，还怕赚不到钱吗？总之，人情钱债我都欠你一回，有机会一定报答你！”

“少来这套！我也不来跟你玩虚的，有个事儿需要你替我作证，那晚在田园村我与童啸波大打出手，你当时是在场亲眼看见的对不对？”

颜风眼珠子一转，皱眉道：“这件事应该是我问你才对，你将童六侠藏在哪里？”

“我又不是人贩子，我藏他一个大男人干什么？他一路猛追猛打，可惜轻功始终输我一阵，我都能甩了他好几里路，鹤鸣派真是丢人丢到家了！可是，现在有个让人很头疼的问题……酒胆卫季难缠得很，经常冤枉好人，我想请你给我做个见证，童啸波失踪真不关我事，他被人卖了也好，宰了也罢，鹤鸣七子别老是来找我晦气！”

“你大老远跑来救我，就是为了此事？既然你这么害怕卫老二，不如替我找他出来，等我斩下他的脑袋，送给你当夜壶！”

颜风见飞燕子竟然对鹤鸣七子怕成这般模样，心里不免愤愤不平，我就不信鹤鸣派能在蜀中只手遮天，姜姑娘若是有个三长两短，我先用你卫老二的人头祭刀！

飞燕子“嘿嘿”一声笑，轻拍马背，慢悠悠地踏上丘陵。只是他眉宇间透着一丝古怪的神情，也不知是替自己高兴，还是嘲笑颜风愚蠢。

颜风见他闭嘴不语，正色地道：“我可不跟你开玩笑，你救我一次，我替你宰了卫老二，省得他一天到晚穷追不舍，就当是还你人情！”

“好，我信得过你。”飞燕子点了点头，策马钻入山林。

鹤鸣七子成名西蜀已久，三言两语就想摆平卫季，只怕没这么容易。颜风一时嘴快，自知失言，漫不经心地跟在后面，一想起姜无素，心里五味杂陈。

哎？我是不是应该去平云客栈找一找？可是要我在大邑城里拔刀，好像不太妥当，鹤鸣七子狗仗人势，哪里容得了我解释半句？动起手来，难免会伤及无辜……看来我不管走到哪里，都没有好事等我。

他想起自己在辕门主帐外，竟然敢挥刀砍向白袍将军，背脊上又是一片冷汗。

如果赵云笑里藏刀，假装好人，我在西蜀之地肯定混不下去，单是鹤鸣七子就够我吃一壶的，再加上飞龙营，我倒不如直接去投奔曹操算了。

哎哟不对！我若是投奔了曹操，师父泉下有知，定饶我不得！男儿大丈夫哪有这么多顾虑？正所谓世事难料，搞不好此事在江湖上传开了，我颜风从此声名大噪，天南地北任我逍遥！

颜风稍加宽心，跟着飞燕子一路穿行山间小路。

冷风刺骨，暮气低沉。

二人穿过了北面山林，耳闻潺潺水声，眼前出现一道河溪。颜风瞧见远处村落升起袅袅炊烟，顿觉肚中饥饿，急忙上前喊住飞燕子：“飞兄，不如咱们去前面村子歇歇脚，顺便找点吃的可好？”

“我没带碗。”飞燕子应道。

颜风怔住：“带碗干什么？”

“废话！你不带碗怎么讨吃的？就是和尚化缘，也得捧个圆钵，敲门念一声阿弥陀佛！”

颜风摸了摸额前的刀疤，这算什么？我沦落成乞丐了？我要是有你夜盗百户的本领，也不至于搞得这么狼狈，偷他一袋云雾贡茶都够我吃上一年。

“这倒也是。你一天到晚蒙着个脸，一看就不像好人，即使带了碗去敲门，也无人敢应。”颜风翻了个白眼。

飞燕子冷哼了一声，没好气地道：“蒙脸怎么了？你以为做飞贼很轻松吗？谁家攥着值钱的东西，哪家藏有来路不明的贼赃，我都必须勘探查证，摸清虚实。伪饰身份当然是为了掩人耳目，万一查到我头上来，我死不承认，你能咬我一口？我说那天晚上出现在田园村的人，其实是飞鸽子，你信不信呢？”

颜风一时语塞，难怪酒胆卫季追了他快大半年，原来并不知道飞燕子的面貌长相。说不定二人深更半夜在房顶上你追我逐，斗得难解难分，次日大街上撞见，彼此称兄道弟，浑然不觉。

“呵呵，施剑南一定是你的同伙，专门负责为你打探消息。”

“我与他合作多年，从未出过什么差错。他虽是市井泼赖，暗地里做一些见不得人的勾当，但是为人倒也仗义，时常积攒一些米粮，救助老弱病残。”

“哦？那是我看走眼了……”

颜风原本对施剑南并无好感，觉得一个威武的彪形大汉偏偏是个绣花枕头，实在让人哭笑不得。此时听飞燕子一说，顿觉施剑南大智若愚，深谙为人之道。

天色已近黄昏，山林寒风挟着湿气，迎面吹来。

颜风缩着袖子，连打几个冷战，更觉饥饿难忍，只盼快快奔进前方的村子，讨饭也好，化缘也罢，给我个馒头吃真是谢天谢地！

他正四处张望之时，忽然闻到一股肉香，脱口叫道：“你有没有闻到烤肉的香气？！”

颜风抽了抽鼻子，仔细辨别气味来源的方位，“呼”的一声，犹如脱缰的野马，兴奋地往山坡上冲了过去。

黝黑的山林道上，升起一股浓烟。只见碎石路旁蹲着一位骨瘦如柴的老者，长得尖嘴猴腮，像极了深山老林跑出来的猴子。而他身旁插着一柄乌黑的长剑，剑锋上竟然穿着一只红扑扑的野兔！

老者捋起颌下花白的胡须，鼓着腮帮子拼命地朝薪火吹气，烟气渐缓，干柴在火堆里噼里啪啦响个不停。他咧嘴一笑，手指头弹了弹剑刃，突然塞进火堆里一通猛转，肉香随风一荡，熏得颜风口水直流。

好家伙！他竟用随身兵器烤肉？

颜风当然知道猴子不可能会生火烤肉，此人发须苍白，头顶系着皱巴巴的道冠，犹如败谢的莲花，身上穿了一件陈旧不堪的粗布道袍，脚下套着厚厚的云靴，装束的模样倒像是一名苦修多年的深山羽士。

“敢问道长，仙乡何处？”

颜风对世外修仙之人向来颇有好感，眼睛盯着道长靴子上的两个破窟窿，心想他饿成这般猴样，随时可能被大风吹走，一定是多日不曾进食，君子不夺人所爱，他若是能分我一小块，我就心满意足。

老道闻言一怔，扭头打量颜风一眼，又瞧了瞧晃晃悠悠驶上山坡的飞燕子，稽礼笑道：“无上天尊。老道法号清风，云游四方，居无定所，走在半路突然踩死了一只小兔子，只好待在原地超度它一番，耽误了二位施主赶路，真是不好意思。”

颜风哑然失笑：“叨扰叨扰！在下闻到肉香，也有心想恭送小兔子一程，道长若是慷慨应允，正是度己度人的无量功德。”

“怎么你担心我法力不够？”清风老道脸色一沉，立即护住剑锋上的野兔，生怕颜风冲过来抢夺。

颜风恭谨地道：“不敢不敢！道长踩死小兔子原是无心之举，可是你无人作证，有口难辩，万一它跑去老君座前反咬你一口，怎么应付？不管道长有意还是无意，多一张嘴好过你单刀赴会。”

“好像有些道理……”清风老道点了点头，抚须思量。

飞燕子听见二人的疯言疯语，忍俊不禁，仰起脑袋东张西望，强忍住不让自己笑出声来。

颜风见他犹豫不决，故作无奈地叹道：“道长若是不方便，在下也不必强人所难，只好去前面村子里瞧瞧。说不定能遇见一家心地善良的农户，超度他一盘烧鸡，也是一样逍遥快活……”

“无上天尊。”清风老道一听到烧鸡，仿佛回想起久别重逢的美味，慌忙掩袖抹去嘴边的口水，挤眉弄眼地低吟一句，“小兄弟深识我道家精髓，果然与我缘分不浅。嘿嘿嘿！正是‘道法自然，无所不容’，有兔斯首，燔之炙之；君子有酒，酌言酢之。我若是一个人吃独食，终成痴愚凡夫！来来来，咱们一起送小兔子上路！”

山林野兔虽多，也不是每天都能逮到，同气相求的知音更不好找。清风老道见二人衣着鲜亮，定是游山玩水的公子哥儿，若是能跟他们交上朋友，搞不好有吃有喝，再也不用辛苦去“踩”野兔子了，岂不美哉？他一时茅塞顿开，喜不自胜。

“多谢多谢！”颜风受宠若惊，迅速蹲在篝火旁，搓磨着手掌，目不转睛地盯着剑锋上的烤肉。香嫩的兔肉呲呲冒油，溅在剑锋之上，赫然跳起一缕青烟。

颜风此时喜形于色，笑道，“长剑穿肉，我是头一回见识……”

他见道长生性豪爽，一副玩世不恭的模样，心里倍增好感。只是始终猜不透，长剑傍身之人极有可能是剑中高手，他却如此随心所欲，莫非是被烦事困扰？

清风老道眉角一扬，淡然道：“身外之物，不足为道。”

“道长果然修为了得。”颜风赞叹了一句，正色地道，“晚辈晋阳游客颜风，常听师父说起，‘天道无亲，常与善人’，我初入西蜀，在白岩山钟峰观也曾结识一位道长，姓张名守朴，长得慈眉善目，也似你这般风采出众。”

阵阵肉香惹得颜风肚中咕咕直叫，脚步都快站不稳了，拍起马屁来却一点都不含糊。

清风老道抚须沉思，目光闪烁：“白岩山钟峰观？怎么我不记得有此号人物？西蜀之地英雄辈出，世外山人我也认识几个。我只知昔日益州牧刘君郎门下有一位神武将军也姓张，我曾与他有过一面之缘。此人不但精通药理，而且擅使分筋错骨手，端的是变化莫测，教人防不胜防。其中大缠、小锁的门道，至今无人参透。可惜唉，他偏偏不识抬举，为了一己私怨，宁可交出兵符隐居山林，也坚决不肯辅助刘璋。你说的若是此人，他应该叫张佑亭才对！”

颜风无奈叹息，心事重重地道：“道长有所不知，他遭人毒手，死得不明不白，在下寻访蜀地，便是要为好朋友报仇雪恨！”

“死了倒好。”清风老道不以为然，晃了晃脑袋，伸出形如枯槁的手掌，撕下一大块烤得黄灿灿的兔腿递给颜风，“人之生，气之聚也；聚则为生，散则为死。”

颜风眼珠子一瞪，手指头揉了揉额前的刀疤，硬是将脑门上一股血气按了回去：“嗯，道长的意思……苟活于世不如早日投胎？”

清风老道长叹一声，道：“世间多有志气男儿，满腔热血，一心杀敌报国，他们图不了什么丰功伟业，觉得留名史册也不错。呵呵，怎料生不逢时，于乱世纷戈之中，一个个都杀得精疲力竭，低头一看，尸骨已堆积成山……唉，怎不教人心惊肉跳呢？眼看杀孽难消，死他个问心无愧也好，黄泉路上皆是些相熟的面孔，究竟谁人是敌，谁人是友？哈哈哈！相逢一笑泯恩仇，填饱肚子化清风！”

他一时口若悬河，却没有忘记手边的正事，举起剑锋上的兔肉，嘀嘀咕咕地念了一句，“我命在我，不属天地……贫道吃你，当是缘分……”

颜风暗自惊奇，瞧这老道鼻偃齿露，其貌不扬，却有这般真知灼见，完全不像是久居山野的寻常羽士。不错不错，常闻世外之人不拘小节，不戒酒肉，今日有幸结识高人，有机会定要向他讨教一番。

路旁的飞燕子听闻清风老道一番话语，身躯一震，似触动了心弦，掌心轻抚马儿长鬃，喃喃自语：“可怜有些人，却是一天到晚惦记……”

“惦记什么？你也想超度兔子？嘿嘿，这小家伙燥气太重，你应付不了。”清风老道斜眼一笑，盯着飞燕子的兽皮靴子瞄来瞄去，似乎发觉了新奇之事。

颜风正要将肉塞进嘴中，猛然记得身旁还有一人，便对半撕开，热情招呼飞燕子：“飞兄，小兔子长得瘦小，想填饱肚子恐怕不行，等进了大邑城，我请你吃顿好的。”

“我看不必了，你们慢慢享用。有些人忘恩负义，我去村子里瞧瞧有没有焖油烧鸡。”飞燕子突然在马背上抛了抛手中一枚碎银，狡黠一笑，打马跃过山坡，径直往村口田埂而去。

“这样也能生气？我怎么就忘恩负义了啊？”

“哎哎小娃子！莫慌，莫慌，先上一坛青稞酒！”

清风老道突然一蹦三尺高，双眼放光，精神抖擞，完全像是变了个模样，举着烤得焦黑似炭的铁剑，挥手大叫，发足狂奔。

颜风瞠目结舌，无奈摇头，我见这老道话蕴机锋，道行不浅，原以为是不为斗米折腰的隐士，料不到竟也是个世俗庸人。

第十三章：大狼小貂

蜀中多山村，常隐于群山溪水之间。

村民们守着几亩田园，在弯弯绵亘的河道岸边，以青石围成小院，徐徐炊烟随着鸡鸣狗吠之声，悠然飘远，散作一片白茫茫的薄雾，恍如世外桃源。

颜风沿着林边小河，晃晃悠悠地进了村子，一眼瞧见拴在矮墙边的枣红马儿。

院子里炊烟弥漫，一名白发苍苍的老汉正在杀鸡，头顶散落了几缕五彩斑斓的鸡毛。他抬起头来瞧了颜风一眼，神情漠然，宛如蹲守在雪地几天几夜的猎人，就算是陌生人走到身边，他也懒得搭理。

此时，飞燕子陪着农妇正在灶台忙碌，刷盘洗碗，有说有笑，像是好久不见的亲戚，只是他脸上那块黑巾却始终舍不得摘下来。

颜风心想，这小子一天到晚装神弄鬼的，是怕我记住他长相去司府衙门揭发吗？把老子当什么人了？！看来我得找个机会给他描一张画像，挂在城楼上，哼哼，让所有人都瞧清楚飞贼的模样。

“唉，过瘾啊过瘾！”

忽闻屋内飘来幽幽酒香，只见清风老道单腿架在桌前的竹椅上，双手捧着酒碗，嘴里咂咂有声，却并未见他开怀畅饮，只是不停地唉声叹气。

农家宅屋皆是青瓦泥墙，环堵萧然，中间四根碗口粗的木柱，顶起一道四四方方的屋檐，虽然简陋，却极其宽敞。

颜风瞧了瞧桌上几碟腌制的野菜，再也耐不住，伸手要去拎桌上的酒坛。

“且慢！”清风道长摆手往酒坛上一按，慎重地道，“这坛青稞酒你可喝不得。”

“为什么？”颜风皱眉道。

“禁酒令一销，我是恨不得每天泡在大酒缸里睡觉！可惜我打赌败过一次，从此滴酒不沾，闻一闻就已心满意足，哪里还敢奢望太多？今日你若是当着我面喝酒，老子疯性一上来，八匹马也拦不住！”

“原来你是用鼻子喝酒的。”

颜风斜眼微笑，心知清风老道此言并非危言耸听，瞧他背悬铁剑，品相异与常人，真要动起手来，对方道行多高很难估计，若是被他一拳砸烂了酒坛子，得不偿失。

清风道长瞧了一眼紫卿刀鞘，嘿嘿笑道：“老道我输酒不输人，喝不过就得认！但是兵器上的门道，很少有人服输的。我瞧你翩翩少年，气度不凡，有心劝你一句，小兄弟啊！人要有自知之明，超出自己能力之外的屁事，千万不要强出头。”

他话中有话，似有所指。

颜风微微一怔，回想起在望羌城营中的一幕，依然有些发怵，幸好遇见的是赵云，倘若自己这般冒失地冲进北魏曹营，会有什么后果完全想象不出。

“道长说得在理，少喝一次又不会死人，晚辈等烧鸡上桌……”

“前账未清，烧鸡你也吃不得。”飞燕子进屋将一盘麻辣豆丝往桌上一搁，挑亮了一盏松脂油灯，转身返回厨灶。

颜风涨红了脸，顿觉浑身不自在，有钱确实是了不起，他二人自然是商量好的，存心要来捉弄我。

无奈他囊中羞涩，也不好意思发作，赶紧伸筷夹菜，将桌上几碟腌制的野菜扫个精光，突然起身去院子里的水缸旁连喝几瓢清水，辣得他大口喘气。

过了片刻，热气腾腾的焖油烧鸡终于出锅。

清风道长兴奋地挽起衣袖，双掌一插，动作利索地将鸡肉撕开，但见盘中汁油溢出，满屋皆香。而飞燕子却被他这一举动吓得目瞪口呆，筷子在桌上点来点去，不知从何下手。

“怎么没胃口？”

清风道长抓起鸡腿大快朵颐，捋须弯腰闻一闻碗中的青稞酒味，深吸一口气，脸上的神情意犹未尽，却没有半点贪恋之心。

颜风见老道吃相虽然难看，但是定力极深，心里暗暗称奇，此人酒瘾极重，偏偏言而有信，绝不侮辱斯文，能与他相识一场也算是造化。嗯，饥寒交迫原是一时执念而已，等去了大邑城，我给人端盘洗碗也能赚一顿饭钱，饿上几天又有什么关系?

他见飞燕子咬着牙坐在桌前，手中的筷子敲得咚咚直响，却始终不敢吃鸡，不免哑然失笑，赶紧走到老汉身前，客气地问:“老人家，附近山上可有野味？”

老汉皱了皱眉头，小声地道：“严家村人向来以种田为生，很少捕猎。况且咱也不敢在山坳小道上放置陷阱啊，万一误伤了行路的官兵，那就闯祸啦！”

飞燕子闻声冷笑:“就你这心浮气盛的模样，也会捕猎？”

“屁话！我在白岩峰上好歹混过几个月，张道长也教了我不少本事，抓几只野兔子简直是小菜一碟。若是饿死了我，谁来还你人情债呢？”

飞燕子微微一怔，眉宇间似乎泛起一丝笑意。

清风道长抹了抹嘴，突然叹气道：“唉，赌债、酒债、阎王债都好对付，能做到眼不见心不烦即可！但是人情债这东西嘛，轻重难辨，世间最难。”

“前辈莫非也欠过人情？”飞燕子眨了眨眼睛。

清风道长缓缓点头，表情有些沮丧：“老道我风雨漂泊，从来不与人为敌，也不与人为友，今日运气不佳，平白无故结识了二位债主……此番吃了你们一顿烧鸡，不知几时能还，越想越觉得吃亏。”

“道长一语点醒梦中人！晚辈刚才超度你一只野兔腿，正好也欠你一回，不如你我二人‘携嘴’再欠飞兄一次。欠一回是欠，欠两回也是欠，反正人情债总是要还的对不对？我跟你一起还！”

颜风哈哈一笑，大步进屋，再也顾不上面子，抓起盘中的焖油烧鸡狼吞虎咽一番，禁不住失声称赞，“不错不错，又嫩又滑，飞兄的厨艺果然厉害！现在我的鼻子要是能喝酒，打得我半死，我也不吭一声！”

他端起酒碗，将整个鼻子浸泡酒中，趁机卷舌吸上一口，顿觉喉间一股甘甜入腹，倍感舒适。清风道长被他的动作惹得哈哈大笑，仿佛遇见了情投意合的知心好友，围着酒桌手舞足蹈。

飞燕子翻了个白眼，忽然凌空举筷，展袖掩住桌上的油灯，做了个噤声的手势：“前辈，好像来了一群高手……”

他起身向院子里的老汉招手，示意夫妇二人赶紧进屋。

清风道长闻言笑容骤止，竖起耳朵聆听屋外的动静，面色渐渐凝重，抚须叹道："蜀中第一飞贼，确实有两下子，你这听风辨位的功力，恐怕略胜老道一筹。"

颜风猛地一惊："你早知道他是飞燕子？"

"小朋友厨艺了得，人也精明得很，但是遇见老道绝对不敢装模作样。嘿嘿，是非曲直自有公论，不必急于一时，严家村有不速之客到访，后面的事咱们先放一放吧。"

颜风摸了摸额前刀疤，望着老道背上狭长的铁剑，心想飞燕子看见鹤鸣七子也敢顶撞几句，怎么碰见你清风道长居然连屁也不敢放？你究竟是何方仙圣？

月色如洗，薄暮冥冥。

耳边杂乱的狗吠声瞬间停息，村口果然出现了轻盈有度的脚步声，足有数十之众，一左一右分为扇状队形，步伐整齐，节奏均匀，像是一群训练有素的官兵。

三人对视一眼，噤声不语。

"咦？马背上的是不是老家伙的兵器？"

院墙外面突然有人说话，鼻音低沉沙哑，阴阳怪气，仿佛穿着一双木靴在一堆冰渣子上踩来踩去，令人浑身不舒服。

飞燕子目露惊恐，这才想起忘记取走系在马背上的随身长剑，要是这群人将他心爱的马儿也掳走，损失可不是一般的大。

"胡扯！这老道向来不修边幅，长得又这般嘴斜眼歪，兵器怎能如此秀气？娃儿们，四处去瞧一瞧，老子不想看见多事的村民。切记不可动粗，碰见不懂事的蠢人，在他脖子'天鼎'穴上轻轻一捏，万事大吉。"

点中普通人的"天鼎"穴位，只是昏睡几个时辰而已，性命却是无碍。此人说话不急不躁，细心指点手下办事，颇有几分大家风范。

颜风闻言一怔，这句"嘴斜眼歪"不正是说清风老道吗？原来是仇家找上了门。

"大哥，万一碰见小姑娘，娃儿几个恐怕不太方便……"

"光明正大的怕什么？照捏不误！"

颜风又惊又奇，借着门缝往院外一瞧，只见墙角处聚集着一群黑衣人，手中皆紧握一柄奇形怪状的弯斧，身上披着半截铁甲狼皮，装束几乎一模一样，而且每个人的额前都画上了一道墨彩，在月光照映之下，闪耀青色的粼光。

为首之人一袭碧色锦袍，杀气腾腾，身材壮如铁塔，胸前悬挂一串森白的兽牙，青灰色的长发如同飞涧跌水，披肩而散，一双大眼更似招魂铜铃，隐露凶光。

颜风暗吃一惊，好家伙！如此凶悍的面相倒也少见。

单看此人眉宇间的孤傲气质，已颇具拔山举鼎之势，再瞧他这两只手臂壮如巨猿，脖子竟比我大腿还粗上一圈，若是让我去捏他的“天鼎”穴，简直就是给他挠痒痒！

众人正在寻思遇见彪悍的村姑可真不好办，闻言皆吁了一口气，迅速分头行事，挨家挨户地去查看动静。只要附近院子有人探头探脑，黑衣人就晃一晃手中的弯斧，再用凶巴巴的眼神瞪上几眼，村民们见来者不善，纷纷紧闭院门，不敢声张。

“前辈，难道他们是来找你的？”飞燕子轻声细语地问。

清风道长抚须微笑，两只眼睛眯成一条缝隙：“无上天尊。老道掐指一算，今年已六十有三，仇家熬不过我，差不多都死绝了。外面这群娃娃只不过是虚张声势而已，你若是怕惹祸上身，赶紧让老夫妻给你换一身衣裳，当作不认识老道便是。”

飞燕子脸色一红，皱眉道：“前辈这是什么话？我虽然偶尔去做些见不得光的行当，但是朋友有事，绝不会袖手旁观！”

颜风煞有介事地点点头：“飞兄的人品我信得过。”

“要你多嘴？”飞燕子瞪了他一眼。

颜风咧嘴笑道：“哎？我跟道长说话，怎么好像踩了你尾巴似的？欠你人情不假，我可不想与你结仇。前辈是修道高人，熬死几个仇人易如反掌，我可不行啊，天生短命相！”

眼看着大敌当前，二人却在屋里斗起嘴来，清风道长一脸迷茫，喃喃自语：“不是一家人不进一家门，年轻人的满腹心思，世上又有几人能懂呢……”

“青崖子，你在不在屋里？出来聊几句。”

门外的彪形大汉声如洪钟，背负着双手走进院子，瞧见屋内隐有烛光跳动，嘴角泛起一丝轻蔑的笑容。

清风道长半卧竹椅，正悠闲自得地抖腿剔牙，对外面的问话充耳不闻。

颜风心里暗想，青崖子莫非是清风老道的别号？他为何要刻意隐瞒自己的身份？

只不过世外之人自喻山崖，确实是一种与世无争的态度，管他是什么身份，对我好像并无恶意。刚才听这群人对话，不像是十恶不赦的强盗，既然是冲着青崖子来的，我静观其变就行，千万不能冲动，砸坏了老汉家的东西我可赔不起。不如假装跟着飞燕子混，一旦搞出事情，我就说是他小弟。

嘿嘿，正所谓箭射出林鸟，钩捕贪嘴鱼，收敛锋芒，当然也是一种智慧！等到危机四伏的紧要关口，才是我真正大显身手的时机。一来可以还飞燕子的人情，这二来嘛，要让他们这些无知山贼见识见识我紫卿出鞘，御气回巢的威力。

颜风此时一脸坏笑，觉得自己越来越聪明了。他心里早有一个想法，便是想找个机会验证一下青崖子的真才实学，而且他也完全有理由相信，一个整天背着铁剑四处漂泊的老道长，绝对不是为了装酷烤肉这么简单。

门外传来一声怒斥："老家伙！我家将军在问你话呢，懂不懂规矩？惹急了我白毛貂，严家村的村民全给你陪葬！"

青崖子闻言一惊，慌忙翻身跳起，失口叫道："糟糕！这事儿闹得有点离谱了，大狼小貂怎会找到这里来？"

"大狼小貂？"颜风见老道神色惊惶，不免大感意外。

他皱眉往门外一瞧，这才看了仔细，说话阴阳怪气之人正站在彪形大汉的右侧，身高不足六尺，胸前也挂着稀稀拉拉的几颗兽牙，只是颌下一撮细长的白胡须竟被他编成一根弯弯曲曲的小辫子，扣上了一枚精致的檀木珠，模样极为滑稽。

"大哥！不如让小弟冲进去，给老家伙捏捏骨头……"白毛侏儒龇牙一笑，露出两排锥形的牙齿，与苍白的脸颊挤在一起，简直就像是终年不见阳光的怪物。

"巴尔穆！平时我是怎么教你的？"

彪形大汉突然展袖扬手，五指凌空一缩，犹如隔空取物，瞬间将身侧瘦弱如柴的白毛貂吸附掌心。

巴尔穆顿时双脚凌空，呼吸急促，脸色渐渐变成暗青："啊，我只是想吓唬吓唬他……"

颜风倒吸一口冷气，这是什么武功？我以指力御刀，能顺利弹起刀锋已属不易，他这招"御人"是怎么练出来的？世上怎会有如此匪夷所思的功力？莫非他二人是在演戏啊？

"兵家有云：'以德兼人者王，以力兼人者弱，以富兼人者贫'，这兼人三术要时刻牢记在心。可是你一天到晚就记着打打杀杀，从来不顾大局，难怪汉人要骂我们是一群羌夷蛮族！"

彪形大汉收敛凶芒，扬手将巴尔穆抛出了院子，不耐烦地道，"都给老子滚到后面去，通通不许进来！"

屋内的颜风听闻"羌夷蛮族"四字，心里疑惑顿生，忍不住回头问了一句："大狼小貂难道是羌族人？他们究竟是什么来头？"

青崖子摇头叹息："唉，颜兄弟啊，你不是蜀人，当然不知西蜀之地高手如云，其中有‘仙道、神僧、戎虎、羌狼’四人，武功精妙绝伦，当世无双。外面这位虎背熊腰，状似蛮牛的好汉，便是排名第四的青衣羌狼，班黥戈布！”

颜风怔住，青衣羌族？不就是姜无素的部族吗？莫非他们竟是为了搭救姜姑娘而来？可是姜姑娘明明是被卫季掳走的，跟青崖子能扯上什么关系？

“原来前辈的别号叫青崖子，失礼失礼。”

“老道我两袖清风，只想远离俗世烦恼，青崖子这个名号，自己都快不记得啦！”

“可惜，烦恼却偏偏认得你。”

颜风嘴角轻扬，心里暗想，我没有理由跟姜姑娘的族人为敌，万一双方大打出手，我究竟应该站在哪一边才对？

青崖子微微一呆，猛地一拍案桌，冲着门外哈哈大笑：“老道以为是上个月的饭钱被人追债，厚着脸皮也要躲他一躲，想不到原来是戈布将军尊驾光临！常闻将军宅心仁厚，赤心奉国，从来不与老百姓一般见识，嘿嘿，看来此言不虚。只是老道有一件事想不明白，我与你久未碰面，为何今日突然寻我叙旧？”

他原本是性情洒脱之人，此时见强敌不请自来，再藏头缩尾的话未免让人瞧不起，不如开门见山，直言不讳。

“聊天而已，又不是打架，有什么好大惊小怪。”门外的班黥戈布神情自若。

“哦？你瞧你身边的狼甲武士个个虎视眈眈，手中的斧头都快捏出水来了。老道仔细一想，我平生淡泊名利，没有做过亏心事，半夜也从来不怕鬼敲门，如果戈布将军不是来找我打架，那老道就放心了！嘿嘿，我可没有闲工夫跟你扯东扯西，不送不送。”

“你我各为其主，当然也得遵守先礼后兵的规矩，习武之人聊天，不可与家长里短相提并论。你们这些牛鼻子老道不是时常吹嘘蜀中第一吗？正合老子心意！若是要我去对付手无寸铁的老百姓，就是杀上八百一千，也算不得当世豪杰。”

青崖子眼珠子一转，笑道：“戈布将军高知灼见，老道佩服得很，但是‘蜀中第一’这句，我可从来没有说过。”

“他什么时候说的？”班黥戈布面露冷笑，鹰隼般的眼神扫视身后的狼甲武士。

巴尔穆缩在墙角，恭声应道：“好像是宝兴布行的陈掌柜说的……”

“陈掌柜会不会胡说八道？”

“当然不会！阿比塔的子民怎会撒谎？他亲眼瞧见酒胆卫季抓走了素素。而且他还当着娃儿们的面发过毒誓，倘若有半句虚言，白石压顶，死无葬身之地！”

第十四章：金刚铁骨

二人一问一答，配合默契，终于说出了此行的来意。

颜风心里又惊又喜，我果然没有猜错，这些狼甲武士真是来营救姜姑娘的。可是他们不去查寻卫老二的下落，偏要跑来严家村追问清风老道，这又是什么缘故？

班黥戈布冷笑道："汉人有句俗语，叫'打开天窗说亮话'，只要你交出卫季，我即刻退出严家村，绝对不会为难你。"

"哈哈！糟酒鬼又不是我儿子，你怎么管老道要人啊？"

"卫季狗胆包天，竟敢掳走我侄女素素，岂能与他善罢甘休？娃儿们在半路堵你，原是给足了面子，既然此事谈不拢，也不必再浪费口舌了。待老子闯进鹤鸣山之时，就算赵云领兵来救又能怎样？我多杀一个也是稳赚不赔！"

班黥戈布鼻子里哼的一声，语气阴沉，凶相毕露。

他身为狼兵首领，对赵云其实并不仇恨，但是气势上可不能输给汉人。他迟迟不愿破门而入，显然是不想看见鸡飞狗跳的局面，而且他似乎对青崖子的道学武功也颇为忌惮，深知高手之间的较量，能做到兵不血刃才是真本事。

"卫老二除了贪酒，从来不好女色……若是老道没有猜错，他正是为了追查前几日田园村发生的命案，便请小姑娘做客鹤鸣山，将当晚所闻所见详细讲解一番，好让鹤鸣派的弟子分头行事，揪出杀害羌人的幕后主使。这件事我也听到了一些风声，戈布将军误信一面之词，未免有些武断了。"

青崖子皱眉沉思，语气缓和了许多。

他深知班黥戈布为人蛮横凶残，行事悍然不顾后果，若是一怒之下，跑去鹤鸣山兴师问罪，只怕赵云将军苦心维护的羌汉团结毁于一旦，必将抱憾终身。

班黥戈布面色阴郁，冷冷地道："哼，田园村死的都是我青衣羌人，几时轮到鹤鸣派的人来查案？顾师爷亲眼看见卫季挟持了素素，欲加之罪，其无……那个什么乎？"

颜风暗想，这青衣羌狼看似野蛮，偶尔也能出口成章，应该读过不少汉典。卫老二机关算尽，却没有料到掳走的竟是青衣羌狼的侄女，我且拭目以待，瞧瞧你鹤鸣七子这次如何收场。

只是青崖子与这件事情并无关系，他怎么无缘无故就惹祸上身了？搞不好这老道正是鹤鸣山的大长老，恰好又是卫老二的长辈，狼甲武士在半路堵他，就是要鹤鸣派的人给个说法。

"前辈，若是鹤鸣派无心为难小姑娘，不如让戈布将军领他侄女回家，免得让人看笑话。"颜风有心试探。

青崖子正色地道："万万使不得。此事确实是卫老二不对，但是如果他并没有将小姑娘带上鹤鸣山，你要太清观的人如何解释？青衣羌狼性情暴戾，以为咱们存心戏弄于他，搞不好拳打脚踢，坏了我正一道清修之地。"

颜风笑道："此话在理。前辈深藏不露，原来竟是鹤鸣派的高人，失礼失礼。"

"哈哈，管他鹤鸣派还是狼嚎派，老道修的乃是天地之道，逍遥快活，自成一派！"

颜风点了点头，若有所思地道："晚辈对鹤鸣山的绝学神往已久，对鹤鸣七侠的风采也略知一二，若是卫老二不在鹤鸣山，肯定藏在平云客栈。"

青崖子怔住："怎么你也知道平云客栈？"

"去过去过，'平步青云'那四座大大的牌匾如此壮观，简直是惊世骇俗，让人印象深刻……"

颜风满腹怨言，原想讥讽一番，猛然记起童啸波失踪一事，他纵有一百张嘴只怕也辩不清楚，要是让鹤鸣派的人知道了他的身份，岂非自讨苦吃吗？他摸了摸额前刀疤，瞪了飞燕子一眼，赶紧闭上了嘴。

"你在屋子里嘀嘀咕咕半天了，难不成鹤鸣七子全在里面？哼，不必费尽心机，不如你们七个一起上吧，也好让我练练翻云手。"

班黥戈布见屋内油灯闪烁，门窗缝隙之中隐有人影摇曳，等了大半个时辰却始终不见老道现身，似乎有些不耐烦，目露凶光，杀气陡现。

青崖子恭谨地道："山野村夫没有见过世面，我是怕惊吓了屋子的主人。其实论起辈分，我算是戈布将军的晚辈了，以将军的武功修为，犯不着跟老道一般见识。"

"此番是鹤鸣派的人不义在先，怨不得我。哼，一别数年，想来你正一道的剑法又精进了不少……"班黥戈布又是一声冷哼，仰头望了一眼夜空中的明月，似乎突然记起不开心的往事，目中寒芒闪烁，怨毒渐积。

"无上天尊。当年大光明寺的玄嗔神僧坦言，论功力深浅，四大高手均在伯仲之间，彼此难分上下，但是说起招式上的变化，戈布将军的三十六式'狼手翻云'凶险无比，一招之内竟能暗藏九种玄机，所以他勉强只能接住你二百七十招。靖尘师伯也时常提起往事，对将军赞赏有加……我就不行啦，以老道掌中一柄破铜烂铁，并无内外兼修之所长，怎能与蜀中四大高手相提并论呢！"

班黥戈布冷冷地道："靖尘老儿还没死吗？"

"靖尘师伯闭关多年，一天只吃一餐。听伙房的弟子说，每日收回来的都是空盘子，嘿嘿，他老人家应该没有归天。"

班黥戈布冷哼不语。

夜色黯淡，明月朦胧。

眼看已过了戌时，十余名狼甲武士点燃火把，将院子围得水泄不通，只是他们深知戈布将军的脾气，无人敢靠近小屋一步，却在墙头探出一排齐刷刷的脑袋，如同扒在戏园外墙踮脚搭肩的看客。

颜风藏身门后，一直在留意院子里的动静，当他知道青崖子是鹤鸣派的弟子之后，心里就有了鬼主意。

既然狼甲武士不敢冲，青崖子又不想打，这样耗下去的话难免延误时机，不如来一出煽风点火，速战速决，赶紧想个办法让青崖子答应带他们上山，顺利救出姜姑娘。嗯，倘若姜姑娘不在鹤鸣山，那也只能等我领教了鹤鸣派的绝学，再作打算。

颜风眼珠子一转，望了望青崖子身后的长剑，笑道："我瞧前辈对青衣羌狼似乎有所忌惮，他的武功当真已登峰造极了吗？"

青崖子沉声道："此人功力非同一般，三十六式'狼手翻云'变化莫测，可敌剑戟，可御刀枪。纵是你我联手，也不见得能讨半点便宜，再说此事……"

"若是我们三人联手呢？"

他话未说完，桌旁的飞燕子突然“嘿嘿”一笑。

青崖子怔住，皱眉道：“青衣羌狼杀心极重，就算鹤鸣七子群殴他一人，也不见得能占上风。你可别忘了，大狼后面还跟着一只小貂。”

“听闻白毛貂儿轻功了得，我倒很想见识见识……”飞燕子不以为然。

“小娃儿莫开玩笑！虽然我不相信鹤鸣派的弟子会做出伤天害理之事，但是对方言之凿凿，不像是道听途说。而卫老二的脾性向来横头横脑，遇事不够冷静，说不定他一时糊涂，真的掳走了小姑娘。唉，若是让戈布将军杀上鹤鸣山去，我正一道必定颜面全失。”青崖子一脸肃容，抚须轻叹。

颜风见老道措辞有度，并没有偏袒自己人，心里对他敬重了几分，暗想班黥戈布有心要灭你鹤鸣派，此次正是最佳良机，就算你们打得天翻地覆也与我无关。只不过你清风道长，我且守护周全，不能白吃了你一块兔肉。

“前辈多虑了。”颜风望着院子外面跳动的火光，村口一片黑影层叠，心思隐动，“戈布将军为救侄女而来，犯不着在严家村大开杀戒。既然前辈不想与人为敌，不如趁早溜之大吉。”

飞燕子斜眼微笑：“你打算杀他几个？”

“倘若他们放火烧屋呢？一个都逃不出去。”

颜风话音刚落，院墙之外忽然响起了尖锐的口哨声。

但见墙头数名狼甲武士动作整齐，抛出了手中的火把，噼里啪啦地飞撞门窗。一时间泥墙上火星四溅，宛如烟筒炸裂，吓得里屋的农妇老汉连蹦带跳，抱作一团。

青崖子眉头紧锁，端起桌上的酒碗停在唇边，似有迟疑。

“老道我喝酒喝不过别人，打架未必会输。”他一口饮尽碗中酒水，衣袖忽展，一股罡风涌撞柴门，人已掠空一丈开外。

剑光乍现之时，半空中数支火把突然一分为二，扑扑散开，冰寒剑气瞬息间击破了满天星辉，犹如璀璨的烟花。

“寒雪飘飘，冷雨潇潇，孤峰绝顶，剑气逍遥！”

青崖子哈哈大笑，身形旋转，步伐飘逸，啸吟长唱之时，缤纷的剑气宛如呼啸席卷的狂风，激荡漫天的落叶。

好家伙，清风老道的剑术果然不是闹着玩的！

颜风暗自心惊，瞧他的剑法，足以算得上当世一流高手，性情居然如此洒脱，果真是大勇若怯，大智若愚之人！换作是我，哪里舍得用随身的铁剑烤肉吃？

班黥戈布见青崖子终于出手，嘴角一扬，不避反攻。

他以一双肉掌对敌，毫无怯意，金刚铁骨般的掌力频频叩击剑锋，嗡嗡颤音不绝于耳。而青崖子的剑气迎风倾泻，仿佛化成数片轻盈的飘雪，一时散落无形，俄而急如雪骤，将对方凌厉的掌风封死在七步之内。

剑气尤利，掌风更猛。

班黥戈布就像是一尊铜雕铁塑，陷身于刀光剑影之中，攻守兼备，进退自如。

若是此刻换作新津城的顾师爷，以一对护腕钢圈弹开剑锋，倒也容易，可是班黥戈布血肉之躯，如何能分毫无差地化解森寒剑气？此人的内家修为岂非已登峰造极？

颜风对蜀中仙道、神僧、戎虎、羌狼四大顶尖高手一无所知，只记得宝兴布行的陈掌柜提过一次雾中山的玄嗔和尚。他此时瞧见班黥戈布出手，招招皆是致命的绝杀，不免暗自心惊。

师父常说天下武功，当数鹤鸣派的“雷鸣十八破”最为霸气，我看未必！单是班黥戈布这几式刁钻古怪的“狼手翻云”，寻常兵器根本近身不了，我若以紫卿刀气相拼，只怕要两败俱伤……可是罪魁祸首是卫老二，清风老道没有道理受其牵连，难得遇见一位恢廓大度之人，我岂能见死不救？

二人身姿缥缈，仿佛两只争抢地盘的五彩斑鸠，在火光下翩翩起舞，绕圈缠斗，始终贴近不了对方半寸。

班黥戈布并不是莽夫，“狼手翻云”虽能破解剑锋攻袭，却化不了断金切玉的无形剑气，他身经百战，自然懂得应变之道，臂弯任意弯曲，以掌力控制剑气的方向，巧妙地避引杀招，直捣空门。

青崖子沉着冷静，心知自己内力上的修为，与青衣羌狼仍有差距，只能出其不意，攻其不备，仗以鹤鸣派精湛的剑术对敌。

他与班黥戈布始终保持距离，在剑招上的变化是“一波未平，一波又起”。为了防止兵器脱手，不得已之下，他也只得变幻方位，剑随身动，化作一道炫丽的光影，身躯竟然冲前三步，拂袖旋锋，由肋下往上斜刺。

火光中一缕冰寒刺骨的剑气反挑而上，速度甚是惊人。

班黥戈布“咦？”的一声，似乎大为惊异。

只见他手肘之处弯曲自如，双腕交错，来回翻转，刚猛的掌风立即将剑锋锁死，凌空拍出数掌，赫然弹开疾风般的剑气。

小屋的泥墙上顿时被剑气激射出数排密密麻麻的窟窿，如同串线的珍珠跌落静旎的湖水，果真有翻云覆雨的气势。

颜风正隔窗观望，忽觉冰寒剑气已穿墙而过，扑扑射中屋梁，心里倒吸了一口凉气，我瞧班黥戈布的武功，简直出神入化，与师父的弹指御气似有几分相似之处，假设此时紫卿出鞘，会不会被他的掌风扫中？他若是凭空将我兵器收了去，那我真是丢脸丢到家了。

“想不到羌胡部族之中，竟有如此高手？道长虽然剑术无双，但是猛虎却难斗群狼……”颜风喃喃自语，也不知是害怕还是赞叹。

飞燕子倒也沉得住气，微微一笑：“这头猛虎可不简单。”

“你跟道长很熟吗？”颜风歪了歪脑袋。

“不认识。”

“虎落平阳，连一条狗都打不过，更何况凶神恶煞的青衣羌狼？严家村的村民可不是鹤鸣派的替罪羊，正所谓三十六计走为上计，其中的是非曲直，外人可不好掺和。”

飞燕子突然点了点头，一本正经地道：“我知道，你想趁乱跑去鹤鸣山救出姜姑娘。”

颜风微微一怔，不以为然地道：“说我去找卫老二的晦气也说得过去，我若是站在戈布将军一边，岂不是越描越黑？我寻思替你杀了卫季，以后你半夜再去大户人家穿梁翻墙，可以免去不少麻烦。”

“那我真是要谢谢你。”飞燕子冷笑一声。

此时，院子里的激斗仍然在继续。青崖子突然手腕剧抖，脚步踉跄，“哎哟”一声大叫，身躯后仰，似乎被刚猛的掌风击中了臂肘脉门，情急之下剑尖点地，长锋已弯成弓形。

班黥戈布见一击得手，顿时眉飞色悦，五指朝前一探，欺身而上。他并无杀心，一心只想擒住青崖子，只要鹤鸣派的人投鼠忌器，自然不敢为难侄女。

岂料青崖子这一跌一倒的动作，完全是诱敌之计，剑锋点地弓起，正好托住了他倾倒而下的身躯。只见他弹剑侧旋，凌空翻转，一式“飞鸟掠湖”，衣袍忽展，点点寒星犹如风吹雪扬，由背脊处直刺而出，电光石火般刺中了青衣羌狼的肩胛！

班黥戈布脸色一变，左掌曲肘反切，弹指斜拍剑脊，“叮”的一声脆响，剑尖应声而断。未等青崖子回过神来，他早已踏前一步，迎面抓向老道的脖颈。

他此时被鹤鸣派的人偷袭，又羞又恼，嗜杀本性暴露无遗，恨不得生生捏碎了青崖子的咽喉。

青崖子万万没有料到班黥戈布会突然痛下杀手，往后疾退已经来不及，但见眼前白光忽闪，一条人影破门而出，一道刺眼的刀光以风驰电掣之势，陡然斩向班黥戈布的手臂！

紫卿出鞘，御气回巢！

颜风救人心切，凌厉的刀锋在指尖急速旋转，劈空而下，绝不留情。

这一刀若是砍中敌人的手臂，便是铜梁铁柱也会被一削而断。班黥戈布瞥见白光闪耀之时，只觉得一缕阴寒无比的刀气赫然侵袭肌肤，哪里敢有丝毫迟疑？他心悸之下急速转身，掌力虚空而动，双腕连环交替，竟以一双肉掌去硬接身前倾泻而下的刀锋。

嘶嘶裂响，袖衫尽碎。

班黥戈布闷哼一声，脸色大变："来者何人？！"

颜风被刚猛的掌力一逼，身子仿佛被一圈圈的巨浪围住，瞬息间便将周围的空气全部吸空，仿佛突然跌入了缭绕的云雾之中，紫卿刀也险些脱手飞出。

他猛然记起师父曾说起过江湖中的奇门武学，幡然醒悟。原以为青衣羌狼练就了金刚不坏之躯，想不到竟是传闻中"童身铁骨"的奇功，怪不得不惧刀枪。嗯，童子功的威力也不是浪得虚名，此人这副直眉瞪眼，傲睨万物的德性，果然是精力过剩的缘故。

"小心！"青崖子失声惊呼。

颜风的刀锋虽已回巢，指尖的气劲却仍然蓄势待发，耳闻破风声起，当机立断，指尖刀光一闪，"扑"的一声，紫卿刀凌空砍中院外疾射而来的钢珠。银色的钢珠突然一分为二，瞬息炸裂，当中一蓬黑色的粉末迎风飘散，竟幻作一道张牙舞爪的鬼影。

鬼影在前，人影在后。

就在粉末疾荡之时，白毛貂巴尔穆急速窜至眼前，衣袖中忽现两柄窄小的钩镰弯刀，遽然削向颜风的咽喉。

颜风背脊一凉，正要弹指出刀，身旁的青崖子早已一式流云飞袖，双臂开阖之际，猛地错步回旋，罡风横扫，迅速将颜风挡在了身后。

巴尔穆身躯后仰，不敢与老道硬拼，忽闻耳边传来一声轻啸。只见一条黑影掠门而出，"扑扑"数声踢飞了火把，瘦小的身形飘然落于马背，反手抽出长剑，在半空中荡起一道弧线。夜空中绽放一蓬剑花，骤然刺中了巴尔穆手中的钩镰弯刀。

飞燕子的剑术不算绝顶，飞身法确实是一流，他身姿飘逸脱俗，动作角度也是刁钻古怪，逼得巴尔穆收刀回袖，急退三步。

巴尔穆又惊又奇，脱口叫道："小娃娃好俊的身手！"

"白毛老鼠也不赖！就是爪子太长，我得给你剪一剪！"飞燕子长剑一抖。

巴尔穆哇哇怪叫，手中钩镰弯刀飞迎而上。院子里顿时响起一片"叮叮当当"的金铁相击之声，只见两条人影上下翻飞，在院中兔起鹘落，双双跃上屋檐，转眼间又飞落了墙头。

二人的飞身法大同小异，如出一辙，根本分不清哪个是飞燕子，哪个是白毛貂，就像是两只饿了好几天的夜鸟正扑腾着翅膀，奋力争抢食物。

"快退！"

青崖子突然大叫一声，冲入刀光剑影之中，拳风呼呼，想先发制人擒住巴尔穆。岂料白毛貂早已猜到青崖子的举动，挥刀逼退飞燕子，侧身闪开三步，脸上露着坏笑："想不到老家伙也会舍己救人啊！"

青崖子一击未中，赶紧憋住了一口真气，长剑负手，沉声道："废话少说，解药拿来！"

颜风猛然醒悟，烟气有毒！

第十五章：有菀者柳

若是青崖子刚才以掌力摧散粉末，疾退小屋，或许三人都能逃过一劫。没有想到黑色粉末被夜风一吹，忽然荡起一缕轻烟，迅速钻入了老道的鼻孔。

颜风暗想不妙，依老道的脾气打死都不可能带狼甲兵上山，他们若是以解药要挟，我应该如何应付？

一旁的班黥戈布狠狠瞪了巴尔穆一眼，目光闪烁，凝视着颜风的紫卿刀，冷冷地道："天下武功，唯快不破……你年纪轻轻的，出手倒也不含糊。只不过，汉人常说'是非只为多开口，烦恼皆因强出头'，尊驾既然不是鹤鸣派的人，恕不远送。"

他刚才以三十六式"狼手翻云"硬接了颜风一刀，几乎施展了毕生功力，试图锁死敌人的刀锋。怎奈对方出刀的动作实在太快，刀光过后，如影随形，他一身华丽的锦袍竟被刀气震裂，碎成了片片布缕。

此时他长发披肩，黝黑的手臂青筋凸起，就像是山涧泥潭中爬出来的野人，模样极为狼狈，只是那盛气凌人的气势却未减一分，一句"恕不远送"说得轻描淡写，眉宇间更是透出一股孤冷的傲意。

颜风展颜笑道："戈布将军兴师动众，要烧人屋宅，在下岂有坐以待毙之理？只要将军解了老道的烟毒，我即刻带你去鹤鸣山。"

"你认得路？"班黥戈布神情一动。

颜风察觉到班黥戈布的反应，疑窦顿生，怎么鹤鸣山的山路很难走吗？他突然明白青衣羌狼为何跑来严家村堵截青崖子了，搞不好鹤鸣山险境重重，漫山遍野都是陷阱，狼甲兵自然不敢贸然上山，必须胁迫鹤鸣派的人带路。

他一直牵挂着姜无素的安危，脑子里突然换了个主意，如果羌人进不了山，那我就只能借鸡生蛋，非救老道不可了。

“痴人说梦……”青崖子一声冷哼，一把扯住了飞燕子的胳膊，迅速闪身退回农屋。

“想跑？！孩儿们，给我杀进去！”巴尔穆哇哇大叫，跃身冲向颜风。

院外数十名狼甲勇士一拥而上，手中弯斧已呼啸而出，噼里啪啦地砸在门窗之上。

颜风急退门后，躲过飞斧的攻袭，但见青崖子脸颊上碧绿一片，瘫软在地，大口喘着粗气，显然毒性已经发作。

门外的班黥戈布举臂喝止，郑重地道：“青崖子，念在你我相识多年，给你一个时辰考虑，两条路也任由你选。只要你带我上山，我绝不与鹤鸣派的人为难，否则，我必领三千狼甲东进蜀地，杀尽你鹤鸣一派，五斗米道从此烟消云散！”

颜风缓了一口气，正要上前扶起青崖子，身旁的飞燕子突然干咳一声，脚步往后一个趔趄，身子摇摇欲坠。

“不好，飞兄也中了毒烟！”颜风失声叫起，一个箭步冲到飞燕子跟前，顺势托稳飞燕子后仰的身躯，只觉得这位仁兄果然是身轻如燕，天生就是做飞贼的材料。

青崖子屏息呼气，急切地道：“快！你先按住他胸口‘膻中’与‘期门’二穴，不可让烟毒侵入心肺……”

颜风此时救人心切，心急火燎地按住了飞燕子的胸口，忽觉触手之处一片柔软，衣内好像缠绕着一层厚厚的布帛。只是那凝脂般柔和的感觉令人奇怪，不像棉絮，也不似锦绸。

颜风面露讶色，手腕顿时僵住不动，直勾勾地盯着飞燕子的眼睛，仿佛在他瞳孔之中看到了一丝迷雾般的羞赧与怨怼。

飞燕子喉间咕噜一声，遽然吐出一口浊气，脸庞上的黑巾面罩顿时泛起一片浅绿色的薄雾。

原来正是他蒙在脸上的黑巾侥幸替他挡住了毒烟的侵袭，而他在门外无意间吸了一小口，凝滞咽喉，堵住了呼吸，也多亏了颜风迅速以掌力封住了他胸口的血脉，终于化险为夷。

啪！

飞燕子悠悠醒转，眼眉一拧，冷不防一个耳光抽在颜风脸上。

单以飞燕子的飞身法来说，追上颜风当然是小菜一碟，但若是想一掌击中颜风却没那么容易。只不过颜风心猿意马，思绪恍惚，万万没有料到飞燕子会出手扇他，这一记清脆的耳光抽得他眼冒金星，右掌下意识地按住了紫卿刀，猛然惊醒，满脸错愕。

二人僵持不语，空气瞬间凝结。

青崖子盘膝而坐，脸色渐渐发黑，瞧见二人尴尬的情景，不由得摇头低叹："唉，飞贼蒙脸好处极多，不仅可以混淆视听，也可以救命……咳，咳，你面罩再不取下，等会他又得救你一回……"

"多谢前辈。"飞燕子声如蚊鸣，低头取下面罩。

但见微弱的烛光之中出现了一张杏红清秀的脸庞，两道弯眉发出淡淡的光晕，与明眸皓齿一相衬，竟似扰动了一潭炫丽的山水，恍如仙子出尘，观之可亲。

颜风顿觉背脊一片凉爽，呆若木鸡。

他当时掌压飞燕子胸口之时，已隐隐觉得不对，但是究竟哪里不对，却一直想不出来。他此时终于看清了飞燕子的容貌，火辣辣的耳光竟出自一个火辣辣的女人之手，心里不知是恐惧还是惊奇。

"飞，飞姑娘，你这是……"颜风一脸迷茫，手指头揉了揉脸上的指痕，话到嘴边又被他咽了回去。

"飞什么姑娘？小女子姓柳名嫣，你要喊我柳兄我也不介意。"

"原来如此……有菀者柳，不尚息焉；有鸟高飞，亦傅于天。嗯，你这名字取得相当不错，很适合做飞贼。"颜风咧嘴一笑，摇头晃脑地念了一句诗。

柳嫣故作嗔容，没好气地道："瞧你疯头疯脑的模样，跟你名字也挺般配的，你也看过不少书哩？"

她既已被人识破了女儿身，便再也装不成公子哥的清新朗朗，说话的声音已然换了一种轻柔的韵味，虽然仍与颜风斗嘴，但是早已变得细声细气，娓娓动听。

"柳嫣，柳燕……喊你飞燕姑娘也不错。"颜风轻唤两声，喃喃自语，似乎又突然想起刚才荒唐一幕，脸色微红，眼眉之间笑意盎然。

"你笑什么？"

"啊！"颜风一怔，瞧了瞧身旁青崖子的动静，小声嘀咕，"你名字好听，声音也好听，为何非要乔装男人呢？女飞贼不是一样来去无踪……"

柳嫣咬了咬嘴唇，低头不语。

青崖子鼻孔里哼哼几声，有气无力地道："她说你胖，你倒喘上了……女孩子家在人家屋顶上跳来跳去的，成何体统？咳咳，再说了，蜀中江湖上的高手，自有身份来历，她不掩人耳目，卫老二怎能傻乎乎地追查她半年？真是岂有此理。"

颜风翻了个白眼，摸了摸额前的刀疤，突然瞧见门外火光通天，一群羌族狼兵大呼小叫，将一捆捆草料堆积院门，只等戈布将军一声令下，点火烧屋。

"前辈，你准备如何脱身？"颜风面露忧色。

青崖子沉思片刻，展颜一笑："老道我淡泊名利，不擅与人争强好胜，连累了两位小朋友，心有不安……可是鹤鸣山世外清修之地，怎能任人践踏山门，我正一道的名声绝对不容外人诋辱！我暂且封住了白毛貂的烟毒，最多熬他三个时辰，我瞧你刀法精湛，杀出重围应该不难，若是老道熬不下去……咳，咳，烦请小兄弟斩下我的头颅，交付太清观的长老，只说老道误食毒草，阳寿已尽，于半路相托与你。咱们正一道的规矩，便是'躯壳本是尘缘，身首不必相依'，只要说出这句，他们自然信你。"

"这是什么规矩？"颜风眼眉一挑，又惊又奇。

"狗屁规矩！前……前辈，俗话说得好，上天有好生之德。天无绝人之路，咱们先想个缓兵之计，解了你的烟毒再作打算。白毛貂儿不足为惧，至于戈布将军嘛……"

飞燕子性情冷傲，嘴里向来吐不出什么好话，此时她穿着男装，身份却换了一个，猛然惊觉言辞不雅，慌忙改了语气，清秀的脸颊一片嫣红，羞态隐现。

"老家伙！你断气没有？！"

白毛貂巴尔穆似乎有些沉不住气，冲着柴门大喊。

青崖子空有一身武学，毕竟是血肉之体，万万奈何不了毒性的腐蚀，他脸色由黑转青，额前滚落豆大的汗珠，气息渐渐无力，耳闻巴尔穆的讥笑，强作精神，以毕生修为压制住体内的烟毒，提起丹田一口真气，放声大笑："哈哈哈！小老鼠想取老道的性命，哪有这么容易！素闻巴尔穆师承南疆蛮巫，学了一手阴险制毒的本事，今日居然被老道撞见了，哎呀呀，也不过如此！"

他话一说完，顿觉胸口一阵绞痛，突然吐出一口乌血，气若游丝。

颜风与柳嫣皆是大惊失色，双双抢上前去，一个掌压背脊，一个推揉胸腹，手忙脚乱地为道长推血过宫。而颜风为了让青崖子保持经脉循行流畅，指尖一股刚柔的内力抵住道长胸口，沿着"膻中""玉堂""璇玑""天突"而上，迅速封死了颈部咽喉附近的血脉，阻止烟毒流入心肺，继而缓解老道体内的真气凝滞。

青崖子一口气终于接了上来，眼中陡然闪出一丝惊异，一把抓住颜风手臂，声音轻颤："你……你怎会……"

"前辈？"颜风愕然。

青崖子神色惊惶，似乎是想说些什么，无奈体内真气受阻，"你"字后面的话语便再也吐不出来，只得闭目调息，缓缓摇头，示意二人噤声。

巴尔穆听闻青崖子说话之声，气息正常，威势不减半分，完全不像身中剧毒之人，不免大感意外，失口惊问："屋子里还有谁？"

"你不妨猜一猜。"柳嫣突然轻声笑道。

"少跟老子装神弄鬼！"

"幸好我姐妹出门时带了这颗九转神丹，一直舍不得吃呢。中毒事小，性命要紧，只要我救活老道，或许还能保自己个周全，你们若是心急，大可杀进来试试。"

"九转神丹？哈哈哈，小娃娃信口雌黄，骗鬼是吗？中我毒烟之人，除了脑袋会转上几圈，四肢早已失去知觉，你指望他救你？哼，还有半炷香的时间，等老子大摇大摆地走进来，动一根小指头，也能将你们活活捏死！"

柳嫣轻叹道："我骗你做什么？我这位小姐妹认识苗岭雷山的澜木大师，按照辈分来算，她也算是你的小师妹哩。"

"你，你胡……胡说八道！"巴尔穆吃了一惊。

柳嫣眨了眨眼睛，道："你要不要进来见见她？"

巴尔穆身子一颤，身不由己地往后退了一步，惊恐万状地望着班黥戈布。瞧他此时脸上的反应，若是脚底抹了油，只怕早已吓得撒腿就跑。

班黥戈布冷哼一声，摇头叹道："你师父都死了二十多年了，这位小师妹是几时收的？"

"可是他……他怎么知道我师父的名号？哎哟，对啊！她总不能在娘胎里就拜师了吧？"巴尔穆眼神闪烁，猛地一拍脑袋，幡然醒悟。

柳嫣笑道："白毛貂儿，莫非你是做贼心虚吗？"

巴尔穆咬牙切齿地道："我且让你戏弄一回！就算你有什么神丹，最多保住他一条狗命，只要鸡鸣声一起，从此就变成个废人！你真以为我'鸡鸣五鼓断魂散'是面粉做的？"

“鸡鸣五鼓断魂散是什么做的？”

柳嫣眼眸泛光，面露欣喜之色，突然伸出葱白纤细的五指，朝青崖子做了个手势。

“鸡鸣散？”青崖子眉心舒展，胸口凝滞的气息已渐渐恢复，强作精神，故意接口叹道：“唉！这个老道我可不知道了！据说安玛部落惯养雄鸡，鸡冠皆是紫色，我看八成是用剧毒饲料喂养活鸡，然后取鸡冠鸡胆鸡心鸡肺磨成药粉，再配上雷公山祖传的秘方研制而成，中毒之人熬不过五更，雄鸡一叫便呜呼哀哉，其毒性猛烈无比，简直就是杀人不见血的神药！”

“那其中有没有鸡屁股哩？”柳嫣拼命忍住笑。

青崖子一本正经地道：“鸡屁股天天用来拉稀排毒，估计药性不强，小老鼠学艺不精，当然搞不定。”

“哦，原来白毛貂儿一直吃不透鸡屁股上的药性。”

“话可不能这么说，换老道我天天有鸡屁股吃，少活十年也愿意！”

二人说得兴起，互相挤眉弄眼，将眼前的凶险也忘得干干净净。

颜风一头雾水，心想飞燕子聪明伶俐，鬼主意不少，眼看清风老道身中烟毒，随时会一命呜呼，若能骗取解药当然是好事，就怕白毛貂老羞成怒，一拍两散，当真是要我捧着他的脑袋送上鹤鸣山吗？

柳嫣啊柳嫣，清风老道若是有个三长两短，今日你这一巴掌我算是白挨了。

巴尔穆似乎被二人说到痛处，突然冷哼一声，扭头走出院子。

阎王要人三更死，岂能留人到五更？

鸡鸣五鼓断魂散，本是巴尔穆精心配制的剧毒，江湖上素有传闻。

但是他为什么一定要留人性命，等待五更鸡鸣？为什么他一直不愿意配制出见血封喉的奇效？其中最大的原因，就是他酷爱烹食雄鸡的屁股。

没有人知道他制毒的流程与手段，可是江湖上的人却经常借用此事调侃，貂儿喜欢吃鸡，天经地义，但是巴尔穆为了吃上一块爽口嫩滑的鸡屁股，宁可减轻断魂散的毒性，也不愿意暴殄天物，吃货的精神境界，果然与常人有所不同。

所以，当他脱口说出了烟毒的名称，青崖子与柳嫣二人皆是松了一口气。

夜空中明月高挂，此时正临近子时三更，距破晓时分尚有一段时间，人生难免挫折重重，绝处或许也能逢生。

颜风忍不住低问一句：“此毒真有解药？”

柳嫣蹙眉叹道："解药自然是在白毛貂的身上……前辈多了几个时辰的生机，及时送去鹤鸣山的话，或许还有一救。你有前辈带路，自然能避开断崖绝杀，可想到脱身之策？"

"何为断崖绝杀？"

"鹤鸣山有二十四洞天，距老君顶太清宫东西两涧，更有四处悬崖绝壁，状如鹤嘴、鹤颈、鹤尾、鹤翼，山涧之道宽不足三尺，一人当关，万夫莫敌。蜀中人人皆知，唯独你颜风大侠孤陋寡闻。"

颜风白眼一翻，心想我早点遇见你飞燕子，也不会瞎子摸象摸上了钟峰观，张道长若是没有救我，也不至于欠下这场人情债！我也不知是倒了什么霉唉。去他娘的"大悲手印"，我就不信你有通天的道行，一辈子躲着不让我撞见！

他想起张守朴的死，双拳紧握，思绪难安。

此时此刻便是刀山火海，他也得护住清风道长的安危，再也不愿目睹悲剧重演。

颜风默然半晌，又想起巴尔穆在院子里惊慌失措的表情，好奇问道："为何白毛貂一听见澜木大师的名字，如同惊弓之鸟？"

"江湖传闻，二十多年前，白毛貂儿为了救下一只心爱的雄鸡，失手毒死了自己的师父。"

颜风苦笑道："怪不得他吓成这般模样，若是师徒二人是为了争抢鸡屁股，那也算是天下奇闻。"

"我听说有人为了心爱的女人，不分青红皂白，居然敢刀劈军营主帅，这算不算奇闻呢？"柳嫣唇角上扬，狡黠一笑。

颜风面色微红，心知女人要是存心找事，十个男人有九个招架不住，你跟她斗嘴只会自讨没趣，还是趁早俯首称臣，甘拜下风为妙。

他故作镇定，赶紧将话题岔开："可是……青衣羌狼这一关，凭你我三人之力，恐怕难以应对。"

"我瞧戈布将军是顾忌鹤鸣派的名声，嘴里说着大开杀戒，不过是做做样子，吓唬吓唬前辈而已。真要他们抬着前辈的尸体上山问罪，岂不是自取其辱吗？羌汉两族一旦交战，安玛城部族的生死存亡，他可承担不起！依小女子之见，不如让我为前辈乔装打扮一番，换上一件农家的衣裳，趁机夺门而出，让颜风抢下我的枣红马儿，护送你上鹤鸣山。只是……前辈这脏兮兮的胡子，必须剃喽。"

“什么？你要剃老道胡子？”青崖子愕然。

柳嫣轻笑道：“由我易容成前辈的模样，来一出声东击西，保管这群蠢家伙个个晕头转向。”

“此计可行。”颜风若有所思。

青崖子一脸无奈，喃喃地道：“你又没有养胡子，当然不心疼……”

第十六章：重山复水

等死的一个时辰很漫长，而求生的一个时辰转瞬即逝。

此时，门外的青衣羌狼早已等得心烦意乱，脖颈上汗迹淋淋，可偏偏要装作胸有成竹的模样，冷眼看着小屋，语气傲慢："青崖子！一个时辰已过，眼前两条路给你走，你胆敢推三阻四，就休怪我翻脸无情！"

蜀中的四大高手之一，当然气势不凡，他一心牵挂侄女的安危，今夜就算是天王老子站在身前，一言不合就可能拳脚相加，哪里还顾得上尊卑高低？

只不过凶残成性的部族首领，也时常心怀大局，他深知羌汉两族的恩怨错综复杂，稍有不慎，必将引火烧身。况且部族之中也有信奉正一道的百姓，无论男女老少，都十分敬重鹤鸣派的声望威名，所以他不愿与鹤鸣派为敌，满腔怒气全在卫季一人身上，对青崖子更是一忍再忍。

聪明伶俐的女孩子善于揣摩旁人的心思，飞燕子思维清晰，推断精准，可是却忽略了一个男人的天性。

班黥戈布身为狼甲首领，说出去的话就如同泼出去的水，又怎能轻易收回？

颜风有些犹豫，人情与友情，都是仁义善心，清风老道我一定要救，而班黥戈布为营救姜姑娘而来，于情于理，我都不应该与他作对。嗯，柳嫣姑娘这招不战而退，正合我意。

只是两个大男人拍拍屁股逃命，留她一人殿后，这算什么事？

柳嫣见颜风眉心紧锁，郁郁不乐，似乎已瞧出了他的心思，黑瞳之中闪出一缕清澈的笑意。

屋内的青崖子突然幽叹一声，郑重地道："戈布将军……要老道领你上山不难，只不过这两位小朋友不是鹤鸣派的弟子，没有理由遭罪，恳请戈布将军将他二人放行，并且亲口答应老道，绝不伤害严家村的村民。"

"大丈夫一诺千金！"

"很好，有你戈布将军一句承诺，老道就放心了……两位小朋友，咱们就此别过，山水总有相逢，他日有缘再见。"

烛光黯淡，人影倚窗。

青崖子话音一落，只见颜风扶住一名身材瘦弱的小姑娘，推门而出，一声不吭地走出院子，径直走到枣红马儿跟前，漫不经心地解开了缰绳。

院墙周围的狼甲兵歪着脑袋，满脸疑惑地盯着二人的举动，心里皆在暗想，戈布将军这是唱的哪出戏？

颜风将小姑娘扶上马背，勒紧缰绳，若无其事地走向村口，不料那枣红马儿低头呼哧数声，原地转了几圈，死活不肯扬蹄飞奔。

哎哟不好，这马认识主人！

颜风心里咯噔一下，掌心捏出了汗水。他一时情急，运气贯彻指尖，往马背上狠狠一戳，枣红马儿负痛撅蹄，突然转了个方向，将围在村口的数十名狼甲兵冲得东倒西歪，一哄而散。

班鯨戈布冷眼观望，在巴尔穆耳边低语了几句，转身冲小屋叫道："青崖子，我让小貂送解药进来。"

巴尔穆双手负背，衣袖之中闪出一抹森寒的白光，只见他嘴角一歪，飞身而上，已鬼魅般地扑进了小屋。

"啾！"的一声，屋内突然传出尖锐的口哨声。

黑暗中银光闪耀，星光迸裂，二条黑影忽上忽下，左右翻飞，就像是多年未见的老冤家，狭路相逢，一旦动起手来，谁也收不住。

村口的枣红马儿听到主人的哨声，扬蹄呼啸，立即冲上山坡，夺路狂奔。

班鯨戈布见屋内刀剑相击，斗得难解难分，隐隐觉得哪里不对劲，鹤鸣派的青崖子剑术一流，绝对是蜀中数一数二的顶尖高手，就算他身中剧毒，也不至于如此不堪一击，怎么可能与白毛貂打成平手？

“给老子追回来！”

班黥戈布猛地一惊，望着村口疾奔而去的颜风，突然暴喝一声，一把夺过狼甲武士手中的火把，振臂抛向小屋。

堂前的木桌被火把击中，轰然裂塌，碎成一堆的木屑，夜风一吹，顿起火势，噼里啪啦烧成一片火海。

柳嫣披着一身破旧的道袍，与巴尔穆正在拼斗兵器，二人动作敏捷，身手相当，剑术与刀法也均在伯仲之间，忽觉门外一股气浪迎面扫来，她一剑挥出，赫然削中凌空的火把，怎料剑锋被刚猛的气劲一荡，手腕顿时酸麻无力，一股火辣辣的剧痛迅速蔓延肩膀。

她情急之下只得脱手弃剑，仰面后翻，纤细的脚踝在门柱上一点，凌空倒转身躯，飞身掠上了屋檐。

“飞燕子？”

班黥戈布抬眼一望，终于瞧清楚柳嫣的模样，忍不住脱口而出。

飞燕子在西蜀一带专偷富贵豪宅，从不染指百姓人家，在江湖上也有些名声，而且她向来以飞身法见长，最擅长的便是穿墙过梁之术。她刚才这一仰一翻的动作，的确有堂前飞燕的风姿，班黥戈布一眼瞧出端倪，强忍一肚子的怒气，挥手示意狼甲兵救火。

“素闻戈布将军爱民如子，仁义无双，今日小女子亲眼所见，果然是货真价实，一点都作不得假。以后若是撞见有诋毁将军名誉的小人，我飞燕子第一个站出来，绝不饶他！”

柳嫣轻轻一笑，屋檐上一道倩影亭亭玉立。

见人先拍一通马屁，总好过与人针锋相对，飞燕子虽然只是个娇弱的女贼，却是饱谙世故，江湖经验也极其丰富。像颜风这种愣头愣脑的傻小子，柳嫣就是将他卖了，很有可能还帮着数钱。

班黥戈布声名显赫，当然不会跟女流之辈一般见识，他面色一沉，冷冷地道：“哼，想不到自命清高的青崖子为了逃命，竟然会穿女人的衣裳！”

“眼看凛冬将至，万物生灵皆惆怅，相比疾苦受冻的百姓，他们有一件衣裳保暖，已是天大幸福。如果小女子没有猜错的话，将军此行是为了安玛城的百姓而来……族人的衣食无忧，才是将军的牵挂。”

班黥戈布心神一颤，默然不语。

田园村粮车被劫，损失最大的便是安玛城，百姓们没有东西吃，怎么熬过严寒的冬天？他此番领狼甲精兵东进，一来是为了营救侄女姜无素，二来便是去新津城借粮。

柳嫣这番话说中了他的心思，若是要全心全意去保护安玛城的百姓，那么姜无素的死活，或许就只能顺从天意。

“言之有理。汉人常说生死有命，富贵在天，我阿比塔的子民也信奉神明，争的便是天道无亲。只不过，娃儿们此次随我出行，拴的是一条心，鹤鸣山纵是龙潭虎穴，素素也是非救不可！”

班黥戈布拳头紧握，目中凶光毕现。

四大高手之争原是江湖上的恩怨，班黥戈布与鹤鸣派本无瓜葛，只是他心里一直有个死结，“仙道”排在“羌狼”前面我不来与你计较，但是你敢欺辱羌人，骑我头上坏我名声，老子就绝不答应！

青崖子当然没有骑在他脖子上，但是卫老二掳走他的侄女，摆明了就是没有把“羌狼”放在眼里，鹤鸣派必须给个说法。

天下武功自有强弱，可是人数总有差异吧？不如学一学越王勾践，三千狼甲可吞吴！

“呼呼！要我羌人活活冻死，不如战死沙场！”

“白石神灵为证，我等誓死追随将军！”

众武士瞧见戈布将军杀气腾腾的气势，蛮性大起，纷纷举起了手中的火把，挥臂高呼，喊声震天。

柳嫣脸色微变，心知班黥戈布救人心切，仁德与道义被抛开了两边，如果狼甲兵一怒之下杀上鹤鸣山，必定震惊西蜀，飞龙营岂有不救之理？双方都是救人，但是性质完全不同，其中的是是非非谁也分辨不清，势必会造成羌汉两族反目成仇。

唉，这个世道已经够乱了。

柳嫣内心幽叹一声，忽然从兜里取出一块黝黑的玉牌，抛向班黥戈布：“如果小女子愿意为安玛城的百姓借衣借粮，将军可否息事宁人？”

班黥戈布探手接住，但见掌心的玉牌上雕刻着一只栩栩如生的食铁兽，咧嘴露齿，怒眉瞪目。

“东州兵符？！”

班鯨戈布神情大震。

……

迷雾渐起，夜色低沉。

颜风在连绵的山道上策马狂奔，抬头望了一眼茫茫的天色。

眼看黎明将至，鹤鸣山的影子他都没有瞧见，不免心烦意躁，糟糕！是不是混乱之中跑错了方向，我又掉头往锦屏山去了？

想起韩倘的"鸦翎箭阵"，他心有余悸，慌忙勒紧了缰绳，下马查看山谷地形。但见林中落叶纷飞，枯树盘结，低头一瞧，脚下黑压压的山涧深不见底。

颜风腿脚一个抖索，打了个寒战，忽然听见身后的枣红马儿扬蹄长啸，"砰"的一声，掀翻了趴在马背上的青崖子，一溜烟钻进黝黑的山林，绝尘而去。

哎哎，这是搞什么？

颜风僵在原地，无可奈何地摇头叹息。他无心与骏马比试脚力，上前扶起青崖子，掌心抵住老道的胸口，缓缓引导气息。

青崖子喘上一口冷气，脸上厚厚的脂粉被风一吹，面色尽露青黑之色。他此时穿着农妇的衣裳，灰白的长须早已被柳嫣剃个干净，虽然看上去年轻了不少，但是模样极为狼狈。

"前辈，此地离鹤鸣山还有多远？"颜风一筹莫展。

青崖子有气无力地笑了笑，道："我觉得你喊我老道比较好听，前辈二字还是免了吧，实在承受不起……你也不必担心马儿，它一定是急着回去找主人，世人最难舍最动人的便是情意，马儿也不例外……咳，咳，颜兄弟，你瞧瞧山谷尽头的山崖，可与别处有何不同？"

颜风皱眉远眺，只见缥缈的薄雾之中，隐隐耸立一座高峰，云雾缭绕，峰峦叠嶂，漫山遍野皆是郁郁葱葱的松柏。

他以为是自己眼花，瞪眼环视山谷四周，大感惊奇，怎么此处尽是残冬败象，而前面的群山却是一片春意盎然？

青崖子盘膝而坐，正色地道："此乃天柱峰，三面环水，双涧合流，寒冬腊月，也是满山苍翠，草木皆春。过了前面的村子，正是我正一道派的发源之地，鹤鸣山。"

前面就是鹤鸣山？！

颜风喜不自禁，赶紧扶住青崖子双肩，想将老道扛在肩背之上，转念一想，我年轻力壮，背个老道赶路自然不成问题，可是爬山这种事，不是一口气就能解决的，完全就是个体力活。就算我他娘的身怀绝世武功，也绝无可能徒手攀岩，轻松跨越山涧窄道，一旦失足摔落悬崖，哼哼，只怕一根尸骨都找不回来。

寒风透骨，孤冷的枯树愈现苍凉。

颜风抬头望了一眼山谷中盘根错枝的枯树，嘴角微扬，喃喃地道："树兄啊树兄，我在钟峰观时砍过不少老树，天天劈柴，是为了煮一碗米饭填饱肚子……劈柴当然是为了救人，改天我让太清观的道长给你立个石碑，刻上'功德无量'四个大字。"

他拍了拍腰间的紫卿短刀，突然纵身跃上山涧溪石，只听"嗖嗖"风起，刀光忽闪，紫卿刀已削落了数截坚韧的枯藤。颜风挽起袖子将藤枝缠作一团，留出两处空隙，小心地套住老道的身子，两臂一展，穿过枯藤，竟牢牢地将青崖子绑在了背上。

"你……你干什么？"青崖子动容道。

"我背你上山。"

颜风咧嘴一笑，欣然起身，脚尖挑起地上一段粗木，大步朝着黝黑的山林穿行而去。

青崖子深吸一口雾气，缓缓闭眼。

他当然知道，此时此刻无论他说什么感激的话都是多余，世人最难舍最动人的便是情意，谁也不能例外。

林静山幽，绿草如茵。

鹤鸣山位属岷山山脉，南邻峨眉，北依青城，与雾中山一脉相连，仙佛同源，名归三蜀。其山形似鹤，峰高秀爽，传说有仙人驾鹤游翔，鹤鸣之声清澈婉转，故名鹤鸣山。

世人皆向往奇峰灵山的仙缘，而张道陵张天师也正是在此山悟道。据传太上老君曾传授张道陵三洞众经，以及金丹秘诀，再加上可以斩妖除魔的雌雄二剑，他以"佐国扶命，养育群生"为己任，终在鹤鸣山上修道成仙，不老长生。

颜风向来不信邪，也不信命，修心养性更是无稽之谈，要我持斋礼拜，奉戒诵经？只怕要憋出病来，不如找人打上一架。

但是清风老道能不能熬过五更呢？

阎王要他五更死，我偏要赌一赌！

颜风放眼环视云深之处的秀丽仙山，心事重重。

他记得柳嫣说过断崖绝杀，而鹤嘴、鹤颈究竟隐藏在什么方位，他已经顾不上，此时的青崖子仍然穿着农妇的衣裳，万一鹤鸣派的弟子眼神不好，不分敌友，那就要糟糕了，明枪容易躲，暗箭可是最难防！

颜风一路小心谨慎，沿着陡峭的山路而行，翻过山涧，越过峭壁，耳闻身旁溪水潺潺，眼观路边风吹草动。绸纱般的白雾在他头顶飘来飘去，山崖上偶尔出现一株枝藤怪异的老树，也能让他吓出一片冷汗，渐渐感到体力不支。

“颜兄弟……你休息片刻。”

“我慢上一个时辰，你老命就保不住！等到了太清观，你得给我找个舒服的住处哦，我睡个三天三夜兴许能缓过气来。”

“咳，咳……老道这辈子能结识了颜兄弟，死而无憾。”青崖子颇为感慨。

颜风摇了摇头，挤眉弄眼地道，“我与鹤鸣派的人没有半点相干，此番出手救你，原有私心……只因我有个好友恰好也住在山上，而我偏偏不认得路，要是没有老道相随，怎么躲得过断崖绝杀呢？”

他此时脸色微红，尴尬地笑了笑，说了一半真话一半假话。

青崖子错愕半晌，似乎想通了什么事，低声轻叹道：“你以香客身份上山，怎会有人阻拦？老君崖上设有解剑碑，江湖上的人都知道规矩……唉，老道我不来瞎猜，我也不会看走眼的，颜兄弟是个重情重义之人。”

“解剑碑？”颜风微微一呆，故意皱眉道，“哎哟，我怎么没有想到？是了是了，鹤鸣派总不可能为难手无寸铁之人。”

“寻常香客自然通畅自如，若是鹤鸣弟子发现上山的人行踪可疑，来路不明……咳，咳，你不妨瞧一瞧那两座状如鹤翼的山崖，可有蹊跷？”

颜风举目远眺，但见山涧悬崖深不可测，唯独中间一道狭长的小路蜿蜒而上，直通绝顶。逶迤的山谷之中一片青翠朦胧，嶙峋怪异的石峰似颈领涧泉，又似一尾冲天，而东西两侧的悬崖绝壁犹如天神护法，分列山涧，乍眼一看，果真像极了展翅欲飞的仙鹤。

好家伙！自古神山多壮丽，名不虚传！

颜风缓了一口气，心里暗叹，难怪班黥戈布投鼠忌器，非要抓一个带路人不可。山间小道不足三尺，只要鹤鸣派的弟子藏匿山林洞穴，飞石、强弩铺天盖地……我明白了，“青鹤九打”原来是这么打的？嘿嘿，他狼甲兵又不会飞，当然是一个都休想过去！

我能逃过骑射营的“鸦翎箭阵”，可是此处却是上天无路，入地无门，看来此行凶险无比，倘若我救了姜姑娘，又该如何下山呢？

“有客从外来，闻之常欢喜。依我之见，暗箭伤人，不是什么英雄好汉所为。”颜风嘴角一扬，不以为然。

“你对我鹤鸣派的暗器之术，似乎有些成见，你……”青崖子眉心一动，“你”字后面突然停顿，脸上那惊慌失措的表情，与严家村被颜风救醒之后的反应一模一样。

“……我鹤鸣派其实分为内外两家，‘青鹤九打’虽以暗器闻名，但毕竟没有什么可以炫耀的地方，所以此技人人可学，例如大邑的鹤鸣七子，虽是外家弟子，但也尽得功法真传……而‘雷鸣十八破’是正一道内家武学，惯以剑术见长，破兵、破力，无所不破，没有数十年的潜心修道，谁也领悟不了其中的精髓。”

“莫非你是内外兼修？”

“老道我是杂学，只是比师弟们早入门几年，偏又年长了几岁，在辈分上占了一点便宜。”

颜风斜眼一笑，道：“原来如此。我看鹤鸣七侠的实力不容小觑，鹤鸣派要是再多开几家分店，还有他刘备什么事！”

“你在胡说什么……当年祖天师张道陵在鹤鸣山顿悟，创立了正一盟威之道，虽未有大功于世，但也深得民心……祖天师常以苍生为念，为百姓修符治病，驱邪禳灾，‘如是立坛而布化，助国兴邦以安民’，单以这一条志心诰命，说他是佐国佑民的英雄好汉，一点都不过分……我鹤鸣派不求教化世人，只求一片净土安乐之地，若是居心叵测者，妄想恶意挑衅，老道我当然算不上英雄好汉，但是杀他几个……咳，咳，也算不上什么难事。”

雾气弥漫，五更将临。

断魂散侵蚀青崖子心肺之时，呼吸便越来越困难。

颜风放缓脚步，点了点头：“这么说来，你算半个。”

“世外之人，与世无争……想那巨鹿太平道张角，虽也奉事仙道，却以妖术蛊惑世人，他也算不上……老道可想不出来，天底下有几个是真正为国为民的英雄好汉。”

颜风皱眉沉思，突然脱口而出：“赵子龙算不算？”

第十七章：绝顶之巅

“啊！赵云将军当之无愧！”

青崖子身中剧毒，呼吸极其艰难，此时突然听到“赵子龙”三字，脸上立即露出欣慰的神色，“昔日司马子长有云：‘常思奋不顾身，以徇国家之急，其素所蓄积也，仆以为有国士之风’……赵云将军德才兼备，有功于蜀人。他为百姓挺身而出，提议新政改制，为了缓解羌汉两族多年的积怨，勇于废除旧弊，蜀汉将士之中，少有如此气魄之人……”

“他在西蜀边界驻扎军营，也是为了保护百姓？”

“咳……羌族部落有凶残野蛮的暴民，难道我汉人就没有恶徒了吗？一碗水既然端不平，不以规矩，就不能成方圆。白马沟、飞龙营的职责，便是在乱世之中立一个规矩……管他羌人汉人，只要能做到兴邦安民，心系苍生，当得起英雄好汉。”

颜风不以为然：“为国为民，是做官的本分，没什么好值得炫耀的，若是赵云是个文官呢？呵呵，只怕与‘英雄’二字就不太相配了。”

青崖子眼珠子一瞪，道：“照你的意思……咳，当年长坂坡上七进曹营之人，应该是诸葛孔明才对？”

“哈哈，我可没有说过！”颜风大笑。

“我只问你一句，天下英雄数不胜数，真正能令你心服口服的有几人？有些传闻不一定是真，但是要看传的是哪个人。你不是蜀人，有些事儿你没有亲身体会，自然不懂赵云将军的分量……他在百姓眼里何止是战神？其实他一样也是百姓的父母官。”

颜风若有所思地点了点头，他内心虽然对赵云仍然有些不服气，但是有关于赵云的丰功伟绩，却容不得他否认半分。

“想那张翼德，当阳桥前一声吼，喝断了桥梁水倒流！盖世英雄赵子龙，白袍银枪救阿斗！可叹，可叹！老道生不逢时，未曾与大将军并肩作战，实乃毕生遗憾……何谓英雄？何谓平庸？等你真正了解了大将军的忠肝义胆，你就懂了……上阵杀敌，不是为了你个人，像赵云这种爱护百姓的英雄，百年也难得一见！”

青崖子情绪激动，评起赵云的为人，恨不得将心里话一口气全部说出来。

颜风默然无语，心想我初到蜀地，是非难分，居然私闯飞龙营，险些丢了性命。唉，蜀中百姓知道我刀劈赵云之后，会做何感想呢？

“正所谓人生苦短，不如潜心修道……颜兄弟，可有兴趣学道修仙呐？”青崖子俯身轻问，展颜微笑。

“听说张天师当年定了个规矩，入道之人需交纳大米五斗，以示赤诚，世人皆戏称‘米贼’，在下对此事略有耳闻。”

颜风鼻孔里“哼哼”两声，露出一脸不屑的表情。

青崖子笑道：“昔日孔夫子收徒也曾收十条腊肉，祖天师此举原是戏弄无知乡绅，世人却以偏概全，不可信也。祖天师的意思，只是说修道之人没有贫富贵贱之分而已，你肯交我五斗米，当然是出于信任……”

“那你信不信我？”

“老道我胡子剃了，命也交给你了……唉，算是上辈子欠你的，如果我有个女儿，也一定嫁给你！”

“真的？”

“嘿嘿……当然是假的啊，老道我还想与你烤肉论英雄呢，你要是喊我一声泰山大人，我可当不起！”

颜风哈哈大笑，提起盘在腰间的枯藤，健步如飞，转眼间便穿过窄隘的山路，翻越了山涧峡谷。

蜀道虽难行，但颜风在钟峰观之时，常与张守朴攀峰采药，险峻的山路对于他来说并非难事，而青崖子俯在他肩背上一路颠簸，昏昏欲睡，呼吸渐弱，仿佛枯槁油尽的灯芯，那一点微弱的火光随时随地都会被冷风吹熄。

满山的迷雾渐渐退散，远处高峰插云，七彩流光。

绝顶山巅隐隐出现一座气魄恢宏的殿宇，庄严肃穆，宛如九天云外的仙宫道府，高踞孤峰之上。

来得及，来得及！颜风大喜，看来前面峰顶就是“太清观”无疑。苍天不负有心人，老子别无所求，但愿你们这帮臭道士，千万不要养公鸡！

他抹了一把脖颈上的汗珠，抖了抖被枯藤压得酸痛的肩膀，手腕撑住青崖子大腿，阔步而行，仿佛前方百米之遥就是最后的终点，早已忘记了这一路的奔波劳累。

颜风踏过一弯石桥，拾级而上，横跨山涧飞泉。山林四处鸟声啁啾，溪水叮咚，云雾飘散之时，隐隐出现一座简朴的亭阁，重檐歇山，古柏葱茏，亭中竖有一块石碑，上写“解剑碑”三字。

这里就是解剑碑？

颜风眼珠子转了转，深吸一口气，要我解刀上去倒也不难，我且摸清你鹤鸣派的虚实，等找到姜姑娘之后，再来跟你卫老二算账。哼哼，保管叫你大吃一惊，阵脚大乱。

正所谓“不经一事，不长一智”，飞龙营的教训，颜风可不想再有第二次。他此时深思熟虑，也明白了鸡蛋不能去碰石头的道理，而且鹤鸣派自诩名门正派，当然不可能去为难一个小姑娘，如果卫老二死不认错，那也只好拼了这条贱命，以恶制恶！

“无上天尊。施主行色匆匆，莫非有急事相求？”

涧泉石阶之上忽然闪出两名冷冰冰的小道士，居高临下，满脸疑惑。二人年纪相仿，一高一矮，身穿粗布长袍，袖子又宽又长，装束模样一般无二。

颜风急忙将身后的青崖子放下，抱拳叫道：“在下颜风，烦请道长通报一声，就说青崖子道长身中剧毒，再不医治，恐怕凶多吉少！”

“青崖子师伯？他人在何处？”矮个子失声惊问，半信半疑地打量着颜风。

二人环视悬崖四周，却见眼前只有一位瘫软在地的病人，穿着花花绿绿的衣裳，脸色青黑，根本分辨不出是男是女，哪里有师伯的身影？

“此人便是青崖子，事出有因，已来不及解释。快快请贵派长老医治，一刻都不能耽误！”

“师伯的铁剑呢？”

高个子道士见颜风身上缠着枯藤，举止怪异，说话的口音不像蜀人，戒心顿起，长袖一展，挡住了矮个子的手臂，示意同伴莫要草率行事。

颜风张大了嘴巴，暗想不妙，老道的随身铁剑早已断了半截，中毒之后也不知扔在哪里，料不到鹤鸣派的弟子警惕性如此之高，没有师门铁剑为证，谁敢上前查探真伪？搞不好将“青鹤九打”使出来，我是吃不了兜着走！

“醒醒，你可千万别睡过去！”颜风大声呼唤，掌心按住青崖子的胸腔，只盼着能给老道接上一口气，赶紧吐一句话出来。

只是青崖子气息微弱，早已昏昏欲睡，哪里还说得了话？颜风冷汗直流，此刻太清观近在眼前，莫非我就差这一步，又要抱憾终身？

矮个子皱了皱眉头，道：“这位施主面色青黑，确实是中了毒，万万延误不得，只不过……”

高个子小道眼眉一挑，冷冰冰地接了一句：“之鸣师弟，我瞧他身藏兵刃，面带杀气，咱们还是小心点的好。执教长老有言在先，凡是来路不明者均不得上天柱峰顶，烧香请愿之人，移步妙高峰三官宝殿。”

“师兄，师祖常说上天有好生之德，出家人持戒修道，修的便是救苦胸怀……”矮个子虽然是师弟，却是心如明镜。

“你可医治得了？”

“我？我哪有这本事……”矮个子面露惊恐之色。

“那你不是在说废话吗？”

颜风性情虽躁，却有前车之鉴，此番好不容易上了鹤鸣山，当然不会轻举妄动。他一时无计可施，目光斜扫亭中那块解剑石碑，倏然起身，紫卿刀“哐当”一声，抛至山阶入口，冷冷地道：“我解刀上山，手无寸铁，二位道长可否行个方便？”

二人对视一眼，眼神闪烁。

此时他们与颜风相隔六七丈距离，站在石阶高处，完全就是居高临下的阵势，而且天柱峰四周皆是悬崖绝壁，只要陌生人一有异动，鹤鸣派的暗器神通当真是开不得半分玩笑。

只不过，颜风刚才这一抛，短刀正巧落在三丈远的石阶上，倘若下去拾刀，对方极有可能一跃而起，先发制人，“青鹤九打”要是招呼到自己人的身上，那就不好玩了。

“师兄啊，不如我先上山禀告长老……”

“不可！朝食未到，我们怎可擅离职守？等换班的师兄下来，再去通知长老也不迟。”

颜风竖耳一听，去你娘的！要老子等到辰时，清风老道早就跟太上老君下棋去了！

他只觉得牙痒难忍，浑身燥热，手臂上的枯藤被他体内罡气一激，藤枝四下开裂。他起势抬脚，身子凌空反转，一式“神龙摆尾”，侧踢断落的枯藤，狂吼一声：“给老子滚下来！”

颜风虽然消耗了不少体力，但是罡气依然充沛。

他这一式弹腿侧踢，宛如弓弦满月，利箭追风。断藤破风而去，在半空中突然又裂成了三四截，就像是子母飞梭，分为上中下三路，直袭石阶上的小道士。

所谓江山易改，禀性难移，不管他是去打架除恶，还是救人行善，任何阻挡颜风去路的行为，都极其危险，他固然无心杀人，但是手脚上的冲动始终是难以控制。

生死关头一刻都等不了，面对两个死守清规戒律的小道士，他多说一句，都是对着聋子讲故事——白费力气，不如来个先下手为强。

拼不过时辰，自是天意，拼不过阻碍，那就是我颜风无能！

“扑扑”声起，白光激射。

飞袭而上的断藤倏然炸成一片粉齑，临空飘散。

只见数十枚青光闪闪的钢锥斜插石缝，距离颜风双脚不过寸许，他此刻若是贸然冲上去，身上可能会多出好几个窟窿。

高个子小道的反应慢了一步，口中一声惊呼，显然已被断藤击中。他身躯前倾，负痛弯腰，突然一脚踩空，从陡峭的石阶上滚落。

石阶两边皆是悬崖，小道士滚落的方向一旦偏移，就会跌落无底深渊。颜风当然不可能眼睁睁地看着他坠崖，脚尖一挑，石缝中的钢锥“嗖嗖”弹起，赫然将高个子宽大的袖口钉在石壁上。

颜风身影一晃，人已冲了出去，手臂往前一伸，一把扯住了小道士的衣领。

高个子小道吓得魂飞魄散，脚下踢飞一堆碎石，连滚带爬地抓住了山崖上的棘草，缩身石阶，大口喘气。

颜风拾起紫卿刀，转身将青崖子扛上肩膀，沉声道：“躯壳本是尘缘，身首不必相依，前辈交代过这句话。你二人再磨磨蹭蹭的，我只好一刀砍下他的脑袋！”

矮个子小道一怔，撒腿往山顶飞奔。

颜风回首瞥了一眼青光闪闪的钢锥，心有余悸，以后找人打架，我一定要挑个好地方，要是碰上天时、地利都不对，三岁小孩也能要我的命！

空山寂寂，云雾渺渺。

天柱峰顶绝壁千寻，高耸入云，沿着石阶而上，山门的入口处俨然一尊天然的鹤形巨石，昂首展翅，势欲冲天而去。

但见崖前绿树成荫，转过一道幽泉小溪，豁然开阔，云海雾涛之中便出现了一座庄严肃穆的大殿，红墙朱甍，飞檐琉瓦，闪烁出耀眼的七彩光芒。门匾上“太清宫”三字劲健雄奇，神韵超凡，果然是一处人间仙境。

好家伙！等我垂暮之年，一定要来鹤鸣山隐居养老，就算让我整天喝风饮露，那也比别人快活。

颜风一时忘乎所以，背着青崖子，快步冲上观前台阶。

观内一股清幽的香气扑鼻而来，他一眼瞧见供奉在正殿大堂上的老君泥塑，高逾数丈，威武尊严，忍不住赞叹一句：“够气派！”

不料他话到嘴边，忽觉眼前黑影一闪，两柄长剑迎面刺来，耳边飕飕风响，数朵凌寒耀眼的剑花就在他鼻子底下。

一个人闯荡江湖，会遭遇各种各样的危险，颜风虽然时常会有些意气用事，但是生性善良，从来不与人争。只不过世上有很多事谁也说不清道理，而生死往往就在一念之间，所以哪怕是半夜睡觉，颜风也是刀不离身。

人不犯我，我不犯人。

可是紫卿刀何时出鞘？颜风怎能预料？

他此时已来不及细想，刀光一闪，剑锋应声而断！

颜风御气收刀，侧转身躯，手指头点在紫卿刀上，这第二刀正欲出鞘，另一个黑影却是剑招一变，剑尖往下一压，反削颜风的手腕。

跟我玩花样？颜风嘴角一扬，负手将背上的青崖子倒转一圈，屈腿往左侧一弹，“砰”的一声，结结实实地踢在对方肚子上。

黑影没有想到颜风会突然转身，这一剑自然不能刺向青崖子，收势不及，人已滑出去三丈多远。他摇摇晃晃地站了起来，鼻孔里哼哼两声，目中精芒闪烁，脸上露出古怪的笑容：“颜少侠好身手！”

颜风抬眼一瞧，见此人脸色苍白，骨瘦如柴，身上穿着一件简朴的粗衣，就像是一个柔弱的书生，随时随地都会被大风吹走似的，刚才那一脚没将他肋骨踢断几根，已经够走运了。

“啊？孙五侠？！”颜风失声叫起。

此人正是鹤鸣七子之一，落雨剑孙慕秋。

虽然他身上少了几分童啸波的凶悍，也缺少卫老二的那股霸气，但是这位病恹恹的书生，眼中却有一种凛人的杀气，颜风却是记忆犹新。

当时颜风在平云客栈与鹤鸣七子相遇，早有拔刀的冲动，也曾推测过童家兄弟出手的位置，唯独对这个孙慕秋有所顾忌。他包袱里的剑有多长？他的手有多快？只要判断力稍有偏差，三面围堵的攻势，谁也应对不了。

孙慕秋并不多话，急切地上前查看青崖子的伤势，手腕轻颤，神色有些忧虑。

几名小道士手忙脚乱地将青崖子抬进后院内室，一路上轻声嘀咕："师祖尚在闭关，师伯这伤势……不知执教长老肯不肯救他唉？"

"嘘，你小声点……"

而孙慕秋的表情却有些尴尬，客气地请颜风进了观堂的侧厅，吩咐小道去准备茶水点心，冲着颜风抱了抱拳，道："我五弟的事情暂且放一放，敢问颜少侠，你在何处遇见我大哥？"

"原来清风老道是你大哥？"颜风颇感意外。

孙慕秋点了点头，一改往日冷傲的态度，客气地道："这次多亏颜少侠仗义相助，实在感激不尽。"

颜风见小道士端来一壶浓香四溢的香茶，顿觉口舌干燥，正要伸手去接，记起平云客栈的云雾山茶，不免哑然失笑："莫非孙五侠又要请我喝'望乡酥'？"

"颜兄弟休要取笑。"孙慕秋脸色微红。

颜风哈哈大笑，接过茶盏一口喝个精光，只觉得鹤鸣山的茶味比云雾山茶更胜一筹，令人酣爽无比，疲累全消。

他向来对鹤鸣七子没有什么好感，此番顺利送老道上山，无论救不救得回来，都算是做了一件好事。

以颜风的性情，行侠仗义当是人之本分，只要是意气相投的好朋友，就算你是飞贼、强盗、臭道士……等等，清风老道是他大哥？

颜风猛然惊觉，嘴里一口香茶险些喷了出来："你刚才说什么？青崖子是你大哥？他，他就是鹤鸣七侠之首风雪剑？"

"正是。"孙慕秋面色凝重。

颜风万万没有想到，自己阴差阳错，居然救了鹤鸣七子的老大，瞪大了眼睛，心里五味杂陈。

风雪剑威震西蜀，他居然用成名兵器烤肉？想不到鹤鸣七子也有如此真性情之人，这个朋友我倒是没有错过。可是卫老二呢？你们鹤鸣七子的旧账，我该如何开口？我好心救活一个再翻脸一个，这事传了出去，岂不让人笑掉大牙？

怪不得飞燕子在老道面前唯唯诺诺的，不敢大声说话，原来她早就知道青崖子是谁。

“不瞒孙五侠，在下路过严家村，撞见一伙凶神恶煞之人正在围堵老道，威逼他带路上山。岂料老道宁死不从，身中剧毒，性命堪忧……在下只得出手相助，一路狂奔天柱峰顶。”

颜风故作镇定，只字不提青衣羌狼，他现在最想做的事，就是狠狠抽自己一个耳光。

“此毒凶险非常，恐怕……”孙慕秋目中精芒一闪即逝，话锋一转，“颜兄弟一路劳累，不妨在偏厅休息片刻，等我将此事禀告了执教长老，咱们再作打算。唉，现在是一个重伤，一个下落不明，要是羌人也来找鹤鸣派的麻烦，真不知如何是好。”

他这一句“颜兄弟”，似乎并没有将颜风当作外人，但是颜风却听出了话中有话。

六弟无故失踪，颜风当然脱不了干系，而且新津城宝兴布行发生的“故事”，孙慕秋也一定是心知肚明，装不来糊涂。

颜风眼珠子一转，笑道：“看来无论我走到哪里，都会有事发生。”

“恭迎长老！”

此时，太清观外忽然传来鸣钟击磬之音，悠悠回荡。

六名小道士抬着三座铜质的大香炉，急匆匆地跑进来，以“品”字形的方位，摆置神坛之上，扭身退到偏厅站成一排。

后院的杂役听到钟声，也纷纷涌入大殿，其中有男有女，有老有少，连身上的厨衣都来不及脱掉。

清香萦绕殿堂，宛如九天仙宫。

片刻之后，只见十三名黑袍道士鱼贯而入，脚下穿一双厚底云履，背负松纹长剑，面带肃容，分列正殿。

当中一人身形伟岸，目如鹰隼，头上一顶玄纁纯阳冠，帽前九道金丝垂梁，颌下三寸长须刷白如漆，气势与旁人大不相同。颜风不用猜也看得出来，眼前这位板着黑脸的老道，应该就是鹤鸣派的执教长老。

“无上天尊，我乃太清宫右侍仙卿五雷副使同领雷霆诸司执教长老衍虚真人。且问你三个问题，望如实相告！”

衍虚真人盘膝而坐，语气咄咄逼人，两道精芒扫过紫卿刀鞘，脸色微寒，蹙眉良久。

观内鸦默鹊静，两旁的黑袍道士仿佛一尊尊石像，连眼珠子也不动一下。颜风顿觉气氛异常，心里怦怦直跳，老道啊老道，我千辛万苦背你上山，你可千万莫要驾鹤升仙啊！

第十八章：雷鸣三破

“真人不必客气，但问无妨。”

颜风强作微笑，彬彬有礼，暗地里却是咬牙切齿，有什么狗屁问题你尽管问，我的名号没有你长，暂且忍你一忍。哼哼，等找到了姜姑娘，管你是真人还是假人，挡我去路者，休怪我翻脸不认人！

“你的丹阳心法是何人所传？”衍虚真人面色一沉。

“什么叫丹阳心法？”

颜风怔住，师父从小教我指力御刀之术，可从来没有什么丹阳、玄阳的说法，老道突然问我这个问题是什么缘故？莫非我刚进太清观之时，他就已瞧出了我刀法上的门道？

“你师父姓什么，叫什么？”

“敢问真人，你这算是第二个问题吗？”

颜风虽然不明白长老为何要关心他的身份来历，但是脑子也不笨，别人问他一句，他偏偏反问一句，绝对不能让人轻易摸清他的底细。

衍虚真人目射寒星，宛如黑夜之中滑翔的苍鹰，在太清殿上巡视一圈，突然停在孙慕秋的落雨剑上，缓缓点头，道：“孙师侄，以你掌中之剑，能挡他几刀？”

执教长老的身份，犹胜北斗之尊，他当然没理由跟年轻人一般见识，于是话锋一转，故意将话题抛给了静候一旁的孙慕秋。

“回长老的话……指力御刀，凌空回鞘，这种高深莫测的刀法小侄从未见过，最多只能挡他三刀。”孙慕秋躬身行礼，眉宇间有少许慌张。

“孙五侠莫要说笑，在下可承受不起。”颜风皱了皱眉头，对孙五侠的说辞颇感意外。

哎？落雨剑的变化我刚才已经领教过了，孙五侠应该是没有出尽全力，他若是有心要避开我三刀应该算不得难事，怎么突然变得这么谦虚？他是怕我找卫老二的晦气，故意要来拍我马屁吗？

衍虚真人冷冷地道：“孙师侄，你没有领会我的意思。鹤鸣派的‘雷鸣十八破’可破十八般兵刃，若是要一一对应，天下的兵器又何止十八品？剑术之道，讲究清静无为，无为，便是虚空。你以虚空为念，又怎能看得清剑招？”

孙慕秋恭谨地道：“长老教训得是。可是弟子在剑术上的造诣，始终不及大哥。弟子谨记恩师教诲，凡与人切磋武学之道，自当点到为止，切不可滥杀无辜。倘若是保家卫国，上阵杀敌，就算是三百兵甲，弟子也绝不退缩。”

“当年祖天师平定西蜀巫妖，济世救民，以‘破刀’‘破剑’‘破甲’三式，大破五方八部六天鬼神，正是因为剑招之中暗藏变化，神鬼不能敌，斧钺枪戟也可一一击破。你们七兄弟的武功造诣尽得天宝师弟的真传，剑招上悟性最好的当属青崖子……唉，可惜他偏偏是个不思进取的浪儿，枉费师弟一番苦心。”

“大哥他……”

衍虚真人缓缓叹息：“性命是保住了，但是他毒气攻心，修为难续，只怕世上再无风雪剑的风采。”

颜风吐了一口气，嘴角一歪，心想幸好太上老君没空搭理他，谢天谢地。世上没有风雪剑的风采有什么关系？他对身外之物从来都不曾放在心上，超度野兔子才是人生乐事也。

咚！

天柱峰顶钟声洪亮，只见太清观外飞速赶来二名黑袍道士，疾步进殿，俯身叩拜：“回禀长老，东面龙泉山涧发现羌人狼甲兵！”

“妙高峰上聚集了百余人，生火起灶，浓烟滚滚！”

众人大吃一惊，羌族狼甲兵为何要围堵鹤鸣山？他们是来游山玩水，还是另有企图？

太清观内数十双眼睛齐刷刷地扫向颜风，后排几个道士开始窃窃私语，眼神里有不可思议，也有半信半疑。

“我果然没有猜错，施主效仿淮阴侯‘明修栈道，暗度陈仓’，假意背青崖子上山，却早已清除了沿路的埋伏……哼哼，左右护法何在？速将奸细拿下！”

衍虚真人面带冷笑，颐指气使。

大殿正堂上即刻闪出二条黑影，长剑铮然出鞘，剑锋一抖，直刺颜风手臂！

“且慢！”

孙慕秋一声惊呼，额前渗出冷汗。

当他第一眼看见颜风踏进太清观之时，脑子里想的是三件事，“六弟失踪”“二哥绑了羌族姑娘”“大哥身中剧毒”，好吧，就算是瞎子也猜得出来，这些事绝对都是颜风背锅。

如果换作脾气火爆的卫老二，估计立马会扑上去咬人，但是颜风脱口而出的一句“清风老道”，却让孙慕秋突然清醒。

“清风”是青崖子的别号，除了至亲之人及同门师兄弟之外，鲜有人知，颜风是怎么知道的？只有一个可能，就是青崖子自己说的。

风雪剑信任的朋友定是慷慨仗义的好汉，没有半分悬念，而颜风一路跋山涉水，救朋友于危难，鹤鸣派的弟子有目共睹，如果还有人一口咬定他是奸细，打死都无人肯信。

这些道理非常简单，但是在执教长老面前，孙慕秋根本解释不了。

紫卿刀的威力，他亲眼所见，颜风的蛮性，他也略知一二。执教长老一言不合就让左右护法拔剑挑衅，极有可能血溅三步，太清观的地板上就会多出两条胳膊。

“长老，就算颜兄弟是奸细，凭他一人之力，断然杀不出太清观……依弟子愚见，此事还需等大哥醒来，问他个明明白白，以免错怪了好人。”

众人一想，孙五侠说得也对，现在翻脸为时过早，青崖子昏迷不醒，谁也不敢妄断是非，万一颜风不是奸细，怎么收场？执教长老虽然经常黑着个脸，但是向来黑脸无私，秉公正直，今日为何突然犯起糊涂啦？搞不好他就是看颜风不顺眼，存心刁难，想给年轻人来个下马威。

“真人怀疑我是安玛城的奸细？”颜风怒形于色。

衍虚真人凛然道：“哼，就算你不是羌人的奸细，也是包藏祸心的贼人！”

“放屁！”颜风火冒三丈，衣襟无风自动。

此时他离衍虚真人只有一丈间距，一个跃步，紫卿出鞘，倾泻而下的刀光完全可以砸在长老的头顶上。

“师祖长老！弟子邱之鸣可以作证，青崖子师伯确实是施主千辛万苦背上山的，他不是美人的奸细。”

只见一名小道士高举右臂，缩着脑袋，晃晃悠悠地站了起来。

他说话的声音虽轻，却是坚定有力，正是在老君崖解剑亭旁拦住颜风的矮个子小道。

小道士亲眼看见颜风一路背着师叔登上解剑亭，为救朋友，完全不顾“断崖绝杀”的凶险。试问，一个心怀鬼胎的奸细怎能有如此气魄？小道士年纪虽小，却能分辨善恶，竟完全不顾鹤鸣弟子的身份，为颜风挺身而出。

颜风环视大殿，见周围的道士杂役满脸疑惑，皆是议论纷纷，心头怒气稍缓，鹤鸣山上也有通情达理之人，我且再忍你一时。

他转念一想，不对啊！如果清风老道一时半刻醒不过来，那该如何是好？

“是不是奸细，我心知肚明。”衍虚真人冷笑。

“你明白什么？”

“施主聪明绝顶，足智多谋，为了盗取我鹤鸣派《丹阳经》，又效仿了一招淮南王的‘声东击西’。”

颜风厉声道：“荒唐！你凭什么一口咬定我要偷你家东西？！”

“奸细也好，盗匪也罢，我不妨跟你打个赌，若能破我鹤鸣派的‘雷鸣三式’，就能证实施主不是为了盗经而来，我衍虚必定三跪九叩，恭送施主下山！”

他话音一落，太清观内一片空寂，落针可闻。

颜风觉得又好气又好笑，心想我上山是为了救人，千叮万嘱劝自己克制住打架的冲动，只要清风老道不死，我在鹤鸣山住他十天半个月，总有机会找出姜姑娘，现在反倒是你们逼着我出手，这是什么道理？

“去他娘的！管你东道、西道、南道、北道，奉守的皆是为人之道，我颜风光明磊落，万万轮不到你来断我是非！刀剑无眼，生死有命，敢问哪位道长出来赐教？！”

颜风目露寒光，环顾四处，颇有几分气压山河的威势，再也装不出斯文。他千里迢迢入蜀，就是为破“雷鸣十八破”而来，今日自当做个了断。

“孙师侄，你鹤鸣七子的剑术向来以风雪、落雨扬名西蜀，如今风雪不复，落雨何在？”

“弟子领命。”孙慕秋面露窘态，俯身行叩首之礼。

执教长老的法旨无人敢违逆，就算孙五侠心里一万个不愿意，也无可奈何。

鹤鸣派的弟子，并无道缘资历来修炼内家的武学，而七人凭着一份忠心赤胆，终获恩师指点，内外皆修，威震西蜀。七子之中当数风雪剑青崖子天赋最好，执教长老曾有心让他继承正一道的衣钵，可他却是嬉笑人生，胸无大志，衍虚真人又爱又恨，从此也就冷落了鹤鸣七子。

若是想摒弃成见，缓解鹤鸣派内外两家的矛盾，孙慕秋当然得有所执着。无论颜风有没有把握接得住“雷鸣十八破”，也不管凌厉的刀光能否砍断自己的手臂，这一剑他势在必行！

孙慕秋起身冲颜风抱了抱拳，忧心忡忡地道：“颜兄弟，平云客栈一事实在过意不去，职责所在，身不由己……今日一战，你我之间没有恩怨，也没有仇恨，但孙某也不能辱没了鹤鸣派的脸面，望颜兄弟切莫手下留情，以免抱憾终身。”

他这番话其实是在暗示颜风，“雷鸣三破”可不是闹着玩的，被人冤枉是小事，掉了脑袋得不偿失，你要是不出尽全力，一破即败。

“好！鹤鸣七侠我认识了两个！”

颜风睚眦必报，恩怨分明，恨不得将卫老二千刀万剐，但是老大和老五，在他眼里是堂堂正正的汉子！

铮！

剑风萧瑟，落雨长剑凭空甩出一朵剑花。

孙慕秋一式起剑势，剑花嗡嗡震散，剑随身动，化作一片斜风细雨，迅速洒落颜风头顶！

剑术之道虽然以无为、虚空为念，但是杀人的兵器总归有“招”，要是放个屁就能杀人于无形，安玛城的白毛貂儿肯定是天下无敌。所以，“雷鸣十八破”最精妙之处，便是以无招破有招。

天下武功，唯快不破！

在严家村之时，青衣羌狼仗以刚猛的童身铁骨，试图用一式“狼手翻云”的绝技锁死紫卿刀，岂料衣衫尽裂，石破天惊。他当场判定颜风的出刀速度当世无双，却是大错特错。

紫卿邪刀锋如炽火，刀声似鹤，而快，只不过是刀光的表象，速度固然重要，但是其中有个变化却鲜为人知。

试问，你如何能准确判断出炽热的刀光与鹤鸣刀声的方向？

倘若颜风以指力御刀，在刀锋弹出的那一刹那间，刀声过后，你并没有看见刀光，你是攻还是守？如果颜风弹指收刀，刀光闪耀，万物一片死寂，刀锋究竟有没有出鞘？

凡夫肉眼，永远会被种种假象所迷惑，这才是紫卿刀真正可怕的地方。

“破刀”的要领，当然就是为了解除敌人的兵器。孙慕秋这一剑足具雷霆万钧之势，无论对手从哪个方位拔刀，他可以挑腕、削足；也可刺腹、割喉，顷刻之间，他便能封死对手任何一处出刀的角度。

换句话说，就算此刻颜风用脚指头拔刀，孙慕秋也能逼他回鞘。

寒雪飘飘，冷雨潇潇。

孤峰绝顶，剑气逍遥！

“风雪”与“落雨”的剑势之威，颜风在严家村亲眼所见，惊世风采，冠绝天下。

刀光一闪！

太清观外风云黯淡。

众人恍惚之时，突然听见一丝风鸣鹤唳般的声音，绵延不绝地钻进了耳朵。

前排几个胆小的道士下意识地捂住眼睛，不忍看到鲜血淋漓的场面，后面几个杂役茫然无措地张望大殿，一头雾水，啊？这就打完了哟？谁输谁赢我都没瞧清楚啊！

孙慕秋衣衫尽湿，负剑施礼：“颜兄弟的刀法变化无穷，脱手一刀，无刀可破，是孙某输了。”

“承让。”颜风微微一笑，点头示意。

衍虚真人死盯着颜风的紫卿刀鞘，身子猛地一颤，仿佛被一道解不开的难题困扰，眉心紧蹙，满头大汗：“大盈若冲，其用不穷……难道是我错了？”

他口中喃喃自语，众弟子皆是大感惊奇，啊？师祖长老的面色怎么越来越黑了，莫非是吞食了神丹的缘故？没道理啊，他常以剑印符箓驱鬼辟邪，道法通玄，怎会如此大意呢？搞不好瞧见了眼前刀光剑影，突然顿悟，终成无上大道，要开始修炼分形散影之术啦！

大殿两排的黑袍道士也是面面相觑，不知执教长老为何神情慌张，这“雷鸣三破”还要不要继续，已无人再敢接声。

“哎呀？干什么？！”

小道士邱之鸣一声惊呼，突然被人凌空抛出大殿，扑通一声，重重地摔倒在地，半天爬不起身。

只是他跌倒的位置正好挡在颜风身前，彼此相距五步，像极了跳上擂台的挑战者，众人皆是惊讶不已。

颜风皱了皱眉头:“你是选破剑，还是破甲？”

邱之鸣连退数步，慌忙摆手，脖子已涨得通红：“不不！我对雷鸣破式一窍不通，我……我是被人扔出来的！”

“哼哼，一窍不通有什么不好？比狂妄自大的人长命百岁。”人群之中传出一声冷笑。

众人拼命忍住笑，纷纷扭头张望，哪位师兄胆子这么大，胆敢在执教长老的座前兴风作浪？

“神龟虽寿，犹有竟时……幸好缩头乌龟与仙鹤同年。”颜风淡淡一笑。

“哈哈，曹贼的诗你也懂？稀奇稀奇！落雨剑破不了你的刀，咱们鹤鸣派的‘青鹤九打’不见得会输，你挡得住剑锋，能挡暗器吗？小师侄不必怕他，让他见识见识你的青锥星芒！”

忽见左侧黑影一晃，衣袂飞扬，来人动作极快，竟采用移形换位之势，紧贴在邱之鸣身后，一把扯住了小道士的衣领，展袖狂舞，如流云飘卷残雪，又似洛水跌宕悠长。

嗖嗖嗖！

数点寒芒从衣袖中激射而出，邱之鸣仿佛一具被人牵着丝线的木偶，顿时手舞足蹈，咿呀大叫。

颜风身形急退，弹指挥臂，凌厉的刀光忽上忽下，在身前旋转不息。众人只听见大殿上一片“叮叮当当”的金铁相击之声，似山涧潺潺泉涌，似空谷嘈嘈急雨，闭眼聆听，又恍如仙人抚琴。

“好小子！我鹤鸣七子倒了八辈子的大霉，遇见你这瘟神！”

来人见颜风面不改色心不跳，漫天的刀光已将青锥星芒一一击落，忍不住喝骂一声，迅速将小道士挡在身后，双臂倏然一展，就像是一头饿疯了的狮子，飞扑而上，恨不得将颜风狠狠咬下一块肉来！

颜风无心伤人，但也不想被人咬死。

他幻起体内一股罡气，鼓动襟袍，侧身一转，往后跃开三步，鼻前忽闻一股淡淡的酒气，顿觉头皮发麻，胸口一股激愤的怒气直冲脑门！

“姜姑娘在哪里？！”

颜风一声暴喝，五指剧烈跳动。

仇人相见，分外眼红，来的不是别人，正是鹤鸣七子之中脾气最坏，酒胆最大的卫老二！

当然，颜风的脾气也不见得比卫季温柔几分。他不做违心之事，也不杀无辜之人，他区分善恶正邪的唯一宗旨，就是不要欺凌弱小，不要背离道义！

卫季在他眼里，完全符合恶人的标准，而且还他娘的欺负飞燕子，欺负姜无素，专门欺负女人！

如果此时颜风大声数落卫季的罪行，卫季可能会觉得有点冤，老子为了维护大邑城的治安，追了那夜盗百户的飞贼整整半年，早知道她是女人，我用得着追这么辛苦吗？

卫季翻了个白眼，大声呵斥："我六弟在哪里？"

颜风咬牙切齿地道："我记得你亲口承诺，要是姜姑娘少一根头发，就砍下你的脑袋当夜壶，我等了好几天了！"

颜风食指一挑，胯间的紫卿刀森然出鞘！

他告诫过自己多次，没有见到姜姑娘之前，千万要克制住冲动。可是一个正直的刀客，他可以若无其事地去揉额头上的刀疤，却永远不会去揉眼睛里的沙子。

虚空之中出现一道刀光魅影，赫然与颜风的身躯合为一体，七彩炫丽的光芒瞬息间化作一弯彩虹，直上云霄。

落雨剑究竟是怎么败的？鹤鸣派的弟子没有一人看清楚，但是那凄厉的刀声，就像是细长的织线从箝齿之间穿过，丝丝刺耳，令人毛骨悚然。

在场众人皆变了脸色，仿佛在这一片肃杀的黑暗之中，即将出现一个冲天而起的夜壶，正蹦蹦跳跳地滚落太清宫。

"颜哥儿住手！"

大殿之上忽然响起清脆嘹亮的呼声，宛如出谷黄莺，婉转悠扬。

第十九章：无上天尊

颜风七岁开始练刀，师父叮嘱他每天练习的并不是拔刀的动作，而是虚空弹指。

他站在茅屋外面的小石蹴上，悬空手臂，从清晨到日落，从寒冬到酷暑，度过了百般寂寥的三年，拔刀出鞘的成功次数却只有十一次。

师父问他："风儿，当紫卿刀弹跳在你掌心的时候，是一种什么感觉？"

颜风咬了咬牙，表情有些犹豫："师父！当你肚子很饿很饿的时候，香喷喷的馒头就摆在面前，可是你只能等它自个儿跳你嘴里来，你是什么感觉啊！"

这种滋味确实不好受，那拔刀与御刀的区别究竟在哪里？为什么师父故弄玄虚，不教我最直接最有效的方法呢？

小孩子对神奇的事情充满了好奇，但也缺乏耐心。

直到有一天，一群山匪来村子里抢粮食。眼看着恶徒手中的长枪即将刺穿老村长的肚子，小颜风一跃而起，紫卿刀脱手而出，锋利的刀锋不仅砍断了长枪，也砍落了山匪的头颅。

颜风终于明白，弹指御刀真正的好处，就是缩短了与敌人之间的距离，可近可远，意念相通，可放可收，破碎虚空。

道理是一点就通，可是真正要付之行动却是极为艰难，以颜风的修为，还远远没有练到人刀合一的境界。

姜无素一声惊呼，惊醒了颜风。

无数次的弹指动作，练就了他“御气回巢”的能力，凌厉的刀光突然转了一个方向，一闪即逝。

“姜姑娘？你……”颜风惊喜交加。

姜无素身上套着一件宽大的道袍，系着布裙，脸颊残留着数抹灶灰，看上去就像是个忙碌的小厨役，只是她眼眸中一汪秋水依旧清澈透明，冲着颜风甜甜一笑："我就知道你一定会来！"

颜风见姜无素毫发无损，安然无恙，悬在心头的一块石头终于落了地。想起田园村相遇的场景，二人在月光下牵绳远行，恍如昨天，只是今日的场合不对，气氛也不对，彼此之间少了一些嘘寒问暖的关心，都在眼神里。

“卫季没有为难你？”

“你错怪二哥了，他带我上山是有心护我安危。你想啊，劫粮的凶匪怎么敢杀上鹤鸣山来呢？躲在太清观自然比我抛头露面强上百倍！二哥脾气是大了一点，待人却是极好，他对我百依百顺，还亲自下厨教我烹制美味，鹤鸣山的鸡蛋都快被我一人吃光啦，就是生怕我瘦了一圈，颜哥儿会找他拼命！”

姜无素笑意盈盈，抹去脸颊上的汗滴。

侧殿几个小道士交头接耳，议论纷纷，瞧见小姑娘满脸灶灰，却难掩神采奕然，再看她眼眸中那种含羞的神情，心里更猜到了几分。

“原来她是卫师叔的妹子，怪不得这几日后厨一个鸡蛋都找不到。”

“啊？哪有一见面就砍大舅子的道理？”

“你们小声点……他兴致上来，后院的鸡也全给你杀了。”

卫季“哼”了一声，朝颜风翻了个白眼："人，我是一根头发没少送还给你了，咱们在新津城里也只是打了个平手，若是不服气，卫某随时恭候！"

他在紫卿刀下走过两个回合，毅然“送”上手指，挟人而遁，拼的就是这股胆气。只是这第三次是姜无素喊停的，平手一说有点勉强，但他人还没有倒下，就不能算输。况且鹤鸣山占了天时、地利、人和，他“酒胆卫季”的名号也不是白喊的，颜风要想全身而退，只怕也不容易。

“我还清风老道一个人情，这笔账先记着。现在我带姜姑娘下山，从此与你鹤鸣派互不相干，谁若敢阻拦，休怪颜某杀心太重，刀不留情！”

颜风杀气凛然，目光如炬，逼视太清观四处，仿佛一盆极寒透骨的冰水突然从头顶浇淋，令人胆战心惊。

“等等，这里不是新津城！我卫季可以在你刀下断指逃命，但是我大哥的账非算不可！他是怎么中毒的？又是怎么碰见你这瘟神的？！你少说一句，这辈子也别想下山！”

卫季身形一晃，太清观的黑袍道士反应极快，一字排开，迅速拦住了去路。

颜风下意识地挡在姜无素身前，冷笑道：“来来，你再走近三步，我自然告诉你。”

“无上天尊……颜施主，你我之间的赌约还算不算数？”

衍虚真人突然开口，语气冷漠，眼中透着一丝古怪的神情。

颜风傲然道：“在下手中没有剑，自然无剑可破，不如速战速决，让我领教一下真人的‘破甲’之术。三拜九叩就免了，峰陡路滑，不劳大驾。”

衍虚真人摇头低叹：“唉，夏虫不可语冰，井蛙不可语海……年轻人骄狂无知，焉能识得天高与地厚。”

他话音一落，袖口突然胀大如鼓，往膝前轻轻一压，赫然涌起一股罡风，伸出一只枯如僵木的手掌，虚空斜拍。

这看似轻描淡写的一掌，具有排山倒海般的气势，一旦被掌风扫中，纵是铁打的身骨只怕也挨不住！

雷鸣破甲，无坚不破！

颜风倒吸一口冷气，顿觉脊骨发凉，毛发皆竖。

“仙道”武学乃蜀中四绝之一，武功高到何等境界，颜风一无所知，但是在严家村时他已猜到了几分。青衣羌狼的纯罡之力炉火纯青，却一直不敢对清风老道痛下杀手，为什么？其中很大的一个原因，就是忌惮鹤鸣派的实力。

论内家武学上的修为，三个颜风都不是青衣羌狼的对手，他只能在莫测高深的刀法上抢占先机。因为高手相争，往往一招制敌，他当然知道班黥戈布绝对不会给他第二次机会。

衍虚长老身为一代宗师，本应该以慈悲为怀，教化众生，却因为对年轻人的身份来历隐忧猜忌，宁可杀错也不放过，这一掌“破甲”之力，足以碎石分金！

眼看掌风侵袭，避无可避，颜风横臂挡住姜无素的身躯，毅然踏前一步，掌心一转，弹指刀光刹那之间出鞘，挟一声凄厉的鹤鸣，扑向长老！

如果说酒胆卫季天不怕地不怕，就怕没人跟他打架，那么颜风岂不是连死都不怕？

一个人没有血海深仇，就没有勇气去拼命，就算是看淡生死的英雄好汉，也犯不着以卵击石。可是谁也不曾真正了解过颜风，只因他的求生欲望太强，他的一言不合就拔刀，不是愚蠢，也不是暴戾。

他必须拼！他必须用死亡去换取那一线生机！

扑！扑！

这不是刀声，也不是掌风。

就在这风起云涌的一刹那时，太清殿上忽然闪出一道清癯的身影，白发飘飘，一身玄袍气鼓山河，恍如神游八极的道仙，脚踏祥云，展袖招幡。

但见人影绰绰，袖袍飞舞，无人能看清来人的身形方位。疾泻而下的刀光瞬息间被一股气浪封住去路，"夺"的一声，颤巍巍地钉在太清殿的圆柱之上，直没刀柄。

衍虚真人的刚猛掌力遽然散开，宛如星坠大海，震起一波猛烈的巨浪，迎面涌撞过来。众人顿觉胸口一闷，头昏耳鸣，脚步再也站不稳，纷纷往后翻仰。

孙五侠眼明手快，一个箭步冲过去，手中落雨剑鞘轻轻托住了姜无素的腰身。女人摔倒的姿势不太雅观，这也没什么，就怕她突然跌伤了腿脚，颜风又要在账本上记上一笔。

颜风遭此一击，连退七步才站稳身子，抬头望了望钉在圆柱上的紫卿刀，心里一种从来没有过的挫败感油然而生。

手中无刀，怎么拼命？

"无上天尊，施主好强的功力！"

说话之人是一位白发苍苍的老道，枯瘦的脸庞略显憔悴，他在殿堂之上盘膝而坐，眼中流露出一缕深邃而又温和的暖意，哪怕是凶神恶煞的莽夫见了他，也会低头三分。

他打量颜风一眼，默然转过头去，冲着衍虚真人低叹一句，"左手尘缘，右手仇恨……他若真是昊源师弟的后人，你当真下得了手吗？"

衍虚真人一时语塞，屈指行三清之礼，一张黑脸胀成了紫色，态度毕恭毕敬。他虽然是鹤鸣派的执教掌门，但白发老道的道行地位显然比他高出了一等。

颜风错愕之时，眉头结成了疙瘩，眼前这位仙风道骨的老人，少说也有百八十岁，我在他手上连一招都过不了，武功差他十万八千里！他要是存心拦我，如何脱身？

一旁的卫季与孙慕秋面露惊喜之色，慌忙施礼："弟子见过大师伯！"

大师伯？他，他莫非是？颜风忍不住打了个寒战。

大殿上的鹤鸣弟子皆俯身叩拜，尊呼声一片："恭迎师祖出关。"

白发老道环顾大殿，正色地道："青崖子的事我已知道了，此番安玛城兴师动众，突然围堵我鹤鸣山，想来一定是你们七个在外面闯了祸，是不是？"

他神色严肃，似嗔似怒，一语道破了其中的玄机。

"确是弟子的错，还连累了大哥受罪……请大师伯责罚！"卫季俯地叩首，不敢抬头。

酒胆卫季肝胆过人，人前人后从来不曾低过头，可是在大师伯面前，他却万万不敢造次，此刻就算你在他面前摆上烧鸡烤鸭，倒一碗平云客栈自家酿制的美酒，他也绝对不敢流一滴口水。

颜风颇感意外，冷笑道："你也会认错？"

姜无素见气氛不对，偷偷地扯了扯颜风的衣袖，细声细语地道："你少说两句，他又不是存心要与你作对……你可知狼甲兵是谁带队？"

颜风抬头望了一眼钉在柱子上的紫卿刀，侧了侧脑袋，鼻孔里嗡嗡蚊鸣，蹦出"是你狼叔叔"几个字。

姜无素"啊"的一声，蹙眉轻嗔："你，你怎么不早说哩？"

"我一心只想寻你下落，哪有机会开口呢……"颜风小声嘀咕。

姜无素面色微醺，低头浅笑，不知心儿为何突然跳个不停。

"你是羌人？"

白发老道年纪虽大，却是耳听八方，洞若观火，小姑娘口音不对，身上也没有山水之气，自然不是鹤鸣派的弟子。

"小女子姜无素，拜见真人。"姜无素上前一步，跪地叩礼，"此事与我颜哥儿无关，安玛城的狼甲武士定是为我而来……请将此绳交于首领，就说小女子一切安好，不必挂念。见物如见人，狼甲武士自会退兵。"

姜无素说话之时，从颈链上取下一节锦绳，葱葱玉指缠绕数圈，快速打上了一个结扣。

白发老道不知其中曲折，皱眉思量："原来如此，青崖子师侄定是与羌人有所冲突……"

"小女子听闻青崖子道长身中剧毒，可否领我去看看他？"姜无素心里也有些担忧，万一青崖子道长有个三长两短，势必演变成羌汉两族的冲突，而且也很难预测颜哥儿会做出什么傻事。

颜风此时心思一动，姜姑娘既是戈布将军的侄女，说不定真能解鸡鸣五鼓之毒。哎？清风老道这次若能保住性命，还是他卫老二的功劳啦？！

孙五侠一直牵挂着大哥的安危，急忙上前接过姜无素手中的绳结，说了一声“多谢”，吩咐黑袍道士即刻赶往妙高峰，务必将信物交付于狼甲兵首领。交代完毕之后，便客气地请小姑娘进了后院。

白发真人抚须颔首，目中一道精芒扫向颜风的紫卿刀鞘，鞘中无刀，却暗透邪气。

他眉间隐现一丝淡淡的忧虑，沉吟道：“无上天尊，我已查看过青崖子的伤势，尚且不知毒性深浅，幸亏施主及时以玄阳罡气压制，否则……唉，敝派弟子遭此一劫，原是天数，施主的大恩大德，老道铭记在心。只不过，老道瞧你年纪轻轻，内力竟如此充沛，心里有个疑问，施主可曾读过《丹阳经》？”

他问话的语气虽然比衍虚真人客气许多，但是颜风依然觉得刺耳，说来说去，你们无非是怀疑我想盗偷正一道的经书，哼哼，谈什么救世爱民，说什么普度众生？一天到晚疑神疑鬼的，也难怪清风老道在山上待不住，宁可云游四方，图个清静。

颜风不悦地道：“师父教我读书的时候，可从来没有提过什么丹阳、道阳的经书。而且晚辈对道家玄学一点都没有兴趣，就算摆在眼前，也懒得去翻！”

“不错，道学精髓本就是‘清静无为’，昊源师弟不让后人学道，也是情有可原……”

“我师父既不姓昊，也不姓源！”

颜风见白发老道满嘴胡言乱语，实在忍无可忍。

可是鸡蛋碰不了石头，胳膊也扭不过大腿，老道一出手便将执教长老的罡气化解，功法修为之高，已到了惊世骇俗的地步，凭他这点修为，给人塞牙缝都会嫌弃，此时就算是蜀中四大高手都在场，也不见得能全身而退。

他只能强压心头的火气，敞开嗓门：“晚辈颜风，无心与鹤鸣派为敌。此次上山只为两件事，一是送清风老道上太清宫求医，十万火急，懒得解释！二来便是要接姜姑娘下山。其中的是是非非，我也不想再提了，但若有人要诬陷晚辈是奸细盗匪……溅血三步也得争回这一口冤气！”

“呵呵，老道没有恶意，颜施主不要误会。”

白发老道抚须微笑，态度谦逊，说话的语气彬彬有礼，果然是一派宗师的风范。

正所谓伸手不打笑脸人，颜风瞧见老道的表情，顿时张大了嘴巴，气焰矮了半截，好家伙！这老道究竟想干什么？为何非要一口咬定师父是他的同门师弟？

“道家之源，出于老子，自祖天师授道鹤鸣山以来，我正一道的弟子共修大行，斋祠跪拜，不求无上法道，但求浩气长存。而颜施主说‘去他娘的，管你东道、西道、南道、北道，奉守的均是为人之道’，此话确也不错。人人都想着追寻修仙长生之路，天下还会有乱世纷争吗？显然不能……王侯将相唯以道意治国，国则太平，黎民百姓若能以道意为念，民夷安乐。只不过世事无常，善恶是非都在一念之间，谁也无法预料。换而言之，咱们世外之人本该云淡风轻，就不必计较太多了。”

白发老道将颜风刚才那句骂人的话语学得惟妙惟肖，面色祥和，似笑非笑。

众弟子大感意外，狼甲兵都快要杀到老君崖啦，太师祖居然无动于衷，还有心思跟年轻人高谈阔论？

颜风突然记起张守朴那句“刀剑可以扶善惩恶，也能解救苍生”，心里不是个滋味。

我可不懂什么大道理，只知人不犯我，我不犯人！我若是能做到“扶善惩恶”，也算是对得住自己的良心，张道长呢？他心系苍生，可是谁来解救他？去跟暴徒恶人讲道理吗？拜托，你不如让我多活几年！

他仰头望了一眼高悬柱子的紫卿刀，嘴角一挑，你们不就是怀疑我要偷什么狗屁经书吗？兜什么圈子啊！哼哼，我此刻若是冲上去拔刀，你拦不拦我呢？

白发老道似乎猜出了颜风的心思，颔首道：“原来你师父教你的刀法并无口诀。”

“口诀？晚辈忘记了，只记得好像有这么几句，蕴念而发，恣心而动；上覆商阳……下……哎？这个下是什么？让我想想……”

白发老道与身旁的衍虚真人对视一眼，满脸错愕。

“下逾少冲！”

颜风口中“冲”字一出，左腿顿足空踢，人已冲了出去。

大殿的柱子三尺余宽，高约七丈有二。

如果他此刻一跃而起，鹤鸣派的人完全有理由相信，颜风仍然不肯认输，还想拔刀再攻。为了守护本派的尊严，太清观内的弟子极有可能一拥而上，将生性凶残的刀客制服。

颜风当然不可能在众目睽睽之下拔刀，他只有一个办法，就是学学曹孟德的手段，挟天子以令诸侯。

白发老道的修为惊世骇俗，一击而中的概率实在太小，但是很多事情不能光看表面。颜风绝对不是疯子，他反应神速，求生欲望极强，不仅会随机应变，也善于去琢磨对手的心思。

人无完人，总有弱点，颜风的弱点是野蛮冲动，那白发老道的弱点又是什么？瞎子都能看得出来，老道认定颜风是故人之后，哪里还有戒备之心呢？

紫卿刀的弹指出鞘，如果没有刚猛强劲的内力支撑，除了动作花哨之外，一无是处。而白发老道现身击散衍虚真人的“破甲”之时，众人早已察觉到颜风的内力异于常人，不可小觑。

颜风这一扑之势，身躯已倒转半空，一旁的衍虚真人呼呼掌风，袖动流云，以为他要飞身去拔刀，哪知方向判断错误，竟与颜风擦身而过，扑了个空。

鸡蛋碰不过石头，包子却可以打狗。颜风成功引开了身边的恶狗，就像是一条山涧泥潭中的泥鳅，几乎贴着地面滑向白发老道，五指一弹，急袭老道裤裆。

这招抓裆的动作虽然不雅，但是能教人防不胜防。无路可逃的老鼠连猫都敢咬，人在危难关头，守不得什么礼义廉耻了！

众人料不到颜风突然虚晃一招，会去偷袭太师祖，皆是满堂惊呼。

第二十章：仙道真人

“无上天尊。”

白发老道敛容屏气，衣袖忽展。

颜风顿觉虎口一麻，一股绵绵的劲力瞬间撞开手腕，整个人仿佛迎风狂舞的布屑，激荡而上。怎知他早已算准白发老道真气护体，谁也伤不了半分，颜风这一招实乃声东击西，在半空中一个翻转，赫然挑出钉在柱子上的紫卿刀，飘然落地。

“多谢真人成全。”

颜风右腕一抖，收刀回鞘，单膝跪地抱拳，向白发老道施礼赔罪，全然不顾脑后凌厉的掌风已疾扫而来。

呼呼劲风侵袭，眼看着衍虚真人的衣袖即将卷向颜风后颈，但见衍虚猛地一惊，缩腕收势之时，身子突然往后退出了一步，脸上泛起一丝幽怨的表情，眼中的杀意渐渐消散。

他身为正一道的执教长老，原本就没有理由与年轻人斗气，如果颜风真的是昊源师弟的传人，他又怎么下得了狠心？

几个黑袍道士身躯后仰，手臂弯曲，似乎是来不及拔出身后的长剑，一个个张大了嘴巴瞪着颜风，就像是瞧见了一只怪物。

正所谓刀在人在，刀亡人亡，颜施主身为江湖刀客，“抓袑取刀”这种事也算不上偷袭，但是如果他刚才判断失误，极有可能会被执教长老力劈掌下。

难道他真的不要命吗？众弟子心里始终想不明白，为何颜施主竟有如此吓人的胆量，莫非那黑鞘短刀与鹤鸣派之间真有什么渊源？

衍虚真人长叹一声，心事重重地道："果然如此，果然如此……他这一式'下逾少冲'正是手少阴心经之脉的功法。师弟叛离师门，邪性从未悔改，此番遣门下先行，想是要来与我正一盟威道争长竞短了。"

颜风正色地道："实不相瞒，家师确有挑战鹤鸣派'雷鸣十八破'之念，但是并无争强好胜之心，人前人后也从来没有诋毁过正一道的名声！凭我这点本事，又怎敢与鹤鸣派抗衡？晚辈斗胆问一句，天下武学宗源数不胜数，为何偏偏咬定他一人？"

白发老道气定神闲，微微一笑："道可道，非常道；名可名，非常名，你师父姓什么叫什么并不重要，你所修炼的内家玄阳罡气，正是我鹤鸣派的法道之学。我且问你，每年的大寒之季，你师父肩臂'巨骨'处是否僵硬无力，肿胀发黑？"

颜风身躯一震，脸色大变。

他猛然想起在严家村救醒老道的时候，青崖子脸上的表情又惊又奇，想问什么话又不好意思问，而此时白发老道一语道破师父的旧疾，就算是巧合也不可能如此精准。

颜风低头瞧了一眼紫卿刀鞘，心里百感交集，他记得张守朴也曾说过，"紫卿正是仙鸟，与道家颇有渊源"，想不到从小教自己练刀的恩师，竟是鹤鸣派的弟子？这究竟是怎么回事？

白发老道抚须叹道："唉，看来是不会错了……此事说来话长，祖天师七岁之时，便可通读道德，释解河洛，他这一生游访仙缘，走遍九州名山，经太上亲授《太玄经》二百七十余卷，终在鹤鸣山修成道源，授封为'三天法师正一真人'。奈何我派弟子皆是武痴，跟随恩师隐世修行之时，以祖天师《二十四品法箓》及《丹阳经》为基本，勤练内家武学，倒也有些长进……然道法之学也须修性修心，老道我顿悟之时便断了许多尘世杂念，定下了鹤鸣派内、外分修的规矩。可惜昊源师弟嗜武成性，觉得我靖尘老道功成名就，容不得别人的前程名望高过自己，一气之下火烧天谷洞藏经室，远走他乡……"

"你，你当真是蜀中仙道，靖尘真人？"颜风冷汗涔涔。

一个人面临困境，难免有试试运气的心理，颜风的弹指御刀原本就是随心所欲的内家绝技，若想险中求胜，拼的就是胆气。而且白发老道慈父般的眼神，起码给了他七成把握，只不过那剩下的三成凶险，实已令他头皮酥麻，双腿发软。

"惭愧，道法之源求的是'无为'二字，不必执着俗世浮名。"靖尘老道见颜风默不作声，轻声追问一句，“我师弟人可安好？”

“家师三年前已去世……”颜风紧握双拳，强忍住内心的悲戚之情。男儿流血不流泪，纵是在慈眉善目的靖尘老道面前，他也绝对不能掉一滴眼泪。

他万万没有想到这次上鹤鸣山救人，居然变成了认祖归宗，想起师父临终前的眼神，终于明白过来，原来师父他老人家一直心怀愧疚，让我去挑战“雷鸣十八破”是假，而是去替他完成叶落归根的心愿。

靖尘老道微微一呆，颔首沉吟道：“祸兮福所倚，福兮祸所伏，人生本就是轰轰烈烈一场，那些门户之争，当如过眼云烟。”

“晚辈虽年少无知，但绝无歪心邪念，今日冒犯两位真人实属不该，枉费了师父一片苦心，懊悔不及！”颜风左掌撑地，身子微微一颤，突然咬了咬牙。

衍虚真人听闻昊源师弟已驾鹤仙游，黯然沉思，陡然瞧出颜风神色不对，他心念一动，袖口顿时向外一卷，稳稳扣住了颜风拔刀的手臂：“无上天尊。自古壮士断腕明志，不是英雄所为也……”

以颜风的个性，钟峰观为了报答张守朴的救命之恩，就算砍下一条胳膊他也不会皱一下眉头，此时为了证明死去的师父心无邪念，他极有可能手起刀落，断绝鹤鸣派所有的疑惑和猜忌。

他性子如此暴戾难驯，实在令人胆战心寒，可就是这份无所畏惧的凛然正气，才造就了紫卿刀的狂悍与凶狠。

幸好衍虚真人眼明手快，及时打消了颜风的念头，而交织在心头多年的怨气，也终是飘落了尘埃。

颜风面有愧色，躬身向长老行礼：“长老厚德，晚辈心服口服。”

靖尘老道暗暗心惊，此子天赋异禀，当是武学奇才，只是他这邪谬性情一时难改，也不知道日后会做出什么事来。唉，昊源师弟的心思我领悟了几分，原是故意让徒弟上鹤鸣山试一试“雷鸣十八破”的威力，好教他稍有收敛之心。

“颜师侄，你师父所毁心经，原是太上亲授祖天师《丹阳经》中的一百七十余卷，虽已失传了一部分，但也无妨，因我鹤鸣一派的无上武学，均可在《二十四品法箓》之中显露端倪，你既是师弟一脉相授的传人，若有心留在鹤鸣山潜心修行……”

“啊？！”颜风见靖尘老道突然改口喊他“师侄”，甚至还想传授他鹤鸣派的武学，顿时吓得六神无主，“不可不可！晚辈早就习惯了江湖上的风雨漂泊，也喜欢过无拘无束的日子，你，你要我留在太清观持戒修行？那我肯定会憋出病来！”

靖尘老道笑道：“道法于心，何必持戒修行。”

“多谢真人的好意，道冠儒履释袈裟，三教从来是一家。要说起为天下百姓斩妖除魔，救苦救难，在哪都是一样！”

“无上天尊。譬道之在天下，犹川谷之于江海，原来是我想多了……”靖尘老道轻吟一声，目露赞许之色，“蜀邑有七子，刀声出紫卿，我鹤鸣一派也算是后继有人。颜师侄秉性忠直，胸怀仁义之心，日后定有一番大好作为。”

一时之间，太清观内剑拔弩张的气氛化于无形，众人皆如释重负，心想管他什么内家外家，管他什么仙道凡人，有师祖坐镇，谁也打不起来。想不到颜施主这脾气，居然比卫师叔还狠？好吧，以后说话可得留点心，咱们鹤鸣派的弟子千秋万代，争的便是个好名声。

酒胆卫季一直冷眼旁观，时刻提防颜风的异动，此时突然获悉颜风的身份，顿时目瞪口呆，脱口叫道：“这么说我得喊他一声颜师弟啦？也好，也好，我童六弟既是你同门，他是死是活，你总得给鹤鸣派一个交代。”

颜风皱眉道：“我不知童六侠身在何处。”

“无素妹子也曾说起那晚你二人出了村口，路上不见车轮痕迹，但我实在想不通，六弟与施剑南两个大活人会不翼而飞，难道是撞鬼了不成？”

“那照你的意思，我将童六侠与施剑南一刀杀了，然后埋好尸体，将马车推下山崖，再进去救出姜姑娘？你莫要忘了……”

颜风想起柳嫣，突然闭嘴，如果他说出那晚飞燕子也在场，估计卫季一口怨气会发泄在她身上。以柳嫣的身手，逃命虽然不难，但是万一发生什么意外，岂不是要殃及无辜？

“忘了什么？”卫季追问。

颜风淡淡地道：“我两只手干不了这么多坏事。”

他一个人确实做不了这么多事，柳嫣当然也不可能，唯一的解释，就是劫粮凶徒去而复返，而颜风恰好进了田园村。

“季儿，此事颇有古怪，你也不必急于一时，只要沿途暗访山村小镇，总能打听出一些蛛丝马迹。”靖尘老道深知卫季心里记挂着童啸波的安危，担心他盲判瞎猜，便即出言相劝。

“羌人退兵了！羌人退兵了！”

此时，太清观外一名黑袍道士飞奔而来，口中高呼，“启禀师祖！收到师兄哨音传信，狼甲兵皆已下山扎营！”

众人面露惊喜之色，想起姜无素的绳结信物，颇感好奇，卫师叔的妹子既然是羌人，狼甲兵为何要兵围鹤鸣山？莫非她与颜风是逃婚出来的？

“他们为何围而不走？大师伯……”卫季皱了皱眉头，欲言又止。

靖尘老道抚须笑道：“七子之中数你性子最烈，但是论聪明才智，无人及你，有什么难言之隐你也不必放在心里，磊落汉子敢作敢为。”

卫季郑重地道：“不瞒大师伯，前几日羌人去新津城借粮，路过田园村，不料杀出一伙强匪血洗小村，只逃出姜无素一人。弟子深思熟虑之后，觉得此事疑点重重，像是早有预谋……其中一个疑点，裴擒虎私下借粮，并没有派遣裴府亲信沿途护送，原是不想引人注目，以免百姓猜忌，但是这件事凶徒是怎么知道的？另有一处，押运粮车之人皆是身经百战的狼甲勇士，凶徒居然打得他们措手不及，一个活口都逃不出去？这就离谱了！只有一种可能，那晚他们之所以会在村子里喝得东倒西歪，应是有人暗中动了手脚。”

“总共就十九个人，依你的意思，姜姑娘就是奸细？”颜风冷笑。

卫季瞪了颜风一眼，道：“我已核实过村民的身份，一个不差，绝对不可能有人冒名顶替。假设我说羌人不止十九人，而姜姑娘并不知情，你可有本事判定真伪？其实这件事情很好解释，一是裴擒虎栽赃嫁祸，二便是羌人监守自盗！”

“那你又凭什么判定飞龙营就没有嫌疑？”

“哼，新津往返安玛城，必经之路便是西岭雪山雪塘湖，大将军若是有心阻拦，羌人粮队连白马沟都过不去！真要在自家属地杀人抢粮，不如敲锣打鼓以示军威，何必要演一出故弄玄虚，藏头缩尾！”

颜风微微一怔，飞龙营与新津城的隔阂他一无所知，但是城下守卫的嘴脸他是亲眼所见，听卫季这么一说，“栽赃嫁祸”倒有几分可信之处。但是人心难测，谁敢保证赵云没有私心？

至于“监守自盗”一说，也不是没有可能。青衣羌部落不满蜀汉压制，伺机而动，不但可以加剧大邑与新津之间的矛盾，也能让羌汉两族反目成仇。问题是过冬的粮食关系到族人的生死存亡，他们又怎能置之不理？

颜风眼神闪烁，有些心神不定。

因为在他眼里，乱世中的纷争和鹤鸣派的恩怨都与他没有半分瓜葛，姜无素才是自己最关心的那个人。而他对赵云的又爱又恨，原是见不得老百姓对白袍将军的顶礼膜拜，奉若神明，心里多多少少有点不服气。

他脑子里突然涌出一个大胆的想法，既然大邑境内找不到童六侠的踪影，安玛城或许可以去试一试运气，只不过，如果童六侠真的被困在羌人部落，我又当如此解释呢？

“无上天尊。刘备以正治国，赵将军以奇用兵，百姓当以无事取天下。身为蜀人，无论是国事还是家事，我辈都应当尽力尽为。季儿！解铃还须系铃人，今日狼甲勇士虽已退兵，但是青崖子与啸波二位师侄，我派弟子不能不闻不问，你且领姜姑娘下山赔罪，先取解药救了青崖子，第一步是化干戈为玉帛，第二步再去查寻啸波的下落。”

靖尘老道深思远虑，当然明白迫在眉睫的事是先救人。

颜风沉思良久，道：“是非皆因晚辈而起，为免羌人猜忌，不如由晚辈送姜姑娘下山，将她完好无损地送至安玛城。”

靖尘老道颔首微笑：“也好。”

“大师伯……”卫季稍有迟疑，却是反应极快，口中一句话没有说出来，立即咽了回去。

鹤鸣派的弟子下山讨解药是理所当然，但是想找个借口混入安玛城寻找六弟的下落，却是辞穷理屈，而颜风正是最佳的人选，万中无一。只是这位“颜师弟”肯不肯为鹤鸣派分忧解难，他无从判断，相信大师伯自有分寸。

“颜哥儿！没有个三五天，我还真走不了！”

此时，姜无素从后院侧门进殿，面带忧色。

颜风惦记着青崖子的安危，急忙迎上前去：“老道怎么样？可救得了？”

姜无素微微一笑，道：“青崖子道长所中应是南疆的‘鸡鸣五鼓断魂散’，伤者夜寐无忧，却万万见不得光亮……道长虽然错过了解毒的最佳时机，但我是知道一门偏方的哟！只需去捉几只山鼬来，取出胆囊，磨制成粉末吞食，再配些通瘀散寒的药材，悉心调养数月，定能活动自如。”

“山鼬？谢天谢地！想不到无素妹子弱不禁风，竟然是个女医仙！哈哈哈！”卫季闻言欣喜若狂，忍不住手舞足蹈，哈哈大笑。

姜无素羞涩地道：“我哪里是什么医仙！幸亏颜哥儿及时以内力镇住了毒性，才保住了道长的性命。只不过，这门偏方我也是听巴尔穆无意中提起，不能确定是否灵验，万一道长有什么意外，小女子可就闯祸啦……不如再住上几天，瞧瞧道长有无好转迹象，心里会踏实许多。”

她抬头望一眼颜风，轻拭额上的香汗，脸颊微红，眼眸之中透出一道晶莹的闪亮，灿若繁星。

颜风若有所思地点了点头，心里又惊又怕，白毛貂儿行事心狠手辣，以后碰见了我可要小心为妙，绝对不能给他出手的机会。

“无上天尊，女施主救我师侄于危难，实在是感激不尽。唉，他七子身为蜀人，自是倾尽全力辅助赵将军治理大邑，万万不敢有欺凌羌人之心，这其中种种误会，皆因失粮一事而起，还望女施主大人不记小人过，切莫怪罪他们。”

靖尘老道只字不提白毛貂，反而语气诚恳，将姜无素称赞了一番。

不管是误会还是仇恨，现在已经不是强辩是非的时候，卫季有错在先，羌人出兵在后，于情于理都是鹤鸣派理亏，此番若能保住青崖子的性命，就是福生无量天尊。

姜无素款款一拜，道：“多谢真人抬举。那我便多等几天，等青崖子道长醒过来，再与真人辞别。”

卫季摸了摸脑袋，神情有些犹豫：“妹子，你在鹤鸣山有吃有住的，山下的狼甲兵可得每天喝风饮露啊，我担心他们等不及……”

“有小女子的绳结信物为证，狼甲勇士不会擅作主张，请卫二哥宽心。”

“哦，原来这是你们族人的规矩。”

“也算不得什么规矩，狼甲首领从小看着我长大的，我小时候爱玩的游戏他当然记得哟！”姜无素嫣然巧笑，不经意时偷偷瞄了颜风一眼。

颜风一怔，你是让我不要说出首领是谁？嗯，不说也好，免得卫老二半夜里又发神经，跑去山下兴风作浪。

“再住几天也无妨。”颜风咧嘴一笑。

他瞧见姜无素青丝紊乱，满脸皆是又脏又黑的灶灰，反倒觉得她俏皮可爱。

她此时每一个举动，每一句话都挥散着人间烟火的气息，仿佛顷刻间拉近了彼此的距离，再也没有了仙女与凡人的分别。

胸怀坦荡的男人，说话往往不喜欢拐弯抹角，其实颜风此时此刻最想说的一句话，就是让我每天守在你身边，寸步不离！

第二十一章：雪落归途

凄冷的寒风，吹不走朋友的牵挂。

孤峰绝岭，也阻挡不了真挚的友情。

颜风留在鹤鸣山悉心照料青崖子，每晚都在榻前守候，盼着老道快快醒来。

夜深人静之时，他想起清风老道剑气逍遥的风采，依然令人心醉魂迷。但此刻剑锋已折，风雪不再，就算村民拾去典当了也值不了几个钱，人生一世，究竟在执着什么呢？

“赌债、酒债、阎王债，这些都不算什么，世间最难偿还的只有人情债！老道啊，这句话是你告诉我的，可是江湖上有多少人为了名利拼命，又有多少人能看淡红尘，远离人情是非？”

“风雪剑当然是身外之物，可是你为什么学剑？你现在躺在这里生死未卜，与普通人又有什么分别？”

唉，命运如此不公，怎知我颜风认识的两位道长，皆是这般凄苦下场，以后让我遇见老道、小道，是不是都要绕道而行啊？

颜风心里越想越觉得懊恼，他遵从师父遗愿，前往鹤鸣山挑战，万万没有想到节外生枝，一路上竟然惹出了这么多的麻烦。而且“大悲手印”的线索他都不知从哪里找起，何时才能给张道长报仇雪恨！

他一刻也没有忘记要去寻找“大悲手印”的踪影，也曾怀疑过班黥戈布的凶猛罡气，但是脑子里的疑惑却一闪而过，因为青衣羌狼的翻云手不是掌力，而是指劲。

一招捏碎敌人的咽喉，岂非比一掌拍在胸口更为有效？为何偏要炫耀掌法呢？只有一个解释，凶手有所顾忌，并没有把握一击而中。

他起身踱步窗前，远眺夜空。

只见眼前迷雾飘来荡去，天穹黯淡无光，连绵的峰峦仿佛一座座雕像，冷眼漠视苍生。而山下出现了数点亮光，仿佛在碧湖之中闪烁着星辉，分左右两边，时隐时现，像是有人点起了篝火，传递暗语。

狼甲兵好像有动静？

颜风皱了皱眉头，忽听耳边“哐当”一声，床榻桌几上的药碗被打翻在地。

“老道？”颜风一个箭步冲过去，一把抓住青崖子的手臂，掌心抵在老道的胸口，一股真气推动他胸前的血脉，缓缓涌入心肺。

青崖子鼻孔中突然透出一丝气息，双指轻微颤动。

颜风大喜：“老天爷不让你死，阎王也不收留你！你答应过我的，还要再与我烤肉论英雄！记不记得？你可千万莫要反悔！”

青崖子闭着眼睛 没有剧烈的反应，只是在那日渐消瘦的脸庞上绽放出一丝欣慰的笑意。

后院厢房几名守夜的小道士闻声赶来，探头探脑地围拢床榻，俯耳倾听青崖子的鼻音，皆是面露欢喜：“太好了，师伯活过来了！”

“瞎说什么呢？你师伯福大命大，哪有这么容易断气！”卫季与孙慕秋双双进房，赶紧上前握住了青崖子的手掌。

“大哥！大哥你好好休息，我知道你想喝酒都快想疯了，咱俩打赌的事儿，从此往后就不算数啦……你想喝多少我都答应。”卫季一脸愁容，轻声呼唤，“大哥啊，我给老三捎了信，特意给你准备了客栈的平云酒，就等你醒来……你一定会醒的，以后你想去哪都行，天南地北的哪都可以！”

卫季声音沙哑，完全没有了彪悍的气势，一心祈盼着青崖子醒来，兄弟七人可以再次相聚一堂，互诉衷肠。

“颜哥儿，道长是不是醒了？”

颜风扭头一望，门外月色迷离，姜无素正欣喜万分地张望着房里的动静，朝他轻轻地招了招手。

“女医仙果然有点本事，慧心巧思，颖悟绝伦！嘿嘿，放心吧！他再安心调养几天，肯定会醒的。”颜风嘿嘿一笑，嘴角挑起一弯弧度。

姜无素眨了眨眼睛，道：“哎？这几天我一直在想着颜哥儿，怎么他还不来找我呢？他是不是把我忘了呀？我日盼夜盼，人是等来了，就是不知道他是从哪学来的油嘴滑舌！”

颜风挠了挠额头，盯着姜无素水汪汪的大眼睛，心儿怦怦乱跳，听到“油嘴滑舌”四字，忽然想起了飞燕子，哎呀！老道是活过来了，柳姑娘有没有脱离危险呢？她有没有找到心爱的马儿？

这是一种很微妙的感觉，完全控制不住。

颜风脸色微红，压低了说话的声音：“你叔叔的脾气你比谁都清楚，他侄女再不下山的话，太清观可能会被他砸了。”

“幸亏是我阿叔亲自领兵，若是让白毛貂儿一个人出来，鹤鸣山真要鸡犬不宁啦。”

“事不宜迟，天一亮我就送你下山。只是我担心你路上会被劫粮的凶徒埋伏，始终是放心不下。”

“颜哥儿……”姜无素咬了咬嘴唇，嗫嚅地道，“你，你愿不愿意，我是说，你想不想随我去安玛城哩？”

她像是鼓足了勇气才说出这番话，捂着脸颊，心儿早已小鹿乱撞。

“就算是天涯海角，我也陪着你。”

颜风轻轻点头，语气温柔，似乎读懂了姜无素的心意，好想上前紧紧搂住眼前这个娇柔动人的女子，永远不要再让她担惊受怕。

人世间有很多感情都令人猝不及防，在姜无素的眼里，颜哥儿是她的救命恩人，也是一个敢作敢为的好男儿。二人牵绳远行，夜闯新津，算不上患难与共的情人，但也对得起风雨同舟的缘分。

而此时此刻，她日思夜想的颜哥儿就在眼前，答应一心一意地守护身边，她心中那一份牵挂与倾慕便再也藏不住，娇躯一颤，低唤了一声“颜哥儿”，就像是一只温顺的羔羊，轻轻地依偎在颜风的臂弯。

幸福来得太突然，颜风有些头昏目眩。

他仿佛听见了姜无素的心跳声，越飘越远，就像山涧的清泉淌过绵绵高山，在夜空中轻盈歌唱。

晨光熹微，苍柏青翠。

天柱峰顶云雾弥漫，颜风与姜无素二人决定下山，走出厢房，绕过后院，却见孙慕秋早已守候在太清观的门前，手中提着包袱，递给颜风："天寒地冻的，添件衣裳。"

"多谢孙五侠。"颜风拱手致谢。

孙慕秋点了点头，又从衣袖中摸出一只小布袋，郑重地道："敝派招待不周，还望姜姑娘多多包涵。二哥千叮万嘱，要二位一路小心。"

姜无素接过布袋，忽觉手心温暖，打开一看，只见里面装着数枚热气腾腾的鸡蛋，蛋壳上朱砂点墨，写着"平安"二字。

颜风扬眉一笑，道："他不敢来送行，是怕我找他打架？"

孙慕秋叹息道："唉，有些事过去就过去了，颜兄弟莫要放在心上。今日一别，若有机会能在平云客栈相聚，咱们不醉不归。"

"好！清风老道在，我一定会来！烦请孙五侠转告二位真人，姜姑娘归家心切，在下就不当面辞行了，保重。"

二人辞别孙慕秋，径直往老君崖而去，一路穿林过涧，无暇观赏鹤鸣山的锦绣风光。沿途经过断崖险地，只见数名年轻的道士背贴悬崖洞穴，站如青松，身上披着厚厚的棉衣，抬手施礼，恭送客人下山。

颜风心想，蜀道之险当真是名不虚传，羌人狼甲兵若是强攻天柱峰，怕是要损兵过半。

他一路上说起私闯望羌台飞龙营一事，听得姜无素心惊肉跳，脸色煞白，再也止不住眼眶中的泪水，紧紧地俯在颜风的背上，心里更深爱了几分。

颜风好言安慰："我福大命大，没什么好担心的，只要你平平安安，我做什么都愿意。有时候我在想呢，要是能找到一个跟鹤鸣山这样的世外之地，逍遥快活，远离是非，那真是求之不得！"

"嗯，咱们一辈子都待在安玛城，一样的快活自在！我给颜哥儿缝衣做饭，给颜哥儿酿桐马酒，伺候你舒舒服服的！"

"那我岂不成府衙里的大官爷了？嘿嘿，素丫头，赶紧给官爷捶捶背！"

"遵命，我的官爷！"姜无素扑哧一笑，在颜风的背上一通捶打，心里却已心花怒放。

颜风哈哈大笑，背起姜无素在雪地里疯跑，欢声笑语震落了枝头的积雪，纷纷扬扬，晶莹透亮。

此时，山下朔风凛冽，与峰顶的清新爽朗迥然不同，颜风生怕姜无素受寒，赶紧将包袱里的棉衣给她穿上，小心谨慎地走在前面探路。过了村口，隐约瞧见山谷中出现了一座座灰白色的布篷，正是狼甲兵扎营之处。

颜风极目四望，突然停住脚步，指了指覆盖在雪地上的枯枝，示意姜无素噤声绕行。

狼甲兵能征善战，并不是乌合之众，他们在鹤鸣山下守了这么多天，定是严阵以待，而且为了防御飞龙营的围攻，也极有可能连夜挖好了陷马暗坑。

“吉格？！呜喃！”

积雪飞扬，黑影乍现。

数名埋伏在路边的狼甲武士忽然跃身而起，拦住了去路。颜风早有准备，迅速将姜无素挡在身后，垂腕摸刀。

不料狼甲武士呼啸一声，不攻反退，整齐站成两排，手中细长的弯斧搭肩，毕恭毕敬地向二人行礼。

姜无素轻抚额前散乱的青丝，面露笑容：“哦哩呐依！带我去见戈布将军！”

狼甲武士挥斧一扬，积雪地上顿时陷出数道幽邃的暗沟。只见十余名武士藏匿在暗坑之中，抬手顶住一道长梯，架起悬桥，恭送二人通行。

“素素！”

只见前方营帐之外，班黥戈布长发披肩，欣喜万分地张开双臂，身后一杆黑幡大旗，迎风飘展。

“阿叔！”姜无素欢呼一声，快步奔上前去，扬起满地的雪花，小鸟投林般扑入班黥戈布的怀中。

“你个臭丫头！跑去新津城为何要瞒着你爹呢？要是有个意外，我怎么向老人家交代？哼，多亏你爹养了个闺女，换个龟儿子，老子非将你腿脚打折不可！”班黥戈布拍落侄女肩上的积雪，满脸怒气。

“骗人！阿叔最疼我，你可舍不得哩！”姜无素嘤咛一声。

“哈哈哈，舍不得，当然舍不得！”班黥戈布好久未见侄女撒娇，忍不住哈哈大笑，突然歪了歪脑袋，冷眼打量颜风，不耐烦地挥挥手，“娃儿们，将这小子埋了。”

帐外的狼甲武士得令，挥舞弯斧，立即向颜风围冲过来。

颜风一惊，右腕已按住了刀鞘。

姜无素“啊”的一声，慌忙挣脱班黥戈布的手臂，一个箭步拦在颜风身前：“阿叔！你干什么？！”

“你戈布叔叔斗不过鹤鸣派的人，只好找我出气。”颜风泰然自若，微微一笑。

班黥戈布见侄女不顾一切地护在颜风身前，大感意外，目中射出一道阴森的寒光，冷冷地道：“素素是你送下山的？想不到卫老二竟是个缩头乌龟，我倒是高估了你鹤鸣派。”

“哈哈，戈布将军误会了！我跟鹤鸣派扯不上什么关系，最多只能算半个。”颜风犯不着做卫老二的替罪羊，自然不肯承认自己是鹤鸣派的人。

“哼，我安玛部族向来不喜欢汉人，老子今天不杀你，有多远你就滚多远吧！”班黥戈布神情倨傲，瞪起铜铃般的眼睛，扫了一眼紫卿刀。

“在下不知是怎么个滚法，戈布将军能否示范一次？”

“好！那你滚过来！”

班黥戈布脸色一沉，衣袖翻卷，幻起一股强劲的罡风，猛地缩腕回袖，脚下的积雪忽然汇成盘旋不息的雾影，犹如青龙吸水，风卷残云！

颜风的身躯不由自主地朝前方趺出一步，仿佛被人在身后猛推了一把。他大惊之下，右臂下沉，指尖正要去弹御刀锋，忽听姜无素脱口大叫：“他是我男人！”

三十六式“狼手翻云”的威力，颜风早就领教过。紫卿出鞘，或许能侥幸逃过一击，但是班黥戈布的罡风内力非同小可，无论是借助流云飞袖的巧劲，还是出自他天赋异禀的绝技，都没有人敢轻敌。

颜风侧退一步，挥散眼前漫天的飘雪，满脸惊讶地望着姜无素，背脊上早已一片冰凉。

“阿叔！颜哥儿为了我，跟鹤鸣七侠大打出手，他只想着护我安危，甚至不顾一切地闯入飞龙营寻我下落！就算他是汉人，那也是……那也是真心诚意爱我的人！谁敢动他……我，我也不活了！”

姜无素柳眉倒竖，义愤填膺。

班黥戈布闻言一怔，目中寒光闪烁，似乎感到莫名的惊讶，也有些恼火。

羌人部族民风淳朴，敢爱敢恨，为了保护心爱的男人，姜无素也顾不上什么廉耻礼数了。因为在她心里，喜欢汉人并不是一件丢脸的事。

青衣羌狼性情暴躁，向来敌视汉人，可是他也知道，素素从小刁蛮任性，认定一件事情绝无反悔的余地，此番她死心塌地地爱着颜风，谁也预料不到宝贝侄女会做出什么傻事来。

班黥戈布冷静一想，老子暂且缓他一缓，等去了安玛城，再教他怎么个滚法。他鼻孔里“哼”的一声，积压在胸腔的无名怒火渐渐平息。

此时，远处啸声急促，一行马队踏雪而来，转眼间到了山谷营地。

领头之人纵马冲下山坡，双脚在马镫上一点，翻身下马，大声呼喊：“恭喜大哥！此番得裴公相助，不仅收集了三车棉衣，又去飞龙营借来了八百石粮食！”

“当真？”班黥戈布瞪大了眼睛。

“赵云听闻大哥亲自上门借粮，哪里还敢怠慢！我亲眼瞧见一骑白马白袍，与裴公相会锦屏山望羌城下。他一句屁话没有，立即下令清点辎重军粮，让飞龙营的人沿途护送，那威风凛凛的模样，啧啧，不是赵云还有谁呢！”

那人气喘吁吁地奔到帐营，正是白毛貂儿巴尔穆。他猛地瞧见披着棉衣的姜无素，惊喜万分地道，“素素？你是什么时候回来的？”

姜无素眯着眼睛笑了笑，意味深长地道：“嗯，貂儿叔见人就下毒，我差点就回不来啦。幸好我在鹤鸣山整天都吃鸡蛋哩，身子骨补的很。以后安玛城里要多养一些会下蛋的母鸡才是，雄鸡都宰了吧。”

“哎？你……我说小祖宗，你要啥我都依你，千万别打我家大雄的主意啊！”巴尔穆面露惊恐之色。

狼甲兵听闻马队的消息，纷纷出营观望，只见山谷大道上果然停驻了十余辆遮篷的马车，满车皆是粮食与棉衣。众人欢喜若狂，纷纷拜倒在地，高举双臂，黑压压一片狼甲兵朝着西边三跪九叩，似在感激羌人神明的庇佑，情绪异常激动。

班黥戈布紧锁眉头，若有所思地道：“此番赵云肯出借粮食，倒也算不上稀奇……但若是让他知道东……”

“哈哈，大哥多虑了！裴公又不是傻子，怎会提起兵符一事？况且赵云的仁义人人皆知，天下百姓都长着一张嘴，都要吃饭的，脸上也没刺上羌族、汉族两字啊，他能眼睁睁地看着我们饿死？”

巴尔穆话音一顿，忽见马队之中闪出一名汉家的将士，手举“赵”字大旗，朗声高呼：“戈布将军！大将军吩咐我等将士沿途护送，幸不辱命。此处已临近西岭地界，恕不远送了。就此别过，将军保重！”

骏马呼啸，战旗飞扬。

十余骑汉家将士策马转道，扬起一阵缤纷的雪雾，迅速往东面的山林遁形而去。

飞龙营？颜风大感惊奇，怎么赵云会突然派人送粮？私借军粮可是重罪，他为了洗清嫌疑竟然如此大胆！这算什么事？真如白毛貂儿所说的“仁义之举”，还是暗藏心机呢？

众人见飞龙营的将士渐渐远去，心里百感交集，唉，早知道赵云会亲自出营送粮食，我也随巴尔穆将军去新津城了，说不定能看一眼天下第一猛将的英姿，此生无憾。

“娃儿们！”班黥戈布深吸一口气，振臂高呼，“前锋营护送粮车先行，骑兵殿后！咱们回家喝酒！”

营帐外的数百名狼甲兵欢呼雀跃，互相拥抱，一时之间响声震天，大伙儿纷纷动手开始拆篷撤帐，归心似箭。

巴尔穆斜眼瞧了瞧颜风，阴阳怪气地道：“哎哟，这位是严家村的小朋友？奇怪了，鸡鸣五鼓居然没有毒死你……”

颜风笑道：“好说好说，雄鸡屁股上的毒性差了一点点，毒死几只老鼠勉强可行。”

“是吗？”巴尔穆脸色铁青，左脚踏前一步。

山谷雪地寒风凛冽，风向不稳，他此刻若是先发制人，弹射灌了毒烟的铁珠子，极有可能会误伤自己人。而且他似乎瞧出了姜无素神情不对，二人居然手拉着手，如此亲密，心里又惊又奇，小祖宗这是要搞什么事情？我还是离她远点比较妥当。

巴尔穆摸了摸脑袋，装作若无其事的样子，转身进了营帐。

“好！长话短说，素素现在是大姑娘了，应该有自己的主见，阿叔不可能什么事都管着你。但是长辈们早已定过规矩，只要他能闯过翠竹林的‘九星阵’，我定在安玛城为他设宴洗尘！”

班黥戈布不等姜无素答话，昂首阔步地走到黑幡大旗之下，面无表情。而帐外的狼甲武士早已备好一匹黑鬃战马，双手撑地，伺候将军上马。

姜无素闻言一颤，忽然羞红着脸，满心欢喜。只是她眉间却也有一丝浅浅的愁色，隐露了少许担忧，不知是替自己高兴，还是担心颜哥儿过不了“九星阵”这关。

颜风皱了皱眉头，满脸疑惑地望着姜无素。

对于羌汉两族之间的矛盾隔阂，传闻甚多，他当然心知肚明，但是长辈们这个规矩，他却是一无所知，心里不免愤愤不平，我进安玛城还得经过考验？这是又要把我当奸细了，这算什么？难道是我的长相出了问题？

第二十二章：西岭雪山

飞雪飘扬，群山稀远。

一辆黑幔马车紧随马队前行，在雪地上划出深深的车痕。远处奇峰秀丽的天柱峰已模糊不清，恍如一幅山水画卷突然被雨水打湿，轮廓散漫，墨色渐褪。

“颜哥儿，你别想太多哦，不是人人都可以去翠竹林的……”

姜无素挨着颜风的臂弯，小鸟依人般坐在车厢内。

她似乎突然想起了什么，取出颈脖上一截暗红色的细绳，绕指打上一个死结，轻轻地系在颜风的手腕处，抬头远眺窗外峰岚雪景，嘴角挑起一抹淡淡的笑容。

天色昏暗，空旷的雪色与夜空接壤，映成了一片灰蒙蒙的荒原。

绳结或许是代表美人的定情之物，颜风心下欢喜，见素素惺忪眼眸，似有困意，却强作精神来安慰自己，更是大为感动，她一个弱小女子，手无缚鸡之力，心里只想着护我周全，也不知道她前世欠了我多少钱！

我一个浪迹天涯的游子，能得此女所爱，岂非正是红运当头吗？就算是十面八方的埋伏，何惧之有！嗯，我与她有缘相逢，定要好好待她，万万不能辜负她一番真情厚意。

如今我已完成了师父的遗愿，倒不如与素素双宿双飞，在安玛城里快活一生。世道善恶难分，远离江湖恩怨未尝不是一件好事，只不过，若是有一天我在九泉之下遇见张道长，又该如何解释？

颜风轻轻叹息，思绪万千。

“其实阿叔说的规矩……”姜无素脸儿一红，欲言又止。

“我在想啊，我在钟峰观时学过一些茶品手艺，咱们在安玛城开一家小酒铺，沏茶卖酒也是不错哦。你当老板娘，我来招呼客人，要是能跟陈掌柜那样，就能衣食无忧了。”

姜无素身子一颤，故作惊讶的表情：“原来你在想这些？那你岂不成了跑堂的伙计？”

“怎么？伙计不能跟老板娘混在一起吗？”

“当然可以啦！那就让我阿爹做掌柜，由他收钱，没人敢赖账！”姜无素心情大好，咯咯笑出了声。

“你阿爹是什么来头？他是不是武功极高？好像连戈布将军都惧他三分。”

姜无素眨了眨眼睛，道：“我阿爹呢是辈分高！敬老尊贤是汉人的传统，咱们羌人自然也一样，阿叔武功再高，也不可能去欺负他一个老头子呀。”

颜风轻笑道：“戈布将军一脸凶相，为人却是不错……”

二人正说得高兴时，忽然听见前面的狼甲兵大呼小叫，车厢“扑通”一声，顿时倾斜半边，似乎陷入了路边的泥坑。

颜风慌忙下车，却见一名狼甲兵在前头拽着缰绳，拼命地拉扯马辔，而马儿在雪地里扬蹄踩踏，不住嘶鸣，车轮却是安如磐石。

他低头一看，原来是铁皮车轮卡在山路边一处石缝之中，车轴早已断裂，数名狼甲兵围拢过来，吆喝着抬起整座车厢。姜无素挑帘下车，叽里咕噜地与狼甲武士说了几句话，颜风一句也听不懂，扭头望了一眼四周的山崖，顿时目瞪口呆。

只见前方出现了一座雄伟的山峰，左边青山秀丽，郁郁葱葱，而右边却是云蒸雾涌，积雪蒙蒙，犹如阴阳之界。中间一道山脊蜿蜒而上，直冲苍穹，更像仙人宝镜之中映出的诡异倒影，左右景象截然不同，简直就是鬼斧神工！

好家伙！西蜀奇山怎能如此离谱？

颜风吐了一口冷气，半晌回不过神来。

此时，身旁闪过一名狼甲武士，气喘吁吁地撬起断裂的车轴，想将车轮卸下。可是那铁皮车轮宽逾五尺，庞大无比，凭他一人的力气根本搬运不了，累得他一屁股跌坐在地上。

颜风笑了笑，上前扶住深陷石缝的车轮，气运丹田，碎石迸裂，偌大的车轮竟被他一人缓缓拔起，旋转半圈，迎风而立。

数名狼甲兵瞧见颜风如此神力，皆是惊叹不已，赶紧上前置换车轴。

坐在地上的狼甲武士偷偷拽了拽颜风的衣角，小声地道："颜小哥是第一次来西蜀？此处乃西岭雪山的阴阳界，正是去往安玛城的必经之路。不过呢，咱们是往左，你是往右。"

"这是什么缘故？"颜风大惑不解。

"因为咱们部落的首领们曾经定过规矩，安玛城的女婿必须文武双全，能征善战，翠竹林中的九星阵便是考验。但你千万莫要大意了，翠竹林也称为'鬼竹林'，乃是我羌人的禁地。嘿嘿，戈布将军虽然是存心刁难，但也是为了试探你的决心！你若只是想去城里游山玩水的话，他可管不了你的死活哦。"

啊！安玛城的女婿？

颜风惊喜交集，心里暗暗琢磨，惭愧，看来羌狼并无恶意，我反而是小人之心了。要他们跟汉人交朋友本来就没那么容易，更何况是戈布将军的侄女婿？

只是这个破规矩为何如此别扭呢？我若是闯不过去，岂不是要棒打鸳鸯？好吧，为了素素的一往情深，为了洗清奸细的嫌疑，管它是什么机关陷阱，我一个大男人，怕他个鸟！

颜风神情振奋，跃跃欲试："鬼竹林距离此地多远？"

"就在你身后。"狼甲武士遥指山谷深处。

颜风回头一望，忽闻劲风凛凛，一条黑影突然鬼魅般地钻入车底，双足凌空翻踢，"砰"的一声，正中车轮！

此时的颜风站姿平稳，双手扶握车轮，猝不及防之下遭此重击，只觉得胸口一闷，脚步一个趔趄，身子急速翻仰，竟连同车轮一起往斜坡滚落。

以他的内力修为而言，托举一只车轮出坑，算不上什么难事，但是车轮轱辘重逾百斤，加上这一脚飞踢的充盈惯力，整座车轮的重量瞬息间就增加了数十倍，血肉之躯怎能抵挡？

颜风大骇之下，不及细想，迅速将身子紧贴着翻滚而下的车轮，防止被山坡上的碎石磕伤。

急速滚落的车轮一路颠簸，临空弹跳了数下，颜风只觉得头晕目眩，耳边听到姜无素撕心裂肺的惊呼声，山崖上的狼甲兵似已乱作一团。

他一口气息顿时堵住了鼻孔，暗想完了！老子命犯阴阳关，今日要归位于此！

幽邃的山谷传出轰然巨响，白茫茫的雪地上赫然被砸出一个数丈宽的大窟窿。

冰湖？

颜风眼前一花，想起在烟霞湖遭遇水匪打劫的一幕，正因为他不识水性，才被那帮贼人乘虚而入，险些要了他的小命。他此时突然被车轮卷入冰湖，只觉得毛骨悚然，心里又陡添了几分恐惧。

时逢严冬季节，水面覆盖着一层薄薄的冰雪，远看似茫茫雪原，却原来是深不见底的碧湖。

西岭雪山终年积雪不化，三面环抱，壁立千仞。山谷之中有一处深水湖，名谓九龙，四季风平浪静，但若是有游人登高望远，大声嘶吼，刹那间，峰顶层层冰雪便可倾泻而下，铺天盖地，凶险非常。

湖水冰寒透骨，一群欢畅的鱼儿汇游而至，转眼间散得无影无踪。颜风在水中悬浮着身子，惊恐万分地望着眼前黑洞洞的深渊，只觉得万念俱灰，脑子里一片空白，只得憋住呼吸，紧紧地抱住了下沉的车轮。

冥冥之中，自有天意，颜风刚才一口真气堵住了鼻孔，并无溺水迹象，而车轮的核心部分却是硬木，只是在毂木外面包裹了一层铁皮而已，须臾之时，车轮已晃晃悠悠地浮上了水面。

颜风惊魂甫定，手忙脚乱地抓住了毂木的空隙，拼命往水面扑腾，只是那薄冰一碰即碎，根本没有落脚之地。他情急之下，索性趴在车轮上面，全神贯注地控制住左右倾斜的角度，终于稳住了身子，不再与鱼虾共舞。

素素啊，你可千万不要跳下来救我啊！

颜风环视山谷，见四处沼沼雾气，一眼望不到边，东南西北已分不清楚。他回想起车轮滚落的方向，山坡极其陡峭，跌入湖中的那段距离，少说也有百丈之高。他心里又惊又怕，担心姜无素不顾一切地跳下来，一旦失足落水，谁来救她呢？

他此时衣衫尽湿，冻得瑟瑟发抖，小心翼翼地滑动手掌，缓缓朝前方移动。想起这一脚或许正是班黥戈布的杰作，忍不住就骂了一声，他娘的！瞒着侄女来个杀人灭口，这招假仁假义也只有你青衣羌狼做得出来！多谢你助我的“一脚之力”，老子大难不死必有后福！你们往左，我是往右？很好，我就如你所愿，等着你设宴摆酒，祝福我与素素百年好合！

水天一色的湖面，一瓣车轮随风荡漾。

远处的夜空闪过淡淡的光亮，忽明忽暗，颜风迷迷糊糊之时，仿佛听见死寂的山谷之中传出一曲清澈的埙乐，孤寂怆然，如歌如泣。

是谁在吹奏陶埙？颜风打了个抖索，奋力拍打湖水，身子在原地转了几圈，仔细寻觅埙声的方位。

但见前方数丈之远，出现了几片悬浮的草叶，顷刻间飘至眼前。颜风定睛一看，原来水面上飘着一枚枚新摘的竹叶，叶长寸许，青翠欲滴。耳边凄切婉转的埙乐骤停，突然变成了嘬唇的哨声，丝丝入扣，惊扰心弦。

莫非前面就是翠竹林？！

颜风大喜过望，手臂却是用力过猛，顿时头重脚轻，顺着倾斜的车轮倒翻一圈，一头栽进了冰寒的湖水中，两只脚悬在半空拼命地蹬腿，模样极为滑稽。

一叶青色的竹筏破开茫茫云雾，如一轮弯月，缓缓驶近。

竹枝翠嫩，挥散着淡淡的清香，舟上端坐着一位中年人，嘴中叼着一枚绿叶，脸如刀刻，棱角分明，一袭青衫与青竹枝浑然一体。

只见他脑袋油光闪亮，毛发不生，后脑勺上却扎着一束细长的小辫子，冲着颜风淡淡一笑，就像是山水图画中的长生仙人，脚踏月色而来，洒尽人间清香。

"先生这逆转真气的功夫，倒也少见。"青衫异人瞪了一眼紫卿刀，剑眉轻皱。

"啊啾！咳，咳……前面是不是翠竹林？"颜风喝了一大口水，呛得他连连喘气，打了好几个喷嚏，使劲翻转车轮，左右摇晃。

"你运气不错，居然能喝到冰湖之水。此处名为苦胆崖，湖中有道鱼泉，乃是当年赵云将军的坐骑饮水之处，如今已是安玛城的禁地，外人不可擅闯。"

"实不相瞒，在下受戈布将军之邀，特地赶过来领教一下翠竹林的'九星阵'。啊啾！还未请教……"颜风抱了抱拳。

"狼崽桑横。"

"哦？原来你，你是羌狼的儿子？"颜风怔住。

桑横展颜一笑，脸上的表情有些古怪："老子与孔子，此子非彼子，狼崽也未必就是羌狼的儿子。若是戈布将军邀你前来，尚不知是哪家的姑娘幸得先生厚爱？"

"他家侄女。"颜风有些不耐烦了，他瞧见眼前这位相貌奇怪的羌人，心里虽有几分戒备，但也并不慌张。

"戈布将军的侄女少说也有二三十个，先生说的是哪一位？"桑横突然瞧见他系在手腕上的绳结，目光闪烁。

此时四处云雾散尽，山崖隐现。岩壁如刀削斧劈，阴寒森冷，显然已距岸边不远，颜风心里暗自庆幸，不管你是人是鬼，在水里我可不想跟你多说废话，免得节外生枝。

他当机立断，双掌在车轮上一拍，跃身而起，跳上竹筏。

竹枝制作的小舟质地轻巧，宛如一叶渡江，颜风在落足之时，断然做不到身轻如燕，而且他还故意晃动了几下，岂料竹筏纹丝不动，桑横盘膝而坐，依旧稳如泰山。

颜风暗暗心惊，此人功力非同一般，我得小心留神。

“呵呵，我在此地苦守了十年，见过南蛮的小藩王，也见过百顷族的大公子，可惜他们均无功而返。我瞧先生气宇轩昂，非凡夫俗子可比，想来这次定能马到成功，破解死局。”

“承蒙桑兄贵言，在下尽力而为。”

颜风见桑横始终一副彬彬有礼的模样，不像是故作姿态，说话的语气自然也恭敬了许多。

“只是有一件事我想不明白，先生不走西岭雪山阴阳界，反而横穿苦胆崖九龙湖，实在教人百思不得其解。”桑横狡黠一笑，眉宇之间泛起一丝异样的神色。

颜风转了转眼珠子，道：“在下怕耽误了正事，想抄条近路而已。”

“原来先生是赶时间。”桑横点了点头，指尖一截竹枝轻拨湖水，小舟缓缓转向，速度虽慢，却已临近岸边。

雾气缭绕，冰湖尽头赫然出现一座山崖，岸边一弯竹桥，漫山遍野皆是箭竹丛翠，四处风景如画，茂密的枝叶款款摆舞，发出沙沙的声响。

颜风抬头望见山屏上精致的小竹楼，心想这定是桑横的住所无疑。只是这怡人的景象丝毫看不出凶险之处，不免令他疑惑顿生，“九星阵”究竟是什么机关？莫非班黥戈布是要上演一出风声鹤唳，草木皆兵？

论气高胆壮，我颜风从不输人，但是说起阴谋诡计，我只能甘拜下风了。桑横要是在箭竹林中挖上几百个暗坑，凭我一人之力能找出几个？我可要小心谨慎，莫要被他玩得晕头转向。

桑横走在前面引路，回头叮嘱一句：“先生当心脚下，穗竹成长不久，不堪踩踏。而且鬼竹林中，沿路设有尖笋竹刀，你若能悉心记住箭穗的模样，也能省下不少功课。”

“我还要做很多功课？”

颜风一怔，此人究竟是假装好人，还是存心误导于我？我瞧他眉宇间的气息善恶难辨，好似笑里藏刀，谁也猜不透他到底在想些什么。

“我相信戈布将军的眼光，先生绝对不是庸俗劣性之人。嘿嘿，只要我不违背大族长的意愿，协助先生完成一些求生的基本功课，算不上徇私舞弊。”

颜风翻了个白眼，此人说话晦涩难懂，时而温柔，时而又这么的危言耸听，他到底要玩什么花样？求生难道不是人之本能吗？我需要你来教我怎么做，不如直接领我出关，皆大欢喜！

哼，可惜我颜风不是这种人，既然安玛城定下了这个规矩，我全力以赴便是，若是弄虚作假，不但对不起素素，也算不上英雄好汉！

桑横见颜风一脸不悦的表情，心知客人并没有理解他的话意，他继续在前面穿行，郑重其事地道：“九星阵乃上古奇门遁甲之术，东西南北，真假难分，等先生走到翠竹林的正西面，才能远望安玛城。而东面可分东南、东北；西面也可分西南、西北，由此推演而成，故名鬼竹九星。”

“那不是只有八个方位嘛，怎么演算出九星的？”

“莫要忘了，上天入地也有去路，九星可以分形三十六，也可以变换七十二。”

颜风不以为然地道：“我没有翅膀，飞不起来，不是老鼠，也打不了地洞，不如桑兄痛痛快快地指点一条去路，管他什么东西南北，怎么个变化无穷，在下一路披荆斩棘，尽快赶去安玛城。”

“先生果然与众不同，看来我终于是熬出头了！哈哈！”

桑横朗声大笑，衣袂飘飘，身形飞掠而上，似燕雀展翅穿林，飘然落于山屏之上。

他一身青衣青靴，与箭竹林中的枝叶颜色完全相同，只是那油光闪烁的小脑袋就像是一盏指路的明灯，在翠绿浮光的衬托下，小辫子左右晃荡，格外显眼。

颜风皱眉道：“在下有个疑问想请教桑兄，戈布将军命你在此十年，就是为了守护安玛城的规矩？别人家的侄女没有这个待遇吧？他这私心未免也太重了！”

“先生好像有些误会。我受命守候禁地，抵御外敌，乃是我毕生的荣幸，万万不敢存有私心。别人家的事我可管不了，倘若先生能安然无恙地闯过此关，对我而言，就是一种解脱……你一刀将我杀了，我也心甘情愿。”

颜风愕然，心想此人久居深山，性情古怪，他说话虽是一副毕恭毕敬的模样，但总能感觉到他内心有一种戾气。

颜风踏入山崖脚下的竹林小楼，见楼阁宽敞明亮，屋梁地板以竹竿铺成，家什摆设一应俱全，唯独不见床榻。堂前的竹架案几上摆着一盏油灯，三只石碗，粗如木棍的麻绳盘在桌角，两端皆系着一尺来长的乌铁弯钩，锈迹斑斑。

桑横客气地请颜风落座案几桌旁，从角落拎来一壶茶水，沏上一碗冷茶，淡然道："穷乡僻壤之地，只能以茶代酒了，日子过得虽然简朴，但是每天都有竹笋鲜鱼，我猜先生一定喜欢。"

颜风点了点头，漫不经心地道："住不了几天。"

桑横轻轻一笑："箭竹之凶险，神鬼难辨，你越是心急越成不了大事，不如随我在此安心静养。"

"此话何解？"

"先生恐怕会住很长时间。"

颜风听到他嘴中"间"字一说出口，忽觉脚下一空，身子猛地急速下沉，耳边呼呼风响，仿佛跌入了万丈深渊。

第二十三章：狼崽桑横

竹楼地洞的正下方是一处水潭，水位不深，四处皆是冰冷潮湿的岩壁，沼气呛鼻。

颜风抹了抹脸上的泥水，默然抬头望着顶上的洞口，眼眸中泛起一层白雾。他茫然无措地站在水坑里，很想骂人，也很想大哭一场，心情极其沮丧。

“先生！此洞位于西岭雪山的腹地，只要你沿着西面的山壁挖出一条通道，假以时日，必能重见天日！若是你觉得无法忍受，便大声呼喊，我即刻放下绳索拉你上来……先生？你能听见我说话吗？”

洞口出现一个亮堂堂的脑袋，桑横的声音有点大，伴随着空荡荡的回音，看不清楚他脸上的表情。只是他那语气依然淡漠如昔，迢迢不缓复不急，不像是在幸灾乐祸。

颜风长叹一声，道：“桑兄，你太瞧得起我了。在下肚中饥饿，徒手挖洞恐怕不胜体力，你好歹先让我吃饱穿暖，再找几件像样的工具。只要我安安心心地挖上十年，兴许可行。”

“嗯，等你饿上十天半个月，我再来给你讲课。”

脑袋忽然不见，楼阁之上鸦雀无声。

地洞漆黑一片，水坑中似有一些黯淡的波光，颜风低头一看，原来水底散落了数颗晶莹剔透的宝石，一路通往黑暗的深处。

颜风蹚水前行几步，鼻前忽然飘来一股腐烂的恶臭，只见长满青苔的石壁旁赫然惊现一具腐尸，面壁而坐，森白的手骨在石壁上抓出了一条条的爪痕，死状惨不忍睹。

坚硬的石壁犹如铁铸，凡人之躯又怎能搬山挖洞？此人临死之前做出了无力的抗争，绝望之后，当然就是死亡。

颜风无奈叹息，想不到我侥幸逃过了冰湖一劫，又入虎穴，死者生前的遭遇应该与我相似，被困在地洞里活活饿死……我颜风没做过什么亏心事，怎能料到竟是这种下场？

他回想起姜无素那双羞涩的眼眸，心里又衍生一丝愧疚，素素啊，今生我辜负了你一片深情，来世一定还你！只要你过得开心快活，我这条性命倒也没什么。

颜风亲眼见过乱世之秋的饿殍遍野，时常告诫自己，人之生命本无贵贱之分，王侯将相死去也只是个躯壳，与普通百姓并无不同。而且有一件事情他也终于验证了，饥饿确实是会令人抓狂的。

森寒的地洞中有几步垫高的石阶，颜风脱下湿透的衣衫，将石壁四处的青苔抹净，蜷缩身躯，倒头睡觉。

石壁上渗出的水滴"叮咚"直响，当他数到七百三十六下之时，意识渐渐模糊，沉寂梦乡。

不知过了多久，颜风睁眼坐起，只觉得腹中空荡荡的一片，口干舌燥，浑身发颤。

他猛地站起身来，摸了摸石壁上的水滴，迫不及待地将整个脸颊贴敷过去，就像是一只久别池塘的青蛙，贪婪地吸吮着甘甜的泉水。

"喂！姓桑的！你当真是要将我饿死吗？"颜风咬了咬牙，厉声喝问。

洞口一颗光秃秃的脑袋探了过来，语气似乎颇为惊诧："我瞧先生睡意正浓，不忍打搅，怎么才睡了三天，你就醒了？"

什么？我，我居然睡了三天？

颜风倒吸一口冷气，沉声道："劳烦桑兄拉我上去，要做什么功课……我都依你！"

颜风虽然从不认输，但也懂得审时度势，他此次来翠竹林闯关，完全是班黥戈布的意思，而且狼崽桑横与他萍水相逢，无冤无仇，没有理由置人于死地。

既然紫卿刀无用武之地，好汉也就不能吃眼前亏。

"你可想知道这山洞，是何人所建？"

颜风没好气地道："反正不是什么好人。"

桑横正色地道："此地正是西岭雪山与大邑城的交界之处，当年刘备令赵云筑建望羌台，据守雪山，阻隔西羌隐患，如此一来，我羌人与汉人之间的来往就大大艰难。莫说换粮了，便是一件保暖的衣裳都运不过来。蜀道天险虽能阻敌，却也断了羌人的生计，所以西面部落的首领大为不满，时常怂恿羌兵偷出雪山，抢掠大邑……”

“呵呵，是不是一个都没有回来？”

颜风笑得有些幸灾乐祸，大邑城的守将赵云被誉为天下第一猛将，你胡羌蛮族居然敢杀进去抢粮？那真的是有去无还。

“去了三十二个，回来三十一个，有一个是途中受了风寒，冻死他乡……”

颜风又惊又奇，脱口问道：“我知道了，莫非当时赵云不在大邑？”

“人是赵云将军亲自送回来的，行至西岭雪山之时，途经雪塘九龙湖，便命人在此处挖了一处地洞。”

“哼哼，兵者，诡道也！赵云借护送羌人为由，原来是想挖个地洞，方便蜀汉大军长驱直入，这点小心思瞒得了谁啊！”颜风吐出一口气，突然觉得自己比以前聪明了许多，人在江湖飘，凡事都得慎重仔细，始终牢记一句话：天上不会掉馅饼。

“错了。”桑横摇头轻叹，意味深长地道，“当年我也是这般刚愎自用，可惜却是错了……”

“此话怎讲？”

“当年飞龙营兵临雪山，翠竹林正是安玛城第一道防线，我藏匿冰湖山崖之处，想探一探帐营内的虚实。我记得那晚明月当空，岸边一袭战马良驹，通体雪白，鬃毛犹如雄狮般威武，我距离牵马饮水的将军不过咫尺之遥，若是纵身而下，至少有九成把握可以一击得手，生擒此人，但是我错了。”

“怎么又错了？”颜风大皱眉头。

“我觉得以我的武功，三招之内必定将他生擒，但是待我近身之时，方知大错特错。此人的武功虽不及我，但他身上有一种异于常人的气质，令人望而生畏，尤其是那清凛的眼神，恍然归乡路上遇见的亲人……惭愧，我根本找不出任何理由动手。等你亲眼所见之时，就知道我今日所说，绝不是危言耸听。”

颜风鼻孔里“哼”的一声，不用问他也知道桑横所说是哪一位将军。天下有如此境界之人，除了白袍将军还有谁？

“我看未必。蜀中百姓人人将赵子龙奉为神明，在我眼里，他始终是个凡人。临阵对决，拼的便是勇气，我就不信他一个眼神就能让我退避。你是听他的故事听得久了，耳朵里都要起茧了吧？正因为心有所忌，所以他当时在湖边放个屁，我估计你也能乱了方寸！哈哈，不必害臊，没人会说你是胆小鬼！”

桑横目光闪烁，突然问了一句："你认为蜀人是怕他，还是敬他？”

颜风微微一怔，心想无论我怎么轻看赵云，但是他的威望名声真的不是百姓们吹嘘出来的，就算我能挫败赵云，又能怎样？他始终都是蜀人眼中的战神。

“我跟赵云不熟，懒得管这些是非……问题是此处地洞为何是条死路？”

“这便是赵云将军的英明之处。”

颜风头皮一麻，不耐烦地道："好吧，反正赵云做什么事都是对的，我是错的！如果当年躲在山崖上的是我，那我就是千古罪人了！”

“所以，你注定做不了大将军。”桑横无奈一笑，道，“赵云此举原是与羌人握手言和，他的本意是我挖地三尺，为了羌汉百姓谋求福泽，并无进犯西羌的野心，那么剩下雪山的另一头，要不要挖开，由你们部落的首领自行决定。试问，如此宽宏大度的将军，天下能出几人？”

“那我问你，羌人若是真的答应挖出地洞，翠竹林还有没有意义？”

“对于百姓来说，自古战事纷争，没有一场具有意义，大家都是为了生存活命而已。换句话说，翠竹林只不过是安玛城的一份寄托。但是说起江湖上的打打杀杀……为杀戮而杀，不是英雄所为，多少人为了蝇头小利，便要与人性命相拼，究竟是事关生存，还是贪图名利呢？”

颜风脸色一沉："我虽是江湖人，但我不喜欢杀人。”

桑横点了点头，郑重地道："这话我爱听。我岂不也是一样吗？我若是想杀人，九龙湖上轻松自如，犯不着跟你多费口舌了。而且有一句话，先生必须牢记在心，我在此地苦思十年，箭竹林的‘九星阵’唯有我一人可破！先生想去安玛城，必须遵从我的安排。我且拉你上来吧，若是你想玩什么花样，劝你尽早死了心，因为我至少有十几种方法可以留住你。”

原来他是想挫我锐气？颜风心思隐动，不管他说的是真是假，能安然无恙地走出鬼竹林，才是最终目的。哼哼，我暂且忍了这口鸟气，你这狼崽子若是敢玩什么花样，我就一刀劈了你！

一条粗绳从洞口徐徐垂落，绳头之上系着乌黑的弯钩。

颜风双脚踩在湿滑的石壁上，脑子里闪过了十七八个念头。

狼崽子性情乖僻，好像总是有事瞒着我，究竟是哪里不对呢？我若是出了洞口立马制住他，然后逼他带我去鬼竹林，搞不好他脾气上来会咬舌自尽。

可是地洞里饿死的尸体千真万确，说不定他有某种杀人的嗜好，如果我任由他指手画脚，随时可能成为他的作品。哎，这就让人头疼了，路怎么选，难道还要我去碰运气？

倒不如我假装武功平庸之人，试试他会不会轻敌。一个人得意忘形了便容易露出破绽，老子可不想被坑第二次！

颜风费劲地爬出了地洞，装作浑身无力的模样，腿脚一软，瘫倒在地板上大口喘气。

冷风拂面，透出阵阵青竹的气息，他猛吸一口，惊觉是食物的香味，一骨碌坐起来，只见竹案上面摆着一壶清茶，眼前一盘竹枝缠绕的焦黄烧鸡。他早已饥肠辘辘，哪里还管得了什么江湖险恶，这只烧鸡就算是白毛貂儿做的，他也照啃不误。

“你这只竹叶烧鸡救了我一命，桑兄的情义，颜某谨记于心！”

颜风光着身子，大快朵颐，甚至连手指头也吮了一遍。

桑横扫了一眼颜风身上纵横交错的伤疤，淡然道：“吃完烧鸡，咱们先讲第一课，也就是最基本的生存技能，游水。”

颜风一怔，摸了摸额上的刀疤，心想我在冰湖上那招“双脚朝天”确实不太雅观，这小子他娘的眼尖得很！

“咳，不知我几天能学会游水？”

“按理说一个月即可，但是论熟练程度，起码得练三个月。”

桑横微微一笑，吹嘬嘴中一片细长的竹叶，声音尖细悦耳，悠然飘出阁楼，与翠竹林中的萧萧风声回应，荡起一曲凄美的韵乐。

寒波湛蓝，箭竹青青。

转眼之间过了两个多月，季节的变换似乎对西岭雪山并无作用，远眺云雾缭绕的高峰山脊，依然是阴阳两界。

狼崽桑横每天领着颜风去往九龙雪湖戏水，手中提着一支细竹竿，只要颜风跳入冰冷刺骨的湖水中，他便像蜻蜓点水一般，嗖嗖嗖地抽打着从水底探出来的脑袋。

颜风当然要假装被他抽到，潜在水底咬牙切齿，浮上来时立即满脸堆笑：“桑兄手速极快，功力胜我一筹。”

“不好说，以你的武功，一刀便可削断竹枝了。你我所在的位置不同，遭遇的处境自然也不一样。记住我今天说的话，无论你头顶出现了什么，克制自己拔刀的冲动，能绕则绕，能避则避。”

“这是什么讲究？”

“因为当你一刀砍下，极有可能触发陷阱机关，鬼竹林中任何一支竹竿，都有可能让你万劫不复。”

“小小竹枝，当真这么恐怖？”颜风心惊不已。

桑横晃了晃脑袋，正色地道：“错了，要你命的不是竹枝。那天你跌入地洞的时候，可有想过？意气风发的男儿总有妥协的时候，而血肉之躯也永远斗不过饥饿的折磨。”

颜风默然半晌，心事重重，难道狼崽子真的是想帮助我？他如此用心良苦，每天坚持给我“上课”，完全没有私心吗？

他始终怀疑桑横另有企图，但是绞尽脑汁也猜不出问题所在。

他也曾担心判断失误，可是行走江湖，防人之心不可无。颜风从山崖那一脚滚落开始，对美人好感全无，唯有姜无素一人，令他牵肠挂肚。

如果跌入竹楼地洞只是桑横给我的一个教训，于情于理也说得通，可是谁也不敢拍胸脯担保，这一切都不是班黥戈布的故弄玄虚。

他不可能明目张胆地与侄女交恶，所以在山崖造成我失足的假象，而桑横的出现，确实是个巧合。但是狼崽子肯定听命于首领的啊，班黥戈布在没有下达命令之前，他兴许将我视为朋友，一旦收到密令，翠竹林就是我的葬身之地！

颜风的想法虽然都是在猜测，但是种种的迹象表明，以青衣羌狼的个性，没有必要多此一举，他之所以这样做，可能不想让侄女伤心，要让颜风知难而退。

偏偏颜风就是个倔脾气，也从来不信命！

光阴荏苒，时光飞逝。

二人之间相安无事，桑横每次讲课也都是点到为止，从来不与客人争执。

他教会颜风游水之后，每天在竹案旁绘制绢图，认真讲解翠竹林的地形，东西南北四个方位，标注了密密麻麻的粗线，什么位置最容易触发机关陷阱，什么方向会出现三岔路口，都极其耐心。

可是他只字不提现场勘察一事，仅限于坐而论道，颜风心里骂了几千遍“去你娘的”，越看越像是狼崽子自个儿在计划逃命。

颜风被困在翠竹林中将近半年，百无聊赖之时，想起钟峰观的往事，心里闷闷不乐，再这样等下去我胡子都要白了，什么时候才能去安玛城？如果小心谨慎换不来生机，倒不如让我去探一探死路！

他考虑再三，决定趁着夜黑风高，试走一段路程。

嘿嘿，只要人不走远，就算掉进暗坑里也能呼救，我一个大男人，总不可能被几支竹竿吓破了胆子。

翠竹林三面环山，脚下根本无路可走。

颜风不敢走得太远，抬头辨认繁星的方向，在竹楼外面绕了一圈。耳边沙沙风声，吹拂竹枝，满山的绿叶在冷风中轻盈摇摆，宛如一群婆娑起舞的乐师。

他想起狼崽子说过的“尖笋竹刀”，猜测可能是类似尖刺般的障碍，随即折下一截细长的竹枝，一边试探横扫，一边小心踏步，转眼间便已走出了数十丈之远。

但见前方伫立着一排排针刺状的断竹，切口尖锐如刀，果然是精心设计的陷阱。颜风环顾四周，认真记下地形，扭头一看，身后的小竹楼被迎风摆舞的箭竹林挡住了，退后数步，依然踪影全无。

什么情况？刚才我一直在走直线，根本没有机会拐弯，为何竹楼的位置突然改变了？

颜风身躯僵直，原地转了一圈，抬头辨认夜空中的星光，哪里还有光亮？四处一片漆黑，万物皆被迷雾遮掩，莫说东南西北，就连上下左右他都已分不清楚。

此时此刻，颜风亲身验证了鬼竹林的诡异之处，只觉得头皮发麻，再也不敢迈出一步。

好吧，我就在这里等到天亮，敌不动我也不动，小小青竹，难道还能变出个妖精不成？你若能主动攻击我，我就喊你一声竹神大爷！

风声凄厉，迷雾中落叶纷飞，宛如一枚枚急速旋转的纱梭，尖锐细长，嗖嗖飞舞，赫然划破了颜风的衣衫。

颜风心悸之下，弹指御刀，迎风荡开漫天飞舞的竹叶。

耀眼的刀光瞬息间破开层层迷雾，斩落眼前的飞梭。

糟糕，不能拔刀！颜风猛然惊觉，但已无处可逃，刀风过处，脚下“噗”的一声，其中一支箭竹已应声而裂，地面轰然塌陷，顿时将颜风拖进了陷坑之中。

泥坑深逾三丈，底部倒插着密密麻麻的尖刀，虽然锈迹斑斑，但是尖锐无比，完全可以在颜风身上捅上几十个窟窿。

颜风情急之下，紫卿刀脱手飞出，凌空旋转，划出一圈寒光闪闪的刀风，斩落一片刺向脖颈的尖刀，左掌撑住了硬地，身躯迅速仰翻，俯冲而下，终于背靠着泥坑站稳，早已吓得魂飞魄散。

他屏住呼吸，想顺着泥壁跃上地面，转念一想，每次狼崽子说起“九星阵”的布置方位，从来不会嬉皮笑脸，此阵绝对没有这么简单，说不定随时都有可能触动另一处机关。

颜风性子耿直，行事也极为冲动，但是他身上有一处别人没有的优点，就是善于思考。冲动往往就在一念之间，而冷静思考正是减少失误的良药。

颜风此时身处险境，如履薄冰，再也不敢轻举妄动。他背贴泥坑，仔细观察坑内的竹枝有无异常，脚尖在断裂的竹堆上面试踩了几下，确认没有第二次塌陷的危险，缓上一口气，蹲坐泥地，擦拭额前涔涔冷汗。

等桑横一觉醒来，气得连连跺脚。

他一路吹奏竹声四处寻找颜风下落，忽见前方箭竹林中一片狼藉，不由得失声惊呼：“先生！你还活着吗？”

“腿麻，动不了……”颜风声如蚊鸣。

桑横心急如焚地跳过来，见颜风缩在泥坑的角落，一副灰头灰脸的模样，忍不住叹息道：“世上没有一次就学会的阵法。西岭雪山乃安玛城的门户，至关重要，我原想将翠竹路的地形变化全部画好，再逐个方位领你走几遍，多等一天就这么难？”

“你是不是有事瞒着我？”颜风见他说得诚恳，心里有些内疚，便将藏在心底的疑问一吐为快。

桑横精芒一闪，注视颜风良久，突然笑道：“天机不可泄露。”

翠竹林的凶险之处，颜风终于是领教了，他也懒得追问桑横的真实用意，每天起来的第一件事情，就是专心与桑横研讨地图上的阵法。

当他得知箭竹林遍地皆坑，每个方位的遁甲机关多达一千余处，不免咋舌，是谁吃饱了撑的要挖这么多陷阱？就算狼甲兵全体出动，只怕也要挖上个三年五载，羌人部族花费这般巨大的时间精力，究竟值不值得？

唉，羌人最怕的就是汉人的侵扰，可是在这乱世之中你争我斗，谁也解决不了百姓们的颠沛流离，谁也阻止不了强贼盗寇的横行无忌。虽然飞燕子不欺负老百姓，可是也没有人知道她究竟是错还是对……柳嫣？你在哪里呢？

恍惚间，颜风眼前浮现一张清秀的脸庞。

他猛地一惊，不免心慌意乱，不知为何好端端地会突然想起柳嫣，只觉得她那一剑光寒的婀娜英姿，深深映在脑海之中，久久挥散不去。

颜风“啪”的一声，抽了自己一个耳光，赶紧闭上双眼，口中念念有词，开始背诵阴阳五行，八门九星。

一晃又过了数月，颜风消耗了将近一年的光阴，莫名其妙地迷上了奇门遁甲。他乐在其中，完全废寝忘食，不仅能紧随在桑横身后，随意拆解阵法之中的每一处移动位置，甚至连九宫演变的顺序也能倒背如流。

桑横突然问他一句：“你可知道你为何要来翠竹林？”

颜风瞪大了眼睛，若有所思地道：“有心栽花花不开，无心插柳柳成荫，想不到我竟然学成了奇门遁甲……”

桑横点头微笑：“我已传信安玛城，这几日应该会有消息。等你见了素素，替我向她问一声好，就说桑哥儿不负所托，恭祝她得偿夙愿。”

啊？他几时见过素素？

颜风大感意外，我与桑横朝夕相处，形影不离，怎么可能“不负素素所托”？难道他那个迟迟不肯吐露的秘密，就是与素素的约定？

他在九龙湖救我之时，不可能事先就知道我的来意，听他口气，跟素素的关系非同一般，他到底是什么意思？颜风揉破了刀疤也想不出个所以然，觉得这件事越来越离奇。

颜风知道就算他追问原因，桑横也不会吐露真相，便故作疑惑地道：“承蒙桑兄眷顾，翠竹九星阵的分布位置我已了然于心，但是咱们这样算不算坏了规矩？”

“规矩是死的，人是活的。”

“你莫要忘了，竹枝是挡不住火的，戈布将军得知你欺公罔法，协助外人破阵，必定大发雷霆之怒。”

桑横目光闪烁，脸庞之上泛起一层淡淡的雾色：“我知道先生始终对我存有戒心，你我素昧平生，我没有理由去帮助一个汉人。但是有些事并非如你所想……我本是乌桓东胡族人，当年大族长曾在漠北救过我一命，雨露之恩，无以为报，唯有倾我所能，将奇门遁甲之术传授给一位值得信赖的人。”

“你为何信任我？”颜风错愕。

“无论羌人汉人，还是东胡族人，命运各有不同。而我的身份，虽是大族长的养子，却仍是异族外邦，担负不了安玛城的荣辱与兴衰。九龙湖上我第一眼看见先生，便已洞晓天机，其中道理难以明喻，但我坚信，多年的辛苦总算是没有白费，我终于等来一位能成大事之人，唯有全力以赴，报答大族长的恩情。”

他这番话说得至情至性，绝不是装腔作势。

“桑兄……”颜风欲言又止，心底处涌起一股莫名的感动，满腹猜忌顿时烟消云散，化作徐徐的清风，悠然飘远。

男人之间的真实感动，往往就在一瞬之间。

狼崽桑横时常言语淡漠，忽冷忽热，谁也琢磨不了他的心思，但是颜风从来没有察觉到他身上有任何的别有用心，只是偶尔说几句郑重其事的告诫，难免会让颜风感受到一丝盛气凌人。

其实想通了也很好解释，西岭雪山是桑横的地盘，而颜风只不过是个不请自来的客人。

看来大难不死果真有福，我误打误撞，遇见了贵人相助，想来必定是师父显灵，保佑我逢凶化吉。

颜风感慨万千，朝着桑横揖礼致歉：“承蒙桑兄厚爱，不胜感激。我原以为天下间的情义本有初识与深交之分，但与桑兄一比，自惭形秽。”

桑横恭敬回礼：“先生言重了。但愿你以后做了安玛城的城主，也能不忘初心。”

“你，你说什么？”颜风身子一颤，如遭雷击。

第二十四章：安玛之城

桑横瞧见颜风呆若木鸡的表情，诧异地问道："怎么素素没有告诉你吗？她爹爹正是部落的大族长姜啓，也就是我的义父。青衣姜氏只有她这么一个宝贝女儿，视为掌上明珠。"

颜风惊愕半晌，吓得魂不附体，脑子里"嗡嗡"不绝，拼命回忆姜无素的言行举止，可是越想越乱，完全找不着任何线索。

等等，让我重新梳理一次！青衣羌部落的大族长名唤姜啓，他是安玛城的城主，既然姜啓是素素的亲爹，那么她就是部落族长的女儿，也就是安玛城的郡主。

可是她为何要瞒着我呢？是担心我有歪心邪念吗？

颜风深吸一口气，思绪渐渐清晰。

汉人与羌族郡主相爱，万万不能与普通人相提并论，二人一旦结为夫妻，那么驸马爷就等于是城主的继承人。班黥戈布对老城主忠心耿耿，也十分疼爱宝贝侄女，他将我骗到翠竹林，并不是有意刁难，而是让我有机会去研习"九星阵"，熟记地形，承担起保卫家园的责任。郡主的婚姻大事焉能儿戏？只有真正掌握阵法变幻的男人，才有资格做安玛城的城主。

而狼崽桑横是老城主的养子，受命守护西岭雪山的门户，如果素素这一辈子都找不到如意郎君，那么桑横极有可能继承大统，登上城主的宝座。

问题出来了，桑横凭什么对我慷慨相助？他完全可以将我活埋在翠竹林，然后去告知部族的子民，说驸马爷早已葬身在九龙湖底。哎？那么一脚将我踢下山崖的又是哪位？

“我对素素的身份一无所知，也无心觊觎城主之位……”颜风涨红了脖子。

“呵呵，有心还是无意，我一眼便知。你系在手腕上的绳结乃是羌人的传统绳艺，可以传递信息，也可以互诉情意。素素小时候时常玩耍，只要找到了她的倾心爱人，就会编织一个花扣死结相赠，寓意生死不离。”

颜风瞧了瞧手腕上的绳结，突然一拍脑门：“啊，我明白了！她给我系上绳结表示心意，同时也向你传递了信号？”

桑横含笑不语。

颜风暗暗心惊，若是没有素素的绳结信物，九龙湖上只怕我早已葬身鱼腹，怎么可能学会奇门遁甲？或许这就是天意，老天爷想让我多活几年。

我总算理解了狼崽子的心思，他将“九星阵”传授于我，便可全身而退，从此以后逍遥快活，再也不用守在翠竹林受苦。可我心里爱着素素，从来没有想过要做什么狗屁城主！这件事必须要说清楚，拜托青衣羌狼另请高明。

颜风小心试探：“如今我精通阵法，身负重任，是不是也要在翠竹林待上十年？”

“不好说。在你之前也有勇士自告奋勇，但是志在权谋，难有成就。而你生性坦荡，一心只为素素的情意而来，自然能做到不急不躁，一学便通。”

“嘿嘿，你不怕我半夜三更一刀砍下你的脑袋？”

“先生的人品我信得过。”桑横的表情似笑非笑。

颜风哈哈大笑，朗声而起：“好！戈布将军的酒宴我一定会去，城主我也不稀罕！我带上素素远走高飞，跟她做一对逍遥快活的神仙眷侣！”

他踱步窗前，眼望漫山遍野的青翠竹林，只觉得浑身舒畅，脑中突然浮现柳嫣的娇柔身姿，眼眸中一汪秋水动人。

这……这是怎么回事？为何我时常会思念柳嫣？

颜风冷汗直流，“啪”的一声，下意识地抽了自己一个耳光。他这一巴掌打得不轻，脸颊上顿时映出数道指痕，脑袋左右摇晃，悠悠叹气。

桑横眉头微皱，不知颜风是兴奋失常，还是为天盘九星的阵法变化所困扰。他扭头望着颜风的背影，眼眸中有几分疑惑，也有几分凝重：“我还有几句话……”

颜风截口叫道：“等等，没有教完的功课你留着下次再说，给我留个念想可好？”

桑横微微一笑，叹道：“我知先生情深义重，我也舍不得与先生告别……有一件事我必须提醒你，安玛城独据一方，无意逐鹿中原，但是其中难免会有野心勃勃之人，意图拉拢羌人挑起争端。乱世之中，很难分得清谁是好人谁是坏人，他们往往会为了一己之私而忘了天下之治。先生日后若是遇见求近者，必当疏远。切记，切记。”

他在翠竹林苦守十年，一片丹心，只为报答义父的恩情，他相信素素妹子不会看错人，也相信颜风是个铮铮好汉。可是颜风始终是个汉人，对羌人部族中的矛盾一窍不通，若是安玛城里有人兴风作浪，他不一定分得清是虚情还是假意。

颜风心想他这话说得不错，等我去查出谁是劫粮的主谋，好人坏人一眼分辨，哼哼，谁敢保证赵云不是贼喊捉贼？大舅子才兼文雅，学比山成，他来当城主才是万众所归！我要是抢了他的饭碗，只怕要被人吐得满脸口水。

那我应该为他做些什么呢？我看安玛城肯定待不长久，不如趁早跟素素远走高飞。

清晨时分，空林幽静。

颜风听见楼外传出竹哨之声，一长三短，婉转悠长，与桑横平时吹奏的音符大不相同。

他见案几上摆着收拾好的包袱，竹哨声也越来越远，猛然醒悟，今日正是离别之时，桑横有意要送我一程。

颜风喜不自禁，紧随着竹叶啸声往翠竹林穿行而去，脑子里熟记着九星阵法的方位，脚踏五行，眼观八门，一路上果然通畅无阻。

他心里暗叫惭愧，鬼竹林的凶险之处实在难以估计，虽然我已熟记阵法，但若没有桑横的哨声引路，依然会晕头转向。唉，幸好安玛城固守一方，有西岭雪山这道天然屏障，否则也难逃战火侵袭。

雾遮竹影，耳边沙沙风响，颜风走了一个多时辰，忽见前方山谷一片苍茫，箭竹丛渐隐山崖，显然已到了尽头。

他四处张望，不见桑横身影，心里反而有一丝惆怅，今日一别，不知何时再能与大舅子相见……他鼻子一酸，朝着翠竹林躬身行礼，沉吟一声“珍重”，转身大步离去。

山道尽头出现了一处宽阔的丘原，林深静谧，空气清朗，碧绿的蕨草一望无际，四处飘荡着浓浓芳香。

颜风见眼前的景象与连云叠嶂的西岭雪山大不相同，心里悲喜交加，素素啊，我终于是熬出头了，恨不得插上翅膀立即飞到你身旁！你此刻有没有在想我？我有好多话儿要跟你说呢。

远处的云雾之中，依稀出现城墙的轮廓，连绵如群山相接，空旷的丘原上聚集了一堆堆牛羊，牧人骑在马上扬鞭吆喝，山坡上几个孩童正在追逐嬉戏，看见陌生人远远走来，一哄而散。

颜风仰望苍穹，深深吸上一口清新的空气，闭目感受青草芳香，仿佛看见素素张开双臂，热情地朝他飞奔而来，心里顿时舒畅无比。

安玛城地处平原，北与西域戎胡接壤，东与成都相望，四邻皆为羌邦族民，互不侵犯。当年羌王姜安阳重耕富民，独居一方，遭东周七雄之一的秦昭王兵围巴蜀，遂领族人三万，由榆水迁入了安玛。

羌族源流分支甚多，唯有安玛部落以蜀自称，族人常穿青衣，故名青衣羌。

颜风进城之后，但见蓬门荜户，巷道纵横交错，两边的店铺皆是依坡而筑，垒石为室。整座石墙与屋顶分隔三层，底部圈养牲畜，堆放杂物，登上台阶才是居家的厅堂，而顶层小楼竖立着一块巨石，以麻绳缠绕相连，似乎用来供奉神明。

路边时有羌民行乞，面黄肌瘦，衣不遮体。他们在寒风中瑟瑟发抖，手中举捧石碗，围着颜风咿咿呀呀叫个不停。颜风心有不忍，从包袱中摸出几枚钱币，塞入羌民手心。羌民们面露喜色，慌忙朝着颜风伏地叩头，口中呼一声“哦哩呐依”，随即拜望屋顶白石，久久不愿起身。

颜风暗想，瞧他们屋宅的格局，正是俗人在牲畜之上，神明在人之上，想不到古蜀羌人也安贫守道，常怀敬畏之心。

此时，远处市集传来呵责叫骂之声，只见街道上出现一座满载粮袋的马车，被数十名羌民团团围住，旁边的兵士正挥舞着枪戟，惊慌失措地逼退人群。

岂料其中一人的长枪不小心戳中了羌民的大腿，顿时血流如注，哀号不止。这一举动就像是捅了马蜂窝一样，羌民们一拥而上，仿佛饿疯的凶狼，纷纷爬上粮车哄抢米袋。

几个衣衫褴褛的妇人手里捧着盆碗，争先恐后地跟在男人身后，拼命地往上挤，哪知粮车不堪重负，车辕“咔嚓”一声断裂，整个马车猝然坍塌！

眼看庞大的车厢即将碾过一名妇人的身子，路边忽然闪出一人，侧步转身，一把抓住了急坠而下的车辕，奋力弯腰，立即将倾倒的粮车顶住。

“哎哎？你们倒是救人啊，扛，扛不住！”

来人穿着一身紫白相间的锦衣，腰缠豹纹玉带，身姿英武，凤眼生威。他此时扎着马步，肩扛车厢，忍不住哇哇大叫，一张脸儿已涨得通红。

周围几个壮汉吓出一身冷汗，慌忙围拢上来，七手八脚地托住侧翻的粮车，将妇人拖出了泥坑。

羌民们迁怒兵士无理，欲冲上前去围殴，锦衣人慌忙阻拦，额前大汗淋漓："诸位！诸位听我说！此次新津城借出的粮食当然是为了救济安玛城的百姓，留着给大伙儿过冬的，若是你们闭着眼睛抢他一袋，其他族人可有活路？万一闹出了人命，不仅姜族长颜面尽失，裴公以后还敢给你们送粮送衣吗？"

众人一听，躁动渐渐平息，人群中有人大喊："既然这几车粮食本来就是分给百姓的，早领晚领不是一样的道理！"

"若是分派民粮，自有安玛城的人做主。可是新津城借出的是军粮，没有姜族长的应许，谁敢胡来……"锦衣人面露微笑，取出一块绢帕擦拭脖子上的汗珠，又低头揉了揉大拇指，神态优雅。

他右掌的拇指上套着一枚银质指环，光泽黯淡，小巧精致，不像是寻常的首饰。

"你放什么屁哩！"人群中有人破口大骂，摩拳擦掌。

颜风微微一怔，原来是新津城的汉军送粮，半路上居然遭遇羌民哄抢。我看此人武功平平，颇有几分豪气，瞧他的穿着打扮不像普通人家，羌民可不能惹祸，两边要是真的打了起来，我得想办法制止才行。

"虽然咱们不知道老族长什么时候派粮，但他怎能不顾百姓死活？这事大伙儿得商量商量。"

"是啊，抢夺军粮可是重罪……"

"哼，那依你的意思，先饿死几个再说？"

"我什么时候说的？你莫要血口喷人啊！"

羌民们饿得头昏眼花，抢也不是，走也不是，自己人已经开始内讧了。几个年长的族人觉得锦衣人的话有些道理，抢夺军粮是重罪，是要砍脑袋的。他们偷偷地往后退了出去，眼睛盯着散落在地的米袋，长吁短叹，左右为难。

"官爷，我求求你救救我孩子！求求你，只赏一口米汤就行！"路旁的妇人突然扑通跪倒，泪如雨下。

只见她怀中抱着一名呼吸微弱的孩童，饿得只剩皮包骨，缓缓睁开眼睛，伸出一只瘦小如柴的手臂，轻抚着母亲的鬓发。妇人号啕大哭，俯在碎石地上咚咚磕头，顾不得满脸的鲜血，只盼着孩儿莫要断气。

颜风不禁动容，如果生于乱世是人为之祸，那饥荒便不是天灾！为了素素，我不能置之不理，我也总该为桑横做些什么。

他当机立断，迅速挤进人群，突然弯腰抓起地上一袋黍米，大步踏上路边店铺的台阶，往桌子上一抛，负手而立，神色淡定："诸位叔伯不必惊慌，听我说几句。"

众人不知他是从哪里冒出来的，皆是满眼诧异。

锦衣人疑惑地打量颜风，一眼便瞧见了紫卿刀，目中精芒忽闪："阁下有何良策？"

"嘿嘿，管它是军粮还是民粮，大伙儿填饱了肚子才是正经事，等族长大人派粮，天都亮了。这袋米是我抢的，与在场的任何人都没有关系。"颜风摸了摸衣袋，掏出一枚铜币，转身冲着铺里的伙计大喊，"伙计！烦请你煮上一锅米粥，每人一碗，见者有份，一切后果由我一人承担！"

街上围观的羌民面面相觑，惊掉了下巴。

旁边看热闹的伙计吓得魂飞魄散，摆手大喊："哎哟使不得！我，我哪里做得了主啊？！"

颜风翻了个白眼，上前一把扯住伙计的衣领："我就不信了，吃他一袋黍米，触犯了什么王法？老子可不管什么狗屁规矩！厨灶在哪里？我亲自下厨煮饭！"

伙计双腿发软，哭丧着脸苦苦地哀求："大侠开恩呐！您还是去别处看看吧，莫要难为小的啊！"

锦衣人叹了口气，好言相劝："兄弟胆识过人，实在令人钦佩。只是如今疫病四起，各地都在闹饥荒，莫说一袋粗粮黍米啊，羌民们连一口马奶都喝不上了！你要是再搞出事端岂不是雪上加霜吗……戈布将军向来铁律如山，违律者轻者鞭刑，重者砍头！你还是饶了他们吧，羌民们哪里受得了这份罪？"

"什么罪？眼睁睁地看着百姓饿死，部族首领们就心安理得了吗？我瞧你有些侠义心肠，怎么竟如此胆小怕事？我这招叫作'生米煮成熟饭'，戈布将军要是问罪，你们算我头上便是！"

锦衣人皱了皱眉头，不知如何反驳。

他似乎对颜风的身份大感好奇，低头沉思之时，衣袖轻轻一摆，示意车前的兵士莫要轻举妄动。

众人见少年英雄说得义正词严，顿时欢欣鼓舞，掌声如雷。几位妇人眼泪汪汪，纷纷跪倒在地，朝着颜风叩首泣喊："小英雄真是救苦救难的天神下凡啊！"

颜风大笑，拎着伙计的衣领，强行拖进石屋后厨，劈柴生火，煮起一锅满满的米粥。

此时，路边出现了一名头盘布帕的小姑娘，帕如青瓦垂额，织绣几朵艳丽的杜鹃花，耳边两只银制的坠环在鬓边左右晃荡，一双大眼睛滴溜溜地盯着锦衣人瞧了半天，时而蹙眉沉思，时而抿嘴浅笑。

她脸颊上泛起红潮，忽然招手轻唤："二爷！你过来一下。"

锦衣人闻声回首，喜形于色，快步走到小姑娘身边，躬身行礼，满脸笑容："雅朵姑娘何事吩咐？"

小姑娘不但名字好听，笑声更是婉转动人："咯咯，你家哥哥到处找不见二爷，正急得满头大汗哩。"

锦衣人摇头叹道："我好心陪他来安玛城提亲，难道还要教他怎么去讨好郡主？又不是我找媳妇！"

"这话说得不错，我也不知哪家的姑娘才能让二爷动心……"雅朵神态忸怩。

"自从认识雅朵姑娘之后，我才明白什么叫作趣味相投，忙里偷闲想着能跟你说说话儿，哪里还动得了凡心？"锦衣人油腔滑调，一番话说得如糖似蜜，倒像是见惯了风月的老江湖。

雅朵一个转身捂住了发烫的脸蛋，颤动粉颈笑出了声，就像是小鸡啄米。

颜风坐在店铺的台阶上，接过伙计端来的米粥，赶紧扶起磕头拜谢的妇人，悉心喂食怀中奄奄一息的孩童。羌民们纷纷称赞颜风的善举，感激涕零，而站在马车前的数名汉兵眼巴巴地望着锦衣人，谁也不敢自作主张。

此时他听到二人在街角对话，不免大感意外，此人居然敢跑来安玛城提亲，难道素素以为再也等不到我了？不行！我得赶紧找到素素，免得被人捷足先登。

他走到锦衣人身前，揖礼道谢："在下'抢'走一袋军粮，耽误了先生的正事，心里过意不去。还望先生秉持公道，不要为难羌民。"

锦衣人瞧着路边相拥欢呼的羌民，目光流转，正色地道："国以民为根，民以食为命，兄弟此举算不得罪过，我只是担心羌民们从恶如崩，野性难驯，真正头疼的是老城主。"

颜风一腔赤子之心，忍受不了百姓的痛楚，更见不得孩童遭罪，哪里会想到高处不胜寒的苦恼？此时听锦衣人一言，茅塞顿开，心里增添了几分敬重，抱拳道："先生深明大义，实具逸群之才！还未请教高姓大名？"

锦衣人客气回礼："姓裴名敬，家中排行老二。"

第二十五章：后生可畏

裴敬？

颜风暗吃一惊，想不到新津城派兵送粮，领头之人竟是裴府的二公子！他主动送粮上门，大献殷勤，明面上是赈灾救民，其实是为了提亲而来，老城主碍于情面，恐怕很难推辞了。哎？这招使得不错啊！

他记起宝兴布行换上的一身华丽衣裳，正是裴二爷定制的衣袍，心里便有些得意，嘿嘿，我与他确实身材相近，早知如此，我应该在翠竹林将破旧的衣袍缝补一番，当面归还，跟他说声陈掌柜手艺不错，以后再添新衣，给兄弟我也留上几件。

“原来是裴将军家的二公子，失敬失敬。”

“你认识家父？”

“在下素闻辅汉将军骁勇善战，乃蜀汉之栋梁也！今日亲眼所见裴兄力扛粮车的英姿，果真是虎父无犬子！”

裴敬开怀大笑：“哈哈！我没有料到自己有这般大的神力，兄弟休要取笑！”

颜风轻叹一声，正色地道：“抢粮一事实属无奈，我总不能眼睁睁地见人饿死街头，裴兄多多担待。正所谓不知者不罪，我初到安玛城，当然不懂此地的规矩，在下愿意承担一切后果。只不过，若是姜城主连一袋米都舍不得，未免太令人失望……”

“哎？你是什么东西？竟敢诋毁我家主人！”雅朵姑娘满脸不悦，一双大眼睛骨碌碌地转动几下，警惕地瞅了瞅紫卿刀。

“呵呵，在下姓昊名源，北方晋阳人氏，算不上什么东西。烦请姑娘告知郡主，就说在下痴心不改，千里迢迢赶到西蜀，便是要来向她提亲！”

颜风眉角一扬，故意借用了师父的名号来掩饰身份，心想别人能提亲，我当然也可以。裴府公子远道而来，我且礼让他三分，要是死皮赖脸，我也只好跟郡主私奔啦！

“昊兄弟也是来提亲的？不知是晋阳府哪一位贵人？”

裴敬怔住，一时半刻也猜不出颜风的来历。

雅朵蛾眉微蹙，将颜风从头到脚又打量了一遍，面带讥讽之色：“哎哟，你是癞蛤蟆想吃天鹅肉吗？我家郡主千金之体，没看出来你哪一点配得上她。”

裴敬剑眉一拧，有意无意地瞪了雅朵一眼，歉意地道：“小姑娘口无遮拦，昊兄弟莫要见怪。我奉家父之命送粮救灾，顺道陪我大哥裴川向姜老族长商议提亲一事，成与不成，谁也预料不到。兄弟若是不嫌弃，不如随我一同前往羌塘寨拜见老族长，听到什么闲言碎语，就说抢粮疑犯已不知去向，记不住此人的长相。”

“怎么好意思麻烦裴兄……”颜风心里窃喜。

裴敬将雅朵拉到一旁，拽着她的小手轻声嘀咕几句，言语之间尽显温柔，说得小姑娘心花怒放，满脸羞涩。

颜风鼻孔朝天，假装没有看见。心想这小丫头胆子不小，瞧他二人卿卿我我的模样，倒像是一对知心爱人。不过话说回来，裴二爷魅力非凡，长得一表人才，小姑娘又怎能抵挡他的甜言蜜语呢？我要是女孩子，肯定也是春心荡漾。

嗯，裴敬原是心思缜密之人，熟谙羌人的规矩，他想相助大哥迎娶嫂嫂进门，必先搞定郡主身边的丫鬟，哈哈，这也是合情合理！只不过碰到我颜风，算是你裴家没有福气。

裴敬哄住小姑娘，吩咐手下赶紧搬运散落的粮食，恭谨地将几位长者请到一旁，千叮万嘱让羌民们藏好剩余的半袋黍米，切莫到处宣扬。

羌民们获悉官爷的身份，心里又惊又喜，啊，今日多亏了有裴家二爷在场，大伙儿才能保住脑袋！西蜀有大邑赵云、新津裴家坐镇，百姓们总算有个念想了，往后定能过上安安稳稳的日子。

众人俯首帖耳，唯命是从，大街上的人群也渐渐散去，走在半路遇见街坊邻居询问，皆是缄口不语，一问三不知。

颜风随着裴二爷出了市集，远远望见一处地势险要的高坡，石墙耸立。坡下城河密布，墙内石屋遍地，东南西北砌筑四道石桥，通往高坡上的城寨，十余丈的碉楼拔地而起，就像是俯瞰大地的巨型石神，雄伟壮阔，气势非凡。

石桥三尺多宽，桥下水流湍急。

两名狼甲兵见过桥之人是雅姑娘与裴二爷，手中弯斧贴胸，施礼放行。

颜风生怕守卫去过鹤鸣山，认出他的模样，便佯装裴府的侍从，低头紧随二人身后。进了羌塘营寨，狼甲兵将客人请进大帐，小声示意颜风入席墙角案桌。

大帐之内灯火辉煌，只见数名羌族的女子正在翩翩起舞，身姿婀娜，衣袂飘飘。她们身上穿着宽袖的青色绫罗，腰束挑花织带，足挽绣花绸鞋，衣领上一排银饰环扣发出悦耳的乐声，恍如仙子拨弄琴音，亦扬亦挫，婉转激昂。

“裴敬贤侄，你觉得我羌人的舞技如何？”

堂前传来爽朗的笑声，一名紫袍老者正襟危坐，满脸虬髯，孔武有力，手中握着一只白玉精雕的酒碗，高踞石榻，声若洪钟。

裴敬此时正与邻桌耳语，闻声一怔，躬身揖礼：“羌人能歌善舞，民俗古朴，素来尊崇巴蜀遗风，小侄也曾见识过汉宫舞柳之技，唯有青衣羌舞真正与音韵融合，令人陶醉其中。”

“哈哈！贤侄言之有理。你川哥哥若是学得你三分才识，我就十分喜欢。”紫袍老者哈哈大笑。

邻桌一位体态臃肿的中年男人扭了扭脖子，满面通红，不知该如何反驳，勉强接了一句：“姜城主教训得对。小侄对诗词歌赋一窍不通，哪里比得过我二弟……”

颜风又惊又喜，原来他就是我的老丈人姜啓？

真是闻名不如见面，果然是威势不凡啊！只是他身为一城之主，居然当众奚落客人，说起话来一点不留情面，我可要小心留神，不要被他绕了进去。

他左右四顾，见帐厅之上坐着数位安玛城的叔伯长辈，正在谈笑风生，相互劝酒，唯独不见班黥戈布的身影。

素素，我应该去哪里找你呢？

颜风对羌塘寨内的地形一无所知，当然不敢轻举妄动，可是偏偏又牵挂着姜无素，如坐针毡，心神不宁。

裴敬面露笑容，意味深长地道：“家兄自小沉迷于武艺，学的是保家卫国的本领，自然做不得附庸风雅之事。为人子弟当守厚朴之实，以家兄的兵法造诣，新津城只怕再难找出第二个人来。若是郡主抱怨他词艺荒芜，不懂风情，小侄大可以劝导一番，保管他改头换面，让老城主称心如意！”

裴二爷一番话明贬实褒，看似在巴结姜城主，其实是提醒身旁的裴川，被人瞧不起不算丢脸，有则改之，无则加勉，同袍兄弟之间没有扛不下的难事。

“阿弥陀佛，老僧倒觉得裴二爷更适合做姜老的女婿。”

右首说话之人是个面容憔悴的老和尚，一颗脑袋油光锃亮，素淡的眉弓白净细腻，好像天生就长不出眉毛一样，在灯光下熠熠生辉。他语气低沉，态度懒散，看似对眼前的事物无动于衷，但是那一双小眼睛却炯炯有神，眼帘忽睁，精芒四射。

颜风心想裴擒虎两个儿子，性格相差不是一丁半点，猪虎同圈，一目了然。以裴川这种体形，素素肯定看不上的吧？但是裴敬就有些高深莫测了，老丈人对他赞赏有加，说不定脑子一发热，果真信了老和尚的话。

哎？这老和尚是什么来头？

颜风斜眼张望，不见雅朵姑娘，心里暗暗打定主意，哼哼，臭和尚胆敢坏我好事，我半夜就给他套上个布袋子，扔进护城河里去。

长辈们附耳交谈，小声议论，似乎对老和尚的提议表示赞同，裴二爷博古通今，才思敏捷，好像与素素更相配一些。只是素素的婚姻大事他们可做不了主，纷纷扭头望向姜首领。

姜啓放下手中的白玉碗，眯起眼睛沉思片刻，抚须颔首：“嗯，神僧言之有理……”

“狗屁不通！”颜风脸色一沉，再也按捺不住，拍案大喊一声，“出家人不是四大皆空的吗，怎么可以信口雌黄，妄断姻缘？你是哪家寺观的野和尚，害不害臊？！”

老和尚怔住，目中两道精芒在颜风身上扫来扫去，皱眉道：“小施主误会了，老僧与姜老城主相识多年，素素也算是我的侄女。我以长辈的身份关注侄女的终身大事，何错之有？”

姜啓心思暗涌，怎么裴府这次送粮是项庄舞剑，意在素素？连小小的侍卫也敢出言顶撞，像是有备而来。裴擒虎决意与我安玛城联姻，我若是不接受他的聘礼，莫非便要兵临城下，与我羌人翻脸？

“这位小兄弟是……”姜啓抚须微笑，怡然自若。

“得罪，得罪！”裴敬扭头瞪了颜风一眼，示意他注意场合，“昊兄弟不可无理，玄嗔大师乃雾中山大光明寺得道神僧，不但武功盖世，而且医术高明，此番应赵云将军之邀，专程来安玛城察访病气灾情。”

玄嗔？仙道神僧？

颜风头皮一麻，好家伙！想不到在安玛城又遇见一位蜀中绝顶！我还想着半夜给他套上布袋子，险些自取其辱。

玄嗔轻叹道：“裴二爷见笑了，老僧的医术高明不到哪去。这场病灾乃是阴阳失位，寒暑错时所致，来年春暖花开之时，自会缓解许多。”

“哈哈！你我已有多年未见了吧？今日小弟借花献佛，当敬老和尚一杯。”裴敬举杯邀酒，赶紧将话题岔开。

“长史府一别，甚是挂念。听闻曹操颁布了《举贤勿拘品行令》，凡有一技之长者，不拘品行，皆可推举，我以为裴二爷毛遂自荐，要去北方苦研治国用兵之法了，料不到还是在新津城里享福……”玄嗔举杯浅呷一口，回首笑道，“安玛城的挏马酒，别有一番风味，多谢老城主的款待。”

颜风并没有喝出酒中的“别有一番风味”，只是二人的对话却让他大惑不解。

他听出玄嗔话中有话，暗藏冷嘲热讽，明明都是安玛城的客人，何必针锋相对？转念一想，如果玄嗔是赵云这边的人，那就不难理解了，大邑与新津之间的宿怨，或许真的已到了无可挽回的地步。

“哈哈！可惜小弟胸无大志，当一天和尚就撞一天钟，求个平安自在！”裴敬被玄嗔奚落，并不生气，突然顶回去一句，话语之中暗藏机锋。

众人一听“和尚撞钟”，心知二人正在针锋相对，眼睛齐刷刷地望向玄嗔，不知老和尚会作出何种反应。

玄嗔淡淡一笑，道：“撞钟没什么不好吧？恪守清规，严己律人，算上半钟、小钟、朝夕寝食报时的话，也能撞响警世之钟了。”

“说得好！”姜啓抚须大笑。

裴敬无缘无故被玄嗔教训了一顿，吃亏就吃亏在辈分上的差距，他此时牙痒难忍，转身举杯示好颜风，掩饰尴尬：“来来，昊兄弟没有喝过安玛城的美酒，哥哥敬你一杯。”

帐外闪入一名女侍，热情地上前斟酒，她身子侧过桌沿，衣袖中探出葱葱玉指，忽然在案桌上轻敲了两下。

颜风一怔，低头致谢之时，偷偷瞄上一眼。

却见雅朵姑娘青帕垂额，换了一身绣花刺绣的衣裳，表情似笑非笑，俯在颜风耳边轻声嘀咕："挏马酒烈得很，莫要贪杯哦，我的爷……"

她翻了翻眼皮子，走出了大帐。

旁人虽未察觉雅朵的动静，但是颜风浑身寒毛直竖，却是吓得不轻。他娘的，莫非这小妮子天生媚骨，喜欢勾三搭四？她情人就在眼前，居然敢当面调戏我？

颜风将杯中的挏马酒一饮而尽，忍不住赞叹一句："好酒！"

姜啓眯眼笑道："不错不错，好酒自当畅饮，看不惯的人也可痛骂！哈哈，小兄弟生性淳朴，倒有几分我羌人的风范。"

老城主似乎对颜风颇感兴趣，眼前这位年轻人连蜀中四大高手也敢骂，若不是胆识过人，就是脑子里缺了一根筋。但是像这种大巧若拙之人，不藏心机，反而更容易亲近。

裴敬目光闪烁，朗声道："不瞒姜城主，小侄的狐朋狗友数不胜数，只有这位昊兄弟与众不同。他此行的目的，正是为了向郡主提亲而来。便是这份志气，小侄已是心悦诚服。"

在场众人皆是大感意外，这人是不是疯了？

"阿弥陀佛。"玄嗔低吟一声，心下释然。

他刚才无缘无故被颜风骂了一顿，原以为是裴府的手下狐假虎威，想不到原来是年轻人一时心急，担心自己排不上提亲的队伍，当然会暴跳如雷。

颜风不知裴敬为何突然说起提亲一事，脸儿一红，硬着头皮道："常听人说姜郡主蕙心纨质，颇具倾国倾城之貌，在下原是半信半疑，得知裴大公子前往安玛城提亲，一时焦心如焚，不请自来，当真是惭愧得很。只不过，在下却有一个执念……门当户对虽然算不上，但我血性男儿无畏高山，不惧水深，凭一腔诚意斗胆向老城主提亲，不管胜负成败如何，都不枉此生。"

裴川脸色一变，大声怒喝："混账！是谁借你的胆子？！"

颜风这番话看似有些道理，但是裴川觉得逻辑不对，男儿的志气诚然可贵，若是人人学样都跑来安玛城提亲，那我算什么东西？你公然挑衅我裴家大少，出门之前，有没有撒一泡尿照照自己啊？

"裴川贤侄莫要动气，喝酒，喝酒！"姜啓哈哈大笑。

裴川怒形于色："二弟，他是哪里跑出来的？"

"咳，咳，你让我说句公道话……"裴敬担心大哥脾气上来，坏了气氛，连咳数声，手指头在拇指银环上转了几圈，赶紧用眼色示意裴川莫要乱了阵脚，"姜城主，诸位叔父。若是每个人都各抒己见，看法自然不同。羌汉两族的联姻本是喜事一桩，咱们先不谈门当户对，单论安玛城的荣辱之责，当以有能者胜之。小侄有个提议，不如就让昊兄弟与我大哥试一试文韬武略，胜负输赢各凭本事。就算后面再来十七八个提亲的好汉，谁也没有话说。”

裴川冷哼一声，斜视颜风，情绪渐缓。

他从小熟读兵法，擅使一杆黑缨镔铁长枪，颇具万夫不当之勇，随父镇守新津城多年，至今未逢敌手，便是飞龙营的少将军赵统与赵广，见他也要忌惮三分。站在他裴大少爷的角度，二弟这个主意当然可行。

“神僧意下如何？”姜啓含笑不语。

玄嗔面无表情，淡然处之：“既然裴二爷不徇私情，有心要提携外人，老僧当然没有异议。”

“郡主说，她不同意！”

帐外忽然传来一声呵斥，回音绕梁。

只见雅朵挑帘入帐，径自上前给老城主行礼，转过身来瞧了瞧颜风，又瞧了瞧裴川，郑重其事地道，“我家郡主要奴婢传个话，裴大少爷你可听仔细啦！她此生心有所属，不论是权势滔天的王族贵胄，还是富可敌国的翩翩公子，一个都瞧不上，只爱颜风一人！”

此言一出，满堂皆惊。

案桌上的酒杯哐当一声，大帐之内顿时鸦雀无声，姜啓摸了摸脑袋，一脸迷惑：“颜风是谁？”

“主人莫慌，奴婢替你问问。”雅朵眼珠子转了转，冲着颜风做了个鬼脸，“爷！你来跟主人解释解释，你是怎么认识郡主的？又是怎么逃出鬼竹林的？”

颜风惊喜万分，哎哟，素素早就知道我来了？她是几时瞧见的？原来她暗中让雅朵护着我，担心我不胜酒力，而我险些误会了小姑娘水性杨花，真是罪过，罪过。

“惭愧！不敢隐瞒诸位叔伯，在下正是颜风。此事说来话长，颜某路过大邑城之时，碰巧在田园村救起郡主，彼此一见倾心，互生爱慕之情。在下此番赶往安玛城，便是要来与素素相见……”

颜风眉飞色舞，欣然得意，心里却谨记着桑横的叮嘱，只字不提翠竹林禁地的遭遇，以免遭人嫉恨，多生事端。

“原来如此……”姜啓见颜风气宇不凡，一脸正气，心里生了几分好感。只不过雅朵说的“鬼竹林”三字，却令他吃惊不小，为何班黥戈布没有说过此事？

此时的裴敬神情一震，目光流转之际，惊呼出声：“原来你便是硬闯飞龙营，刀震鹤鸣山的颜风，颜少侠？英雄了得，英雄了得啊！”

“在下有难言之隐，裴兄勿怪。”颜风抱拳致歉。

“哈哈哈！说什么见外的话！裴某能认识颜兄弟这等少年英雄，脸上光彩得很！来来，这一杯酒非干不可！”裴敬大步过来，拉着颜风的手臂哈哈大笑，示意雅朵赶紧斟酒。

裴大少爷目光一凛，此番郡主心意已决，提亲一事只怕是彻底没戏了，他恍若失魂，举杯喝起了闷酒。

一旁的玄嗔面不改色，冷眼打量颜风，淡淡地道：“阿弥陀佛，老僧有几件事，倒想请教颜施主……”

“但说无妨。”

玄嗔点了点头，沉声道：“据我所知，田园村那晚发生的凶案，只有你和童啸波二人在场，为何颜施主平安无事，童六侠却下落不明？再者，赵云将军得知颜少侠寻友心切，不来与你一般见识，胸襟之宽阔，当属我辈楷模，可你反而以怨报德，拔刀行凶，这又是何故？”

第二十六章：情有独钟

“如果找不到童六侠，在下是不是难脱疑凶嫌疑？”

颜风脸色一变，这叫胸襟宽阔？那赵广命骑射营追我又算什么？要不是柳嫣半路来救，我早就跟你念阿弥陀佛了！

其实他完全可以指出当晚还有目击证人在场，只是他不想将柳嫣牵扯进来，也不愿意跟人解释。

玄嗔漠然道：“那也未必，素素可以为颜施主作证……”

颜风听出了玄嗔的话外之音，火气噌噌上脑：“那照神僧的意思，百姓们出门在外，每走一个地方，每做一件事儿，都不能独来独往了？必须得找人见证？而手握权势之人只要大旗一挥，便可占地为王？王侯将相，宁有种乎！”

玄嗔愕然，皱眉道：“颜施主此言差矣。自古称之王侯将相者，刘皇叔算得上当之无愧。他一心匡扶汉室，仁政爱民，岂是寻常草莽可比？”

颜风冷笑道：“所谓窃钩者诛，窃国者侯。倘若换成孙权、曹操来取益州，断然没有理由与蜀中百姓为敌，还不是照样男耕女织，丰衣足食？更何况安玛城独守一方，百姓们对‘匡扶汉室’好像也没什么兴趣。吃饱穿暖不是为了上阵杀敌，是想要一个安安稳稳的家园。如果玄嗔神僧认为天下之兴衰，应是人人有责，那和尚道士便不用修行了，时与君臣谋国，求一场轰轰烈烈的好事，定可名垂青史！”

“无稽之谈！”玄嗔脸色一沉，情绪有些激动，“出家之人不念尘事，但是护国之心不可无。老僧虽然年事已高，但也懂得一个道理，且不管谁人窃钩，谁人窃国，民心之根本仍然是国事为重！没有国哪里来的家？难道眼看着大好河山支零破碎，百姓流离失所，只顾得自己一口温饱吗？”

二人言语相驳，忽然将话题扯远，就像是一个萝卜对上了一个坑，尺寸刚刚合适，听得在场之人目瞪口呆，头冒冷汗。

姜啓见气氛不对，急忙举杯敬酒，打个圆场：“今日宴请诸位，是为了感谢赵、裴二位将军济困解危，救我羌民于水火，咱们就不谈国事了吧！”

裴敬目光闪烁，举杯与颜风对视一眼，脸上泛起异样的笑容。

新津城与大邑之间的关系，原是极其微妙。

在蜀中长辈的眼里，刘备都可以算作草民，颜风身为一介武夫，只会舞刀弄剑，又哪里会懂什么国家大事呢？但是裴敬万万没有想到，颜兄弟似乎对蜀汉心存不满，刚才那一番话反驳得合情合理，不免大感意外。

“阿弥陀佛。”玄嗔自觉失态，低头沉吟一句。

他身为西蜀高僧，当然没有理由跟年轻人怄气，索性闭口噤声，田园村凶案的疑点也就不愿再提。

雅朵姑娘知道颜风的身份之后，一改初见时的傲慢，笑嘻嘻地坐在颜风身旁斟酒夹菜，难掩喜悦之情。

颜风小声打趣：“咦？怎么没有天鹅肉吃？”

“爷，你可千万别跟郡主说我骂过你哦，她拧起胳膊疼得很……”

“嘿嘿，你去把素素喊来，我就饶了你。”

“哟，急什么哩？她在房里精心打扮还不是为了爷？光是一件衣裳，她就换了七遍！”雅朵挑了挑弯眉，不经意间偷偷地瞄了一眼裴敬，俏脸娇羞。

颜风翻了个白眼：“她怎么知道是我来了？”

雅朵狡黠一笑，道：“我跟郡主说，咱安玛城里来了个当街抢粮的小英雄，身上挂着一柄破刀，晃来晃去的真碍眼！她问我：是挂在左边还是右边哟？我说好像是个左撇子，挂在右边呢。她一听就知道是爷来啦，开心得不得了！”

颜风连饮数杯挏马酒，喜不自禁，与旁边唉声叹气正喝着闷酒的裴川相比，谁强谁弱，一览无遗。

“颜少侠！”姜啓的表情似笑非笑，举杯示意，“汉人有汉人的规矩，羌人当然也要讲规矩。虽说雏鹰长大了总有天空海阔的志向，但素素毕竟是安玛城的郡主。今日当着诸位兄弟朋友的面，我不妨坦诚相待，裴敬贤侄的提议正合我意，若是任凭女儿一句话，便要将安玛城的生死存亡寄托他人，未免太过草率。”

在场族人一听，觉得老城主句句在理。

虽然素素对颜风死心塌地，但是安玛城里还是老族长说了算，他既没有偏袒女儿，也没有欺负裴川，自然不会遭人诟病。

如今天下纷争，安玛与新津联姻才是最佳的生存策略，不仅加深了羌汉两族的和睦，还能与裴府互利互惠，于乱世之中找到一方强力的后援。而颜风只是一个四海为家的浪子，若是由他来做驸马爷，又能为安玛城做些什么呢？

众人开始窃窃私语，朝着桌旁的颜风指指点点，满心疑虑。

“晚辈遵从老城主的决定，绝无异议。”颜风面不改色，躬身行礼。

他心里其实早有准备，行走江湖当以理服人，翠竹林的“九星阵”原是机缘巧合，算不得服众的借口。如果想让族中的长辈们认可他这个驸马爷，唯有当机立断，先将新津城的裴大少“杀”回去再说，不必惺惺作态，侮辱斯文。

“好！有种！”裴川闻言大喜，掷杯起身，大步走到帐厅之上，“颜少侠是要比试临阵杀敌的兵器，还是拳脚上的功夫？”

别看他长得肥头大耳，脚步却是相当稳健，目中射出两道阴森森的寒芒，仿佛半路上拦住了一个欠钱未还的仇人。

颜风抱拳笑道：“在下不懂行军打仗，也不是嗜杀成性之人，拳脚上点到即可，莫要伤了和气。”

大帐之内遽然哗啦啦一片声响，只见数名族人精神抖擞，纷纷移桌后退，期待一场好戏。

青衣羌迁居安玛城之后，因受地势影响，并没有沿袭安阳王的重耕传统，而是以游牧为主，农耕为辅，日子虽然稳定，但是最怕冬天。

每逢冬天，田园耕地常常颗粒无收，可他们又舍不得杀牛宰羊，一旦断了口粮，只能四处乞讨，饿殍满道。

而狼甲勇士当然要备足粮食，以应对战事。他们天性好战，崇尚武治，每年的阿比塔祭山会上，班黥戈布便会带领部下分列布阵，相互厮杀。胜利一方欢呼庆祝，争的是一份荣誉，而败者心有不甘，常常日夜勤学苦练，盼着来年一洗耻辱。

族人们见颜风不但敢骂玄嗔神僧，也敢挑战裴府大少，不失少年勇士的气概，心里便添了几分好感。

“且慢！”一旁的裴敬瞧了一眼颜风腰间的紫卿刀，似乎心有顾忌，“拳脚无眼，不可儿戏。小侄觉得……嗯，应该先征求一下姜郡主的意见才对。”

关于颜风私闯飞龙营一事，新津城里传闻甚多，无论是什么版本的故事，刀劈赵云的精彩场面绝对假不了。以裴川的身手来说，除非二人在马上较量，尚有几分赢面，如果他相信颜风嘴里这个“点到即可”，那肯定是输定了。

而且指气御刀这种奇功，裴敬并没有亲眼所见，所以他无法判断颜风的出手会有多重。此次送粮提亲本是天大的好事，万一他扛着大哥的尸首回去，那老父亲估计得气个半死。

“无妨，无妨，先打了再说！”

姜啓急得挠头抓耳，心想老子不过是想先摸摸姓颜的底细而已，让素素知道了还能打得起来？拜托你裴家老二，莫要坏我好事行不行！

在场族人哗声四起，七嘴八舌地开始评论二人的实力，有人对颜风颇感兴趣，但是站队裴川的也不在少数。其中一人侧转案桌，虚心请教玄嗔。

哪知老和尚眉弓一扬，半睁眼眸，淡淡说了一句：“呵呵，莫要小看了裴大少，他可不是省油的灯……不过以老僧之见，其实胜负已成定局。”

“哦？神僧有何高见？”族人茫然不解。

玄嗔轻叹一声，道：“因为老城主不一定打得过素素。”

族人呆愣半晌，随即恍然大悟，冤家路窄“娇”者胜，老父亲怎么斗得过会撒娇的女儿。

裴川此时挽起袖子，扎了个威风凛凛的马步，正冷眼逼视颜风，忽见帐门大开，一位身穿绣花青衣的绝色女子挑帘而入，云袖轻摆，透着巫山云雾般的缥缈，风拂鬓丝，犹如碧水湖上一片柔纱起舞。

但见她纤细的柳腰盈盈可握，款款碎步，尽显玲珑有致的身姿，瞧得裴川两眼发直，满头暴汗，半蹲的马步再也迈不出去，形同老树盘根一般，当场僵滞。

颜风见他神情有异，猛一回头。

四目相对，万籁俱寂，颜风痴望着眼前朝思暮想的爱人，只觉得鼻子酸麻难忍，一个箭步冲过去，紧紧地抓住姜无素的手臂。

“颜哥儿！我以为再也见不到你了！”

姜无素扑倒在颜风怀中，急切地撩起他的衣袖，瞧见系在爱人手腕上的花扣绳结，霎时之间心潮澎湃，“哇”的一声，掩面大哭，晶莹的泪水宛如断线的珍珠，沾湿了爱人的衣裳。

“嘿嘿，我不是在你身边吗……我每时每刻也都在想你……”颜风轻拭姜无素脸颊上的泪水，柔声安慰。

雅朵见郡主哭得肝肠寸断，犹如梨花带雨，不禁挑了挑眼眉，心想我也盼着能跟心爱的人儿搂搂抱抱哩，可是人家不一定会喜欢哟！就算我有郡主这样的勇气，也不见得有她这样的命。

她咬了咬嘴唇，又偷偷地瞥了裴敬一眼，心里不是个滋味。

姜无素搂着颜风的脖子，哭声渐止，惊觉周围的叔伯们正翻着白眼，注视二人半天了，顿时面红耳赤，慌忙登堂行礼：“阿爹，叔伯！素素擅作主张，与颜哥儿私订终身，不是要故意隐瞒，而是戈布叔叔再三叮嘱，只要没有人知道颜哥儿的去处，劫粮的恶人便不敢胡来。女儿心想，就等他……等他来了安玛城之后，再跟阿爹说……”

姜啓吹胡子瞪眼，哼的一声：“你狼叔叔说话比我好使！”

“阿爹！你讲不讲理哟？”姜无素跺了跺脚，娇声道，“戈布叔叔为了给族叔报仇，剿了蜀地不少贼窝，先不说他为民除害吧，谁都知道他是一心向着女儿的呀！阿叔不辞辛苦，到处去寻找童六侠的下落，就是为了让颜哥儿有个交代，女儿哪里做得了主！”

颜风又惊又奇，班黥戈布如此卖力，莫非已默认了我这个侄女婿？嘿嘿，看来我以后撞见他，也得改口唤一声狼叔叔了。

姜啓抚须沉思，心想颜风能活着从鬼竹禁地走出来，一定是学成了桑横的“九星阵法”，而想知道此事的来龙去脉，也不必急于一时，等亲口问过了班黥戈布，自然水落石出。

“好！我不来跟你啰唆！汉人有句俗语，男大当婚，女大当嫁，羌汉联姻一事，咱们可先说好喽！一碗水总得端平对不对？只要颜少侠有本事劝退提亲之人，你老爹我一句屁话没有！”

裴川此时回过神来，顿觉奇耻大辱，怒声喝道：“颜风！裴家的声誉可不能毁于我手，今日若是不能与你分个胜负高低，愧对祖宗！”

他转身大步往帐外走去，心里恨得牙痒难忍，他妈的，等老子取来镔铁缨枪，一枪戳死你个小兔崽子！

“裴大少请留步，小女子有话要说……”姜无素款款行礼，喊住客人。

裴川怒气未消，傲然道：“郡主有何指教？”

“如今蜀中遍地饥荒，劳烦二位裴爷亲自送粮救灾，素素心里甚为感激。既然我阿爹定了规矩，小女子不敢违逆，只有恳请裴大少您大人有大量，放过我颜哥儿一马，改日定当登门道谢，携父老乡亲，天天为裴老将军拜神祈愿，祝福他老人家福寿安康。”

姜无素这番话说得至诚至真，一双秋水明眸清澈似水，透着满心的期待。

裴川僵在原地，不知所措。

他此刻就算火气已烧到了头顶，也早被姜无素的诚意给压了回去，赶紧擦了擦额前的汗珠，瞅了一眼二弟。

裴敬展颜一笑，恭声道：“姜郡主咏絮之才，天下无双！既然郡主心有所属，我裴家也没有理由夺人所爱。而且我与颜兄弟一见如故，说不定正好遇见了贵人，从此以后，新津与安玛相敬如宾，情谊万年！”

“裴二爷好气魄！”

“哈哈！还是咱家侄女聪明，就她刚才那几句话，冰山也融化了。”

大帐之内的族人齐声叫好，举臂欢呼，一场剑拔弩张的比武，转眼间烟消云散。

裴川虽为长子，手握重兵，但在论聪明才智根本及不上二少，他此时无计可施，只得忍气吞声，铁青着脸拂袖而去。

姜无素赶紧给雅朵使了个眼色，小姑娘脸儿一红，走到裴敬身旁，殷切地给客人倒酒，无意中瞧见裴二爷火辣辣的眼神，忸怩而避，心头似小鹿乱撞。

颜风吐了一口冷气，如释重负，转向裴敬投去感激的目光。

他并没有畏惧裴大少的怒火，打架而已，用不着拼命。但他也深知安玛城与新津之间的利害关系，狼甲虽勇，难敌千军，曹操雄踞中原，觊觎天下，谁也预料不到魏兵何时南下，几时进犯成都？羌人唯有联合蜀汉，方能保住一方净土。

两家的联姻是首选，情谊万年当然也不错，族人们仿佛卸下了悬在心头的巨石，击节拍桌，其乐融融，开始大碗喝酒。

老城主扫视大帐一圈，见玄嗔老和尚眉头紧皱，一言不发，似乎在想着心事，诧异地问：“神僧在想些什么？”

玄嗔晃了晃脑袋，道：“阿弥陀佛，老僧刚才听素素提起，戈布将军正在寻找童六侠的下落，可有消息？”

田园村的命案至今未了，找不到童啸波的踪迹，飞龙营只怕百口莫辩，难辞其咎。玄嗔担心赵云将军得失一朝而荣辱千载，不免忧心忡忡，时刻关注着风吹草动。

姜啓眼珠子一瞪，骂骂咧咧地道：“田园村劫粮一案，摆明了就是杀我羌人，欲嫁祸他人！我怎么可能怀疑赵、裴二位将军？想我西蜀之地，北有魏曹虎视眈眈，而东面的孙吴也不是什么好鸟。他爷爷的！汉人向来阴险狡诈，这帮孙子完全有可能故意挑起羌汉的争端，好让咱们自家人打个头破血流，他们便可杯酒言欢，隔岸观虎斗！”

老城主这一声“他爷爷的”骂得咬牙切齿，将汉人贬得一文不值，玄嗔满脸尴尬，赶紧将话题引回来：“可是凶徒为何要掳走童六侠？老僧百思不解，始终想不通其中的道理……”

姜啓不以为然：“童六侠撞见了恶人行凶，自然要被杀人灭口。”

颜风此时正与爱人坐在桌旁亲昵交谈，恨不得将相思之苦一口气说完，忽然听到二人对话，竖耳留神，见老城主并没有说到重点，忍不住就插了一句：“我倒想起一个可能，假设田园村的凶案是安玛城附近的羌人所为……”

他心里一直记得酒胆卫季的推论，虽然无凭无据，但是他对卫老二的思路倒也认可，当晚的灭村惨案唯有素素一人逃生，谁也不敢确定，荒郊野外是不是埋伏着另一伙羌人。

“你说什么？！”

姜啓愀然作色，说话的嗓门极大。在场众人皆是一惊，碰出去的酒碗赶紧收了回来，噪声渐缓。

颜风沉声道：“晚辈以为，既然所有的线索都指向了死胡同，不如换个角度。若是羌人之中暗藏居心不良者，就算戈布将军找上十年，也是劳而无功。”

姜无素见阿爹神色有异，慌忙在酒桌下扯了扯颜哥儿的衣角，示意他莫要多话。

“你爷爷的！你怀疑是我羌人贼喊捉贼？！”姜啓精芒忽闪，满脸虬髯根根竖起。

第二十七章：石舫惊变

大帐之内肃然无声。

姜啓身为青衣羌的首领，励精图治，施行恤民之政，以三千狼甲兵，死守故土而存于乱世，几乎耗尽了他毕生的心血。

物竞天择，适者生存。姜啓所信奉的生存之道，便是犯我安玛城者，就算是以十敌一，也要与你拼个同归于尽！也正是因为羌人具备了忠诚与坚韧的狼性法则，才能保住家园，屹立于西蜀不败之地。

但是锱铢必较的汉人，似乎很难理解羌人的团结精神，就像姜啓也永远不可能相信，血浓于水的骨肉兄弟会做出同室操戈的恶行。

颜风见老城主愤然作色，心里有些发怵，下意识地握住了姜无素的手。

姜啓气呼呼地道："我丑话说在前头，谁敢侮蔑我青衣族人，莫怪我姜啓不讲情面！"

"晚辈不是这个意思……"颜风眉头一皱，似乎想出言反驳，话到嘴边突然咽了回去，脸色深沉，怏怏不乐。

一旁的裴敬瞧见颜兄弟的反应，心知肚明，这小子疾恶如仇，也是个心浮气盛的性子，他连刀劈赵云，力敌太清这样的事都做得出来，顶撞老丈人简直就是小菜一碟。

"姜城主请息怒。青衣羌人的同心同德就像安玛城的城墙一样牢固，世人有目共睹。颜兄弟的意思是说羌人分布极广，部族繁多，只要其中有一人与曹操沆瀣一气，此事都有可能发生。"

众人见裴家二爷出言相劝，心里缓了一口气。

不管怎么样，裴敬这句话总是没有说错，羌人可以一致对外，但是部族里也有不懂事的人，一旦遭人蛊惑，难免会被曹操收买。

姜啓横眉扫视大帐，沉声道："汉人将我羌族视同蛮人，烧杀抢掠，无恶不作，咱们忍气吞声这么多年，无非是图个苟活于世的念想。先零羌之变历历在目，一辈子都不敢忘，我羌人有何理由去做那阋墙之争？！"

"老城主！你这话就不对了！"颜风倏然起身，义正词严。

唉！坐在他身旁的姜无素心里暗叹了一声，举袖抚额，眼眸之中透着无可奈何的神情。

"你说我哪里不对？"

"晚辈以事论事，在咱们汉人眼里，天下百姓都是爹妈生的，我也从来没有觉得高人一等！老城主将族人所遭遇的苦难，全都怪罪在汉人头上，未免有失偏颇！"

姜啓紧握拳头，指节捏得"咔咔"直响："你可知当年那狗贼义渠安国，假借安抚之名，设计诛杀羌人首领四十余名，大肆诬陷我羌族同胞造反，滇零将军忍无可忍，召集四方羌人起兵反抗。将士们伐木成矛，负案为盾，凭着胸口一腔热血才活到今天！我想问一问颜少侠，先零羌之变，到底是谁的过错呢？无论是非成败，杀戮原是为了抗争，我也想让汉人见识见识蛮族的团结与激愤，这何尝不是我羌人的荣耀！"

"是非虽难辨，公道在人心，我只知世间皆有不平之事，若是都要以杀人泄愤，人与禽兽也没有什么分别。"颜风据理力争，完全不赞同姜啓的观点。

"好小子！"姜啓拍案而起，怒目圆睁，口中吐出一口浊气，"狗急了都会跳墙，你的意思是说我羌人猪狗不如？！"

"晚辈所说的话语之中，没有'猪'字，也没有'狗'字，你这是凭空捏造，恶意曲解他人的话意！请问老城主，若是此刻你我二人大打出手，到底是谁的过错呢？是汉人与羌人的存亡之事，还是个人的恩怨私事？"

颜风学着姜啓刚才问话的语气，神情不亢不卑。

姜啓错愕半晌，顿时哑口无言。

正如颜风所说，田园村命案的真正疑点，究竟是因为汉人仇视羌人而引起，还是个人的别有用心呢？在真相没有大白之前，所有的推论都是瞎想盲猜。

汉人作恶也好，羌人捣乱也罢，唯有找准方向，才能水落石出。

就算颜风与老城主大打出手，那也是私人恩怨，不可能演变成汉人与羌人的仇恨。

姜啓强忍怒气，缓缓调整呼吸。

他对眼前这位来自翠竹林的“姑爷”颇有好感，也相信女儿的慧眼识英雄。嗯，年轻人的狂妄自大稀松平常，敢跟我顶嘴又有什么关系？只要他对素素是一片真心，至死不渝，即便是两耳不闻窗外事的蠢货，我也不来与你计较。

“好小子，果然有种！哈哈哈！”

姜啓想通了其中的道理，只觉得浑身舒坦，忍不住哈哈大笑。

在场族人你望着我，我望着你，皆是满脸讶色。

他们深知大族长的脾气，行事向来果断，常挂嘴边的只有一句“天下英雄何止千万？但是铮铮不屈的好汉一个都没有”，为何今日突然变得喜怒无常？他到底是开心，还是愤怒？

再看颜风昂首挺胸的模样，一脸的正气凛然，性子一上来连老丈人也照骂不误，这般桀骜不驯的年轻人，倒也少见。

一旁的雅朵半举酒壶，瞠目结舌，心想郡主说的一点都没错哟，爷这倔脾气货真价实！他敢当街抢粮，自然也能跟主人顶嘴，完全没有悬念。

正在此时，帐外一名狼甲武士急匆匆进来，缩着脖子步入上座，俯身在老城主耳边嘀咕几句。

姜啓歪了歪脑袋，脸上露出难以置信的表情：“你说什么？有人当街抢粮煮饭？”

狼甲武士不敢隐瞒，支支吾吾地道：“属下正在敖仓营清点库粮，瞧见巴尔穆将军抓了不少人，跑去一问……说是抓了麻瓦街上私藏军粮的乱……乱民。听说他们是受汉人怂恿，主使之人尚未找到。”

“岂有此理！叫小貂把人都给我放了！”姜啓愤而起身，踱步桌前摇头晃脑，表情极其严肃。

族人们面面相觑，均想不妙。

今日酒宴之上已是步步惊心，而老城主对颜风是何种态度，很难预料，一旦翁婿二人撕破了脸，搞不好就上演了父女之争。哪知道现在又发生了羌民抢粮的丑事，这叫旧伤未愈，又添新伤，换谁都要头痛。

“好！我就亲自去一趟敖仓营，让颜少侠猜一猜，此事究竟是咱们安玛城的私人恩怨，还是汉人的别有用心！”

姜啓深思熟虑之后，径自走到了玄嗔的桌前，听不清二人在商议什么，脸上露着古怪的笑容。

裴敬目光闪烁，有意无意与颜风对视一眼，示意他莫要急躁，麻瓦街一事有他裴二爷顶着，定能高枕无忧。

等老城主转身与神僧出了大帐，族人们终于松了口气，纷纷离桌向颜风敬酒，问长问短，大赞颜风气度不凡。甚至连他父母是否健在，家中排行老几也倍加关心，非要给姑爷测一测生辰八字。

颜风当然不敢怠慢，向叔伯长辈们一一道谢，挏马酒一杯接一杯喝，脚步都有些站不稳了。一旁的姜无素围着酒桌转圈，奋力去抢夺叔伯们手中的酒碗，累得她手忙脚乱，香汗淋漓。

雅朵瞧见郡主姑爷抓耳挠腮的窘态，咯咯笑出了声。

“呵呵，以颜兄弟的酒量，估计还能撑三碗。”裴敬斜眼微笑。

雅朵眨了眨眼睛，道：“二爷的酒量如何？”

裴敬悠悠轻叹：“唉，只要雅朵姑娘坐在身边，千杯都不会醉，但你若是不在，我哪里还喝得下去……”

雅朵的脸上霎时泛起一层红晕，眼中流露出莫名的惊喜，伴着一丝闪躲的张皇，似梦似幻，帐厅内的喧杂声也仿佛渐渐飘远，再也听不清晰。

翌日，颜风迷迷糊糊地醒来，睁眼一瞧，自己正躺在一张石床上，卷在厚厚的兽皮毯子里，角落的炭炉炖着一锅香味扑鼻的浓汤，呲呲冒着热气，窗外风雪交加。

他见屋子四处一片狼藉，墙上挂着寒光闪闪的弯斧，不像是郡主的闺房，耳边忽然听到叽叽喳喳的鸟叫声，似乎是主仆二人正在门外对话。

“你裴二少今天不回去，有什么心里话就赶紧说哟，鬼知道他几时再来看你！”

“郡主您饶了我吧……”

“你脸皮不是挺厚实的吗？”

雅朵唉声叹气地道：“奴婢的事儿您就别操心了，想想怎么跟主人解释才行。多亏了有老和尚在呢，主人练功都来不及，才没空搭理爷。”

“你真担心颜哥儿会跟阿爹打起来？”

“瞒得了初一，瞒不过十五，主人要是知道昨天抢粮的是爷，非扒了他一层皮不可！”

姜无素急忙冲上去捂住了雅朵的嘴，嗔道："死丫头你再大声点！要我给你安个喇叭不？"

雅朵唔唔叫唤，身子像泥鳅一样滑出门，顶着雪花满院子跑。她扭头瞧见颜风站在窗前，顿时尖声大叫："郡主要杀人了，爷快救我！"

颜风歪了歪脑袋，幸灾乐祸地道："哼哼，素素对付你，我去对付裴二爷，只要没有目击证人，老城主就不会跟我翻脸。"

"好好好，好姑爷你真有种！"雅朵学着老主人的口吻，步履如飞，一溜烟跑远，雪地上映出一道浅浅的脚印。

"呀？颜哥儿醒了！"

姜无素拍落头颈上的飘雪，赶紧进屋给颜风盛上一碗羊骨汤，嘘寒问暖，笑靥如花。

颜风情到浓时一把搂住姜无素，在她瑶鼻上轻轻一点，笑道："我瞧雅朵丫头好像武功不弱，怎么小郡主却一窍不通呢？"

姜无素嫣然一笑，道："她自小跟着阿爹和戈布叔叔习武，学了一手好本事，可是我却不喜欢！以后若是跟自家男人斗起气来，难免打得头破血流，心里舍不得……"

颜风凝视爱人，心中爱意翻涌，愈发搂紧了姜无素的腰肢，生怕她一不留神就会滑出去似的，久久不肯放手。

天色黯淡，远处传来狗吠之声。

二人在石屋内互诉衷肠，情意浓浓，聊起大舅子桑横的性情古怪之处，姜无素更是笑得合不拢嘴儿，说桑哥儿六亲不认，原是乌桓部落的野性，幸亏他对阿爹死心塌地的，也能领会了妹子的心思，要不然颜哥儿被他关在地洞里，迟早饿得死去活来。

颜风悠悠感叹，心有余悸。

窗外的飘雪渐渐停歇，院中数朵寒梅在冷风中战栗，纷纷抖落了枝头的积雪，尽态极妍。

此时，羌塘寨的东面忽然出现一个人影。

只见他踏雪奔来，轻功极佳，鬼魅般的身子在数丈之外便飘然而起，足尖在门栏上轻轻一点，人已进了院子。

来人伫立窗前，一动不动，仿佛一尊冰冷的石雕，口中呼唤一声："郡主！冯族老恭请颜少侠往涧石舫一叙。"

颜风定睛一看，正是白毛貂儿巴尔穆。

“咦？貂儿叔怎么知道颜哥儿在这里？”姜无素眨了眨眼睛。

巴尔穆的脸色有些异样，一改往常阴阳怪气的语气，沉声道：“裴二爷亲口说的，哪里会错？冯族老想借你颜哥哥说些事儿，郡主就不必去了，用不了多长时间……”

颜风心里一惊，若是老城主已查出我就是麻瓦街上的主谋，估计裴二爷也搞不定，他这是要我去解释呢？还是声讨问罪？

“我偏要去！”姜无素竖起眉毛，杏眼圆睁。

颜风知道素素是担心他，柔声道：“放心吧，只要不跟你阿爹顶嘴，他不至于狠心将我扔进羌塘河里去。嘿嘿，我去去就回，你在这里安心等我。”

姜无素咬了咬嘴唇：“我，我就是担心你忍不住……”

颜风轻声安慰几句，转身冲着巴尔穆笑道：“麻烦貂将军亲自来请，真是过意不去！不知涧石舫离此地多远？沿途有没有悬崖峭壁？你可要小心啊，万一我失足摔了下去，素素做鬼也不会放过你。”

他这句话意有所指，冷眼观测白毛貂儿是什么反应。

巴尔穆呵呵一笑，道：“颜少侠真会说笑，羌塘寨的山坡最多一人多高，摔不死人的。”

二人往羌塘山寨而行，绕过城河碉楼，忽见远处出现一座巨大的船形府邸，四周青墙高耸，连绵起伏，极为壮观。外廊的门庭皆以巨石砌筑，沿路的青石通道宽约一丈，直通内院，极具规模。

颜风随着巴尔穆进入内院，瞧见院子里栽着各种奇葩异卉，遍地花香，与外面萧瑟的景象大不相同，而数十名狼甲武士正弯腰低头，似乎在墙角寻找什么遗失的物件。

他们在找什么？

颜风满腹狐疑，一路跟着巴尔穆越过门廊，踏入一处雕梁画栋的阁楼，悬匾之上写着“涧石舫”三字。只见大堂上早已等候了数名部族的头领，一个个瘫坐桌前，神情悲愤，脸颊上还有两行未干的泪痕。

一旁的裴敬正在来回踱步，瞧见颜风进来，心急火燎地扯住他的手臂，大步往偏厅内室的方向走去，郑重地道：“颜兄弟，你随我去书房瞧一瞧……”

“发生什么事？老城主在哪里？”颜风突然有一种不祥的预感。

涧石舫的内室有一处暗道，族人领着二人下了台阶，命守护两旁的狼甲武士推开石门。只见暗室的石壁上悬空几只木柜，地上摆放着两只蒲团，榻前点着一缕檀香，而墙角蜷缩一人，满面胡髯，低垂着脑袋，正是安玛城的老城主姜啓。

颜风“啊”的一声大叫，丧魂失魄般地冲了上去。

他一把抓住老城主的手掌，触手冰冷僵硬，显然已死去多时，再看姜啓身上一件紫色的锦袍，胸口处赫然碎成了一条条的裂痕。颜风仿佛听见了自己心跳的声音，伸出颤抖的手掌悬空按在老城主的胸前，倒吸一口冷气。

大悲手印？！

他不及细想，急忙撕开老城主的衣袍，只见姜啓的胸前果然印着五道指痕，色泽黝黑，触目惊心。

“为什么……这是为什么……”

这是冲着我颜风来的吗？可是张道长跟老城主又有何关系？

难道与我颜风相识之人，你一个也不放过？

颜风喃喃自语，心如刀绞，素素……我以后再也没有机会跟你阿爹顶嘴了，好想对他说声抱歉，但愿他老人家能够原谅我，保佑你平平安安，无病无灾。

老城主突然归天，换谁都无法接受，原来白毛貂儿之所以不让素素跟来，就是怕她控制不住自己。

“颜兄弟，尸体是傍晚发现的。几位首领本与姜城主约好，在涧石舫商议城防事项，不料在外堂等了半天也不见动静，族老担心会有什么意外，便去书房查看究竟……初步推断，姜城主死于晌午时分，被人一掌毙命。”

“有没有人……瞧清凶手的模样？”

颜风身子轻颤，眼中流露出一种莫名的恐惧。

他不敢确信自己究竟是害怕，还是愤怒？面对似曾相识的掌印，他感觉自己呼吸急促，居然连脚步都已站不稳。

“据狼甲守卫回忆，清晨卯时的确见过一位穿着披肩斗篷的黑衣人，曾跟随姜城主一同进了石舫，但是什么时候走的，却无人知晓。”

此时，诸位叔伯涌入书房，紧握拳头，虔诚拜别姜城主。

其中一位正是冯族老，义愤填膺地道：“颜少侠！我安玛城的大首领遭此不测，始料未及，请你前来是想让你有个心理准备……且不管你与素素的婚事能不能成，往后一切事宜，均由部族的长辈做主。如今戈布将军行踪不明，咱们也只能期待你有所作为了，望颜少侠尽心尽力，为部族找出凶手，以报我青衣羌的深仇大恨！只可怜素素她……唉，此事万万不能泄露，以免陡生变故。”

“诸位族老！”颜风躬身行礼，郑重地道，“多谢叔伯们对在下的信任，愧不敢当。我与素素真心相爱，没有半分私心，而且愤怒之人不止我一人，谁都想找出凶手，以慰藉老城主在天之灵！在下建议，不如先派人去通知翠竹林的桑横大哥，让他尽快赶回来主持大局。”

第二十八章：迷途再返

众人闻言色变，互相对视了几眼，却没有一人吭声。

“狼崽桑横虽是大首领的养子，但是乌丸与我青衣羌世代结仇，怎可让他一个东胡族人，来过问我安玛城的家事……”冯族老摇了摇脑袋，脸上的表情极其复杂。

颜风心思隐动，原来桑横所言不假，他在部族长辈的眼里，始终是个外人。

好吧，现在我还算不得你们的姑爷，自然不能擅作主张，我且不管你们还有多少狗屁的规矩，桑横的事先缓一缓，等戈布将军回来，再另想办法。

颜风盯着老城主胸前的血掌印，又陷入沉思。

昨日大帐之内的争论记忆犹新，这场变故究竟是私人恩怨？还是羌汉两族的仇恨？无从推断，谁也不知道凶手出于何种目的，一旦老城主被害的消息传了出去，必将流言四起，满城风雨。

裴敬似乎想起了什么，询问身旁的族老：“哎？玄嗔神僧是何时离开的？”

“神僧是跟裴大少一起走的……对了，昨天半夜他还在涧石舫与大首领切磋武艺，一大清早就起来收拾行李了，说大邑城里有公事缠身，不便久留。”

裴敬点了点头：“原来他清晨就走了。”

颜风微微一怔，自言自语地道：“切磋武艺？二人莫非在书房比武？”

“颜少侠有所不知，大首领与神僧的情谊可媲美管鲍之交，时常在一起交流武学上的心得，夜以继日地苦练。神僧有求必应，从不推辞，大首领兴致一上来更是茶饭不思，如痴如醉……”

“族老可知他们练的是什么武功？”

“这我就不知道了，听说是佛门无上神功，叫剥什么？哎？他是要剥……剥什么东西……”冯族老急拍脑门，费了好大的劲儿也想不起掌法的名称，茫无头绪。

一旁的白毛貂儿眉头紧皱，似乎在拼命回想细节，他眼珠子忽然转了转，脱口叫道：“般若神掌？”

冯族老连连点头：“对对！就叫这个名字。”

裴敬似乎吃了一惊，慌忙将颜风拉到一边，神情颇为谨慎：“颜兄弟，玄嗔神僧向来以掌法闻名，其中有一门绝学，便是般若神掌。我瞧姜城主的伤势正是掌力所摧，会不会……”

“你是说玄嗔去而复返，杀害城主？”颜风头冒冷汗。

“我也只是猜测。玄嗔乃大光明寺一代高僧，位居蜀中四大绝顶之一，我想他没有理由会做出这种事来……或许只是个巧合呢？且等我回新津城见过家兄之后，老和尚有没有中途折返，一问便知。”

蜀中四位绝顶高手，颜风已领教过两位，虽然他未知玄嗔功力深浅，但是盛名之下绝无虚士，以玄嗔老和尚的武功修为，要想一掌拍死姜啓，当然不费吹灰之力。

不是亲眼所见，颜风不敢妄下定论，而且他对张道长胸前所中的“大悲手印”念念不忘，此刻突然跑出来一个般若神掌，他脑子里早已一片混乱，总觉得两者之间有一丝难以觉察的关联，问题究竟出在哪里，偏偏又说不上来。

假设玄嗔和尚真的是凶手，会不会二人在书房比武，错手杀人呢？他一时仓皇出逃，倒让此事变得扑朔迷离了。问题在于，他好歹是蜀中的得道高僧啊，而且与老城主更是亲如手足，他居然连承认过错的勇气都没有，岂非徒有虚名？

“裴二爷可曾见识过般若神掌的威力？”颜风满腹狐疑，小心试探。

“惭愧，我只练过几年花拳绣腿，怎有资格与神僧研讨武艺？不过般若神掌的由来我略知一二。据传明帝永平七年，朝廷曾派遣使者一十二人，前往西域天竺访求佛法，路遇神人迦叶摩腾尊者，以白马驮经，传于洛阳《四十二章经》法典。时有白马寺高僧，悟出‘般若神掌’之精要武学……可惜，他偏偏是个避世绝俗之人，至今未见佛门弟子流传。而玄嗔神僧曾游历西域长史府，在机缘巧合之下，竟让他破解了此掌法之玄机，苦练多年，终于略有小成。”

西域？

颜风眼眸泛光，若有所思地道："既然玄嗔并没有将武功传授他人，那么换一种说法，也许老城主胸口所中的掌印，不一定就是般若神掌……"

"雾中山大光明寺，乃中原南传第一寺，久负盛名，而玄嗔的武功高深莫测，当属蜀中无敌。至于他有没有将掌法传授于其他弟子，我就不清楚了。老和尚为人低调，从不轻易与人动手，我也不敢断定姜城主所中是不是般若神掌……莫非颜兄弟是有其他想法？"

"二爷可知道西域另有一门绝学，唤作大悲手印？"

"未曾听说。"裴敬摇了摇头，一脸茫然。

几位族老在门外窃窃私语，始终猜不出玄嗔的杀人动机，心里愤愤不平，有好战者建议领兵东进，前往大邑找玄嗔问个明白。冯族老好言相劝，提醒族人万万不可草率，蜀汉地界岂容你胡作非为呢？就算要去大邑城兴师问罪，也得让戈布将军出面才行。

颜风跪地叩头，拜了拜老城主，起身走出书房，心情沉重。

"老城主无端被害，确实令人痛心！还望诸位叔伯节哀顺变。眼下最重要的事就是守口如瓶，府外的狼甲勇士也要交代清楚，谁也不能走漏半点风声。特别是素素……能瞒她多久就多久吧，就说老城主临时出了一趟远门，归期未定。此事刻不容缓，在下决定去大邑城找玄嗔查个水落石出，一定要给叔伯们一个满意的交代。"

众人一听，纷纷表示赞成，若是大批青衣羌人涌入大邑城，难免会引起赵云的猜忌，现在由姑爷出马，定能事半功倍。只要姑爷为大首领报了仇，也算是大功一件，那么安玛城主之位自然非他莫属，叔伯们也就不会再有意见。

但是有些话颜风不能明说，如今安玛城里除了他这位"姑爷"之外，只怕没有第二个人能站出来。他心里想的是尽快查明真相，已顾不上与素素厮守恩爱，实属无奈之举。

裴敬抱了抱拳，恭声道："诸位放宽心，我裴敬十分敬重颜兄弟的为人，此番定当协力相助，为姜城主讨个公道！"

"好！裴二爷果然仗义！我白毛貂儿没什么本事，只能鞍前马后照顾姑爷。不如让我带人去雾中山埋伏，万一玄嗔改变行程，跑得了和尚跑不了庙！"

巴尔穆的脑子倒也不笨，玄嗔和尚做贼心虚，极有可能夺路而逃，若是颜风在大邑城扑了个空，肯定来不及堵截。

"哟，这么热闹呢……主人？！"

暗室门外忽然传来一声惊呼，只见雅朵僵住身子，满面惊恐，口中幽幽吐出一口浊气，即刻软倒在地，昏死过去。

积雪渐融，枯草凄凄。

安玛城与往常一样，百姓们躲在家中生炉取暖，锅里煮着热气腾腾的米粥，只盼着快快度过严冬，赶紧下地耕种。

天色阴沉，路上行人寥寥。一队狼甲武士驾着双辕马车，穿街而过，几个行乞的灾民紧紧拽着手中一小袋黍米，一路跟着马车奔跑，脸上难掩兴奋。

灾民们虽然只分到了一小碗粮食，却能熬上十天半个月，他们一路求神拜石，感谢新津城的慷慨布施，相约赶来与裴二爷送行。

出了城门，裴敬拱手与送行的叔伯族老辞别，姜无素与雅朵二人心里舍不得，千叮万嘱颜风切莫耽搁了行程，见过裴老将军之后立刻回来，万一让阿爹等得心急了，没准就错过了好事。

雅朵眼眶一红，泪眼婆娑，心慌意乱地转过脸去，咬着嘴唇一声不吭。

姜无素瞧见雅朵的反应，笑骂道："死丫头，爷又不是回晋阳，你是担心他把裴二爷卖了不成！"

"哈哈，她是怕我把颜兄弟卖了！放心好了，就是给我吃上十个熊心豹子胆，我也不敢啊！"裴敬大笑，故意清了清嗓子，提醒雅朵控制住自己的情绪。

颜风强作笑容，跃上裴敬的马车，回首与素素告别。

马车驶过一片绿茵茵的草地，往东边的荒原而去，安玛城的城墙越来越高，逐渐与白云相连，化作一道长长的黑线，仿佛苍穹之上的裂痕。

当马车驶离平原之后，缓入山林，颜风二人越过西岭雪山的阴阳界，天色渐渐昏暗。

茫茫的夜色之下，依稀能瞧见云雾深处的九龙湖，颜风想起守在翠竹林的桑横，也不知在那茫茫的碧湖之上，能否看得见他的身影，心里不免黯然神伤，唉，你为了报答老城主的恩情，宁可一辈子守在鬼竹禁地，当真不愿再回安玛城了吗？可是如今义父人已不在了，谁又能记着你的忠心赤胆呢？

"颜兄弟在想什么？"裴敬面露微笑。

颜风叹道："我是担心雅朵那小丫头，万一她没有忍住，素素恐怕承受不了……"

"雅朵乖巧伶俐，绝对不会坏事的。"

"也只有裴二爷能让她服服帖帖。"

"等哪天颜兄弟坐上了安玛城主之位，雅朵的事就得由姑爷做主了！你若是故意刁难，我一巴掌就拍死你！”

“在下无心觊觎城主之位，一切都听郡主安排。不过我丑话说在前头，彩礼钱一分都不能少！”

二人相视大笑，车厢外夜风呼啸。

山林幽深，蜀道难行。

裴敬下了马车，在路边生起一堆篝火取暖，眺望远处缠云遮雾的群山，眼眸之中闪动点点火光，禁不住感慨万千："等我老了，在这云雾山中建一座小木屋，挖一处山泉水井，再种上一些花草野菜，倒也自在……"

颜风终于将憋在心头的郁闷散去，只是仍然惦记着老城主胸口的血掌印，始终难以释怀："二爷……我一直在想，按理说玄嗔与老城主之间不应该有私怨，他们根本没有利益上的交集。有没有一种可能，玄嗔正在房中指点老城主习练掌法，哪知真气突然散泄，他已来不及收住内力，一时失手，便击中了对方的要害？"

裴敬反问道："歪打正着的事儿也有，但只是错手杀人而已，完全可以站出来与族人说明缘由。就算要他抵命也得认！男儿大丈夫顶天立地的，他又为何要逃？"

"如果凶手另有其人呢？"

裴敬神情一动："涧石舫守备森严，凶手怎可能说来就来，说走就走？此事很好解释，倘若玄嗔原是赵云的说客，此行目的就是想来安玛城拉拢青衣羌，而姜城主却拒绝了他的好意。二人言行或许过于激愤，突然大打出手，难以掌控分寸……"

颜风怔住："这又是什么道理？"

裴敬淡淡一笑，道："据可靠消息，刘备有意进取汉中，而西蜀羌人正是成都的后院，若是安抚不了地方上的安定团结，必将引火烧身。此乃兵家大忌，心腹之患，自古行大事者，又怎能顾及人情。"

颜风暗自思量，裴敬的解释虽然说得通，但并没有确凿的证据指向玄嗔就是凶手。

其实他心里一直有个郁结，一旦确定玄嗔的掌法就是大悲手印，那他只能大眼瞪小眼，永远不可能为张守朴道长报仇。还想替老城主出头？简直就是痴人说梦话，试问一个初出茅庐的刀客，怎能斗得过蜀中的绝顶高手？

但或许还有一丝希望，就是将玄嗔的罪行公之于世，再上鹤鸣山请大师伯主持公道，也可以与班黥戈布强强联手，誓死捍卫青衣羌的尊严，那完全就是另外一种局面。

可是这些仅仅是颜风一厢情愿的想法，世间的冷暖，他已见识过不少，而且他也明白，有些事情必须一个人去面对，万万不能让无辜的亲人遭受牵连。

第二天的马不停蹄，转眼又临近了黄昏。

颜风远远望见云深之处的天柱峰，一想起青崖子，心里倍感思念，不知老道是否康复如初？有没有在太清观里痛快饮酒呢？

马车往山林之中疾行，沿途穿过村落。颜风耳听冷风呼号，眼见栖鸟夜飞，云雾渐渐黯淡，依稀能分辨出城墙的轮廓。

“颜兄弟，前面就是大邑城了。我担心玄嗔狡兔三窟，藏在飞龙营里……不如我顺道先回新津探问我大哥的消息，再来与你会合。”

“如此甚好！此番三面拦截，若是找不出玄嗔，那也是天意。”

裴敬瞧了一眼紫卿刀，正色地道：“大邑城里禁止携带兵器，颜兄弟可不能大意哦。”

“此刀名为‘紫卿’，刀长一尺三寸，只要贴身而藏，没人瞧得仔细。”

颜风咧嘴一笑，跃身跳下马车，指尖往小腹处轻轻一划，在衣襟上撕开了一道口子，随即旋转刀鞘，将紫卿刀塞入长袍的里衬之内。再披上一件厚实的羊绒长褂，活脱脱一个游牧羌人的模样。

裴敬扬鞭大笑，驾着双辕马车绝尘而去。

大邑城内千灯万火，车马骈阗。

街道两旁“云”旗招展，行人穿街过巷，其乐融融，偶尔驻足路边的小吃摊，与相熟之人谈笑风生，流连忘返。

但见邻铺酒楼的伙计搬出几只黑乎乎的酒坛，摆在花圃道上揽客，过往行人纷纷聚拢围观，但闻噼里啪啦一阵敲打之声，泥封碎了一地，满街飘香。

颜风记得罗巷街的位置，穿过大街的集市，远眺街边一处挺立的高楼，碧瓦重檐，三面彩旗飘扬。门口依然是两根粗壮的木桩，中间那一块巨型的“雲”字牌匾，高悬半空，气势逼人。

平云客栈。

老子今日旧地重游，不提往日恩怨，此时此刻很想与清风老道喝上几碗，再来一盘烫油鸭子，心满意足！

颜风侧身数步，瞅了一眼平云客栈的后院小巷，大步迈入前堂。

客栈之内灯火辉煌，屋梁上悬挂着数盏彩灯，将四张雕漆的方桌照得通红发亮。

颜风皱了皱眉头，怎么不见童小浪身影？

“客官是住店还是打尖？”柜台边上站着一位肥头大耳的中年掌柜，头缠布帕，身穿一件粗布蓝衫，一眼瞧见颜风，目光炯炯有神。

“掌柜的一人看店？嗯，先来一坛平云酿，再上一只烫油鸭子！上好的厢房暂且预定一间吧，说不准酒足饭饱之后还得赶路呢。”颜风从衣襟布兜抓出一把钱币，抬眼望着阁楼上的木梯，“最好是挨着院子，临街的房太吵了……”

他原想问一问，前几日是不是有一位老和尚前来客栈投宿？转念一想，既然玄嗔是赵云的人，定与鹤鸣七子交情匪浅，若是打草惊蛇，恐有闪失。

“哎哟，原来客官是熟客！”掌柜的笑脸相迎，赶紧将颜风请入大厅，细心擦拭桌子上的灰尘，独自往后厨去了。

他动静不大，只一会儿就端来了一盘色泽诱人的烤鸭，一坛精致的窖酒，笑嘻嘻地问道，“我瞧客官的模样不像蜀人，不知祖上是白马羌，还是参狼族？”

“有何区别？”颜风自斟自饮，狼吞虎咽，哪里还有闲工夫说话。

他确信与掌柜的素未谋面，也没有显露出兵器，平云客栈总不可能见人就放“望乡酥”。

掌柜微微一怔，似乎怕打扰了颜风的兴致，转身回去柜台，自顾低头翻阅账本。

平云佳酿香浓四溢，清爽滋喉，颜风连喝三碗，啧啧称奇，他娘的！我在鹤鸣山听卫老二说起此酒，馋了我整整一年！今日就当是与清风老道遥望相约吧，可惜童小浪偏偏不在，未免有些败兴了。

此时，门外传来窸窸窣窣的脚步声，一位满脸皱纹，步履蹒跚的老妪走到柜前，敲了敲桌面，有气无力地道：“掌，掌柜的……能不能施舍一只鸭腿，给老身尝一尝……啊啊？”

“哎？怎么又是你？去去，一边玩去！”掌柜脸色暗沉。

颜风见老妪弯腰驼背，身上穿着破破烂烂的棉衣，不免大感疑惑，大邑城里不是一片太平盛世的景象吗，怎么居然还有灾民当街行乞？莫非是赵云眼瞎？

“老人家，我这半只给你。”颜风抹了抹嘴，招手微笑。

老妪正摇头叹气，准备离开，忽然听见有人喊她，扭头瞅见桌上的烫油鸭子，禁不住打了个寒战，一边拐腿走来，一边流着口水，抢过颜风手中的鸭子，塞进衣兜，晃晃悠悠地往门外走去。

“掌柜的，这鸭子太瘦，麻烦你再上一盘。”颜风一路颠簸，又累又饿，只觉得半只鸭子意犹未尽，肚子里完全没有动静。

等烫油鸭子上桌，他又喝了一碗平云酿，将盘中的烤鸭一撕两半，耳边忽然听见门外的叫骂声。

“咦？这老不死的还真能跑！我说，你们有没有瞧见一个脏兮兮的老妇人路过啊？”

一名怒气冲冲的青衫文士突然破门而入，颌下三寸黑须，手中提着一根三尺木棍，孤傲冷漠的表情与孙慕秋颇为相似，只不过他眉宇之间有种清新的气质，五官比鹤鸣五侠精致了许多。

掌柜的打量他一眼，不耐烦地道：“不知道。”

“岂有此理！放跑了偷东西的女贼，你嗓门还挺大的？信不信小爷一棍子捅进你的喉咙里，拆了你的老骨头！”青衫文士横眉竖眼，挥舞手中木棍，在柜台上砸得哐哐直响。

掌柜的吓得缩紧脑袋，惊慌失措地往桌子底下钻。

青衫文士扭头狠狠瞪了颜风一眼，抚须甩袖，气呼呼地走出客栈。

掌柜的躲在柜台下瑟瑟发抖，斜眼张望门外，悻悻地起身：“深更半夜撞见这么凶悍的人……搞不清是哪里跑来的野小子，要是鹤鸣七侠在，非扒了他一层皮不可。”

颜风故作惊奇地道：“怎么鹤鸣七侠不是这里的东家？”

“哪个告诉你的哦？鄙人姓涫，客栈的东家姓杜，祖辈三代都在大邑城的。鹤鸣七侠经常会来小店住上些日子，大家就都混得熟了，而且卫二哥称得上是酒中高手，本店的招牌酒便是他亲手所酿。”

颜风含笑不语，正要抓起鸭腿大快朵颐，忽然呆住。

只见刚才那位衣衫褴褛的老妪去而复返，正一瘸一拐地晃进客栈。

她此时满面油脂，舔了舔嘴边的口水，伸出颤抖的手指头，声音依然沙哑：“小娃娃……能不能再给半只？老身刚才吞得太急，竟忘记了是什么滋味……”

第二十九章：薄云执念

颜风暗自感叹，平云客栈的招牌菜果然名不虚传！看来我得带几只回去，让素素也尝尝味道。

他低头瞧了一眼老妪的瘸腿，似乎不忍心拒绝一位孤苦伶仃的老人，冲着掌柜的喊道："今晚的烫油鸭子我全要了！麻烦掌柜的给老人家打个包，多少钱照付！"

涫掌柜摸了摸脑袋，一路摇头叹气地走去后院。

虽然青衫文士挥舞棍棒的动作让他有点害怕，但是他开门做生意，总不能跟钱过不去，而且像颜风这种仗义疏财的客人，大邑城里也确实少见。

涫掌柜将剩下的五六只烫油鸭子裹在油布袋中，一脸无奈地递给老妪。岂料老妪一句屁话没有，扛起油布袋，扭头就走。

酒过三巡，颜风的眼皮子有些睁不开了。

涫掌柜殷切地道："客官旅途劳累，不如就在小店住下吧。我得等伙计回来烹制麻鸭香料，估计要忙到大半夜了。"

颜风假装不胜酒力的样子，明知故问："你说伙计几时回来？"

"这个可说不准，蜀道难行，白马村往返起码要三个时辰。"

颜风疑心顿起，他记得卫老二说过，白马沟乃赵云的防羌要塞，戒备森严，童小浪跑去白马沟做什么？他不及细想，脱口而出："原来白马村盛产鸭子，改天让你家的伙计也带我去见见世面。"

“老东西！我看你往哪儿走！”门外忽然传来一声叫骂。

青衫文士手持木棍，半蹲着身子，好像已堵住了老妪的去路，往墙角处噼里啪啦一通乱砸。

老妪哪里受得了这般毒打，忍不住鼻音哼哼，痛哭求饶：“哎哎，别打了……求求你别打了！鸭子全归你……哎哟！全归你！”

颜风实在是无法忍受，猛地一拍桌子，大步走出客栈。

他走到青衫文士的身后，一把拎住对方的衣领，“呼”的一声，直接扔出一丈多远。那青衫文士人在半空中，忽然将手中的木棍在地上一点，借力翻转身躯，一式“白鹤亮翅”，轻飘飘地落于街道。

夜色弥漫，街道上灯光黯淡。

颜风面露冷笑，伸手去扶蹲在墙角的老妪，不料忽觉手腕一麻，只见老妪身形暴长，出手如风，纤细的指间倏然弹起一枚银针，戳中了他手肘的“曲池”穴。

颜风急退之下，老妪早已缩针击掌，霍霍掌风宛如游龙，在一刹那间居然连攻七招。她此刻体态轻盈，步步莲花，腿不抖气也不喘，一招快过一招。

“好俊的身手！”

颜风嘴角一扬，旋身侧闪数步，绕开凌厉的掌风，瞧准了老妪攻势上的空隙，猛地冲上前蓄力一拳，正中对方的手臂。

老妪招式虽快，但并无杀人的气势，而且内力上的修为似乎也差了颜风半截。只听她哎哟一声叫，疼得直冒冷汗，在街边蹦着腿儿大喊：“小浪儿，你个挨千刀的居然敢骗我！”

她一边甩着手臂，一边将脸上的皱纹撕下来，隐露一片清秀白皙的肌肤。

“哈哈哈，不玩了！”青衫文士突然一把揪落脸上的胡须，冲着老妪大笑，“怎么样啊老板娘？现在你相信颜少侠的人品了吧？愿赌服输，二十枚五铢钱！一个子儿也不能少！”

老妪狠狠瞪了他一眼，极不情愿地从兜里摸出一叠铜币，小心核对了数额，扔给青衫文士：“哼，老娘就当是送给儿子花啦！”

青衫文士眨了眨眼睛：“老板娘生得出我这样的儿子，也是福气哦，等你老了走不动的那天，我一定好好孝顺您！”

“童小浪！”颜风脸色一黑，没好气地道，“很好，既然二位是在耍猴玩，五铢钱是不是应该分我一半？”

“唉，实不相瞒。自从颜少侠你一脚踏进大邑城之后，起码有十八个飞龙营的兄弟，一眼就认出了你！老板娘一收到消息，当然开心得不得了，非要见识见识颜少侠的人品，劝也劝不住。”

青衫文士笑意盎然，抹了抹额头，迅速擦去脸上的油粉，正是鹤鸣七子童小浪。

躲在客栈里观战的淯掌柜慢悠悠地走了过来，给老妪递上一块热气腾腾的湿巾，转身冲着颜风作揖行礼：“得罪得罪，咱们鹤鸣七子十分敬重颜少侠的为人，绝无半点恶意。”

“是呀是呀，都是我一个人出的鬼主意！”老妪没好气地哼了一声，将脸上的皱纹与油污尽数擦拭干净。

但见她步态轻盈，回眸一笑，赫然一副中年美妇的模样。

她此刻身子站得笔直，一抹惊鸿艳影，风姿绰约，已完全没有缩身瘸腿的萎靡之态，清秀的脸庞上闪现出一双星辰般的眼眸，盯着颜风仔细打量，就像是一把火辣辣的蘸辣刷子，刷得颜风怦怦心跳，浑身不自在。

好家伙！这妇人的易容之术与柳嫣不相上下，她刚才若是暗箭伤人，我岂非死得莫名其妙？

“哦？掌柜的是老三还是老四？”

“不敢，唤我淯老三便是。这位风华绝代的女侠正是我四妹，也是咱们鹤鸣七子的顶梁柱，江湖人称妙手空空杜鹃儿！她只要跺一跺脚，方圆百里之内没有一个人是她对手！哈哈，请颜少侠回屋上座，你我定要痛饮一番，多谢你救我大哥于危难，没齿难忘！”淯掌柜笑容满面，拍起女人的马屁一点都不会脸红。

颜风欣喜万分，惊问道：“清风老道人可安好？”

“大哥能吃能睡，终于把酒戒喽。他时常惦记他的颜兄弟，说有生之年最后一碗，定要与颜兄弟烤肉论英雄！”

“是哟！”杜鹃儿声若银铃，像极了杜鹃啼鸣，忽然扬了扬手中一截红绳，凌空抛给颜风，笑吟吟地道，“马中有赤兔，将门有吕布！小英雄一表人才，想来心上人儿定也是天香国色的容貌，真叫人羡慕呐！”

颜风暗自吃惊，额前渗出冷汗，他娘的，我手腕上的红绳什么时候被她掳去的？怎么竟然毫无察觉啊？妙手空空倒是没有叫错，以柳嫣的身手，也不见得能胜过她多少。

此时，童小浪早已回到客栈，精心摆上了一桌美酒佳肴，取出大碗，热情地给颜风斟满，笑道:“我可没忘记你答应过我的事。”

四人围着桌子，互相敬了一圈。

涫老三一改冷漠的态度，热情似火，定要与颜风以兄弟相称。颜风推辞不过，又连喝了三碗平云酿，丹田里一股真气盘旋而上，暗中缓解酒力。

他倒不是担心“望乡酥”，而是怕被三人灌醉，放跑了老和尚。

杜鹃儿却是一声不吭，似乎藏着什么心事，一双勾人的眼眸直溜溜地盯着颜风的腰胯，嘴角一弯浅浅的笑容。

颜风假装没有瞧见，心想她一定是在猜测，为何我突然在大邑城出现。既然你对我存有戒心，那我也不必跟你鹤鸣七子纠缠不休，先摸清玄嗔的底细再说。反目成仇还是握手言和，不是我一个人说了算。

“童六侠的事……实在是万分抱歉，在下也想不到会出意外。”他想起童啸波，心情异常沉重。

童小浪叹道：“人生离合自有数，没人会责怪颜少侠。而且大哥与五哥也说了，大伙儿都是鹤鸣派的弟子，什么恩怨屁事谁也不许再提！”

“那卫老二是怎么说的呢？”颜风斜眼微笑。

杜鹃儿咯咯笑道:“你就当他死了！”

涫老三皱眉道:“我说四妹，二哥虽然偷喝了店里不少酒，但你也没必要咒他吧？”

杜鹃儿眼珠子一瞪，“啪”的一声拍桌站起：“老娘眼里只认酒钱！你不服气吗？哼，你莫要忘了，没有这家平云客栈，别说喝酒啦，每天他也只能回鹤鸣山吃斋饭，还想大鱼大肉？门都没有！”

涫老三不知如何反驳，猪头般的脸庞已涨得通红。

只见他摇头轻叹，抖了抖脸上的肥肉，起身给颜风倒上一碗酒，话锋一转，直奔主题：“颜兄弟，咱们以后都不是外人了，老哥哥有一句话问你，今日你来大邑城是公干还是私事？”

私闯望羌台，刀劈赵将军，这件惊心动魄的大事，在大邑城里已是人尽皆知。鹤鸣七子虽然相信颜风的为人，但是对他的性情依然有所顾忌。

正所谓一朝被蛇咬，十年怕井绳，当他们得知颜风进城，心里疑虑重重。听说颜风曾经答应过大师伯，要去安玛城寻找童啸波的下落，可是他此刻突然出现，似乎是无功而返的语气，众人心里不免又多了几分担忧。

颜风心想，原来老板娘拍桌子是给我看的！好吧，童啸波一事确实是欠了你们一个说法，给我脸色看也是情有可原，我就不来与你计较了。

他初入西蜀之时，尚不知大邑城的深浅，这一路上历经的风云变幻，足以让他冷静许多，忍一时风平浪静，退一步海阔天空。

颜风苦笑道："实不相瞒，在下有一桩私事未了，特意赶来大邑城找人。"

涫老三吐了一口气，如释重负："找人不难，明日就让小浪去府衙走一遭，喊上几个兄弟替你打听打听消息……"

"若是我没有猜错的话，莫非颜兄弟是在找飞燕子？"杜鹃儿瞥了一眼颜风手腕上的绳结，笑颜如花。

颜风愕然，心想定是清风老道说起了严家村的遭遇，他们以为我来寻访柳嫣，可是瞧他们这种奇怪的眼神，难道仍然怀疑我是飞燕子的同伙？

童小浪慌忙解释："老板娘没有恶意，颜少侠千万不要误会。眼看云雾贡茶一案拖了这么长时间了，至今没有抓到飞燕子，而且成都追责多次，都被大将军挡了回去。其实这件事儿也不难办，飞燕子的行踪我们早已掌握，只要将她人找出来……"

"连卫老二都抓不到人，我也爱莫能助。"颜风嘴角一扬。

杜鹃儿眨了眨眼睛："我倒是有个好主意，就是不知道颜兄弟有没有胆子哦？"

"愿闻其详。"

"嘿嘿，想让飞燕子交出贡茶不难，但是凭咱们鹤鸣七子的实力，好像行不通，唯有找出一位与此事无关之人，或许尚有机会……可惜啊，有些人敢闯飞龙营，是因为福大命大遇见了咱们大将军，要是换一处凶险之地，他不一定就能全身而退。嗯，万一不小心丢了性命，那真是要抱憾终身了。"

颜风哈哈一笑，道："多谢老板娘抬举。颜某的胆子哪里能跟卫老二相提并论？简直就是鲁大师的门前卖弄斧头，贻笑大方！"

"哎？你怎么说话的？"涫老三脸色一沉，起身扯了扯杜鹃儿的袖子，示意她莫要胡言乱语，"颜兄弟是咱们鹤鸣派的弟子，也是咱们平云客栈的客人啊，飞燕子的事你怎么可以到处乱说？"

杜鹃儿瞪眼道："行！你有本事你去，老娘保证不拦你！"

童小浪似乎早已习惯了二人斗嘴，摇头苦笑，起身收拾桌上的空盘子，扭头去了后厨。

他们在玩什么花样？莫非柳嫣身陷险境？

颜风心里一直惦记着柳嫣的安危，此番听到二人对话，不免疑虑顿生，脱口问道：“飞燕子人在何处？”

涫老三与杜鹃儿对视一眼，低叹道：“唉，此事说来话长。大邑与新津一直以来都是成都的后院门户，飞龙营负责镇守望羌台与白马沟，防止与西羌各族冲突，而新津城的裴擒虎领一千兵甲，相邻巴郡、江阳东岸，作为抵御东吴的后应。但你可知裴擒虎原是刘璋旧部，归降蜀汉之后，常闻他心怀反意，暗中招纳一些精兵良士，在城外的长秋山兵营凿建了多处暗堡，名谓‘虎牙寨’。可是谁也不知道虎牙寨究竟位于何处，而且赵将军怀疑他早已挖通了大邑与崇州的暗道，企图逼近成都，但是苦于没有证据……”

“哈哈，素闻赵云将军心系社稷，忠心耿耿，想不到行事竟如此谨慎？”颜风截口大笑，话语之中暗挟讥讽，“他只要大旗一挥，千军万马直捣贼窝，天下哪有他攻陷不了的城池啊！”

“这话我爱听！咱们大将军的本事无人能及。”杜鹃儿早已听出颜风的话意暗藏嘲讽，却并不生气，脸上露出似笑非笑的表情。

颜风讨个没趣，端碗敬酒：“来来，喝酒！咱们老百姓图个吃饱喝足，谈什么兵家之事？！想那赵云在长坂坡上冲入曹营，如临无人之境，区区的虎牙寨对他来说，岂不是简单得很！”

“颜兄弟真是谦虚，让你冲锋陷阵，恐怕不行，若是让你大摇大摆地走一遭军营，也算不上什么难事哩。”

颜风翻了个白眼，哼声道：“望羌城一事，莫要再提……我颜风侥幸捡回一条小命，还要多谢一声，承蒙大将军手下留情。”

“大将军从来不会滥杀无辜！他敬颜兄弟少年英雄，时常也在众将士面前提起过你哦，说不管其中的误会有多深，大家都是光明磊落之人，有机会定要与你举杯共饮，冰释前嫌。”

“他当真这么说的？”颜风半信半疑，脸色一变，歪着脑袋笑了一声，“呵呵，是请我喝望乡酥吗？”

“颜兄弟好像一直对大将军心怀成见……对于大邑城来说，我鹤鸣七子不是外人，都是地地道道的蜀人，而大将军在锦屏山领兵扎营，从来没有讨过百姓半点便宜。当官的做成这样，就是咱们的榜样，鹤鸣派的弟子自然是尽心尽力，鞍前马后也没人说我们的是非。咱们是要图点什么哩？富贵名利吗？不值当！你以为大将军图什么呢？百姓的安居乐业，正是大将军的毕生所愿！只要人长了一双眼睛，都能看得清清楚楚，明明白白，唯有你颜兄弟……呵呵，若是换了外人，莫说望羌城营了，便是我平云客栈，你一步也休想进来！”

杜鹃儿这番话语，令颜风哑口无言。

鹤鸣派的弟子效力飞龙营，办的都是为民之事，一腔忠义豪情，蜀人尽知，容不得他人半分诋毁。颜风虽然话中带刺，但其实并没有轻视之心，此番他竟被老板娘这一顿数落，顿觉面红耳赤，一句话也说不出来。

涫老三见气氛不太对劲，担心颜风借酒撒疯，脾气上头，赶紧给杜鹃儿使个眼色，正色道："颜兄弟先听我说完……就在半个月前，飞龙营于新津界的荒野，发现了数名暴毙而亡的囚犯，疑是被箭矢穿胸而过。但是附近并没有找到凶器。其中一人没有当场断气，说他们被关在虎牙山寨的地牢之中，逃命途中曾遇飞燕子相救。可惜，他们始终躲不了铁甲骑兵的追踪，均死于乱箭之下……所以大伙儿猜测，飞燕子极有可能被囚禁于虎牙寨中，难见天日。”

颜风闻言大惊失色，额前渗出几滴冷汗。他对大邑与新津之间的矛盾一点都没有兴趣，可是柳嫣是他的朋友，怎能坐视不理？

我明白了！原来我一进大邑城，他们早就算计好了要引我入局。赵云为了避嫌，当然不敢派人去查访虎牙寨的底细，而我正是最佳人选。好家伙！鹤鸣派的人果然老谋深算，我服了行不行？我简直佩服得五体投地！

颜风揉了揉额上的刀疤，心想你们要我去救柳嫣，那也不难，可是我对虎牙寨一无所知，长秋山上究竟是军营，还是关押犯人的监牢重地，我根本分辨不了，这跟我硬闯飞龙营的场面有何区别？万一我身涉险地却救不出柳嫣，又当如何是好？

再说了，就算我答应去救人，消息一传开，谁都知道是我颜风干的！说不定素素误会了我移情别恋，每日以泪洗面，那我可真是百口难辩了。

“原来如此，看来飞燕子是抓不到了。”颜风淡淡一笑，装作无动于衷的样子。

杜鹃儿轻笑道："颜少侠误会了，我们是想救人，不是抓人。”

“哦？倘若是想救人，何不让大将军亲自追查？”

“话可不能这么说，名不正则言不顺，言不顺则事不成。云雾贡茶失窃一案乃是大邑府衙的公案，怎可问责军营呢？你让飞龙营跑去裴老将军的地盘兴师问罪，只怕有人会猜测是非，恶语中伤。”

颜风心想，赵云的心思我岂会不知？他找个替罪羊暗中查探，一旦失手被擒，就说我是盗取贡茶的飞贼，前来虎牙地牢搭救同伙，或者说我是安玛城的奸细也成。哼哼，反正此事与你飞龙营毫不相干，只要死不承认，谁也奈何不了你！

他对赵云本就没有什么好感，当然不愿意为飞龙营卖命，可是一想起柳嫣的处境，心里无比焦虑。

素素，我答应过你的，永远不会再与你分离，但是为朋友赴死，我也从来没有后悔过。若是我为了去救柳嫣，再也回不到你的身边，你会原谅我吗？

世上最难还的就是人情债，我宁可万劫不复，也不愿意见到柳嫣受人凌辱。柳嫣啊柳嫣，我只希望老天爷能保佑你平平安安，熬到你我重逢相见的那一天，我就心满意足。

颜风手中一只酒碗端起又放下，只觉得背脊上一片瘙痒，坐立不安。

涫老三鼻孔朝天，佯装没有看见。

杜鹃儿的心里又好气又好笑，姓颜的小子性情耿直，满腔热忱，果真是个情深义重的好男儿，可是他偏要摆出这般冷漠的模样，不愿意让人猜中心思，倒像是个没有长大的孩子。

唉，大哥没有看错他，飞燕子能认识他这种朋友，也不知道是哪世修来的福气。

她目光流转，问了一句："颜兄弟可有良策？"

颜风沉吟良久，抬头望了一眼涫老三，拱手道："在下斗胆说句实话，大邑城的公案自然应该由你们侠义之士担当，我只是个名不见经传的浪子，帮不上什么忙。而且虎牙寨乃军营重地，就算在下有心救人，恐怕也使不上力。"

"颜兄弟这话没毛病……"杜鹃儿满脸堆笑。

"而且在下对消息来源也不确定，谁敢保证囚犯不是从望羌台逃出来的？"

"啊？"杜鹃儿眼眸闪烁，脸上的笑容极不自然，暗想卫二哥说的一点都不错，颜风这小子确实是一根筋。

颜风微微一笑："在下倒是有点好奇，不知老板娘与涫掌柜有何打算呢？"

其实他对鹤鸣七侠一直心存芥蒂，除了能跟清风老道称兄道弟之外，另外六人都不是一条道上的人，他是有多远就想避开多远。

杜鹃儿笑道："我们还能怎么着？只能守在荒郊野外，等着哪天发现了飞燕子的尸首，再跑去府衙结个案呗！就说云雾山茶已经找不回来啦，成都的大老爷少喝几壶又不会掉块肉！”

颜风翻了个白眼：“可惜在下来大邑城是找人，不是找麻烦。”

“咦？大哥好像不是这么说的哦……”

“老道说了什么？”颜风怔住。

杜鹃儿星眸闪烁，笑吟吟地道：“大哥说，他时常会想起严家村的往事，相信自己不会看错人。他相信颜兄弟是个敢作敢为，重情重义的汉子，当颜兄弟知道柳嫣姑娘被困在地牢，生死未卜，绝对不会袖手旁观的！”

第三十章：诸葛连弩

天空飘落蒙蒙细雨，街上行人渐稀。

辘辘车轮驶过长街，冷风舞动纱帘，赶马的车夫挥舞长鞭，一路与客人有说有笑，大谈他以前当兵时的辉煌岁月。

颜风鼻音嗯嗯，魂不守舍地夸赞几句，心里却是郁郁不乐。

他踏进大邑城的那一刻，祈盼能顺利找出玄嗔和尚，尽快查明姜城主的死因，可是料想不到，居然盼来了一场令人左右两难的困局。

他并没有忘记柳嫣，也没有纠结“救”或“不救”，而是推断走到最后的那一步，等待他的究竟是好事还是坏事。

颜风思索再三，既然玄嗔不在平云客栈，而雾中山又有白毛貂儿埋伏，那他只好去新津城的裴公府碰碰运气。假设柳嫣真的被困在虎牙寨，能救她的人只有裴敬裴二爷了。

裴公府位于新津朱门坊，马车拐过七星巷之后，赫然出现一座幽静的大院，两尊威武的石狮伫立左右，门前的石阶上雕龙画凤，颇具威严。

颜风辞别车夫，上前与守卫行礼：“劳驾老哥通报一声，就说晋阳颜风求见裴二爷。”

裴家二爷广交善结，对待朋友从来没有贫富贵贱之分，将军府的人见怪不怪，自然不敢怠慢了颜风，客气地将他请入偏厅，径自去内堂禀告主人。

颜风落座圆杌，端茶浅呷，抬头一瞧，但见堂壁之上悬挂着一幅吊睛白额的猛虎图，其势逐逐，栩栩如生，嘴中露出尖刀般锋利的牙齿，闪烁着寒光。

只是画上那一双铜铃般血红的虎眼，却是极为怪异，角度明明斜视在左，突然跑到了右边。

难道是我眼花？

颜风微微一怔，起身踱步偏厅右侧，歪着脑袋仔细分辨，不知不觉弯下了腰，当他一个转身，就看见地上多了一双青缎朝天的厚底靴子。

“你是安玛城来的？”

来人胸膛横阔，鬓发如雪，似是已过了花甲之年。

他身上一袭玄纹紫绸袍，五官极具凌云吐气之威，那眼眸中闪现的一丝疑惑，忽而被笑容掩盖，仿佛一粒尘沙弹落碧水深潭，颇有几分波澜不惊的气度。

“叨扰叨扰，敢问尊驾是不是此间的主人？”颜风抱拳施行，暗自心惊，莫非此人正是辅汉将军裴擒虎？

“少年人眼力不错，请坐。”老人颔首微笑，语气不急不缓，“敬儿向来喜欢结交江湖上的朋友，琴歌酒赋，玩世不恭，老夫养了这么一个败家的儿子也是无奈，指望不了他光耀门庭，但求他不要给我惹是生非。我瞧你身藏杀气，不像是他的酒肉朋友，新津一行可有什么难言之事，不妨直言相告。”

“裴老将军的眼力胜我一筹……在下此行原是想探访故友，并无私心。”颜风心跳加速，头顶直冒冷汗。

身经百战的老将军识人无数，一眼便瞧出了颜风的底细，他这番话其实是在警告颜风，老子宁可让儿子花天酒地，也不愿意他到处招惹是非。

但是安玛城的事，颜风可不能逢人就说，他宁可被老将军误会，也只能忍住。

“哦？敬儿此时不在家中，你不如改日再来。”裴擒虎脸色微变，突然拂袖起身，冲着门外叫道，“老顾！去取些盘缠相赠，替我送一送客人。”

蜀中的名门望族，不太愿意与江湖中人打交道，以裴擒虎的身份地位，与少年人多说一句都是废话。

门外闪出一位尖嘴猴腮的中年文士，冲着颜风咧嘴一笑，屈身向主人行礼：“裴公，他就是刀劈赵云的少年刀客，姓颜名风。”

“他就是颜风？”

裴擒虎似乎吃了一惊，目中寒芒闪烁。

颜风见来者正是裴府的师爷，“拳屁双绝”顾长龄，心里一阵反胃。心想老子现在好歹是裴二爷的客人，你总不至于在老将军面前落井下石吧？

但是他一瞧见裴擒虎的反应，似乎暗藏着一丝戒心，心里又有些紧张，擅闯军营可是重罪，若是裴擒虎有心要与赵云重修盟好，极有可能将我绑去飞龙营治罪，我得小心应对。

“在下年少无知，无心冲撞赵云将军，飞龙营一事实属误会一场，还望裴老将军多多担待。”

“哈哈哈，好小子！”裴擒虎突然抚须大笑，“敢在白袍将军座前舞刀弄枪者，所剩不多，老夫有生之年居然能亲眼见到一位，当真是荣幸之至！颜少侠请上座！”

顾长龄“嘿嘿”一笑，道：“裴公不知，小郡主在田园村正是被颜少侠所救，他也算是安玛城的恩人。”

“不敢当。裴老将军博施济众，仁义无双，安玛城的百姓深感恩德，一刻都不敢忘。”

裴擒虎盯着颜风打量半天，颔首笑道：“原来如此，敬儿一定是在安玛城与颜少侠相识……哎？老顾，你赶紧去将他找来，莫要让颜少侠久等！”

“二少正在花轩楼喝酒，已经派人去请了。”顾长龄微阖眼帘，似乎不敢正视主人。

“跟谁喝酒？”

“听说是花轩楼的胡公子做东，请的是什么客人就不知道了，属下不敢多问。”

“川儿呢？”裴擒虎脸色一沉。

顾长龄低着脑袋，吞吞吐吐地道：“大少他……他这几日正为兵营的事儿烦心，一大清早就去了长秋山……”

长秋山兵营？虎牙山寨？

颜风暗自思量，看来要想去摸清虎牙山寨的底细，还得从裴大少的身上找路子，裴二爷整天不务正业，不一定帮得上忙。可是裴川对我恨之入骨，怎么可能一笑泯恩仇呢？

忽然，门外传来一阵爽朗的笑声：“哈哈哈！我正想派人去平云客栈找你，想不到颜兄弟先来一步！”

说曹操，曹操就到。只见裴敬大步而入，满身酒气，热情地拍打着颜风的肩臂，完全就是久别重逢的挚友之情。

他身后跟着一位家奴，手里拎着大包小包，一路上与二爷有说有笑，抬头瞧见老主人脸色铁青的模样，吓得浑身发颤，缩头缩脑地往偏厅溜了出去。

裴敬不等颜风答话，扭头问候老爹，嬉皮笑脸地道："哟？爹爹难得这么好的兴致，居然陪儿子的狐朋狗友喝茶？稀奇稀奇！"

裴擒虎怒目圆睁，呵斥道："混账东西！你若是有你大哥三分志气，也不会整天在外面鬼混了，颜少侠交到你这样的朋友，算是眼瞎！"

"爹爹这是什么话？我在外面吃喝玩乐，争的是咱裴家的面子！可知胡大少今日宴请的是哪几位贵客？"

顾长龄闻言一惊，急忙暗使眼色，示意二少莫要多话。

裴敬鼻孔里"哼"的一声，假装没有看见，神情自若："胡大公子摆下酒宴，有心为孩儿引荐扬武将军吴班，我来个顺水推舟，多交一个朋友也是好事！您都没有瞧见吴班那小子低头哈腰的模样，嘿嘿！试问新津城里，谁人敢不服我裴家的威风！"

"吴班？"裴老将军脸色一变，突然破口大骂，"他妈的！他可是吴子远的族弟？"

顾长龄缩了缩脑袋，满眼惊恐："好像是，是的……"

他与裴敬主仆二人架势相近，但是气势完全不同，一个嬉笑人生，一个老谋深算。他自以为处事精明，原想将二爷在外面胡混的事儿尽量瞒住，却没有料到二爷得意忘形，终于引起老爷子的震怒。

"岂有此理！他妹妹嫁给刘备，现在贵为吴夫人啦，我可没有他这般好命，也找不到可以攀权附势的亲戚！可是季玉公待我不薄啊，我在这穷乡僻壤，终日碌碌无为，一腔忠肝义胆眼看就要化为泡影，现在反而要我去巴结吴懿这小子，怎能叫人服气？！"

裴擒虎又气又怒，在正堂之上来回踱步，牙关咬得咔咔直响。

吴子远单名一个懿字，当年与裴老将军二人同为刘璋参将，共守雒城，刘备进占成都之后，拜吴懿为护军，并迎娶他的寡妇妹妹吴氏为妻。吴家一时风头正劲，无人能出其右，对昔日同僚更是嗤之以鼻，完全就是一副狗眼看人低的德性。老将军一想起此事就牙痒难忍，今日裴敬居然跟吴班在一起寻欢作乐，怎能不让他一肚子火气？

顾长龄转了转眼珠子，胁肩谄笑："裴公所言极是，只不过小的有一句题外话……试想大少能征惯战，日后定是栋梁之材，这完全没有悬念，而二少其实就是装装样子罢了，并无不妥之处。如今蜀汉初定，根基未稳，争权夺利者不在少数，裴公若是来个一门三杰，难免招人猜忌。今日二少与扬武将军称兄道弟，自然是为了维系裴府与吴家的亲密无间，咱们来个先声夺人，好过处处受气，唯有求一场难得糊涂，方能高枕无忧。"

裴敬见父亲震怒，吓得不敢吭声，抹了抹额头上的冷汗，低头瞄了颜风一眼。

颜风会意，咧嘴一笑："裴老将军，二爷原是为了自家的名声奔波，算不上花天酒地。依在下看来，人生各有机遇，生老病死也都是天意，说不定吴懿将军无福享受，拼不过你的长命百岁。哈哈，道不同不相为谋，有什么值得羡慕的！"

顾长龄慌忙接话："颜少侠言之有理。正所谓三十年河东，三十年河西，以后的事儿谁也预料不到。裴公一身虎胆，难道还怕他一个护军不成？！"

颜风在宝兴布行时，早已领教过顾长龄的套路，忍不住就翻了个白眼，冷笑道："素闻顾师爷能言善道，果然是句句精'辟'，不去刘备身边指点江山，真是可惜得很。"

他故意将那个"辟"字说得极重，听上去倒与"屁"字同音。

"呵呵！颜兄弟休要开我玩笑。封王拜将乃是裴公的使命，而我一个穷酸书生，唯有尽心尽职，为裴公分担解忧才是，富贵虚名对我来说，过眼云烟而已，比不上在将军府里逍遥快活。"

"你们认识？"裴擒虎微微一怔，脸上的怒色渐渐消退。

顾长龄躬身行礼，道："回裴公的话，小的曾与鹤鸣七子卫老二在街头撞见一次，本想与他联手活捉了飞燕子，岂料颜少侠突然出手一刀，风云变色……属下未曾见过如此凌厉的刀法，简直是叹为观止，令人大开眼界！"

"熊胆遇见酒胆，不知谁人占了上风？"裴敬歪了歪脑袋。

他对新津与大邑的明争暗斗漠不关心，一听见颜兄弟与人较量武力，顿时兴趣大增。

颜风叹了一口气，无可奈何地道："让二爷见笑了。我原以为卫老二要对素素严刑逼供，一时冲动闯入了飞龙营，险些酿成大祸。倘若真要分出个胜负高低，不一定是他的对手。"

他虽然心高气傲，但也明白一个道理，逢人只说三分话，不可全抛一片心。而且他也不喜欢踩在别人的肩膀上自吹自擂，免得遭人鄙夷。

裴敬拊掌大笑："哈哈，我终于知道姜郡主为何会对你死心塌地了，我大哥输得不冤啊！"

"原来如此……"裴擒虎目光闪烁，意味深长地道，"我素来敬重子龙将军的为人，不愿与大邑针锋相对，怎知鹤鸣七子对我新津城颇有怨恨，就算我有意握手言和，只怕也是有心无力。如今颜少侠是安玛城的贵人，或许正是一处转机……"

裴敬一怔，正色地道："爹爹的意思是说，由我颜兄弟出面，斡旋新津与大邑之间的隔阂？这倒也可行，确实该找赵云将军谈一谈了，一旦两家矛盾加深，受苦的还是百姓。”

裴擒虎抚须颔首：“嗯，同为蜀汉臣子，我一直有此打算，就怕子龙将军误听谗言，以为我处处与他作对。上次借粮给安玛城，至今没有破获悬案，幸好他并没有声张出去，要是让刘备知道了……”

“裴公！此事万万不可操之过急。”顾长龄神情一动，正色地道，“大邑城里时有谣言，说裴公常思故主，不愿臣服刘豫州。而且赵云之子伙同骑射营的韩倘死盯着长秋山不放，目的只想摸清裴公的兵力虚实，一旦我们主动示好，只怕他第一个条件就是视察长秋山！如此一来，新津城等于脱光了裤子，一览无余！”

裴敬嘴角一扬，笑道：“哈哈，那也是我大哥脱裤子，关新津城什么事！”

顾长龄突然吐了一口气，道：“二爷，前几日长秋山有人冒充虎牙逃兵一事，你可还记得吗？我完全有理由相信，他们是死于‘鸦翎箭阵’。说不定与田园村血案的凶手也有某些联系，有人想嫁祸给咱们虎牙营。”

颜风猛地一惊，他这话是什么意思？逃犯跟田园村有何关系？

他想起涫老三说起半路暴毙的囚犯，疑是被箭矢所伤，而附近并没有找到凶器，心里不免暗生疑云，莫非鹤鸣七子是贼喊捉贼？可是他们为什么要骗我去救飞燕子？难道柳嫣只是个幌子？

他此时脑子里一串疑问，越想越不对，忍不住问了一句：“在下深知‘鸦翎箭阵’的厉害，在望羌城中有幸捡回了一条命，顾师爷无凭无据，何以一口咬定？”

“自然是眼见为实，颜少侠稍等。”

顾长龄转身走到偏厅门外，与一名家奴耳语几句。

不消半盏茶的工夫，家奴匆匆赶来，单膝跪地，将一支尺余长的青竹羽箭奉于正堂。颜风接手一瞧，只见箭尾一撮灰白色的雕羽，箭头的前端铁镞锋利，中间穿有一孔，以筋相连，做工精良，果然与骑射营的鸦翎箭颇有几分相似之处。

“这支弩箭就是在附近山崖找到的，颜少侠请过目。”

颜风仔细辨认，皱眉沉思：“此箭不足三尺，如何拉满弓弦？”

顾长龄笑道：“呵呵，颜少侠莫急，其中自有玄机，三言两语我也解释不清。但是敝人可以断定，此乃我蜀汉军师诸葛孔明所创的神弩，矢长一尺八寸，能十矢连发。”

“诸葛孔明所创？”

“不错！只是这种单兵连弩的制作工艺极其复杂，并未在军营中大规模使用，长秋山发现的尸体……咳，咳，极有可能是被白马村的铜弩神机所伤。其箭劲之强，当世无双，一旦穿身而过，即刻隐没于山崖草丛，无迹可寻。”

中箭之后，强劲的箭矢穿胸而过，确实像是连弩齐发所致，可是诸葛连弩并没有在军营里推广，赵云为何要用这般强悍的神弩去对付逃命的囚徒?

莫非白马村里有什么不可告人的秘密，担心被人发现?

哎？这不对啊！他们到底是从哪里逃出来的？涫老三为何要说谎？我好歹也算是鹤鸣派的半个弟子，他们没理由设局害我啊！

颜风勇闯望羌台之时，曾亲眼看见过骑射营“鸦翎箭阵”的威力，至今心有余悸，问题是落荒而逃的囚犯并没有威胁性，这种格杀勿论的作风，显然又与赵云的性格不符。

颜风皱眉思索，猛然想起田园村里大半的死者，身上都没有留下箭镞。他心弦一颤，顿时脸色大变，莫非劫粮的凶匪正是用诸葛连弩杀人?

裴敬目光一闪，似有所悟："师爷这么一说，倒也对得上……假设刘备命赵云将军赶制诸葛连弩，自然是有进取汉中之念。但是你说飞龙营的人在田园村劫粮，故意暴露‘鸦翎箭阵’，这算是哪门子的道理？若是有人潜入白马村，盗取连弩而嫁祸给赵云将军，那我们岂不是冤枉了好人？”

柳嫣?

颜风心思隐动，他突然发现这件事与柳嫣有着千丝万缕的关系，或许飞燕子才是真正的突破口，鹤鸣七子到底是想救人还是害人，一问便知。

裴擒虎重重地叹了一口气，神色黯然："暂且不管是有人冒充，还是虎牙营的逃兵。若真是如此，极有可能他们是误打误撞，窥见了机密军情……"

他虽然不知凶手的意图，但脑子并没有糊涂，如果赵云在白马村内秘密赶制诸葛连弩，无意之中被这几名虎牙兵发现，那骑射营痛下杀手的原因，自然是为了防止军情泄露出去。

军令如山，纵使他辅汉将军擅闯营地，只怕将士们也照杀不误。此事非同小可，谁也不敢妄下结论。

颜风若有所思地道："裴老将军，在下心里仍然有个疑问，新津与大邑向来是井水不犯河水，虎牙兵又怎么会跑去白马村？而且单凭这支弩箭，完全没有说服力，即使他们真是屠村的凶犯，飞龙营在路上追击也没什么不对。"

“死人如何开得了口？”

裴擒虎扫了顾长龄一眼，似乎在提醒他，凡事都要讲究个真凭实据，莫要闭着眼睛信口开河。

裴敬叹道："颜兄弟啊，这事你可得问我大哥了！若是刘备执意进取汉中，赵云将军身为蜀中虎将，自然义不容辞。一旦他被主公委以重任，防羌之责便落于我大哥肩上，他要是不早做准备，搞不好咱们长秋山的兵营就姓'赵'了。"

"二爷想岔了。"顾长龄苦笑摇头，"我是担心赵云以白马沟为起点，集结飞龙营的精锐，沿西岭雪山而上，偷袭安玛城！"

"你，你他娘的什么意思？！"颜风大惊失色，霍然起身。

第三十一章：白马沟壑

他一时情急，脱口开骂，哪里还顾得上裴老将军的脸面。

裴擒虎闻言一怔，一张老脸顿时涨得通红：“老顾！颜少侠现在是安玛城的人，你休要胡言乱语！单凭赵云秘密研制诸葛连弩一事，何以断定他要去剿灭青衣羌？”

顾长龄缩了缩脑袋，“啪”的一声，抽了自己一个耳光，恭声道：“该打！但是有些话不吐不快，就算是得罪天下人，小的也要说出来！敢问裴公，当年刘备围困成都，主公早已无心抵抗，是刘循向父请命，带领裴公及吴懿将军等人誓死守卫雒城。但是这场前无援兵，后无粮草的守城之战，长公子竟能苦撑一年，不知是天时地利，还是人和呢？”

“好汉不提当年勇……”裴擒虎低叹一声。

“其实很好解释，刘备大军虽然兵多将广，但是兵械准备不足，又无屠城之心，所以短时间之内绝无可能拿下雒城。待赵云与张翼德会兵城下之后，铜弩机的威力如何，众将士都已瞧得清清楚楚，长公子斗志全无，终于放弃了抵抗。”

裴擒虎神情一动，却不知如何反驳。

他想起雒城之中尸横遍野的场景，眉宇间隐现哀伤，那一双深邃的双眼忽然凝视颜风，脸上皆是惊疑之色。

“顾师爷，赵云是不是欠了你很多钱？”

此时颜风面色骤变，脱口讥讽一句。

赵云驻扎大邑多年，志在羌汉团结，怎么可能兵袭安玛城？他是要铲除异己，还是要扩占领地？那他为何又要派遣玄嗔和尚陪同新津城送粮送衣？他是要让羌族百姓吃饱穿暖之后再开打吗？

兵者，诡道也，换作是我，定要让狼甲兵饿上十天半个月，顾师爷这话完全没有道理！

颜风此刻心痒难忍，可惜他人在裴府做客，场合不对，若是在一年之前，只怕他此刻早已冲了过去，一拳打在顾师爷的鼻子上，先将这满嘴屁话的狗奴才暴打一顿，再向主人致歉也不迟。

裴敬突然哈哈一笑，道："眼见为实，耳听为虚！顾师爷若是敢带我去白马村瞧上一眼，那我就信你！"

裴二少虽然无心过问兵家之道，但是他对赵云的为人略知一二，白袍将军一世英雄，绝对不可能做出这等落井下石之事，师爷的揣测也未免太过危言耸听了。

颜风眉头紧锁，心想就算你给顾长龄十个胆子，他也不敢去白马村，看来只能由我出面查探真相了。我当然有责任保护素素，也必须尽我所能去化解安玛城的危机，倘若师爷所说属实，我一定要想办法阻止飞龙营！

他娘的！我颜风无心与赵云为敌，但若是他不仁不义，那就休怪我刀不认人！

颜风此时戾气上脑，深吸一口气，冷冷地道："二爷所言甚是。我倒想请教顾师爷，新津去白马村，走哪条道最近？"

"啊？"裴敬吓了一跳，惊惶失声，"我说颜兄弟，此事是师爷的猜测而已，作不得数的，你可不能自作主张啊！白马村乃赵云将军的府邸，单是一道陷马沟渠你都越不过去，飞龙营的教训你难道已忘得干干净净？"

"二爷宽心，我只想将诸葛连弩找出来，然后与赵云当面对质。田园村的命案困扰我多时，是是非非也不是顾师爷一张嘴说了算的。"

虎牙兵与飞龙营同为蜀汉兵士，没有理由会自相残杀，谁也解释不了田园村一案究竟是哪边所为。而且那几名逃犯为何会突然死在半路上？颜风当然相信眼见为实，耳听为虚，他如此的迫不及待，其实还有另外一个原因。

他对国事毫无兴趣，他关心的是家事。

柳嫣是他的朋友，当然不能见死不救，不管她被关在虎牙营还是白马村，只要找出她的行踪，谁忠谁奸必将水落石出。至于赵云秘密研制连弩一事，只要铁证如山，谅他也不敢狡辩。

颜风认定鹤鸣七子暗中设局，原本就是想将所有的线索都引向长秋山，可惜他们千算万算，算错了一件事，谁也没有料到颜风居然会跟裴府二爷称兄道弟。

此时的裴擒虎似乎也有些焦虑，觉得年轻人虽然胆气过人，但是行事仍然不够沉稳。说他担心安玛城的安危，勉强说得过去，但他为什么不是回城防守，反而一心想先发制人？就算他比别人多出十个脑袋，也犯不着作死折腾吧，莫非他是另有图谋？

裴擒虎对颜风的性情一无所知，自然想不通年轻人的心思，他皱眉沉思，缓缓颔首："嗯，如果颜少侠执意要去白马村，我也不来拦你，但是必须要做好两手准备。第一件事，老顾速去长秋山传我军令，让川儿领三百精兵，埋伏大邑城境内接应颜少侠，以免发生意外。第二件事，我即刻书写一封密函，派人送于赵云……唉，新津与大邑误会越来越深了，再不采取主动，极有可能遭人排挤！此次会盟的时间、地点均由大邑安排，一来可以表明我裴家的立场，消除赵云的猜疑；二来也可以缓解安玛城之隐患，为颜少侠争取更多的时机。颜少侠，你意下如何？"

颜风动容道："多谢裴老将军抬爱。"

此番有虎牙兵暗中后援，犹如雪中送炭，就算颜风行踪败露，退路绝对不会封死，不会像望羌台那样被骑射营的人打得措手不及。

"哈哈，索性让我去接应大哥，咱哥俩一起等着你的好消息！不过那安玛城的事……"裴敬眼神闪烁，暗示颜风别忘了玄嗔和尚。

颜风展颜一笑，道："二爷不妨大胆猜想，他若是藏身于白马村，岂非正是一举两得！"

月暗星稀，灯火阑珊。

裴敬一路护送颜风出城，佯装迷路的游客，在白马村附近的村落住下。酒足饭饱之后，裴敬悉心讲解白马村的地形与守卫哨岗，叮嘱颜风见沟绕行，遇桥莫走，只能从村中的河塘涉水而过。万一半路撞见了骑射营的射手，必须当机立断，掉头就跑，一刻都不能耽误。

子时一过，颜风换上一身夜行衣，脸上蒙上黑巾，趁着月黑风高，径自往白马村口而去。

颜风的胆子究竟有多大，无人知晓，他已不再是那个横冲直撞的少年，似乎对今晚的行动胸有成竹。

白马村三面环水，波光粼粼。

岸边布满荆棘，沼气浑浊，唯有西面一处茂密的山林横江而过，弥漫的云雾之中俨然出现一座村落，点点星火忽隐忽现，犹如渺渺东海上的孤岛，与世隔绝，人迹罕至。

颜风钻进灌木树林，见前方设有一座木桩浮桥，数名持戟的守卫分成左右两队，手里提一盏气死风灯，正在桥上来回巡查，时刻注意着村口的动静。

此时，远处传来哗哗的流水之声，河面上出现了几处黝黑的礁石。

颜风举目四望，暗想不妙，从沼泽岸边跑到村口的距离，至少有七丈，裴二爷是不是开我玩笑？这么浅的水要我怎么游过去？就算我学过凌波飞渡水上漂的本事，也跑不过诸葛连弩啊！

他正在犹豫之时，忽见水中跳起一尾小鱼，粼光闪烁，似乎是被急流所激。桥上的守卫听见声响，高举纱灯，四处张望，并未发现异常之处，随即转身向后面的同伴摆了摆手，示意解除戒备。

“瞧这天气，搞不好是要下雨。”

“是啊！都不知道少将军什么时候回来……大将军今晚又睡不踏实了。”

颜风闻言窃喜，我倒是没有白来一遭，赵云果然在白马村。

他抬头望了一眼黑蒙蒙的夜色，半蹲着身子下水，就像是一只蹚水过河的山猫，悄悄地往礁石接近。

眼看桥上的纱灯迎面晃来，他立即缩成一团，趴在水底一动不动，那水中倒映的黑影恍似礁石，守卫居然毫无察觉。

颜风憋着一口气，向前方移动数尺，藏身于礁石后面。他小心地揭开黑巾，将鼻子伸出水面呼吸，心里暗自得意，嘿嘿，原来老子也有做贼的潜质，不输飞燕子。

他斜眼盯着桥上守卫的位置，耐心等待两组人在中间交遇，脚尖忽然一蹬，滑出一丈多远，迅速抓住漂浮水面的一截枯枝，挡住了自己的身影。

岸边怪石嶙峋，杂草丛生，颜风费尽心思终于蹚过了溪流，悄无声息地上岸，迅速隐入树林之中。不料裤脚忽然被荆棘勾住，他低头一瞧，不由地倒吸一口冷气。

只见脚下惊现一道宽逾数丈，深不见底的暗坑，石壁上斜插一排排尖锐的竹枪，枪头上是寒光闪闪的铁蒺藜，皆以麻绳相连，他刚才若是再向前多走半步，只怕早已失足落坑，尸骨无存。

颜风双臂悬空，左脚后移，想起翠竹林的凶险之处，禁不住冷汗直流，我又不是攻城闯关，你一个破村子也搞得这么隆重？真是岂有此理！我记得裴二爷说过要“见沟绕行”，那我该往哪儿绕才对呢？

他仔细辨别暗坑周围的路面，百米之内完全没有落脚之地，而唯一的出路只有侧转身躯，往桥头通行。

颜风来白马村的最终目的，当然是为了救人，而赵云攻打安玛城的计划，只是顾长龄的一面之词，若是柳嫣并没有被关在此地，也找不出诸葛连弩的证据，那他就是竹篮子打水瞎折腾。

唉，我已经冒犯过赵云一回了，这次他还能放过我吗？

颜风皱眉沉思，总觉得今晚的行动好像有点不对劲。正举棋不定之时，忽然听到树林之中传来窸窸窣窣的低语声。

“……我说老哥，大将军这次真的要随主公去攻打汉中吗？”

“唇亡齿寒你懂不懂？汉中与蜀地相接，曹操一天到晚盯着你吃喝拉撒，你心里能踏实不？”

“吃喝勉强可以，拉我是肯定拉不出来……”

颜风闻言一怔，看来裴二爷的消息不假，刘备果然是有动静。

他闪身藏于树丛后面，隐隐约约瞧见二名兵士正在前方的草堆里摸索，将手中数支细长的竹片弹成圈，斜插泥地，似乎是在设伏捕猎的陷阱。

“搞定没有？赶紧回库房，小心被人瞧见了。”

“差不多啦……这儿可是库房禁区，谁没事跑来瞎转悠？真能逮到野兔子，咱们明儿换班就去平云客栈找老板娘。嘿嘿，能品尝到她的厨艺，老哥你口福不浅。”

“你不怕涫老三揍你？”

“我怕他个锤子！杜鹃儿又不是他媳妇，多瞧一眼怎么了？每天挤进客栈的人从街头排到街尾，我也没见他敢吭半句。要说他们鹤鸣七子吧，人品倒也不错，不过我最佩服的还是卫老二，为人仗义！”

颜风眼眉一挑，心想杜鹃儿虽然有点姿色，但也没这么夸张吧？既没有素素的万般柔情，也没有柳嫣的清雅秀气，她跟肥头肥脑的涫老三倒是绝配。

此时，二人正低头埋土，并没有注意到树林中有人。颜风仔细辨别他们说话的位置，见暗坑的周围铺着一层枯枝散叶，中间有几处碎石小路，像是悬浮的独木桥。

他灵机一动，突然脱口大叫：“口令！”

“日月星辰！”

二人霍然起身，但见眼前一团黑影似鬼魅般近身，出手如风，在其中一名兵士的脖颈上一击，“扑通”一声，即刻瘫软在地。

另外一位年轻的兵士还没来得及喊出声，已被颜风捏住了肩胛，顿觉半边身子酸麻无比，完全动弹不了。

颜风微微一笑，一边留意周围的动静，一边附耳低语：“我只是点了他的昏穴，并无恶意。只要你答应带我去库房瞧一瞧，担保你明天能见到老板娘。”

“库……库房？”年轻兵士瞪起惊恐的双眼，腿儿不停地抖索。

“嗯，在下赶时间，怕耽搁了正事，你要是说不知道库房在哪里，那我只好推你进坑了。”

颜风故伎重演，就像望羌台挟持步营督吏一样，想找个人带路而已。岂料年轻的兵士一听到“库房”二字，突然望了一眼身旁昏迷不醒的同伴，皱眉道：“那你还是推我下去吧。”

“你不怕死？”颜风怔住。

“我带你去库房也是死路一条，不如让我死得好看一点。”

“好！有骨气。送你一句话，卫老二胆子虽大，但是比不过你。”颜风展颜一笑，手指头在年轻兵士的锁骨上轻轻一按，迅速往青石小路遁去。

他想起裴敬教过他如何辨认白马村的地形，眼前的碎石小路纵横交错，原来皆是实土硬地，而那些被枯枝掩盖的地方，极有可能暗藏陷坑。

颜风此时有少许兴奋，因为年轻兵士的慷慨赴死，让他坚信库房禁区绝非等闲之地。他不是凶残的匪类，也不可能滥杀无辜，他来白马村的目的是救人。

他想起姜无素一双含情脉脉的眼眸，心里颇为感慨，他娘的，我闯望羌台是去救素素，如今白马村又是为了救出柳嫣，看来我这辈子迟早死在女人手里！

颜风在树林中穿行，眼前豁然开朗，只见一道石墙孤立荒野，高约丈许，入口处站着数名守卫，戒备森严。

他弓身躲开守卫的视线，背贴石墙，一式“平江起浪”，翻身掠入院墙之内。

庭院幽静，哨楼矗立。

颜风穿过墙角的花圃围栏，踏上一处青石廊桥，落入眼帘的却是一处奇特的景象。只见那方圆十丈之内，赫然挖了一圈四四方方的沟渠深坑，渠中水道纵横，宽约三丈有余，以“回”字形的布局将一座楼宅围在当中，恍如世外琼台，异象环生。

楼道灯火通明，隐约听见一阵爽朗的笑声。

颜风定睛远望，只见门楼左右各站两名持戟的守卫，穿一身银盔铠甲，宛如金刚塑像，纹丝不动。那门楣横梁之上轻纱曼舞，大堂正中端坐一位霸气凛然的武将，双眸炯炯，两鬓隐现花白，身后直立一杆精铁银枪，镔丝缠刃，寒光闪耀。

不是别人，正是闻名天下的白袍将军赵子龙！

颜风猛地一惊，糟糕，此处不像库房也不像监牢，莫非竟是赵云的府宅？

正堂的侧首坐着一人，背对着大门，摇头晃脑，虽然被轻纱挡住了身影，瞧不清此人的长相，但是那颗光秃秃的脑袋，颜风可不会看错。

来得早不如来得巧！玄嗔老和尚，我终于找到你了，事儿太多，咱们慢慢来！

颜风左右四顾，开始测算青石桥与门楼之间的距离。

白马村可不是锦屏山，空寂的庭院没有山谷与营帐的掩护，根本找不到藏身之处，颜风想悄无声息地接近门楼，几乎不太可能。

他心里暗自寻思，今夜有玄嗔和尚坐镇白马村，我万万做不得喧宾夺主之事，索性开门见山，将姜城主的死因问个明明白白，“般若神掌”既是他的独门绝技，谅他也不敢抵赖。

哼哼，倘若赵云徇私偏袒，正好证实了他心中有鬼，我闭着眼睛都能猜出来，田园村血案的主谋非你莫属！

“阿弥陀佛，老僧并非嘲讽刘璋无能……”

屋内的玄嗔低诵佛号，语气平稳，“想当年中原大乱，唯益州独安，光是南阳、三辅的流民百姓，迁入西蜀者岂止万家？可是他组建东州兵之后，却管不了东州人的烧杀抢掠，蜀中百姓苦不堪言。天府民殷之国败于他手，难道不是他自讨苦吃吗？”

赵云抚须颔首，脸庞上浮现一抹清朗的笑容：“天之道，利而不害；圣人之道，为而不争。刘季玉算不上什么治国栋梁，但是当年主公围困成都之日，城中至少有三万精兵，士气高昂，他为何不战而降呢？呵呵，我说他颇有仁民爱物之风，神僧可有异议？”

“大将军莫要忘了，劝降成都之先锋，乃汉中张鲁旧部马孟起。刘璋惊惧其威名，早已心灰意冷，哪里还敢再做无谓挣扎？倒不如开城出降，万事大吉。这就叫作‘既明且哲，以保其身；夙夜匪懈，以事一人’，他有多少的分量便只能做分内之事，君臣之道当是如此。”

“哈哈哈！咱们之间并无主仆之分，你可别越扯越远哦！”

赵云仰头大笑，端起桌几上的酒碗一饮而尽。

玄嗔举碗轻叹，语重心长地道：“老僧别无他意，无非是想提醒大将军一句，你不愿意与裴擒虎撕破脸面，那是宅心仁厚，但是长秋山的虎牙营结党营私，暗中招纳东州暴民，却是狼子野心。”

第三十二章：暴雨梨花

此时的颜风正藏身于石桥之下，听到二人的对话，忍不住就暗骂一声，他娘的！你跟顾师爷倒是天生一对啊，说出来的话就跟放屁一样，臭不可闻！

赵云摇了摇头，正色地道："大丈夫能屈能伸，不用理会外面的流言蜚语，只要我为主公守住了成都的后防，确保蜀地风平浪静，功过是非又算得了什么？此番主公有意进取汉中，迟迟未做决定，而我早已进谏成都，飞龙营甘愿领兵出战，大邑城的重任搞不好就交付给裴老将军了。正所谓疑人不用，用人不疑，我与他一朝为臣，万万不可互相猜忌。"

"其实老僧担忧的倒不是大邑城，而是崇州……"

"此话怎讲？"赵云微微一怔。

"崇州虽是成都的第二道门户，但是地势平缓，一马平川。倘若裴擒虎真有异心，一旦与安玛城的狼甲勇士结盟，老僧推断姜啓会绕开大邑，直接起兵北上，后果不堪设想。"

颜风闻言翻了个白眼，这死和尚一天到晚瞎说八道，喜欢搬弄是非，实在是有辱仙道神僧的名声！

他此时牙痒难忍，拳头都快捏出了水。可是他忌惮玄嗔的武功，不敢轻举妄动，低头瞧了一眼桥下的沟渠，心里暗想，我总不能这样站到天亮吧？只要被守卫发现，我死活脱不了刺杀赵云的嫌疑，横竖都要落个罪名，不如就光明正大地冲出去？

他回想起在望羌台之时赵云所说的话语，不像虚情假意，当得起豁达坦荡的正人君子，心里那几分敌意早已烟消云散了。只不过诸葛连弩一事，始终令他难以释怀。

就算赵云不是田园村的主谋，可谁也不敢担保他的手下没有胡作非为啊！为了算计裴擒虎，连玄嗔和尚都不遗余力，我今晚若是不查他个水落石出，恐怕睡觉也睡不安稳。

颜风经过一番深思熟虑，觉得此地不宜久留，当务之急是先找到库房禁地，只要掌握了赵云秘制连弩的证据，武功高低可断不了是非对错，谁的嗓门大谁占上风。

他俯身观察墙外哨楼的人影，忽见楼宅屋檐之处悬挂着两盏纱灯，亮光虽然微弱，但是想要飞身掠入墙角，似乎很难避开守卫的视线。

夜风呼啸，卷起一幕尘沙。

颜风灵机一动，拾起地上一块碎石，斜弹中指，“噗”的一声，击灭了右边一盏纱灯，石桥周围顿时漆黑一片。

他一身御刀出鞘的指劲内力，源自鹤鸣派的《丹阳经》，指尖一缕真气凝聚，便是铜壶铁炉只怕也能击出一个窟窿来，灭一盏小小纱灯，如同小儿把戏。

四名守卫扭头观望，颜风突然贴着草地往左边翻滚而出，迅速隐没在墙角的阴影之中，犹如一只扑入池塘觅食的青蛙，趴在地上一动也不动。

他想起柳嫣那轻盈飘逸的飞身法，暗叹师父当年为何不教他夜盗百户的本事，今晚也就不用这么辛苦了。

他躺了大约半炷香的时辰，聆听墙外哨楼的动静，悄悄接近。

其实颜风在进来之前，早已发现庭院哨楼的布局颇为蹊跷。按理说高耸的哨楼，视野开阔，三座塔楼为何要并列成一排？而且空旷的草地上铺着一层厚厚的青砖，彼此间距七尺余宽，倒像是往返马车的通道，不是守护庭院的哨岗。

假设搬运诸葛连弩需要大量的辅助工具，那七尺余宽的马车正是库房禁地的运输保障。颜风坚持自己的推断，决定绕过哨楼，再往白马村的深处一探究竟。

颜风沿着青砖通道前行，四周漆黑一片，树林之中偶尔传来夜鸟振翅的声音，坡道的尽头是陡峭的山峰，除了路边砌筑的一道矮墙，已是死路。

库房在哪儿？

他转过身去瞪着远处的哨楼，怀疑自己判断失误，不免惘然若失。

“小鱼儿！你去瞧瞧李家老哥怎么回事？要是让韩将军知道他擅离职守，非把他打个半死不可！”

忽然，一声嗡嗡叫骂的回音出现在颜风的脚底，吓得他弹腿跳开，侧身僵立。

地面的青砖“咔咔”直响，缓缓移开一道缝隙，露出深不可测的地洞。只见一名身穿灰布短袄的守卫，手持火折，从地底下探出一颗圆溜溜的脑袋，昂头瞅见站在洞口的蒙面人，顿觉眼前一花，翻身滚落石阶。

颜风迅速跳入地洞，挥袖往火光中一拍，即刻将另外一名守卫放倒。他拾起火折子四处一望，不由得倒吸一口冷气。

眼前出现一座偌大的暗堡地宫，纵深百米，穹顶足有三人之高，地上散落数捆破开的竹筒，而墙角堆放着一排排整齐的弓弩，数量惊人，简直就像是一座军营的兵械库，蔚为壮观。

颜风又惊又喜，可算没有白走一趟！多亏了有裴二爷的相助，才能找到如此隐秘的库房。赵云啊赵云，待我一把火将这里烧得干干净净，看你用什么去攻打安玛城！

哈哈，昔日周郎火烧赤壁，今夜我颜风火烧连弩！你不用谢我哦，正所谓济世救民，人人有责，就当我为你的子孙后代积点功德！

颜风喜不自胜，扭头望了一眼手中的火折子，嘴角一挑，扬手抛出一抹闪耀的弧线，半空中翻转了几圈，跌落在成堆的箭弩之中。

顷刻间，库房内燃起呲呲火光，烟气弥漫。

此时不走，更待何时？！

颜风一手一个拎起昏倒在地的守卫，迅速往台阶撤离。

火势越烧越大，滚滚的浓烟仿佛张牙舞爪的怪兽，转眼之间已吞噬地宫，发出一阵阵的轰鸣巨浪，疯狂撞击洞口。

颜风拖着二人一路往哨楼疾走，冲向村口的碎石小路，忽闻高墙之上传来一声暴喝，一道身影冲天而起，衣袂飘展，宛如振翅俯冲的苍鹰，幻起呼呼掌风，直袭颜风的头顶！

好强的内力！

颜风顿觉一股纯阳的热浪迎面扑来，避无可避，他大惊之时身子倒悬翻仰，夜色下刀光一闪，紫卿刀滑出一道殷红的光芒。

刀声破空，颜风早已跌出了数丈之外，突然在草地上连滚数圈，哪里还顾得了狼狈的模样，手腕凌空一转，一把抓住紫卿刀，拔腿就跑。

“颜施主？你……你想干什么？”

来人正是玄嗔，一眼认出颜风的绝世刀法。

颜风懒得跟他解释，飞身往村口狂奔，口中哇哇大叫，故意虚张声势："老和尚！我知道打不过你，但你别逼我伤及无辜！"

"保护大将军！"

玄嗔见颜风突然拐出了哨楼，径直往庭院的围墙跑去，猛地一惊，以为颜风声东击西，企图刺杀赵云。他一式"黄莺投林"，飘然掠向四方沟渠。

此时，周围的守卫蜂拥而至，手里提着大大小小的水桶，纷纷赶去地宫入口救火。其中数名守卫听到玄嗔的呼声，立即抡舞长枪，倒转枪头，试图阻拦黑衣人的去路。

颜风刀出如风，"叮叮"数声，斩断枪尖，双腿凌空挑起一抹悬弧，连环侧踢，锋利的枪锥顿时在高墙之上射出两个窟窿。

他无心杀人，但也不想被人所伤，目中两道凶光毕露，吓得守卫腿脚抖索，面面相觑，举着光秃秃的棍子将颜风围成一圈，可是谁也不敢靠近半步。

"哈哈！颜兄弟，吃我一枪！"

庭院之中忽然传来一声豪情大笑。

但见一道亮白色的弧光呼啸而至，仿佛飘雪纷扬，当中一束碧青色的寒芒猝然分开雪雾，恍如梨花狂舞，又似苍穹上滑落的流星，投奔明月之光辉，颇有气撼山河之势。

颜风神情悸动，急速抽腕御刀，转身疾挡。

不料眼前跳起一片电光火石，金铁之声轰鸣刺耳，嘈嘈如急雨弦音。他哪里挡得了这股凶猛的冲撞之力，顿觉虎口大震，胸腔一口浊气瞬息间堵住了鼻孔，紫卿刀也险些脱手震落。

颜风往后连退了七步，晃了晃身子，扯下黑巾，脸庞上一片刷白："大将军？你，你这是什么枪法？"

他真气虽猛，但是招式上的浑然天成远远及不上赵云，若是此时二人在马上交锋，赵云这排山倒海的一枪，极有可能借助骏马飞奔的力度，将颜风刺成个穿心葫芦。

"此枪名曰'涯角亮银枪'，蜀汉排名第二！我年少之时曾师从琅琊童渊，演练了一手落马朝阳的枪法。可是很少有人知道，长坂坡上，曹营大将五十四人皆死于我暴雨梨花枪下！哈哈，颜兄弟今日破我枪法，不喝上一碗水酒，岂能轻易饶你！"

赵云抚须大笑，将手中的涯角亮银枪抛给守卫，大步走向青石桥。

"我烧你库房，你居然请我喝酒？"

颜风怔住，看来老板娘的话不假，赵云真的有心请我喝酒。而且“暴雨梨花枪”的威力他此时亲眼得见，曹营之中的七进七出，当然不可能是传说。

唉，天下英雄不止赵云一人，但是有如此气概的将军倒也确实少见……颜风啊颜风，便是多给你十年光阴，也万万争不到赵云这般的好名声！

颜风内心百感交集，不知究竟是羡慕还是懊恼。

赵云嘿嘿一笑，径直走到桌子前倒上一碗酒水，举碗相邀：“怕什么？喝完酒咱们可以再比一场。”

大将军就像是见到了多年未见的老朋友，言语之间畅快无比，完全没有将颜风视为歹人。

颜风慌忙抱拳作揖，恭谨地道：“在下认输了……”

“阿弥陀佛。”玄嗔尾随其后，斜视颜风的腰间，脸上的表情不知是疑惑还是吃惊，“颜施主私携兵器，再闯蜀汉军机重隘，恐怕不是单单为了放火这么简单吧？”

此时，库房的大火已被飞龙营的将士扑灭。众人见大将军根本没有责怪颜风的意思，还要请他喝酒？心里皆是大惑不解，这小子三番两次闯入军营重地，犯的可是死罪啊，为何大将军却对他另眼相待？莫非是有什么把柄落在他手里？

颜风接过赵云递来的酒碗，一饮而尽，心里惴惴不安，今晚有玄嗔在此，看来我是插翅难飞了，唯有等裴大少那三百精兵前来相救。不管赵云是不是笑里藏刀，我且熬过了这几个时辰，是是非非我自然要问个明白，任你将我五马分尸也不冤。

“禀告大将军，库房连弩损失过半，四名兄弟皆已救醒，并无伤亡。”门外守卫上桥禀报。

赵云颔首道：“传令下去，库房失火一事不可走漏风声，命韩倘将军加快工期，十万连弩必须在一个月之内赶制完成，违令者斩！”

“属下领命！”

守卫退出正堂之后，青石桥下出现乌泱泱一群飞龙营的将士，少说也有百余名之众。他们列队警戒，阵型整齐，将四方庭院围得水泄不通，只等赵云一声令下，即刻拿下刺客。

颜风咬了咬牙，忽然单膝跪地，拜倒座前：“在下今夜造访白马村，事出有因，斗胆叩问大将军三件事！若是解不开心中的疑团，死不瞑目！”

赵云展颜一笑，道：“颜兄弟不必多礼，今日你胆敢烧我库房，咱们新账老账都先记着，等哪天你封侯拜将，我再来与你算清楚也不迟！哈哈，听闻你与安玛城的姜郡主喜结山盟，端的是年少有为，前途无量！你可知羌汉团结正是西蜀重中之重，我交你这个朋友，并非虚情假意，而你也绝对没有害人之心。有何疑问不妨直言不讳地说出来，只要是我赵云力所能及之事，定当一一满足。”

“好！在下要说的第一件事，就是田园村血案。”颜风单刀直入。

赵云皱眉道：“哦？颜兄弟有何未解难题？”

“那晚我与童六侠正巧路过，也曾勘查过现场的痕迹，死者身中乱箭，大多数皆是穿胸而过。可想而知，诸葛连弩与那晚的凶器极为相似。如果在下大胆假设，那就不能排除骑射营中有人暗中计划，劫粮杀人，是为了加深大邑与新津之间的误会，好坐收渔翁之利。”

“你错了。”赵云似乎松了一口气，坦然微笑，“白马村赶制诸葛连弩，乃是军师的密令，就算韩倘的脖子上挂着十个脑袋，他也不敢任由飞龙营的将士遗落一支。如今尚有另外一个推断，或许可以解释此事，只因连弩的玄机始终是在弩上，若是有人暗中仿制箭镞……”

“箭镞虽利，不及连弩强劲，敢问大将军，谁人的臂力如此刚猛，竟能做到箭箭穿身呢？”

“颜兄弟有所不知，有些东西虽然没有连弩轻便，但可以抬到田园村……唉，我身为蜀汉臣子，万万不能无中生有，以免伤了自家人的和气。”赵云突然话锋一转，似乎不愿意透露太多的隐情。

“大将军说的可是攻破雒城的铜弩机？”颜风脱口而出。

赵云精芒闪烁，颇为惊讶：“谁告诉你的？”

玄嗔淡淡地道：“老僧猜测，一定是裴家二少。此人眉眼不端，心术不正，我瞧他在安玛城与颜施主称兄道弟的模样，说不定是别有所图。”

颜风嘴角一扬，朗声道：“新津城的顾师爷，一张鸟嘴又臭又硬，大邑城里搞不好也能找出几个，不足为奇！在下的第二件事，正是火烧库房的起因。大将军当我是道听途说也好，胡思乱想也罢，若能如实相告，死而无怨。”

“但说无妨。”

“听闻白马村秘制诸葛连弩，对外宣称是要随刘备进取汉中，实则是暗中筹备军械，准备逼近西岭雪山，奇袭安玛城！可有此事？”

“一派胡言！你听谁人所说？”

赵云拍案起身，发须皆竖，他忽然明白颜风可能是受人蛊惑，目光与玄嗔对望一眼，神情惘然。

白马村受命制造诸葛连弩一事，乃是蜀汉的军机要密，以颜风的身份与能力，断然不可能获悉详情，除非是新津城的裴擒虎故意放出了风声。

赵云突然明白颜风极有可能被人利用，一想起其中的利害关系，不免有些忧心，此事倘若让成都的人知道了，只怕颜风小命不保。

玄嗔皱了皱眉头，道：“颜施主，这种恶毒的玩笑不好到处乱说，万一姜城主误信了谣言，三千狼甲兵翻起脸来，可不是闹着玩的！”

“呵呵，这就要问你了。”颜风冷笑。

“问我什么？”玄嗔愕然。

“第三件事，听说神僧武功盖世，名列蜀中四绝，曾游历西域长史府，练成佛门失传的绝技‘般若神掌’，不知传闻是否属实？”

玄嗔脸色一变，漠然道：“既是传闻，老僧何需解释。”

“好，我来替你解释！”颜风负手而立，傲气凛然，深知姜城主一事再无回头之路，不如一吐为快，将险阻与困境尽数抛之脑后，“你与姜城主深交多年，此事人人皆知，但是你借助裴家兄弟送粮之际，试图劝说羌人与大邑城竭诚合作，岂料老城主婉言相拒，令你大失脸面……玄嗔！我且问你一句，你老羞成怒之时，在涧石舫将老城主活活打死，我可有冤枉了你？！”

“你你你？你血口喷人！”

玄嗔闻言心神俱震，口中惊呼三声“你”字，战栗的双腿往后连退数步，吓出了一身冷汗。

颜风踏前一步，厉声呵斥：“老城主胸口那一道鲜红的掌印，可不是他自己画上去的！”

“等等，颜兄弟！”赵云声音嘶哑，眼眸中闪现惶恐之色，“姜老城主意外身亡，可是你亲眼所见？”

“玄嗔！你身为一代高僧，有胆子杀人，没胆子承认吗？”

颜风此时就像是一头荒野恶狼，怒目圆睁，步步紧逼，似要将玄嗔和尚一肚子的坏水统统给逼了出来。

“阿弥陀佛……”玄嗔忽然长叹一声，低头沉吟，“那晚老僧在涧石舫的确与姜城主切磋过掌法，可是我与他相识多年，亦师亦友，情同手足，怎能下得了如此重手？而且‘般若神掌’四个字乃是姜城主所悟。老僧当年游历西域之时，拜天竺高僧门下，研习的掌法虽然出自佛典藏经，但并不是叫这个名字。”

颜风冷笑道：“你这门绝技是不是叫‘大悲手印’？”

玄嗔猛一抬头，目中两道寒芒乍现：“你，你去过天竺摩逻寺？”

“哈哈哈！你终于承认了！”

颜风突然仰天大笑，神情悲怆。

他此刻热血满腔，咬牙默念，张道长，我颜风一直记得你的恩惠，也曾在你的坟前发过誓！就算我不是玄嗔的对手，没什么好遗憾的。倘若我今夜要下去陪你劈柴煮饭，烦请你也喊上姜老城主！咱们相逢高歌，大醉一场！

他面朝四方庭院，深深吸上一口清凉的夜风，嘴角扬起一抹弯弯的笑容：“白岩山钟峰观的张守朴，你一定认识，他有一句话要在下转告于你。”

玄嗔皱眉道：“老僧不记得认识此人，他有什么话要说？”

“世间种种恩怨，一辈子都还不清的，化解仇恨的方法，唯有血债血偿！”

刀光忽闪，风云变色！

第三十三章：大悲手印

蜀中四大绝顶高手的武功深浅，颜风心知肚明。

他在严家村砍过班黥戈布的手臂，也在太清观偷袭过靖尘师伯的袴裆，论内力上的修为，十个颜风也不是他们的对手，但是如果从招式上的变化去判断，紫卿刀的优势就在于一个“幻”字。

大音希声，大象无形。

刀锋虚空而动，世上没有一个人能猜透颜风出刀的角度。

颜风弹指出鞘，将积压在心头的仇恨一泄而出，人刀合一，速度甚是惊人。炙热的刀光挟着一股邪气，看似迎面劈来，其实却是一招肋下斜挑的反弧。

弹指间的变化，本来就是虚实相接，颜风明知不是玄嗔和尚的对手，偏偏胆大心细，耀眼的刀锋虚空乍现，为了迷惑敌人，他半空中这一道反弧，忽然砍向了赵云！

望羌台军营大帐那一刀，颜风确有制住对手之念，人在愤怒之时，情绪容易冲动，但是今日他在白马村挥刀砍向赵云，却是动了个歪主意，赌一赌玄嗔会不顾一切地扑上来救人。

赵云神情一动，人却未动。

玄嗔大骇之下，衣袖飘展，突然迎着凌厉的刀光横拍一掌，一股纯阳的真气拂衣而动，就像是一道坚不可摧的盾甲，直撞刀锋。

救人要紧，他已顾不得自己的生死。

呲呲！

悬挂门楣的轻纱忽然裂成数缕碎片。

只见玄嗔闷哼一声，身子穿纱急退，犹如摇曳在夜风中的断线纸鸢，飘飘荡荡地掠至青石桥上。

“有形无形，意念兼容；南北西东，似幻似空……”玄嗔察觉出颜风的用意，沉声低诵，脸上露出一种不可思议的表情，“颜施主的刀法变化莫测，玄妙无穷，让人大开眼界。只是你所修习的真气，老僧似曾相识，不知令师是哪一位世外高人？”

“你想不想去见他？”

颜风旋转刀锋，无声回鞘，说话的语气仿佛冰湖之水，令人心底寒意陡生。

赵云目睹堂前风驰电掣的一刀，不免心神悸动，暗自思量，刚才他出手一刀虚虚实实，若是战场上，只怕终要酿成大错。

自古战场上的厮杀，什么是对，什么是错都已经不重要了。一个人面对杀戮，意识是麻木的，就算平日里强过他十倍的高手，也极可能命丧他手。

如果战马的狂吼与人群的喊杀可以吓退敌人，就不必亲眼看见那数以万计的尸横遍野了。

赵云身经百战，涯角枪下亡魂无数，敌人的刀光剑影对他来说早已习以为常，无论是哪个角度，哪个方位，敌人的兵器距离他的血肉之躯还有多少距离，他都可以瞬息间做出判断。所以颜风这一刀，赵云感觉不到那种死亡的压迫。

但是赵云的内心还是有些忧虑，此子杀心太重，恐难降服，今日若不是神僧在场，白马村必有血光之灾，我得想个万全之策，压住他的戾气才行。

“颜兄弟！我坚信神僧的为人，绝对不是杀害姜老城主的凶手，你刚才所说的三件事，我一定会给你一个满意的答复……姜老城主的不幸遭遇，本将军深感痛惜，我即刻传令犬子赵统，速往安玛城查寻真相，在凶手没有找到之前，不许他返回大邑！”

颜风闻言一惊，赵云果然心细如尘。

他让儿子去安玛城当人质，可谓处心积虑，一来可以证实飞龙营无心偷袭青衣羌，谣言不攻自破；二来又可以为玄嗔祭出挡箭之牌，洗清嫌疑。他这一招“捭阖有度，进退自如”，深得鬼谷先生兵法之大成！

但是赵云如果来一招缓兵之计呢？谁能咬他一口？

颜风脑子里闪过无数个念头，可是当着赵云的面，第二刀再也使不出来。打狗也要看主人，而且在白袍将军的地盘上，换谁也不敢造次。

玄嗔大感意外，皱眉道："老僧所习之掌法，虽然刚猛强劲，但是不在紧要关头，绝无可能自乱阵脚失手杀人。而且此事因老僧引起，又怎可牵涉他人？为了避免青衣羌的猜疑，应当由我亲自解释才对。"

赵云抚须叹道："唉，神僧莫要意气用事！羌人已认定老城主死于般若神掌，你去解释，那岂不是泼墨画煤，越描越黑吗？当务之急是抚慰人心，男儿大丈夫的脸面暂且放一放吧，身正不怕影子歪！"

"大将军……"玄嗔脸色阴郁，欲言又止。他眉宇间隐现悲伤，似乎不愿相信姜城主意外身亡的消息。

一个人脸上的表情可以装出来，但是老和尚心里在想什么，颜风可不知道。玄嗔刚才出掌飘退门外，原是心神恍惚的状态，并无伤人之心，而以颜风的判断，老和尚此时人在白马村，不敢当着赵云的面胡来，一旦出了这个村，说不定立马换上另一副嘴脸。

"神僧不必多言。"赵云大步走出宅堂，瞧见四方沟渠站满了密密麻麻的守卫，微微一怔，朗声唤道，"来人！传令望羌台，命偏将军赵统速来白马村见我！"

白袍将军胸怀大局，行事果断，不惜以长子赵统的性命为赌注，借以消除青衣羌人的猜忌，眼前飞龙营的将士皆是见证之人，岂能儿戏！

"诺！"

庭院之中百余名将士齐声应诺，喊声震天。

众人心知此事既有大将军做主，定能化解羌汉两族之间的危机，而将士们则以吼天喊地的雄姿来提醒颜风，战鼓一响，寸草不生！大伙儿嗓门大也是能吓死人的，你要是不信，大可冲上来试试！

颜风听到庭院里的喊声，忽然心弦一动，以玄嗔的武功，我若是三招之内取不了他的性命，只怕很难脱身，倒不如挥刀冲进人群，趁乱遁走。

赵云转身桌前，义正词严地道："颜兄弟，剩下最后一件事，便是田园村血案。本将军把话说在前头，倘若村民与羌人果真死于诸葛连弩之下，韩将军一定会仔细排查去年的库存，一旦发现数目不对，骑射营一个都跑不了！"

"大将军的承诺，在下信得过。"颜风恭敬揖礼。

赵云展颜一笑，道："很好！姜老城主一事，我有句话要问一问颜兄弟。听你所言，姜老城主胸前的掌印只是物证，虽与神僧的绝技相符，但并没有人亲眼看见凶手是谁。

假设我飞龙营的将士突然跳出几位，一口咬定是另有其人，不知颜兄弟如何评断？”

颜风不解其意，皱眉道：“那在下只能半信半疑。”

“嗯，凡事都得讲究个证据确凿，我也相信颜兄弟是个抱诚守真的英雄侠士，所以我不妨直言相告，田园村血案已找到人证，而这位人证，我知道是谁。”

“姜无素？”颜风脱口而出。

赵云抚须微笑，炯炯目光扫视颜风一眼：“非也。此人想必颜兄弟也认识，她正是夜盗百户，身手敏捷的蜀中女贼飞燕子。”

什么情况？

颜风只觉得头皮一麻，冷汗涔涔，仿佛一只被人拔光了羽毛的公鸡，心情无比沮丧，他娘的！鹤鸣七子就这样将我卖了？

“听说颜兄弟此次来我大邑城，曾四处打探飞燕子的下落，这倒让我茫然费解，不知颜兄弟与那女飞贼是什么关系？”

赵云笑意盎然，说话之时却带着一种质问的语气，气势咄咄逼人。

颜风脸色一变，沉声道：“在下前往大邑只为追凶而来，涫老三编出来的鬼话，当不得真。”

赵云突然摇头轻叹，道：“你误会我的意思了。”

玄嗔紧锁眉头，静默良久，似乎一直在思考姜城主的死因，此时他听到赵云叹息，忍不住接了一句：“剑胆长缨望山河，少年难渡美人关。颜施主年轻气锐，豪气冲天，怎断得了人世间的情缘？”

颜风冷笑道：“老和尚整日只会烧香拜佛，哪里知道什么叫人间乐趣！哼哼，换作是我，去大邑城里买块豆腐，一头撞死得了！”

“你！阿弥陀佛……”玄嗔嘴角一动，眼皮子往屋梁上一翻，强忍住没有发作。

“点到为止，点到为止。”赵云抚须大笑，赶紧打圆场，“颜兄弟没有说错，神僧佛法无边，度劫度厄，还是别去过问人间的俗事啦。”

“人各有志，何求同归？想当年大将军兵取桂阳，太守赵范曾献嫂求和，若是大将军做不到秉节持重，也换不来这一世的英名。而对于颜施主来说，一腔热血激昂，只一味坚信自己的决断，又岂能懂得赵范之流的险恶用心。”

玄嗔沉声低叹，似乎话有所指。

赵云闻言一怔，眼眸之中隐露一丝惊异的神情：“哦？你是说有陈应、鲍隆之流暗中挑唆，误导了颜兄弟？”

“若他是榆木脑袋，那也教唆不了。”玄嗔不以为然。

赵云展颜笑道：“哈哈！出家人守惯了清规戒律，怎知人间风情！少年人确是难渡美人关，我看颜兄弟没啥毛病！他又没有领过军令，怎可强加说辞？而你说起赵范匹夫，他也难懂我赵云的忠心！想当年桂阳一战，记忆犹新，主公志在必得，我自然是义不容辞，只要赵范肯打开城门，也算是百姓的福泽了，怎知他竟然会使出‘献嫂求和’这种馊主意，简直就是愚蠢之极！”

“人心本就难测，赵范为图自保，已顾不上他人的声誉，这便叫作自作孽不可活。”

“可叹陈、鲍二人，空有一身勇力，却也喜欢搬弄是非，幸好主公深明大义，并没有相信赵范的口舌妄语。你让我再取一次桂阳试试？他赵范敢多说一句屁话，一枪戳死！”

颜风闻言愣住，大将军这“一枪戳死”四个字说得如此轻描淡写，以他的勇猛之威，那也无人觉得不妥，因为大将军的枪下确实戳死过不少人。

唉，要是换上裴擒虎，估计很难说出这般声势夺人的语气，桑横的话倒也不假，赵云的气质果然异于常人。

玄嗔脸色渐缓，深知大将军的秉性，一旦认定你是朋友，他定会奉为知己。如同鹤鸣七子一样，大伙儿同为蜀中百姓出力，与飞龙营的将士们并无上级下属之分，而且大将军从来不会顾忌什么军民的等级，早已将鹤鸣七子视为手足好友，就算大街上遇见卫季，他也时常会以“老二”调侃相称，完全没有大将军的架子。

老和尚并非庸人，知道此番大将军对颜风颇有好感，就算扯破了嘴皮子，也数落不了眼前这位莽撞的年轻人，不管是何人教唆颜风，只求一切因果根源，皆在心中明镜高悬。

颜风嘴角一歪，悻悻地道：“老和尚料事如神，在下也就不来隐瞒了，飞燕子遭人囚禁正是平云客栈的淯老三说的，他原想骗我去虎牙山寨救人，幸好我是颗木头脑袋，上不了当！”

“如果我说此事千真万确呢？”赵云目光如炬。

“耳听为虚，眼见为实！田园村村民的尸首确是利箭所伤，是我亲眼所见；老城主胸前的指印确是大悲手印的掌痕，那也是我亲眼所见。但是飞燕子被关在虎牙山寨，是从淯老三嘴里蹦出来的！”

颜风虽然不明白赵云为何会突然提起柳嫣，但是一想起鹤鸣七子处处设局戏弄，火气噌噌上脑，情绪有些激动。

“颜施主。”玄嗔面色一寒，似乎突然想起了另外一件事，冷冷地道，“你还没有回答老僧的问题，你是不是去过天竺摩逻寺？你怎知‘大悲手印’的来历？”

“去你娘的！你去问张道长！”颜风大怒。

他心中仇恨积压已久，苦于场合不对，始终找不到合适的机会下手，料不到玄嗔如此不知廉耻，居然还敢问这么多的废话，忍不住破口大骂。

玄嗔额前一道青筋暴突，衣袖倏然一抖。

可是他却咬了咬牙，口中低诵一声“阿弥陀佛”，双脚不由自主地往后移开半步，好像是在强行压制体内的真气，掐断了动手的念头。

哪怕得道高僧定力非凡，却也忍受不了颜风的血口喷人，无奈二人功力悬殊，辈分也差了好大一截，如果此时玄嗔不堪辱骂，出手去教训年轻人，那他就是以大欺小，传出去恐怕有损名望。

“你猜来，我猜去，原来个个都想当诸葛亮！”

忽然，四方沟渠的高墙上，一条黑影冲天而起！

嘭，嘭，嘭！

尖锐的呼啸声直窜夜空，火光乍现。

只见数十道耀眼的小火球从天而降，纷纷滚落庭院，突然在地面炸开一片火星子，恍如暴雨冰雹，铺天盖地砸向飞龙营的将士。

众人手舞足蹈地避开飞溅的火星，阵脚已是大乱，心里皆是暗吃一惊，谁这么大胆，竟敢偷袭白马村？

此时，庭院内一片火光，黑衣人身姿轻盈，挥舞手中长剑，“叮叮当当”一片金铁交击之声，却是以缴械为念，绝不伤人。转眼间便在人群中冲开了一条通道，兔起鹘落，迅速逼近青石桥。

赵云神情一动，握住伫立正堂的涯角亮银枪，猛地大吼一声：“何人夜闯白马村？速速报上名来！”

颜风瞧见眼前的场景，顿时目瞪口呆，糟糕！莫非是裴川的救兵到了？赵裴两家要是动起手来，这事就闹大了。我擅闯望羌台，火烧白马村，这些罪名我脑袋都不够砍，搞不好还要连累安玛城受苦！

“大将军，我来对付他！”

颜风情急之下，脱口大喊，飞身掠上青石桥，冲在赵云前面，右臂往前一探，一式“苍龙出海”，五指箕张，迅速抓向黑衣人的面门。

“嗯哼，你个没良心的东西。”黑衣人脸上蒙着一块黑巾，忽然鼻音轻哼，细声细语地骂了一句。他长剑一撩，不避反攻，脚尖凌空倒转，直踢颜风小腹。

啊？柳嫣？！

颜风捏住黑衣人的脚踝，触手一团柔腻，方知她这一脚其实并未使力，顿时醒悟过来，此人一身黑不溜秋的装扮，鼻音婉转悠扬，再加上那两只清澈如秋水般的眼眸，世上再也找不出第二个！

“柳……柳……”颜风身子一颤，原想问她一句，柳姑娘，你为何现身白马村啊？可是赵云的身影正往青石桥上飞奔而来，后面一个“嫣”字他便再也喊不出口。

“当心有诈！”赵云以为颜风遇到凶险，手中亮银枪一抖，一束耀眼的银光划破夜空，追风逐电般刺向柳嫣的大腿！

白袍将军的“暴雨梨花”枪法勇猛无比，颜风早已领教过了，眼看漫天的雪舞飞花朵朵绽放，他此刻若不撒手，锋利的枪锥随时可以将柳嫣撕成两半。

颜风万万没有想到赵云为了救他脱险，居然不顾自己的安危！他此刻的内心深处涌出一丝暖意，那是一种多年未遇的喜悦，就像是寒冬里流落街头的时候，一位好朋友突然给他端来一碗热乎乎的汤面，怎不令人感动万千。

“我来！”

颜风当机立断，突然冲前一步，迅速抱住了柳嫣的身子，侧步急闪。他掌心回旋，虚空一拍，竟要赤手空拳去抓赵云手中的亮银枪！

赵云没有料到颜风半途变招，居然要用血肉之躯撞向他的枪口？他震惊之时手臂急速下沉，亮银枪在青石桥上划出一道冲天的火花，挑起一片崩裂的碎石，声音尖锐刺耳，宛如电闪雷鸣。

“颜风，你好大的胆子！”

火光之中，玄嗔一声暴喝，幻起一道冲天的身影，飘然而至。

他以为颜风戾气不改，想趁机挟持大将军，一旦让颜风得逞，飞龙营颜面何在？老和尚哪里还来得及细想，衣袖一卷，稳稳托住赵云翻仰的身躯，脚尖突然在亮银枪上轻轻一点，一式“推窗望月”，右掌曲指如钩，往前一弹一送，斜拍而上。

蜀中四大绝顶高手，绝非浪得虚名，颜风并没有见识过玄嗔神僧的真正实力。

五蕴皆空，大悲手印！

阿波悉摩，曼多提尼，般若波罗蜜！

般若波罗蜜、若波罗蜜、波罗蜜、罗蜜、蜜……四方沟渠仿佛充斥着靡靡梵音，渐行渐稀，天罡纯阳的掌风荡起一层汹涌如潮的热浪，宛如巨蟒吐信，赫然击中柳嫣的右胸肩骨！

柳嫣闷哼一声，纤弱的身子立即缩成虾形，如同一片飘落在风雨中的枯叶，悬空跌出数丈之远。

飞龙营的将士手舞长戟，蜂拥而上，欲将刺客一举擒获。

颜风嗡嗡耳鸣，忽然大吼一声，双袖左右拂舞，顷刻间弹出一片夺目耀眼的刀光，噼里啪啦削落数十杆长枪，逼退柳嫣身旁的兵士。

众人瞧见颜风凶神恶煞般的眼神，犹如一头发了疯的野兽，禁不住打了个寒战，纷纷后撤一丈开外，重新集结成一个圈形，横枪举戟，迅速将二人围在中间。

“柳嫣？你说话啊柳嫣！”

颜风一个箭步冲到柳嫣身前，紧紧搂住了她的脖颈，心乱如麻。

他慌忙查看柳嫣的伤势，但见她胸前黑衫上已惊现五道指印，碎成了片片布缕，而里面穿的一件包裹严实的亵衣，倒是并无异常。颜风原想扯下柳嫣的面纱，却担心暴露了飞燕子的身份，便将指尖往她鼻孔上一探，确认尚有微弱呼吸，如释重负。

“你不要闭眼，你不能死……”颜风喃喃自语，内气贯穿手臂。他正准备用丹阳真气为柳嫣续命，猛然想起严家村令人面红耳赤的一幕，顿时呆若木鸡，手掌举在半空，硬是按不下去。

“哎？我要是死了，谁来救……救你出去呀……”柳嫣忽然轻笑一声，悠悠叹息。

“你不是被关在虎牙营吗？谁让你来救我的？别动！”

颜风瞧见柳嫣醒转，再也顾不得男女之间的禁忌，掌心迅速按住柳嫣肩骨，强行灌注一缕真气，与玄嗔的纯阳内力抗衡，试图为柳嫣保住最后一口气息。

“你觉得什么地方……能关得住我？咳咳……”柳嫣莞尔而笑，眉宇之间闪现一抹羞涩。她拼命装作安然无事的模样，却止不住那令人胆战心惊的咳嗽声。

她之所以没有当场断气，或许正是因为玄嗔的纯阳掌力，并未直接击中她的要害。但是大悲手印的凶险之处，非比寻常，谁也预料不到凝滞柳嫣体内的真气，何时蔓延心腑。

颜风双目尽赤，焦心如焚，突然冷眼横扫四周的人群，蹲下身子，将柳嫣背上肩头："说得不错，世上没有任何地方能关得住你。现在我就背你出去，谁若是挡我去路，多杀一个我也稳赚不赔！"

"你，你肯为我死吗？"柳嫣轻蹙蛾眉。

"人情债怎么还得清……"

颜风仰望夜空，脸颊之上浮现一抹哀伤，冲着青石桥大喊一声："大将军！我这位朋友夜闯白马村，一心只为救我，并无行刺之念。他的罪名当然由我来扛，但是玄嗔和尚这一掌，在下日后必将十倍奉还！"

第三十四章：暮气嫣然

柳嫣手持长剑，剑锋戳点地面，弯成一道弧形。

她此时明明已气若游丝，却担心颜风难抵飞龙营将士的攻袭，偏要强作精神，哪怕为颜风挡上一枪，也是心满意足。

“咱们以后……不提人情债了，好不好？”

她眼眸之中闪烁一点星辰般的辉光，孱弱的手臂紧紧抱住颜风的脖子，再也不肯放手。

众人恍然大悟，哦，原来他二人是一伙的！黑衣人见同伴被神僧缠住，一时半刻脱不了身，便决定冒险赶来营救，想不到来救人的反而被老和尚打个半死。唉，姓颜的偏偏又是个重情重义的汉子，估计这件事很难善罢甘休了。

飞龙营的将士身经百战，对“同伴”二字深有感触。

友情之珍贵，不能光在刀枪剑戟下才能体会，这是一种患难与共的默契，哪怕只是举手投足之间，也要有由衷的信任。

“救得活吗？”赵云皱了皱眉，小声询问身旁的玄嗔。

白袍将军求贤若渴，一直很器重颜风，而且他也十分欣赏年轻人的性情耿直，怎知今日好端端的又起一桩祸事，心里万般无奈。

“惭愧。此人剑术精绝，身法敏捷，老僧担心大将军发生意外，实属迫不得已。倘若掌力并未伤及心脉脾脏，只要化解他体内的侵蚀真气，肯定是死不成的，但是一身武功怕是要荒废了。”

赵云摇头苦笑，心事重重地道：“我担心他是青衣美人，那姜城主的死因，你是怎么洗都洗不清了……”

“阿弥陀佛。”玄嗔双掌合十，低诵一声，“大将军请放宽心，老僧就算拼上这条老命，也一定要找出真凶。而且夜闯白马村不是小事，安玛城的人应该知道咱们汉家军营的规矩，若是兴师问罪，我自会给他们一个满意的交代，平息这场羌汉风波。”

赵云环顾四周，肃容亢色，竖举手中涯角亮银枪，“咚”的一声，将镔铁枪纂往青石桥上猛力一挫，四方沟渠顿时鸦雀无声。

“众将士听好了！颜风虽然性情固执，三番两次冒犯我飞龙营，但他却有一片侠肝义胆，从未砍杀过一兵一卒。本将军敬重他是条好汉，不忍将他治罪，尔等若是感同身受，即刻退守浮桥，引路村口，为颜少侠送行！”

大将军一声喊，声如洪钟，凌厉的目光扫视周围，宛如一尊天神挡关，身临战场之上，随时随刻都会发起冲锋的号令。

“大将军恢宏大度，蜀汉军魂当之无愧！”

“兄弟们谨遵大将军号令，为颜少侠送行！”

数名校尉振臂高呼，众将士纷纷响应，动作整齐地收拢枪戟，呼声洪亮，撼天震地。

颜风扭头一看，但见围拢的人群自觉分开两边，点点火光顷刻间照亮了白马村。夜雾渐散之时，庭院当中呈现出一条通天的大路，村口的浮桥清晰可辨。

“诸位兄弟！此情此义颜某铭记在心，不敢忘！”颜风泪水夺眶而出，忽然“扑通”一声，双膝跪倒在地。

男儿的慷慨豪情，全凭胸口一腔热血，没有任何征兆。

“救人要紧！”

“颜少侠多多保重！”

人群之中传出一片呐喊之声。颜风转身向赵云叩首三拜，扛起奄奄一息的柳嫣，大步离去。

“可怜，可怜，他这位朋友眼看是活不成了……”

“你胡说八道什么啊？神僧都说了死不了的。我看此人的装扮倒像是飞燕子，颜少侠英雄了得，怎么会跟飞贼称兄道弟呢？”

“飞贼又怎样？他偷过你家东西了？只要不去欺负老百姓，换我也愿意跟他交朋友！”

将士们七嘴八舌，议论纷纷，觉得这句话很有道理，能与这种劫富济贫的义贼交上朋友，简直快慰平生。只不过飞龙营的人尚且不知飞燕子是一名绝色女子，若是洞悉了真相，搞不好争先恐后，人人都要挤破脑袋。

曙光初现，天色微明。

颜风背着柳嫣一路狂奔，转眼间冲出了白马村数里之遥。

柳嫣呼吸微弱，意识渐渐迷糊，勉强被颜风灌入的那一缕真气吊住了性命。但是她能不能熬过天亮，颜风无法诊断，原想去附近小村寻求裴敬相助，仔细一想，万一她真是从虎牙营逃出来的，那就尴尬了。

哎？或许大师伯能救她？！

颜风心念一动，顿时喜形于色，急切地道："柳嫣，你能说话吗？"

"我走不动……"柳嫣轻哼一声，使劲抱紧颜风的脖子。

开口当然没有问题，走路那是万万不行！

女孩子说话喜欢拐弯抹角，柳嫣的心思一想便通，她生怕颜风不愿意再背着她走，故意装出一副极不耐烦的样子。

颜风翻了个白眼，道："我要带你上鹤鸣山找靖尘大师，麻烦你给我指条路。"

"咳咳，上次老道是怎么回家的……不是你送上去的吗？"

"我要是记得路，还用得着来问你啊！"

"好吧……你能不能不要凶我……"柳嫣银牙暗咬，瞪了颜风一眼。

颜风摇头叹息："唉，我实在是想不明白，好端端的你为什么要跑白马村来！我是去找玄嗔和尚的晦气，与赵云毫不相干，飞龙营的人怎么可能为难我呢？现在倒好，偷鸡不成蚀把米，赔了夫人又折兵！"

柳嫣"嘿"的一声，故作惊讶地道："你什么时候把姜郡主给赔出去了……我怎么没看见哩？"

颜风微微一怔，她是怎么知道素素身份的？

他满心疑惑，却不知如何解释，赶紧闭上嘴巴，加快了脚步。

清晨的冷风拂过山岗，盘旋在树梢的雾气东飘西荡，始终挥散不去。当二人穿越茂密的幽林，天空突然下起了蒙蒙细雨，地上变得又湿又滑，寸步难行。

田园秀色，溪水淙淙。

颜风举目远望，见前方出现了一处小村庄，心想她此刻若是受了风寒，绝对扛不起这么重的伤，莫说太清观了，只怕连妙高峰都上不去，不如先找个僻静的地方让她休息一会。

“柳嫣，我怕你累了，咱们先去村子里避避雨吧。”颜风语气关切。

柳嫣抹了抹额前的汗水，轻声细语地道：“我知道，你想吃我做的焖油烧鸡……”

颜风记起严家村的往事，心里涌起一股暖意：“哈哈，这次我来掌勺，让你试试我的手艺！”

“嗯，你在安玛城的时候……姜姑娘肯定教会了你不少本事。”

“老子在翠竹林学的！”

颜风拔脚冲进雨幕，疾奔村口，抬头瞧见前面一处农家小院，屋顶正飘着袅袅炊烟。他慌忙跃入院子，扶住弱不禁风的柳嫣，突然看清柳嫣一张娇羞的面容，恍如昨日佳人初见，顿时目瞪口呆，半天也说不出一句话来。

“谁在外面呀？”一名中年农妇听见屋外的声响，依窗张望一眼，见小姑娘穿着一件破破烂烂的衣衫，斜躺门栏大口喘气，似乎病得不轻。

她慌忙推门出来，扶柳嫣进里屋躺下，喊来睡眼惺忪的垂髫小儿，叮嘱他去灶台煎上一碗姜汤，悉心照料大姐姐。

小儿喊了一声“小姐姐长得好漂亮”，屁颠屁颠地跑去灶台。等他端上姜汤，嘴里却喊颜风“大叔”。颜风瞪起眼珠子，“嘿嘿”一笑，摸了摸孩童的脑袋，从兜里摸出几枚直百钱相赠。

农妇婉言谢绝，面带愧色：“客人莫要见外了。家里虽然还能熬上一些米汤，但是一件衣裳都找不出来，总不能眼睁睁地看着小姑娘受苦。你要是放心她住在这儿，就去大邑城给她买一件襦袄换上，再找郎中抓一些祛火和散寒的草药。”

颜风怔住：“到底是祛火，还是散寒？”

农妇皱眉道：“按理说女人的身子是阴虚体寒的多，可是小姑娘眼眸红肿，手脚一会冷一会热，你说她体弱气虚吧，肝血倒是挺足的，真是个怪事！”

颜风挠了挠额头，示意农妇借一步说话。

二人走出门外，颜风一脸无奈，愁眉苦脸地道：“实不相瞒，她是被人打伤的，寻常草药治不好……在下原想送她去鹤鸣山试试运气，但是山道难行，我怕她熬不到太清观。”

他虽以丹阳内力镇住了柳嫣体内的侵蚀真气，但是如何安然化解，却一筹莫展。

按照玄嗔的说法，就算保住了性命，也可能落个武功尽失的下场。颜风其实一直害怕柳嫣不肯接受这个事实，若是她半路上突然往断崖纵身一跳，他一辈子都难以心安。

“一个如花似玉的小姑娘，居然被人打成这样？”农妇歪了歪脑袋，满眼惊恐。

打架被人打吐血的事儿她倒有所耳闻，可是小姑娘居然被打成体寒身热的症状，她还是头一回听说。

她怀疑可能是小夫妻之间起了冲突，但是看客人彬彬有礼的模样，不像是欺负女人的混球，越想越觉得不可思议，摇头叹了一口气，转身进屋。

“颜风？颜风你在哪儿……怎么天又黑了……”

柳嫣突然在里屋低唤一声。

颜风快步进屋，见柳嫣清秀的脸颊呈现暗红之色，半边身子俯倒床榻，挣扎着要站起来。他急忙上前扶住柳嫣的手臂，触摸之时果然炙热无比，仿佛贴近了一盏烧开的铜壶。

玄嗔的纯阳真气非同小可，柳嫣竟能撑住一口气息不断，实属不易。只是她神志恍惚，有些语无伦次，就像是一个无家可归的落魄孩童，突然被暗黑吞噬，迫不及待地渴望依赖。

颜风心神郁结，紧紧抓住柳嫣的手腕："没事的，你乖乖地休息，等雨一停我就背你上鹤鸣山。嘿嘿，你想不想见青崖子？老道要是知道飞燕子跑去看望他呀，一定会手舞足蹈。”

“他整天待在太清观，只怕要憋出病来……”

“哈哈，他又没有媳妇，谁能管得了他？在鹤鸣山上他也能超度野味，逍遥快活得很。”

“你，你……哎呀，我的脸为何这么烫！”柳嫣突然抽离双手，赶紧捂住了羞赧的脸颊，顿时感觉自己一颗心儿怦怦乱跳，难掩慌张。

颜风退后一步，茫然无措地抓挠额上刀疤。

他此时脑子里嗡嗡作响，心乱如麻，仿佛被一种别样的情结困扰，说不上欢喜，但也说不上害怕。

清丽可人的柳嫣，慷慨仗义的飞燕子，我究竟应该把她当作什么？

颜风眼神闪烁，扭头望向窗外的飘雨，心里暗骂一句，他娘的！飞燕子是我的好兄弟，可是柳嫣是个女人，我与素素情深意浓，怎么老是想这些乱七八糟的问题！

他此时若是在翠竹林，搞不好又会扇自己一个耳光，可是当着柳嫣的面，这种奇怪的动作，他万万做不出来，最明智的选择当然是隐藏心思。

“你在想什么？”柳嫣呼吸渐缓，眼眸中的光泽却依然火热。

颜风环视小屋，除了简陋破旧的桌床被单，一无所有，不免忧心忡忡：“唉，当年我背老道上山，是用藤条绑住他的，你这种身子骨可承受不住。我在考虑问大姐借点什么，想不到连一根布条都找不到。”

柳嫣咯咯笑出了声：“我以前一直以为你是个愣头青！一年光景，居然就变成了个心细的男人，真是让人刮目相看……”

“你在取笑我？”颜风故意板着脸。

柳嫣狡黠一笑，道：“瞎说，我哪儿敢啊？我就记得你欠过我钱。第一次是在望羌台对吧？我在大邑长乐街买了几袋硝石药粉，总共一百三，白马村我故伎重演……哼哼，你以为那些小火球不要钱的吗？对不住，数目是三百七，连本带息，你至少得给我一千！”

“啊？你怎么不去抢！”颜风惊歪了嘴巴。

“好啊，你过来让我抢，我得好好搜上一遍……”

柳嫣眼眸流转，示意颜风走到床前，果然伸手去摸索他的袖子和衣襟，似乎要将颜风兜里的钱币全都占为己有。

颜风高举双手，就像是面对一位调皮捣蛋的孩子，一脸无奈。

清风拂过窗棂，撩起柳嫣额前青丝，她此时忽然垂眉低头，一把抱住颜风，一双秋水般的眼眸之中，两行泪水滚滚而落：“颜风，我好想你！”

春雨纷飞，细润无声。

小屋内的情意绵绵，令人心潮澎湃。

柳嫣哭起来的模样，更像是一朵逢雨沾露的花儿，娇艳凝脂，楚楚动人。

颜风心儿暗颤，积压在他心头的一团冰雪，瞬息间被炙热的火焰包围，化作一缕渺渺的轻烟，越飘越远。

女人的一往情深，需要足够大的勇气才能说出来，而那一份魂牵梦萦的思念，柳嫣再也无法隐瞒。就像姜无素在安玛城再次见到颜哥儿一样，那是一种委屈，也是一场情感的宣泄。

颜风深爱着素素，从来没有奢望过爱情要像天雷地火般轰烈，他也曾想过，在风景怡人的鹤鸣山找一处僻静的地方，盖一座别致的小茅屋，与爱人白发相守，钟爱一生。

柳嫣，你能听见我的心跳声吗？

我承认我也好想你，我也想一直这样搂着你，永远都不要分开。可是我知道，这不是男欢女爱，而是你我之间的风雨同舟，深情厚谊。

世人的情感迸发，需要两颗心灵的碰撞，但是谁也不可否认，一个让你牵肠挂肚的人，反馈给你的究竟是什么，是水到渠成，还是深感意外？

颜风轻抚柳嫣秀发，柔声道："等治好了伤，你每天都可以看见我。我还想让你带着我游历蜀中名山呢，峨眉、青城、雾中山……好多地方，说不过来。只要小燕子开开心心的，要我做什么都愿意。"

他不敢吐露心声，原是了解柳嫣的性情，她的刁蛮任性往往让人猝不及防。为了安全起见，颜风必须找到合适的机会，找出正确的方法。

"好，那你说，西岭雪山你去不去？"柳嫣猛一抬头，抹去脸颊上的泪水。

"我，我……"颜风愕然半晌，一时语塞。

"我知道，我知道的……你心里只想着姜无素一人，我怎么会不知道呢？我喜欢打你、骂你、气你，我也时常劝自己去想你、爱你、救你，可这些都是我的一厢情愿！"

柳嫣神情黯然，脸色一片煞白，眼眸之中忽然浮现一层雾气，瞬间将脸颊上的泪痕凝结成霜，"扑"的一声，嘴里蓦地吐出一大口鲜血，身子摇晃数下，即刻瘫软床榻，命若游丝。

"柳嫣！"

颜风脱口惊呼，吓得魂飞天外。他右掌一翻，迅速抵住柳嫣锁骨，撕开她系在肩头的亵衣，但见五道指印由红转青，周围聚成数道暗黑色的瘀肿血丝，若是不尽快给她放血，只怕随时蚀伤心肺，神仙难救！

"哎哟，怎么了这是？脸色这么难看……"农妇闻声赶来，上前握住柳嫣的手腕，但见小姑娘肤寒如冰，手臂上竟然结了一层薄薄的霜气，冷不防吓了一跳，"她？她？她的身子结冰了！"

颜风指尖微微轻颤，想抽刀给柳嫣放血，却是犹豫不决。

因为他知道，一旦刺破了伤口，柳嫣体内的纯阳戾气极有可能会随着血液逆转心脉，那简直就是雪上加霜，必须在刺破伤口之前，先用真气逼住血液。

可是一心怎能二用？内力推宫太过危险，颜风担心会有闪失。

"大姐，家中可有针线？"

"有，有！"农妇连连点头，慌忙跑去里屋找来一枚银针。

颜风将柳嫣的身子横置床榻，头颈朝外，仔细叮嘱农妇："大姐帮我个小忙，等会儿我以掌心按住她的伤口，你看到她……她的肤色开始变红，便一针戳下去，我就可以将她身子里的毒血放出来，明白了吗？你瞧，现在是碧绿色。"

农妇皱眉道："要扎的时候，能不能提醒我一声呢？"

"我怕一说话，力度会有偏移。因为打人和疗伤是两种处境，位置稍有偏差，前功尽弃。"

"你这样说，那我有点明白了。"

农妇点了点头，赶紧去灶台取来一碗清水，小心擦拭银针，便扶住柳嫣的头颈，悬空弯曲手肘，屏住呼吸，针尖对准小姑娘的伤口。只是她突然想起，忘记问应该扎哪一条指痕才对？顿时满头大汗，神色紧张，手指头一直抖个不停。

事到如今，救人要紧，颜风也没什么好忌讳的了，他气蕴丹田，内力灌注手臂，以掌心边缘按住了柳嫣的右胸。

五道碧青色的指痕被丹阳真气所逼，由淡紫色过渡，渐渐转变暗红。农妇倒也机智，手中的银针立马往指痕上一戳！一丝腥气扑鼻的血液破肤而出，溅了农妇一脸。

农妇愕然呆立，双腿突然一软，即刻昏倒在地。

颜风推宫过血之时，不敢有半分松懈，疾指如风，迅速封死她胸前"神藏""云门""天突"三穴，终将聚积在柳嫣体内的淤血尽数逼出。

柳嫣，我说过不会让你死的。

我承认，我喜欢你，可是我不能对不起素素。

如果我颜风是个自私自利的男人，你怎么可能爱上我？

颜风心里喃喃自语，托住柳嫣的双臂，竟将她那冷如冰封的身子紧紧搂在怀中，以自己的体温去化解阴寒之气。

他此时静如止水，穆如清风，默念昊源师父教给他的"丹阳口诀"，耳边不闻风雨之声，再也没有一丝凡尘杂念。

第三十五章：蜀鸟杜鹃

陌上薄暮，春雨不停。

颜风倚窗轻叹，神情舒展，可是眼前老是浮现姜无素的身影，心里又烦又乱。

农妇将家中最后一把小米熬成米粥，端进屋子，一碗留给颜风，另一碗悉心喂柳嫣吃下。待柳嫣醒来之时，面色已大有好转，只是体力并未完全复原，依旧是弱柳扶风的模样。

她喘上一口气，斜倚床头，颤巍巍地从锦兜里摸出一颗乌光闪闪的珠子，价值不菲，微笑着塞给农妇，定要恩人收下。

农妇死活不肯要，一番推搡，柳嫣居然一点力气都使不上来，遽然惊觉，原来自己的功力早已消散，不由得轻蹙眉头，悒悒不乐。

颜风见她神情沮丧，慌忙上前安慰："你别胡思乱想……多亏了老和尚每天念叨的一句'阿弥陀佛'，让你捡回一条命。我也没料到丹阳真气果然能解掌毒，看来很多事儿都是老天爷安排好的。这种鬼天气，游山玩水恐怕不合适，我先带你去大邑城找个地方静养几天，等恢复得差不多了，咱们再去鹤鸣山找老道。"

柳嫣有气无力地道："的确是安排好的……早知如此，当年我在田园村应该先去救小郡主才是，那她便不会认识你啦。"

"你这是什么话？谁救不都是一样吗？"颜风眼珠子一瞪。

柳嫣冷冰冰地道："哼，我是女的，你是男的，怎么会一样。"

颜风微微一怔，摇头叹息："好吧，你说的话都是对的！我就求你一件事，不要记恨素素好不好？就当是我怕了你成不？你就是我小祖宗总行了吧！"

柳嫣"扑哧"一声笑，捂住胸口，大呼小叫地喊疼："哎哟哟，贼和尚！下手没轻没重的，落在我手里要他好看！"

颜风见她突然开口骂人，似乎再也不想提起姜无素的事儿，顿时喜形于色，大拍马屁："嘿嘿，等我哪天抓到老和尚，让他给你跪下喊一声姑奶奶！"

"行！那咱们可说好了，我可不想做你的小祖宗，以后就喊你风哥哥，我要被人欺负了你得给我出头哦！还有，你欠我的钱可赖不掉，想让我上鹤鸣山，你必须背我去！"

"一言为定！"

颜风咧嘴一笑，心想要风哥哥背你上山算得了什么？就算保护你一辈子，那也是合情合理。我只好学一学清风老道，赌债、酒债、人情债，能还多少是多少。

飞燕子心思灵巧，行事向来随性而为，让她去偷财大气粗的劣绅，完全不留情面，但是对自己喜欢的人倒是不会斤斤计较。她此时内伤初愈，浑身乏力，懒得再去揣摩风哥哥到底爱不爱她，瞧他对自己百依百顺的份上，暂且放他一马。

待到半夜，柳嫣觉得双腿没有知觉，立马喊风哥哥给她捶腿。颜风果然唯命是从，上前给她捶腿。

柳嫣翻身下床，竟能在小屋内行走自如，顿时喜眉笑眼："风哥哥，我觉得你还是别在外面打打杀杀啦，去大邑城里开一家医馆也不错哦，我给你当掌柜。"

"你可是蜀中的贼奶奶，就这点志气？"颜风不以为然。

柳嫣面色一寒，道："你瞧我现在能跳上房顶吗？"

颜风心里暗骂一声"嘴笨"，走在窗前瞧了一眼朦胧的夜色，凝视远处山岗，树影婆娑，颇为感叹地道："微阴翳阳景，清风飘我衣；游鱼潜渌水，翔鸟薄天飞……若是我能找到好去处，何苦要留在江湖上栖风宿雨，有家难归。"

"哎呀，这事儿我倒是忘了，曹子建的文采天下第一，我风哥哥的刀法绝世无双！我居然让你去开医馆，当真是函牛之鼎烹小鸡！不过呢，我好心劝你一句，一个人是翻不了天的，蚍蜉撼树之事还是莫要折腾，保住了性命才能飞翔……"

"什么意思？你叫我别去招惹玄嗔？"

"蜀中一带都知道大光明寺的和尚为人慈悲，对赵云更是忠心耿耿，我怕你误信谗言，冤枉了好人……"

“大悲手印是他的独门绝技，而且你身上……你身上的掌印……”颜风猛地一惊，眼中闪现一丝疑惑转瞬即逝，他话锋一转，失口问道，“哎？我忘记问你，你可是从虎牙营逃出来的？”

柳嫣幽叹道：“田园村那晚我也是在场的，为了洗清嫌疑，我当然也想找出真凶。我明察暗访，走了不少地方。那日在长秋山附近撞见数名逃犯，其中几人被强弩射死，竟与田园村的死者有些相似之处。我满心好奇，想让逃犯带我回虎牙山寨一探究竟，可是山林四处皆被马贼包围，无路可去，那我只好逃之夭夭，保命要紧。”

“哦，你根本就没有去过虎牙营？涫老三说你被人关押，原来是他娘的瞎猜。”

颜风神情一动，心想照她这么一说，新津虎牙营的嫌疑就越来越大了。搞不好赵云嘴里说飞燕子是“人证”，其实心里却认定她是帮凶，我自当尽我所能，保护她不被人欺负。

长秋山，虎牙营……颜风默念一遍，嘴角露出一弯淡漠的神情。

洗刷冤案最有效的方法就是找出证据，颜风心知肚明。他一身熊胆，智勇双全，连望羌台、白马村他也敢闯，虎牙营又算得了什么？纵是龙潭虎穴，他也未曾放在眼里。

只不过他忽然想起裴敬，心里却有些犹豫，裴二爷以诚相待，将我当作知己，我却跑去跟他大哥翻脸，未免不近人情了。而且，若是没有他的鼎力相助，我也不一定进得去。

他思索再三，决定先送柳嫣去大邑城。

清晨时分，雨后天晴。

二人出屋向农妇辞别，颜风抱起孩童，将那颗名贵的珠子塞进小儿兜里，眼含笑意，叮嘱一番：“今日大叔带小姐姐回家，跟你说句话，你可听仔细了。男儿要勤奋好学，秉守善心，长大之后无论你去到何方，记得时常回家看看爹娘。”

孩童懵懂点头，一路跟着娘亲走到村口，依依不舍地挥手。

离开村子之后，柳嫣接住颜风递过来的木杖，跟在后面唉声叹气地道：“想不到我挺有福气，叔叔要带小姐姐回家找婶娘去啦，以后吃香的喝辣的，盼个衣食无忧。”

颜风牙痒难忍，却不愿与她顶嘴，只得鼻孔朝天，大步走路。

“厚颜无耻，死不要脸……”柳嫣讨了个没趣，嘴里嘀咕着骂了几句，小巧玲珑的唇儿嘟起来，能挂上一盏茶壶。

二人一路往大邑城前行，颜风不时观望白马村方向，猜想可能会碰上裴川领来的三百精兵，可是走了大半个时辰，并未发现异常。

进了大邑城，柳嫣满街转悠，偏偏鬼使神差地跑进了罗巷街。

颜风老远瞧见了“平云客栈”的巨大招牌，皱眉道：“鹤鸣七子到处找你下落，你可不能自投罗网。”

“嘿嘿，平云客栈的后院有间马厩，我家胭脂被卫老二关在那儿，我得想办法救它出来。”柳嫣眼眸流转，不知心里在想什么坏主意。

枣红马儿？颜风一拍脑袋：“哎哟！它可是我的救命恩人啊，老子也时常挂念。”

“算你还有点良心！”

柳嫣冷笑一声，迅速拉着颜风进了一家布行，挑选两件锦衣男装换上。又悄悄地拐进小巷，喊风哥哥给她遮挡路口，接着从锦兜里摸出一包药粉，搽眉抹脸，束发结髻，赫然变作翩翩公子的模样。

颜风瞧得一呆，若有所思，素素气质淳朴，雍容尔雅，完全配得上郡主的身份，而柳嫣好像是多了一分脱尘的英气，怎么看都不像女飞贼。奇怪了，或许正是习武的缘故？若是让她二人领兵打仗，胜负立分。

他此时眼神虽然有些呆滞，但是心里并无杂念。

柳嫣误以为他心有所动，脸儿蓦地殷红一片，咬了咬嘴唇，一汪秋水春意浓浓，突然一把搂住颜风的脖子，呢喃细语地哼出声：“风哥哥……”

颜风猝不及防，险些被她扑倒在地，慌忙往墙角处躲开：“哎，哎，哎？你答应过我的！”

“好，很好。颜兄弟，你果然有种！”柳嫣吐出一口怨气，抖了抖衣袖，装模作样地掸去裤脚上的灰尘，学着男人摇晃脑袋的姿势，往平云客栈走去。

颜风不知道她会耍些什么花样，找了一家对街的茶铺，喊伙计沏上一壶热茶，竖耳留意平云客栈内的声响。

岂料他连喝三壶，动静全无，心里顿时紧张起来，她现在功力尽失，一点即倒，怎么可能是涫老三的对手？

他霍然起身，正准备穿街往平云客栈走去。

忽见一位妇人推门而出，身穿一件素缎褶裙，薄施脂粉，蛾眉淡描，抬起纤纤手指轻抚发丝，风情万种地往街边一站，晶亮的眼眸扫视一圈，突然冲着茶铺里的颜风咯咯娇笑：“颜兄弟！怎么了这是？你让个乳臭未干的毛小子来替你买马，是不好意思见人吗？”

颜风暗吃一惊，想躲已经来不及，只得硬着头皮走过去躬身行礼，语气谦逊："老板娘你好。毛小子人在何处？"

杜鹃儿轻抚发簪，斜眼笑道："他呀，正在里面大吃大喝，可全记在你账上哦！我就纳闷了，你从哪找来的活宝？瞧他那贼眉鼠眼的样子，好像从来没有见过女人似的……若不是看你脸面，老娘赏他个大嘴巴子！"

她话一说完，转身进了客栈。

颜风踱步门前，抬头望了一眼高高上悬的云字招牌，跨脚越过门槛。岂料眼前一花，走在他前面的杜鹃儿忽然一个左腿倒钩，踢起正堂之上一只木椅，劈头劈脑地砸向颜风。她身形斜转如飞，一式"横江起浪"，呼呼袖舞，手中惊现数枚寒光闪烁的银针，直刺颜风手肘！

青竹蛇儿口，黄蜂尾后针！

这出人意料的一击，让颜风从头凉到了脚。

他完全没有看懂杜鹃儿的心思，第一个念头就是柳嫣出事了。

杜鹃儿的银针他领教过一次，不仅又快又狠，而且细如牛毛，根本瞧不清针尖在变招时的准确位置。颜风此时若是弹指出刀，只有两种结局，要么被老板娘封住血脉，束手就擒，要么一刀斩下她的手臂！

颜风不是嗜杀之人，没有理由伤害杜鹃儿，他侧步疾退，脚尖忽然上扬，斜踢杜鹃儿的手肘。

杜鹃儿不攻反退，竟是虚晃一招。

只听她"咯咯"一笑，双掌突然凌空交错，弹起一块四四方方的白绢，虚空刺针，手舞足蹈，五颜六色的丝线在她手中缠绕，倒像是在演练什么针法刺绣。

颜风脸色一沉："老板娘，这种玩笑可开不得！"

杜鹃儿含笑不语，片刻之后，白绢之上赫然出现一只栩栩如生的小鸟，喙边一抹嫣红，似雨燕衔泥，又像杜鹃滴血。

"银针蜀绣，乃四大名绣之一，针法通常分为熨针、截针、滚针、掺针，我这招绢绣熨针虽然伤不了人，但是可以在你衣袖上绣个鸟儿出来，你信不信？"

颜风在刀法上的造诣可谓炉火纯青，而且思维足够敏捷，他从刚才老板娘演示的针法上判断，弹指出刀的一瞬间，她极有可能直接以针线缠缚颜风的袖腕。

也就是说，如果紫卿刀弹在半空，颜风却突然接不稳，那么丹阳内力的御刀之气，完全就是一句空谈。

招式是死的，人却是活的。

武学之道，无论是剑招还是刀法，永远赶不上出其不意的变化。

有形无形，意念兼容；南北西东，似幻似空？

颜风忽然想起玄嗔和尚的话，神情一颤，额头冒出一滴冷汗。

杜鹃儿笑道："颜兄弟，江湖上那些虚情假意我见得多了，讨生活而已，不好说他们侮辱斯文。而你不一样，你与咱们鹤鸣七子本就是一家人，大可不必处处提防。"

颜风点了点头，道："嗯，在下并没有将清风老道当作外人。"

"那我二哥呢？你心里是否仍然记恨他？"

"过去的事就过去了……"

"可是我过不去！"杜鹃儿走到柜台前，往帘子后面踢了一脚，扬手拉开，指着绑住手脚，封住嘴巴的柳嫣冷笑，"她一进客栈，我便瞧出是个女扮男装的丫头，偏偏又去马厩挑一匹飞燕子的坐骑。嘿嘿，蜀中不只是她一个懂得易容之术，真以为我杜鹃儿这么好糊弄？飞龙营到处找她，还一直担心她被虎牙营的人给吃了！你过得去？你过得去为何不敢光明正大地走进平云客栈？！"

颜风一惊，赶紧上前解开柳嫣的束缚，硬着头皮道："实不相瞒，在下对云雾贡茶一事，至今耿耿于怀……但是我颜风敢作敢当，不愿给人添麻烦，这个理由合适吗？"

"谁要给她添麻烦？"柳嫣脸色铁青，理直气壮地道："我找自己的马儿，关她什么事！"

杜鹃儿冷笑道："小妮子莫要嘴硬，云雾贡茶的事儿姐姐还没跟你算哩。"

"赔钱还是赔命，痛痛快快的！"

柳嫣满脸怒容，若是换作往日，手中的长剑可不认识什么银针蜀绣，可惜她现在连杀只鸡的力气都没有。好在有风哥哥在她身边，气势上可不能输。

"少说两句！老板娘好歹也算是我大师姐。谁是好人谁是坏人，她难道看不出来啊？"颜风慌忙拦住柳嫣，眉毛一扬，使了个眼色。

鹤鸣七子为了追查飞燕子，没少奔波，今日杜鹃儿将她逮个正着，岂能轻易放过？而且云雾贡茶失窃一案，连赵云都不敢怠慢，卫老二听到消息，搞不好又要跟颜风大打出手。

颜风当然知道其中的利害关系，为了保住柳嫣，他只能委曲求全，先拍马屁。

杜鹃儿笑靥如花，道：“颜兄弟，你师姐我倒是有个两全其美的办法，就看你愿不愿意咯。你要去长秋山，可是飞燕子她自己说的，我没打她，也没逼她！不管是真是假，我只相信世上无难事，就怕有心人。诸葛连弩的来龙去脉，想必你已知晓，只要你能在虎牙山寨找出证据，证明田园村一案是新津裴家做的，那么前账后账一笔勾销，从此我杜鹃儿与飞燕子井水不犯河水，她半夜去撬人家窗户，我也当作没看见！”

柳嫣“哼”的一声，冷冷地道：“那也容易，找人定制几支弩箭，就说是从虎牙营偷出来的。”

颜风咧嘴一笑，却不说话。

他终于明白了杜鹃儿的心思，贡茶失窃跟田园村的血案一比，简直就是小儿过家家。就像那天她说的一样，成都的大老爷少喝几壶又不会掉块肉？若是在虎牙营中查获诸葛连弩，那么新津城必将劫数难逃，裴擒虎也再无翻身之日。

对于鹤鸣七子来说，保卫大邑城，乃职责所在。而对于赵云来说，终于根除了一山二虎的隐患，避免引起羌汉纷争，正是求之不得。

杜鹃儿斜视柳嫣，冷冰冰地道：“若是这么容易，一年前就结案了。麻烦你动动猪脑子好吗，裴川手下兵强将勇，别说军机库房了，就怕你风哥哥连虎牙营的大门都进不去！”

老板娘这句话本是激将法，原想激怒颜风，不料柳嫣第一次被人骂“猪脑子”，气个半死。可惜她偏偏动不了手，只得去拉扯颜风的袖子，夹指狂掐他胳膊。

杜鹃儿瞧见柳嫣的动作，眼眸之中骤然泛起一层雾水，似乎想起了伤心往事，幽幽一声轻叹：“我年轻时也像她这般刁蛮任性，不仅吓跑了男人，也始终过不去心里那道坎。唉，脸面又算得了什么哩？藏在心底的爱，又不会自个儿跑出来说……丫头，其实姐姐并不是有意要针对你，此事关系到大邑百姓的安危，没有人情可讲。谁不想平平安安地过日子呢？可是很多事儿就是这么无可奈何。”

柳嫣闻言一怔，心有所触，眉头拧成了疙瘩，若有所思地道：“咦？想不到母老虎也有伤心的故事。”

她见杜鹃儿说得诚恳，气消了一半，可是心里依然不服输，你骂我猪脑子，我便骂你母老虎，谁也不吃亏。

“没什么好伤心的，你整天对着一块木头，换你也会发疯。”

“这倒也是，木头人跟路边的石头最般配……”

两个女人长吁短叹，居然心平气和地开始交流心得。颜风又好气又好笑，老子以后千万别跟女人讲道理，真没地方诉苦。

老板娘这个法子果然一举两得，但是她好像忘记了一件事，我敢闯望羌台，敢冲白马村，不是艺高人胆大，而是我相信魔高一尺，道高一丈，世间的种种是非，都拼不过一个“理”字！

“老板娘，在下没有什么奇思妙想，只有一句话想请教。”颜风目光流转。

“你说。”

“何谓扶善惩恶？何谓解救天下苍生？”

“你定要分清楚的话，那便是一个家事，一个国事。”

“在下明白了。”颜风缓缓点头，毕恭毕敬地道，“我向来敬重鹤鸣七侠的为人，国事家事，每个人的见解不同。但是田园村一案我必须全力以赴！不为别的，为了飞燕子，为了羌汉两族的百姓和睦。这算不算扶善惩恶？算不算解救天下苍生？”

“当然算哩！”杜鹃儿身子一颤，欣喜万分。

“蜀地之行，我曾历经三处凶险。我原先不识水性，在烟霞湖被水寇暗算，险些见了龙王；锦屏山下，被骑射营的韩倘将军追得走投无路，那是第二次；至于第三次嘛，便是在西岭雪山，九龙湖上，翠竹林中……颜某行事顾不得什么前因后果，但是明白一个道理，人若欺我，避他三舍；天若亡我，绝不退缩！”

第三十六章：虎穴龙潭

春寒袭人，城街静谧。

胭脂马儿与主人久别重逢，摇头撅蹄，举止亲昵，当听到主人叮嘱一路上要好好照顾风哥哥，便在院子里嘶鸣不已，不舍别离。

颜风好生安慰，纵马与二人辞别，直奔新津城而去。

柳嫣望着风哥哥远去的背影，心里有些失落，咬了咬嘴唇："姐姐，我好害怕，我怕他……"

"瞎说什么呢，颜兄弟一身正气，鬼神见了他也得绕着走！我相信只要他心里想着嫣儿妹妹，定能逢凶化吉。唉，我现在最担心的反而是妹妹你。"杜鹃儿轻叹一声，眉宇间有一丝忧悒。

"担心我什么？"

"你飞燕子的名号，在大邑城里至少有三十几家仇人，我得找个地方将你藏起来。而且卫老二那脾气，我可搞不定……"

颜风快马加鞭，一路向东而行。

举目远望，荒山野外皆是崖岩深林，罕见人烟。他想找个小村子问一问长秋山的路，兜转了半个时辰，猛然抬头，山崖顶上那一棵迎风傲立的松柏，似曾相识。

蜀地的景色虽然秀丽，但是这种茫然四顾的感觉不免令人灰心丧气。颜风下马步行，瞧了瞧四周高逾十丈的断崖，心想我若是攀岩而上，说不定视线会开阔许多，但是胭脂马儿却上不去，这可如何是好？

他正在犹豫之时，仿佛听见山林深处隐有异响，忽远忽近，虚无缥缈，倒像是飞禽走兽在山崖顶上绕圈嬉戏。转眼之间，声音已飘至数丈之内，只听得有人在崖上大呼小叫，恍如山魈悲鸣，又似野鬼恸哭。

颜风大惊失色，慌忙扯住胭脂马儿的缰绳，想躲进山谷树林，不料崖顶突然传来一声惊呼："快看！崖下有匹骏马！"

糟糕！颜风心里一沉，倏然俯地装死，左手拉住缰绳，右掌悄悄地压住了肋部，脑袋半埋泥土，一动也不动。

胭脂马儿见颜风倒地，似乎无动于衷，慢悠悠地牵着他走向崖边草丛，竟将颜风拖出一丈多远。

颜风满嘴尘沙，衣衫也被碎石撕开了数道口子，心里暗暗叫苦，马兄啊马兄！你是不是故意整我？

他听到耳边一阵脚步声，斜眼睨视时，只见数名光着膀子的大汉围拢而来，清一色的粗布长裤，脚上套一双厚厚的兽皮靴，看模样倒像是军营的兵士。

难道是虎牙兵？

"郭庄大哥，您说这小子是不是迷路的奸细？"

领头之人上前踢了踢颜风的脚踝，皱眉道："瞎说八道。奸细不在新津城待着，跑荒无人迹的地方折腾个什么劲？搞不好是越嶲郡的猎户……好像还有气。"

他将颜风翻了个身，探了探鼻息，示意身旁的人取来水壶。

颜风衣衫尽裂，满身灰泥，脑袋微微一动，故意装作生命垂危的模样，喉间蹦出几个字："水，水……给我水……"

"喂！你叫什么名字？是哪的人？跑新津长秋山来干什么？"大汉一口气追问三个问题。

"小的……叫郭姜。"颜风心想，我现在肯定是姓"郭"比较合适，脱口就编了个名字，将素素的姓也一并带上。他接过大汉递来的一壶清水，咕噜咕噜地喝完，惊恐万状地瞪着眼前的陌生人，佯作害怕的样子，"哎哟，你们……又是什么人啊？"

那领头之人歪了歪脑袋，颇为好奇："我的乖乖！你也姓郭啊？巧了巧了，俺叫郭庄，咱俩居然是本家！嘿嘿，长秋山虎牙营，你听说过没的？咱们是蜀汉军营的急行军编队，这儿可是兵营的操练禁地，小兄弟啊，你有麻烦啦！"

“我……我怎么了？”

旁边几名大汉表情冷漠，打量颜风几眼，道：“军营规矩，不明来历之人一律当作奸细处置。”

颜风吓得魂飞天外，急忙跪拜喊冤：“小的家中亲人皆被魏兵所杀，从北方一路逃难过来，本想偷匹马儿往南面去找找生路，可是……人生地不熟的，居然误闯了军营……该死，该死！还请诸位大爷高抬贵手啊，高抬贵手！”

那位叫郭庄的大汉应该是他们的首领，扭头瞧了一眼鬃毛锃亮的枣红马儿，果然不是寻常百姓家能养的，看样子“郭姜”并没有说谎，确实是慌不择路的过路人。

他蹲下身子拍了拍颜风的肩头，神情舒展了许多：“原来是这么回事。好！既然咱们是本家，我就网开一面吧，你若是觉得无处可去，不如投奔汉营，来咱们虎牙山寨入伍怎样？”

“你肯收我？”颜风喜出望外。

他脸上兴奋的表情倒是装不出来，姓“郭”被他给蒙对了，遇见了个平易近人的“本家”，这就叫人有逆天之时，天无绝人之路。

“收不收还得看你造化，嘿嘿，你且随我上崖。”郭庄起身走到一旁，与几位兄弟耳语了几句，便让人将枣红马儿牵回虎牙营，叮嘱招纳新兵之事切莫外传。

颜风心里暗想，原来此处竟是虎牙营操练新兵的场地，被我给蒙上了，只要我安然混进长秋山，接下来就是见机行事。哼哼，我在军营里待上十天半个月，就不信找不出诸葛连弩的玄机。

他跟随郭庄上了山崖，眼见崖顶树丛之中坐着数十名赤膊的兵士，蓬头垢面，唉声叹气：“粮饷没捞到多少，整天让人抓来跳崖！还让不让人活了啊？”

“老哥您就别喊了，已经抬走好几个了。”

“真是命苦！”

颜风闻言大惑不解，跳什么崖？跳崖也是新兵入伍的流程吗？

断崖的边缘处整齐站好一排兵士，等身旁的小喽啰抬手一扬，众人呼呼往下跳。当中一位大汉或许有点疲累，甩手晃脑地往崖边一站，不料脚下突然踩到一块碎石，身子顿时失去平衡，手舞足蹈地俯冲而下。

一声惨叫过后，恍如石沉大海，音迹全无。

颜风满心好奇，快步走到断崖边，低头一探，只见崖下有处空旷平坦的草地，铺满泥沙，数名虎牙兵正躺在沙堆上翻来滚去，连声呼痛。而刚才滑出去那位大汉由于姿势不对，位置产生了偏差，早已一头撞在坚硬的崖石上，意外坠亡。

“好家伙！这么高的山崖你们也敢跳？”颜风失声惊呼。

郭庄嘿嘿笑道：“没什么好大惊小怪的。虎牙营是少将军说了算，而且这是他亲自督教咱们操练的飞身法，谁敢抗命呢？嘿嘿，‘兵贵神速’这句话听说过没有？等你练熟之后便身轻如燕，跃步能飞，行军速度快过其他兵营好几倍！不过当场摔死的也有不少，像刚才那位只是个意外，一般来说，摔死的抬上来瞧一眼，九成是新兵。”

“如何辨认新兵老兵？”

“唉，因为新兵屁股上都有脚印。”

郭庄一脸无奈，摇头叹气地走到小喽啰身前，悉心叮嘱善后，招呼其他兄弟继续操练。

颜风摸了摸脑袋，原来新兵是被人踢下去的。

他娘的，裴川也太狠了吧？这种操练的方法，也只适合纪律严明的军营，若是换成鹤鸣派那样的悬崖，打死我也不敢跳啊。

“郭姜兄弟，现在哥哥给你个机会，只要你敢跳，并且毫发无损，以后咱们就是自己人。”

郭庄歪着脑袋，指了指站在崖边一字排开的队形。

颜风嘴角一歪，大步上前，没有片刻的犹豫，瞅准山崖下面的沙堆，纵身一跃。

他的飞身法虽然不如飞燕子，但是丹阳内力可不是寻常武学，十余丈的高度对他来说，简直就是小菜一碟。既然是在演戏，他当然要做足样子，落脚时身躯忽然侧身翻滚了几圈，起身揉了揉脚踝，故意一瘸一拐地走到空地上。

“哎哎，大伙儿都瞧仔细了吧？以前你们都他妈的是直翻，我郭兄弟这种侧翻跳法才正确，可以随时随刻自我调整！”

站在崖顶的虎牙兵又羡又慕，脑子里拼命回想颜风刚才的跳法，落地之时，果然比往常轻松了许多。众人欣喜万分，围拢颜风大拍马屁，非要他传授一些更为实用的跳跃技巧。

颜风来者不拒，一一解答，说些简单的运气窍门，鼓励兄弟们克服恐惧，掌握起跳与落地的角度，熟能生巧，勤可补拙。

“哈哈，蜀汉兵营缺少的就是颜兄弟这种人才！晚上喊张伢子加个菜！”郭庄哈哈大笑，对自己的慧眼识人相当满意。

众人一听晚上加菜，顿时欢欣鼓舞，精神抖擞地下山。

绕过几处山崖，穿越了幽深的涧谷，前方出现一道隐秘的山路，两名虎牙兵鬼魅般地钻出树林，仔细核实身份，转身拨开山崖两边的荆棘草堆，推动两扇重逾千金的硬木寨门，眼前豁然开阔。

只见湛蓝的天空下，山崖环绕，形成一圈天然的屏障，兵营大帐兀立山谷，排列有序，仿佛一座座坟起的蚁巢。辕门高台之上，高悬一面“裴”字大旗，两旁的虎头旌旗迎风而立，果然具备蜀汉军营的威武雄姿，令人心生敬畏，惶惶不安。

颜风敢在望羌台横冲直撞，只因他事先并未试过兵家之地的凶险，此刻再入军营，总是有些心虚。他也担心半路突然撞见裴川，极有可能为了安玛之辱而翻脸，若是少将军一声令下，只怕虎牙营里一人一口唾沫，都能将他活活淹死。

郭庄领着颜风进入军营，悉心给他安排营帐床位，扔下一套戎装，叮嘱他记住营帐的位置，莫要到处乱跑。万一遇见巡哨的兄弟，改名“余佟”，以后再也不许姓郭。

“啊，为何突然改名？”颜风大感意外。

郭庄神情漠然，郑重其事地道：“余兄弟，你现在的身份就是跳崖死的那位。一天念三遍，千万记熟了。”

颜风恍然大悟，原来操练途中意外身亡的兵士，可以让人冒名顶替，只要就地掩埋尸体，不但无须重新登记粮饷，而且也能避免问责，省下不少麻烦。

蜀地百姓应征入伍，只求生计安稳。再说行军打仗总会死人，此等意外也时有发生，兄弟们已经见怪不怪。

问题是我换了衣裳，如何解释贴身而藏的紫卿刀呢？

颜风皱了皱眉头，将郭庄拉到一旁，慢悠悠地脱下衣衫，拍了拍刀鞘：“郭大哥，这宝贝原是我以前偷来防身的，舍不得典当……你若是喜欢，就送你做个见面礼，多谢你关照小弟，日后一定报答。”

郭庄倒也识货，抽出刀锋左翻右看，赞不绝口：“不错不错，确实是好东西！我看这短刀锋利无比，不像寻常兵器，余兄弟从什么地方搞来的？”

“值钱就行，三言两语说不清。”

颜风为人谨慎，想起刀劈赵云一事，担心身份被人识破。而且身外之物，他并不看重，与青崖子的脾气如出一辙。当年为报张守朴救命之恩，也曾想赠予道长换酒钱，如今让郭庄替他“暂时保管”紫卿刀，兵营之中就没有人跑来问长问短了，反而落个清闲。

他换上戎装，颇有英武之气，营帐内的虎牙兵议论纷纷，觉得“余兄弟”定是时常在江湖跑动，眉宇间的气质不同常人，心里对颜风又添了几分好感。

颜风每天随郭庄去山谷外跳崖操练，在兵营之中也从未碰见裴川，如此厮混了几日，渐渐摸熟了兵营的布置。

长秋山盆地乃“品”字形格局，前面两道辕门属虎牙山寨，而后面一处辕门山道极为隐秘，沿途重门击柝，围成一座壁垒般的瓮城，日夜皆有精兵把守，正是主帅大帐。

颜风对裴川没有兴趣，他的心思是库房重地。可是他问过好几个虎牙兵，都说从未去过主帅瓮城，也不知库房在哪个方位，至于什么强弓利弩，他们更是一头雾水。

难道是我判断失误？

颜风仔细回想顾长龄的说辞，反复猜测铜弩机的造型特征。他确信杀害村民的凶手使用了铜弩，也只有机括所摧动的箭镞，才有如此强劲的箭力。

如果他的估算正确，那么搬运到田园村的机弩，最大限度也只是马车所能装下的体积。可是虎牙兵为什么都说没有见过？莫非库房根本就不在长秋山？

颜风凝望瓮城，满腹疑团，却想不出个所以然来。

鸟鸣空谷，暮色已临。

营帐外面车轮滚滚，一队黑旗兵飞驰而过。

但见遮篷马车上坐着一位尖嘴猴腮的中年文士，面色冷峻，抬手抚须之时，腕上闪现层层光晕，似乎绑了一圈铁质的护腕，正是裴府师爷顾长龄。

他来虎牙营干什么？

颜风不及细想，快步从营帐左侧绕过去，直奔辕门瓮城。

他奔出几步，忽然迎面撞见负责膳食的张伢子，腰间晃荡着一块伙房的令牌。颜风心念一动，上前拍了拍张伢子的肩膀，笑嘻嘻地道：“走，带我去伙房营！”

张伢子翻了个白眼，道：“晚上又要加菜？”

“郭大哥说了，今天主帅大营来了客人，怕你一个人忙不过来，喊我过来帮个手。”

张伢子知道“余佟”是郭庄大哥的亲信，自然不敢怠慢，领着颜风往山谷通道过去。

伙房营搭建在山崖脚下，一字排开，满屋子摆放刚从新津城运来的萝卜野菜，锅内搅动着黏糊糊的黍米粥，案板蒸笼里的馒头又冷又硬，一块肉也找不出来。

只见张伢子大摇大摆地走进伙房地窖，左手捧一坛封泥秫酒，右手拎一块腊肉，径直去了灶台。他叮叮当当一通忙碌之后，熏香浓郁的腊肉出锅，又在案盘中配上一碟菹菜，即刻解下围兜，大功告成。

颜风啧啧有声，殷切地上前去接案盘："伢子好手艺，不愧是虎牙营的大厨！"

"别忙。你替我端着土罐米粥，等会要送去哨楼。"张伢子往地上一指。

颜风低头一瞧，顿时瞠目结舌。

只见三碗米粥被放在脏兮兮的案板上，碗里盛着一块干瘪的萝卜，鼻前那一股难闻的馊味，简直令人作呕。

"虎牙营里还养猪？"颜风眨了眨眼睛，心想这种东西不可能给顾师爷吃吧？

张伢子脸色一变，左顾右盼，附耳轻语："犯了事的人只要不是死罪，总得吃饭的对不对？若是留着没有用处，少将军早就将他们埋了。等会见了守卫，莫要多话哦。"

颜风故做惊恐状，立即闭上嘴巴，嗯嗯点头。

二人收拾妥当，出了伙房营。颜风跟在张伢子身后，远远瞧见辕门瓮城的栅栏围墙，心里打定主意，顾师爷突然跑来长秋山，准没好事，我得想办法混进去，说不定有机会接近库房。只要让老子找到铜弩机的痕迹，我便亲自去白马村谢罪。

他火烧白马村之后，将所见所闻仔细揣摩，反复论证，内心对误会赵云将军一事，深感自责，同时他也想尽快找出证据，将田园村血案查个水落石出。

不过虎牙营的凶险尚未可知，他只是仰仗兵营身份的好处，其实并无收获，而且柳嫣还被软禁在平云客栈，怎能不教他心急如焚。

来到山道辕门，虎牙守卫上前核查二人身份，打开遮着锦缎的案盘瞧上一眼，撤栏放行。张伢子示意颜风往另一侧哨楼过去，自己随着守卫进了瓮城。

颜风环顾四处，见瓮城墙角皆挖有暗沟，每走十步，地上冒出一圈铜环，以铁链固定，彼此相连，猜不出是何用途。

走到哨楼之下，一名守卫打量颜风一眼，冷冷地道："怎么今天不是张伢子送饭？"

颜风咧嘴笑道："大帐来了客人，忙不过来。"

守卫转身进门，弯腰拉起地上一块青石板，没好气地道："别跟犯人说话。"

青石板下似有一点亮光，狭窄的台阶直通地底，足有数十丈之深。

原来这里就是地牢？

裴大少既然能在哨楼的底部砌筑地牢，那库房的位置也极有可能就藏在地底。嘿嘿，我误打误撞，说不定大有所获，暂且下去试试运气，若是地洞之中挖了通道，那我做梦都能笑出来！

颜风暗自欣喜，踮起脚尖，沿着台阶而下。

地牢光线幽暗，石墙上挂着一排锈迹斑斑的铁链。颜风顺着铁链延伸的方位，转眼间便走到一处黑漆漆的空地，耳边立即听到一阵咚咚铁器撞击之声，左右角落各有一间，似乎正是急不可耐的犯人挥舞镣铐敲打铁栅，催促送饭之人莫要磨磨蹭蹭。

颜风小心辨别监牢的位置，找到铁栅缝隙，心不在焉地将土罐塞进去，起身去摸索石壁上的缝隙，试图找出隐秘的暗门。

“去你娘的！又给老子吃这个？”

地牢深处忽然传出“哐当”一声摔碗的闷响，铁栅之内立即响起了犯人的叫骂声。

啊！童六侠？！

颜风身躯一颤，大惊失色。

第三十七章：四面楚歌

这句“去你娘的”，颜风记忆犹新，除了鹤鸣七子童啸波这一家，别无分店。

天下没有人能将脱口而出的一句，骂得如此铿锵有力，痛快淋漓。

原来他……他被关在虎牙营！

颜风的额头直冒冷汗，终于明白那晚童啸波在田园村外无故失踪，竟是被裴川掳走，怪不得飞龙营搜索全城，始终找不到线索。

童啸波啊童啸波！你在地牢里衣食无忧，逍遥快活，却害得我东奔西走，给你扛着好大一个黑锅！哼哼，柳嫣那晚干吗不一剑戳死你呢！

颜风闻声接近铁牢，手指头在铁栅上轻叩：“童六侠？在下颜风，你还认得我的声音吗？”

“你，你是颜少侠？”地牢中的犯人猛地一惊，情绪有些亢奋，脚下铁镣哗哗震响，浑厚有力的手掌一把抓住铁栅。

颜风伸手摸向铁栅，终于抓住了童啸波的手腕，一刹那间悲从中来，仿佛那触手冰凉的铁链锁在了他的身上：“颜某无能，让你受这么多苦……我一定要救你出去，粉身碎骨在所不惜！”

“等等！”童啸波扼腕喝止，沉声道，“此地似有重兵把守，你单枪匹马怎么救我？你先告诉我，这里是什么地方？”

“长秋山，虎牙营。”

童啸波突然退后一步，沉寂半晌："我猜到了……我猜到了……裴川处心积虑暗算羌人，原来是在计划一个天大的阴谋。"

"我知道，他想先引起安玛城与大邑反目，趁机说服姜啓大族长，怂恿狼甲兵西出雪山，与虎牙营联手北上，直袭成都！"

"你，你？大将军知道了吗？"童啸波又惊又喜。

"现在没有时间解释，我得想办法救你出去……施剑南呢？他被关在何处？"

颜风突然想起与童六侠一道失踪的施剑南，左右四顾，地牢之中并无其他声响。

"此牢终日不见阳光，从未听说他也关在这里……你先听我说，新津虎牙营乃蜀汉重地，不是普通的山寨匪窝，你可千万莫要意气用事。裴川到现在还没有杀我，或许是对大将军有所忌惮，一旦他事情败露之日，或许可以将我当作和谈的条件……如今我双手双脚皆被寒铁锁链困住，寸步难行。你真想救我，唯一的办法就是去平云客栈通知我几位哥哥，让飞龙营出面，尚有一线生机。"

童啸波所言不无道理，裴川不急着杀他，正是打算为自己找一条退路。如果颜风贸然相救，他极有可能狗急跳墙，提前实施反汉大计，先取望羌台，再袭白马村。

等裴大少攻占大邑之后，跑去安玛城找西羌首领会盟，身份已不同往日，羌人考虑的就应该是部族的生死存亡了，不会再关心汉家内斗。

颜风皱眉沉思，犹豫不决。

"你搞完没有？是不是想在下面过夜啊？"地牢洞口传来守卫的呼喊声，似乎极不耐烦。

"颜兄弟！我童啸波遭人残害，虽然心有不甘，但是并没有什么怨言，只希望兄弟你不计前嫌，替我完成未了的心愿，莫要让乱臣贼子害了咱们的大将军。"

"好！多多保重！"颜风忽然抱拳跪地，俯身一拜，扭头冲出地牢。

颜风处事绝不优柔寡断，该杀就杀，该退便退，如果连他自己都没有把握，万万不能拖累他人，当务之急是尽快逃离虎牙营，速速赶往平云客栈报信。

他钻出地洞之时，张伢子正与守卫说话，瞧见颜风上来，挤眉弄眼地上去踢了一脚，赶紧扯住他衣袖，一边叫骂，一边往辕门外走去。

等二人走到山寨营帐处，张伢子松了一口气，叹道："下次你可别给小弟添乱了！少将军明令禁止，新兵营的人不许靠近辕门大帐半步，刚才那位老哥若是疑心一起，大伙儿晚上都不用睡觉啦！"

“地牢太黑，我看不清路……”

“你没瞧见老芋头？”

“什么老芋头？”颜风愕然。

“老芋头是个瞎子，他的职责就是看守死囚，给犯人端碗送饭。你刚才下去喊一声就行了，怎么他还让你亲自端盘送进铁牢？”

颜风愀然变色，一滴冷汗滚落尘土。

糟糕！地牢之中居然另有他人？我与童六侠的对话他岂非听得清清楚楚？童六侠为何没有提醒我？

唉，他连自己关在哪里都不知道，每天对着无尽的黑暗，又怎能判断出是谁给他送饭呢？

颜风此时心惊肉跳，忽然想起了紫卿刀，一言不发地回到营帐，询问同营兄弟是否看见郭庄大哥。众人见他面如土色，像是有什么急事，好心提醒颜风，郭庄可能跟几位校尉在议事营里，晚上不要到处乱走，除非长秋山有敌军来袭，其他事等明天再说。

颜风急得满头大汗，如果老芋头去告密，裴川一定知道我混进了虎牙营，那道重逾千斤的寨门一关，就算插上翅膀，我也飞不出百丈之高的断崖峭壁，我手无寸铁，怎么杀得出兵营？这次玩大了！

过了半个时辰，营帐外面突然钻进来一位小吏，穿一身直襟絁袍，负手而立，冷眼扫视一圈：“哪个是余佟？郭校尉请你去一趟议事营。”

众人纷纷扭头瞪向颜风，皆是大感意外，怎么半夜三更还要喊他去议事营？莫非真有紧急战事？

“哈哈，余兄弟啊，指不定是要升你官呢！你这一走，可莫要忘了弟兄们啊！”

“你瞧瞧，被我说中了吧？嘿嘿，我都说余兄弟额前有富贵之相，你们几个偏偏不信。正所谓财官旺扶，均属贵命！那要如何才能循环相生呢？我跟你说……”

“给老子闭嘴！”

“哎？你踢我做什么？君子动口……”

营帐之内乱作一团。

颜风提心吊胆地随兵吏出营，左拐右转，往山寨的高台大帐过去。沿途路过马厩，耳边传来呵呲呵呲的鼻音，其中似有马匹躁动不安，他隔栏一望，马厩内一身鬃光熠熠闪亮，仿佛彤云昼聚，正是飞燕子的爱马胭脂。

山寨过道站着几名虎牙兵，身负犀角长弓，抬手点燃路边石坑内的黑油，火苗呲呲乱窜，映红了脸庞。只是他们的站姿颇为古怪，当中三人贴背而立，后面一人却远远地退开，似乎在刻意躲避颜风的视线。

议事营外出现一位笑容满面的武官，昂头挺胸，紫卿短刀直插腰间，正是郭庄。

“余兄弟，晚饭我让郭姜去找你，怎么没见你回话啊？”

郭大哥此时突然喊出“郭姜”这个名字，定是有意而为。

颜风心念一动，目光流转，隐隐瞧见议事营后面一片黑影幢幢，刀斧林立，藏了不少伏兵。

“我不是来了啊！”颜风哈哈一笑，张开双臂，作势上前拥抱郭庄，忽然手腕一转，迅速解下紫卿刀，附耳说了一声“多谢”，挥掌击晕郭庄，接着一个侧身回旋，弯曲的手肘往前一撞，瞬息间击倒帐前的守卫。

躲在营帐后面的刀斧手还没有反应过来，颜风口中一声清啸，拔腿飞奔马厩。

呼，呼，呼！

营帐外忽然一阵破空之声，只见夜色下出现无数柄锋利的刀斧，一片寒光席卷而下，纷纷砸向颜风！

枣红马儿果然极具灵性，听到颜风的口哨声，即刻仰首嘶鸣，纵蹄一跃，轻松跨越马厩围栏。

“好胭脂！”颜风飞身上马，弹指刀光斩下身后一片刀斧利器。

“哈哈，颜少侠！怎么说走就走？”耳边一阵巨响，漆黑的营帐轰然倒塌。

只见顾长龄身形暴长，兔起鹘落，借势提气错步，竟掠起数十丈之高，犹如展翅鹰隼俯冲夜空，疾抓马背上的猎物。

颜风曾在宝兴布行见过顾师爷的身手，此人出招老辣，轻功了得，寻常刀剑根本破不了他的护身铁环。此刻他身子悬空，早已追至颜风头顶一丈内的距离，扣臂相击，铁环“铛铛”震响，仿佛山崖之上坠落的巨石，阵阵雷鸣，砸向颜风背脊。

但是他低估了胭脂马的脚力。

顾长龄一扑之下，始终还是慢了半步，胭脂马儿速度惊人，闪电般冲出辕门，甩出一尾烟霞尘雾，直奔山谷而去。

营帐前的刀斧兵背缚箭弩，列队整齐，纷纷跨上黑色的战马，飞沙扬尘，顷刻间追出山寨。

颜风虽然认得跳崖操练的小路，但是对长秋山的地形并不熟悉，他一路狂奔，身后却并没有听见追兵的马蹄声。正疑惑时，忽见左右两侧的山道出现几点微弱火光，崖顶之上嗖嗖利箭破风而下，急如暴雨，“咔嚓”一声，竟将一株碗口般粗的青松，射出无数个通透的小窟窿，触目惊心。

好家伙！这是诸葛连弩，还是铜弩机啊？

颜风头皮一麻，俯身马背，疾冲山道关隘。岂料左侧的树林中喊声震天，数名黑旗兵手舞刀斧，赫然挡住去路，二话不说，聚围而上，又是一阵乱砸乱射。

“挡我者死！”

颜风大吼一声，弹起手中紫卿短刀，左右纷飞，刀舞游龙，山谷之中顿时响起“叮叮当当”的轰鸣之声，倒像是乐署的乐工正在敲响笙鼓磬钟，震耳欲聋。

他在锦屏山下也被人追了一次，但是韩倘的心思并不是要人的性命，而此刻虎牙营的将士已将颜风视为奸人贼子，怎能轻易放过？

颜风不愿伤及无辜，可他也不能稀里糊涂地任人宰杀。

刷！刷！

两颗头颅倏地弹跳半空，鲜血飞溅。

颜风策马狂奔，面目狰狞，就像一名冲锋陷阵的大将，砍不尽敌人的脑袋，绝不回头！

“顾爷有令，莫要让他冲出长秋山！斩其首级者，赏十万铢，封虎骑校尉！”

埋伏在崖顶的虎牙兵哇哇大叫，手持火把疯狂俯冲山道，仿佛一群嗷嗷叫的豺狼下山与猛虎抢食，视死如归，无所畏惧。

虎牙兵并非乌合之众，临阵擒敌的优势不是武功盖世，而是比谁人多。况且军令不是儿戏，唯有放下生死执念，克服夷戮的恐惧，才能杀敌建功，拜将封侯。

乱世儿女的追求，为了一口温饱，同时也要守护将士的荣誉，生亦何欢，死亦何惧？

颜风纵马狂奔，见前方出现了一片荒原，大喜过望。

他娘的！现在老子认识路了，有本事你们追进大邑城来！

长秋山正位于大邑新津的交界之处，虎牙兵远远被抛在身后，再也无力追赶，口中骂骂咧咧。而十余名黑旗兵仍然穷追不舍，战马嘶鸣，一路猛追。

颜风冲出重围之后，拼命往大邑城的方向疾行，后面的追兵引弓暴射，箭镞扑扑坠地，似乎赶不上胭脂马儿的射程之内。眼看远处城墙的轮廓在夜色下逐渐清晰，黑旗兵急得抓耳挠腮，心急如焚。

忽然，前方亮起一束篝火，袅袅火焰被夜风一吹，猝然窜起一丈多高。

山道上传来一阵竹裂般的异响，夜空火幕之下惊现一篷飞枪竹影，迎面直射，铺天盖地!

天亡我也!

颜风料不到大邑境内居然还有虎牙伏兵，大惊失色，指尖隐隐一动，猛一抬头，但见漫天疾射的竹影呼呼掠过头顶，直扑身后的黑旗兵。

原来虚惊一场，他根本就不在射程范围。

这出人意料的奇袭，令黑旗兵阵脚大乱，他们来不及勒住缰绳，无处可避，完全变成了活靶子。削尖的竹竿如排山倒海，一浪紧接一浪，战马哀鸣，惨叫之声不绝于耳。

其中一名黑旗兵见势不妙，扬鞭掉头，想往长秋山方向逃命，不料一抹寒光破空而来，半空中旋转数圈，一柄小巧玲珑的飞斧正中他后心，顿时坠马倒地，一命呜呼。

树林中竹哨刺耳，路边突然奔出一群黑衣人，迅速清理地上的尸体，抛撒泥土，掩埋了血迹，片刻之后，鬼魅般隐没树林。

这番操作反应敏捷，训练有素，完全不像江湖草莽所为。

颜风又惊又奇，莫非他们是飞龙营的人?

他勒马踏坡，举目四望，但见荒野周围闪现数道人影，手中竹竿啪啪点地，树林之中立即传来窸窸窣窣的声音，人数越聚越多，满山遍野黑压压的一群，竟有百余名之多。

“前面是不是飞龙营的兄弟！”颜风深吸一口长气。

他话音一落，“嗖”的一声，只见树林中一支竹竿笔直射来，竟比诸葛连弩的箭劲强上数倍，凶猛无比。

颜风指尖一颤，刀声似九天鹤鸣，身形暴跃前冲，侧翻落马，手肘抡圈回旋之时，邪冥离火般的刀锋已划出一道耀眼的弧光，顿时将直射而来的竹竿一斩两段!

“嘿嘿，赏心悦目！”林中突然传出桀桀怪笑，“狼崽子果然没有说错，他妹夫的刀法开不得玩笑。”

“戈布将军？！”颜风失声大叫，惊喜不已。

“哦哩呐依，阿比塔神庇佑！”

“安玛狼甲拜见颜英雄！”

满山遍野的黑影振臂高呼，哗啦啦一片尽数跪地，向颜风行羌人之礼。颜风吓得腿脚一软，翻身下马，慌忙俯地回拜："多谢诸位兄弟相救！快快请起！"

夜色苍茫，皓月当空。

青衣羌狼大步现身，长发披肩，胸前一串兽牙磷光闪烁，招魂铜铃般的大眼直瞪颜风："你小子倒也争气，短短一年时间就破了鬼竹九星，恭喜恭喜。"

颜风躬身行礼，道："戈布将军仁德兼备，神功无敌，颜风自愧不如。"

"你不用拍我马屁。如今你已是安玛城的颜英雄，部族长老对你赞赏有加，都盼着你尽快找出杀害老城主的凶手。夫子有句话叫'任重而道远'，咱们青衣羌守了这么多年的安稳，万万不可掉以轻心。"

"将军此话有理，但是关于狼崽桑横，晚辈其实想说一些肺腑之言……"

班黥戈布微微一怔，远眺前方大邑城的方向，颔首叹道："我知道你的心思，只是大族长一事刻不容缓，等我抓到了玄嗔，再行商议。哼哼，逼我羌狼出手，当然没有好事，但是我对事不对人，赵云若是交不出凶手，那我只好先兵后礼，一个都不放过！"

他面色森寒，突然高举手臂，身旁的黑衣人迅速将路边篝火熄灭，吹一声尖锐的口哨，山坡上百余名狼甲勇士转眼间遁林而去，悄无声息。

颜风皱眉沉思，心想听戈布将军的话意，他领先锋狼甲先行一步，原是想摧毁赵云的防御，以备不时之需。一旦双方翻脸，三千狼甲必将倾巢而出，奇袭飞龙营，那岂非正中裴川的奸计？

"嘿嘿，你不必担心素素，她去雾中山与小貂会合，三日之内我保你见到心上人！"

"素素也来了？"

颜风满心欢喜，眼珠子转了转，这样也好，老和尚此时人在白马村，素素在雾中山，碰不见仇家了，正好避免了一场鸡飞狗跳，再也不必担心她的安危。

"戈布将军，刚才你说'对事不对人'，晚辈倒有一个想法。"

"说来听听。"

"如今安玛城有两件事未了，暂且假设玄嗔和尚是失手之过，那么冤有头债有主，此事与赵云毫无瓜葛。而我此次前往虎牙营，原想查出诸葛连弩的疑点，想不到误打误撞，让我发现鹤鸣七子童啸波被关在长秋山地牢。此次铁证如山，田园村一案真正的主谋便是裴府大少，谅他也抵赖不了！而青衣羌一十八条人命，正是血海深仇，戈布将军不围新津，反守大邑，晚辈担心等裴川有了防备之后，追悔莫及……"

班黥戈布点了点头，正色地道："你只知其一，不知其二。玄嗔和尚我自有办法对付，虎牙营这点道行我也心知肚明，先守大邑，倒不是存心与赵云为难。此地乃大邑与新津的交界，往南便是建宁、越嶲二郡，你可知益州之地藏龙卧虎，若是汉人意图攻我西羌，极有可能召集流散各地的东州兵。我索性带人在途中埋伏，杀他个措手不及！”

“东州兵？”颜风不记得在哪听过这个名字，脑子里毫无印象。

班黥戈布“嘿嘿”一笑，故意压低了声音：“在严家村，你的红颜知己没有告诉你吗？”

颜风眼珠子一瞪，皱眉道：“将军是说……飞燕子？她要告诉我什么？”

“当时你与青崖子逃离村子之后，正是仰仗了飞燕子的东州兵符，裴擒虎才答应借粮借衣。”

颜风暗自心惊，柳嫣与东州兵怎会扯到一起？她一直没有提过这件事啊，莫非兵符是她偷来的？嗯，她行事向来神出鬼没，偷来的东西也不可能到处宣扬。

“呵呵，蜀中女贼居然身藏兵符，这事未免太过离谱，搞不好裴擒虎为了拉拢人心，顾不上辨别真伪。”

班黥戈布鼻孔里“哼”一声，道：“你的意思是说，我也眼瞎？”

“晚辈不敢冒犯！”颜风拍了拍胭脂马儿的背脊，跃身上马，往大邑城方向一指，“飞燕子正在平云客栈，将军随我前去，一问便知！”

第三十八章：成王败寇

大邑城禁止携带兵器，但只要颜风将紫卿刀贴身而藏，瞧不出一点破绽。而狼甲兵的弯斧太过锋利，走路的姿势稍有偏差，随时可能割破了裤腰带。

班黥戈布领三名狼甲精英换上汉人的衣裳，装作随从，紧跟颜风身后。守城兵士拦下盘问，颜风自称鹤鸣山太清观弟子，前往平云客栈约几位师兄会面。守卫见他对答如流，疑心顿消，挥手示意放行。

夜风呜呜，长街空无一人。

班黥戈布大步走在前面，耳边忽然听到幽深小巷内有几声狗吠，他止步沉思，抬手往城门一指，其中一名狼甲勇士迅速掉头，转眼消失在黑暗之中。

狗吠之声并无异常，但是班黥戈布为人谨慎，他让狼甲兵守在街口，自然是要留一条后路，一旦发生意外，至少有条漏网之鱼可以安然冲出城门。

以青衣羌狼的武力，大可不必如此紧张，但是他身为首领，在敌暗我明的情况下，考虑的始终是同伴的性命。

大街上的店铺漆黑一片，萎靡低沉，唯独远处平云客栈的门前，亮着一盏气死风灯。阁楼之上晃动一点烛光，两条人影倒映窗纱，身姿纤细，时隐时现。

颜风放缓马步，拍了拍胭脂马儿的头颈。

胭脂低头“呵哧”数声，似乎并没有闻到主人的气味，有些心不在焉。颜风下马步行，将马儿拴在门柱上，点头示意班黥戈布守候门外。

当他走进客栈大堂，四处阒然无声，阁楼上亮着灯的厢房却是房门紧闭，一点响动都没有。

颜风不禁大感意外，莫非老板娘和柳嫣都不在客栈？

他扶梯而上，想去看看楼上厢房是否为住店的客人，走出三步，只听耳边“哗啦”一声闷响，眼前一张无边无际的黑丝铁网迎面撒下，顷刻间裹住了颜风的背脊。

颜风大骇之下，弹指握刀，划出一片星光迸裂。怎知铁网坚韧无比，却是刀剑不破，数名黑衣人从阁楼飞身而下，迅速在颜风身上缠绕了几圈，猛地往后一拉！

“小心埋伏！”颜风失声大叫，轰然倒地。

门外的班黥戈布闻声而动，一式“苍龙吸水”，双臂前伸，赫然吸住躲在门后的两名黑衣人，将二人脑袋左右对撞，翻手一扬，扯住黑丝铁网，连人带网救下颜风。

青衣羌狼身经百战，这种偷袭对他来说，司空见惯。他此时动作一气呵成，出手又快又狠，数名黑衣人皆被他武力所摄，追出客栈之后，手中的火折子突然往屋顶一抛，一声尖锐的哨声划破夜空。

颜风被铁网缠住，一时半会挣脱不了，急得他满头大汗，折腾了半天，忍不住破口大骂：“他娘的！哪里跑来的鼠辈！居然敢暗算老子！”

此时，平云客栈的屋顶灯火通明，屋脊之上骤然惊现一排排铁甲武士，手持长戟，犹如神兵下凡。

街道两旁哨声急促，只见一群步营将士步伐整齐，潮水般涌出黑暗，顿时将平云客栈围得水泄不通。领头之人身披银色铠甲，手中长枪一指，大声叫道：“颜风！今日我赵广奉主公之命捉拿反贼飞燕子，军令难违，不跟你废话！你将她藏在何处？如实招来！”

颜风定睛一瞧，气得直翻白眼：“老子以为是哪路神仙，原来是飞龙营的少将军。飞燕子只不过是个小小的飞贼，用得着搞这么大的场面？我怀疑你公报私仇，存心来找我麻烦对不对！”

“你放屁！”赵广枪纂往地上一磕，怒容满面，“我倒要瞧瞧你一刀能杀几个！行刺主帅罪大恶极，望羌台与白马村的事我慢慢跟你算。左右将颜风速速拿下，押回望羌台！上面骑射营的兄弟都给我听好了，他若敢出刀抵抗，乱箭射死，大卸八块！”

“好！老子看看谁来送死！”

颜风面色一寒，右腕贴身，目中精芒横扫四处，杀气陡现。

他当然知道猛虎难敌群狼，而且让他挥刀去杀戮飞龙营的将士，怎能下得去手？他之所以装腔作势，完全就是视场合而定，锦屏山下可以被赵广追得狂蹦乱跳，今日有青衣羌狼在此，胆子起码大了十倍。

飞龙营的将士面面相觑，心想少将军肯定是疯了，大将军再三叮嘱莫要跟颜少侠发生争执，他好像一句也没有听进去。若是他真的挥下令旗，那该如何是好？嗯，等会儿见机行事，嘴里喊上几声，再虚空戳他几下，尽量不要做得太明显。

班黥戈布不露声色，低头往街边小巷瞄上几眼，伺机而动。

他的想法很简单，打起架来，没人控制得了轻重，只要领着自家兄弟冲出去，捏死几个飞龙营的人，那也是他们自找的，怪不得我。

眼看一场互不服气的恶战一触即发，赵广身旁突然闪出一人，呵呵一笑，叹道："少将军！主公的意思是要抓住飞燕子，尽快将东州兵的底细查探仔细，你跟个二愣子较什么劲？就算他知道飞燕子在哪，也绝对不会开口。"

说话之人身形高大，吹胡瞪眼之时，嘴角弯成一道月牙，露出似笑非笑的表情，不是别人，正是酒胆包天的卫老二。

另有三人分站左右，火光下挤眉弄眼，悄悄地躲在赵广身后，掌心向外，动作一致地朝颜风打了个招呼。

好家伙！客栈掌柜涫老三，落雨剑孙五侠，再加上一个嬉皮笑脸的童小七，缺了老四杜鹃儿。这算什么？鹤鸣七子倾巢出动，居然就为了抓一个小姑娘，这事儿清风老道知道吗？

"卫老二！"

颜风火冒三丈，身形一晃，直冲卫季而去。忽闻耳边呼呼生风，眼前立即出现数缕五彩丝线，一片银针闪耀，逼得他左右起跳，口中连连呼叫，"老板娘？你，你搞什么！"

杜鹃儿柳眉一挑，快速向颜风使了个眼色，咯咯笑起来："颜兄弟啊！少将军今日奉命拿人，并不是存心与你作对，只要你说出飞燕子的下落，咱们鹤鸣七子担保没人会难为她。"

颜风愕然，老板娘在搞什么鬼？唯一知道柳嫣下落的人，不正是你吗？！

他转念一想，哎？东州兵符的消息他们又是从哪得来的？照这么说，卫季与赵广只是受命抓人，并不知道飞燕子藏在平云客栈，或许老板娘早料到会有这场变故，已将柳嫣偷偷转移。嘿嘿，老板娘倒是站在我这边的。

他此时眼眉舒展，迅速往后跳开一步，故作冷漠地道，“我不跟女人动手，要打你喊卫老二跟我打。”

酒胆卫季摇头苦笑，道：“我说颜兄弟，严格来讲咱们也算是半个同门，何必老是跟你师哥过不去？唉，飞燕子这次闯了大祸了，成都怀疑她与建宁、越嶲的东州兵勾结，企图扰乱蜀汉之后院，大将军为此事也是一筹莫展。我知你顾不得什么情面，但好歹为蜀中的百姓想一想，怎忍心见到他们妻离子散，饱受战祸摧残？”

“你少跟我来这套！抓飞燕子是你职责所在，与我何干？就算我认识飞燕子，她上哪儿还要来给我通报？废话少说，在下想去平云客栈找间客房睡上一觉，恕不奉陪。”

颜风抱了抱拳，上前一把抓住杜鹃儿的手腕。

“哎哎？颜兄弟？”杜鹃儿眨了眨眼睛，脚步一个趔趄，扭着腰肢随颜风进了客栈。

班黥戈布负手轻撩衣袖，一缕劲风撞向大门，闪身于门后戒备。

“哈哈！师姐，我夜宿客栈不犯法吧？”颜风回头观望街上的动静，故意大喊大叫，突然压低了声音，“你将她藏起来了？”

杜鹃儿点了点头，扯开嗓门：“我说颜兄弟啊，不是姐姐不帮你，你跟少将军说几句好话能少你几块肉呢？”

她皱眉打量班黥戈布几眼，似乎有些疑惑，鼻子里哼哼出声：“嗯，你有没有进虎牙营……”

颜风心念一动，眼珠子转了转，大步到门前，朗声呼道：“少将军，是不是我说出飞燕子的下落，你们就放我走？”

赵广冷冷地道：“我对你没兴趣！”

“好！那让在下好好考虑一下，先请鹤鸣派的弟子上前说一句话。”

卫季与几位兄弟对视一眼，不知颜风想玩什么花样，可是不管颜风怎么折腾，大家同门一场，他总不可能扑上来咬人。

四人径直往平云客栈过来，走到门口，见颜风打开一条门缝，眼睛往房顶上瞄来瞄去，似乎是在仔细观察骑射营的位置。孙慕秋抱拳一笑，道：“颜兄弟，少将军此行志在必得，可开不得半分玩笑。你前几日火烧白马村，带着飞燕子逃之夭夭，几百双眼睛都瞧得清清楚楚，恐怕赖不掉……”

“原来赵广是为白马村的事发火？我就说他想公报私仇，一点没有冤枉他。”

涫老三万般无奈，叹道：“话可不能这么说，你进白马村行刺大将军，此事已闹得沸沸扬扬，咱们七个也算是大将军的左膀右臂了，军令难违，其中的利害关系咱们先不谈，但是东州兵一事，非同小可，事关百姓的……”

颜风心里一惊，失口叫道："我去白马村是找玄嗔算账，什么时候变成行刺赵云了？这事可开不得玩笑！咱们先说别的事成不？诸位听我说一句话，如果同意我说法的，你们点个头，跟我一起杀出去！若是觉得我在放屁，那我颜风立即投降，绝对公事公办，带你们去找飞燕子。"

四人见颜风说得郑重其事，皆是一头雾水，不知颜风葫芦里卖的什么药。

"颜少侠，违背道义之事我可不做的，你要我想个办法助你脱身，可以考虑考虑。"童小浪嘿嘿一笑。

颜风展颜笑道："小浪先听我说完，再发表意见。至于卫老二嘛，听不听无所谓，他肯定同意我的说法。"

卫季"哼"的一声，鼻孔朝天，一脸不服气。

"其实我这个问题很简单，就是个先后的问题。假设……我说假设，兄弟有难与百姓疾苦相比，好像确实不在一个境界。但是你让我一个晚上解决百姓疾苦，绝无可能，不安排好家里的事，教我怎能安心？而如果现在兄弟有难，让我忍住悲伤，义无反顾地去为天下百姓喊冤，这种事情怎么可能轮到我呢？那么请问，你们是先处理家事，还是先为民喊冤？"

涫老三皱眉道："颜兄弟这个假设，好像不成立……"

杜鹃儿俏眼一翻，冷笑道："我觉得很好选。人活在世上图什么？开心最重要！你让我整天对着一块木头，实在是油煎火燎，恨不得将木头劈了当柴烧！"

"问你谁先谁后，老板娘非要跟一块木头过不去。"童小浪忍住不笑。

卫季对这个问题完全不感兴趣，正色地道："如果我说身为蜀汉子民，当以国事为重，你是不是要跟我拔刀相见？"

颜风突然轻叹一声，目中精芒扫在众人脸上，双拳紧握："田园村一案，颜某至今耿耿于怀，寝食难安，如今终于找到童六侠，此刻正被关在长秋山！我当不了英雄，但是想做一回好汉！"

在场众人"啊"的一声，皆是身子一颤，惊恐万分。

"你，你说什么？"卫季一个箭步冲上来，本想擒住颜风再听他说一遍，岂料门后忽然出现一道身影，抖出一缕罡猛的袖风，瞬息间便将他推出了门外。

卫季踉踉跄跄地连退数步，身子几乎站不稳，禁不住脸色大变。

酒胆卫季行事虽然莽撞，但是脑子没有坏。他心里已猜出客栈之内大有古怪，嘴里并没有喊出声，反而抖了抖衣袖，若无其事地进了客栈，脚尖往门栏上一带，顺势关上了门。

至于颜风刚才说的那个“假设”，究竟还能不能成立，鹤鸣七子再也没人关心。老板娘拼命忍住内心的悲愤，可是泪水偏偏就不争气，绢帕遮脸，泣不成声。

夜幕渐露灰白，天快亮了。

赵广站在街边转圈，等得有些不耐烦，招手喊来身边一名守卫，耳语几句。守卫得令，飞身上马，一溜烟往城外奔去。

此时，平云客栈内传出几声叫骂，接着便是“噼里啪啦”砸翻桌椅的声音。赵广暗想，颜风这小子果然又臭又硬，父帅三番两次放他一条生路，偏偏就是不领情！罢了罢了，今日若有伤亡，他也再难翻身。

他手臂一扬，飞龙营将士迅速围拢客栈，手持枪戟，探头探脑地往大门张望。忽见眼前人影一晃，卫老二出脚如风，“砰”的一声，竟将颜风踢飞，重重地摔落街角。

“他妈的，老虎不发威，你当我是病猫吗！老子从早到晚苦练鹤鸣派武功，一天都没有偷过懒！”

只见酒胆卫季昂首阔步，傲然走出客栈，满脸怒容地站在颜风身旁，犹如天神金刚。

而颜风似乎被他点中了穴位，上半身缩成一团，完全动弹不了，可是他嘴里却不服输，恨恨地道：“哼哼，背后偷袭算什么本事？有种你解开老子，试试兵器上的门道！”

“死到临头还嘴硬！”卫季抬起一脚，又踢在颜风肚子上。

涫老三与老板娘匆忙赶出来，扯住怒气冲冲的卫季，好说歹说，劝他看在同门的份上，高抬贵脚，不要动了肝火。

赵广见鹤鸣七子擒住了颜风，大喜过望，疾步上前，厉声呼道：“来人，将疑犯押往望羌台，飞龙营速速撤离，不可惊扰了城中百姓。”

众将士得令，训练有素地散开包围，尽量以最小的动静往城外撤退。兵士想上前扶起颜风，可是颜风手上使不出力，脚劲却挺大，他在地上横扫半圈，将两名兵士踢得连滚带爬，丢枪弃甲，模样极为狼狈。

赵广见状大怒，一个箭步猛冲过来，单手抡枪，虚空一晃，寒光闪闪的枪尖直戳颜风脚踝。

不料颜风突然侧滚避开，掌心在地上一按，身子悬空倒旋而起，双脚左右错步，堪堪夹住赵广的脖子。他膝盖往下一压，举手投足间便制服了赵广，嘿嘿一笑："飞龙营的兄弟可不会毛手毛脚，老子算准了你会动手！"

其实赵广并非有意要刺伤颜风，他作势而动，原是想逼颜风放弃抵抗。只是颜风的性子癫狂不羁，莫说少将军手中的长枪，此刻就算是赵云的涯角亮银枪现身，他也照打不误。

"颜少侠？你别乱来啊！"飞龙营的将士始料未及，纷纷惊呼出声，生怕颜风一时兴起，伤了少将军的性命。

颜风泰然自若地坐在赵广肚子上，一路摸着他的小腿连按数下，封住脉门，接着拍了拍他的脸庞，摇头晃脑地道："诸位兄弟，我与少将军无冤无仇，只想请他放我一条生路，迫不得已，出此下策。若是小弟今天走不出大邑城，那也只好听天由命，大伙儿一拍两散！"

"你，你……"赵广被颜风压在身下，哪里还动弹得了？气得他眼冒金星，七窍生烟。

"我什么？"颜风眨了眨眼睛，抽出赵广腰间的五色令旗，若有所思地道："嗯，这东西不错。只要少将军你在战场上抖一抖小手，就有成千上万的人头落地，比起我的紫卿刀不知凶猛几倍。可是话说回来，就算你能鼓角齐鸣，掌管着天下人的生死，此刻被我踩在脚下，又有什么好得意呢？胜者为王，败者为寇，你还不是一样落在我手里！"

"好好好……你，你有种就一刀杀了我！"赵广此时大口喘着粗气，咬牙切齿，视死如归。

他身为白袍将军之子，在气势上可万万不能输，掉脑袋可以，丢脸不行。

颜风摇头苦笑，无可奈何地道："唉，你太抬举我了。鹤鸣七子知道我不敢动你，若是换成张风、李风试试？卫老二打死也不会答应。"

"卫季！你们几个干什么？"赵广忽然反应过来，似乎不相信鹤鸣七子会与颜风同流合污，满眼惊恐地瞪着卫季。

鹤鸣七子神情凝重，五个人一字排开站在门外，朝着少将军躬身行礼："少将军勿怪。我六弟此刻遭人囚禁，备受折磨，而咱们七人同出鹤鸣，亲如手足，比起天下兴亡的大事，那便是十一万的火急，片刻耽误不得。"

赵广闻言一怔，失声叫道："你说童、童六侠？他被关在何处？"

卫季忽然长叹一声，双膝跪地，目中精芒扫视四处："此事不敢牵连飞龙营，我鹤鸣七子的家事也绝对不能连累大将军！等救出我六弟，我卫老二定当负荆请罪，死而无怨！"

"阿弥陀佛，卫统领一颗脑袋，能抵蜀汉千万百姓的性命吗？"

长街风起，一袭青光缭绕的僧袍缓缓步入罗巷街。

第三十九章：棋逢对手

玄嗔摇头轻叹，面色冷峻，眉头之处拧起一抹无奈的郁结。

他言语之间略带一丝惋惜，似乎也在提醒卫季，莫要忘记了自己的身份，身为大邑城护防治安的地方统领，必须审时度势，顾全大局。

鹤鸣七子见玄嗔突然现身，皆是脸色一变，心里暗惊，老和尚半路来插一脚，这事就棘手了，咱们六人联手也不一定冲得出去。

童小浪见势不妙，缩了缩脑袋，偷偷溜进客栈后厨。

颜风虽然也有些心慌，但是似乎胸有成竹，他嘴角一扬，冷冷地道："神僧来得真巧，老朋友正要找你叙旧。"

"哪位老朋友？"玄嗔微微一怔，目光扫视平云客栈，眼前的颜风、赵广与鹤鸣七子，在场之人皆是老朋友，"颜施主天资聪颖，一片赤子之心，当然不忍心伤害少将军，只要将他放了，老僧绝对不会为难你。"

"是吗？那在下岂不是感激涕零，要不要跪下来谢谢你？"

"老僧笨嘴拙舌，不及颜施主这般伶牙俐齿，但我也时常劝人为善。人不知我意，是我无量；我不知人意，是我无德。正所谓一切恶法本是虚妄，当化善良为坚毅铠甲，方能不惧刀枪。"

"嗯，这话原是不错。但是在下仍然想不通，不知神僧的'大悲手印'，究竟是渡劫还是行凶呢？"

玄嗔面色一沉，神情黯然："姜老城主一事，老僧深感痛心，但是没有做过的事情，你教我如何自认？而且'大悲手印'并非我大光明寺自创的武学，乃出自天竺西域，说不定掌法功力超过老僧者，大有人在。"

"住口！"颜风忽然一跃而起，情绪有些激动，指着玄嗔大声呵斥，"老和尚满嘴歪理，自辩无辜，你以为安玛城的人都是瞎子吗！好！那你来告诉我！西蜀之地还有哪个会'大悲手印'？！"

他满腔愤慨，手指止不住剧烈地颤抖，紫卿刀鞘嗡嗡低鸣，似乎随时随刻都会冲天而起，闪现出一片漫天的刀光在玄嗔头顶起舞。

"阿弥陀佛。"玄嗔低诵佛号，并不动气，缓缓道："天下武功没有谁高谁低，谁强谁弱之分，你我皆是沧海一粟，实属微不足道。单以掌法而论，西域长史府兰褐寺主持阿毗莫罗神僧的功力，何止胜我几倍？想当年我游历天竺之时，在摩逻寺与他相遇，二人沉迷于佛典藏书《般若道行经》，不可自拔，可是到头来我又能证明什么？不过一堆尘土罢了……老僧坦言，'大悲手印'之无上绝学，源出天竺，我又怎知精通此道者，还有没有第三人？"

"他人在何处？"

"羽化多年。"

"好！那我送你去见他！"

颜风一声狂吼，再也按捺不住，身形蓦然一转，一缕刚猛刀风破风而击，风云变色！

死人怎能跑去安玛城杀人？

老和尚这番狡辩简直就是自欺欺人。

颜风听玄嗔说了半天的废话，早已咬牙切齿，浑身难受至极，他这弹指一刀，如同泛涌而上的狂涛巨浪，誓要与玄嗔拼个你死我活。

双方在武力上的差距，不可忽略，但是强者也有弱点。

玄嗔一口咬死自己不是杀人凶手，没有理由与颜风拼命，而强者遇见不要命的人，脑子里当然也没有玉石俱焚的概念。

玄嗔站在街心纹丝不动，眼看头顶一片炙热的刀光乍现，他双袖忽然向外一展，轻轻一推，瞬息间卷起一层无形的气墙，顿时将颜风出刀的方位全部封死。

众人一抬眼，瞧见漫天刀光唰唰起跳，皆被玄嗔一一给挡了回去，心想要是此刻老和尚再加上一只脚，颜风不就是自找不痛快吗？他居然不问青红皂白，敢对蜀中四大绝顶高手之一动手，是不是有什么事儿想不开？

内力悬殊所面临的结果，基本没有悬念。

颜风被玄嗔的玄阳真气震得东倒西歪，凛人的刀锋仿佛砍在弹性十足的牛皮袋上，在老和尚袖劲的反震之下，他御刀出鞘的动作至少已出了十一次，刀刀落空。

可是他的性子一上来，眼中已经没有辈分大小、实力强弱之分，当年望羌台刀劈赵云这种事，换上别人还真做不出来，只因他心里坚守一个信念：邪不压正！

但是颜风并不是傻子，他临场应变的能力异于常人。

就好比他在太清观里偷袭靖尘大师的裤裆，明知凶险而急中生智，也是一种非凡的天赋。

“且慢！”颜风手指头一转，忽然连跳数步，紫卿刀弹入刀鞘，转身走到赵广跟前，在他腿肚子上踢上一脚，“这样打下去，要打到什么时候？不如让少将军做个见证人，你我赌上三局。趁罗巷街上的店铺还没有开门，速战速决！”

“你想怎么赌？”玄嗔眉心紧皱，不知他是何用意。

颜风拍了拍紫卿刀，傲然道：“为免伤及无辜，在下决定不动刀气，咱们就比比拳脚上的功夫。”

他此言一出，卫季在旁“哼”的一声，连翻白眼。

而涫老三、杜鹃儿与孙慕秋三人面面相觑，心里倒有点担忧颜兄弟脑子一发热，以少将军的性命要挟玄嗔，那他们就坐实了叛乱罪名，一世英名毁于一旦。

“颜兄弟！”杜鹃儿微微一笑，赶紧上前打圆场，“听姐姐一句劝，神僧谆谆告诫原是一片好心！眼看就要天亮了，咱们先带着少将军离开这儿，安然将他送到望羌台，总好过让城中百姓看了笑话。”

“是啊，飞燕子的事儿咱们先放一放吧。”涫老三对着颜风挤眉弄眼，示意他莫要胡来。

颜风若有所思地点了点头，道：“这倒也是。神僧公务繁忙，哪有时间跟人切磋武艺？他辈分不一样，犯不着跟年轻人一般见识。”

“阿弥陀佛，花不了多少时间。”玄嗔语气平稳，面不改色。

其实老和尚也猜测颜风会玩花样，可是众目睽睽之下，胜负输赢做不得半点假，谅他也不敢言而无信，死皮赖脸。

蜀中四大绝顶高手，除了鹤鸣山太清观的“仙道”靖尘之外，其余三人原是武痴。颜风虽然没有见过“戎虎”，但是“神僧”与“羌狼”的属性，他心中有数。

按理说，出家之人与世无争，老和尚偏偏热衷于维护蜀汉之大义。而且他也知道玄嗔时常跑去安玛城，与姜城主切磋武学心得，废寝忘食，不分昼夜。由此可见，出家人嗜武成痴，性格使然，颜风并没有觉得是闲出来的毛病。

他此刻出言相激，老和尚果然憋不住。

好吧，那接下来就是我羌狼叔叔跟你表演了！

颜风心里暗自窃喜，嘴角一扬："既然如此，三局分出胜负，若是我们赢你两次，还要麻烦你转过身去，面对城门一直走，恕不远送。"

“你们？”玄嗔目光一凛，半信半疑地扫视客栈门前，突然问道，“童老七去哪里了？”

他心里颇感意外，如果鹤鸣七子与颜风联手，以一敌六，很难占到便宜。只因他深知正一教丹阳内力的厉害，而且鹤鸣派“青鹤九打”的暗器功夫，也不是唬人的把戏，颜风虽然说过“不动刀气”，可他并没有说不使暗器。

涫老三连连摆手，急道："哎哎，神僧莫要误会！晚辈哪里敢跟您动手！"

“他们不敢，我敢！”

平云客栈的门背后忽然闪出一人，毕恭毕敬地站在颜风身旁。

此人长发披肩，面色黝黑，穿着一件脏兮兮的粗布长袍，左右扭了几下脖子，目光呆滞，神情慵懒，好像是刚刚睡醒的模样。

颜风咧嘴一笑，正色地道："很好！我这位兄弟在江湖上没什么名气，整天游手好闲，不务正业，但是他拳脚上的功夫倒也不弱。咱们第一局的规则很简单，老和尚神功威震寰宇，名动江湖，只要他能接住你一招，就是我们赢了，有没有异议？"

众人心里又惊又奇，怎么颜风认识的朋友都是二愣子？你仗着紫卿刀的凶险，大杀四方也就算了，仙道神僧的名号不是凭空捏造出来的，何必让你兄弟白白送死？

玄嗔怔住，这是什么规则？说不定他事先收买了江湖死士，想诱我杀人，趁机诬蔑我心怀嗜杀之罪，那我岂非落了圈套？

“阿弥陀佛，此事万万不可。”

“有什么问题？”

“老僧担心他一心求死，站着不动受我一掌，那要我如何解释？颜施主若想让老僧试一试失手杀人的滋味，不必这般处心积虑。人有其心，必有其因；事有其因，必有其果。”

班黥戈布在进城之前，悉心易容了一番，玄嗔认不出来，误以为他是大邑城里无所事事的混子，忍不住哈哈大笑 :“新鲜新鲜，老子第一次听说一掌就能将人打死的！这老和尚是哪座庙里跑出来的？脸皮之厚，堪比大邑城的墙砖啊！”

“你可莫要小看他。听说老和尚掌法了得，变招很快，绝对不会与你正面交锋。”颜风冷眼旁观。

“哦？这是什么讲究？”

“就是乘人不备，从你背后绕过来偷袭。”

班黥戈布故作惊讶的表情，往后退出一步，扎上一个平稳的马步，握拳在胸口一拍：“来来来！老子数三声，你再不出手就算你输！一,二……”

瞧他这架势，好像并不是开玩笑，而且他似乎不知道玄嗔神僧是什么身份，性格也有些虎头虎脑。

鹤鸣七子张大了嘴巴，完全摸不着头脑，此人找死的方式不拘一格，简直是奇葩一朵。

玄嗔有点骑虎难下，三局两胜的规则是他一口答应的，若是他此刻不动手就算输，那以后传出去只怕让人笑死，一代高僧疑神疑鬼，这也不行那也不是，如此胆小，成何体统?

“好，得罪了。”

玄嗔双掌合十，躬身行礼，身形骤然而动，袖口一股轻柔的罡风鼓动飘舞，卷起地上一道尘沙，推向班黥戈布。

他无心伤人，原想假借掌力上的招式吓退眼前的壮汉，并未使出修炼多年的上乘真气，不料他掌风拍到壮汉身前，忽觉异样。

只见壮汉岿然未动，左掌反转一拨，一式“冲云破雾”，不避反攻，双掌忽然回旋半圈，“砰”的一声，四掌相击，玄嗔的身躯赫然被刚猛的掌力直震而出，飘落数丈之外!

啊？难道是我眼花?

一旁的鹤鸣七子瞠目结舌，脑子里嗡嗡作响，个个懵如呆鹅。

虽然神僧的名号排在羌狼前面，但是二人的内力其实很难分出高下。玄嗔和尚曾提起三十六式“狼手翻云”，一招之内暗藏九种玄机，他使上毕生所学，最多也只能接二百多招。

他若是被羌狼一击而退，算不得丢脸，可是班黥戈布刚才这一招，虽然暗蕴了“狼手翻云”的变化，却没有吐露身份。按照颜风的说法，此人只不过是江湖上一名不起眼的地痞无赖，怎不教人目瞪口呆呢？

“阿弥陀佛。想不到施主深藏不露，老僧看走眼了。”

玄嗔皱了皱眉头，似有疑心，他觉得壮汉武功不弱，但是江湖阅历还是不够。

刚才他出掌一击，只用了一成功力，被人震飞出去并没有觉得太过意外，对方在拳脚上的造诣也让他刮目相看。只不过与人交手，硬打硬撞，完全就是破罐子破摔的打法，一旦玄嗔有心制服敌人，根本无须与他对掌。

虽然颜风的“偷袭”讥讽，是故意混淆视听，但是从对敌角度来说，再精明的判断，也永远赶不上招式上的变化。

可是千算万算，玄嗔还是误算了一件事。

他哪里会想到，班黥戈布也并未展示实力，硬接玄嗔一掌，原是故意而为之。

颜风拊掌笑道：“第一局，我赢。”

玄嗔轻叹一口气，语气平静：“那照颜施主的意思，拳脚上是一招定输赢是吗？”

“呵呵，这个当然不能框死。但你想超过三招，不是又要打到天亮？谁先后退就是谁输！现在第二局换我兄弟打你，老和尚可有异议？”

“不行，这个恐怕不太好。”班黥戈布突然摇了摇头，面有难色。

“怎么不行啊？”颜风大惑不解。

班黥戈布抬头瞪了玄嗔一眼，道：“我怕出手太重，一拳打死了他！”

鹤鸣七子闻言，脸上露出一丝难堪，觉得此人大言不惭，不懂见好就收，果然是个傻子。玄嗔此刻已有防备，你就算有超越蜀中绝顶的境界，那也于事无补，一招之内怎么可能轻易将玄嗔击退？第二局必输无疑。

卫季眉头紧锁，心里暗暗着急，老和尚发起飙来，六亲不认，一旦颜风输了赌局，绝无反悔余地。当务之急是避开飞龙营与虎牙兵的冲突，先想办法杀去长秋山救出六弟，一刻也不能闲等。

他面容凝重，扭头向涫老三、孙慕秋使了个眼色，暗示二人静观其变，一旦颜风输掉了赌局，即刻兵分两路，不惜一切代价也得冲出去。

此时，班黥戈布抖了抖袖子，大步走到玄嗔五步之内，抬手行礼，恭敬地道：“和尚你好。”

一招之内想击退玄嗔神僧，似乎不太可能，班黥戈布的心思跟颜风一样，只要灵活运用扮猪吃老虎的心理战术，在玄嗔轻敌的情况下，至少有七成把握。

狼行千里为了吃肉，玄嗔这块骨头不是人人都能啃得动。第一局之后，老和尚当然会有所防备，想要胜出，必须全力以赴。

“不必客气。”玄嗔眉头微展，神情自若。

“我听颜兄弟说，你是蜀中得道高僧，练一身好武艺是想为国效力，为民除恶。我想问一句，世外之人惹出这么多事，又何必要出家呢？”

玄嗔淡淡一笑，道：“鸟儿有了翅膀可以冲上云霄，人有了志气，追求的东西也就不同。”

“嗯，和尚这话倒也不错。只是你行事古板，不讲情面，就不怕遭人嫉恨吗？”

玄嗔见壮汉彬彬有礼，似乎无意与他较劲，正色地道：“昔日晋臣祁奚，逢悼公问：‘南阳出缺，谁可胜任？’祁奚举荐仇家解狐，悼公讶然：‘解狐不是与你有仇吗？’祁奚应答：‘君问我谁可任职，并没有问谁是我的仇人’……不久，兵事尉出缺，悼公又要祁奚推荐人选，祁奚举荐了自己的儿子祁午，悼公大惑不解：‘祁午不是你儿子吗？’祁奚应答：‘君问我何人可任兵事尉一职，并没有问我谁是我的儿子’。为臣也好，为民也罢，外举不避仇，内举不避亲，一切均以国家社稷为重，老僧以祁奚为例，施主还有什么问题想不明白？”

班黥戈布缓缓点头，道:“我明白了。”

羌狼性情暴戾，打起架来完全可以做到目中无人的状态，但是身为武道之师，心胸倒也坦荡。他装疯卖傻原是为了助颜风一臂之力，诱引玄嗔上当。

“施主手下留情。”

玄嗔语气淡定，向前迈出一步，双掌横胸，气沉丹田，僧衣无风自动，两处长袖突然鼓起一道膨胀的气袋，大气凛然，仿佛要将世间万物皆收入囊中。

班黥戈布目中精芒闪烁，拳头捏得咔咔直响。

他双臂朝下一压，一式“翻江倒海”，身子前冲而上，如同一头凶狼猛兽，即将噬捕眼前的猎物，罡风起伏，源源不断，三十六式“狼手翻云”的角度，瞬息间变化了六次。不知哪一道掌影在前，哪一道拳风在后，难分虚实，令人眼花缭乱。

只要他再赢一局，逼退玄嗔，胜负立分，罗巷街上这么多双眼睛盯着呢，不必担心老和尚反悔。班黥戈布当机立断，使出毕生功力，排山倒海般的一击，哪怕误伤了老和尚，那也是周瑜打黄盖，一个愿打，一个愿挨。

玄嗔心里一惊，眉头紧锁，吓出一身冷汗。

他身子晃了晃，胀大如鼓的袖子迎风一荡，撞向班黥戈布。

只听“扑扑”数声闷响，玄嗔突然侧身转了一圈，就像挥舞着一只轻飘飘的布袋子，迅速遮挡住对手的视线，倒退三步。

班黥戈布紧随其上，呼呼掌风直拍玄嗔头顶！

“且慢！你已输了。”玄嗔忽然大叫一声，脸上的表情有少许兴奋。

“你说什么？”班黥戈布愀然惊怔，横眉竖目。

“阿弥陀佛。老僧转身之后，按照规则，应该算作往客栈方向前进了三步，而你是面向来路‘退’后了三步。谁先后退就是谁输，这话可是颜施主说的！呵呵，天意如此，还望戈布将军莫要埋怨老僧。”

众人闻言，心神俱震，青衣羌狼班黥戈布？！

第四十章：箭道街头

鹤鸣七子纷纷扭头瞪视颜风，心里又惊又喜，原来这小子存心戏弄老和尚，居然找来一位绝顶高手助阵！可是他怎会与羌狼称兄道弟？短短一年的时间，他究竟经历了什么？

“哈哈！和尚果然老奸巨猾，老子认输！”

班黥戈布拂袖走到颜风身前，展颜一笑，似乎在说，你自己定的规矩反倒砸了自己的脚，那也怪不得我。

他昂首挺胸，神情傲慢，再也装不出江湖小混混的痞气。

鹤鸣七子缩了缩脑袋，站在羌狼身后浑身不自在，顿觉自己矮了半截，再也不敢大声说话。

颜风恭敬地道：“老和尚耍起无赖，那也是蜀中一流，晚辈确实大意了。不过胜负未分，咱们不一定会输。”

班黥戈布嘿嘿一笑，道：“说得不错！有我羌狼在此，你们放心大胆出城！我可以陪着老和尚打到正午，他若能变个分身出来，老子甘拜下风。”

涫老三慌忙行礼，大拍马屁：“素闻戈布将军乃当世豪杰，有万夫不当之勇，今日一见，果然不虚！前辈此番挺身而出，救我兄弟于危急关头，我鹤鸣七子日后必将结草衔环，感恩报德！”

班黥戈布“哼”了一声，淡然道：“你可知我也找了童六侠多时？田园村一案是我羌人家事，若是要连累汉人受苦，那也非我所愿。再说了，如今颜英雄是我家侄女婿，胳膊又怎能往外弯？”

“啊？瞧我这脑袋瓜子！西羌部族姓姜的人虽多，应该都是些有头有脸的人，我怎么就没想到无素姑娘是安玛郡主？难怪狼甲勇士要兵围天柱峰……”卫季此时恍然大悟，一拍脑袋，面有愧色。

当年他一心只为追查疑凶线索，宝兴布行门前的软磨硬泡，拼不过颜风的死皮赖脸，他只好出此下策，挟持了赤手空拳的小姑娘，万万没有想到，险些酿成大错。

曙后一抹星孤，街道四处渐起迷雾。

班鯨戈布抬头望了一眼朦胧的天色，心事重重地道：“卫老二，挟持素素这笔账，老子以后再跟你算……此地不宜久留，尔等速去长秋山，尽快救出童六侠。”

“多谢将军。”

此时，玄嗔站在街心见众人嘀嘀咕咕，听不清在谈论什么，忍不住出声提醒：“颜施主，第三局你可想好了比什么？刀枪剑戟就免了。今日既有戈布将军在场，给老僧十个胆子也不敢为难你，不如放了少将军，正好让老僧腾出时间，与老朋友叙叙旧。”

“好！老子就跟你比试挽弓之道！”

班鯨戈布挥了挥手，平云客栈内快速奔出一名狼甲勇士，单膝跪地，将一柄黑漆漆的铁胎弯弓双手奉上。

玄嗔闻言一怔：“老僧不识箭道，如何能挡戈布将军之神力？”

班鯨戈布斜眼瞧了瞧街边数名飞龙营的将士，漠然道：“你身为一代高僧，没理由做缩头乌龟，和尚也可以找帮手。”

玄嗔有些哭笑不得，若是要从骑射营中寻一名箭术高手，原是不难，可是强弩之弓不但要比拼准头，也得较量内力。以羌狼的绝顶修为，一箭射杀两人，一点都没有问题，而骑射营皆是普通之躯，怎能找得出如此凶悍之人？

颜风眼珠子一转，笑道：“老和尚是不是在等救兵？我劝你趁早死了这条心。嘿嘿，等会戈布将军再数三声，你就输定了！”

“一,二！”班鯨戈布大声喊数，幸灾乐祸。

强敌当前，玄嗔气势顿减，第三局的输赢尤其关键。他此时汗如雨下，正在举棋不定之时，忽闻远处城门口风沙飞扬，一袭快马呼啸而来。

骏马狂奔街心，似腾云驾雾一般，浑身晶亮雪白，脖前一蓬浓厚的鬃毛犹如雄狮。

但见马儿撅蹄长啸一声，骑马之人突然抖落宽阔的披肩，舞起手中一道寒光四射的枪影，疾冲平云客栈！

曙光初现，雾气正浓。

一人一马踏雾而至，速度惊人，已来不及辨识真容。

班黥戈布猛地大吼一声："来者何人？报上名来！"

"吾乃常山赵子龙也！"只听马上之人朗声大笑，涯角亮银枪横扫云雾，击破沉寂，蓦然在地面一点，一道白袍雄姿飘然而落，天神般伫立眼前。

众人惊见主帅现身，慌忙齐声行礼："参见大将军！"

卫季抢先一步，啪啪解开少将军被封住的脉门，额前冷汗淋漓，躬身退开一边。

"颜兄弟，咱们又见面了！"赵云目光灼灼，笑容满面地凝视颜风。也不知他是惊疑还是无奈，突然摇头轻叹，手中银枪抛给属下，转身朝班黥戈布颔首示好，气定神闲地道，"今日戈布将军亲临大邑，赵某有失远迎，恕罪，恕罪。"

班黥戈布神情一动，身不由己地往后退了一步，肃然起敬："惭愧。"

他此刻纵是满身狼性虎胆，也万万不敢在翊军将军的眼皮底下放肆，这并非卑怯，而是敬畏。

若是单以武力而论，班黥戈布绝不会输给赵云，三十六式"狼手翻云"，难遇敌手。但是以威严声势来说，白袍将军当阳救主，智取桂阳，一身是胆，有勇有谋，当今天下之豪杰寥寥可数，赵子龙当得起盖世英雄。

赵云抚须笑道："赵某对箭道略知一二，就让我来与戈布将军比画比画箭术，神僧意下如何？"

"老僧当然没有意见。"玄嗔淡然一笑。

"好！大将军果然爽快，羌狼恭敬不如从命！"班黥戈布狼性不改，眼中虽有敬意，心里却并不服输。今日他居然有幸与白袍将军一较高下，顿时满心欢喜，一口答应。

无赖怕恶徒，好汉最敬重的当然是英雄。

赵云含笑不语，突然招手吩咐属下取来一枚五铢钱，走到杜鹃儿身前伸了伸手。

杜鹃儿满脸疑惑，左右转身瞧了瞧自己的袖子，顿然醒悟，笑嘻嘻地扯下一截缠绕袖口的五彩丝线，递给大将军。赵云将细线系在五铢钱的方孔上，转身指了指赵广，径直走到平云客栈的屋檐之下，抬头望一眼"雲"字招牌，示意儿子站过来。

"父帅？"赵广满眼惊恐之色。

“右手伸直，腿不要抖。”赵云一脸肃容，将悬着线的五铢钱挂在儿子手臂上。

众人相视无言，心里皆是暗暗吃惊，一箭穿铢，哪有这么容易啊？大将军是疯了不成？

赵云竟将自己儿子当作活靶子，无非是要向颜风表明态度，第三场赌局是胜负关键，要赢就赢个体体面面，莫说飞龙营欺负羌人，不管是谁，射死我儿子那必然是输定了，没有挽回的余地。

“哈哈，第三局由我来定规矩！咱们效仿吕奉先辕门射戟，百步之外，一人三箭，穿孔而过者、削断丝线者皆判为胜出，三局两胜，戈布将军可有异议？”

赵云展颜一笑，学着颜风的口吻制定规则。

“穿孔而过”的意思是以箭镞射中五铢钱，若是箭术了得，那也不是没有可能，但是“削断丝线”就比较困难了，赵广举在半空中的手臂，随时会因为腿抖而晃动，百步之外，谈何容易？

最让人心惊肉跳的是少将军赫然变成了箭靶，稍有不慎，身上就会多出几个窟窿。

“大将军定的规则，在下一定照办！只不过少将军……”

颜风话说一半，咽了回去，心想大将军来这么一出，摆明了就是不给台阶下了。羌狼叔叔一旦失手，必定输得颜面尽失，射死人家儿子还能吭声啊？他甚至连狡辩的机会都没有，只能灰溜溜地撤回安玛城去。赵云啊赵云，除了顶礼膜拜我已无话可说，你果然是个做大事之人！

“颜兄弟莫非是担心我儿手抖作弊？”赵云微微一笑。

“不敢！我是怕利箭不长眼睛……”

卫季实在憋不住，硬着头皮道：“大将军，让属下代替少将军吧，卫某保证一动不动，稳如泰山！”

赵云摇头轻叹，郑重地道：“卫兄弟，你站，他站，岂不都是一样？身为蜀汉将士，没有大事小事之分，战场上的冲锋陷阵与一场赌局的见证，都必须身先士卒，方能令天下人心悦诚服。”

“大将军教训得是。”卫季敛容屏气，不再言语。

赵广闻言咬了咬牙，似乎理解了父帅的一番苦心，他右臂平举，抬头挺胸，直视街心，如同一棵倚崖而立的青松，慷慨从容。

虎父无犬子，将门无庸兵！

晨雾缥缈，长街空寂。

班黥戈布并没有考虑太多，要他于百万军中取敌人首级，远比此刻更为惊心动魄，区区一枚五铢钱，根本没有放在眼里。

他挽起袖子，大步走到街心，心里默念百步，脚尖在地上划出一道痕迹，远眺平云客栈，朗声道："三箭定输赢，公平合理！我这第一箭不一定百发百中，烦请少将军闭上眼睛！"

让"活靶"闭眼也是一种心理战术，只要赵广不会吓尿裤子，稳住丝线，他至少有五成把握。

班黥戈布高举弯弓，以拇指勾弦，双指反压，手中黑铁箭镞乌光闪闪。

挽弓之道，纵有燕角之弧，朔蓬之镞，也绝对比不过指法上的玄机。加上青衣羌狼一世内力修为，让他拉动三石铁弓，使出千斤臂力，简直如同小儿把戏。

嗖！

利箭挟着一股破风之力，撩云拨雾，直射赵广！

"云"字招牌的后面站着一排骑射营的将士，上前拔下木盾上颤巍巍的箭镞查看，挥手大喊："未中！"

班黥戈布"哼"的一声，傲然道："大将军请。"

赵云接过属下递来的长弓，托在手中掂了掂分量，轻笑道："论天下神射，我倒是突然想起一人。当年云长兄兵取长沙之时，此人手挽铁胎弓，箭射云长之盔缨。黄汉升之射技，第一当之无愧。"

"哈哈，大将军过谦了！"班黥戈布眉角一扬，躬身行礼，"听闻赤壁一战之后，周公瑾忌妒孔明，连夜截江追杀军师。当晚东风正劲，江船起伏，大将军竟能一箭将篷索射断！若是你赵子龙要自称第二，那天下谁人敢认第一？"

赵云微笑摇头，目光流转："传闻而已，当不得真。"

他话音一落，指尖在弓弦上轻轻一弹，一束追风逐电般的寒光应声而出，只见悬挂在赵广手臂上的五铢钱，忽然凭空晃荡了数下。

原来是强劲的箭镞一擦而过，赫然牵引了空气中的气流，只要再往右边接近一毫半分，五铢钱定能穿孔落地。

将士们高声欢呼："未中！"

颜风牙痒难忍，他娘的，羌狼未中，你们如释重负，大将军未中，你们有必要兴奋成这样吗？外人若是没看懂，还以为你们吃错了药。

班黥戈布扭了扭脖子，心想吕布辕门射戟，赵云箭射船索，一时均传为佳话，老子在箭道上的技巧恐怕及不上他，而且他害怕失手射死了儿子，更要全力以赴。哼哼，你以为我会在乎射死你儿子……既然如此，眼力已经不重要了，老子就跟你赌赌运气！

他虽然认定自己不会将赵广的性命当回事，可是事实并非如此。

青衣羌狼暴戾成性，向来以武“服”人，没有兴趣去伤害手无寸铁的无辜。其实他内心深处极其敬重赵云，只不过脑子里那一份不服输，打死不承认是自己手抖。

第二次的离弦之箭，二人再度射空。

班黥戈布紧皱眉头，默然不语，突然转身走到赵广跟前，左右绕上几圈。五铢钱悬挂丝线，偶有轻微旋转之势，但是笔直的丝线竟然分毫不晃。赵广此时面无表情，死死地盯着自己的右手，似乎要用凌厉的眼神将手臂锁住。

班黥戈布点了点头，道：“最后一箭，请大将军先射。”

谁先谁后并无讲究，他看似是在礼让赵云，其实仍然是心理战术。

倘若赵云第三箭落空，那么班黥戈布必须尽快想出对策，就算他厚着脸皮要求加赛，那也算不得乘人之危。

换而言之，潜能上的发挥本来就是逼出来的，如果赵云排到最末，最后一箭必定全神贯注，而箭术上真正的门道，永远都离不开一个“稳”字，在那种状态之下，谁也预想不到大将军会做出怎样的惊世之射。

逼出来的机会，必须留给自己。

班黥戈布悉心查看了赵广的站姿，包括五铢钱的悬线距离，与手臂、脑袋、招牌、屋檐相差多少？长街风向是南是北？都仔细推敲揣摩。

无论比武还是比箭，不谈争气还是丢脸，一着不慎，满盘皆输。

赵云欣然同意，抬头瞧了一眼站在屋檐之下的赵广，突然低头在班黥戈布耳边轻语一句：“戈布将军，老城主一事我已差人去查，但是东州兵……希望将军能给我个面子，事关蜀汉社稷存亡，莫要让我为难。”

班黥戈布微微一怔，皱眉道：“老城主的死因确有蹊跷……若是大将军能出来主持公道，我自然无话可说……”

二人压低声音说话，脸上的表情镇定自如。

“好……颜风我必须带走。安玛城的事，我定会给你一个交代。”

赵云话音一落，身形一动，宛如玉树临风，右腕遽然挑箭而动，轻轻一拉，弓如满月！

长街之上雾气缥缈，箭镞冲散迷雾，在半空中响起一道尖锐的破风之声，犹如天边流星坠落，已然牵动了狂涛巨浪般的气流。

当！

极速旋转的乌铁箭镞应声射中铜币方孔，跳起一缕星光，准确无误地钉在木盾之上，黑翎轻颤，入木三分。

罗巷街上忽然响起一片震耳欲聋的欢呼。

颜风大吃一惊，扭头一看，只见街道两旁掌声雷动，沿街店铺的门背后出现一群黑压压的脑袋，止不住脸上的欢喜与激动。

原来大邑百姓一直躲在门后屏息观望，谁也不敢出声，怕搅扰了大将军比箭。他们此刻亲眼见到赵云百步穿铢，力敌羌人，心潮澎湃之时，便再也压抑不住内心的喜悦，纷纷涌出店铺，钻出小屋，喊声震天。

“赵将军威武神勇！”

“大邑将军赵子龙，打遍天下无敌手！”

满街百姓举臂高呼，异口同声地喊出“大邑将军赵子龙，打遍天下无敌手”。

赵云诚惶诚恐，迅速将手中长弓一抛，单膝跪地，恭敬行礼：“诸位乡亲父老！今日惊扰了大伙儿休息，子龙深感歉意！”

“大将军为民请命，力保大邑安危，咱们都牢牢记在心里！”百姓们慌忙跪下还礼，一片呐喊，人声鼎沸。

颜风瞧见眼前激奋人心的场景，内心颇为触动，冰冻三尺，非一日之寒，白袍将军之所以深受百姓拥戴，正是满腔的忠肝义胆，不容置疑。当年我那一刀若是伤了他，只怕追悔莫及，引刀自刎也难抵罪行。

他此时心有悔意，神情沉郁，不经意望了班黥戈布一眼，欲言又止。

班黥戈布目睹赵云抬手抛弓的动作，脸上那种从容不迫的神情气质，完全异于常人，顿时豁然大悟，他奶奶的！原来他刚才连射两箭，都是存心让我！

他迎上颜风的目光，心念一动，环视伫立长街的大邑百姓，觉得这场比箭赌局已经毫无意义。

“和尚，三局两胜，你赢了！”

班黥戈布缓缓吐气，大步走到平云客栈，举臂高喊，“大邑城的百姓！本将军乃安玛城狼甲首领班黥戈布，素来仰慕赵云将军的威名，今日以箭会友，技不如人！大将军绝世神射，天下第一，我羌狼没有什么话可说，愿赌服输，心服口服！”

技不如人没什么好丢脸的，关键为人处世须懂得八面圆通，能伸能屈，明明知道自己必输无疑，那也要输得风风光光。

百姓之中有听说过青衣羌狼名头的，皆是吃惊不小，原来这金刚铁塔般的汉子，竟是狼甲兵的首领戈布将军？好险，大将军要是输给了他，那得轰动西蜀了！

不过话说回来，他这种身份的人，自然是以挑战大将军为荣，大将军这次真没给咱们汉人丢脸！

“阿弥陀佛。戈布将军不计得失，深明大义，老僧惭愧得很。”玄嗔颔首轻叹。

班黥戈布朗声大笑：“和尚莫要拍我马屁！今日大邑百姓人人目睹箭道之局，谁胜谁负其实已经不重要了，羌汉两族若能从此诚信和睦，我羌狼的面子又算得了什么！倒不如便将此街改名‘箭道’，留给后人瞻仰大将军神射风采，定能流芳百世！”

“箭道街？这名字不错哦……”

“哇，大邑城中箭道街，白袍将军下凡间，好兆头啊！”

百姓们面露惊喜之色，跑过来围着班黥戈布左瞧右看，似乎对他魁伟的体型大感兴趣，好奇地问他一天要吃几斤肉？一堆人挤在平云客栈的门口，指手画脚地称赞他气度不凡，仁勇有爱，“箭道街”这个名字取得相当不错，当得起传世之作。

此时，街上的人群越聚越多，店铺里伙计拎起茶壶，捧着糕点，出来热情招呼飞龙营的将士。大伙儿仿佛依然沉浸在大将军的精湛箭术之中，围观那枚被射穿的五铢钱，口水飞溅，议论纷纷。

玄嗔心思隐动，忽然身形一晃，跃步疾冲客栈门前，厉声喝问：“颜风在哪里？”

第四十一章：与虎谋皮

穷崖恶水，难挡霞云。

刀山火海，拦不住鹤鸣七子的兄弟情义。

童小浪早已料到大邑城会发生变故，暗中做好了准备。

颜风与五位同门趁百姓哄乱之时，借助班黥戈布给“箭道街”取名的掩护，迅速钻入后院地道，拐进一家临街的茶铺，偷偷换上衣衫，大摇大摆地出城而去。

长秋山的地形，颜风了然于胸，只是路途有点儿远。

六人跋涉山川，一路沿着山谷前行，卫季对飞燕子的行踪念念不忘，沉着脸儿问颜风：“你与飞燕子到底什么关系？那晚她去田园村干什么？”

“如果我说她是一路跟踪童六侠，被带进了沟里，你信不信呢？”

“你说我会不会信？”

杜鹃儿眼眸流转，笑嘻嘻地道：“二哥消消气！公事当然得公办，可你也别太较真。大哥再三叮嘱，柳嫣名为飞贼，但不是恶人，就算她跟东州兵有着千丝万缕的关系，你让颜兄弟去问明白不就行啦，不劳咱们费心。”

“瞧瞧，老板娘说话才叫称心如意。”颜风嘿嘿一笑，心知杜鹃儿并没有向任何人透露柳嫣的下落。

他想起“东州兵符”一事，心里颇为忐忑，一旦柳嫣被蜀汉认作谋逆之人，恐难洗罪名，西蜀再也没有她容身之地。嗯，若是闹成那样，只好让她随我去安玛城了，从此隐姓埋名，忘记江湖是非。

不过此事我可得跟素素解释清楚，她一定会明白我的心思。像卫老二这种人就不要搭理了，说了他也不懂。

卫季鼻子里哼哼，环视四处山崖，话锋一转："长秋山岔路极多，沿途要做些记号。按理说咱们不能这么冒冒失失地冲进去，可是地牢的位置只有你一人知道，进了山寨之后，你准备如何接近？"

颜风正色地道："若想杀去兵营救人，瞻前顾后成不了大事……我提议等天黑之后，兵分三路，让卫老二先去辕门叫阵，将虎牙兵引出大门，三哥带着老板娘与孙五侠直冲兵营，可以再引开一拨。我领着小浪偷偷潜入地牢，只要人救了出来，管他什么场面，杀出一条血路再说！"

"兵分三路？辕门叫阵？新鲜！"卫季一蹦三尺高，连翻白眼，"你以为街头泼赖打架是吗？这里他娘的是军营！"

孙慕秋沉思片刻，心事重重地道："我认为应该兵分四路……"

"你也疯了？"卫季横眉瞪眼。

"虎牙营绝非等闲之地，硬冲肯定不行。裴川的心思正是投鼠忌器，他担心与大将军反目成仇的那天，断了后路，估计暂时还不会杀六弟灭口。不如准备一些树藤草棘，藏匿林中佯作伏兵，或许他忌惮我们有飞龙营撑腰，不敢轻举妄动。"

"哎，老五这个办法可行。"渞老三点了点头。

杜鹃儿唉声叹气地道："那得先说好了，老娘身子弱，你让我扛着树藤跑来跑去，我可吃不消！二哥叫阵，我跟三哥闯营，颜兄弟带小七冲进地牢，老五殿后，可还有意见？"

卫季面色阴沉，一声不吭地踏上崖石，远眺远处山谷幽林，苍穹之上残阳似血，他眉宇间似有一股难解的忧悒。

身后兄弟几人各自斜望一眼，见二哥的举动与往日大不相同，不免大为疑惑。

鹤鸣七子名声在外，一心辅助大将军治理大邑，从来没有过私心。

在兄弟朋友的眼中，卫季一腔豪情，颇有几分高阳酒徒的风范，可如今他突然变得这般优柔寡断，究竟是在顾忌什么？

说卫老二怕死，那是鬼扯，说他是担心兵营凶险，这般踌躇不前，那也没这么夸张。以酒胆卫季的性子，就算刀架在他脖子上也不会皱一下眉头，今天他是怎么回事？

“老板娘！辕门叫阵还是你来，喊完就往树林子里跑。”卫季沉默良久，似乎暗自推算了每一个步骤，确保万无一失。

“我来？老娘骂人细声细气的，那些傻小子能追出来吗？”杜鹃儿眼眉一挑，咯咯娇笑。

童小浪眨了眨眼睛：“不追你的都是你儿子！”

“我呸！看我不撕烂你这张嘴！”杜鹃儿脸色微红，追着童小浪一通捶打。

颜风轻叹一声，悠悠地道：“小浪这句话倒也没说错，大邑城里有些人就像对自家老娘那样尊敬你，可你偏偏又使不出劲，就当生了个儿子，没什么好遗憾的。”

日落西山，薄暮冥冥。

六人养精蓄锐之后，一路横越崖顶，穿林而过，沿途并未发现虎牙兵埋伏。

等大伙儿走到郭庄领兵操练的那处山崖，便七手八脚地折落树藤，扎成数捆草堆，拖着来回奔走几步，果然是一片泥沙滚滚，犹如战马扬尘。

一切准备就绪，颜风仔细辨别方向，领鹤鸣七子接近山道关隘。他指了指前方一处隐秘的山谷，将火折子递给杜鹃儿，迅速与卫季、涫老三、童小浪三人藏身树林。

卫季仰面张望头顶悬崖，叹道：“小浪，该你了。”

童小浪心领神会，从怀中取出两枚铁质的弯钩，扁如手掌，宽约三寸，端口处接上四道弯曲的钩子，倒像是精心打造的奇门兵器。只见他将弯钩套在靴子上，突然纵身一跃，犹如一只灵巧的山猴，攀崖直上，健步如飞，瞧得颜风目瞪口呆，失声轻问：“这也是‘青鹤九打’中的绝技？”

“莫非你以为‘青鹤九打’都是暗器？祖天师持剑印符箓，大破鬼兵，在道法通玄上的神通，又怎能缺了奇门遁甲？”

此时，童小浪站在数丈之高的山崖垂下一段绳索，转眼间顺崖而下，咧嘴一笑：“嘿嘿，绳子已捆在老树上，粗如水桶！但是三哥这样的能不能上去，我就不知道了。”

颜风恍然大悟，原来童小浪是在设置逃生之路。

暮色已临，天地间一片死寂，黝黑的树影在夜风中摆舞，偶有虫鸣鸟掠，在耳边荡起嗡嗡回响。

山道关隘处出现一点火光，杜鹃儿举着火折子仔细看清了碎石小路，径自走到山寨的入口，拧腰跳到一截木桩之上，娇声叫嚷：“裴川在吗？我有要紧事找他！”

前方树丛忽然退开两边，惊现一座门坊，当中一扇三丈余高的硬木寨门咔咔打开，探出几名手持火把的虎牙兵，满眼诧异地打量杜鹃儿：“少将军不在！你是什么人？”

“哎哟，来得不是时候。”杜鹃儿咯咯一笑，无奈地道，“实不相瞒，我是他失散多年的老娘！”

“你说什么？”

“听不懂人话是不是？裴川是我儿子！老娘找他有事！赶紧叫小畜生出来见我！”

虎牙兵闻言又惊又怒，忍不住破口大骂：“他妈的，哪里跑来的疯婆子！”

几个性子暴烈的虎牙兵捋臂挽袖，正想出来教训教训杜鹃儿，身边却有人出手拦住：“算了吧，别跟妇人一般见识。”

虎牙兵晃了晃脑袋，瞪了杜鹃儿一眼，掉头就走。

杜鹃儿怔住，这是怎么回事？我的“辕门叫阵”居然不好使？好！老娘就让你们瞧瞧什么叫鸡飞狗跳！她咬了咬，扬起手中的火折子，一个箭步跳进草堆，嘶嘶点火，一句废话也不说。

虎牙兵大惊失色，纷纷冲出山寨，手忙脚乱地踩灭火苗，抡起枪戟，朝杜鹃儿扑了过来。

杜鹃儿一声冷笑，指尖迅速夹起六枚寒光闪闪的细长银针，手舞足蹈地演示了一番蜀绣的针法，竟将数名虎牙兵双袖缝合，裤脚相缚，裹成了五月天的粽子。虎牙兵哪里见识过这般唬人的阵势？身子顿时失去平衡，一个个东倒西歪，摔得鼻青脸肿。

银针蜀绣，虽然算不得奇门遁甲，但是在鹤鸣派的“青鹤九打”之中，当属上乘武功。颜风也曾领教过老板娘的身手，一旦袖子被针线封死，总不能让他用脚指头去弹紫卿刀。

天下武功原本没有谁强谁弱，或许也会存在相互制衡之处，但是目的各有不同。有些人习武，是为了在乱世中强身自保，而有些人却心怀不轨，逞恶行凶。

她举手投足间放倒三人，其余几个见势不妙，赶紧退回山寨，“咚咚”捶打战鼓。

颜风等人一直躲在山崖后面，注意着虎牙营的动静，耳边听闻锣鼓之声，却始终不见一兵一卒追出来，顿时傻眼，看来计划有纰漏，虎牙营的人担心中了老板娘的埋伏，居然连大门也不敢出。

“当机立断，放火烧山！”

卫季咬了咬牙，飞身冲出树林，奔至山道关隘，顷刻间将路边的杂草点燃，火光中朝着杜鹃儿招了招手，示意她赶紧撤退。

干柴遇见烈火，被夜风一吹，窜起来的火势倒也不小，噼里啪啦连成一片火海，瞬息间便将虎牙山寨的大门包围。

门后果然冲出数十名虎牙兵，手里提着大大小小的木桶，争先恐后地冲上去灭火。卫季双脚连环，在半空中一声炸雷般的暴喝，迅速放倒数人，接着拎起两只水桶，左右开弓，见人就砸，直奔山寨大门。

他原以为虎牙营里战鼓震天，大队人马即将潮涌般追出来，可是当他一脚踢开大门，身子忽然僵住。

只见山寨营帐的周围，站着数排密密麻麻的虎牙兵，手持长戟，纹丝不动。

空旷的山谷道上搭建了一座丈余宽的点将台，耸立四根巨大的圆柱，一名黑旗兵出现在高台之下，手中令旗一挥，“砰”的一声，战鼓停歇，全体虎牙兵动作整齐地点燃了火把。

火光通明，如同白昼，仿佛两条傲视盘旋的巨型火龙，照亮了整片山谷，方圆百米之内清晰可见。

卫季定睛一看，点将台两根旗杆中间竟然吊着一人，脖子上套着一段环形的绞绳，此时正死命地扯住绳环，双脚临空踩在连接旗杆的麻绳上，身子悠悠荡荡，努力想让自己站稳。

“六弟！”

卫季猛地狂吼一声，双目尽赤。

他这一声大喊，回音绕耳，响彻山谷。颜风等人浑身一颤，暗想不妙，再也顾不上事先约定好的救人计划，纷纷冲出树林，急奔虎牙山寨。

颜风冲到营帐前，忽然瞧见眼前的场景，头皮一麻，顿觉毛骨悚然。旗杆上高高吊起的不是别人，正是备受折磨的童啸波童六侠。

童小浪亲眼见到大哥受苦，情绪完全崩溃，突然放声大叫，顾不上营帐两旁虎视眈眈的虎牙兵，狂奔点将台而去。

“哈哈哈！人数不多不少，正好凑齐鹤鸣七侠。如今青崖子已成废人，想来颜少侠定是接替了他的位子，当了老七。”

虎牙营中笑声洪亮，点将台上闪出一人，悠然自得地抚弄胡须，手臂上一串铁环当当作响。

“顾长龄！我跟你拼了！”

童小浪拔足飞奔，扬起一道尘沙，双拳指节套上两只铁箍儿，就像沙漠狂奔的一头雄狮，勇往直前，绝不回头。

眼前立即闪现一片寒光枪影，左右阵列的前沿赫然伸出一排弯钩倒刺，横扫童小浪大腿。童小浪反应极快，凌空翻转一圈，脚尖在钩镰枪上一踩，轻飘飘地掠过虎牙兵的头顶，不依不饶地扑向点将台。

只听耳边哗啦啦一声巨响，点将台周围忽然竖起一圈荆棘铁栅，拦住了去路。童小浪一咬牙，甩手抓住满置倒钩的铁网，试图翻越障碍。

锋利的铁钩刺破了他的衣衫，顿时鲜血直流，可是他只想冲上去救出大哥，任何艰难和凶险都已吓不倒他。

顾长龄手持火把，蹲下身子，似乎在欣赏童小浪浑身是血的模样，嘴里啧啧叹息："童小七，你若敢再上前一步，我便烧掉你哥哥脚下的绳子。嘿嘿，等你爬上台时，只怕童小六就剩半条命啦！"

此时，颜风等人已来不及思考对策，五条人影一字散开，疾风般冲破钩镰枪阵的包围，迅速接近点将台。如今众人身陷敌营，山谷又亮如白昼，根本找不出暗处藏身，倒不如来个痛痛快快，与虎牙营决一死战。

"小七，你给我下来！"卫季目睹童小浪遍体鳞伤，还在拼命往上爬，不由得心急如焚，失声大喊。

"众将士听令，谁也不许靠近高台，违令者斩！"

顾长龄高举手臂，示意涌上来的虎牙营将士退后，走到旗杆中间，摇了摇童啸波脚下的绳索，嘿嘿狞笑道，"童六侠，瞧瞧谁来看你了。"

童啸波低垂脑袋，似乎有些神志不清，只是出于身体上的本能反应，要让自己站稳脚步。

他用力抓住脖子上的绞绳，晃了晃身子，缓缓抬头。火光之中出现一张消瘦的脸庞，颤巍巍地伸出一只枯槁的手腕，似乎看不清眼前六人的模样，喉咙里断断续续地吐出几个字："谁……你们是谁……"

杜鹃儿哪里忍得了六弟这般凄惨的场景，悲声大哭："六弟！你再坚持一下，我们一定救你出去！"

"怎么救？你以为虎牙营是平云客栈？"顾长龄满脸讥笑，幸灾乐祸地道，"有件事儿我想不通，卫老二当年也曾随长公子南征北战，胆子再大，他也不可能冲兵营里来开玩笑，今天这是怎么了？明知山有虎，偏向虎山行吗？”

卫季仰望高台，深深吸上一口气，大声叫道：“我承认，这件事确实是我疏忽了！我原以为颜风的去而复返，碰到你顾师爷这种自恃清高，狂妄自大的人，最多是加强防守罢了，怎么可能想到我们鹤鸣七子有胆子前来劫营呢？看来是我高估你了……他妈的！你见到紫卿刀就像老鼠见了猫！要是颜风说过几天再来，你可能茶饭不思，连觉都睡不好！”

“哈哈，我佩服你！死到临头还能说笑话。”

“唉，有些事并没有到鱼死网破的地步，如果顾师爷把脑袋里的水挤干净，我们就可以坐下来心平气和地谈谈。”

“你想谈什么？”

“放了我六弟，我留下来。”卫季微微一笑，神情镇定。

颜风一怔，心想卫老二宁可牺牲自己性命，也要救出童六侠，那虎牙营确实是不该来的。

你留下来？难道你的兄弟就肯走吗？再说顾长龄也不好糊弄，这老狐狸诡计多端，完全可以猜到我们没有去通知飞龙营，若是赵云来要人，顾师爷敢说这么多废话？

他环顾四周的虎牙兵，一个个高举火把，严阵以待，兵营里的场面果然非同一般，此刻就算七人决定杀出一条血路，总不可能一路咬着野山参逃命，等体力耗尽之时，活到最后的又有几人？

而且并肩作战是一种荣誉，劫营一事，六人原本是经过深思熟虑的，没有人会在乎生死，救出童啸波才是最终目的。但是卫季的思路，却是无形的妥协，铮铮男儿，岂能任人摆布？

颜风冷笑一声，道：“顾师爷，当时我去白马村，裴老将军曾亲口许诺，让裴大少领三百精兵后援，你也在场的对不对？我误闯虎牙营原是来找二爷，其中种种误会，皆因田园村一案而起。倘若你杀了童六侠，大邑城势必与新津翻脸，这个后果你可承担得起？”

“嘿嘿，话不能这么说。童啸波是少将军手中的饭碗，若是打碎了，你让我怎么交代？”

“我明白你的意思，所以田园村主谋正是裴川。他下令虎牙精兵射杀四十一条人命，趁机劫走粮草，嫁祸赵云。童六侠无意之中发现了虎牙兵的踪迹，你们只好将他囚禁于地牢，制造一场死无对证。”

顾长龄抚须冷笑，不以为然地道："空口无凭，有何证据？照你这么说，少将军来个杀人灭口岂非更省事，何必多留隐患？”

“嗯，这个问题我也想过。”颜风故作思索状，站在铁网前面转了一圈，迅速目测与高台的间距，“三个原因，一是裴川担心事情败露，留下童六侠的性命，起码有了和谈的余地，二是再找一个嫁祸于人的机会，必要的时候，可以将童六侠的尸体藏在望羌台，或者往白马村的暗坑里一塞。你问我一年前干吗不做？因为时局还不够乱，并没有等到跟大邑城撕破脸的时候。”

顾长龄突然拍了拍大腿，哈哈大笑："想不到颜少侠刀法出众，口才也是一流！让二爷给你在新津城找一家茶铺，每天说一段离奇的故事，保管生意兴隆！”

“呵呵，那我一定给顾师爷留个座位。”

“一定捧场！那你第三个原因又是怎么编的？说来听听。”

颜风眉头紧皱，压低了声音："你可知……我去白马村找……”

“你找到了什么？”顾长龄目光闪烁，神情似乎有些紧张。

就在他低头的那一刹那，只见孙慕秋掌中长剑一翻，耀眼的白光横胸乍现，倏地插入铁网缝隙之中。

“飞龙在天！”

酒胆卫季一声轻啸，一道冲天的人影踏上剑锋，脚尖一点，借助剑刃的弹性，身躯急速旋转，直射而上，赫然掠过了高台铁网，呼呼掌风疾拍顾长龄头顶！

第四十二章：英雄气短

身旁的童小浪疾如闪电，趁二哥掠身偷袭之际，铁爪迅速扣死锋利的铁索，宛如飞崖过涧的灵猴，轻盈起跳，斜扑旗杆。

噗！

点将台上临空掀起一块暗板，势如飞梭，斜击而上，猝然间击中童小浪，直穿大腿。童小浪一声闷哼，顿时从半空中跌落高台，血流如注，再也站不起来。

“小浪？！”颜风等人失声惊呼。

卫季此时正与顾师爷对拆了三掌，猛然惊觉高台颤动，脸色一变，毅然转身去救童小浪。岂料耳边忽然响起凄厉的破风之声，一朵凭空绽放的碧水浪花迎面袭来，又快又狠，犹如翻江搅海的飞鱼，粼光闪闪，气势惊人！

卫季大惊之下，手臂一缩，整个身子完全被凶猛的气浪包围，只得将背脊紧贴在布满钩刺的铁网上，无处可避。

就在生死存亡的一瞬间，刀光一闪，鹤鸣在天！

紫卿刀呼啸而过，及时削断相连的铁索，荆棘铁网上立即卷起一道被撕裂的口子。卫季察觉身后火星四溅，左脚豁然腾空，身子后仰，急速掠下高台。

“颜少侠，别来无恙。”

只见高台之上一人一枪，一袭黑青色的戎装，肥头大耳，膀大腰粗。他低头瞧了瞧几乎痛晕过去的童小浪，眉宇间那一股冷傲，就像是路人，对任何事物都漠不关心。

颜风见童小浪脸色刷白，伤势极重，却拼命咬牙忍住疼痛，宁死也不出声求饶，不免长叹一声，道："正所谓冤家宜解不宜结，在下恳请裴大少瞧在二爷的份上，手下留情。"

来者正是裴府大少，虎牙营少将军裴川。

顾师爷一见裴川，身高似乎也矮了几寸，恭声道："回禀少将军，鹤鸣七子除了青崖子，人都到齐了。"

此时，高台左侧一名黑旗兵，搬上来一张木椅。

裴川并没有搭理顾师爷，手中直握一柄黑缨镔铁长枪，气定神闲地坐下，取出一块丝帕，擦了擦脖子上的汗水，郑重地道："话是这么说，我二弟的面子当然要给。可是这儿是长秋山虎牙营，除了我父亲之外，没有人敢对我指手画脚，也没有人敢与我作对……你懂不懂规矩？"

他说话的口气很平稳，与安玛城那位怒气冲冲的裴大少爷，判若两人。

如今鹤鸣七子出师不利，救人不成反倒先伤一个，兄弟几个万般无奈，闷声不吭，只能对颜风寄予厚望，但愿他能说服裴川放人。

"卫老二。"裴川好像对颜风没什么兴趣，突然唤了一声卫季，面无表情。

"少将军有何教诲，卫某洗耳恭听，能不能先放过小浪……"

裴川斜视一眼童小浪，冷冷地道："我且问你，你我二人也算是出生入死的兄弟，怎么你投靠赵云之后，处处要与我新津城作对？是我父亲亏待了你，还是我裴川有什么地方得罪过你？"

"当年我从军征战，原是听人说男儿当报国求仁，但后来发现，兄弟们在战场上的厮杀，无非就是为了一口温饱。等我上了鹤鸣山，记熟了王节信的'以民为本'，终于明白武功再高，始终都是凡人。如今我正是大邑城里一个无足轻重的小民，怎敢与少将军作对？"

裴川点了点头，淡淡地道："呵呵，善识天命原是好事。但是话说回来，君子不立危墙，你明知虎牙营乃蜀汉重地，肆无忌惮地闯进来，总得给我一个说法。"

"你要什么说法？是怨我不帮新津，反助赵云？那我也只好实话实说了，自从跟了大将军之后，方知英雄有英雄的作为，好汉有好汉的担当，而大将军的为国为民，无愧英雄二字。卫某也算是对得起蜀中的百姓了，一片忠心，从未后悔！"

"原来卫老二已经忘记了自己的身份，甘心沦落市井，做一名贩夫走卒，可惜，可惜……"

卫季脸色一沉，道："你当我是个孬种也无妨，我只问你一句，童家兄弟与我竹马之交，你说我救不救人？"

"你，你要说法是不是……"童小浪此时强忍剧痛，拖着一条血肉模糊的大腿，挣扎地朝童啸波爬了过去，他想拉住大哥脚下的绳索，又担心大哥站不稳，心如刀割，"想我大哥英雄一世，竟让人如此折磨……今天闯你虎牙营的不是鹤鸣七子，是手足骨肉……裴川！你要说法，我给你一个！"

童小浪单膝跪地，咬牙站起身来，突然用力一拍穿透大腿的木板，将自己的身躯牢牢钉死高台之上。

只见他眼神坚定，完全不在乎汩汩喷涌的鲜血，竟以自己的肩膀稳稳托住大哥的双脚，纹丝不动，犹如一座伫立风雨中的战神雕像，魂逝天地，浩气长存。

"小浪……"

杜鹃儿一声撕心裂肺的呼号，身子摇摇欲坠，险些昏死过去。

卫季与老三、老五心神一颤，忍住了眼眶中的愤怒与泪水，同时跪倒在地，深深一拜。

颜风握紧拳头，浑身发抖，满腔的怒火仿佛顷刻间便要从指尖冲破。紫卿刀鞘已开始剧烈震动，发出一丝"呜呜"低鸣之声，惊起一地飞舞的尘土。

高台四处布满了钩棘铁网，犹如囚笼。

颜风此刻若是弹指出刀，斩断一片拦在眼前的障碍，或许不难。

裴川与顾师爷二人高高在上，如果他们以五敌二，可能真正的胜负并不是在人数上，而是抢下童啸波。

然而黑缨长枪的凶险，众人有目共睹。裴川在枪法上的造诣，似乎与赵云的"暴雨梨花"旗鼓相当，正因为一寸长有一寸强，如果颜风只能弹刀挡下一招，那等于每个人都有可能要应付裴川抡舞的长枪，一旦让顾长龄抽身挟持童啸波，终将前功尽弃。

但是颜风又怎能轻易放弃？他觉得最有可能接近童六侠的人，便是杜鹃儿。

缝合顾师爷的衣袖，正是银针蜀绣的神奇之处。

鹤鸣七子威震西蜀，经历过不少风风雨雨，但从未遭人凌辱，一腔忠心义胆不求报国得志，只愿为百姓们守得一份美好，安身立命。而虎牙营一行，其实兄弟们心中有数，此番为了救出童啸波，他们已没有任何顾虑。

人生岂有长生不死？就算你死我死，六弟不能死！

而童小浪的舍生取义原是他已知道自己流血过多，大限已至，为了不拖累兄长，欣然赴死，死他一人总好过全军覆灭。

眼看童啸波被吊在高台之上，若是不顾一切地冲上去报仇，裴川极有可能再杀一个，谁也不敢妄作主张。

虎牙营的将士似乎也被童七侠的慷慨赴死所触动，齐刷刷地低下脑袋，不忍直视。

“是条汉子。”裴川颔首赞了一句，阴寒的目光扫视高台下的鹤鸣七子，“唉，此事皆因各位的独断专行，搞得这么难堪……本将军出手确实重了一点，但是刀枪无眼，你们也不能怪我。”

卫季额前青筋暴突，强忍悲愤，猛地大喝一声：“不必多言！卫某从来没有小看过少将军！你放了童啸波，让我带走小浪，鹤鸣七子立马拍拍屁股走人，今生今世绝不再踏入长秋山半步！”

酒胆卫季话说到这个份上了，是非对错已经不重要，以目前这种局势判断，无法跟裴川争论童小浪该不该死，而是童啸波该不该救。

儿女痴迷情长，英雄难免气短。

逆水行舟，不进则退，只要咬紧牙关隐忍仇恨，总有机会证明，兄弟的血不会白流！

“二哥？你们……”

此时，童啸波踩在胞弟的肩膀上，意识渐渐醒转，耳边忽然听见卫季的声音，猛然惊觉脚下踩着一人，安如磐石。他低头一瞧，只见小浪单膝跪地，正稳稳地支撑住他的双腿，周围一摊乌黑的血迹，凝结多时。

“小浪怎么了？小浪！小浪他怎么了？！”

童啸波瞳孔收缩，一把抓住套在脖子上的绳索，身子剧烈颤抖。

他整个人悬空吊在旗杆之上，拼命地伸出颤抖的手掌，脖子已被绞绳勒得咔咔直响。也要憋住一口气息。他想去触摸弟弟的脸庞，想起儿时那个爱玩爱闹的少年，笑容如此灿烂，仿佛就在眼前，可惜他再也见不到了，七尺男儿顿时泪如泉涌，痛不欲生。

“六弟！我的好六弟！你听姐姐的话，再坚持一会，你千万要坚持住！”杜鹃儿失声呼喊，伤心欲绝。

淯老三眼眶通红，指着裴川大声叫道：“裴川，你快点放了他！”

顾长龄扭过头去，瞅了瞅少将军的动静，讪笑道：“虎牙营又不是菜场集市，怎能任人讨价还价？为了追查田园村的案子，少将军没少花心思！先不说你们几个私闯兵营乃是诛九族的大罪！当年开仓放粮一事，我记得清清楚楚，五百石粮食，总共装了六车，而虎牙营的人在田园村口当场逮住了童啸波。嘿嘿，就算他不是凶手，那也得等案情水落石出之后才能放人，假公济私这种事，少将军可做不了。”

“放你娘的屁！”卫季破口大骂，金刚怒目。

顾长龄脸色一黑，冷冷地道：“哼，我不跟疯狗一般见识。”

鹤鸣七子之中，卫老二向来不徇私情，六亲不认，而且一打起架来就是拼命，极少有挽回的余地。连老板娘都害怕他会对柳嫣动手，悄悄地将人藏了起来，顾师爷就更不用说了，只要看见卫季在街头出现，他一个转身就能遁走街尾。

裴川摇了摇头，悠叹道：“卫季，亏你当年也是蜀汉兵营一员猛将，国法军规居然忘得干干净净。此时就是赵云将军亲自出马，也没有理由让我放人。”

关于田园村一案的真相，欠缺的仍然是人证物证。

当年姜无素侥幸逃过一劫，但她不能确定凶徒的长相和身份，至于诸葛连弩的线索，颜风并没有在虎牙营找出“铜弩机”的蛛丝马迹。按照裴川的说法，兵营完全有权囚禁疑凶，他也没说过一定会杀童啸波，等什么时候心情好了，或许可以考虑考虑。

世上常说邪不压正，可是在国法军规面前，明明知道对方是衣冠禽兽，始终不能依赖口水定罪。

是的，颜风觉得碰到仁义解决不了的问题，就只能重拾仇恨。

张道长，可能我这辈子解救不了苍生了，但我并没有遗憾。因为你说过，刀剑可以扶善惩恶，我从未怀疑！

颜风突然踏前一步，从容不迫地道：“裴大少！在下不是蜀人，对兵家之争毫无兴趣。昨日我摸进虎牙营，事出有因，今日只为童六侠而来。你若是能网开一面，我颜风记得这份恩情，倘若大少定要百般刁难……血溅三步，绝无退路！”

他沉着镇静，眼眸之中闪现一丝冷冷杀意，有意无意地扫射顾长龄一眼，似乎是在警告师爷，如果裴大少拒绝我，那么第一刀我就先宰了你！

裴川稳坐点将台上，握枪在手，目光凛凛，脸上闪过一丝犹豫，阴寒如兀鹫般的眼睛死死盯着颜风，似乎在想他“血溅三步”这四个字，究竟是故弄玄虚，还是存心恐吓。

狗急了也会跳墙，更何况连白袍将军都敢动的疯子？

跟赵云相比，新津城少将军的分量显然不够，再加上鹤鸣七子的妥协，此事对于裴川来说，确实需要深思熟虑。

“人，我可以放。但是颜少侠好像对我误会极深，你刚才说的三点原因，最后一个你并没有说清楚。”

“你问我白马村的事？那我不妨告诉你，我已将赵云库存的诸葛连弩一把火烧了。”

裴川神情一动，脸上露出一丝疑惑：“这么说来，你岂不是毁灭了罪证？”

他此言一出，鹤鸣七子忧心顿起，冷汗直流。

裴川的心思已经很明显了，如果嫁祸不了飞龙营，那么手中这枚棋子至关重要。他不但可以借此要挟赵云，而且随时可以编造谎言，让顾师爷起草讨贼檄文，诬陷童啸波。

“颜兄弟！”童啸波双手扯住绑在脖子上的绞绳，身子前后摇晃，再也不愿踩在小浪的肩膀上，“咳咳……裴川的狼子野心，世人皆知，你对他说再多的废话都没有用……我二哥最清楚他的为人……二哥！你怎么如此糊涂！”

卫季缓缓闭眼，心如刀锉。

他怎么会不知道裴川的心狠手辣呢？他承认，为了救出六弟，他已完全丧失了往日的酒胆。

放眼火光冲天的虎牙营，将士们举枪持戟，严阵以待。虎落平阳斗不过一群恶狼，好兄弟身陷狼穴，他也只能以退为进，没有任何选择的余地。

“唉，手足情深令人感动，可是你管不住自己的嘴，就会让人讨厌！”顾长龄取来高台角落的火把，在童啸波的脚底晃了晃，扭头冲着台下五人笑道，“我要是烧掉了绳子，十分害怕颜少侠会扑上来咬我！可惜这里是虎牙营，不是大邑城。你们几个最好掂掂分量，一切都是我家少将军做主，轮不到你们说三道四。”

童啸波咬了咬牙，身子悬空晃动数下，勉强站稳了脚尖：“顾师爷……你说话的时候，最好走得远一点，我担心你主子会被你熏死！”

顾长龄老羞成怒，举起火把探到童啸波的脚底。

岂料童啸波突然放开双手，身子往下一沉，双腿一个反拧交错，顷刻间扣死了他的脖子。顾长龄吓得“呀呀”大叫，身子慌忙前扑，撑开铁臂钢环，劈头劈脑地砸向童啸波的脚踝。

颜风手指头一颤，就像是一头被囚禁在牢笼中的野兽，已到了孤注一掷的边缘。

“颜风，小心你的刀。”

裴川目中精芒闪射，倏然起身，遥指高台下的颜风。

他抡起长枪，迅速在绳子上绕上几圈，立即将童啸波的身子拎在半空中，“我知道你想拔刀，但是本将军的黑缨长枪不见得比你慢。”

童啸波使劲拉住绞绳，脸色紫黑，双脚盘住绳索，在旗杆的中间前后晃荡，一口气终于喘了上来，“咳，咳……裴川！原来你不敢杀我！”

“杀你何难？只不过宁丢数子，我也必争一先，留着你大有用处。”裴川举枪而立，语气冰冷。

“哈哈！就怕你是一出死棋！”

童啸波嘶声大笑，眼神之中泛起一层迷离的雾气，昂头凝视着前方亲人，身躯倏然凌空一转，笔直垂落绞绳。

人固有一死，或重于泰山，或轻于鸿毛。

自古热血男儿，最大的心愿就是战死沙场，真正的英雄豪杰，很难接受生老病死的命运。鹤鸣七子一世英雄，当然有选择慷慨赴死的权利，那一刹那间的决定，是发自内心的情感，不为别的，为了竹马之情，为了兄弟情深。

可是对于活着的人来说，接受不了这种告别的方式。士可杀，不可辱！他们宁可赴死，绝不愿意面对肝胆俱裂的痛苦。

尘沙狂舞，山川变色。

鹤鸣刀声呼啸而起，紫卿刀卷起激荡于天地间的怒火。

酒胆卫季紧随其后，脚尖踢起一蓬碎石，衣袖临空飘展，扬起点点寒星，直射点将台！

卫老二虽是半路出道，却是天赋异禀，深谙“青鹤九打”之精髓，世间万物皆可被他化作杀人的利器。

风雪不复，落雨仍在！

孙慕秋的“落雨剑”幻起一道冲天的长虹，斩落铁网上一片跳动的荆棘，任由身子被倒钩刺得鲜血淋漓，奋不顾身地冲上去，撑开铁网。

“颜兄弟！我送你上去！”孙五侠大吼一声，誓要为颜风撕开一道复仇的缝隙，粉身碎骨，死不足惜！

涫老三与杜鹃儿二人当机立断，疾奔左右，似狂风扫落叶般掠起数丈，欲从点将台的侧面切断敌人后路，却突然被一群手持钩镰枪的虎牙兵包围。

只见杜鹃儿手疾眼快，身子滑如泥鳅，五彩丝线瞬息间缠住敌人手臂。涫老三身形一晃，以掌为刀，“咔嚓”一声劈断一截枪头，岂料身后偷刺而来的三柄铁枪正中他后心。他猛一回头，一拳击中虎牙兵的肚子，打得那人口吐白沫，仰面跌落人群。

虎牙兵均吓出一身冷汗，怎么回事？钩镰枪扎在他身上，仿佛戳中了一块铁板，居然毫发无损？这、这是天神上身吗？众人心惊胆寒，纷纷掉头溃散。

此时，漫天的碎石暗器激射高台，扑扑数声，高台木桩上被射出几个窟窿，卫季已掠身而上，疾风般抓向顾长龄肩头。

刀光就在头顶！

颜风杀气腾腾，飞身踩上孙五侠的背脊，临空扑入铁网空隙，高举手臂，一片凌厉的刀锋宛如岩浆热浪，倾泻而下，直劈黑缨长枪。

射人先射马，擒贼先擒王。

他此刻有卫老二与孙五侠的鼎力配合，若是斩不下裴川的头颅，怎对得起童家兄弟！

当！

火星四溅，虎口大震。

急速旋转的枪尖勇猛无比，赫然挡住了紫卿刀的攻袭，荡起一波反震的气浪。

颜风的身子仿佛一只被狂风扯断的纸鹞，飘然震退数丈之远，双脚落地之时，完全控制不住反震余势，连退了七八步。

他指尖鲜血淋漓，只觉得手骨传来阵阵酸麻，犹如断腕般的感觉，禁不住脸色大变。

第四十三章：慷慨悲歌

若是二人以真气内力抗衡，颜风绝对不可能输给裴大少，只是黑缨长枪质地刚韧，加上刻意打造的灵活机栝，枪尖在急速转动之下，威力大增。

裴大少自幼学武，天生神力，也曾拜过不少江湖上的能人异士。他虽然体形臃肥，其貌不扬，但在武力上的强悍，已超越了一流高手的境界，颜风自以为刀锋锐不可当，却小瞧了裴川的骁勇之处。

空旷的山道上，明火烛天。

数百名虎牙兵纷沓而来，想冲上前擒住颜风立功，涫老三与杜鹃儿二人配合默契，迅速围拢颜风身旁，逼退密密麻麻的钩镰枪。

此时的卫季披头散发，面目狰狞，早已忘却生死，拳头雨点般砸在顾长龄的手臂上，打得顾师爷毫无招架之力，龇牙咧嘴，大呼小叫："少将军！你不杀疯狗迟早会被咬，以绝后患呐！哎哟……"

铁质护腕，无惧刀剑，可是却挡不住疯狂的拳头。

"二哥，我来助你！"一旁孙慕秋衣衫尽碎，浑身血痕，落雨长剑唰唰起跳。

裴川面露冷笑，手中黑缨长枪忽然在点将台上连蹬三下！

数丈之高的木桩底部骤然裂开一道口子，只见数十名黑旗兵藏匿地洞，已埋伏多时。他们分为两人一组，推出一排排前窄后宽的铜槽弩机，就像是战场上的步营滑车，纷纷对准高台前方。

嗖，嗖，嗖!

一蓬强劲的箭雨呼啸而出，以迅雷不及掩耳之势，直射扑向高台的孙慕秋!

铜弩机?

颜风猛地一惊，指间一颤，紫卿刀应声出鞘，在夜幕下划出一道血红色的圆弧。而卫季突然惊觉台下异常，头皮一麻，转身大吼一声:“老五小心！”

他展开双臂，想去抱住飞扑下来的五弟，可惜还是慢了一步。

孙慕秋在听到利箭破风声的时候，并未注意到高台脚下的偷袭，凶猛的长弩速度太快，他侧翻之际，落雨剑击落三支，却始终斩不断如流星疾坠般的射势。

英雄身陷乱军之中，毫无用武之地。

四尺余长的弩箭“扑扑”射入孙慕秋的小腹，直透背脊，鲜血飞溅。卫季抱住孙慕秋的身躯，在地上连滚数圈，再也顾不得眼前的仇恨与杀戮，双手托住五弟的脸庞，眼眶之中仿佛突然燃起两道熊熊的火焰。

男儿若是心碎，流不出眼泪。

卫季此时目光恍惚，脑子里一片空白，耳边嗡嗡直响，似乎再也听不见周围的喊杀声。

长秋山卷起阵阵狂风，火光乱窜，烟雾弥漫。

忽然，尘沙中飘过来一道黝黑的身影，脚尖踢起孙慕秋跌落地上的落雨长剑，衣袖反撩剑柄，悄无声息地刺入了卫季后背。

“嘿嘿，卫老二，我送你一程！”身后传来顾长龄的狞笑。

酒胆卫季仰天狂吼一声，缓缓转过身来，怒目圆睁，犹如挣脱牢笼的野兽般，一口鲜血喷溅到顾长龄的脸上，吓得顾师爷踉跄倒退，连滚带爬地奔到点将台下。

虎牙兵见师爷偷袭得手，纷纷围拢而来，钩镰枪欺身直刺，却被卫季扣住其中一人的脖子，铁锤般的拳头“咔嚓”一声砸在他脸上，五官顿时凹陷，一命呜呼。

众人还没有反应过来，忽见头顶之处惊现一蓬刀光，顿时慌不择路，一哄而散。

颜风此时已飞奔赶来，左臂支撑住卫季的身躯，右腕迅速挥舞一圈，血红色的刀光之中，蓦然跳起数截残肢断臂。一名虎牙兵扭头就跑，等他跑出了几步，“扑通”一声摔倒在地，发觉左腿已被凶猛的刀气一斩两断，立即晕死过去。

“颜风！”卫季的身躯剧烈抖动，一把抓住颜风的手臂，压住丹田一口气息，支撑住不让自己倒下。他迷离的双眼中流露出一丝愧疚与遗憾，“你告诉我……我酒胆卫季，配不配做你的兄弟？！”

颜风肝肠寸断，紧紧抱紧卫季的肩膀，凄声呼道：“你可以的！是我太小气了，是我狗眼不识真英雄！卫老二是我的好兄弟！你是鹤鸣七侠，你是顶天立地的好汉！”

“哈哈哈……说得好！你曾断老子一指，可老子并没有生气，你知道为什么？哈哈！因为我没有看错你……颜兄弟！咱们说好了，来世……”

卫季垂头俯于颜风肩头，声音渐渐低沉，一缕忠魂随风飘逝，紧追三位义弟而去。

颜风再也控制不住，抱住卫季的身躯，仰天怒吼，泪如雨下。

风云变色，草木含悲。

淯老三与杜鹃儿此时浑身是伤，血流如注，忽然听见颜兄弟狂呼悲哭之声，禁不住心儿一颤，跌跌撞撞地冲出包围，疾步奔到卫季身前，怔怔地望着二哥与五弟的尸首，心神悲戚，面如死灰。

“二哥，五弟，你俩别走太快了……咱们事先说好的，不管谁先谁后，都要等兄弟一程……”淯老三喃喃自语，跪在卫季身前拜了一拜，霍然长身而起，昂首阔步地走向点将台。

眼看大敌当前，世上没有人会一心求死。可是淯老三的想法很简单，若能手刃仇人为兄弟报仇雪恨，要我赶紧追上兄弟们一同归位，正遂我愿。

什么叫慷慨赴义？什么叫大义凛然？淯老三想给裴川一个满意的答案。

虎牙兵见淯老三奔着少将军杀了过去，顿时蜂拥而上，钩镰枪在地上挑起漫天的尘沙，直刺敌人下盘。

淯老三虎威大发，展臂夹住两名将士疾刺而来的枪头，“咔嚓”一声，折戟断枪，身躯突然往后一退，锋利的钩镰枪尖瞬间插入虎牙兵的胸口，顶起两块肉盾，毅然冲进人群，挥舞一片凛凛寒光，连杀数人。

杜鹃儿飞身赶来，身形翩若惊鸿，手腕抖起一缕缕银针丝线，左右开弓，时刻留意着刺向三哥背后的枪影。二人配合默契，转眼间突破防御，逼近辕门点将台。

颜风抹去脸上最后一滴泪水，将卫老二的尸首轻放尘土，缓缓起身。

他此时嗡嗡耳鸣，心情沉重，眼望前方两条兔起鹘落的人影，正在人群中厮杀，仿佛要冲破一切障碍，为他打开一道复仇之门。而那点将台上，一抹孤傲冷漠的身影，正是裴川。

他不愿去纠结今夜长秋山一行，究竟是对还是错。鹤鸣七侠虽惨遭不幸，战死四人，可是他们依然是蜀中百姓心目中的守护神，无愧于天地。

兄弟情深让颜风悲慨万分，那满腔的仇恨反而渐渐淡了。

他知道，纵然杀尽虎牙兵，杀尽天下恶人，也无法解救卫老二，他突然间明白了张守朴那句话的真正含义。世间种种恩怨，一辈子都还不清的……原来我要解开的其实不是仇恨，而是仁义之心。

好！大丈夫有所为，有所不为，裴川非杀不可，谁也挡不住我。

鹤鸣七侠心系苍生的心愿，我来替他们完成！

颜风伸展双臂，眼眸直视前方，步伐走得很稳。他手指头虚空颤抖，像是一种拨筝抚琴的指法，腰间一柄黑鞘的短刀竟突然发出呜呜回音，犹如鬼泣。

拼杀声，惨叫声，虎牙营中一片血雨腥风，地上的泥土已被鲜血染红。

钩镰枪迎面刺过来，眼前出现一抹星光。

虎牙兵光秃秃的枪杆捅在颜风身上，望着掉落在地上的枪头百思不解，他到底有几只手？他是从什么角度拔刀的？我怎么没有瞧见？

人群惊恐之时均作鸟兽散，担心滚落地上的物件突然变成自己的脑袋，纷纷往后撤离，再也不敢围拢颜风半步。

“你不怕死？”

前方尘土飞扬，裴川抬头瞧见淯老三手里拖着两名虎牙兵的尸体，神情凛若冰霜，迈步而来。心里又惊又疑，手中长枪凌空一抖，高台下的黑旗兵立即扳起铜弩机上的“悬刀”，形成一道扇形的阵势，犹如森严的壁垒，飞鸟难近。

擅闯军营乃是重罪，就算裴川此刻下令将鹤鸣七子全数射杀，也是合情合理。只是他眉宇间有少许迟疑，觉得愤怒确实可以让人丧失理智，但是不怕死的倒也并不多见。

“死有什么可怕的？二十年后又是一条好汉！”

“呵呵，听闻淯老三一身金刚不坏的硬气功，勇猛过人，不知能不能挡住我虎牙营的铜弩连环？”

淯老三扫视高台下的铜弩机，摇头轻叹道：“看来颜兄弟并没有冤枉你，田园村的村民暴毙于铜弩机之下，毫无悬念。你今日若不杀我们灭口，恐难脱身。但我觉得铜弩机除了射劲大之外，也没什么特别的地方，你还能整天系在裤腰带上？”

裴川轻蔑地道：“杀你不必费力，只怕你的硬气功，连我手中的黑缨铁枪都抵挡不了。”

“哈哈！少将军骁勇善战，力敌千军，杀我一个客栈的掌柜算不了什么本事。”

“这倒也是。可惜我裴川身在家乡偏偏要寄人篱下，心有不甘，刘璋父子既然没有翻天之力，那我只好代劳。等我收复了益州，赶走入室的豺狼虎豹，西蜀百姓必定会颂赞我裴家的功德。”

“唉，好天真的想法。”涫老三摇了摇头，叹息道，“刘备仁政爱民，手下强将如云，就凭你晚上梦到的一番小心思便想着要翻云覆雨？实在太高估自己了。荷叶凝珠，不经东风打浪，你虎牙营就是他娘的一群乌合之众，做不出什么惊天动地的大事！单是大邑飞龙营就够你折腾了，你若能打到成都，可以将我名字倒过来念！”

裴川脸色一沉，冷冷地道：“赵云算什么东西？”

“你瞧瞧，一说你还动气了！裴老将军生了你这么个猪儿子，真是倒了八辈子的大霉！”涫老三存心要激怒裴川。

裴川咬了咬牙，眼睛却死盯着前方缓步而来的颜风。

黑缨长枪能不能挡住紫卿刀是个未知数，裴川对涫老三没兴趣，他知道以颜风的性子，一场激战在所难免，他必须打起十二分的精神，迎接颜风的愤怒一刀。

铜弩机只不过是他的第一道防线，就算射不死颜风，至少起到了威慑的作用，不仅可以让其损兵折将，也能迅速击溃对手以死相拼的念想。

每个人的体力有限，军营最大的优势就是这些前赴后继的将士，他们的任务是服从军令，围歼敌人，从鹤鸣七子踏入山寨大门的那一刻，注定就是个死局。

裴川长叹一声，无奈地道：“死到临头枉费口舌。我且再给你一次机会，只要你跪下给本将军磕上三个响头，我就饶你一命！”

“三个太少，三十个怎么样？！”

涫老三“哼”的一声，忽然脚尖一拨，抡起虎牙兵的尸体，疾冲高台下面的铜弩机！

其实涫老三早已想好了接近点将台的办法，如果以虎牙兵的身躯为盾，先挡下铜弩机发射的利箭，相当于帮助颜兄弟挡住了一波最致命的攻袭。而他对紫卿刀的速度，了然于胸，相信颜兄弟一定不会令他失望。

至于顾师爷，老板娘的银针蜀绣完全可以应付。

就在涫老三起跃的那一刹那，他回头望了杜鹃儿一眼，嘴角浮现出一弯苦涩的笑容。

耳边的箭矢声犹如狂兽嘶鸣，又似流星赶月。

小时候，他常听人说，只要在夜晚看见天边坠落的流星，就得闭上眼睛许个愿。但是这个愿望不能说出来，在没有实现之前，一辈子都要烂在肚子里。

铜弩机的威力势不可挡，两名虎牙兵的尸体已被漫天的利箭射得支离破碎，涫老三张开双臂，急抛臂弯两柄断枪，拔腿飞奔，冲入高台下的人群。

凄厉的鹤鸣之声，再度响起。

仇恨就像是一团火焰，燃烧了颜风整个身躯，此时再不出刀，更待何时？！

颜风提起一口真气，踩在倒塌的铁网之上，狂风中一片凌厉的刀光乍现高台，在半空中犹自旋转不息，仿佛厉鬼神兵，忽而在左，时而在右，根本猜不出刀锋会从哪个方位砍落。

“螳臂当车，自不量力！”

裴川面带冷笑，双目之中寒光暴射，手中黑缨铁枪一抖，幻起一道弧月般的重光叠影，迅速封死周身三丈之内的空隙，不怕刀光，无惧刀鸣，誓要与颜风决一死战。

他在安玛城之所以没有当场跟颜风动手，无非是碍于姜启城主的情面，始终克制住心头怒火，觉得一切应该以大局为重，为了一个女人得罪青衣美人，必将令裴家颜面尽失。

如今颜风闯入虎牙营，那就是他自己找死，怪不来任何人。

点将台上一片“叮叮当当”的兵刃相击，颜风一刀狠过一刀，逼得裴川连连后退，可是他并没有占据优势。只因黑缨长枪不是等闲兵器，从穿透力、杀伤力，以及攻击范围上来看，远比人的手腕更为灵活。

紫卿刀的凶猛之威，在于刀气可以侵入肌肤，炙热的刀光闪烁之时，只要颜风动作够快，完全可以做到断石分金。

可是长枪在前，距离裴川的身体尚远，颜风近不了身，一切都是空谈。

像顾师爷这种，仰仗精心打造的铁环护体，轻功虽然不错，但是与柳嫣动起手都已经气喘吁吁，顶多只排得上三流高手。而裴川的武力在西蜀算是数一数二，其枪法上造诣，更与赵云的“暴雨梨花”伯仲之间，颜风想在数招之内取他人头，谈何容易？

骁勇遇上凶猛，谁也不敢轻敌。

此时，涫老三挥拳砸晕左边数名黑旗兵，正待收拾躲在右侧木桩下的顾长龄，岂料顾长龄身形一晃，身后出现一排寒光闪闪的铜弩机，突然对准了涫老三，悬刀一落，“嘭，嘭，嘭”弹出一蓬连弩，撼天动地，射势惊人。

相传祖天师张道陵持老君剑印，战五方八部六天鬼神，自创“雷鸣十八破”，无论妖邪鬼兵使出什么样的奇门兵器，均能一一破解，其中当然也包括了弓弩箭矢。

鹤鸣派内家武学的修炼，惯以内力施展“破箭式”，而外家弟子所掌握的要领是以兵制兵。

涫老三一身金刚不坏的硬气功，完全可以轻松挡住满弦之箭，但是铜弩机的力度已超出了常人的臂力，他绝不可能以硬碰硬。

若是他随机应变，俯身趴在地上，或许可以逃过一劫。可是他担心激荡的连弩会射中身后的杜鹃儿，唯一的办法，就是使出毕生所学，以鹤鸣派的“破箭式”化解攻势。

问题是他身为外家弟子，手中没有任何兵器，如何破解?

其实在他拎起虎牙兵尸体走向高台的时候，已经下定了决心，若是不能手刃仇人，不如紧随兄弟而去。

天下的英雄豪杰不胜枚举，追名逐利者也不在少数。但是谨守一份同门手足之间的荣誉，已经不能归于有无勇气的层面，而是坚信唯有真挚的情义，才算得上为人根本。

眼看射势强劲的连弩射至身前，涫老三居然双腿一弯，左掌撑地，身子迅速翻转数圈，赫然以血肉之臂抱住了一排三尺长的弩箭。

但是铜弩机的力度超乎了他的想象，再加上他的体重，身躯顿时被长弩一震，临空回旋的身姿停歇下坠，“扑”的一声，箭矢穿胸而过。

涫老三嘴中一口鲜血喷涌而出，仰面跌落尘埃。

第四十四章：怒发冲冠

杜鹃儿在涫老三冲下高台的时候，已惊觉三哥眼神有异，她不及细想，手中丝线嗖嗖飞舞，缠住附近一名虎牙兵的脖子，就像是放风筝一样，硬生生地将人拉到身前。

虎牙兵连惨叫声都没喊出来，已被弩箭射成了一只刺猬，震落数丈开外。

“三哥！”

杜鹃儿嘶声惊呼，不顾一切地狂奔而上，突然一个趔趄摔倒地上，挣扎着爬过去，爬到涫老三的身边，拼命按住三哥胸前的血洞，却止不住那喷射而出的鲜血，禁不住痛哭流涕。

“老板娘……咳咳，你，你快带颜兄弟走！快……”涫老三此时血流如注，衣裳已被鲜血染红。

“我不走！我不离开你！”

杜鹃儿托住涫老三气若游丝的身子，眼眸之中滚落两行绝望的泪水，滴在三哥的肩头。

“鹃，鹃儿，有些话，我不敢对你说……”涫老三提起一口气息，眼中有些羞涩，遮掩了苍白的脸色，“我知道你恨我，你恨我是块木头……可是我，我害怕说出口，万一你不答应怎么办哩，那别人会……咳，咳，咱们年纪都大了，开不得玩笑……”

杜鹃儿痛心入骨，悲恸欲绝：“你说出来！我一直在等你说出来！我答应你，我什么都会答应你！”

“你……你莫要骗我！”涫老三神情一震，一把握住老板娘的手腕，满眼期待地道，“那我问你……你愿不愿意，让我娶你？”

“我愿意！我以后不气你了，再也不敢惹你生气！咱俩回客栈去，让大将军做主婚人，以后我就是涫老三的媳妇了！”

杜鹃儿声泪俱下，心如刀割，一个劲地点头，她其实知道三哥要说什么，她等这句话已经等了好多年了，可是三哥偏偏要熬到此刻。

涫老三大口喘气，兴奋异常。

那年他站在平云客栈的阁楼上，对着流星许愿，看来真的灵验了，杜鹃儿终于肯答应做他的媳妇。他好想将这个开心的消息告诉青崖子大哥，告诉二哥和老五，告诉与他朝夕相处的童家兄弟。

“哈哈，哈！颜兄弟啊……颜兄弟！你听见没有啊？老板娘终于答应我啦……”

涫老三紧紧抓住杜鹃儿的手腕，突然坐直身子，冲着高台哈哈大笑，声音戛然而止，一腔侠骨柔情，随风远去。

颜风耳边听到涫老三的呼声，知道掌柜的大限已至，他好想告诉涫老三，他听见了。

高台之上的紫卿刀遽然弹起一滴晶莹的泪水，跳动呲呲一缕青烟，直劈黑缨长枪。

二人势均力敌，难分高下。

有些事在经历之后，才能领悟道理，于乱军之中取敌人首级，哪有这么容易？单是眼前一片无隙可乘的枪影，急速旋转的寒铁枪尖，随时都可能震落刀锋。颜风若想再接近半步，或许只能拼着运气先挨上一枪，弹指惊澜，斩断是非。

“你要找的人在凌塘街上的季雅山居，记住了吗……”

眼看一群虎牙兵的钩镰枪已将杜鹃儿团团包围，她此刻忽然站起身来，轻抚鬓前青丝，嫣然一笑。

她嘴角流下一抹鲜红的血痕，其声哀怨凄悲，犹如望帝啼鹃。

颜风心底一凉，仿佛淋头倾泻的一盆冰水，瞬息间浇灭了他眼中的复仇火焰，心急如焚地大叫：“老子记不住！”

他御气虚空，反转刀锋，趁着裴川防御的空隙，身形侧翻，脚尖点中高台木桩，掠起一道疾风般的黑影迅速冲向杜鹃儿。

只见老板娘手中握住一截长弩，锋利的箭镞正对自己咽喉，默默地闭上眼睛，竟要舍身殉情，告慰三哥在天之灵。

颜风情急之下，飞速踢起脚下一块碎石，追风逐电般击中杜鹃儿手腕，右掌凌空一抓，想要阻止老板娘自寻短见。他袖子伸到三尺之内，忽觉手腕上一紧，袖口早已被银针刺穿，至少被缝了七针。

杜鹃儿耳闻破风之声，手臂上的脉门被碎石撞击，出针原是下意识的反应，她见颜风一脚踢飞了长弩，神情微微一怔，幽叹道："你又何必拦我……三哥他，他没人照顾，我放心不下……"

她每天在平云客栈比手画脚，时常嫌弃三哥是块木头，不懂女儿家的心思，也时常精打细算维持日常开销，每个月还得为童家二位弟弟存下娶媳妇的本钱，既当媳妇又当娘，早已习惯了这种操心的日子。

如今人去楼空，她接受不了一个人孤苦伶仃的生活，情到浓时方恨晚，爱意难舍终成痴。

"咱们七个人是一道来的，你忍心让我一个人回去？就算大邑城里只剩你一人，那也是鹤鸣七侠！你若是死了……这个名字还有什么意义？你大哥会怎么想？让他老人家来重振雄风？他，他……"

颜风强忍住悲伤，说到后面哽咽难鸣，连话也说不清楚了。

杜鹃儿身子一震，想起大师哥青崖子也要亲人的关心照顾，顿时心乱如麻，缓缓吐出憋在胸口的一股怨气，眼眸中两道如冰霜般冷漠的精芒，赫然直射高台："裴川蠢猪！今日你若是不将我杀了，总有一天我会冲进新津城，诛你全家！挖你祖坟！只要是姓裴的，一个活口也不给你留！搞得你天翻地覆，鸡犬不宁！"

老板娘此时咬牙切齿，疾言厉色，恨不得扑上去将裴川大卸八块，啖肉饮血，捣碎了他骨头喂狗。

"哼哼，我先将你舌头割了！再斩你双手双脚，教你求生不得求死不能！"

裴川恼羞成怒，黑缨长枪忽然在高台上一点，借力起掠，犹如展翅鹰隼，气势汹汹地杀向杜鹃儿。

裴府大少手握兵权，仗着一身武艺，颇有几分恃强凌人的心态，可是他却忽略了鹤鸣七子的身份。

鹤鸣派的弟子一心辅助赵云，以民治民，完全是站在江湖人的立场，而裴川真正勇猛的优势，其实是仰仗了虎牙营的兵力和阵型。铜弩机几乎让鹤鸣七子全军覆没，杀伤力无人能敌，但若是裴川突然远离了高台防守，那等于放弃了自己的优势，选择与颜风二人较量武力。

杜鹃儿聪明绝顶，出言激怒裴川，目的就是要引他跃下高台。

恶战一触即发，颜兄弟究竟是不是裴川的对手？紫卿刀究竟能不能斩落仇人的脑袋?

这些事儿杜鹃儿不愿去猜，她的心思只有一个。

五彩丝线，银针蜀绣，她的看家本领正是颜兄弟的帮手，只要封死裴川的攻势，一切皆有可能!

辕门山道尘沙飞扬，长枪锋刃上的缨花急速旋转，恍如黑蟒吐信，化作一弯耀眼的森寒弧光，穿透尘埃，颇具横扫千军之势。

眼看黑缨长枪就要刺到身前，杜鹃儿双臂一绕，身子竟迎上凶猛的长枪，袖口急射一蓬银针星芒，牵出无数缕五彩丝线。嘣嘣炸裂之时，她展袖再上，银光闪闪的针尖擦着镔铁枪身，一路电光火石，誓要以蜀绣“滚针”手法，缝合裴川的衣袖。

针线可以绣花绣朵，当然也能缝制衣裳。如果裴川此刻光着膀子，杜鹃儿只怕无计可施，总不可能低头去缝合敌人的靴子，而不顾头顶凶悍的铁锋。

颜风已经忘记了愤怒，为活着的人争取一份活着的理由，比任何事都重要。既然裴川手中有枪，脚上没有，弹指御刀的念想，就是与老板娘“兵分二路”，彻底击溃残暴的恶人，了断这场悲壮的仇恨。

刀光飞旋!

颜风身形一动，突然屈膝起势，仿佛一只急速旋转的陀螺，扬起弥漫的尘沙。

我武唯扬，侵于之疆；取彼凶残，我伐用张!

黑缨长枪一丈余长，无论是裴川的视线，还是锥形长刃的攻击范围都极其开阔，紫卿刀的用意并不是要斩断裴川的双脚，而是击破凶险兵器上的攻守兼备。

颜风曾在高台上与势如旋涡的锋刃拼过一刀，手骨险些震裂，裴川的天生神力让他心有余悸。

而且他也想过，若是不顾风险脱手一击，紫卿刀极有可能回不了巢。手无寸铁的刀客去抗衡神兵在握的猛将，确实有点“螳臂当车”的意思。

二人第一次合作，考虑的仍是招式上的出其不意。

冰寒的银针，杀不死裴川，紫卿刀再快，也绝无可能在一招之下定出输赢。

眼看耀眼的刀光已惊扰了裴川凌乱的步伐，老板娘手中的丝线嗖嗖飞舞，顷刻间缠上敌人的袖臂。

裴川面色惊恐，迅速倒退三步，手腕猛地在枪杆上一拍，赫然将黑缨长枪一分为二，左腕飞速急旋，半截铁枪化作一道宛如风火金轮般的光圈，将杜鹃儿迎面射来的银针尽数震落。

紧接着，裴川右手一抖半截镔铁枪，扬起满天火星，瞬间便封住了刀光横劈的方位。

刀枪连撞三下，震得颜风嗡嗡耳鸣，头晕眼花。

二人你追我逐，你起我落，就像是汉宫乐署中的斗器之舞，刀光似飞鸾，枪影如飘雪，瞧得虎牙营的诸位将士目瞪口呆，惊叹不已。

“保护少将军！”

躲在高台下的顾长龄一声急呼，虎牙营的将士顿时横举钩镰枪，迅速聚拢，将三人围在山道中间。

顾长龄老谋深算，心知少将军是仗着神兵神力，牵制了颜风的快刀，若是要比拼内力修为和招式上的灵巧，裴川绝不是颜风的对手。一旦被紫卿刀逮到了机会，少将军很可能被劈成两截。

再加上一个癫狂到极致的杜鹃儿，唯一的胜算，便是以凶猛的兵力压制。顾长龄口中大呼小叫，示意身旁的黑旗兵全都冲上去，眼珠子一转，蹲身钻进了高台地洞。

裴川瞧见四处的虎牙兵持枪围拢，怒不可遏，大吼一声：“滚！”

他左臂一晃，手中半截枪尖顿时刺入一名虎牙兵的脖子，挑起满天血雾，吓得一群求功心切的将士面无人色，纷纷抓紧腰间裤带，轰然散开。

“辅汉将军有令！虎牙营众将士不得滥杀无辜！速命少将军回新津城复命，违令者，斩！”

忽然，虎牙营寨传出一声喝喊。

火光中，一袭快马狂奔而来，直冲辕门山道。马上之人高举裴府令牌，一袭锦袍，身姿英武，大拇指上套着一枚银色的指环，正是裴敬裴二爷。

“大哥！你还不住手！”裴敬怒喝一声，跃然翻下马背，长袖一展，挡在颜风身前。

裴川狠狠瞪了颜风一眼，展臂高举双枪，缓步往后退出了数步，脸上露出嘲讽的笑容：“呵呵，想不到老头子和我二弟都向着你，看来你还可以再多活几天。”

“颜兄弟，我来晚了……”裴敬环视山道，眼见虎牙营中尸堆成山，莫名悲痛。他担心颜风不肯善罢甘休，赶紧上前拍了拍颜风的肩膀，深感歉意，“幸好营中校尉快马传信，几乎酿成大错。我爹爹说了，鹤鸣七子的事一定会给大邑城一个交代，望颜兄弟以大局为重，莫要在蜀汉兵营之中大开杀戒。”

杜鹃儿银牙暗咬，冷眼瞪望裴川，恨恨地道：“鹤鸣七子的事，不需要裴老将军交代！冤有头债有主，我明日就搬到新津城去，不分昼夜地守在你裴府门外，等着裴大少送上脑袋！”

颜风冷冷地道：“依我之见，不如你守白天我守夜晚，咱俩分分工，莫要累坏了身子。但此事是受我颜风指使，与鹤鸣派无关，也与你老板娘无关。”

“咱们回去再说……”裴敬搓了搓手，表情有些无奈，不知如何劝解才好。

“回新津还是大邑？呵呵，二爷不必多言，我与七侠擅闯兵营，只为救出含冤受屈的童啸波，如今死了五个，什么罪名都应该抵消了罢？而我与裴大少的私人恩怨，自然由我一人来扛，绝不牵连他人！”

裴川闻言，突然哈哈大笑，道：“你以为这里是安玛城？我爹爹忌惮姜啓，不见得我就要怕你！哈哈，待我一枪刺死了青衣羌的姑爷，说不定姜郡主只好委身求全，答应与我新津联姻。”

颜风目中凶光毕现，身形一晃。

裴敬眼疾手快，早已一个箭步冲上去，死命地抱住颜风，唉声叹气地道：“听哥哥说一句！任何事儿都能商量，就算你砍他十个脑袋那也于事无补，何必要争一时之气？我爹爹向来敬重鹤鸣七侠的为人，定会为他们几个风光大葬！当着大邑与新津百姓的面负荆请罪，再上鹤鸣山太清观低头认错，杜女侠，您觉得怎样？”

他转过头去问杜鹃儿，满眼诚意。

颜风微微一怔，扭头望向老板娘，不知她如何回答。

杜鹃儿神情黯然，眉宇之间透着几分倦意，似乎有些心灰意冷，禁不住悠悠低叹：“鹤鸣山……我只想拎着裴川的脑袋上去。”

此时，裴川眼中忽现一抹杀机，他手中长枪蓦然在地上划出半圈弧形的泥沙，跃步踏尘，侧身一翻，一式“回马望崖”，右手半截黑缨枪刃赫然再次分体，弹起一条细长的银链，抛射出锋利的枪尖，疾袭杜鹃儿！

“小心！”

裴敬一声惊呼，突然按住颜风肩膀，倒转身躯，凌空飞起一脚，正中脱射而来的枪头。裴川万万没有料到自己的二弟居然帮着外人，一怔之下，忽见眼前刀光一闪，身子顿时僵立原地。

鹤鸣声转瞬即逝，血红色的火焰在夜色下悄然而灭。

颜风御刀回鞘，冷冷地望着裴川。

他等这个机会已经很久了，也磨灭了不少耐心，此刻仇人神兵脱手，他便再无顾忌。

弹指御刀，说声再见！

裴川觉得脖子上好像透出了一股热气，下意识地去摸了摸自己的脖子，满目惊恐，拼命想按住从咽喉处喷涌而出的鲜血，沙哑的鼻音哼哼几声，轰然倒地。

裴二爷原想阻止大哥行凶，不要再执迷不悟，想不到颜风动作更快，杀心更重。他此时目睹裴川被紫卿刀一刀毙命，顿时神情呆滞，扑通跪倒在大哥身前，一句话也说不出来。

事已至此，回天无术。

天边曙光初现，山崖四处云雾茫茫。

虎牙营中传来一片哗啦啦的声响，将士们纷纷抛下手中的钩镰枪，低头沉思，黯然神伤，不知他们是在忏悔罪恶，还是在悼念英雄。

空旷的山道上遍地横尸，场面触目惊心。

忠魂消散，罪人伏诛，这一场血雨腥风终于落下了帷幕，人世间种种仇恨，似乎在冥冥之中早有安排，始终逃不过命数。

正所谓凶悍者终被人杀，忠义者坚韧而活，天之所恶，孰知其故？天网恢恢，疏而不失。

颜风仰望天穹，神思恍惚。

他眼前浮现出酒胆卫季金刚怒目的眼神，渲掌柜憨厚豁达的笑容，孙五侠嘴角那一抹冷漠的慵懒，还有童家兄弟二人的斗嘴和打闹……他思绪飘到了鹤鸣山，想起了青崖子，心想此事万万不能告诉老道，只怕他承受不了，能瞒多久是多久。

唉，不知老道在那孤峰绝顶，剑气是否依旧逍遥？

清风吹拂着颜风的发丝，也吹落了他眼眶中的泪水。

第四十五章：明月窗影

蜀道阻险，万物悲鸣。

长街繁华依旧，无人知道虎牙营中发生的惨剧。

杜鹃儿哀痛极深，始终不能释怀，脸上再也没有往日的笑容。颜风也陷入深深的自责，但是人死不能复生，逝者已逝，生者且安，他好言劝慰老板娘，猛然想起不见了顾长龄的踪影，顿时怒火难平，他娘的！拎着顾长龄的脑袋去鹤鸣山，那也可以！

他打定主意，纵马飞奔新津城，决定去裴府兴师问罪。

裴敬料定颜风不会罢休，早已吩咐城门守卫留意动静，见颜风怒冲冲地赶来，便亲自陪他前往裴府内堂。一路上小声恳请，老父年事已高，望颜兄弟莫要言语相激，现在人都已经死了，一切以蜀汉大局为念，也莫要将虎牙营的悲剧全都落责于裴川一人身上，最好是想个两全其美的办法。

颜风深知裴二爷为人谨慎，并无私心，事关蜀汉时局安危，确实不能儿戏。前有田园村血案，后有东州兵威胁，若是大邑与新津不能同舟共济，只怕谁也承担不了失职的罪名。

裴擒虎惊闻长子图谋造反，被颜风挥刀诛杀，禁不住长吁短叹，老泪纵横。当他知道一切是非都是顾师爷在暗中捣鬼，顿起雷霆之怒，下令全城张贴悬赏，誓要活捉顾长龄。

裴二爷见父亲动怒，试探地问："爹爹，孩儿觉得此事可以先缓一缓，当务之急是怎么解释田园村的血案？如今大哥私造铜弩机，已坐实了叛逆之心，望羌台一旦出兵问罪，我裴家必将落于万劫不复之地……”

“哼，你要我如何解释？去跟赵云说，一切都是我儿裴川的阴谋诡计，现在罪证确凿，我大义灭亲是吗？就算赵云对我仁义，成都岂能轻易饶我？！”裴擒虎脸色铁青，忧心如焚。

“爹爹莫急，赵云将军向来通情达理，应该不会做出落井下石之事……”裴敬话说到一半，突然瞄了一眼书桌上的密函，心事重重地道，“爹爹与他分治一方，心里虽有隔阂，但都是一些场面上的东西，当不得真。你以为他不知道爹爹的为人吗？心里比谁都清楚！五百石粮食做不来假，爹爹对羌民的情谊不容置疑，而田园村劫粮血案都是顾长龄搞出来的恶行。依孩儿之见，确是应该约赵云将军出来好好谈一谈，将其中隐情如实相告，只要过了他这一关，成都自然放心。”

裴擒虎神情一震，抬头望了一眼颜风，欲言又止。

“此事若有颜兄弟相助，天下没有解决不了的难题！”裴敬心领神会，冲着颜风咧嘴微笑。

颜风揉了揉额前刀疤，眉头紧皱：“我能帮上什么忙？”

裴擒虎长叹道：“唉，家门不幸，竟出了这么个孽种！这次多亏了颜少侠挺身而出，查明了诸葛连弩的真相，老夫险些上了顾长龄的当！如今颜少侠为蜀汉立下了大功，由你出面替老夫撮合，子龙将军定能相信我裴家的诚意。”

裴老将军只字不提颜风杀他儿子一事，显然是诚心诚意要与赵云和解，守住新津城的安宁。

如果裴川的所作所为，老父蒙在鼓里，那这件事再闹下去就没有任何意义，生错了儿子，没理由让裴老将军来承担罪行。

颜风心有所动，道：“就算赵云信任裴老将军，他手下之人不见得公私分明……”

裴敬正色地道：“我的意思，会谈地点可以约在大邑城里，平云客栈正好合适。飞龙营再有顾虑，我爹爹也不可能在他们眼皮底下玩出花样。”

颜风心想，裴家执意洗清造反嫌疑，选在平云客栈和谈，当然是最合适啦。但是此事万万不能让戈布将军知晓，赵云能睁一只眼，闭一只眼，青衣羌狼可做不到。以他的脾气，羌人已死十八条人命，裴川一颗脑袋远远不够抵。

如今田园村的血案终于真相大白，那姜老城主的命案呢？若是戈布将军谁也不买账，大邑城这边麻烦也不小，好在疑凶是玄嗔和尚一人，他倒不至于会与飞龙营翻脸。

颜风一番深思，觉得顾长龄才是真正的关键。只有抓住顾师爷，让他亲口招供田园村的来龙去脉，然后再交于羌人处置，或许戈布将军消了这口恶气，终会息事宁人。

“既然裴老将军与二爷都信得过在下，那我就去跑一趟。”

“有劳颜少侠，感激不尽。”裴擒虎急忙将桌子上的密函递于颜风，内心百感交集。

颜风见裴老将军面色憔悴，无精打采，似乎难释丧子之痛，心有不忍，便叩礼辞别，离开了裴府。

裴擒虎示意二少恭送客人，转身之时，身子忽然晃了一晃，猛地一掌拍落案桌，桌面顿时陷出一道深深的掌印。他浑身发颤，脸上隐露杀气，口中喃喃自语：“颜风啊颜风，诛子之仇，焉能消恨……我誓要将你碎尸万段！”

裴敬将贵宾送出裴府，连声道谢，让家院给颜风备好马匹，再三叮嘱，务必与大将军约在七日之后，平云客栈不见不散，致其诚信，与其忠敬。

颜风打趣道：“以后裴家指望着二爷持符带兵，酒池肉林的生活不过也罢，总不能让虎牙营的将士学你吟诗作赋，舞弄风情。”

裴敬摇头苦笑：“我从小胸无大志，极其厌恶打打杀杀的日子，只要守得住蜀中的太平，哪里用得了我上战场？颜兄弟是栋梁之材，我倒想让你来帮我。”

“你饶了我吧！等我解决了老城主的事，便让人去接狼崽桑横回来，我带着素素隐居山林，逍遥自在。”

裴敬叹道：“安玛城的规矩非同儿戏，放跑了姑爷，西羌部族必将天下大乱！颜兄弟倘若心系黎民百姓，万万不可做出蠢事。其中利害关系，日后我再与你细说，先稳定了大邑与新津的局势，三家和睦相处，才是众愿所归。”

“好！有裴二爷大力斡旋，西蜀安宁！”

“借兄弟吉言。”

“我且先去新津城拜访一位老朋友，咱们就此别过，七日之后……”

“等会儿！”裴敬眼珠子转了转，截口叫道，“新津城里你还有老朋友？怎么从未听你提起？”

颜风咧嘴一笑，道：“嘿嘿，正是宝兴布行的陈掌柜。当年我曾在他店里偷穿了裴二爷一件衣裳，可不敢到处张扬。”

“怪不得你我有缘，原来是‘衣’见如故，‘裳’下同心。哈哈哈，恕不远送！”

裴敬大笑，目送颜风快马飞驰街道，抬头望了望天色，心里默念，但愿七日之后，我蜀中山河终能恢复宁静。

宝兴布行。

大街上出现一队虎牙兵，正在到处张贴顾师爷的画像，遇见形迹可疑的陌生游人便上前盘查半天，仔细核对身份。

颜风旧地重游，当然不想招惹麻烦，刻意避开虎牙兵的视线，坐在临街拐角处的茶铺，静静地望着热情招呼客人的陈掌柜，思绪万千。

掌柜的鬓角添了不少白发，老而矍铄，不失风采，正架起竹梯爬上高柜，要去取下一块布帛。颜风见他脚步不稳，踩得竹梯咔叽直响，慌忙闪身进去，悄悄地扶住了梯子。

陈掌柜扭头发现颜风站在身后，微微一呆，顿时失声惊呼："啊？颜兄弟！"

"嘿嘿，生意不错。"颜风环顾店铺四周，笑意盎然。

"快坐快坐！我说这几天眼皮子怎么一直跳哩，稀客啊稀客！"

陈掌柜喜形于色，端茶倒水，再也不去搭理门口几位叽叽喳喳的妇人，恨不得赶紧关门歇业，先跟小兄弟叙叙旧。

颜风说起他于望羌台逃生之后，大闹太清观，学成了翠竹林的九星阵法，又跑去安玛城当街抢粮，差点儿就跟姜老城主翻脸，都是一些惊心动魄的遭遇。

陈掌柜狡黠一笑，说那晚小郡主的身份我有心隐瞒，就是怕你知道后吓破了胆子。至于安玛城的新鲜事，你倒是忘了我的身份，想当年老汉我在安玛城里也开过裁缝铺子，对羌人的习俗耳濡目染，见怪不怪。

他笑问颜风何时完婚？颜风有心瞒着姜老城主的噩耗，只说时机尚未成熟，等一切安排妥当，定要接陈掌柜去安玛城喝酒。

二人聊得高兴，陈掌柜让颜风吃了晚饭再走，亲自下厨做几样拿手好菜，盛情款待。

酒过三巡，门外有人敲门，轻喊一声"陈老哥"，突然没了动静。

陈掌柜出门查看，街道上冷冷清清，不见人影。

"哎？这是上门催我交货呢？怎么人又跑了……"

陈掌柜皱了皱眉，抬头望了一眼悬挂在门口的两只布纱灯笼，忽见黝黑的小巷中闪出一条人影，出手如风，在他后颈的哑穴上轻轻一按，顺手便将一块价值不菲的玉牌塞进他衣袖，摆手示意掌柜的莫要出声。

颜风在里屋听见陈掌柜鼻子里"嗯"的一声，笑道："老哥，要是熟客找你倒也无妨，我替你看着店。”

“啊？嗯，没什么要紧事儿……你先坐着。”

陈掌柜缓了一口气，若无其事地走进漆黑的小巷，抖索地打开后院一道柴房门栅，慌忙将人推了进去。黑衣人连连作揖，缩着脑袋钻进柴房。等陈掌柜回到布行，脸色有些异样，擦了擦额头上的冷汗，摇头叹道：“客人催得急，我让他明天再来……咱哥俩难得相聚一回，可不能坏了兴致。”

颜风举杯笑道：“老哥这话我爱听，但是你这挏马酒啊，味道不正宗！”

“那是当然，怎比得上小郡主的手艺？你夫妻二人要是能在新津城开一家挏马酒铺，客人肯定挤破门槛！嘿，老汉以后可有伴啦，天天去捧场！”

“哼，那我天天去砸场！”

窗外忽然传来一声冷哼，月色下一抹翻墙飞檐的倩影一闪而过，人已掠出了数十丈之远，身姿轻盈，疾如脱兔。

柳嫣？她怎么会在新津城？

颜风猛然记起那晚柳嫣大战顾长龄，也是这般藏匿屋檐，动作几乎一模一样。

“老哥！我去去就回！”颜风断定来者正是飞燕子无疑，一个箭步冲了出去，拔腿往东面的长街狂追。

二人你追我跑，绕过东城街道，转眼间就奔到了城门附近。

城门之下火光闪耀，数名持盾的黑衣武士一字排开，提刀戒备，倒像是虎牙营的黑旗精兵。他们突然发现街道上出现一条诡异的人影，恐有变故，迅速围住了城门，出声喝喊：“前面什么人？！”

“我是你姑奶奶！”

柳嫣脚尖在青石板上一点，身子侧转半空，碧水般的剑气从肋下斜出，赫然点中拦在身前的铁盾，完全是一个让人意想不到的角度，守卫惊呼一声，失足跌倒，直冲城门。

黑旗守卫见她剑术精妙，身手偏又如此滑溜，就像溃堤江河之中窜出来的小鱼，顿时大呼小叫起来：“啊啊啊，放箭，放箭！”

城墙上的守卫瞧见索桥上一道黑影，哨声四起，利箭齐发。

飞燕子的轻功众目昭彰，蜀中难有敌手。她手中长剑在身后抖出一丛剑花，一掠而起，箭势完全跟不上她的速度，颤悠悠地钉在桥上，反而阻拦了黑旗精兵的去路。

几个守卫高举护盾，被箭镞逼得连连后退，气得破口大骂，他妈的！上面是谁不长眼啊？差点射到老子的脚！

此时，长街上另有一人紧追而来，疾风般奔到城门口，二话不说，一把扯住其中一名拔刀相向的守卫，反扣手臂缠住他脖子，挡住迎面扑过来的黑旗兵。

众人围拥而上，走近一瞧，霎时变了脸色："颜、颜少侠？"

虎牙营一战令颜风名声大噪，他刀劈赵云，手刃裴川，在蜀汉兵营之中来去自如，颇有当年白袍将军的风范，简直就是战神的属性。大伙儿一见到颜风，吓得魂飞胆破，纷纷挤在城下互相挨紧身子，进也不是，退也不是。

颜风抱了抱拳，客气地道："在下要出城追查凶犯，无意打扰，多多包涵，还请诸位大哥让条路走。"

"啊？我看颜少侠一定是受裴二少相托……"

"正事要紧，赶紧让颜少侠过去吧！"

守卫们对望几眼，迅速闪开一边，挥手示意城墙上的兄弟莫要乱射，恭恭敬敬地放行。

颜风追出城桥，荒野之中未见柳嫣身影。正在疑惑之时，耳闻山坡林中一声轻笑，只见柳嫣唉声叹气地现身，一袭黑衣，步履轻盈，脸上依然蒙着面纱，一双秋水眼眸宛如繁星闪烁。

"你搞什么？"颜风眉头紧蹙，一时半会猜不透她的心思。

柳嫣幽叹道："为什么你老是怀疑我？唉，我做一天飞贼，一辈子都是被人看不起的小人物，难怪你心如铁石……"

"你，你……现在大邑、新津、安玛城都在到处寻你下落，你还有胆子在新津城里跑来跑去？我这不是担心你出事吗！你老实告诉我，东州兵符你是从哪偷来的？！"颜风脸色一沉。

柳嫣眨了眨眼睛，嫣然一笑："一日不见兮，思之如狂……管人家找我做什么，我心里想着你，有何不对？就算全天下的人都冤枉我，我也不在乎，只要风哥哥对我好就行。"

颜风微微一怔，心里暗暗叫苦，她的心思我怎会不懂，身为女儿家，却对喜欢的男人百般示爱，不依不饶，光是这份勇气，换谁都做不到，的确令人唏嘘。可是我大好男儿，怎可以见一个爱一个呢？这要是让素素知道了，无形之中伤害了两个女人，我得谨言慎行，万万不可大意。

“柳嫣，咱俩算是生死之交了吧！我问你的话，能不能正儿八经地回答我？”

“东州兵符的事，与我有什么关系……”

“戈布将军说是你亲手交给他的，让他借助东州兵符上新津城借粮，裴老将军不想将事情闹大，欣然应允。现在成都正在追查此事，你倒推个一干二净。你乖乖告诉我，兵符哪来的？”

“我为什么要乖？告诉你有何好处哩？”

西蜀之地让人闻风丧胆的飞贼，性子刁蛮，不甘任人摆布，就算是心爱的男人站在她身边，照样我行我素。

颜风哑然无语，生怕柳嫣突然出言相激，变着花样要挟于他，慌忙转换话题，问起她出现在新津城的原因。

柳嫣神情忸怩，抬头望着夜空中的明月，道：“你还记不记得，在严家村跟老道争抢兔子的事？”

“他就塞我一块兔腿，哪里填得饱肚子……”

“我突然想起你答应过我的话，上次被贼和尚一搅和居然给忘了。你说过进城要请我吃顿好的，还我人情。”

颜风翻了个白眼，信誓旦旦地道：“那还不容易！飞燕子女侠要吃什么尽管开口，只要老子请得起！”

柳嫣扑哧笑出了声，咬着嘴唇轻哼道：“我就想吃了你。”

颜风无可奈何地摇了摇头，忽闻树林中传出一声冷笑。

只见三条细长的人影晃头晃脑地走过来，左右两位手持弯斧，仰面朝天，东张西望的模样，似乎不敢正视颜风。而当中一人身形纤细，头缠布帕，走起路来宛如随风摆柳，莲步姗姗，耳边两只银制的坠环左右摇晃，嘴里啧啧有声，脸上却笼着一层寒霜雾气，正是安玛城的雅朵姑娘。

她走到柳嫣身前上下打量，突然歪起脑袋，扭头问身边的狼甲勇士：“哎？什么东西会吃人呢？”

狼甲勇士摸了摸脑袋，恭声道：“妖精野兽肯定会吃人，其他东西不敢乱猜。”

“哦，原来是个妖精！”雅朵故作惊讶的表情，斜眼笑道，“爷，你半夜三更跟个小妖精幽会偷情，害不害臊的？”

柳嫣脸色一寒，冷冷地道：“哪里来的野丫头？我要吃哪个用得着你操心？不好好在家睡觉，偏要跑出来多管闲事！”

“哎哎，谁是家养的，谁是野生的，待会你就知道了。”

颜风尴尬无比，一时也解释不清，只得出声告饶：“雅朵，我喊你一声姑奶奶成不？这事你可不能扯嘴皮子。我与这位姑娘是知心好友，见她被守城护卫追杀，赶过来一探究竟，千万莫要冤枉我。”

雅朵冷笑道：“哟？撞见了当然是知心好友，没人瞧见的时候就是心肝宝贝。”

柳嫣眼眸流转，似乎猜出了雅朵的身份，心里更是一百个不乐意，冷嘲热讽地道：“明白了，原来你是小郡主家的。妹妹你可别吃醋，到时候素姐姐嫁过来，姑爷早晚都是你伺候，我就偷吃一口而已，不算过分。”

第四十六章：死无对证

“小妖精！”

雅朵瞋目切齿，手腕儿忽然一转，竟然使出一式“狼手翻云”的动作，反锁柳嫣臂弯，出手又快又狠。

柳嫣料不到小妮子会突然动手，险些被她扣住了脉门，大惊之下身子急退，“啪”的一声，凌空与雅朵对了一掌。

安玛城的小丫头从小跟着戈布将军学武，招式练得有模有样，但是功力却不及柳嫣，被掌力震得一个趔趄，幸好身旁的狼甲勇士反应够快，侧身弓背将她稳稳托住，月色下一弯杨柳细腰，身姿窈窕，恍如仙人起舞，姿势算不上狼狈。

“哎呀！”颜风慌忙上前查看，突然压低声音，在雅朵耳边嘀咕一句：“我正在追查东州兵符一事……莫要瞎捣乱。”

“妹妹身手不错哦。”柳嫣瞅见小姑娘的性子比她还火爆，若是唇舌相讥恐有不妥，语气便稍加缓和。

“能看上我家姑爷的女人，眼力也不赖。”雅朵哼哼一声，拧动细腰，装模作样地抚弄发丝。

此番她与狼甲勇士奉命监视新津城，并非故意要来找人麻烦。

她半夜偶遇姑爷与陌生女子在城外眉来眼去，一心只想为郡主打抱不平，可是出师不利，动嘴动手都没有占到半点便宜，心里又气又怒。但是看见颜风心急火燎地上来查看她有没有受伤，气也消了一半，寻思哪天等姑爷不在，再找机会整死小妖精，今晚场合不对。

女人之间的互相退让，居然跟翻脸一样快，三个男人直眉瞪眼，暗叫好险，若是两个小姑娘动起手来，拖也不是，拦也不是，搞不好弄得自己灰头土脸。

“素素在哪里？”颜风见二人怒气舒徐，心里缓了一口气。

“我家郡主不舒服，说要在雾中山静养几天……山上都是些不吃肉的和尚，爷不必紧张。”

身旁的狼甲勇士咧嘴笑道：“听说颜英雄在虎牙营里横冲直撞，回马一刀，威震山河，杀得那些汉兵丢盔卸甲，哭爹喊娘！嘿嘿嘿，大伙儿都说姑爷给咱们安玛城长了脸，无不拍手称快！”

颜风摇头叹气，无奈地道：“少听他们胡说八道，有没有人说我会飞啊？”

柳嫣咯咯娇笑：“说你会飞，怕你走路的时候闪了腰。”

“唉，从别人嘴里蹦出来的话，都是添了油加了醋的。”

“我还以为你不知道哩？那别人诬蔑我跟东州兵图谋不轨，你也相信？别人说玄嗔和尚……”柳嫣一提到“玄嗔和尚”，顿觉失言，眼神闪躲之时，扭头作势要走。

颜风急忙上前一步，拉住了她的手臂，皱眉道：“你上哪去？”

柳嫣侧过身子，偷偷地瞅了雅朵一眼，嘴唇动了动，轻声细语地道：“举世皆浊你独清，众人皆醉我独醒……风哥哥，你能不能不管这些事儿？倒不如忘记了烦恼，让我陪着你远离是非之地，好不好？”

她死心塌地地爱着颜风，心里祈盼着每一种可能。

颜风心神一荡，纵是铁石心肠之人，也能感受到柳嫣的一番深情。

只不过像颜风这种性情中人，放纵情欲并不是他的追求，他也想过安居乐业，无拘无束的日子，但是男儿应当立于天地，无愧于心，亲朋好友都在等着他的好消息，若是在生命中留下遗憾，枉自为人。

“柳嫣，素素是我的妻子，我不能负她，而你始终是我最好最好的朋友，我答应会照顾你。等查出玄嗔和尚行凶的证据，我便带你去安玛城，素素一定会喜欢你……”

“你？要你查什么证据？”柳嫣身子一抖，面色渐起苍白，颤声道，“颜风！你以为大悲手印就贼和尚一人会使？你以为他一掌打不死我，是因为你什么狗屁的放血疗伤？！”

她忽然间情绪失控，放声大叫，眼中一抹泪水瞬间浸湿了脸颊，恨恨地甩开了颜风的手腕，往树林深处狂奔。

颜风猛地一惊，她这话是什么意思？

他此时疑心顿生，心想柳嫣怎么知道我在新津城？难道是受玄嗔和尚指使？可是以她这种孤傲的性子，除非是有什么把柄落在别人手里。什么把柄？为了贡茶旧案？

“雅朵，你们几个在这儿等我，我得去城里一趟，莫要跟来！”

颜风心弦隐动，转身跃下山坡，径直往城门而去。

雅朵目送姑爷的身影消失在黑暗里，咬了咬嘴唇，凶巴巴地道：“迟早有一天，我非整死这个小妖精！”

“雅姑娘，我有个想法。”身旁的狼甲勇士眼珠子转了转，满脸堆笑。

“说来听听。”

“嘿嘿，整人而已，咱们又不是杀人，不用搞得鸡飞狗跳。只要问巴尔穆将军要一些鸡鸣五鼓断肠粉，偷偷沾她身上，保管小妖精变成一只咯咯叫的小公鸡！”

雅朵眼中星芒闪烁，突然搂住狼甲勇士的脖子，笑得花枝乱颤：“我倒觉得小阉鸡比较有趣！”

月明星淡，街巷静谧。

宝兴布行门前漆黑一片，布纱灯笼的烛火已经熄灭，月光下斜落两条狭长的倒影，在冷风之中摇曳。

颜风上前敲门，低唤了两声，却听不见屋里的动静。

他担心打扰了陈掌柜休息，转身欲走，却想起与姜无素连夜投奔新津的往事，便绕去小巷子的侧门，轻叩数下，忽觉门扉虚掩，推门进去，脚下突然“咔嗒”一声，踢翻了一只石碗。

莫非老哥喝醉了？

颜风皱了皱眉，低头一瞧，打翻在地的是一碗饭菜。他走进后堂，寻遍了整个宝兴布行，不见陈掌柜踪影，心里大感焦虑，客人催得再急，没道理半夜三更让人送货吧？赶着投胎吗？

可是这碗饭菜又是怎么回事？像是匆忙之时落下的，他这是要给谁家送饭呢？

颜风走出布行，左右张望小巷，见对门有一间柴房后院，并未上锁，径自走过去，赫然发现地上有一条长长的拖痕，漆黑的角落蜷缩一人，正是陈掌柜。

“陈老哥？”颜风失声惊呼，不敢触碰陈掌柜的身子，冲上去一探鼻息，心里顿时凉了半截。

陈掌柜气息全无，已死去多时，可是他身上并无致命伤口，倒像是被人用重手法点中了死穴。他没有学过武功，在新津城开店营生，与江湖上的人毫无瓜葛，究竟是谁对他下此毒手？颜风扼腕叹息，唉，我还等着老哥来安玛城喝我喜酒，想不到今日旧雨重逢，竟是一场诀别。

等等！柳嫣突然出现，难道是故意将我引走？

颜风细思极恐，身子猛地一颤。忽听柴房之中似有一丝微弱的呻吟声，他一脚踹进去，身形一晃，紫卿刀已抵住了黑衣人的咽喉。

“你是什么人？”

“呃……呃……”黑衣人面色苍白，眼珠子暴突，拼命去抓自己的手臂，用尽了最后一口气息，从喉咙里呼出两声，再也没有反应。

只见死者身穿黑衣，脸上涂着厚厚一层白粉，手臂上竟然套着一串钢圈铁环，正是裴府师爷顾长龄。

颜风见他胸前惊现一道掌痕，衣衫尽裂，扯开一看，胸口果然是五道指印，色泽紫黑。一掌便能震碎心脉，蜀中绝无第二家，定是被玄嗔的纯阳内力所摧，出自西域绝学“大悲手印”。

他居然撑到现在才断气，当真是死不瞑目。

可是颜风发觉顾师爷临死之前挥舞手臂的动作有些怪异，似乎意有所指。他顺着手势走到墙角，忽然发现被草堆掩盖的石缝里藏着一块东西，抽出来一瞧，上面雕刻着一只张牙舞爪的食铁兽。

这是什么东西？

颜风微微一怔，随手塞入怀中，心想玄嗔和尚为了掩人耳目，暗中指使柳嫣将我引开，而之前陈老哥说过，他是认识和尚的。嗯，完全可以解释和尚为何要杀人灭口。

但是有两处疑点，陈掌柜为什么要收留顾长龄？新津城的人都没有查出他藏在何处，玄嗔和尚又是怎么知道的？

刚才柳嫣说大悲手印根本就打不死她，究竟是什么意思？

如今顾长龄虽已伏法，但是裴老将军的顾虑又加深了一层。成都怎会轻易相信死无对证之事？若是刘备断定裴家蓄谋造反，那裴二爷也得连坐罪名，只有找出玄嗔和尚栽赃陷害的证据，或许可以缓解危机。

现在最大的问题，玄嗔为何处处要与新津城为敌？而且裴老将军的七日约定，赵云能不能答应尚且未知，裴家连最后一点星火也被玄嗔掐灭了，当真是凶多吉少。

颜风仰望夜空明月，愁肠百结。

他估计凶手可能会返回现场，便朝陈掌柜拜了一拜，锁上后院柴房的大门，径直出了东门，带着等候多时的雅朵和两名狼甲勇士，瞒过守卫，谎称三人是他江湖上的朋友，特意请来帮忙追踪顾师爷。

守城兵士见颜风深更半夜在城里跑来跑去，心里佩服万分，颜少侠真不愧是裴二爷的知心好友，为了洗清咱们新津城造反的嫌疑，都跑了一整夜了，我要是能交到这种朋友，前途一片大好。

到了宝兴布行，颜风小心叮嘱雅朵，让她清早时分假扮陈掌柜的亲戚，密切注意进出店铺的可疑之人。他与狼甲兄弟各找一家客栈住下，守住街头与街尾，只要发现有陌生人靠近柴房，莫要暴露身份，尾随跟踪即可，万一途中遇见虎牙营的巡城护卫，就说是受颜风所托，尽量少说废话。

“我要是碰见裴二爷呢？”雅朵面有羞色。

颜风正与狼甲兄弟将布行的门板挪开，听到雅朵发问，淡淡地回了一句：“那你跟二爷回家好了，我谁也不说。”

雅朵似乎猜到了姑爷的心思，拧身冷笑：“你以为我不敢将小妖精的事告诉郡主？”

“飞燕子的事我会跟素素解释，你要是敢胡言乱语，我让虎牙营的兄弟给你装进袋子，卖给山里的傻子！”

“你！好啊爷，我记住你了啊！”雅朵气得直跺脚。

两名狼甲勇士忍俊不禁，冲着雅朵姑娘做了个鬼脸，径自跑去对街的客栈住宿。

晨曦初露，长街上的店家陆续开门，街坊邻居彼此打声招呼，拎篮买菜，举笼遛鸟，路过宝兴布行时，忽见堂上多了一位娇美可爱，身材火辣的小姑娘，大感好奇。

“姑娘是陈老哥的侄女？”

雅朵没好气地道：“我是他表姑奶奶！”

邻居又惊又奇，心里暗想，他老家居然有这么一位俊俏的姑奶奶，怎么从来没听他提起？嘿嘿，肯定有猫腻。

“想不到姑娘年纪轻轻的，辈分倒是不小……”邻居眯起眼睛，在她的小蛮腰上刷来刷去。

雅朵手里握着剪刀，故意在布帛上来回比画，咔嚓有声，虚剪数下：“我这手劲儿有点大，你要是闲得慌，过来替我拉着布头，我怕这一剪刀下去切口会歪。”

“你忙，你忙。”邻居见势不妙，慌忙遁走。

日上三竿，街上的行人越聚越多。

颜风待在茶铺角落，凝神留意宝兴布行的动静，来来往往皆是一些驻足惊叹的男人，妇人一踏进店里，瞬息间就被小蛮腰闪瞎了眼睛，笑着说改天再来，脸上的表情又羡又妒。

眼看日落西山，天色已晚，街道两旁并未发现有形迹可疑之人，颜风心里暗暗着急，寻思是先去通知裴二爷，还是通报府衙？忽见远处的小巷子拐出一人，身穿一件对襟的裎袍，斗笠遮脸，悄无声息地走到布行的门口，低头张望街道左右，闪身进了店铺。

“请问姑娘，陈掌柜去哪了？”

雅朵看不清此人的面相，生了几分戒心，凤眼一挑，冷冰冰地道：“掌柜的出门了，我替他看店。”

“哦，昨日跟他约好的。不知我家主人定制的衣裳做好没有？可否领我上阁楼瞧一瞧？”

此人戴着斗笠，躬身低头，似乎在欣赏雅朵一双小巧玲珑的秀足，居然一动也不动。

雅朵猜不透他眼睛到底会瞄向哪儿，顿觉浑身不自在，脚步往后退出几步，不耐烦地道：“自己上去找。”

那人道了一声谢，径直上了阁楼。颜风见他一进门就急着上楼验货，看样子倒像是宝兴布行的熟客，可是等了半天，阁楼之上动静全无。

他在找什么东西？

颜风目中精芒一闪，飞身而起，疾奔宝兴布行。

藏在客栈里的狼甲勇士瞧见姑爷的动作，暗想不妙，立马冲出客栈，隐入街角掩护，以防中了敌人的埋伏。

“不要出声！”颜风一把推开满脸惊愕的雅朵，快步跃上阁楼，但见屋内布帛凌乱，一片狼藉，窗户大开，早已不见了陌生人的身影。

小巷子里寂静无声，颜风站在墙角，从窗口处探出身子，见后院柴房并无异常，抬头一望，对面的山墙似乎被人踩落了一点粉尘，留下半个浅浅的脚印，显然陌生人是在跳窗之后，掠墙而遁。

哎？怎么他是往上跳的？

颜风瞪直了眼睛，大感惊奇，他娘的！这种凌空飞渡的轻功，只怕柳嫣都自叹不如，此人身手敏捷，不像是寻常盗贼，他到底在找什么？宝兴布行能有什么值钱的东西？

此时，街道上忽然大喊大叫，远处出现数十名黑旗兵，疯狂冲散人群，正往店铺方向围扑而来。颜风当机立断，迅速跃下阁楼，拉着雅朵拐入墙角，佯装过路的行人撞见官兵的模样，惊慌后退。

颜风掩袖护住雅朵，跟着哄乱的人群离开长街，回首望一眼宝兴布行，不知何日才能为陈掌柜主持公道，不免怅然若失。

他原想等玄嗔返回凶案现场之时，上去逮个正着，就算姜老城主的死因让和尚侥幸赖掉，陈掌柜与顾师爷两条人命，说什么也跑不了了。想不到半路杀出来一个飞贼，居然明目张胆地偷东西，真是岂有此理。

假设此人与柳嫣都是玄嗔的同伙，那他昨晚为何不找？害怕被我撞见？嗯，说不定我是认识他的。

莫非他是在找玉牌？

颜风突然一拍脑袋，倒把雅朵给吓了一跳，歪了歪脑袋："爷，你要是良心发现，觉得对不起郡主，抽耳光比较合适。"

"我说了这事我会解释，你可别乱咬人啊。"

"狗才咬人哩！"

"姑奶奶，我拜托你两件事，你若是办得好，随便你怎么咬都行！要是办不好……嘿嘿，我喊人去打听一下，深山老村里有没有整天流着鼻涕的傻子。"

雅朵满眼惊恐，急切地道："像我这么乖的丫头，打着灯笼也找不着，爷真忍心将我卖了？"

"少废话！第一件事，你去找戈布叔叔，告诉他东州兵符已经在我手中，此事先不要声张。让他速领狼甲勇士潜入大邑城，切记不可携带兵器，不可暴露身份，每个人的手腕上必须系好红绳暗号……"

雅朵见颜风言辞谨慎，像是在拟定什么惊人的计划，顿时两眼泛光，连连点头："要不要去雾中山通知郡主？"

颜风心头似有一些酸楚，轻叹一声："先听我说完。第二件事，我怀疑玄嗔和尚是赵云身边的奸细，他与裴擒虎密谋要加害大将军。男人的本分是保护好家里的亲人，但是安玛城的安危，也是我的责任。我决定去找玄嗔和尚，不管结局是什么，你都不能告诉郡主，任何人都不能提起，裴二爷也不行，明白了吗？”

颜风心思甚密，从顾师爷暴毙一事开始推断。

昨日他去裴府，裴擒虎突然下令缉拿顾长龄，原是有意夺取东州兵符。只要兵符握在他手里，便是与赵云和谈的筹码，而玄嗔和尚搞不好就是他的帮凶。

颜风此时已完全确信，昨晚从柴房墙砖中取出的玉牌，正是东州兵符。

现在兵符落在颜风手里，他决定暂时不要暴露，如果裴家一门三杰都是叛逆的贼子，那他就是新津城的公敌，裴擒虎一旦迁怒于安玛城，必定与青衣羌部族兵戎相见。

颜风身为江湖浪子，早已经历过生死，世上没有什么事可以令他心生恐惧，唯有姜无素，他心里一直放不下。若是一场血雨腥风因他而起，如何面对安玛城的百姓？而且白袍将军乃当世英雄豪杰，倘若让裴擒虎阴谋得逞，又是颜风背锅，必将遭受千夫所指，万人唾骂。

这些道理，雅朵当然不懂，她突然惊叫一声，娇容变色：“爷啊！你，你打不过老和尚的啊！”

“你觉得邪能压正吗？”

“什么邪不邪正不正的！奴婢从小跟着老城主，也亲眼看见戈布叔叔捏死人，那照你说，他们都是邪的？我觉得不是。只要对郡主姑爷好的、对我好的，都是好人，别人的事不关我事。”

颜风微笑点头，意味深长地道：“你说得没错。我要给老城主报仇，就是为了素素，为了雅朵，为了戈布叔叔……当然，还有一句承诺。”

第四十七章：迷雾重重

有些人不懂山盟海誓，但永远不会忘记一言九鼎的承诺。

钟峰观的离别，安玛城的责任，长秋山的英雄悲歌，加上无辜受害的陈掌柜，颜风若是再等下去，不知还会遭遇怎样的凶险。

记得当年师父曾问他，你为什么要学武？颜风的回答很爽快，为了不被恶人欺压。师父又问他，如果你看见一个陌生人被持刀恶人欺负，你会怎么做？

劝他放下屠刀，立地成佛？

算了吧，我会告诉他，在世人眼里我也是个刀客，但是我的刀从不欺凌弱小！

当颜风赶到大邑城的时候，老板娘心急如焚地告诉他，嫣儿妹妹已不知所踪。

颜风面有忧色，将新津城的事一五一十地说给老板娘听，东州兵符的下落，他却只字不提。

杜鹃儿闻言，冷汗直流，始终不相信玄嗔神僧是裴擒虎的帮凶，但是话到嘴边又咽了回去，心知颜兄弟压力极大，不愿再给他徒添烦恼。

颜风取出裴府信函，附上一截美人的细绳信物，系成一个圈形，叮嘱老板娘切莫走漏风声，务必亲手交于赵云。

杜鹃儿微蹙眉头，忧心忡忡地道："颜兄弟，你可知大将军为了我鹤鸣七子……他，他极为自责，几宿未曾合眼，整个人都已消瘦了一圈。听少将军说，每晚他都在念叨二哥的名字，众将士心急如焚，担心他的身体……"

颜风闻之动容，想不到举足轻重的蜀汉大将，竟对布衣芒屏如此重情，鹤鸣七子投身赵云麾下，不枉此生，纵是在九泉之下也该感到欣慰了。

“血海深仇，不能不报。此次你我二人同心协力，护住赵云将军的安危，也算是给二哥他们一个交代。只要大将军肯信我颜风一回，粉身碎骨在所不惜，一切后果均由我一人承担，绝无半句怨言！”

“姐姐信得过你。”杜鹃儿语气诚恳。

“好！我便借你平云客栈一用，大邑与新津之间的恩恩怨怨，必定会有一个最终的结局，其中的是非功过，蜀中百姓自有公论！”

两城守将约定会谈，此事不可儿戏，为了确保万无一失，杜鹃儿使人搬来青石方砖，封死了后院马厩的通道，又去临街的酒楼店铺打声招呼，只说过几天要准备一桌上好的酒宴款待贵客，恳请大邑名厨鼎力相助。

为兄弟赴死，乃是人间大义，大邑城的百姓皆知鹤鸣七子的英雄事迹，大伙儿见杜鹃儿一介女流，仍然不忘初心，咬牙支撑平云客栈的场面，纷纷解囊相助。

箭道街上人声鼎沸，酒铺茶楼的伙计自告奋勇，将平云客栈的里里外外都打扫干净，围着杜鹃儿喊一声“老板娘”，仿佛在一夜之间，重回了往日的热闹繁华。

清风寂寥，弯月如钩。

雅朵谨遵姑爷吩咐，领着数十名狼甲勇士一番乔装打扮，偷偷进城，找了城街几家客栈住下，深居简出。遇见汉人百姓问起，便说是南边建宁郡的人，来大邑投奔亲戚。

狼甲勇士的手腕上皆系着一圈绳环，出门撞见颜英雄，假装不认识。颜风见兄弟们的绳环上面并未打结，皱眉问雅朵：“哎，我想起你家郡主在鹤鸣山时，曾打过一个活结，其中有何讲究？”

“那是我青衣羌狼甲武士的暗号，一个活结是说‘万事大吉’，四个绳结便是‘四面楚歌’。”雅朵眨了眨眼睛，笑吟吟地道，“我家郡主不是送爷一个绳结了吗？”

颜风摸了摸手腕上的绳结，憨笑道：“这个我知道，一往情深，生死不离。”

“那爷知不知道三个绳结，又是什么意思哩？”

“三个绳结？”颜风一脸迷茫。

雅朵冷笑道：“爷若是三心二意、挑三拣四，我家郡主就会一刀拉出你的肠子，然后打上三个死结，哼哼，听明白了吗？奴婢可不敢开玩笑，爷要三思而后行哦。”

“不用这么血腥，你喊人给我套个布袋子……”

颜风话说了一半，雅朵已经一蹦三尺高：“你再说一次布袋子，我就跟你急！”

“好好，不说行了吧！拜托你也别老是无中生有，我跟飞燕子不是你想的那样。她好心救我，却被老和尚打成重伤，那你说我要不要救她？江湖儿女就没有友情了吗？”

“爷，你说什么江湖上的事，奴婢可不清楚。但是小妖精瞪着你的眼神我是懂的，瞒不了人。”

颜风哈哈大笑，道：“裴二爷瞪过你没有？”

雅朵脸色微红，哼哼转过身去，懒得再搭理姑爷。她扭头之时，忽然看见远处街巷的角落飘过一个背影，头上遮了一顶斗笠，与宝兴布行见到的陌生人颇为相似。

“咦？前面那人是不是跳窗走的飞贼？”雅朵蹙眉。

颜风闻言一怔，眼珠子转了转，让雅朵先回平云客栈等他，迅速左拐穿过长街，尾随跟上。

蓑笠人在大邑城转了几圈，坐在路边的小摊上吃了一碗汤饼面条，稍做休息，便径自走去西门驿站，似乎是想租借马车远行，但是好像价钱没有谈拢，垂头丧气地出了城门，沿着溪水往东直走。

颜风藏身城外的小树林里，尽量与对方拉开距离，一路跟踪，至少走了大半个时辰。蓑笠人走走停停，踏上东边的碎石山道，蹲在溪水旁洗了把脸，抬头望一眼天色，口中喃喃自语：“山路这么难走，师妹怎么还不出现……这要是饿坏了颜兄弟，又是我的错！”

好家伙！他果然认识我！

颜风硬着头皮钻出树林，晃悠悠地走到蓑笠人跟前，捧起脚下清凉的溪水，擦了擦汗迹淋淋的脖子。

蓑笠人“嘿嘿”一笑，道：“我在城里吃面的时候，就听见你流口水的声音了。”

“那是尊驾吃面的动静太大。”颜风嗤之以鼻。

“哈哈，你的意思是说我吃相难看？”

“举止优雅之人，不用遮着脸。”颜风望了一眼前方的山道，伸了个懒腰。

“世道艰难，人心险恶，出门在外尽量不要与熟人打招呼。若是被人卖了你还帮着他数钱，那就太冤了。”蓑笠人突然轻叹一口气，将头顶的斗笠取下，一脸络腮胡子，双目炯炯有神，“颜兄弟，别来无恙。”

颜风失声惊呼：“郭大哥？！”

此人正是长秋山步营校尉郭庄，他扭了扭脖子，神气活现地坐在青石上，哈哈大笑：“是不是很意外啊？”

“你要我说实话吗？”颜风有些哭笑不得。

郭庄神情一动，诧异地道：“哦？难不成你在宝兴布行就已猜出了我的身份？”

“呵呵，我又不是神仙，我怎知道郭大哥胆子这么大，居然敢擅闯民宅，意欲窃取东州兵符……”

颜风混入虎牙营之时，郭大哥没少关照过他，那日夺马而逃，也是郭庄在暗中协助，他此时突然撞见了老朋友，又惊又奇，脑子也转得飞快，既然你喊我一声“颜兄弟”，那咱们就先解开心中的疑团，再谈旧日交情。

郭庄闻言一呆，失声叫道：“啊，我刚才怎么说来着？出门在外尽量不要与熟人打招呼……你瞧瞧，我一高兴就给忘了！”

“出卖兄弟这种事，是要遭天谴的。”颜风摇头苦笑。

郭庄戴上斗笠，深吸一口气，郑重地道：“颜兄弟，做哥哥的劝你一句，有些事儿不在你的能力范围，就别为难自己了，强龙难压地头蛇。而且其中的是非曲直也没人说得清楚，放眼天下，群雄逐鹿，正是你争我夺的大好时机，你能分出谁是好人，谁又是坏人？就算胸口尚有一腔正气，那你也得量力而为。”

“莫非你想领着东州兵杀入成都？”颜风心弦一动。

“我的乖乖！你也太抬举哥哥啦！我一个小小的校尉，怎敢与刘豫州抗衡？东州兵符一事，我劝你不要再查下去了，以你一人之力，改变不了西蜀的命运，倘若执迷不悟，恐遭杀身之祸。”

“我早料到郭大哥是裴老将军的人，可是兵符跟陈掌柜有何关系？”

颜风心里原有一层猜忌，以为玄嗔和尚与裴擒虎串通一气，为了替主子夺回兵符，不惜杀人灭口，但是郭庄的突然出现，将他的思路推向了死胡同。

和尚杀人之后，宝兴布行并没有翻箱倒柜的痕迹，证明他不是为兵符而来，而第二天郭庄出现，瞧他那心急的动作，倒像是怕被陈掌柜撞见，由此推断，二人并不是同伙。

所有的线索收拢在一起，就会出现一个共同的疑点：顾长龄为什么要去找陈老哥？

“当我收到消息，裴公已开始全城搜捕顾师爷，我就怀疑他躲在宝兴布行。因为陈掌柜与他本是同乡，裴府的生意也都仰仗师爷关照。你若问我为何这么着急去找东西，我不妨坦白告诉你，你去追飞燕子的时候，我已撞见了玄嗔杀人。”

“原来如此，我明白了……”颜风嘴角一扬，眼眸中闪过一丝疑惑，缓缓点头，“你让你师妹将我引开，正想进屋去搜寻兵符，突然撞见和尚杀人，打乱了你的计划。”

“啊？颜兄弟果然不是一般人，什么事都难不倒你！你怎么知道柳嫣就是我师妹？”郭庄瞪大了眼睛，并不否认。

颜风展颜一笑，道：“飞燕子的轻功蜀中第一，而你翻墙遁走的身姿与她颇为相似，这种凌空倒转的动作，不是人人都学得会的。你刚才喊出一句‘师妹’，我就猜到了七分。”

“可惜，可惜。”郭庄突然摇了摇头，唉声叹气。

“难道我猜错了？”

“我是为我师妹感到可惜。她对你一往情深，死心塌地，料不到却是一场空欢喜。当年她在严家村暴露身份，也是为了救你，如今万事俱备只欠东风，只要找回兵符，三路兵马奇袭大邑，望羌台与长秋山便是囊中之物！嘿嘿，颜兄弟可曾想过要在乱世之中，寻一番千载扬名的机会？”

“你整天领着兄弟们跳崖操练，就是为了这个？”

“当然是为了吃上一口饱饭。”

颜风神情黯然，眼眺远处连绵的群山，悠叹一声，“唉，小弟也觉得很可惜，我跟郭大哥不是一路人……”

他此时内心百感交集，倒不是为了柳嫣是郭大哥的同门师妹，而是男人之间的抱负与信念，竟是如此的天壤之别。

公道正义，名利欲望，究竟哪一个才是人生的追求？

对于郭庄而言，或许出身贫寒正是他追逐梦想的借口，他向往繁华，崇尚富贵，何错之有？而对于普天之下的黎民百姓来说，一场兵灾战祸所带来的苦难，难道都是命中注定的吗？

“人各有志，做哥哥的再帮你一次，辅汉将军连夜赶去了雾中山，已捉住了姜郡主。”

“你，你说什么？！”颜风大惊失色。

他此番费尽周折，原想尽快解决大邑与新津之间的是非，从而消除安玛城的危机，万万没有料到裴擒虎棋高一着，不敌其力，而夺其势，只要挟持了姜郡主，颜风就算是有翻天的本领，也玩不出什么花样。

他娘的！裴擒虎果然心狠手辣！

颜风眉头紧锁，头痛欲裂，真想狠狠扇自己一个耳光。

“不过你也不用太过担心。裴公无非是想洗清造反嫌疑，只要赵云点个头，将裴川擅自打造诸葛连弩一事烂在肚子里，大伙儿皆大欢喜，他犯不着去激怒羌人。”

“人在长秋山还是裴府？”颜风咬了咬牙。

“裴二爷对你够意思，他竭力劝阻老将军莫要胡来，但是迫于裴家的脸面，他也左右为难。你若是想去救人，只能求助二爷。”

颜风觉得郭庄说的话有几分道理，裴擒虎显然是软禁了素素，要挟颜风为新津城效力。但是他又有些担心裴擒虎为了儿子的死，迁怒于素素，究竟是去救人还是妥协，一定要慎重考虑。

裴二爷毕竟是裴家的子嗣，新津城的重担就落在他一人身上，而平云客栈的七日之约，谁也不敢保证赵云是什么态度，他爹爹来一招破罐子破摔，完全是孤注一掷，可是裴擒虎又凭什么断定我能说服大将军？

莫非他是欲盖弥彰，本意是夺取东州兵符？

“郭大哥，今日你突然出现在大邑城，是不是已经查到了兵符下落？”颜风有心试探。

郭庄环顾四周，压低了声音：“东州义兵分为南北二部，兵符原有雌雄一对，阴乃熊兽，阳为麒麟。其中规矩是认符不认人，凡持兵符者，可召集散落各地的旧兵，收为己用。兵家之争，惯以人多势众取胜，三万兵甲不是小数目，谁不眼红？颜兄弟大可换个角度想一想，若是赵云得此兵符，兴许他的心思与裴公并无不同……”

“你说赵云也会为了一己私利，铤而走险？”

“嘿嘿，说不定麒麟符就在赵云手里。合而为一，号令群雄，小人谋身，君子谋国……大丈夫嘛，自然是谋天下了！你瞧那些人争来争去的，打得不可开交，谁愿意去瞎猜他们到底在图些什么？哥哥也只是受人之托，而且我已经提醒你了，你去追柳师妹的时候，我正巧撞见了玄嗔，怕他一掌打死我，只好溜之大吉。”

“兵家之事我一窍不通，不明白裴擒虎为何要算计我？”

郭庄微微一笑，并不点破，起身拂去裤脚上的灰尘：“你瞧，咱们兄弟俩难得见到一次，也没时间请你去喝上几盅，改天改天！我先回新津城复命，咱们山高水长，有缘再聚。”

颜风料不到他说走就走，脱口叫道：“你就这么一走了之？”

“姜郡主的事，哥哥真帮不了你，你让我多活几年。”

郭庄拱了拱手，踏上碎石山路，摇头晃脑地往荒野而去。

他刚走到前方一处田埂小道，却见路边坐着一位小姑娘，正笑吟吟地朝他招手："大哥这是要上哪呢？"

"姑娘有何指教？"郭庄认出了小姑娘正是宝兴布行的雅朵，脸色骤变。

"指教可谈不上。我家姑爷想让你帮忙救郡主，跟你说了老半天的废话，你还是不愿意，那只好由我开口啦！"

雅朵突然拍了拍手，小树林里顿时钻出数十名手持弯斧的狼甲勇士，穿一身黑衣黑裤，整齐站成一排，将郭庄围得水泄不通。

"我的乖乖！这是要搞什么？姑娘有话好说……"

郭庄转了一圈，瞧见一个个凶神恶煞般地瞪着他，此时要是敢说个"不"字，嗖嗖飞驰的斧头极有可能会在他头顶上跳舞。

此时的颜风蹲在小溪旁，脱下靴子洗脚，假装没有看见眼前发生的事。

他让雅朵回平云客栈等消息，可是小丫头似乎并不放心，居然领着狼甲勇士在半路堵截。而姑爷有心想让郭大哥相助救出姜郡主，试探了好几回，郭庄一直在刻意回避，雅朵一时心急，立马现身要挟。

郭庄见颜风居然毫无反应，擦了擦额头暴汗，大喊一声："我说颜兄弟啊，我可以指天发誓，兵符真不在我手里！"

"我知道。我看你急着走，有些话不好意思问你……"颜风穿好靴子，远眺新津城的方向，面色沉重，"飞燕子是蜀中飞贼，她师兄的身手自然差不到哪去，夜盗百户，算不得什么难事。你说那天晚上你亲眼看见了玄嗔和尚，兵符可能被他取走了，我仔细一想，好像不太对劲。"

如今东州兵符已在他手，但却是熊兽雌牌，也就是柳嫣在严家村救人心切，交给班黥戈布的那一块。至于麒麟牌是不是在赵云手里，郭庄多半只是猜测，并没有真凭实据。

按照郭庄的说法，宝兴布行那天晚上，他让飞燕子将颜风引开，原想进屋搜寻兵符，不料撞见了玄嗔和尚。既然他明知道玄嗔杀人的目的是"夺取兵符"，为什么第二天他去而复返？而且瞧他的神情举止，似乎并不知道陈掌柜已死，所以颜风断定他在说谎。

也就是说，郭庄并没有亲眼看见玄嗔杀人。

郭庄目光闪烁，沉声道："你怀疑顾师爷是我杀的？"

"嗯，我突然想起柳嫣说过的一句话，'大悲手印并非只有贼和尚一人会使'，而且她承受玄嗔一掌，功力居然恢复得如此之快，让我百思不得其解。啊？难道她精通掌法上的门道？所以我猜测，你让柳嫣将我引开，其实是为了给你腾出时间清理现场而已。”

雅朵在旁“哼”的一声：“我就知道小妖精没安什么好心！”

郭庄摇头苦笑，叹道：“你这种推论，已经跑偏了十万八千里。放眼西蜀之地，能一掌打死顾师爷的人，除了四大绝顶高手之外，麻烦你再找一个出来我瞧瞧？你若是说安玛城的姜城主，或者太清观的衍虚真人，说不定还能信你三分。”

雅朵冷笑道：“哟！你让我背后砍一斧头，我瞧你死不死！”

郭庄吐出一口气，无可奈何地道：“顾师爷又不是瞎子……”

“说起姜老城主，那日裴府二位少爷去安玛城送粮，你在不在场？”颜风话锋一转，目光炯炯。

他突然提起姜启，是想顺着自己的推论一路往下走，说不定涧石舫凶案的线索就在郭庄身上。

郭庄微微一怔，诧异地道：“少将军是送粮提亲，又不是去打老虎，要虎牙营的人跟去做什么？”

看他迷惑的眼神不像是在撒谎，颜风疑心又起，脑子里一片空白。如果郭庄不是杀害姜老城主的凶手，那么玄嗔杀人就是钉在铁板上的事实，谁也改变不了，之前所有的思路都得推翻重来。

雅朵见姑爷沉着脸儿，便走到狼甲勇士耳边嘀咕几句羌语。众人摇头晃脑地打量郭庄，小声议论，确定在安玛城并没有见过眼前这个络腮胡子，送粮护卫都是一些长相稚嫩的少年兵士，年龄不符。

“爷，奴婢有个大胆的想法，说了你可不许骂人喔！”雅朵突然若有所思地道，“咱安玛城一年一度的阿比塔祭山会，奴婢也参加过好几回，穿上一身狼甲，谁也认不出我是男是女。既然爷怀疑他们师兄妹二人捣鬼，你说小妖精有没有可能假扮成汉兵，偷偷混进送粮马队哩？”

第四十八章：意料之外

颜风闻言一惊，猛然想起飞燕子女扮男装一事。

她白天雌雄难辨，晚上又变成蒙面飞贼，卫老二苦苦追踪她半年，一无所获。以柳嫣的易容手段，假扮成送粮食的虎牙兵并非难事，而且她竟能在玄嗔的"大悲手印"之下死里逃生，恰恰验证她极有可能早已摸清了掌法上的玄机。

"郭大哥，我瞧你师妹的身手好像胜你几分，倒不知你师父是何方高人？"

"师训严厉，家师的名讳不方便透露。我一直待在军营里，每日带着弟兄们辛苦操练，哪有机会研习师父教的本事？我师妹天资聪颖，无论学什么东西都快我一步，便是我师……哈哈，不提也罢。"

郭庄话语突然停顿，笑声颇为自嘲。

颜风已瞧出了郭庄的鬼心思，似乎在刻意隐瞒什么。他从西岭雪山一路回到大邑城，其实已经在思索凶手的动机，如果玄嗔真的是误杀，为何咬死不承认？如果凶手是为了嫁祸玄嗔，激起青衣羌与赵云之间的仇恨，那么最终受益者又会是谁？

他首先想到的当然是裴擒虎，柳嫣的疑点更有些让人莫名其妙，一个小姑娘跟裴擒虎能扯上什么关系？

安玛城的噩耗并未对外透露，雅朵虽然对柳嫣心存芥蒂，原是好意提醒，在事情没有水落石出之前，她当然可以怀疑任何人。

郭庄此时满头大汗，斜视周围狼甲勇士的动静。

他完全猜不透颜风的想法，究竟如何看待二人之间的关系，而且他对野蛮成性的羌兵也颇为忌惮，心知西羌族人不仅脾气火爆，语言上的沟通也较为困难，一言不合，完全有可能变成他们眼中的猎物。

寒光闪闪的弯斧锋利无比，郭庄没有三头六臂，很难抵挡得住人多势众。

“颜兄弟，裴府守备森严，救人一事只有裴二爷能帮你，哥哥确实爱莫能助，你可千万不要给我出难题。”

“郭大哥觉得是让裴擒虎乖乖放人好，还是我冲进去救人好？”颜风狡黠一笑。

雅朵似乎有些不耐烦了，哼声道：“爷别跟他废话了，不如就让戈布叔叔带人杀进新津城去！我倒要看看，哪个有胆子敢动郡主！”

周围数十名狼甲勇士闻言，纷纷挥舞弯斧，叽里咕噜说了一通羌语，情绪颇为激动。

雅朵脸儿一黑，大声娇嗔：“吼什么？吼什么？戈布将军不在，一切行动听从姑爷安排！”

郭庄心里咯噔一下，顿时汗流浃背，衣衫尽湿。

他搞不清楚狼甲勇士在喊些什么，心想老子现在就是砧板上的肉，在语言不通的情况下极有可能造成误会，万一惹了众怒，我是吃不了兜着走。软禁姜无素不正是为了稳住狼群的躁动？嗯，既然颜兄弟一心要找裴公的晦气，碍不着我什么事。

“好吧……如果我没有猜错，姜郡主可能被囚禁在裴府后院的摘星楼。”郭庄权衡轻重之后，硬着头皮坦白，“此楼共分七层，寓意七星汇聚，她应该被关在了顶层。底下六层以二十八宿圆木柱支撑，无梯可上，只能由护卫牵引铁索竹笼拉人上去。若能插上一对翅膀，飞上去救人倒也不难，可惜守在四处的护卫都不是睁眼瞎子，谁也不敢担保裴川生前有没有在家中设置铜弩机。唉，铜弩机的凶险你也见识过了，就算你让我跟师妹联手，最多也只有三成的把握，救人不比偷东西，你得先藏得住人啊。”

颜风点了点头，笑道：“登楼摘星，难度不小，若是能抢前一步，将玄嗔搜走的熊兽牌偷来，倒是省了不少心思。”

“哎？怎么你又开始打兵符的主意啦？”郭庄大感意外。

“熊兽牌是从你师妹手中流出来的，目前下落不明，我的想法是正好借此机会玩一出声东击西，先谎称牌子在我手上，裴擒虎一定会同意我以符换人。嘿嘿，好戏在后头，以你的身手，带我去摘星楼救人易如反掌，裴擒虎哑巴吃黄连，决计不敢吭声。你就当帮小弟一次，感激不尽。”

“我的乖乖！你是一定要拉哥哥下水吗？”郭庄目露惊恐，忍不住打了个抖索。

“没有第二条路。”

当颜风从顾长龄身上搜出熊兽牌，见识到郭庄的铤而走险，他完全可以断定，玄嗔并不是为了兵符杀人。而对于裴擒虎来说，只要有兵符在手，就是他的保障，谁也撼动不了他的名望和地位。

颜风怂恿郭大哥去裴府救人，原是想以兵符牵住裴擒虎的鼻子，只要姜无素安然无恙，他便将兵符献给赵云，为西蜀百姓做一件好事。

他痛恨战祸，难以忍受兵戎杀戮，只要散沙聚不成高塔，东州兵名存实亡，不仅可以还百姓一份安宁，也能彻底击垮裴擒虎的阴谋。哼哼，你能玩釜底抽薪，那我也可以反客为主。

但是他明白，这种事只是一厢情愿的想法罢了，操作起来并不轻松。暂时不去说破其中的利害关系，是想让郭庄误以为他的计划只是一场狗急跳墙的举动。

郭庄长叹一声，无奈地道：“好吧，我怕了你行不行？我可以答应你去救人，但你得先承诺我三件事。”

“洗耳恭听。”

“第一件事，进入摘星楼之后，你得确保我性命无忧。第二，不管成败，皆与我无关。我丑话说在前头，我郭庄虽然是个无名小卒，但也不愿替兄弟背黑锅，因为这都是你逼我的对不对？最后一件事，若是有朝一日我做了什么对不住你的事，千万记住喽，我那也是遭人逼迫，天地良心，绝对不能怪我！言尽于此，咱们约好在宝兴布行碰头，你什么时候给我消息，我什么时候动手。”

郭庄当然知道颜风的为人，虎牙营一战他虽不在场，但是只听兄弟们口沫横飞的描述，足以令他心惊肉跳。颜兄弟志在必得的事，无人可以阻止，若是再推三阻四，未免让人瞧不起了。

“好！击掌为誓。”

颜风突然伸出右手，上前与郭庄拍了一掌，迅速感应郭庄右掌的骨骼结构，包括指缝之间的长短粗细，与顾师爷身上的掌印确有不同。只可惜张守朴与姜老城主的掌痕大小，他的记忆早已模糊。

郭庄抱了抱拳，道：“事不宜迟，哥哥先行一步。”

他扭头踏上碎石山道，脚步有些慌张，拐进前方的小树林之后，转眼间一溜小跑，无影无踪。

“爷，你相信他的鬼话？”雅朵蹙眉沉思。

“呵呵，你以为他真的会帮我？”颜风望着新津城的方向，眉间虽有一丝淡淡的忧悒，却是星目含威，“你姑爷没这么笨！此番我故施迷雾，想到两步计划，先让他去通知裴擒虎，然后再瞧瞧他们师兄妹二人，到底会玩出什么鬼花样。”

雅朵眨了眨眼睛，恍然大悟：“奴婢知道啦，姑爷最聪明！汉人管这招叫螳螂捕蝉，黄雀在后！”

“走！咱们即刻启程，杀进裴府，去摘他娘一个满天星！”

颜风拂袖而行，意志坚定。

他记起田园村初识姜无素的情景，内心百感交集，素素！你安心等我，我依然是那个敢作敢当的颜风，知己红颜的颜，玉树临风的风，从来都不会改变！

雅朵眸似清泉，神情兴奋：“大伙儿瞧见没有？我怎么说来着？叫你们不要大呼小叫！就凭咱们姑爷的英雄气概，怎会低三下四求人哩！”

狼甲勇士齐声欢呼，喊声震彻山野。

颜风行事谨慎，叮嘱两名狼甲回大邑平云客栈，通知杜鹃儿，一切计划照旧。若是三日后见不到他，只得恳请大将军出面，看在羌汉两族百姓的份上，将郡主安然送回安玛城。

他一路上心事重重，心想新津不比大邑，估计狼甲勇士很难混进去，不如背水一战，单刀直入。他让所有人守在城外接应，事成之后，以青衣羌狼烟为号，随即带着雅朵直奔城门。

颜风越过城外一道山丘，远远望见一座城桥，此处正是他与姜无素夜闯新津时的场景，想不到今日故地重游，他记起二人牵绳远行的点点滴滴，禁不住心潮起伏。

“爷？坐在城桥上的那人……”雅朵忽然神色惊慌，一把扯住姑爷的衣袖，身子直往后躲。

颜风定睛一瞧，倒吸一口凉气。

只见玄嗔和尚一袭灰袍，满头大汗，左手高举一截草枝，遮挡住烈日的暴晒。他盘膝端坐在浮桥上闭目养神，过路的行人上前施礼，热情问候，他居然眼皮子也不抬一下，懒洋洋地念出一句“阿弥陀佛”，拒人千里，敷衍了事。

好家伙，原来他早已掌握了我的行踪！

颜风面露冷笑，低头在雅朵耳边轻语几句，径自上前，故作惊讶地道："和尚是在晒太阳？还是要来向颜某投案自首？"

玄嗔睁开眼睛斜视颜风一眼，无奈摇头："老僧没有犯事，是来请事。"

"嘿嘿，新鲜！和尚居然有求于我。"颜风捏了捏右掌的指节，装模作样地活动筋骨。

他若是现在出刀，似乎为时过早，玄嗔和尚不可能无缘无故在城门外等他，一定藏了什么事。

"老僧不是在求你，而是想请你慎重考虑安玛城百姓的存亡安危，莫要再惹是生非了。长秋山一战，颜施主为情为义，当得起少年英雄，老僧心里十二分钦佩，万般感慨……可是为国为民之事，不能全凭你一腔热血，稍有不慎，满盘皆输。"

"你接着说。"颜风环顾四处，脚踝缓缓移出一步。

他此时已打定主意，不管玄嗔说得怎么天花乱坠，积累心头的仇恨，始终要找到一处宣泄的时机，为国为民太高调，就跟和尚谈情义轻重。

硬木桥面的韧度，很难承受二人的内力相拼，以玄嗔浑厚绝伦的功力，只怕紫卿刀在出现之前，立脚之处早已被他震碎。而浮桥下面是深达数丈的护城河，若是连身子都站不稳，握刀的手当然也会有所偏差。

颜风的对敌经验日渐成熟，落水是不怕了，只是他对自己的轻功并不看好。

"阿弥陀佛。大邑与新津之间表面上互不相容，其实那只不过是刘璋旧部遗留下来的问题，都是一些兵家的傲气而已，远远没有到兵戎相见的程度。只要裴公与大将军携手清除东州兵这个隐患，西蜀自然太平，但若是你安玛城突然牵扯了进来，事情就会越来越糟……"

"你继续说。"颜风面无表情。

玄嗔合掌行礼，身子依然未动："老僧就一个请求，希望颜施主与戈布将军以大局为重，速将大邑与新津的狼甲勇士撤走。至于姜城主一事，偏将军赵统已受命前往安玛城，大将军责令飞龙营倾尽全力，尽快相助羌人找出真凶。倘若颜施主一口咬死老僧就是凶手，那我也不愿解释太多，等两城会盟之后，任你处置。"

颜风皱了皱眉头，沉声道："好，和尚说完了是吗？现在换我说了。我先问你第一件事，宝兴布行的陈掌柜，是不是你杀的！"

"陈、陈老哥？"玄嗔神情遽变，脑袋上冒出豆大的汗水。

雅朵瞧见和尚的表情，吓得这般脸色煞白，似乎不像是装出来的，赶紧上前扯了扯姑爷的衣角，示意他说话注意分寸。

颜风并不搭理，滔滔不绝地接着说："原先我以为你与裴擒虎狼狈为奸，潜伏大将军身边多年，后来仔细一想，身为南传西蜀第一寺的得道高僧，没有理由搞这些世俗是非，可能你是想为鹤鸣七侠报仇……嗯，因为你跟陈掌柜认识，也知道顾长龄是他同乡，那晚你算准了师爷会去投靠旧友，就躲在小巷柴房，伺机打死了顾长龄，不巧的是竟然被陈掌柜撞见了。哎呀？这个事情就不好办了啊！大将军的人公报私仇，传出去可不太好听，于是你索性连陈掌柜也灭了口。在下没有冤枉你吧？若是有什么遗漏的地方，还望和尚不吝赐教！"

颜风一番话说得绘声绘色，仿佛身临现场，都是他亲眼所见一般，听得玄嗔与雅朵二人瞠目结舌，半天说不出话来。

"颜施主……"玄嗔的声音有些轻颤，似乎对陈掌柜的死颇感意外，"你的推论无隙可乘，可惜主角不是我。"

雅朵凤眼一瞪，捏着鼻子小声地问："爷！你刚才还怀疑小胡子和小妖精，怎么见到神僧，你又变了个主意？"

颜风轻笑道："道理很简单，姑且相信'大悲手印'不是和尚的独门武功，但是功力上的虚实深浅，一眼就能分辨。只要和尚找出一个能一掌打死顾师爷的人，我就相信你不是真凶。"

玄嗔忽然被颜风问住，脑子里竭力去寻找模糊的记忆，完全没有头绪，也不知问题究竟出在哪里，怎么老是替人背黑锅？不免心神悸动，低叹一声："老僧解释不了。"

颜风目光一凛，冷冷地道："你连手无缚鸡之力的人也忍心杀害，还要解释什么？你在城外堵我，莫非就是想堵住我的嘴？来来，我给你机会了，你找个能一掌打死老城主的人，我立即跟戈布将军滚回安玛！今生绝不再踏入你大邑城半步！"

他越说嗓门越大，说到后面恨意满腔，手指头已开始剧烈抖动。

雅朵从未见过姑爷发怒的模样，顿时吓得缩了缩脖子，浑身起了一层鸡皮疙瘩。

刚才姑爷早已吩咐过她，万一跟和尚打起来，切记不要劝架，有多远就躲多远，以免被刀气误伤。说心里话，她现在很想抬起一脚，将老和尚踢进护城河里，赶紧喊姑爷快跑。

她从小跟着戈布叔叔习武，自然明白蜀中绝顶高手的底细，姑爷的刀法虽然深不可测，但是跟老和尚打架，赢面不大。要是救出了郡主，伤了姑爷，那这趟新津城也就白来了。

玄嗔守在城外，原是来劝说颜风莫要插手西蜀的明争暗斗，可惜自己却屡遭奸人陷害，脑子里几乎将往日熟悉的江湖高手全部搜索了一遍，始终猜不出端倪，心里也有些愤愤不平，我这是造了什么孽？究竟得罪了谁？

阿弥陀佛，此事非同小可，这是要逼我学西域之人吹个笛子，来一招引蛇出洞？

玄嗔皱眉沉思，缓缓道："惭愧，老僧曾在白马村打伤了飞燕子，心里过意不去，不知她伤势如何？"

颜风听他突然提起柳嫣，心念一动，道："上次我听和尚说'大悲手印'乃是西域天竺绝学，长史府兰褐寺主持阿皮……什么罗也曾学过这门掌法？"

"阿毗莫罗大师。"玄嗔出声纠正。

颜风"哼"的一声，冷冷地道："名字不重要！我且问你，此人有没有收过徒弟？"

"据老僧所知，阿毗莫罗曾经收过一名高徒，深得其武学精髓，只是……只是此人身份成谜，是男是女一概不知。"

颜风若有所思地道："我再问你，这个阿毗莫罗除了精通内家掌法之外，还有其他擅长的武功吗？例如轻功、剑术、易容之术……"

"分筋错骨手，算不算得？"

玄嗔和尚微微一呆，不知颜风到底想问什么。

颜风闻言神情大震，身不由己地往后退出一步，满眼尽露惊恐之色："你，你再说一次！"

第四十九章：五蕴皆空

“阿毗莫罗曾精通一门擒拿绝技，名为‘分筋错骨手’，刚柔并济，精妙绝伦。其手法招式上的变化，倒与戈布将军的三十六式‘狼手翻云’颇有异曲同工之处。”

什么情况？张道长就是阿毗莫罗的徒弟？

颜风此刻震惊无比，脑子里一片混乱。

如果钟峰观张守朴的武学出自西域，那么他显然也会使“大悲手印”，他执意不让颜风报仇，说不定凶手正是他的师父阿毗莫罗。

虽然颜风只是猜测，但是其中的曲折不免令他心生恐惧。照玄嗔和尚的说法，阿毗莫罗已羽化多年，死人怎么可能打死徒弟，又跑去安玛城杀害姜老城主？换个角度，难道张道长死而复生？

颜风仰天冷笑，我呸！你打个闪电将老子劈死得了，他的尸骨是我亲手埋的！

既然师父和徒弟双双不在人世，玄嗔和尚仍然难逃嫌疑，但是看他的言行举止，不像是在故弄玄虚。或许事情没有这么简单，颜风的判断方向有所偏移，应该先从张守朴的身上找出原因。

“说起‘分筋错骨手’，其中大缠、小锁的变化我略知一二，但是没有跟和尚你比画过拳脚上的功夫，能不能挡住‘大悲手印’不得而知。我突然有一个奇思妙想，或许能解开心中的疑团，还你清白之身。”

玄嗔似乎吃了一惊，满心疑惑地瞪了他一眼：“你怎么会懂大缠、小锁的技法？”

“少安毋躁，旧账本上记着的东西，我会慢慢翻给你看！你先回答我一个问题，假设我内力深厚，以‘大缠’的擒拿手法将敌人的掌力反弹回去，可否达到一招致命的程度？”

“阿弥陀佛。我明白你想说什么，这完全是两回事……大缠之技，原是封死对方蓄力运功的范围，例如扣死手腕，或者是空手锁白刃，根本做不到借力打力，怎么可能将对方的内力返回到他自己身上？若是非要从理论上去讲，倒也可行，除非你丹田气海深如河川，能吸附对方的内力，占为己用。”

玄嗔武力绝顶，学识过人，一语就道破了颜风的“奇思妙想”。

“既然如此，你就当我从来没有问过。”

颜风翻了个白眼，他娘的，师父教我御气拔刀，可没教过我什么狗屁的掌法，我若是懂这么多武学门道，蜀中四绝几时轮得到你！

“唉，老僧知道颜少侠的心思……”

“你知道个屁！”颜风怒容满面，义正词严地道，“我只是想解开万恶之源，查清楚你的杀人动机！新仇旧恨，血债累累，咱们先从张守朴道长说起！”

“张守朴又是哪个？难道他、他也死于‘大悲手印’之手？”玄嗔闻言一怔，心里无比懊恼，如果他能算到此生会遇上颜风这个煞星，打死也不敢跑去天竺学艺。

颜风冷笑道：“白岩山钟峰观的张守朴你不认识，昔日神武将军张佑亭，你总该听说过吧。”

“神武将军？！原来他终于看破红尘，隐居山林去了。阿弥陀佛……”玄嗔缓缓颔首，神情肃然，“张佑亭本是刘璋义子，武功不凡，战功显赫，无愧于西蜀第一战神之称，老僧与他结交多年，怎会不认识他？听闻他与长公子刘循不合，毅然交出兵权，退隐民间。你这么一说，老僧倒是明白了，张佑亭天资聪颖，蜀中无敌，‘分筋错骨手’一学即通，确是师承兰褐寺，但他并不是阿毗莫罗的徒弟。”

“为何你如此肯定？”

“莫要忘了，老僧年轻之时曾游遍天下，长史府待过的时间最长。此番有幸与颜施主相识，至今没有说过半句假话。”

“真话假话我分辨不了，但是他胸前的大悲掌印，千真万确，我不知道你将如何抵赖？单凭你一句‘解释不了’，我在神武将军坟前发过的誓就跟放屁一样！好！不如你也打我一掌，送我去见他吧！”

颜风怒目圆睁，双拳紧握。

雅朵躲在身后闷声不吭，眼睛死盯着黑鞘短刀，生怕姑爷突然手指头抽筋，一颗心儿早已怦怦直跳。

玄嗔神情黯然，低叹道："显然近期发生的数起命案，都不是劫财害命，就像颜施主刚才所言，杀人作恶不是空凭一时痛快，总要有个符合逻辑的动机。试问神武将军早已归隐山林，你觉得他能触碰谁的利益？姜城主与老僧乃是世交，假设真要冤枉我失手打死了他，那也是无心之失，罪不至死，出家人有什么理由拒不承认？你又说什么小巷柴房杀人灭口，是为了替鹤鸣七侠报仇？好吧，那也算不上什么丢脸的事，老僧欣然接受。若是要将陈掌柜之死甩过来，老僧拼了心底一口怨气，也要给你挡回去！至于打伤飞燕子一事……阿弥陀佛，老僧深感内疚，决心还她一条胳膊，洗清罪孽。"

老和尚一番话说得振振有词，言之成理，竟然伸出右臂，缓缓闭眼，面色呈现庄严宝相。

此刻若是紫卿刀出鞘，西蜀之地便再也没有"大悲手印"的传说。

玄嗔和尚以真诚实意来换取清白，颜风还有何话可说？他恍惚之时，忽然扭过头去瞧了瞧身后的雅朵，心事重重地道："你觉得和尚会不会跟老城主结仇？"

雅朵恭谨地道："奴婢觉得不会。神僧与我家主人一年见不上几次面，每次一来，主人像石蜜似的黏着他，甚至连吃饭睡觉都是寸步不离，谁能相信他俩是仇人？"

"阿弥陀佛。"玄嗔低诵佛号，向雅朵姑娘投去感激一眼。

若是要排除谋财害命，那么凶手下毒手的真正原因，就是仇杀，而姜老城主绝无可能与和尚结怨，颜风犹豫很久的定论，终于出现了一丝动摇。

按照玄嗔的说法，他与张道长二人相识多年，彼此并无利益冲突，与姜老城主的性质完全一模一样，凶手为何偏偏要嫁祸玄嗔？他到底在隐瞒什么？

颜风将思路转移到郭庄的身上，突然又产生了一个"奇思妙想"，难道凶手故意在误导我？

我一定认识他！

他脑子里灵光一闪，迅速从钟峰观开始回忆，将沿途所遇之人全部整理一遍。从他第一次踏进大邑平云客栈，再到田园村，接着便是新津城宝兴布行、望羌台、严家村……思路停留在西岭雪山时，忽然想起那个一脚将他踹入冰湖之人，心里猛地一惊，白毛貂儿？！

颜风目光闪烁，脱口追问雅朵：“巴尔穆人在何处？”

“我只知道他去了雾中山大光明寺，郡主急匆匆地赶过去找他……啊？爷是说巴尔穆将军通风报信，让姓裴的去抓郡主？”雅朵猛然醒悟，顿时娇容失色。

颜风也是在瞬息之间开了窍，终于找到了“万恶之源”。他深深吸上一口气，禁不住心里长叹一声，唉，怪不得裴擒虎知道素素的下落，原来竟是白毛貂儿在暗中搞鬼，我怎么偏偏忘记了西岭雪山坠崖之事？当真是罪该万死！

“阿弥陀佛，你说裴公抓了小郡主？”玄嗔闻言一惊，衣袖无风自展，飘然起身，眉宇之间颇有歉意，“看来是老僧疏忽了……我以为新津城不至于与羌人为敌，想不到裴公孤注一掷，早已做出了最坏的打算。”

颜风心里仍有顾虑，皱眉道：“和尚！你觉得以白毛貂的身手，能否一掌打死顾长龄？”

“巴尔穆的武功当得起蜀中一流高手之列，使毒手段无人能及，可是要他一掌打死顾师爷，只怕差了一点火候。颜施主，如今西蜀已有三人死于‘大悲手印’，不管凶手出自何种目的，摆明了就是想嫁祸老僧，绝不能让他逍遥法外。当务之急是先救出小郡主，你我之间的恩怨暂且搁置一边，你意下如何？”

“我得先找裴二爷聊聊……”

“爷，不用找了。”雅朵眼眸流转，忽然扯了扯姑爷的袖口。

颜风见她神情不对，猛一抬头，只见城墙之上惊现一排强弓，街道两边云雾缭绕，路上的行人早已不见踪影，数十名黑旗兵迅速钻出小巷，潮水般涌至城门处，顷刻间便将三人堵在浮桥上。

“颜兄弟！”

远处街道上突然出现一匹黑鬃骏马，急奔而来。

黑旗兵哗啦一声原地散开，纷纷掉转枪头，拦住冲进阵营的快马。领头之人身披戎装铁甲，手握一柄单刃的青龙戟，英武非凡，大喊一声：“末将奉裴将军令，为了确保大邑与新津会盟成功，必须阻止颜风进城，二爷莫要让我难做！”

来者正是裴敬，只见他怒形于色，抡起手中的鞭子，“啪”的一声，抽中一名黑旗兵的脑袋：“不长眼的东西！都给老子滚开！”

岂料围拢街道的黑旗兵不退反攻，一排寒光闪闪的枪尖直刺二爷的坐骑。黑鬃马儿被长枪戳得鲜血直流，负痛嘶鸣，撅蹄跌倒在地。裴敬惊呼一声，身子急速后翻，在青石路上连退了数步，吓出一身冷汗。

他身为裴府二少，随时可以接管虎牙营的兵权，按理说黑旗兵不至于跟他翻脸，怎么今日居然六亲不认？

“陈琅！你是不是疯了！”裴敬恼羞成怒。

“裴公吩咐，若是二爷不听劝阻，准许末将先斩后报，不惜一切代价拦截颜风！”领头武将姓陈名琅，正是虎牙营黑旗兵统领，直接听命于新津城守将，完全不用给裴家二少爷面子。

裴敬似乎没有预料父亲的态度会如此坚决，急得连连跺脚，再也不敢上前一步。

颜风瞧见虎牙营这种阵势，心里暗想不妙，慌忙将雅朵拦在身后。

他虽然猜不出裴擒虎的意图，但可以肯定一件事，顾师爷一死，裴川谋反的罪名已成定局，为了保住裴家的声誉，裴擒虎只能控制东州兵符，要挟青衣羌人，才具备和谈的条件。

裴公当然知道裴敬与颜风交情颇深，怎么可能让儿子坏了老子的好事？军令如山，虎牙营的人不敢抗命，莫说是枪戳二爷的坐骑，便是一拥而上将他捆成个粽子，那也不算过分。

头顶城墙站着一排弓箭手，利箭早已上弦，街道两旁挤满了虎视眈眈的黑旗兵，唯一的退路就是身后的荒野。

什么叫上天无路，入地无门？

颜风长叹一声，好在裴擒虎只想阻止他进城，并无赶尽杀绝之念。可是他心里牵挂着素素的安危，又不能带着雅朵冒险，一时半会想不出对策，不免心急如焚。

“阿弥陀佛。不如让老僧去一趟裴府，恳请裴公放人。我已想到一出‘引蛇出洞’，或许此事另有转机。”玄嗔双掌合十，神情肃然。

“和尚的意思是……”

“得罪了。”玄嗔低语一声，忽然冲着城门喊道，“陈琅将军！颜风与老僧纠缠多时，今日等他做个了断，虎牙营的人若是碍手碍脚，休怪老僧拳脚不长眼。”

玄嗔的想法直截了当，江湖上的事兵营的人最好莫要插手，他要是跟颜风一打起来，掌风凶猛，极有可能会震伤在场的将士。

黑旗兵一听，哦，原来玄嗔和尚早已在城外浮桥堵他，倒害得弟兄们白跑一遭。既有雾中山大光明寺的神僧在此，估计颜风翻不了天，众人绷紧的心弦稍加放松，城墙上数名射手已经悄悄地撤下了弓箭。

“老和尚的拳脚不长眼，我的刀难道是面条做的？我瞧你年纪一大把，也不怕闪了舌头！”颜风心领神会，脸色一黑，故意冷笑了几声。

裴敬“啊”的一声，慌忙叫道：“二位莫要动手，有话好好说！雅朵姑娘，你赶紧劝劝你姑爷啊，千万不要意气用事！”

雅朵听见裴二爷居然当着这么多男人的面喊她，顿时面红耳赤，心里暗自欢喜，扭扭捏捏地道：“回二爷的话，我家姑爷的脾气暴躁得很，我可劝不了……”

“哼，大将军来了也劝不住！”玄嗔忽然一声冷哼，袖袍一展，鼓起强劲的罡气，势如狂风般撞向颜风。

老和尚内力浑厚，纯阳真气一出，虽然是装模作样，但是气势上的刚猛做不得假。他鼓胀的袖口往前一推，力有千钧，堵在城门下的黑旗兵只觉得胸口一阵气闷，霎时被气浪掀翻在地，连滚带爬地往后撤退。

颜风手腕一抖，身影直退城门，指尖一抹炙热的刀光灿似繁星，扑扑数声，顿时在浮桥上划出数道裂痕，吓得周围的黑旗兵一哄而散，唯恐被颜风的刀气所伤，一个个跑得比兔子还快。

站在街道正中的陈琅毫无惧意，横握青龙戟，大吼一声：“颜风！让本将军领教领教你的刀法！”

他话音一落，双臂开阖，突然挥舞青龙戟，急速旋冲而上，犹如一只凌空砸落的水桶，溅起一蓬水花，而浮桥上被颜风划破的木板尽数断开，噼里啪啦一阵木屑炸裂的声响，势如破竹。

此人武功不弱！

颜风暗自心惊，前有裴川，后有陈琅，想不到新津城藏龙卧虎，西蜀果然是人杰地灵的天府之国。

他对裴川的黑缨铁枪心有余悸，此时忽然目睹凶悍霸气的青龙戟，再也不敢轻敌，紫卿刀凭空绕开，绝不与陈琅正面交锋。堵在城门口的玄嗔似乎颇感意外，衣袖飘展之时，迅速替换方位，抢先一步冲上街道。

“阿弥陀佛，莫要让颜风跑了！”玄嗔口诵佛号，黑旗兵以为他要截住颜风的退路，精神抖擞地围拢过来，纷纷躲在和尚的身后防守。

陈琅舞出一片枪影，凶猛的气浪疾卷半圈，一浪胜过一浪，瞬息间便将敌人出刀的空隙全部封死。颜风只能防守，始终破解不了兵器上的险象环生，与长秋山的情景相似。他此时急火攻心，耳边听到和尚的呼声，灵机一动，紫卿刀在左右手腕来回替换，突然虚晃一刀，凌空绕上一圈，猛地跃步而起，宛如饿虎扑羊般斜撞玄嗔。

青龙戟一击刺空，哗啦啦一声，划落墙砖上一片迸裂的粉齑。

“我佛慈悲！”玄嗔猛地暴喝一声。

五蕴皆空，大悲手印!

阿波悉摩，曼多提尼，般若波罗蜜!

但见天地之间云雾弥漫，梵音诵咏，玄嗔恍如天神金刚，纯阳真气鼓吹衣袍，一颗光秃秃的脑袋在人群之中忽隐忽现，双掌如飞，击落一片刀光枪影。

黑旗兵惊叫连连，阵形大乱，睁开眼睛一瞧，地上一堆断枪残棍，横七竖八躺着数十名被掌风刮倒的兵士，五官几乎都已变形，口中哼哼唧唧地叫唤，颜风早已不知去向，音迹全无。

陈琅冲至街道，原地转了一圈，额前渗出了冷汗。

“阿弥陀佛……老僧怕伤及无辜，想引他单打独斗受我一掌，想不到他竟如此狡猾，惭愧，惭愧。”

出家人不打诳语，可是玄嗔说起谎来，面不改色。

此番他为了协助颜施主救人，早已顾不上什么佛门戒律了。来，随他来；去，也随他去，唯有照见了五蕴皆空，方可度化人世间的苦厄。

裴敬上前查看虎牙兵的伤势，见众人跌得鼻青脸肿，都是一些皮外之伤，心知和尚所言不差，嘿嘿，人多势众反而添乱，我看陈琅怎么跟爹爹交代。

他想起雅朵姑娘还留在浮桥上，一个箭步冲出城门，踢开几个挡路的黑旗兵，凶巴巴地道:“都给老子让开，没说不让小姑娘进城！”

雅朵“扑哧”一声娇笑，秋波流转：“二爷，你是要请我进城喝酒哩？还是要我帮你去找姑爷？”

“要找哪个？你姑爷进城了吗？我怎么没看见！嘿嘿，陪二爷我喝花酒去！”裴敬言笑自若，憋在心头的怨气消散无影。

玄嗔故意装出一副无可奈何的表情，上前与陈琅施礼，深表歉意：“抱歉，此事因老僧而起，若是裴公怪罪下来，陈琅将军大可推在和尚身上，诸事大吉。”

陈琅脸色一沉，冷冷地道:“人都跑了，怪你何用？”

“那照将军的意思，你让老僧去新津城里搜寻颜风，岂不坏了裴公的规矩？”玄嗔皱了皱眉头。

“哈哈哈！坏不了规矩！”

远处的街道上传出一阵爽朗的笑声，只见裴擒虎骑着一匹高头大马，一身戎装，快步来到玄嗔身前，下马躬身行礼，“老夫久仰大光明寺高僧之名，想不到今日为了颜风，惊扰了玄嗔神僧的大驾，诚惶诚恐！若是神僧不嫌弃的话，还望能移驾寒舍，让裴某人敬表地主之谊。”

第五十章：穹楼摘星

月高风冷，夜深人静。

宝兴布行冷冷清清，一片狼藉，阁楼上散落的布帛早已积起了灰尘。颜风呆坐在漆黑的窗前，脑海中思绪万千。

如果不出意外，玄嗔和尚已混入裴府，顺利与裴擒虎“狼狈为奸”。

这招引蛇出洞的方法管不管用，暂且未知，郭庄究竟有没有出卖朋友，颜风也猜不出来，眼看素素被困险境，生死未卜，他一刻都忍受不了，夜闯摘星楼，势在必行。

街道上冷风肆虐，偶尔传来野猫的叫声。

颜风目光流转，迅速躲进黑暗，只见小巷口出现一个鬼鬼祟祟的黑影，四处张望，脚尖忽然临空一点，悄无声息地掠入后巷柴房，身轻如燕。

片刻之后，黑灯瞎火的柴房又传出低沉的猫叫声，颜风眼珠子一转，飞身下楼，推门轻唤：“郭大哥？”

“我的乖乖，你可真沉得住气……”郭庄扯下蒙在脸上的黑巾，抹了一把冷汗。

“嘿嘿，我相信郭大哥一定会来。”

颜风其实并不相信郭庄，他跟和尚能玩引蛇出洞的把戏，那裴擒虎也能挖一个引君入瓮的陷阱，摘星楼真正好玩的地方，不用纠结谁是螳螂，谁是黄雀，只要一张大网撒下去，一个都跑不了。

不管成败与否，最坏的打算无非就是用熊兽牌换人，裴擒虎考虑的依然是裴家的利益，犯不着将他自己逼上绝路。

郭庄从怀里取出一块皱巴巴的绢帛，指着上面标注的黑线，详细讲解摘星楼的位置，包括后院花圃的暗道里，藏了几名黑旗兵，郑重其事。

颜风在翠竹林学过不少制图的本事，脑子里立即记熟，道："这些守卫你都不必担心，只要东西得手，你闭上眼睛逃命，绝不少你一根头发。"

"兄弟啊，哥哥不敢骗你，我白天所说，句句都是实话。我上有八十老母，下有三岁小儿，你千万莫要坑我啊！"郭庄连连作揖，就差给颜风叩头谢罪。

颜风慌忙扶起，正色地道："大哥掩护我上去就行了，救人的事儿小弟搞定。万一被护卫发现，你只管往前跑，切记莫要回头，就算是天塌下来也砸不到你身上。"

二人准备就绪，迅速隐入黑暗，往裴府方向疾奔。

裴府后院的位置正对城南一处偏僻的小竹林，依山傍水，暗沟横生，四周砌筑高逾数丈的青石围墙。

郭庄取出一截绳索，抛上墙头，示意颜风攀绳而上。二人趴在墙头，避开哨楼守卫的视线，缓缓爬行，绕到一株老槐树，顺着墙角潜入裴府。

远处出现一座楼阁高塔，直冲夜空，底层以青石围筑，犹如暗堡碉楼，顶层阁楼透出微弱的灯火，倒像是城楼上的瞭台，圆形的屋檐上竖立着一圈黑白相间的幡旗，迎风飘展，造型极其诡异。

郭庄指了指后院一处花圃，示意颜风记熟位置。接着取出一段厚厚的绑带缠住了双膝，径直往摘星楼方向爬行，颜风紧随其后，就像两只巨型的四足蜥蜴，费了九牛二虎之力，爬到后院的小池塘附近，只见池塘之内荷叶碧绿，水面上漂荡着数只荷花绢灯，藤萝翠竹的假山后面突然惊现一座小亭。

颜风转头瞪了郭庄一眼，意思是问他，地图上为何没有标注亭子的位置？

郭庄搔了搔脑袋，耳边忽然听见亭子里有人说话。

"阿弥陀佛……老僧有一件事儿想不明白，陈琅将军怎么知道姜郡主藏身雾中山？"

"说了你可能不信，姜郡主派人去找顾师爷，求见裴公，我奉命将她带入裴府。当裴公得知羌人狼甲已兵临城下，'留'她在裴府做客，正是一举两得。防范羌人原是蜀汉将士的使命，裴公为了新津城的安危考虑，可谓用心良苦。"

"呵呵，原来如此。既有老僧在此守候，陈琅将军不必多虑，颜风胆敢闯入摘星楼，定教他有来无回。"

“裴公只是担心颜风扰乱了新津城的安宁，并无杀人之心，想不到神僧这般心狠手辣，非要置人于死地。”

颜风缩了缩脖子，疑心顿起，怎么素素是自己找上门的？那我岂不是冤枉了白毛貂儿？

此番大邑、新津、安玛城都在互相制衡，为了得到东州兵符，随时可能翻脸，可是这件事跟我有什么关系？他越想越不对，突然感觉好像是某个环节出现了纰漏。

他赶紧示意郭庄往假山后面躲藏，往石缝里一瞧，只见玄嗔盘膝坐在亭子中间，台阶上摆着一排荷花烛灯，映红了他的脸庞。对面的草地上竖着一柄乌光凛凛的青龙戟，持戟之人身披银甲，身子纹丝不动，一双星辉闪烁的眼睛里射出一丝轻蔑，正是黑旗兵统领陈琅。

玄嗔摇头轻叹，道：“唉，此人闯过望羌台，烧过白马村，你虎牙营的兄弟死在他刀下的也有不少了吧？对付这种恶人，何必妇人之仁？”

郭庄闻言一惊，频频擦汗，看来玄嗔神僧对颜风恨之入骨，既然今晚有他在此坐镇，还是往回爬比较合理。

颜风伸出大拇指点了点自己的胸口，示意他莫要惊慌。

“技不如人，怨得了谁？”陈琅冷哼一声，不以为然。

“老僧想请教陈琅将军一个兵器上的问题，你说黑缨铁枪，与你的青龙戟比较，谁强谁弱？”

陈琅脸色一黑，沉声道：“少将军天生神力，黑缨铁枪锐不可当，无论是比兵器还是比武功，本将军都不能与他抗衡。但是一刀割喉便是他的归宿，你觉得谁强谁弱还有何意义？”

“说得有理，陈琅将军是个明白人，一点即通。”

玄嗔颔首微笑，忽然身形一晃，飘然掠出石亭，掌心已按住陈琅肩头，烛光下衣袖轻拂，一路扑扑连击数下，至少封住了他身上九处脉门。

陈琅身子僵硬，喉咙里咕噜一声，顿时化作一尊持戟的金刚雕像，再也动弹不得。他怒目圆睁，喉咙里却已发不出声，此时就算他气得要吐血，连一口血也吐不出来。

颜风瞧见和尚的动作，心照不宣，一把扯住郭庄的衣领，拖着他从玄嗔的眼皮底下直接跑了过去，直奔摘星楼。

但见玄嗔视若无睹，摇头晃脑地走回石亭，盘膝坐下，就像什么事儿都没有发生一样，继续闭目养神。

郭庄瞠目结舌，大感意外，哎？怎么回事？我没有眼花啊！

他一路跑到摘星楼，背贴青石暗堡，气喘吁吁地道："老和尚八成是鬼上身，咱们得速战速决……"

他取出绳索，仔细检查系在绳头上的弯钩，仰头退后数步，抡起钩绳使劲抛向半空，可惜青石砖墙之间极其严密，难觅缝隙，他尝试多次，完全勾不住石壁，急得他搔头抓耳，叫苦不迭。

"你一层层上不行吗？"颜风轻声提醒。

郭庄一拍脑袋，手中钩绳"呼"的一声，勾住了二层的横梁，拉了拉绳索，身影凌空直掠数丈，稳稳地抓住勾在石缝中的铁钩，迅速将绳头绑住了双腿，拉起垂落在地的另一端钩绳。

他试图倒仰身躯，往第三层抛出钩绳，可是数丈之高的距离，倒抛绳索，完全使不上劲，他只得解开一条腿，身子凌空晃荡了数下，左脚突然绷紧，一击而中，攀绳再上第三层。

可是第四层并不顺利，他身子悬空，生怕惊动了高塔里的护卫，始终不敢用力，钩绳反复倒抛，成功概率极低。

颜风趴在草地上，暗自抹了一把汗。以郭庄的轻功，肯定是摔不死人，但是这种抛绳走壁的方法，费时费力，等他登上楼顶，估计天都快亮了。

郭庄倒挂身躯，竖耳聆听摘星楼里的动静，折腾了半个时辰，终于登上了第六层。

七层原是木质阁楼，只要将钩绳钉在外墙的硬木板上即可，但是郭庄突然停止动作，身子一动也不动。他将耳朵贴在石壁上，聆听高塔内的动静，足足停顿了半盏茶的工夫，终于缓了一口气，绑紧腿上的绳索，掠上了顶层阁楼的墙檐。

他将铁钩固定在硬木板上，绕上几圈绳子，迅速将腰带上的长绳接上，直接抛向颜风的藏身位置。

颜风疾奔墙角，拉动绳子，沿着石壁而上，只闻耳边呼呼冷风，如腾云驾雾般直冲顶层。阁楼四周门窗紧闭，二人不可能破窗而入，只得抓住窗棂的边缘，晃晃悠悠地在外面走了一圈。

"计划不变，我上顶层救人，你来转移守卫视线。"

颜风不等郭庄反应过来，指尖一弹，突然抽刀砍断窗棂！

郭庄猛地一惊，耳边已听见高塔之内传出一阵急促的敲锣声，数名守卫疾奔而出，指着摘星楼大喊：“楼顶有人！”

颜风行事算不得深思熟虑，而且他对裴府摘星楼一无所知，哪怕郭庄说得天花乱坠，什么夜盗百户，蜀中第一，他一个字也不会相信。不管面临什么困难，他必须先把自己逼到绝境而后生。

砰！

颜风一脚踹开顶层的木板，悄无声息地跃上了顶层。

郭庄的任务只有一个，就是“闭上眼睛逃命”。

只见他脑袋一缩，一式“平沙落雁”，身子凌空翻转，急速下坠。

摘星楼的高度非同小可，他轻功再妙，也不可能直接落地，只能脚点石壁，中途换上一口气，双掌扣住石缝，往下连跳三次，如同夜鹰捕食，飞掠树林。

裴府护卫呼啸而上，箭矢嗖嗖乱射，一路狂追不舍。

此时，颜风背贴阁楼，屏住呼吸，耐心地等待护卫追出去之后，缓缓移动脚步，转到摘星楼的侧面。

计划非常顺利，摘星楼对外宣称“戒备森严”，看来不过就是唬人的把戏，但是颜风也不能太大意，不敢保证已经人去楼空。

阁楼小屋透着一丝光线，窗前映出一道纤细的身影，正门的走廊上果然传出守卫的声音。

“他妈的！这么高的地方，姓颜的小子是怎么爬上来的？”

“说句心里话，我是挺佩服颜风的……”

“唉，你以为老子不服他吗？就冲着他对鹤鸣七侠的义气，虎牙营的兄弟都是亲眼瞧见的，太他妈的悲壮了！等老子有了钱，给他建个战神庙，竖个铜像，天天供着！”

两名护卫啧啧有声，又是羡慕又是感慨，绕着弧形的廊道走了一圈，耳边忽然听见“咔嚓”一声，眼前的刀光一闪即逝。只见颜风收刀回鞘，鬼魅般地站在正门，挤眉弄眼地道：“我还没死呢，不必供着我。”

护卫怔立半晌，脑子里一片混乱，不知是上前围捕，还是大喊救命，张开嘴巴瞪着颜风，似乎是在征求他的意见。

颜风走到廊道上的护栏处，俯视一眼，只见摘星楼漆黑一片，深不见底，中间悬挂着两段粗大的铁链，像是某种重物拉环，被固定在穹顶之上。

颜风心想，我总不能让二人抓着铁索直接滑下去吧？忍不住问了一句："晕穴在哪知道吗？"

二人连连点头，二话不说，立即动手攻袭对方后脑勺的"风府穴"，出手最快的瞬间便击倒了同伴，冲着颜风抱了抱拳，道："烦请颜少侠帮个手。"

颜风点头致谢，迅速放倒护卫，破门而入。

顶层阁楼并不宽敞，一张桌几，一张矮床，硬木板的四周顶着一圈圆木柱子。其中一根柱子上绑着一名身材曼妙的女子，脸上蒙着黑纱，听见颜风破门的声音，似乎异常激动，脑袋转来转去，努力辨别颜风的位置。

"素素，是我！"

颜风一个箭步冲上去，慌忙解开姜无素手臂上的绳索，一把扯开她脸上的面罩。不料姜无素出手如风，纤纤玉手忽然拂过颜风的胸口，疾点他胸腹"膻中"与"天枢"大穴。

颜风身子一颤，往后急退数步，顿觉头晕眼花，拼命撑住不让自己倒下。等他看清眼前之人，完全出乎意料："柳嫣？你，你怎么会在这里？"

柳嫣眼眸含笑，悠悠然走到颜风身前，手指头在他胸膛上划来划去，又绕到身后摸索他的衣襟腰带，似乎在寻找什么东西："我跟师哥说，颜风对东州兵符没有兴趣，一心只想救出姜无素，他偏偏不信。现在好了，你再也赖不掉啦。"

"你告诉我，素素在哪里？"颜风的经脉已被柳嫣封滞，心乱如麻，冷汗直流，隐隐觉得事有蹊跷，但到底是什么地方不对，他始终解释不了。

"你连自己都救不了，还想着救人呢？"柳嫣有些不高兴，狠狠地瞪了他一眼。

颜风紧锁眉头，猜不出柳嫣究竟为何要暗算他，无奈地道："我不知道你有多少事瞒着我，我也无法想象飞燕子居然是裴擒虎的人。呵呵，你要是突然告诉我，其实裴擒虎是你师父，我也不会意外。"

柳嫣咬了咬嘴唇，幽幽叹息："我知道，风哥哥从来就没有相信过我，你眼里只有姜无素……可是我对你一片真心，从来没有害过你。引你来摘星楼，也是我师哥的主意，只要交出东州兵符，谁也不会为难你。"

"你凭什么断定兵符在我手里？"颜风眨了眨眼睛。

"宝兴布行里里外外都搜遍了，顾师爷为人谨慎，不可能将兵符藏在别处。"

"可他是被玄嗔打死的，你为什么不怀疑和尚？而且我来摘星楼救人，你师哥一清二楚，就算他是逢场作戏，东西没有搜出来之前，没有理由冤枉我。”

柳嫣眼眸流转，道：“你以为我说的是郭庄？”

“难道郭庄不是你师兄？”颜风怔住。

“他当然是我师兄……唉，跟你说不明白。我就问你一句话，假如换成是我被关在摘星楼，你会不会跑来救我哩？”

颜风微微一笑，轻叹道：“如果我没有在田园村遇见飞燕子，你我或许就是路人，有些事命中注定，谁也避不开……我知道柳嫣是个好姑娘，她所做的一切都是身不由己，从来没有想过要伤害别人。我原本就不是铁石心肠之人，爱上一个人不需要理由，爱就是爱了，兄弟姐妹那也是爱，人生哪有这么多遗憾呢？我相信，素素也会让我来救你，她跟你一样，心地善良。”

“你，你……”

柳嫣的娇躯微微一颤，内心百感交集。

有些事儿的确是命中注定的，那晚她一路跟踪童六侠，并不知道这位身悬短刀的少年是哪根葱。虽然他其貌不扬，但是笑起来的样子一点不会让人讨厌。

最让她感到意外的是颜风居然敢跟卫老二动刀子，夜空中那一道灿若流星的刀光，似乎挟着一缕鹤鸣琴音，直透心房。

柳嫣从未见过这般异于常人的气质，心里又是震惊，又是喜欢。

“小燕子。”颜风缓缓呼吸，克制住焦虑的情绪，尽量让自己的声音柔和，“你解开我的穴道，我带你一起去救郡主好不好？”

柳嫣似乎很难抗拒颜风的温柔，轻蹙眉心，心有所动：“可是……我师哥他……”

“哈哈！师妹啊，你可莫要上了颜兄弟的当！”

只见郭庄嬉皮笑脸地站在门外，径自走到楼阁窗前，居高临下地望了望裴府后院的动静，手中突然拎着一块雕刻食铁兽的玉牌，故意在柳嫣的眼前晃了几晃，咧嘴笑道：“师妹，看看这是什么？我身手不如你，但是脑子却比你聪明，嘿嘿，看来这次的征西大将军非我莫属！”

第五十一章：不虞之变

“唉，郭大哥果然轻功了得，在这么短的时间，你居然偷偷地跑回了宝兴布行……”

颜风瞧了一眼郭庄手中的东州兵符，无奈叹息。

出门办事，没有人会傻乎乎地将重要物件带在身上，摘星楼险境重重，前景未知，若是他身陷埋伏被人所擒，至少还有一步退路，裴擒虎急着找出兵符下落，自然不敢动他。

“雌雄阴阳，本就是相合一体的东西，缺了谁都不成的，我若是不骗你来摘星楼，怎么可能搜得出熊兽牌呢！”

“你去大邑城逛了一圈，就是为了引我上钩？”

“嗯，但是姜郡主的事毋庸置疑，我并没有撒谎，我也没有料到兵符藏在陈掌柜的身上，而且他二人确实不是我杀的。至于你问我怎么猜到你会将兵符藏在店铺的阁楼上？道理很简单，你为了去摘星楼救人，不可能随身携带，越是危险的地方越是安全。哈哈，我那天故意当着雅朵姑娘的面偷东西，就是给你留个信息，飞贼搜寻过的场地，不会再去第二回。”

“郭大哥果然机智过人，小弟佩服，佩服。”

颜风心里无比沮丧，还说什么螳螂捕蝉，黄雀在后？他此刻的处境，居然连一只秋蝉都不如。

“但是话说回来，哥哥我只为找出兵符，不得已而为之，绝无加害颜兄弟的意思，你可莫要记恨于我。”

颜风叹气道：“我哪里敢怪你！若是裴公也封个征西大将军给我玩玩，指不定我也会出卖你。”

柳嫣突然伸出手掌，语气冰冷：“恭喜郭师哥了，征西大将军的位子我可不会跟你抢，但是这块牌子是我的东西，谢谢你，物归原主。”

郭庄眼睛一瞪，慌忙将熊兽牌塞进衣兜，讪笑道：“这事可不是师妹说了算。”

“你什么意思？”

“兵符上面又没有刻着你的名字，在谁手里都是一样。不是师哥小气，你得先让我留一块保命符，等我领三万兵甲扫荡成都之后，自然还你。”

颜风心弦一动，突然想起柳嫣在严家村出示熊兽牌，是为了去新津城借粮，照这么说，师兄妹二人并不是裴府的奴才，原来东州兵符另有所属主人，他们在摘星楼上精心安排的一场好戏，那也不是给裴擒虎看的。

“风哥哥，你又在想什么？”柳嫣眼眸流转。

颜风咧嘴一笑，道：“我在想你师父。西域兰褐寺的阿毗莫罗神僧，人我是没见过，名字倒是听说过！”

师兄妹二人脸色大变，满眼惊恐地望着颜风。

“我的乖乖！是不是玄嗔和尚告诉你的？”

“这要问你师妹了。”颜风目光炯炯，逼视柳嫣。

柳嫣轻叹一声，道：“我知道你一定怀疑，为何我在白马村被贼和尚打了一掌，功力居然恢复得这么快？看来是瞒不住了。大悲手印出自佛家宝典《般若道行经》，经书上所记载的功法原理，除了仰仗自身修为之外，必须贯通手足十二经络。我跟郭师哥天资愚笨，学了好多年，也只练了足经三阴三阳，幸亏有风哥哥替我排毒放血，要不然我至少得养一个多月……”

“十二经络？怪不得你跟郭师兄轻功了得，原来掌上的功夫没有练到家，全跑到脚上去了。嘿嘿，但是郭大哥仍然嫌疑最大，说不定他瞒着师妹，一个人悄悄地去修炼大悲手印，人前装疯卖傻，背后拳脚相加。”

郭庄翻了个白眼，正色地道：“胡扯！经书上的梵文认识我，我可不认识它们。我要是从小跟着师父去天竺修行，也不用到处求人赏饭吃！”

“哦，原来阿毗莫罗最疼的徒弟不是你。”颜风点头微笑。

“当然不是……”

柳嫣突然叹了一口气，打断郭庄：“我说郭师哥，傻子都瞧得出来他在套你话，你偏要往里钻？”

郭庄打了个哈哈，掩饰尴尬：“行了！哥哥早就劝过你，人活得太明白徒添烦恼，颜兄弟这次搞不好就是裤兜子里抹黄泥，远看近看都是‘死’。唉，我相信你一定记得答应过我的事，要是心有怨恨，千万莫来找我。”

“你是打算让风哥哥抱怨我？”柳嫣冷冷地道。

“他恨你做什么？你又不是主谋。”

颜风眼望柳嫣，语气温柔：“当初若是没有小燕子救我，只怕坟头上的草都长得很高了……为朋友而死算不了什么，人情债这个东西，一辈子都还不清的。”

听到“人情债”三字，柳嫣娇躯一颤，似乎触动了心思。

她与郭师哥设计陷害颜风，一心想夺回失去的兵符，女孩子家的任性，就是不服气的心态，原本不会去考虑后果。但是郭庄兵符在手，却只关心他自己的利益得失，风哥哥陡然间变成了过河的木桥，说拆就能拆掉。

这并不是柳嫣想看到的结果。

柳嫣脸色微红，低声道：“风哥哥，在你没有出现之前，很多事儿都是已经注定的，谁也改变不了。对不起……我，我能再抱抱你吗？”

她上前一步，轻轻地依偎在颜风的胸膛，想起风哥哥抱着自己疗伤时的情景，眼眸之中泛起一丝迷离的哀伤。

“小燕子……”颜风鼻前嗅闻发香，可惜双臂毫无知觉，触摸不到她的秀发，内心百感交集，在柳嫣耳边轻声地呼唤，“我永远都不会恨你，就像你也永远不会恨我一样。情缘也是命中注定的，但是我们可以将它变得更为美好。”

柳嫣眉眼低垂，心里涌起百般柔情，喃喃地道：“我懂你的心思……我什么都不在乎。”

“机会不是没有，就看颜兄弟上不上道。”郭庄摇头叹息，转身走出摘星楼。

“等等，你要去哪里？”颜风眼珠子一转，突然喊住他。

郭庄得意地道：“当然是去交差啊！只要裴公与赵云谈好条件，虎牙营见机行事，迅速集结各地的东州兵勇士，挥师北上，指日可待！”

“你莫要忘了，另一块麒麟牌还在赵云手里。”

“嘿嘿，熊兽牌只是诱饵，三日之后便见分晓。”

“可惜，可惜……”

“可惜什么？”

颜风展颜一笑，道：“常言说得好，船驶阳沟无风无浪，一遇阴沟，迟早翻船。你用一块假的兵符去引诱赵云，一旦被他识破，图谋造反，那可是诛九族的大罪！裴老将军恨长子粗心大意，次子又他娘地被牵扯了进来，裴家一世基业尽毁你手。就算你脱下靴子去打自己的脸，大喊冤枉，也难辞其咎。”

郭庄闻言一怔，下意识地摸出了怀中的东州兵符。

刀光一闪！

颜风的身形犹如离弦之箭，忽然冲前三步，骇人的刀锋立即将郭庄逼退圆柱，头顶上“扑”的一声闷响，紫卿刀已斜插在他头顶一寸之处！

郭庄向上翻起眼珠子，惊恐万状地盯着头顶寒光凛凛的刀锋，鼻子微微一抽，顿时吹落了数缕被刀气削断的发丝，额前一道冷汗涔涔而下，舌头已开始打结：“颜……颜兄弟，有话好、好、好说！”

颜风面露冷笑，勾了勾手指头。

郭庄乖乖地将熊兽牌放在他的掌中，狠狠地瞪了师妹一眼，神情极其沮丧。

他轻功再好，也跑不过凶猛的刀光。而且他猜到师妹刚才贴在风哥哥身上之时，其实已偷偷地解开了颜风受制的穴道。

这突如其来的变化，完全出人意料，但是他能理解师妹的心思，喜欢一个男人，任何理由都说得通，纵然改变不了自己的命运，她可以改变爱人的生死。

“玄嗔和尚故意放我们进摘星楼，显然是裴公的安排，他此刻守在花园里，你是逃不出去的……”郭庄抹了抹冷汗，好心提醒。

“我觉得征西大将军的人选好像不多，裴公舍不得你死。”颜风眨了眨眼睛，伸手在郭庄的头颈一捏，笑意盎然，“现在你最好喊楼下的侍卫放铁索竹笼上来，不然的话，我可能会骑在你肩上，从窗口跳出去哦。”

郭庄半边身子顿时动弹不得，硬着头皮走到走廊，朝着深不见底的摘星楼底吹了一声口哨。

底部突然咔咔作响，悬挂在顶层的铁链瞬间被人牵动，升起一座竹编的圆笼。颜风示意柳嫣先下去，片刻之后，他挟持郭庄一起进了竹笼，倒像是腾云驾雾一般，缓缓降到一层。

裴府护卫浑然不觉，以为是郭庄制住了颜风。

三人走出摘星楼，颜风回首望了一眼顶楼，心有余悸，若是今夜素素当真被关在此处，如何下来才是最棘手的问题，我只能用兵符换人，无计可施。

星月朦胧，夜色无边。

此时，玄嗔和尚仍然盘膝坐在花园小亭里，神情慵懒，似睡非睡，而陈琅将军手持单刃青龙戟，腿肚子好像已经开始抽筋，身子的重心全都倾斜在右臂，站立的姿势拧成蚯蚓般的造型，颇为有趣。

柳嫣又惊又奇，走到陈琅的身前左右绕上一圈，拼命忍住笑。

玄嗔耳闻脚步声，睁眼一瞧，目睹三人从后院过来，不见小郡主的身影，心里暗想不妙，脸上却不露声色："颜少侠深更半夜私闯将军府，图谋不轨，若是让你这样一走了之，岂不是欺我西蜀无人？"

颜风扣住郭庄的肩胛，笑吟吟地道："我看将军府也没几个好东西，我还是去安玛城比较安全。神僧乃是吃斋念佛的出家人，想来不会为难在下。"

二人之间已冰释前嫌，言行举止颇有默契，故意演一出"针锋相对"的好戏，迷惑敌人的视线。

"和尚！你在白马村打本姑娘一掌，害我吃尽了苦头，这笔账你准备怎么算？"柳嫣斜眼冷笑。

她心里对风哥哥一片真情，只想护住爱人周全，哪里还管得了裴公的好事？她此刻出言相激，原是想让和尚心生愧疚，放人一马，胜造七级浮屠。

"阿弥陀佛。老僧误以为姑娘要行刺大将军，那一掌确实来不及收回，心里追悔莫及。待西蜀局势安定之后，老僧自当给你一个满意的交代。"玄嗔双掌合十，毕恭毕敬。

柳嫣心想，眼看着风雨飘摇，兵祸满城，蜀汉的时局只会越来越乱，等你给我交代？嗯哼，你倒是想得美呢！只怕你雾中山的霞雾早已消散殆尽！

颜风低叹一声，道："和尚下手果然没轻没重，你瞧瞧，陈将军被他定身好几个时辰了吧？要是站到天亮，以后就别骑马了，骑狗比较稳当。"

"陈琅将军武艺超群，一直在运功冲解血脉，老僧只是为了消除他心头的火气而已，出手不会太重。"玄嗔的脸色似有异常，朝着后院高墙望了一眼，示意颜风赶紧离开裴府。

此时，陈琅终于冲破了最后一道血脉，“扑通”一声翻仰在地。

他立即坐直身子，调息吐纳，额上的青筋根根绽出，脸色涨红如鸡血般鲜艳，一时之间羞愤难当，若是地上有个洞，他一定钻进去。

“和尚为何不走？”颜风瞧见玄嗔和尚的表情，隐隐觉得哪里不对劲。

“老僧恐怕走不了了。”玄嗔缓了一口气，脸色渐渐由红转青：“方才点中陈琅将军的血脉之后，忽然觉得真气凝堵，像是中了剧毒。裴公料事如神，早知老僧此行另有意图，我若是还能站起身来，也不必等你半天……”

颜风闻言一惊，原来老和尚坐在亭子里半天不动，竟然是身中剧毒，要不是玄嗔内力高深，只怕此刻早已见到了昔日好友姜城主。

他原想与玄嗔里应外合，玩一出“引蛇出洞”的把戏，想不到裴擒虎比狐狸还狡猾，一眼识破了和尚的计谋。

颜风心里懊悔不已，想上前去查看和尚的伤势，却怕郭庄又起坏心。

“颜少侠，我有话要说。”陈琅突然冷笑。

“陈将军有何吩咐？”颜风躬身行礼，蓄势而动。

陈琅傲然起身，拎起身旁的青龙戟，呼呼风声，横肘抡舞，划出一圈皎洁如月的寒光：“白天输你一个回合，本将军还想再领教一次！”

颜风见他不依不饶，誓要与紫卿刀分出胜负，不知此人究竟是想为裴川报仇，还是求功心切？心里就有了几分困惑，我这一刀下去，他可以因公殉职，我就有点欺人太甚了，虎牙营的将士们会如何看我？只怕流言四起，有损老子英名。

哎？他是不是想抢“征西大将军”的位子？

颜风眼珠子一转，扭头斜视郭庄：“要不要我替你做件好事？”

郭庄没好气地道：“他这颗脑袋，小时候肯定被门缝夹过，你要杀便杀，莫要问我！”

紫卿刀的威力有目共睹，胆敢挑战颜风之人，一定有病。郭庄此时已是泥菩萨过江，自身难保，死几个脑坏的虎牙营将领，碍不了他什么事。

“废话少说！”

陈琅舞戟起势，暴喝一声，手中凶猛的青龙戟抛出一道弧线，直刺前方，气势不容小觑。

他占尽了天时地利，只想出手制服颜风，一洗刀下之辱，不仅可以为虎牙营挽回声誉，也能得到裴公的嘉奖。

可惜紫卿刀快若闪电，弹指之间，刀光缤纷闪烁，就像烈日下一束强光照射，单凭陈琅一双肉眼，根本判断不了刀锋的位置。他当机立断，双腕急速旋转，青龙戟势如巨浪泛涌，试图将颜风所有的退路封死。

叮！

一声锋刃交击的脆响之后，陈琅忽觉手臂一麻，噌噌后退三步。

颜风站在原处，手中无刀，皱着眉头轻叹道："陈将军若是纠缠不休，只怕第二刀不是这个声音了。"

陈琅咬了咬牙，横戟起势，绝不认输。

他深知颜风的内力远在他之上，刀锋相击，被震得虎口发麻，但是他手中的青龙戟可不是面粉捏的，单是卜字戟的铁锋重量，砸在颜风身上，非死即伤。再加上厚实的尾镦，完全可以做出横扫千军的动作，舞起一道攻防兼备的寒光盾墙，便是吕奉先的方天画戟，威力也不过如此。

两军交战，拼的就是胆气，不是你死，就是我亡！

"颜少侠，刀下留人！"

前院忽然传来一声低沉的呼喊，火光闪耀，裴擒虎抚须微笑，高视阔步地踏入花园。

他身后跟着数名手持火把的黑旗兵，肩上扛着两个布袋子，往草地上一扔。只见布袋子缩如河虾，剧烈地挪动，不时发出一些哼哼唧唧的鼻音，又尖又细。

"素素？"颜风仔细辨别声音，心神一震，若是此刻出手制住裴擒虎，逼他放人，岂不是省了我不少心思？

"哎？颜少侠少安毋躁。"裴擒虎果然老奸巨猾，一眼瞧出颜风神色不对，先声夺人，"老夫现身见你，当然是有备而来。敬重你是少年英雄，愿意与你心平气和地解决问题，就算打开门做生意，你也得先问问价钱对不对？"

颜风冷笑道："裴老将军的买卖，都是抢来的本钱，稳赚不赔。"

"颜少侠对我颇有成见，那也不用解释太多。我无意为难姜郡主，原是她来新津求我说情，不管这次大邑与新津闹出多大的场面，不在乎谁输谁赢，只要蜀汉战事不要祸及安玛城，她愿意置身事外，即刻下令班鯨戈布撤兵。"

颜风当然明白素素的心思，羌汉两族本无利益冲突，各守一方，相安无事，若是汉人的野心勃勃连累了安玛城的百姓，她必须表明立场，你们打你们的，不要将青衣羌人牵扯进来。

此举算不得妇人之见，而是仁义之心。

颜风傲然而立，正色地道：“我暂且信你一次，想必老将军也不会狮子大开口，若是想要颜某的项上人头，痛痛快快一句话，我皱一皱眉头，就是你儿子！”

裴擒虎闻言一怔，突然放声大笑：“哈哈哈！颜少侠果然是性情中人！老夫无心与羌人为敌，要你脑袋又有何用？现在人质是两位，当然要跟你换两个承诺。”

裴擒虎面露得意之色，摆了摆手，让身后的黑旗兵打开袋子。

黑旗兵上前解开了布袋，果然抖出两个青丝散乱的女人。

其中一名女子，身穿青衫布裙，衣领处镶扣着一排精美的银饰，发出幽幽的淡光。只见她口中塞着一块布条，反绑双手，拼命想挣脱黑旗兵的控制，鼻子里呜呜出声，却说不出话，泪光闪烁地望着颜风，满眼愧疚。

不是别人，正是安玛城的郡主姜无素。

另一位细皮嫩肉，身姿纤细的小姑娘，自然便是雅朵，她一见到姜无素，情绪有些激动，一头扎进郡主的怀中，呜呜大哭。

“素素别怕啊，你颜哥儿在呢！”

颜风目睹爱人受苦，痛心入骨，坚定的眼神迅速与姜无素交流，示意她莫要惊慌。

他此时距离姜无素二十余步，若是飞身而上，顷刻间可斩杀一人，只是他无法判断黑旗兵会不会在爱人身后补上一刀。

救人与杀人有所不同，危险之处不可预见，颜风空有一身胆识，唯独缺少可以助他一臂之力的帮手。

眼看玄嗔和尚身中剧毒，而柳嫣到底站在哪边，尚未可知，他一人孤掌难鸣，没有十二分的把握，绝对不敢轻举妄动。

颜风突然退后一步，拍了拍郭庄的肩膀，提醒他坐在地上，不要妄图逃跑，你轻功再好，也跑不过我的刀锋。

一旁的柳嫣瞅见风哥哥与姜郡主对视的眼神，觉得浑身不自在，鼻子里哼哼数声，就像花园里突然打翻了一只醋坛子。

“好酸，好酸！颜兄弟啊，做哥哥的劝你一句，我师妹要是鼻孔堵塞，肯定下起倾盆大雨，你……”郭庄无可奈何地坐落草地，好心提醒颜风。

“你”字后面还没说出口，柳嫣早已飞起一脚，狠狠踢中他肩头，疼得郭庄缩起身子，咧嘴哀号，“哎哎？我的乖乖！你不是应该踢你风哥哥吗？！”

第五十二章：情义两难

姜无素眼眸流转，蹙眉打量眼前的黑衣女子，突然瞪了颜风一眼。

身旁的雅朵怒目而视，鼻音呜呜，似乎骂出了“小妖精”三字，苦于口齿不清，无人能听懂她在说什么。

“老将军不妨直说，在下已经迫不及待了。”

颜风故作镇定，催促裴擒虎赶紧“开价”。

裴擒虎淡淡一笑，道：“老夫先给你看货，已是诚意十足，只要你答应我三日之后在平云客栈，逼迫赵云交出东州麒麟符……呵呵，姜郡主必定毫发无损送还颜少侠。老夫出此下策，实属无奈之举，新津与大邑的约定事关我裴家的声誉，若是让蜀汉知道是我所为，恐难交代。”

颜风没有觉得意外，裴擒虎的处心积虑，正是为了麒麟符。

他转过身去，望了一眼面色苍白的玄嗔，心想裴擒虎老谋深算，早就想对付和尚了，玄嗔这次自坠陷阱，恐怕肠子也要悔青。赵云身边除了杜鹃儿之外，再难找出一流高手守护周全，败局已定。

为了素素我不怕与天下人为敌，可是白袍将军仁义无双，当得起英雄好汉，而我居然三番两次与他拔刀相向，实在是荒唐透顶！

颜风很想抽自己一个耳光，内心无比沮丧。

等等！戈布将军跑哪去了？他猛然醒悟，若是有班黥戈布相助，那是天不亡大邑！

此刻颜风心思隐动，故作为难地道："老将军觉得凭我一己之力，便能要挟赵云？"

"你觉得还有选择的余地？颜少侠想多了。你在锦屏山下刀劈赵云，声名在外，自然是最佳人选。但是老夫必须提醒你，子龙将军一世英名，不可能败于你手，我也不能任由你在平云客栈出刀伤人。嘿嘿，咱们先礼后兵，无非是为了做出一场好戏。"

"我懂了，我是红脸，你就是白脸。老将军与赵云并没有私怨，一切都是为了兵符……"颜风目光闪烁，摸了摸额上的刀疤，若有所思地道，"在下能不能先问几个问题？"

"当然可以。"

"我记得在裴府初见老将军时，你说要与赵云商讨两城公务，是不是早有预谋骗取麒麟符？"

"东州兵符乃兵家必争之物，君子贪念，取之有道，何来'骗取'一说？此番老夫意与子龙将军竭诚合作，重振新津雄风，你可莫要轻信谗言！"

"阿弥陀佛……若是颜少侠不答应，裴公可有退路？"

玄嗔此刻屏息凝神，以毕生内力镇住了毒性，性命虽然无碍，但是一身功力消散无形，莫说使出五蕴皆空的"大悲手印"，连郭庄他也打不过。

裴擒虎胸有成竹，恭敬地道："神僧莫要见怪，为了减弱风险，确保我在大邑城通行无阻，让你暂受委屈了，三日之后，自会给你解药。既然你已置身事外，老夫不妨直言相告，东州兵符志在必得，谁也阻挡不了！"

玄嗔微微颔首，神色从容："出家人不图富贵，不贪世俗之功。老僧只有一个心愿，恳请裴公顾全大局，怜惜西蜀百姓之念想，莫要加害大将军。和尚感激涕零，必定在佛祖座前持颂功德，祈福裴家无灾无祸，多福多寿。"

一代高僧，低声下气地求人，言语之中隐有一丝淡淡的悲怆。

柳嫣闻言心有不忍，幽叹一声："唉，老和尚当真是菩萨心肠，小女子心服口服。白马村的事儿咱俩就一笔勾销了，以后谁也不要再提……"

裴擒虎脱口问道："白马村发生何事？"

柳嫣回眸一笑，羞涩地道："老和尚在白马村一掌打中了小女子的胸口，疼得我汗如雨下，辗转难眠，偏偏身子骨柔弱无力，又像火炉般的燥热难受，多亏风哥哥夜里替我放血疗伤，悉心照料，才捡回了一条小命。"

玄嗔面色微红，皱眉暗想，我明明打在她肩头，她怎么胡说八道？

小姑娘的心思和尚哪里会懂？柳嫣故意说一些不着边际的暧昧话语，原是想气气姜郡主，没说风哥哥抱着她取暖，已经很给面子了。

姜无素星眸闪动，鼻子里嗯嗯数声，猜不出她心里的滋味。身旁的雅朵并不买账，横眉怒目地敌视柳嫣，塞在嘴里的布条躁动不安，也不知骂了多少句：不知廉耻的小妖精！

颜风忍住憋屈，直视姜无素，希望爱人能读懂他的眼神。

“在下还有一个疑问，姜……姜郡主当年路过田园村，惨遭裴川屠村劫粮，事先你可知情？”

颜风本想追问姜老城主之死，是不是也在裴公计划之内，突然想起素素并不知道阿爹过世的消息，慌忙改口。

“儿子在外面胡作非为，瞒不住他老子。此事可大可小，说屠村嫁祸赵云，其实是川儿的任性所为，他向来不服子龙将军，并不是有意针对羌人。至于他私造铜弩机一事，成都若是怪罪下来，单凭这一项证据不足以定罪，只要赵云不计前嫌，肯为我说上一句好话，西蜀风平浪静。”

颜风冷笑道：“如果大将军执意追责，你便要挥师北上？”

“看来颜少侠对我误会极深，你以为我夺取兵符之后，就要造反？可笑，可笑！对新津而言，东州兵符权当护身符而已，并无大用。老夫出身贫寒，一生只为仕途前程奔波，哪里敢有异心？蜀汉之地虎将如云，兵士骁勇善战，东州兵能否攻克崇州都是个问题，若是刘备拉拢青衣狼甲，西北两面夹击，那三万散兵游勇，必将身陷万劫不复之地！”

裴擒虎的贪念乃人之常情，但是其中的心思，却让人很难理解。

他好像并没有要与蜀汉翻脸的打算，偏偏牙痒难忍，一心觊觎东州兵符，究竟是为求自保，还是不甘寄人篱下？

兵家之争竟如此繁杂，难怪张守朴道长看破红尘，隐居世外去了。

“裴公此言差矣。”郭庄突然摇了摇头，正色地道，“国之大事，在祀与戎；定功戢兵，止戈为武。自古成大事者，熟谙用人用兵之道，倘若换个意志坚定，深谋远虑的主帅，三万散兵游勇必将万众一心，势不可挡！你让蜀中四绝冲进许都，便能生擒曹操？哈哈，开什么玩笑？！依属下愚见，裴公年事已高，不如在家享享清福，鸡毛蒜皮的事儿不用操心！”

他这番话一针见血，直击裴公痛处，完全不留情面，众人心里惊讶不已，刚才飞燕子那一脚，是不是踢坏了他的脑子？

颜风顿起疑心，他连主帅也敢嘲讽？胆子挺大的啊！看来这个“征西大将军”的头衔，并非依赖裴擒虎所赐，而是另有其人。

虎牙营之中，莫非还有躲在暗处的猛将？

黑旗兵统领陈琅？此人空有一身武胆，让他冲锋陷阵完全没有问题，只是头脑太过简单，担负不了兴国之事。

裴家次子裴敬？裴二爷向来与世无争，整天只知吃喝玩乐，胸无大志，你让他去带兵打仗，恐怕战鼓一响，他立马投降。

单以个人威望而言，蜀中四绝都能胜任，仙道、神僧当然可以排除在外，而戎虎与羌狼都有嫌疑。哎？这个“戎虎”究竟是何许人也？为何从未听说他的身份来历？

颜风仔细回想玄嗔与裴川去安玛城送粮之时，随行队伍里可曾有飞龙营的将士，想起将自己一脚踢落九龙湖的神秘人，搞不好此人一直潜伏在安玛城里，一切阴谋皆是他在暗中策划。

难道他是赵云身边的人？

颜风猛地一惊，记得坠湖之前，他只看到一个模糊的身影，大致上有个高矮胖瘦的辨识记忆。他将骑射营的韩倘、张著等人的身高相貌重新整理一遍，奈何始终找不出可以匹配的细节。

最终，他将所有的疑点全都集中在白毛貂儿身上。

或许这正是一场改变羌汉两族命运的起点，也可能是三国鼎立的精彩博弈。

颜风心思隐动，歪着脑袋斜视郭庄一眼，嘿嘿，郭大哥，你可千万别跟我扮猪吃老虎，从你嘴里蹦出来的，没有一句实话，我得留点神，莫要被你玩死。

裴擒虎突然哈哈大笑，道：“郭校尉高瞻远瞩，确实是个将才，可惜老夫的见解恰恰与你相反。善游者溺，善骑者堕，纵是千里良驹也常辱于庸人，死于槽枥，安于现状没什么不好，若是他不识时务，偏要去逞强好胜，到头来恐怕伤痕累累，追悔莫及！”

他似在提醒郭庄，做人要量力而为，千万不能勉强自己。

郭庄“哼”的一声，不以为然。

有些人追名逐利，有些人淡泊明志，而像裴擒虎这种积谷防饥的态度，倒也并不多见。他意在兵符，无心与赵云为敌，此番假借外人之手就是图个心安理得，保住裴家的名声。

“颜少侠考虑好了吗？只要你点个头，老夫可以担保大邑城里无人能认出你。”裴擒虎抚须微笑。

“莫非老将军要将我改头换面？”

“嘿嘿，柳姑娘的易容之术得西域高僧亲传，有她协助颜少侠，事半功倍。”

颜风怔住，扭头瞪了柳嫣一眼，心想你们师兄妹二人到底在玩什么花样？怎么我一点看不懂呢？

柳嫣笑盈盈地道：“风哥哥可别胡思乱想哦，我舍不得害你！只要裴公取了兵符，便会答应你跟姜郡主双宿双飞，岂不是皆大欢喜？”

颜风缓了一口气，凝视姜无素的眼神，咬了咬牙：“好！我答应帮你对付赵云！但是，丑话说在前头，此事皆因东州兵符而起，与美人无关，你若是出尔反尔，颜某今日滴血为誓，做鬼也要斩你人头！”

他话音一落，忽然弹指出刀，转瞬回巢，左臂之上抛洒一滴鲜血，飘落尘埃。

“爽快！那么第二件事，想必郭校尉的计划有误，烦请颜少侠归还熊兽牌，一手交人一手交货，雅朵姑娘你可以带走。”

事已至此，颜风再也没有任何掩饰的借口，立即从怀中摸出熊兽牌，郑重地道：“雅朵，你过来。”

裴擒虎颔首示意，身后的黑旗兵迅速解开雅朵身上的绳索，取下她口中的布条。

“郡主！”雅朵挣脱束缚，扑上去一把抱住姜无素。

当中一名黑旗兵二话不说，扯住雅朵的衣领，将她凌空扛起，径直走到颜风身前，将小姑娘轻放草地，毕恭毕敬地向颜风行礼：“职责所在，颜少侠勿怪。”

虎牙营的人对颜风十分敬重，言行之间不敢怠慢。颜风将手中的熊兽牌抛给黑旗兵，蹲身查看雅朵有没有受伤。

雅朵心里气愤，狠狠甩开姑爷的手，自顾垂头低泣，颜风好言安慰，劝她莫要心急，等三日之后便能跟郡主团聚。雅朵好像想起了什么事，左右四顾，突然跳起三尺高，嘴中“咿呀”一声大叫，竟扑向站在左侧的陈琅将军：“我要你的命！”

她的“狼手翻云”虽然招式稚嫩，但是气势上有模有样，有几分青衣羌狼的风采。只见她扭动灵活的臂弯，双掌错影重叠，等陈琅惊觉之时，一股阴柔的掌风已攻到他身前。

陈琅情急之下右脚倒踢，青龙戟挡住胸口，左掌拍击铁戟，一抹湖光掠影般的寒锋横扫雅朵的头颈，竟是以攻为守的动作，完全不顾眼前之人是个娇弱的小姑娘，杀意陡生。

身旁的黑旗兵料不到陈琅将军出手如此狠辣，失声惊呼，都想抢先一步去救下雅朵。

但见头顶刀光一闪，耳边忽闻凄厉的鹤鸣之声。

夜空中一蓬鲜血激射而出，青龙戟赫然带着三只血淋淋的手指，抛向半空，“哐当”一声跌落草丛。

陈琅连退三步，单膝跪地，撕咬左臂一片衣袖，迅速缠住被刀气砍伤的手掌。他强忍剧痛，额前渗出豆大的汗珠，目中精芒直射前方：“好！是本将军绑你二人，还上三根手指，那也没什么委屈！”

“说了要你的命！”雅朵咬牙瞋目，挥掌再上，不杀此人难解心头之恨。

“雅朵！”颜风出声制止，一把拎住雅朵的衣领，将她往身后的草地上一扔，皱眉道，“得饶人处且饶人，你杀了他于事无补。”

雅朵气得浑身发抖，在草地上手舞足蹈地跳了一圈，突然嘶声怒斥：“我知道了！杀小妖精才对！”

她身子飘然而起，出手又快又狠，双脚并未落地，掌风早已扫至柳嫣的胸肋。她手肘之处弯曲自如，一口气变化了三种招式，完全是一气呵成，瞧得师兄妹二人直眨眼睛，寻思自己武功再好，也万万做不到雅朵姑娘这般行云流水的动作，心里暗叫惭愧。

三十六式“狼手翻云”的精髓，取决于招式之间的巧妙变化。

什么叫易如反掌？便是手腕在攻击之前，已经计算过对方拆招的角度，无论是正击、反击，直击、侧击，借以手肘臂弯的摆动间距来促递掌上的劲力，自能追加命中的概率。

柳嫣见识过小姑娘的手段，不敢轻敌，瞧见胸口掌影纷飞，只能仰赖自身过硬的轻功，身子绕着雅朵来回闪避，毫无招架之力。

雅朵此时情绪激昂，一心想教训不要脸的小妖精，武力竟比平时强上了几分。只不过狼手之势，也要具备罡猛浑厚的内力修为，若是换成班黥戈布，三招之内即见分晓。

两个女人打起架来，步态柔美，身姿轻盈，百年难得一遇，花园里的黑旗兵一个个瞪直了双眼，居然舍不得多眨一下，生怕错过了好戏。

“雅朵，住手！”

此时，姜无素忽然一声娇嗔，喝止雅朵停手，声如清泉滴石，空谷莺啼。似乎是她身旁的黑旗兵担心节外生枝，偷偷地替她取下了布条。

雅朵耳边听到郡主的呼唤，身子一晃，即刻跳开数步，凶巴巴地瞪着柳嫣，银牙暗咬："郡主，奴婢在替你教训小妖精！"

"休要胡说……她、她是颜哥儿的朋友。"

"素素，你再忍耐几天，我一定带你回家！"颜风双拳紧握，心头爱意泛涌。

姜无素面色憔悴，双眼之中凝聚一泓秋水，柔声唤道："颜哥儿，你先听我说。赵云将军一生忠肝义胆，勤政爱民，你若是做了什么对不起他的事，蜀中百姓是不会原谅你的。我相信裴老将军不忍伤害侄女，他原是担心蜀汉惩治裴家造反之罪，一时糊涂。你说兵符再好，能好过羌汉两家的和睦相处吗？只要戈布叔叔答应为裴公求情，与赵云将军联名保荐，成都之主定会息事宁人。"

她这番话说得有理有据，并没有让颜哥儿拒绝裴公，而是提醒爱人，若是每个人只为私念而活，终将自食恶果，就算解救了她的性命，也扛不住天下骂名。

裴擒虎脸色阴悒，抚须沉思，似乎正在郑重考虑姜郡主的提议，而一旁的柳嫣目光闪烁，心里五味杂陈，或许她此时此刻终于明白，为何颜风会对郡主死心塌地。

二人之间的情感交流不必刻意吸引，几句贴心的话语，几个坚定的眼神，至死不渝。

石亭中的玄嗔和尚低叹一声，语气平稳："阿弥陀佛……小郡主聪颖睿智，一片赤子之心。青衣羌人与大邑新津素有交情，彼此来往甚密，此番为了西蜀之地的安定繁荣，裴公不如接纳小郡主的建议，让羌人出面调解争端，借此消除成都的猜忌。"

颜风心弦隐动，皱眉暗想，为何素素不提阿爹？莫非她已知道老城主过世的消息？

"老夫尚有羌人的情面可求，东州兵符更是锦上添花，这就叫作'并行不悖，有备无患'。"

裴擒虎蓄谋已久，任何细节上的纰漏都曾仔细斟酌，只要他有兵符在手，无论是羌人还是赵云，只能看他的脸色行事，无一例外。

"但你莫要忘了'从善如登，从恶如崩'，裴公如此执迷不悟，蜀中百姓难免心寒。自古仁义之师方能横扫天下，不管是输是赢皆被世人称颂，而虎牙营的将士大多出生蜀地，谁也不愿意目睹家乡烽烟四起，一旦他们知道裴公的真实想法，定会抵制东州兵再次入蜀，裴公空有兵符，也难成大事。"

和尚此言切中要害，新津本是蜀汉领地，不是人人都想造反。

可惜裴擒虎根本就听不进去，鼻孔里冷哼一声，神情倨傲："神僧不必多言！虎牙营的将士都是跟着老夫出生入死的兄弟，我无心教唆他们背叛主公，只要守得一方故土，便能护住家园的安宁，有朝一日，新津城必将重归盛世！"

“既然老将军心意已决，侄女预祝你马到成功。”姜无素心知裴公已失去了理智，不再继续劝说，款款一拜，回首叮嘱颜风，“颜哥儿，你答应素素一件事。我、我阿爹的事儿原是有人要嫁祸神僧……你万一等不到我，便赶去翠竹林接桑横哥哥回家……”

她此时声音哽咽，突然望了一眼柳嫣，心情有些复杂。

青衣羌的郡主肩负守卫安玛城的重任，若是她再也回不去，凭颜风的威望，恐难平衡族人内部的矛盾，唯有义兄桑横，才是安玛城的希望。

颜风瞧见姜无素脸颊上那一道蹙额愁眉的悲伤，莫名心疼。他记得部族长老早已封锁了老城主的死讯，素素是听谁说的？雅朵此刻满脸惊慌，显然并不知情，而班黥戈布与素素兵分两路，不可能跟侄女闲聊家事，只有白毛貂儿才有机会在雾中山与郡主碰面。

难道又是巴尔穆搞鬼？

颜风缓缓吐出一口冷气，忽然抬起衣袖，擦了擦额前的汗珠，手腕上的红绳惊鸿一瞥。

皎洁的月光下，姜无素的眼眸之中终于涌现出一丝轻浅笑意，飘然而动，宛如徐徐清风。

第五十三章：未雨绸缪

山雨欲来，烟尘蔽野。

距平云客栈会盟的日子只剩一天，赵云能不能逃过此劫，颜风无从猜测。他谨记素素的嘱咐，兵符可取，人不能杀，就算开口去问大将军“借”，那也无须动刀。

裴敬听闻颜兄弟已答应了爹爹的无理要求，气得暴跳如雷，苦劝无果，只得偷偷跑去向颜风请罪：“我爹爹鬼迷心窍，颜兄弟多多包涵。虎牙营的人不可能听我号令，连雅朵被陈琅抓走我都一无所知，姜郡主的事实在无能为力。玄嗔和尚又被下了毒，看来他此行是有恃无恐，东州兵符志在必得。颜兄弟啊，你要我怎么办？我裴家这次当真要身败名裂啦！”

“二爷放宽心，我不会出卖你爹爹。”

“那玄嗔和尚和姜郡主如何是好？”裴敬抹了一把冷汗，长吁短叹，左右为难。

颜风淡淡一笑，道：“你爹爹想要兵符而已，算不了什么大事。到时候我就说是为了救人，相信赵云不会眼睁睁看着玄嗔和尚受苦。”

“好！我再去劝劝他！”

裴敬心急如焚地冲进裴府内院，片刻之后，后堂传来父子二人的争论，裴擒虎声如洪钟，将桌子捶得咚咚直响，“哐当”一声，茶盏砸落于地。

正午时分，新津城的使节马队先行出发。

郭庄持鞭赶车，神气十足，车厢内坐着柳嫣小师妹，正在为颜风悉心装扮。

“别乱动啊！雅朵，你按住他手！不给你姑爷贴上胡子，飞龙营的人一眼就能认出他。”柳嫣娇斥一声，按住颜风的脑袋，将一撮胡须小心地粘在风哥哥的唇角。

颜风嘴角一扬，捋须笑道：“我想起你给清风老道剃胡子的时候，手抖得厉害，怕你贴歪了。”

身旁的雅朵“哼”的一声，没好气地道：“她能贴你嘴里去？”

“我说雅朵妹子，你怎么不坐二爷车上？非要三个人挤在一起……”

雅朵冷笑道：“我得提防小妖精勾引我家姑爷。”

柳嫣腰身一拧，突然搂住颜风的肩头，咯咯笑道：“你看得了他一时，看不了一辈子！嘿嘿，风哥哥给我疗伤的时候，床上怎么没见你身影哩？”

“哎？你别胡说啊！”颜风吓了一跳。

雅朵横眉瞪眼，面色通红，不知如何反驳，气得她鼓起腮帮子，挑起车帘，一巴掌甩在郭庄的脑袋上：“姓郭的！我要下车！”

“我的乖乖！姑奶奶你别拿我出气啊！”郭庄被她打得莫名其妙，赶紧勒住辕绳。

雅朵怒气冲冲地跳下马车，转身换乘后面的车厢，眼不见心不烦。

颜风摇头苦笑：“你得罪雅朵可没好处，小妮子发起疯来，连我也打。”

“是吗？我就是要惹她生气，不怕她告状。”柳嫣娇哼一声，双臂缠绕颜风的脖子，呵气如兰，“风哥哥，你答应过我要带我去安玛城的，我一辈子就跟着你了，不许反悔哦。”

“那你做素素的丫鬟好不好？”颜风侧身躲开，狡黠一笑。

“好。”柳嫣不假思索地回答，没有丝毫犹豫。

颜风微微一怔，心里感慨万千，想不到蜀中一行，竟让我遇见两个欢喜冤家，看来我上辈子没有还清的债务，死活赖不掉。但是债主也分大小，素素现在是老板娘，我可不敢擅作主张。

骏马飞驰山道，一路颠簸，眼看快要临近大邑城门，郭庄忽扬长鞭，带领其中三座黑篷马车转道林间小路，抢先一步，将新津马队远远抛在后面。

马车驶到荒野僻静之处，郭庄吹了一声口哨，只见每座车厢陆续下来八名身穿粗布衣衫的大汉，手里提着大大小小的包袱，倒像是进城赶集的山野村夫。

大邑城规定过往闲人不可携带兵器，二十余名“村夫”彼此拉开距离，三五一群，通过守卫的盘查，急匆匆地进城。走到罗巷街上，突然瞧见路边竖起一座新建的门坊，上面写着“箭道街”三字，心里大惑不解，我没走错地儿吧？怎么大邑城里无缘无故多了个箭道街？

颜风此时一身锦袍，满面虬髯，假扮成北方来的江湖豪客，昂头挺胸地走在街头，身旁的柳嫣笑嘻嘻地挽着他的手臂，果真像极了丫鬟。

二人环顾四处，见远处的平云客栈门庭冷落，并未发现飞龙营将士的身影。颜风转身走进一家“登云酒楼”，问掌柜的定了两间厢房，耳闻门外哼哼鼻音，只见郭庄拎着行李，一路紧随雅朵进门，装模作样地训斥：“出门在外，莫要坏了规矩，你们两个小丫头要是大晚上不肯睡觉，家法伺候！”

雅朵拉着脸儿，拧身上楼，故意将楼板踩得咚咚响。大堂之上坐着几位客人，正在碰杯饮酒，瞅见小姑娘气呼呼的样子，皆是满脸诧异。

颜风不露声色，挽袖扯住郭庄：“来来，郭管家，让伙计上几盘小菜，陪老子喝点酒！”

他这个动作当然是做给狼甲勇士看的，手腕上那一圈结绳，早已表明了身份。

邻桌一位客人眨了眨眼睛，放下手中的杯子，若无其事地出了酒楼，突然拐进平云客栈的后院小巷，在青砖墙上连拍三下，迅速往街头转了个方向，热情地跟茶铺里的朋友打声招呼，转眼间消失无踪。

箭道街上人来人往，数骑骏马呼啸而过。

守城护卫等来新津城的马队，即刻去通知飞龙营，遵从大将军的指示，先将使者接往平云客栈。

黑旗兵手持“裴”字战旗，迅速在门外散开队形，五步一岗，将客栈里里外外仔细查看一遍。杜鹃儿早有准备，门口挂一块“客满”的招牌，喊来一群伙厨洗菜生炉，待在厨房只顾忙活，不愿搭理虎牙营的人。

街坊邻居大感好奇，挤进人群东张西望，想去瞅一眼客栈里的动静，只要接近一丈之内，立即被黑旗兵摁倒在地，拖到僻静的小巷子，贴墙盘问半个时辰。

围观百姓从未见过这般凶狠的阵仗，纷纷绕街躲避，不敢靠近小巷。人群之中忽然闪出一位身材矮小的侏儒，穿着一件粗布短袄，踮起脚尖走到门槛，满脸堆笑：“我想进去吃碗面，不犯法吧？”

“你上别家吃去。”黑旗兵见他下巴一撮白胡须竟编成了一根小辫子，神情猥琐，举止古怪，暗想此人说不定是江湖上的能人异士，暂且忍他一忍。

“啊？那可不行。”矮子摇了摇脑袋，一脸无可奈何，“实不相瞒，我出门走得急忘记带钱了，整个大邑城只有平云客栈才肯让我赊账。你们说这事怎么办？就算是打发叫花子，也得意思意思吧？”

黑旗兵眼珠子一瞪，手腕已搭在佩刀上。

身旁另一人突然拦住同伴，从兜里摸出一枚五铢钱，冷冷地抛给矮子：“江湖救急，不成敬意。”

“多谢多谢！”矮子笑嘻嘻地接住五铢钱，转身走上街头。

他左右四顾，抬头瞧见“登云酒楼”门口的锦旆，径自进了楼道，一双贼眉鼠眼扫视大堂一圈，去柜台处问掌柜要了一只空碗，走到颜风与郭庄的酒桌前，闷声不吭地拎起了酒坛子。

郭庄正低头品尝一盘清蒸乌鱼，端起手中酒碗，顿时悬空僵住：“先生贵姓？”

“姓白。”

“白吃白喝的白？”郭庄脸色一沉。

颜风精芒闪烁，抚“须”微笑，眼前之人就算是化成了灰，也能认出来。他换上汉人的衣裳，瞧不出什么破绽，可是始终舍不得剪去下巴的胡须辫子，就像是在脸上刺了“白毛貂儿”四个大字。

巴尔穆嘿嘿一笑，道：“你家老爷相好的闺房丫头托人捎了口信，说要请我喝酒，盛情难却，不敢推辞。”

郭庄眼珠子一瞪，冷冷地道：“能不能说人话？”

“我家主人再三交代，让我陪外地来的客人大碗喝酒，大块吃肉，说他要学一学武圣人的围魏救赵，后面的事儿他自会妥善安排。来来，我借花献佛，先敬二位一碗！”巴尔穆端起酒碗，一饮而尽。

颜风闻言微微一怔，老子他娘的一肚子疑问要向貂儿“讨教”，他突然给我来一出围魏救赵，究竟是什么意思？

莫非是戈布将军让他赶来通风报信？

颜风心思隐动，不动声色。

郭庄也不知此人是何用意，但是颜兄弟的表情却是冷若冰霜，无动于衷，心想裴公是怕我遭人暗算，还是另有计划？他已有两名人质，就算颜风一百个不情愿，也不敢用姜郡主的性命开玩笑啊，我前脚刚到大邑城，后脚就派人盯上梢了啊？当真是脱裤子放屁，多此一举！

郭庄以为裴公放心不下，指派高手配合自己的行动，既然大家是逢场作戏，那也没必要惺惺作态。他喝了一口酒，忽然瞧见颜风身子坐得笔直，嘴角微微一扬，似乎根本不愿去碰桌上的酒碗，顿时满腹狐疑，皱眉问道：“你怎么不喝？”

颜风轻叹一声，笑吟吟地道：“嘿嘿，白毛貂儿倒的酒，无人敢喝。”

“他是……”郭庄心里咯噔一下，忽觉舌头僵直，喉咙里已经发不出声音，接着一阵头昏脑涨，砰然俯倒酒桌之上，人事不省。

安玛城的“大狼小貂”可不是吃素的，一个蜀中绝顶，如狼似虎，一个痴迷毒物，心如蛇蝎。

就在巴尔穆拎起酒坛的时候，颜风心如明镜，让他用脚指头去想，也能猜到白毛貂儿早已暗中做了手脚。

巴尔穆若有所思地道：“嗯，我对药性比较满意，但是分量不敢放得太多，估计他得睡上一整天。”

他身材虽矮，力气却是不小，抡起手臂将人负于后背，健步如飞地上楼，倒像是郭庄自个儿弯着腰爬楼，根本瞧不见巴尔穆的身影，再加上他时不时会托举郭庄大腿抖上一抖，动作滑稽可笑。

颜风进了客房，示意巴尔穆莫要出声，走到隔壁轻叩房门，推门一瞧，只见屋里空无一人，不知两个小姑娘是何时离开酒楼的，他居然毫无察觉。

“貂兄，为免夜长梦多，你将你知道的事儿一五一十地告诉我，若是有一句假话，你下巴的辫子保不住。”

白毛貂儿不请自来，颜风自然不肯放过审问的机会，先从西岭雪山的那一脚开始说起，虽然神秘人的身高体型与他不符，但他绝对知道隐情。

“唉！踢你落崖的不是我，而是新津城混进来的奸细，我狼甲勇士之中，找不出这么好身手的人。”

“我猜也是。此人武功不弱，腿上的力道不小，我曾怀疑过裴川，但是以他的身份地位，完全没有理由要藏身护粮马队偷袭我。”

巴尔穆皱眉道：“其实这件事……”

他话音未落，酒楼大厅上忽然传来一声冷冰冰的问话：“我是飞龙营的，幽州来的客人是不是住在楼上？”

“幽州来的？好像是四位。”掌柜慌忙翻查账本。

只见黑旗兵统领陈琅穿着一件破旧的衣裳，站在楼下，负手而立，身后跟着数名劲装大汉，狼顾鸢视，正在辨别在场客人的相貌特征。

他抬起头来，与颜风对视一眼，立即装作若无其事的样子，与掌柜耳语几句，摸出一串五铢钱抛于柜台，摆手示意手下人全部退到门外：“守住所有出口，酒楼里的客人只许进不许出！”

他娘的，新津城到底来了几拨人？

平云客栈的守卫，算上混进大邑的二十余名“村夫”，再加上冒充飞龙营的陈琅，前后总共来了三批，还有没有其他人藏在暗处？

颜风暗自寻思，原来他们每个人都知道我假扮的身份，裴擒虎对我始终不放心，不会让我远离视线。

裴擒虎派人守住平云客栈，处处盯紧颜风，当然是怕有人暗中搞鬼，节外生枝。他深知此次与赵云的会盟场合，双方兵营里的人为了避嫌，谁也不能上桌。玄嗔和尚下落不明，赵云极有可能让杜鹃儿替代位置，而新津城除了裴家父子上场，没有第三个人选。

怎样才能让颜风近距离地接近赵云？

裴擒虎想到一招妙棋，酒过三巡之后，他会为赵云引荐一位北方来的绿林朋友，有心带领弟兄们投奔蜀汉，诚与大将军协商收编事宜。至于这位朋友有没有“条件”，他事先并不知情，一切是非都与他无关。

“什么人？站住！”

忽然，门外传来黑旗兵的暴喝之声，数条人影似离弦之箭，扑向登云酒楼的侧门小巷。

白毛貂儿的轻功不是小儿把戏，他在窗前一个起掠，四肢攀墙疾走，转眼间跳上了三丈高的屋檐，一声大笑，消失无影。

暮色渐临，长街上升起一层薄雾。

陈琅搬出一张长椅，泰然自若地坐在门口，道：“你们几个，去楼上厢房取几床被子，晚上就睡在门口。让骑射营的兄弟守住酒楼每一扇门窗，黑灯瞎火的，射死一个少一个。”

掌柜的哪里见过这种场面，吓得六神无主，赶紧吩咐酒楼的伙计上楼通知客人，切莫到处走动。

藏在酒楼的狼甲勇士焦虑万分，纷纷拍起桌子嚷嚷：“这算什么事？老子有家也不让回，还有没有王法啊！”

“对啊，我是来吃饭的，哪有钱住店？难不成要我躺在桌子上睡一宿？”

掌柜的好说歹说，连声道歉，劝几位客人忍耐一时，他即刻让伙计查看有没有空余的厢房，待明天大将军来大邑，一定要去讨个说法。

伙计迅速上楼叩门询问，一脸无奈："掌柜的！空房是没有啦，只能挤一挤……"

狼甲勇士怒形于色，大声叫道："岂有此理！你让咱们几个大男人挤在一起睡？他要是半夜对我动手动脚，你要我怎么办？"

他身旁另一人翻了个白眼，冷冷地道："你几个意思？你是怕痒，还是怕疼？"

此时，颜风正站在楼道上，见楼下数名狼甲兄弟冷嘲热讽，故意互相找碴，心里忍俊不禁，忽然瞅见白毛貂儿下药的酒坛，眼珠子一转，计上心来："无妨无妨，总比躺在门外喝风舒服。哈哈，这位兄弟，你可以来我房里睡！"

"先生气质不凡，仪表堂堂，一看就是正人君子，跟你睡我放心。"狼甲勇士冲颜风抱了抱拳，转身上楼。

众人心知颜英雄喊他上去定有急事吩咐，装作怒气难消的模样，喊掌柜的去后厨搬酒，既然大伙儿今晚走不了，不如一醉方休。

颜风关上房门，仔细叮嘱狼甲勇士，他今晚必须与平云客栈的老板娘碰面，等会下楼找个机会，让掌柜的给守在门外的黑旗兵送酒。

只要是巴尔穆将军碰过的酒坛子，狼甲勇士自然心里有数，连连称赞颜英雄料事如神，足智多谋，没少给颜风拍马屁。他兴冲冲地跑去楼下，手指头敲了敲酒坛，用羌语暗号告诉同伴这是一坛毒酒。

月色如洗，箭道街上行人稀疏。

除了平云客栈与登云酒楼之外，满街的茶铺酒馆都已关门打烊，街坊邻居更不敢随意在外走动，唯恐半夜多生事端，被飞龙营的人误作奸细。

"掌柜的，叫你搬酒，怎么半天没有动静啊！"狼甲勇士大呼小叫。

伙计满头大汗地搬出两坛酒，往桌子上一搁，垂头叹气："这是本店最后两坛酒啦，估计几位客官撑不到天亮，要不要换小碗喝哩？"

狼甲勇士咧嘴笑道："还是小兄弟想得周到，掌柜的又不是只做咱们的生意，既来之则安之，见者有份！"

众人七手八脚将酒楼的空碗全都搬了出来，整齐摆放桌上，偷偷地将毒酒滴入碗中少许，分量不能过猛。酒香四溢，果然引起了门外黑旗兵的注意。其中一名黑旗兵走进大厅，指着桌上的酒碗道："陈将军说了，委屈各位辛苦一晚，酒钱算他的。"

狼甲勇士欣喜非常，纷纷赞扬将士们有风度。

数名黑旗兵早已饥渴难耐，涌入大厅，一口气喝了个碗底朝天，又亲自端上一碗，递给门外的陈琅将军。

陈琅虽然是在执行公务，但也难挡兄弟们的热情，他喝完之后，裹着被单坐在长椅之上，顿觉酒劲上头，恹恹欲睡。他扭头张望街道四处，只见黑旗兵早已瘫软街边，一个个东倒西歪，昏迷不醒。

他心里暗道不妙，一个抖索站起身来，肩头却突然被人按住，动弹不得。

“陈将军稍做休息，我去去就回。”

颜风满脸笑容，托住陈琅摇摇欲坠的身子，轻放长椅，悉心为他盖上被单，上前扒下一名黑旗兵的衣裳，叮嘱狼甲勇士留意街上的动静，气定神闲地往平云客栈走去。

客栈大堂灯光通明，门前的守卫一字排开，瞧见颜风迎面走来，身上穿着黑旗兵的衣裳，在小巷口东张西望，立即上前查问：“什么事？”

“陈琅将军要我过来查看小巷地形，提防贼人浑水摸鱼。”颜风声音沙哑，随口编造了一个理由。

虎牙营的人都知道陈琅将军守在登云酒楼，对颜风的话深信不疑，立即搬开路障放行。颜风闪身小巷，摸黑走到客栈后院的青砖墙角处，假装查探周边环境，对着砖墙轻拍了三下。

后院似有人听见动静，“嗯嗯”回应一声，墙面赫然出现一道四四方方的砖缝。

月光下出现一抹娇柔的身影，只见杜鹃儿歪着脑袋，透过墙洞寻找颜风的位置，眼眸之中神采奕奕，一脸坏笑：“我知道你一定会来。哎？洞口是不是有些窄了……姐姐我缝衣绣花可以，挖洞却是外行。”

颜风展颜轻笑：“嘿嘿，穿墙钻洞我也一窍不通，但是韩信能忍胯下之辱，越王也可卧薪尝胆。只要大丈夫能屈能伸，天下没有难人之事！”

第五十四章：龙行虎步

青龙起堂，诸事皆宜。

箭道街头晨雾弥漫，登云酒楼的掌柜伙计唉声叹气，抬走门口嗜睡如猪的将士，一宿没有合眼。

耳闻远处城门隐隐传来擂鼓之声，掌柜的揉眼一瞧，只见街道上战旗招展，数十名戎装兵士分列两旁，迎面驶来一座锦帛遮顶的马车。骏马身披彩缎轻裘，踏蹄声不急不缓，舆中坐着一位花甲老人，鼻如悬胆，天庭饱满，身穿一袭悬丝裘袍，衣襟之上绣了一只暗金色的猛虎，张牙舞爪，极具威严。

坐在他左侧的中年人却是歪着脑袋，半边身子斜倚车轸，两只手腕交替胸前，正在抚弄大拇指上的银质指环，睡眼惺忪，一副无精打采的样子。

"恭迎辅汉将军！"

站在平云客栈门外的护卫单膝跪地，喊声震天。

掌柜的吓得一个激灵，慌忙缩回脖子，示意酒楼里的人关好门窗，切莫发出声响。

大邑与新津的会盟，对于蜀中百姓们来说是好事一桩，老板娘能在青砖墙上凿个洞出来，也应了那句世上没有不透风的墙。街坊邻居早有默契，今日箭道街上的酒铺茶楼皆闭门休业，无论平云客栈会发生什么怪事，只要有大将军控场，高枕无忧。

裴擒虎抬头望了一眼悬空高挂的"云"字牌匾，嘴角一扬，迈着威武的虎步，昂首走进平云客栈。

大堂之上空寂无人，中间出现一张丈余长的桌几，宽约三尺，桌上摆着数只精致的石碗，一坛美酒，罐口以锦布密封，覆盖泥封，正是酒胆卫季精心酿制的“平云酿”。另有四碟冷菜，分别为灯影牛肉、跳水泡菜、黄鳞赤尾与蘸蜜茱萸。

裴擒虎踱步桌前，席地而坐，似乎对桌前一盘“灯影牛肉”颇感兴趣，提箸夹起一片，但见寸许宽的牛肉薄如蝉翼，透射出杜鹃儿的玲珑身姿，此刻正从后厨缓缓走来，恍如灯下皮影，清晰可辨。

“哈哈！客栈厨子刀工了得，莫非是跟颜风学的？”裴擒虎抚须大笑。

裴敬坐在父亲身边，懒洋洋地睁开双眼，不以为然地道：“像这种灯影刀工，新津城里多得是。我颜兄弟的快刀，走的是刚猛路子，他可以将牛骨头削成一串串的铜钱，切肉不行。”

杜鹃儿款款跪拜，彬彬有礼：“民女杜鹃儿，拜见裴公。”

“免礼。久闻鹤鸣七侠以身许国，清风高节，配得上西蜀英雄的赞誉，想不到你区区一介女流也有如此品行，当真令男儿汗颜。”

杜鹃儿淡淡一笑，道：“民女身为大邑百姓，甘愿追随大将军左右，协助他维护大邑城的安居乐业，恪守一份为民之心而已。想那昭姬夫人也曾写下琴谱十八拍，感叹城头烽火不曾灭，疆场征战何时歇？女儿家的心思都是一样的，见不得天灾国乱的纷扰，‘英雄’二字，我可当不起。”

裴敬见老板娘行礼之后，语气冷漠，面色青白，心知她定是为同门师兄弟之死耿耿于怀，只得强作笑颜，恭谨地道：“杜女侠所言甚是。为人之道，宁守善而死，不为恶而生，无所谓盖世英雄还是世俗小人，每个人心里都有一道日月乾坤。此番大邑与新津重修于好，必将迎来一场太平盛世，再也不必担心那些乱臣贼子，辱我蜀汉军威，欺我蜀中无人！”

“唉，若是人人都有裴二爷这般襟怀洒落，何愁西蜀不安定呢？”杜鹃儿一声轻叹。

辰时已过，父子二人在客栈等了半天，始终不见赵云身影。

裴擒虎等得有些不耐烦了，难免心生焦虑，哎？大邑乃是飞龙营的地盘，哪有让客人久等的道理？赵云是不是存心想挫我锐气？

裴二爷倒是悠闲自在，自顾钻进厨屋欣赏伙厨的手艺，又跑去后院马厩观望一番，对平云客栈的规模赞不绝口。他转过身来，忽然指了指青砖围墙，摇头笑道：“老板娘，你这道墙位置不对。”

“哪里错了？”杜鹃儿眼眸流转。

裴敬正色地道：“石墙虽然可挡外敌，但同时也能封死自己的退路，若是敌人从正面攻袭，你平云客栈就变成了死胡同，在场之人一个都逃不出去。”

杜鹃儿咯咯笑道：“裴二爷不必担心，小女子砌这道墙的用意，就是想诱敌深入，关门打狗。”

“呵呵，原来是我想多了……”

裴敬脸上的笑容有些尴尬，大步走出客栈，站在街心左顾右盼，大街上居然一个人影都瞧不见。他皱了皱眉头，招手吩咐一旁的黑旗兵，赶紧跑去城门口守着，一旦发现飞龙营的旗号，立即回来禀报。

眼看就快临近正午，门外的骏马都已饿得呵呲喘气，裴擒虎坐在桌前吹胡子瞪眼，更是心烦意乱，隐感不安。

此时，箭道街头传来一阵急促的马蹄声。

裴敬在门外举目远眺，但见三骑快马疾行如风，左右高举紫青长幡，上面绣着五爪盘龙，顶端一个“赵”字镶边描金，遒劲有力。当中一人姿颜雄伟，身披一件银白色的战袍，胯下良驹通体雪白，鬃毛浑如雄狮，撅蹄嘶鸣之时，宛若龙吟，正是白袍将军的坐骑“夜照玉狮子”。

赵云虽已年过半百，却是精神矍铄，纵马飞奔平云客栈，脚踝在马镫上一点，飘然下马，犹似蛟龙腾空云海，气势豪迈。

“哈哈哈！让裴公久等，万分抱歉！”

赵云朗声大笑，阔步走进平云客栈。

一代名将，气势逼人，可是他那眼眶之中却有数道血丝，隐藏黯淡的忧色。昔日知心好友尽数战死，换谁也接受不了，他伤心哀悼之后，便陷入了深深的自责。

长街之上薄雾缭绕，余下二骑勒住缰绳，两尊铁塔般的身躯伫立街头，眼如鹰隼，手中长幡纹丝不动。

门外黑旗兵正在好奇，原以为三人轻骑赴会，乃是飞龙营的先锋副将，主帅尚在城门。耳闻赵云声如洪钟，一时之间如梦初醒，慌忙叩拜行礼，齐声恭迎：“参见翊军将军！”

裴擒虎神情大震，起身施礼，先拍马屁：“卑职不敢！子龙将军豪勇不减当年，不愧为当世名将。昔日信平君自以为宝刀未老，远远不及大将军这般风采！”

“见外见外！裴公乃蜀地忠良之后，神勇威名人人熟识，你跟我说这些场面上的客套，未免让人笑话。”赵云上前扶起裴擒虎，挽袖相邀客人入席，高声呼喊杜鹃儿：“老板娘！让伙计们速速摆上好酒好菜，我先敬裴公三碗平云酿！”

三碗？裴擒虎闻言一惊，强颜欢笑，赶紧招呼站在门外的裴敬：“敬儿，快给大将军斟酒。”

裴敬低头进来，俯身给大将军叩礼：“小侄裴敬，拜见大将军。”

赵云抚须打量他一眼，颔首赞道：“嗯，这便是裴家的二公子？果然一表人才。名将之后，气质异于常人，听闻长公子裴川天生神力，一杆黑缨铁胆枪颇为神勇，当年坚守雒城，为刘璋之子立过汗马功劳。可惜千错万错，他不该错信权臣的颠倒黑白，如今误入歧途，后悔晚矣，确实令人痛惜啊。”

“卑职教子无方，罪该万死。”

裴擒虎躬身举碗，正要给大将军敬酒，突然听到赵云提起裴川一事，禁不住打了个寒战，暗自寻思，他一进客栈就给我一个下马威，无非就是想先声夺人，抢占会谈主动，若是三言两语便让裴家的人心怀愧疚，不管提出什么条件，我必然会百依百顺。

呵呵，我儿子的罪名当然是赖不掉了，而老子的清白之身仰仗东州兵符说话，想来你也知道轻重。

“大将军，小侄想说几句话……家兄从小痴迷武学，日夜钻研兵法，定是熬坏了脑子。”裴敬瞧见父亲眼神慌张，似乎心有惧意，忍不住出言辩驳，“兵家生涯，幸在遇上一位圣君明主，想当年大将军归从白马长史，征讨四方，又与主公相识，博望坡一战成名，天下人莫不知大将军忠勇无敌。若是说家兄念其旧主而对蜀汉心存异心，简直荒谬，而且铜弩机一事，乃是当年大将军攻打雒城之时的残件，家兄一时头脑发热，留营私造，单凭此项罪名断定他预谋起兵造反，小侄实在不敢苟同……唉，但是话又说回来，为人臣子者，固有所不得已，行事之情而忘其身。家兄为人心高气傲，见识短浅，正是他的致命之处，长秋山命丧颜兄弟刀下，也算是死有余辜。”

他这番话不置褒贬，故意避开田园村血案，算不上有意为裴川开脱，但是其中一些道理也难免会令人深思。

兵营中的武将，一生立志杀敌立功，往往会忽略很多人情世故，若是裴川对鹤鸣七子以礼相待，也落不到这般下场。

“好！说得好！果然是虎父无犬子啊！来来，咱们先喝酒助兴，不谈公事。”赵云与裴擒虎对饮一碗，面不改色，心知裴家老父酒量不行，便将注意力转移到他儿子身上。

赵云性情洒脱，不拘小节，就算眼前坐着杀害好友的罪魁祸首，他也能控制住自己的情绪。更何况赵云智勇双全，稳如泰山，在事情没有到真正翻脸的地步，绝对不会轻易让人瞧出端倪。

今日是大邑与新津之间的会盟，国家大事永远排在第一位，无论谁对谁错，他与裴擒虎一殿为臣，并非敌对关系，朝堂礼节不能丢，面子上当然也要过一过。

身旁的杜鹃儿上前给大将军斟酒，笑吟吟地道："嗯，大将军要是放倒虎父虎子，那也只能改日再约了。"

赵云被老板娘逗得哈哈大笑，抚须轻叹，精芒忽闪："好！那我就长话短说。此次大邑与新津会盟，旨在解决两家多年隔阂，同为蜀汉臣子，彼此坦诚相待，是非对错整他个明明白白，无愧蜀中父老乡亲！若是让我先开口，只说两件事。"

"大将军直说无妨。"裴擒虎见赵云突然直奔主题，心里倒有些意外。

他料想赵云并非优柔寡断之人，以大将军的性情，没有提枪进来问罪，已经给足了新津城的面子。那么接下来的对话，我父子二人可得处处留神了，但愿莫要惹恼了战神。

"第一件事，童六侠惨遭顾长龄陷害，鹤鸣七子战死五人，他们家中妻儿老小天降横祸，苦不堪言，往后的日子如何应付？此事自然归责新津虎牙营，裴公可有异议？"

赵云提及"陷害"二字，给足了裴家脸面，暂且不去深究裴川是不是主谋，单单是戕害鹤鸣七子一项罪名，已到了人神共愤的地步。

裴擒虎冷汗直流，下意识地抬起袖子，一口答应："逆子所犯恶行，罪恶滔天，卑职愿意承担一切后果。即日起，便让新津府衙将每户家属的身份详细备录，施予援助，安定民心。"

"我三哥孑然一身，双亲早已不在人世。裴公若是有心，倒不如去他坟头添上一把黄土，祈盼他泉下有知，心里会踏实许多……"杜鹃儿想起涫老三，眼眶微红，声音苦涩低沉，转身进了后厨，不愿让人看到她落泪。

赵云缓缓点头，郑重地道："裴公有此大义，想来这第二件事也不难办，望能如实相告。"

裴敬神情一动，猜出大将军所说必是田园村血案，不免心生惶恐，大哥屠杀村民一案已是天理难容，偏偏要嫁祸给飞龙营，欲引起羌汉争端，完全坐实了造反之名，铁证如山，无论我裴家如何辩解都无济于事。若是父亲认罪，恐受牵连，倘若来个死无对证，今日会盟之约难免不欢而散。

蜀中的局势盘根错节，千头万绪，刘璋的旧部也不止我新津一家，倒不如趁水和泥，牵扯之人越多越好。

裴敬眼珠子一转，打定主意，恭声道："回禀大将军，关于田园村凶案尚有一些疑点，如鲠在喉，不吐不快。依小侄的推断，此事极有可能是建宁、越嶲郡的东州兵所为，故意以铜弩机杀害羌人，栽赃虎牙营。"

"哦？贤侄何以为凭？"赵云眉角一扬，目中精芒闪射。

"此事应该从当年围城一战说起。时逢大将军与张飞将军平定江阳、犍为诸郡，长公子刘循坚守雒城一年，想借以喘息，化解成都之险，可惜终是难敌二路夹击……"裴敬抬起右掌，展示大拇指上一枚银质指环，"小侄随父出征，于兵败之时救下长公子，失去一节手指，也亲眼看见了铜弩机的去向，这截断指，便是凭证，绝对没有半句假话。虎牙营确实收集了一些残件，但是其中有一座神弩，却被神武将军偷偷运走，至今下落不明。"

"你说的可是昔日东州兵的统领张佑亭？"

赵云皱眉沉思，当年裴家父子三人守战雒城，千真万确，他在乱军之中的所见所闻也确有可信之处。

"正是。此人祖籍江夏郡竟陵县，乃益州牧刘焉同乡，他虽然已中途退隐，但是军中威望仍在。如今蜀汉初定，万物待兴，他却隐于深山，行踪成谜，若说他真的是看淡红尘与世无争，小侄不太相信。大邑与新津之间的种种误会，定是有人在暗中谋划，究竟是不是张佑亭搞鬼，小侄倒是不敢妄自菲薄，大将军明鉴。"

赵云抚须微笑，目光炯炯凝视裴敬，脸上的表情似乎有些意外，又有些惋惜。

田园村血案的疑凶除了裴川之外，很难找出第二个人，想不到裴家次子能言善辩，居然搬出一个神武将军？他执意要将这场清水搅浑，无非是想为兄长开脱罪名，让东州兵来背黑锅。唉，此子巧舌如簧，聪明过人，却始终没有谦畏之心，看来他裴家气数已尽。

赵云之所以答应与新津会盟，原想双方抛开成见，协力辅助主公完成匡复汉室的大业，只要裴家勇于承担罪责，悔过自惭，便是将铜弩机一事烂在肚子里，那也并无不妥。可是听裴敬所言，裴家完全没有改恶为善的觉悟，心里不免大失所望。

"裴公，你我整日忙于军务，好多年没有碰过面了吧？"

“雒城一别，已有四年。”裴擒虎恭谨地道。

“传闻主公有意进取汉中，若是消息属实，子龙愿领先锋，再与曹操一较高下，那么守卫大邑与新津的担子就要落在裴公的身上了。只不过，我心里仍有疑问，如果由你来治理大邑，准备如何说服百姓？”

大将军此言意有所指，始终没有脱离严查田园村血案的初衷。

他暗示裴擒虎，察民之情，遂民之欲，乃是一方守将的治民根本，我可以将大邑城交给你，但是屠村的恶人必须惩办，无论是裴川所为，还是东州兵背锅，你都得给百姓一个合情合理的交代，没有任何借口。

裴擒虎暗吐一口冷气，强作镇定地道：“身为臣子，当以百姓安定为念，此番卑职约大将军会谈，一来是为了表明心迹，誓死效忠主公！另有一事，便是数日前幽州来了一位朋友，姓郭名姜，自称是焦触的表亲，怒斥其兄叛袁降曹，扬言要领两千人马投奔我蜀汉军营。卑职觉得事有蹊跷，思量再三，觉得应该让大将军决断才对。人已经带来了，若是他所说不假，卑职便将他引荐给大将军，以示报国之心。”

“郭姜？莫非他是袁本初的旧部？”赵云微微一怔，当年他追随旧主公孙瓒，久居幽州，并未听说袁绍帐下有此号人物。

“不然。此人是广阳郡的绿林草莽，召集了一些地方上的乡勇村民，杀白马盟誓，忠于汉室。一路乔装难民，从陇西郡南下入蜀。”

“如此说来，我与他也算是半个同乡了。哈哈，郭姜人在何处？速速请来一见！”赵云向来恭贤慕士，见裴公突然说起这等传奇人物，当然是非见不可。

“他在登云酒楼。”

第五十五章：居心叵测

窗前一缕阳光透射门楣，仿佛一道狭窄的刀影，渐渐拉长。

颜风此时正斜躺床榻，闭目养神，郭庄缩在墙角鼾声如雷，睡得像一头死猪。

门外有人轻叩房门，声音低沉："颜少侠……裴公有请。"

颜风从床榻上一跃而起，神情有少许兴奋。他大步走出门外，目光流转："我交代的事你都记清楚了吗？"

"记清楚了……"陈琅低头站在楼道上，面色苍白，惶惶不安。

他跟在颜风身后唯唯诺诺，仿佛突然变了一个人，完全不符合黑旗兵统领的身份。若说他是误饮毒酒烧坏了脑子，恐怕打死白毛貂儿也不会相信，但是说他弃暗投明，事先却没有半点征兆，颜风居然能在一夜之间便改变一个人的心境，莫非施展了什么摄魂幻术？

"很好！念在你尚有良知，大将军定会网开一面，平云客栈正是你的前程，路怎么走当然是你自己选。等会说什么你就答什么，要是跟我玩花样，我让你自己捧着脑袋，去见那些冤死的村民。"

"我已决心痛改前非，绝不食言……"

"但愿如此。"

颜风展颜一笑，大步走出登云酒楼，望一眼远处"平步青云"四字，昂首挺胸地晃到平云客栈门口，冲着守卫高声叫喊，"老子想多睡一会都不行？裴老将军在哪呢？！"

他满脸虬髯，声音颓落沙哑，原先清朗的五官早已被柳嫣以油脂搓出一道道粗犷的线痕，不仅替换了肤色，甚至连额头上的刀疤，也变作了饱经风霜的皱纹。

裴擒虎起身相迎，笑道："抱歉，抱歉！老夫有意瞒着郭兄弟，是担心有人走漏了风声。呵呵，你可知大邑城是何人的辖地？"

颜风晃着脑袋，故意瞪了赵云一眼，脸上的表情有些不高兴："俺是个粗人，当世英雄认不了几个！大老远跑来投奔刘备，只为了弟兄们讨口饭吃，仅此而已。要是裴公不肯收留，趁早落个痛快的话，让俺跑去江东碰碰运气！"

赵云哈哈大笑，道："郭兄弟果然是性情中人。"

颜风抱拳道："不敢当！俺就是不喜欢婆婆妈妈，有话直说，有屁就放，从来不懂拐弯抹角。"

桌旁的裴敬突然瞅见颜风这般彪悍的装扮，忍俊不禁，低头轻叹一声，郑重其事地道："那我来问你，你眼中的英雄所属何人？"

"掐指一算，超不过俺五根指头！"

"哦？说来听听。"

颜风抖了抖手腕，傲然道："俺说曹操、刘备、孙伯符乃当世豪杰，想来无人反对吧？再加上统领十八路诸侯的袁本初……可惜他刚愎自用，一世英雄终成过眼浮云，只能算半个而已。那最后一位，便是白袍将军赵子龙！此人神勇无敌，浑身忠胆，长坂坡一战名动天下。呵呵，你若是能将赵云请来，俺喊你一声裴大爷！"

裴敬缓缓点头，正色地道："大爷我可当不起，今日你能在大将军跟前喊我一声二爷，已是很给面子啦。"

"啊？他、他就是赵子龙？"颜风假装怔住，惊歪了下巴，慌忙俯身跪拜，诚惶诚恐地道，"小人有眼无珠，冒犯了大将军，实在罪该万死！"

颜风这句话其实是肺腑之言，当年他擅闯望羌台，错判美人女子的身份，拔刀劈向赵子龙；火烧白马村之时，为了替姜老城主报仇雪恨，他又虚弹刀锋佯攻大将军，虽是想骗老和尚上当，但是不管如何解释，都已构成忤逆犯上之举，就算跳进黄河也洗不清。

此刻他拜倒在地，眼眶微红，实属至诚歉意，寻常之人自然无从感受，而赵云早已瞧见颜风手腕上的红绳，心明如镜，目露赞许之色，深知颜兄弟行事皆是率性而为，当得起铁骨铮铮的好汉。

"虚名而已，做不得真。既然郭兄弟一片诚意，虎牙营不肯收留你，那我飞龙营当仁不让！咱们之间不必谈论国家大事，只为了天下百姓的一口温饱，也应该尽心竭力，无怨无悔。”

“大将军教诲，铭记在心。”

“恭喜大将军帐下多了一员猛将，好事，好事！以后由郭兄弟操劳大邑城的事务，大将军随主公进取汉中，自可高枕无忧。”裴擒虎忽然朝颜风使了个眼色，故作关切地道，“不知郭兄弟何时领兵进城？”

“此事不忙，俺要先解决一个燃眉之急。”

“有大将军做你后盾，蜀中还有解决不了的难事吗？”裴擒虎明知故问。

“裴公有所不知，俺一路西进，途中遇见不少东州残兵，原想带着他们一同归顺。可是他们说东州兵向来有个规矩，叫什么‘认符不认人’？可有此事？经过俺的慎重考虑，决定先取他娘的兵符，收复这些流落民间的义士，当作送给大将军的见面礼！”

赵云神情一动，目中两道精芒逼视裴公，似乎心有疑问，“郭姜”是从哪里得知了东州兵的底细？

“送给大将军的见面礼？此话何解？”裴擒虎此时一脸迷茫，已顾不上向赵云解释什么，心里突然产生一种不祥的预感。颜风这句话的意思，与之前商议好的内容完全不符，“见面礼”应该是送我才对，怎么变成了送给赵云？

究竟是他心慌之时的口误，还是故意而为？

裴敬好像也察觉出某些异样，嘴角微微一动，闭口不语。

颜风斜眼微笑，道：“俺这句话很好解释啊！找出失踪已久的东州兵符，献给赵云将军！”

裴擒虎耐住性子，正色地道：“江湖传闻，东州兵符一雌一雄，雌为熊兽，雄为麒麟。得兵符者可守蜀中山河，三万勇士所向披靡，只听兵符号令，不问持符何人。自从神武将军退隐之后，雌雄兵符不知所踪，有人说麒麟牌已被主公获取，交予大将军守护，卑职莫辨真假，不敢妄加猜测。”

颜风失口叫道：“哎？怎么俺听到的，却是另一种说法……”

“你，你听到什么？”裴擒虎脸色一沉，额头冒出汗珠。

“俺听人说，蜀中有一位女飞贼曾受人要挟，出示熊兽牌向新津城借粮，裴公欣然允许，趁机将兵符占为己有。此事西蜀之地人人皆知，大街上随手喊住一人，也能说个八九不离十！裴公何必瞒我？”

“你……”裴擒虎大惊失色，料不到颜风临场变卦，完全不顾姜郡主的死活，顿时汗如雨下，恼羞成怒，“岂有此理！宵小狂徒胡言乱语，胆敢在大将军面前放肆！护旗何在？给我拿下！”

他这一声暴喝，客栈门外的黑旗兵应该听得清清楚楚，可是偏偏恍若无闻，居然没有一个人冲进大堂。

什么情况？裴家父子正大感意外，忽见陈琅从门后探出一个脑袋，迟疑片刻，上前给赵云叩礼，宽阔的衣袖几乎遮住了他整张脸庞，一声不吭地退在颜风身旁，始终不敢正视裴公一眼。

颜风上前一拍陈琅肩头，故作疑惑地问：“你是何人？”

“小的是长秋山虎牙营都尉统领，姓陈名琅。”

“你来平云客栈做什么？”

陈琅硬着头皮道：“我，我来替颜少侠作证，东州兵符的确在裴公手中……”

他此言一出，赵云遽然起身，目中一道寒芒横扫裴公，满脸怒容。

身为虎牙营的将领，公然背叛主帅，挑衅辅汉将军的尊严，此事若是传了出去，就算裴擒虎见人就躲，见洞就钻，也免不得落人笑柄，声名扫地。

赵云厉声道：“陈琅！指证主帅非同儿戏，你想清楚没有？！”

“回禀大将军，小的蒙颜少侠不杀之恩，决心痛改前非，揭露裴家父子的阴谋。田园村屠村一案、长秋山围捕鹤鸣七侠，都是裴川一手策划。小的愿以身家性命担保，绝无半句虚言。”

“好你个裴擒虎！”

赵云雷霆震怒，横掌斜撞桌几，桌上一只酒碗顿时弹跳半空，哐当一声，摔成碎片。

裴擒虎腿脚一软，下意识地往后退出一步。

裴敬慌忙跪拜，失声叫道：“大将军！万万不可听信小人谗言！我大哥一死，虎牙营群龙无首，陈琅本意想让家父提携他为牙门将军，但是家父思索再三，并未答应他的要求。陈琅必是怀恨在心，捏造事实诬蔑主帅！倘若东州兵符真的在家父手中，他敢来大邑城见您？大将军大可派人去抄查裴家，只要找出一块兵符，小侄甘愿认罪抵命！”

眼见为实，耳听为虚。

裴敬这句至理名言屡试不爽，相信赵云也不会愚蠢到凭陈琅一句空话，就断定父亲图谋不轨。

裴擒虎万万没有想到颜风先发制人，不仅收买了陈琅，还神不知鬼不觉地搞定了箭道街上的黑旗兵，心里恨得咬牙切齿，好小子，敢跟老子玩阴的，这笔账我慢慢跟你算！

“颜兄弟啊，你就别玩了！”裴敬见父亲的计划落空，场面已经失控，极有可能重演孙权嫁妹的闹剧，偷鸡不成蚀把米，赔了夫人又折兵。

颜风一把扯下脸上的胡须，义正词严地道：“是你家老头玩我在先，回敬他一个犯上作乱，那也是他罪有应得，怨不得我！”

“颜风？你、你这是……”赵云佯装恍然大悟，皱眉追问，“原来你与裴公商量好了要算计我？”

“草民不敢。裴老将军手握生杀大权，我若是不顺从他的意愿，玄嗔神僧与安玛郡主性命不保，万般无奈之下，我只得将计就计，来一出调虎离山……雅朵，你在不在外面？！”

颜风猛然转身，冲着客栈门外大喝一声。

“奴婢在呢！”门外的雅朵躬身施礼，娇声娇气地应道，“禀告姑爷，箭道街上的黑旗护卫已全部置换，戈布将军领着三百狼甲兵围新津，奇袭裴府，摘星楼上救了郡主与和尚二人，估计半个时辰之内，便可赶到大邑城。”

“很好。可找到柳嫣下落？”

“不知去向。”

裴家父子对视一眼，一个满脸羞愧，一个惊慌失措。

若是说陈琅贪生怕死，临阵倒戈，不敢用自己的性命当作赌注，那是情有可原。可是料不到颜风终是棋高一着，居然使出瞒天过海之计，表面上顺从了裴公的意愿，暗中却调兵遣将，反转了逆境局势。他这一番令人瞠目结舌的举动，滴水不漏，怪只怪裴擒虎疏忽大意，没有提防班黥戈布早已兵临城下。

裴擒虎万念俱灰，缓缓闭上眼睛。

颜风神情肃然，突然瞪了陈琅一眼，大声道：“烦请陈琅将军将田园村的前因后果，一字不落地说出来。有大将军在此，无人敢动你一根指头！”

裴敬展袖拭去满头大汗，神情隐有异动，父亲在他苦劝之下一意孤行，终于自食恶果，连窝也被人端了，怨得了谁呢？可是他也姓裴，总不能眼睁睁看着裴家一败涂地，只要为父亲开脱了罪名，或许还有挽回的余地。

“小侄心知大将军清正廉明，恳请念一分私情薄面，给我裴家留一条活路……此事若真是我大哥所为，那也与家父无关啊，大将军……”裴敬的声音有些发颤。

赵云怒道：“裴擒虎！我且问你最后一次，裴川血洗田园村之前，你可知情？”

“卑职不敢隐瞒。”裴擒虎长叹一声，无奈地道，“逆子犯下这等滔天大罪，实乃家门不幸，愧对列祖列宗，但是卑职事先并不知情。而且长秋山距离田园村甚远，他连夜搬运铜弩机，人力绝无可能，为何路上毫无痕迹？他纵有飞天遁地的本领，也过不了飞龙营的眼线。”

“铜弩机藏在运粮车队里……”陈琅声如蚊鸣，不敢大声说话。

“你说什么？”裴擒虎一怔。

陈琅缓缓道：“顾师爷领人开仓放粮，暗中做了手脚，那五百石粮食，只装了三车。另外两车暗藏铜弩机散件，在田园村篝火酒会之时，黑旗兵偷偷组装，当场射杀四十余人……”

颜风忍不住吐出一口冷气，心想难怪找遍大邑也查不出半点痕迹，原来杀人凶器藏在车上。但是瞧裴擒虎疑惑的神情，倒也不像是装模作样，看来他确实不知道裴川与顾长龄的阴谋，一直被蒙在鼓里。

“裴川杀人劫粮是何目的？”赵云再次追问。

陈琅低声道：“先嫁祸给飞龙营，引起青衣羌人的仇恨……”

“然后呢？”

“然后……然后就是说服姜啓族长与虎牙营联盟，兵分东西二路，先灭大邑，再攻崇州。”

裴擒虎闻言大惊，拂袖怒斥：“一派胡言！”

颜风嘴角微扬，笑道：“裴公少安毋躁，后面还有更精彩的。”

陈琅抹了一把冷汗，接着道：“时逢飞燕子突然带着熊兽牌来新津城借粮，少将军指使小的潜入羌人马队，在西岭雪山暗算颜少侠。至于是什么原因，他并没有透露……至于囚禁童六侠一事，据顾师爷所说，是为了肃清大将军身边的帮手，趁他们急于救人，来个一网打尽，免得夜长梦多。小的只知道这些，句句实话，不敢欺瞒大将军。”

“飞燕子怎会有熊兽兵符？”赵云眉头紧皱，百思不解。

颜风面色沉重，接口道：“回大将军的话，裴川为何要暗算我，真实原因已无处核实，但是换一个角度去想，当时我与青崖子、飞燕子三人在严家村与戈布将军大打出手，消息不胫而走，如果裴川误以为我知道了飞燕子的身份，极有可能杀人灭口。他只要将好管闲事之人一扫而空，就无人再去关心东州兵符究竟在谁手中，妄想一劳永逸。但是我福大命大，九龙冰湖并没有淹死我。”

“裴擒虎！你还有何话说？！”

赵云拳头紧握，怒目而视。

根据陈琅的案情自述，加上颜风的推论，东州兵符的下落一目了然，傻子都能猜得出来。

若是玄嗔和尚与姜无素再出面指证裴擒虎的罪行，那么以大将军的身份来决断是非，新津城易主之日也就不会太晚，裴擒虎这次很难翻身。

当颜风从宝兴布行出来，突然明白柴房那块玉牌，正是东州兵符，他心里早已想到一个计划，借平云客栈的三日之约，揭穿裴家的造反野心。

但是玄嗔中毒，郡主被擒，却让人始料未及，颜风只能忍气吞声，假意与裴擒虎合作，伺机解除大邑城内的危机。也多亏了陈琅的“弃暗投明”，才能让他抢占先机，有恃无恐。当他一脚踏进平云客栈之时，三言两语便能让裴擒虎缴械投降。

裴擒虎面色煞白，垂头丧气地道：“卑职无话可说……”

“等等！我、我阿爹是怎么死的？”

门外传来一声娇弱的颤音，只见姜无素在雅朵搀扶之下，一脸怒容地冲进了平云客栈。

街上站着数名狼甲勇士，手中横握弯斧，密切留意周围的动静。

“素素？”颜风一个箭步迎上去，紧紧抓住姜无素的手腕。

他想抱住爱人安慰一番，又觉得场合不对，双臂悬空半晌，手心已捏出了汗水。雅朵瞧见姑爷夸张的动作，忍住没有笑出声，机智地将姑爷拉到郡主身后，掩饰尴尬。

她眼眸流转，偷偷地瞧了裴敬一眼，抿嘴不语，脸上的表情有些复杂。

“颜哥儿……我阿爹之死与神僧无关，你冤枉他了。”

“我知道，你没事就好。杀害老城主的凶手极其狡猾，但我手里已有人证，只要他肯开口，凶手定然无处遁形。”

颜风面露微笑，安抚爱人心中的焦虑。

其实“大悲手印”的来龙去脉，他依然一头雾水，前有张守朴道长，后有姜老城主，再加上死有余辜的顾长龄，三条人命，三道掌印，凶手究竟是谁，恐成千古悬案。

“莫非你，你认为是我大哥杀了姜城主？”

第五十六章：兵临城下

裴敬听闻颜兄弟说起“已有人证”，心里又惊又奇。

裴川虽有拔山之势，但是绝无可能一掌击毙姜启，以姜城主的功力，不输蜀中四大绝顶，就算他站在原地让裴川偷袭，被打得吐血那是没有什么悬念，可是掌印之上的浑厚内力做不得假。裴川纵是练上三十年，只怕也是隔靴搔痒，有心无力。

颜风展颜笑道：“世上有些事，不是你我所能理解的。裴川虽已伏法，但是身上血债累累，若是能解开心中的疑团，我必将竭尽全力。而对于二爷来说未尝不是好事，所有恶名均由裴川一人承担，令尊的纵子行凶，那也算不上什么大罪。”

裴敬摇头叹道：“唉，就算是我大哥求婚不成，那也不至于怀恨在心……”

“小貂儿呢？”颜风突然话锋一转，扭头询问雅朵。

“貂儿叔说了，飞燕子轻功一流，唯有他亲自出马才能追踪。他在雾中山之时，不忍见到郡主伤心，便将杀害主人的凶手全盘说出，其中细节郡主已交代奴婢，人证物证俱有，清清楚楚，二爷有什么不明白的地方，可以放心问我。不过呢……此事需要大将军恩准，若是在场之人觉得奴婢胡说八道，你得看紧我，莫要让老家伙打我。”

雅朵狡黠一笑，向赵云款款施礼。

赵云闻言错愕，随即抚须大笑：“哈哈哈，好！本将军准你畅所欲言，有什么你就说什么！有你家姑爷护着，我也没胆子动你啊！”

白袍将军身经百战，阵前绝不与人说上半句戏言，此时却被一个小姑娘逗得哈哈大笑。

“好，那奴婢就放开说了哦！那日安玛城酒宴之后，我家主人约玄嗔神僧夜会涧石舫，彼此切磋武艺，聊一些羌人的存亡大事，狼甲守卫见怪不怪，也没留意主人夜召巴尔穆将军所为何事？其实白天姑爷在街上抢粮，主人是猜到几分的。巴尔穆出来之后，亲眼看见另有一人进府，但是当时天黑，此人的背影一闪而过，是男是女他也没有瞧仔细。第二天一早，涧石舫护卫发现主人遇害，急匆匆跑去通报冯族老，等巴尔穆赶到现场之时，得知裴川早已跟随神僧离开了安玛城，可是他走的时候，却忘记了一样东西……”

“什么东西？”裴敬截口追问。

雅朵轻笑道：“二爷莫急，奴婢还没有说完哩！那是主人送给客人的礼物，一条挑花羌绣的束腰绸带。眼看裴川求婚无望，主人为表敬意，赠予他青衣羌部族最尊贵的尔玛身份，原是将他当作亲人看待，他岂会不懂？怎可能如此粗心大意，竟将绸带遗落在羌塘山寨？”

颜风皱眉沉思，喃喃道：“或许是他疏忽而已，不一定就是心虚。”

“嗯，物证有了，缺了人证对不对？巴尔穆最多只能算半个，还剩半个在哪儿哩？”雅朵眨了眨眼睛。

在雅朵没有揭露事情真相之前，颜风已经暗示裴二爷，若是将所有罪名推到裴川一人身上，对于裴家来说反而是好事。

但是裴敬此时的想法完全不同，裴家面临的困境不是认罪，而是活路。

如果大哥果真是杀害姜啓的凶手，新津城等于两面受敌，站在蜀汉一方的立场，最坏的打算是被革职查办，可是青衣羌人报复心极重，只怕他们一拥而上，挖坟鞭尸也难解心头之恨，最终迁怒于老父。

“小姑娘莫要卖关子，另外一个证人是谁，不妨直说。”赵云出声提醒。

雅朵咯咯笑道：“此人正在登云酒楼睡大觉哩，一时半会儿我可喊不醒！”

“韩倘何在？！”赵云忽然大喝一声。

既然小姑娘觉得不方便，飞龙营自有可用之人，喊人起床算不得什么难事。门外一名持旗将士沉声答应，从马背上取下主帅的涯角亮银枪，快步走进客栈，恭声行礼：“末将韩倘，参见大将军。”

颜风定睛一瞧，来者正是飞龙营射声校尉韩倘，居然扮作了赵云的随从，行事如此低调，不免哑然失笑："原来是韩倘将军！呵呵，让你在门外站了这么久，实在过意不去。"

韩倘正色地道："颜少侠言重了。守候大将军左右乃末将职责所在，便是站到天黑也是心甘情愿。"

"这倒也是。在下深知韩倘将军的耐心，若是锦屏山再延伸个几百里，你能让骑射营的兄弟追我回晋阳老家。"

韩倘面色一红，无言以对。

"韩倘，速去登云酒楼，将小姑娘所说的证人带来客栈见我！"

平云客栈鸦雀无声，老板娘躲在后厨过道，偷偷地朝姜无素招了招手。

姜无素正依偎在颜风身旁，一副心事重重的模样，嘴里小声地给颜哥儿嘀咕了几句。颜风竖耳聆听，身子微微一颤，眼眸之中精芒忽闪，突然想通了堵在心头的疑问。

杜鹃儿心思缜密，觉得大堂上的气氛不太适合女孩子，若是有什么变故，难免会令颜兄弟分心。她拉着姜无素的手腕，低低私语，二人的脸上皆泛起愉悦的笑容。

裴擒虎瘫坐桌前，意气消沉，而裴敬内心虽有焦虑，但是并没有阵脚大乱，他此时气定神闲，为了裴家最后一点尊严，已做好了据理力争的准备。

可是他万万没有想到，雅朵所说的"半个证人"居然就是虎牙营的校尉郭庄。

此时，郭庄两眼惺忪，跟在韩倘身后摇头晃脑，果然是刚刚睡醒的模样。

二人走到客栈门外，郭庄觉得气氛有些异常，环视四周，耳边忽闻破风之声，漫天箭矢霎时从屋顶涌现，仿佛一群黑压压的飞蜢，遮天盖地，呼啸而来！

"退守大门！"韩倘猛地一声暴喝，叮叮当当一阵抽刀抡舞，迅速从腰间摸出一枚竹笛，赫然吹响尖锐的哨声。

门前战马嘶鸣不已，逃不出乱箭齐发，轰然倒地，街头数名狼甲勇士惨叫连连，已有三人仰面中箭，立即被射成了刺猬。郭庄吓得脸色刷白，情急之下倒地翻滚，"哎哟"呼痛，左腿已然中了一箭。

飞龙营的将士听见哨声，倾巢而出，领头将士正是少将军赵广。

骑射营挽弓搭箭，纷纷围拢箭道街，可惜大街空旷，稀有隐身之处，将士们臂力再强，也挡不住漫天箭雨，瞬息间被敌方的箭势压制，寸步难行。

只见街道两旁的屋檐之上，站着一排排劲装射手，以品字形的阵列包围了平云客栈。左右各站三排，当中已有数十人翻墙而跃，将手中的飞绳铁钩抛向客栈屋脊，人数少说有七十余众。

他们头裹粗巾，居高临下，背负两行牛皮箭袋，箭镞满载，犹如一只只开屏的孔雀。每个人的左臂皆系着一块黑色的缎带，满天利箭直射街面，顷刻间便将箭道街上的去路全都封死。

“飞龙营的人听好了！今日东州兵围城救主，越线三步者，格杀勿论！”

其中一名壮汉穿着轻盔铠甲，现身屋檐山墙，双手挥舞黑白令旗，气势汹汹。

后面一人长剑负手，脸上蒙着一层轻柔的黑纱，身姿曼妙，一双秋水明眸晶莹透亮，笑吟吟地冲着郭庄喊道：“师哥，你还没死吧？我来救你了！”

“柳师妹？我的乖乖！”郭庄躲在门廊暗处，腿上鲜血淋漓，突然听到柳嫣的声音，脱口惊呼。

他心里正在疑惑，忽然被人扯住了衣领，一把拖进了客栈。

“颜，颜兄弟……啊？”郭庄猛一回头，瞧见正堂之上脸色铁青的白袍将军，顿觉头皮发麻，俯地跪拜：“长秋山神步营校尉郭庄，拜见大将军！”

天下第一猛将就在眼前，就算郭庄已做了“征西大将军”，他也照跪不误。

此番东州兵悍然入侵大邑城，包围平云客栈，不仅占据了有利地形，而且敌暗我明，究竟来了多少人尚未可知，若是城外的飞龙营将士来不及解围，很难预测屋顶上的射手会不会先发制人，俯冲而下。

颜风听到柳嫣的声音，大惊失色，想不到她昨夜无故失踪，竟是跑去搬兵救主？唉，如此看来，她果然是裴擒虎的亲信，我一时心软，居然被她摆了一道。

“我怎么说来着？一眼就看出小妖精不是什么好东西！”雅朵气得直跺脚。

“雅朵，你少说两句……”姜无素凝视颜风，欲言又止。

裴家父子也没有料到柳嫣会去召集东州兵围城，公然与飞龙营为敌，二人面面相觑，眼看事情已闹成了这般尴尬的局面，哪里还有谈和的余地？横竖都是死路一条，倒不如任其自然，听天由命。

按照裴擒虎的想法，他整个计划已被颜风打了个稀巴烂，唯一的退路，就是一口咬死自己绝无贪念，不可能跟赵云争夺兵符，只要大将军能网开一面，性命肯定保得住，可是柳嫣的铤而走险，完全断送了他最后一个念想。

他此刻若是走出平云客栈，从此便是赵云的敌人，而让他束手就擒的话，那也脱不了造反的罪名。事已至此，无力回天。

杜鹃儿走到赵云身前，俯身耳语几句，有意无意地瞪了颜风一眼。

赵云满脸惊诧，喝问道："郭庄！外面领头之人就是飞燕子？"

"啊？她，她是小人的师妹，姓柳名嫣……"郭庄扫视大堂，神情惶恐，他迫于大将军的威严，嘴上虽然不敢撒谎，但仍然有浑水摸鱼的心思，故意捧着大腿，哀号几声，"小人与她虽是同门，但是不知她另有身份……她居然连我也射，那也没什么情面可讲了！小人定当协助大将军杀出重围，赴汤蹈火，在所不辞！"

颜风扭头逼视裴擒虎，面露冷笑："解铃还须系铃人，柳嫣既然是为了裴公而来，杀出重围的应该是他，不是大将军。"

"你这话是何意思？我对此事一无所知，都不知道她到底想搞什么！真是岂有此理！"裴擒虎火冒三丈。

他无缘无故被柳嫣坐实了造反罪名，心里确实有些憋屈。

郭庄咬牙站起，晃悠悠地走到大门背后，冲着门外大喊："柳师妹！师哥说话你能听见吗？！"

柳嫣站在屋顶举目张望，仔细辨别郭庄的身影，娇声笑道："你说话好像不管用，就别折腾啦！苍天已死，黄天当立，只要大将军点个头，交出麒麟牌，让我等护送裴公与裴二爷离开大邑城，东州勇士即刻退兵！"

众人听到"苍天已死，黄天当立"一句，皆是大吃一惊。

原来柳嫣兵围大邑，竟是要效仿天公将军张角，意图夺取赵云的麒麟兵符造反。只要两块兵符雌雄合璧，三万兵甲从此毁天灭地，搞不好西蜀之地又将兴起一股妖风，荼毒生灵。

颜风心乱如麻，朗声呼喊："柳嫣！能否听我说一句？！"

柳嫣听到风哥哥的声音，忍不住幽叹一声，道："我曾想过与你同去安玛城，求不得双宿双飞，至少每天都能看你一眼，就算是要我端茶送水，安心服侍郡主姑爷，那也是我心甘情愿……但是思量再三，我做得了别人的丫鬟，却做不了别人的妻子，哪天脾气一上来，搞不好鸡飞狗跳，我觉得我还是死了这条心吧。风哥哥，你莫要怪我。我祝愿你与郡主恩爱白头，但你也别来阻我大好前程。"

她这番话确是由衷之言，姜无素闻之动容，只觉得柳嫣一片情深意切，世上关心爱护颜哥儿的女子，也不是只有我一人，为何不能与她坦诚相见？

"柳嫣妹妹，你，你……我愿意带你去安玛城。"姜无素面色绯红，忸怩不安，鼓起勇气表露了自己的心声。

在场众人目瞪口呆，料不到姜郡主的心思如此率真，居然不拘男女忌讳，默许了柳嫣的想法。站在她身旁的雅朵脸儿一沉，小嘴高高噘起，恨不得扑上去咬姑爷一口。

“唉，颜兄弟啊，还是你命好！”

郭庄叹气感叹，心想哥哥我享不了这种福气，征西大将军的名衔，估计我也轮不上了。只要你记住答应过我的事，一切阴谋诡计都与我无关。

柳嫣此时身子一颤，眼眸之中透着一丝迷离与无奈：“郡主的好意，小女子心领了……可是我答应过师哥，此生定要助他完成心愿，若是弃他而去，情理不容。我再重申一次，小女子向来体谅百姓疾苦，东州兵绝不会与青衣羌人为敌，也万万不敢为难大将军。只要应允了我提出的条件……”

“住口！”

赵云此时已忍无可忍，手持涯角亮银枪，昂首阔步走出客栈，目中暴射冷峻寒芒，横眼扫过四处的屋顶山墙。

她答应师哥什么?

颜风心思隐动，完全猜不出柳嫣话中的意思，扭头瞪了郭庄一眼，目中凶光毕露。

郭庄手里握着尖刀，正忍痛挑出左腿上的箭镞，抬头瞧见颜风凶巴巴的样子，脸色骤变，一言不发。

长街之上空寂无人，飞龙营将士虽已围拢街头，但是面对居高临下的箭阵，一步也迈不出去。眼看大将军孤身一人走到街心，数名将士不顾凶险，拔足疾冲，岂料跑出五步，已被疾射而下的利箭逼退，当场射死二人。

东州兵瞧见一员猛将伫立街头，无惧头顶黑压压的弓弩，心里又惊又奇。阵列中有人一眼认出赵云手中的涯角亮银枪，失声惊呼：“啊！白袍将军赵子龙！”

屋顶之上顿时传来一阵躁动，不知东州兵是惊恐还是紧张，腿脚似乎有些站不稳，不小心踩落了数片青瓦，噼里啪啦摔碎一地。

箭道街上箭镞遍地，一片狼藉，路边躺着飞龙营将士与狼甲勇士的尸体，赵云气愤填膺，握枪怒吼：“本将军镇守大邑，守的是一方百姓的安宁，岂容尔等亡命之徒胡作非为！众将士听令！骑射营列阵迎敌，誓与狂徒决一死战！”

“喏！”长街之上喊声震天，骑射营的将士一字排开，分为里外三层，剑指苍穹，严阵以待。

东州兵的优势在于占据了有利地形，屋顶山墙是他们的天然屏障。而骑射营“鸦翎箭阵”的威力，天下闻名，将士们惯以排山倒海之势，营造出一个足够有效的射程范围。

征战沙场，鼓角齐鸣，人多势众并不是取胜的关键，而是要具备与敌人决一死战的信心。

白袍将军始终是个凡人，战神之誉或许可以威慑敌人，但若是东州兵手中的黑白令旗一挥，他也极有可能死在乱箭之下。

当年曹营七进七出，赵云毫无惧意，再加上魏公惜才，终是成就了他一世英名。此刻他一声怒喝，仿佛重回长坂坡，激起了飞龙营满腔斗志。

东州兵如果胆敢放箭射伤主帅，那大伙儿都别想着回家了，齐躺箭道街上，箭归箭，弓归弓，一起手挽手共赴黄泉路。

东州兵群龙无首，仰赖一介女流，恐难做出英明决定。赵云有勇有谋，早已判断出敌我双方的处境，便来个先声夺人，击溃这群亡命之徒的心机。

眼看一场箭出人翻的激战，一触即发，裴擒虎心急如焚，忍不住失声大叫起来：“柳嫣！老夫待你不薄！你领兵造反，陷我裴家于不义，究竟是何居心？！”

裴公气急败坏的模样，不像是故作姿态。

颜风暗自寻思，莫非柳嫣自作主张，竟想将麒麟牌占为己有？大将军挺身出马，东州兵已乱了分寸，他们没有领头之人的指挥，凭她一个女孩子肯定翻不了天。我他娘的正要看看裴擒虎准备如何收场，他突然来一出贼喊捉贼，是何道理？

难道主谋真的是郭庄？他满口谎话，好高骛远，谁能相信这种人也能带兵打仗啊？三万东州兵要是交到他手里，迟早败光！

颜风眼珠子一转，闪身跟在赵云身后，冲着屋顶大喊：“柳嫣啊！我知道你心里惦记着麒麟符，大将军自有主张。凡事都有协商余地的对不对？穷兵黩武算不得什么本事！”

柳嫣蹙眉深思，举手示意周围东州兵切莫轻举妄动，身形起掠，宛如云雾之中的投林乳燕，飘然而下。

她距离赵云七步之远，拉下脸颊上的黑丝，躬身行礼：“小女子无意冒犯大将军，今日领兵围城，没想过要活着离开……”

赵云面露冷笑，淡淡地道：“你要麒麟符而已，我可以给你。但是你兵围客栈，全然不顾主帅死活，根本不懂临阵兵法的精髓，我至少有三种方式，可以让东州兵缴械投降。我倒是想问柳姑娘一句，若是我此刻一枪刺死裴公，你将如何要挟于我？”

柳嫣始终是女流之辈，没有男儿那种征战沙场，傲然苍生的气魄，此时听到赵云的质问，顿时脸儿通红，惊惶不安。

赵云目光流转，轻叹一声："念在你年少无知，救主心切的份上，本将军暂且饶你一次，悬崖勒马，为时不晚……"

"大将军说得在理。"

裴二爷摇头晃脑地走出客栈，左右望了望箭道街头，嘴角扬起一抹淡淡的笑容，径直走到柳嫣的身前，语气温和，"女孩子家，没有运筹帷幄的智慧，一辈子也成不了大事。只要你将熊兽兵符交给大将军，洗清我爹爹的不白之冤，我相信大将军绝对不会为难你。"

裴敬诱之以利，晓之以理，居然说得柳嫣怦然心动。

只见她眼眸闪烁，忽然从衣袖中取出一块黝黑的玉牌，牌上雕刻着一只咧嘴露齿的食铁兽，栩栩如生。

裴敬单手接过兵符，手指头悠然抚摩，眼中泛起一束冷傲的光芒，缓缓转身，笑吟吟地道："大将军，如今东州雌牌已握在我裴敬的手中，只要我一声令下，大邑城里不是你一个人说了算。"

第五十七章：一世浮名

此言一出，箭道街头阒寂无声。

若是世间的权力可以腐蚀人心，无须区别男女，每个人都有深埋心底的欲望，颜风也是如此。

曾几何时，他想过弹指挥刀，斩尽天下不平之事，争他一个江湖盛名，气吞山河，就算最后的下场是遍体鳞伤，也要留下紫卿刀的动人传说。

但是他始终保存了一份善良，因为“锄强扶弱”四个字，是师父的谆谆教诲，他铭记在心，从未遗忘。

裴敬神情自若，朗声道：“兵法《谋攻篇》有云，‘上兵伐谋，其次伐交，其次伐兵，其下攻城’。柳嫣的领兵围城不是什么高明之举，但是你也不得不承认，有时候孤注一掷，正是《九地篇》中的精要部分，‘投之亡地然后存，陷之死地然后生’。”

“贤侄精通兵法，青出于蓝而胜于蓝，看来你裴家三代果然是将星下凡，后继有人了。”

赵云此刻已感应到裴敬的咄咄逼人，手中的涯角亮银枪在冷风中嗡嗡轻响。

“呵呵，话也不能这么说。为人在世图个虚名而已，不管是好名骂名，成王败寇这个道理大将军一定比我熟悉。以小侄的看法，骑射营的人可以为大将军抛头颅洒热血，而我东州兵的将士们，也能为一场‘虚名’与敌人兵戎相见，胜负一念之间，就算他们只可享受一天的富贵，那也是心满意足，不枉人世走一遭。”

“二爷，你清晨起床，是不是吃坏了东西？”颜风皱了皱眉头。

裴敬摇头苦笑，心事重重地道：“我唯一看走眼的人，就是你颜兄弟。”

“什么意思？”颜风怔住。

“我以为你有勇气刀劈赵云，对天下纷争不屑一顾，原是看不惯权贵，只要跟你交上朋友，日后便是我的心腹。可惜我想错了，颜兄弟的杀伐果断，其实是狼性使然，你追寻的不是远大的志向，而是一份心安理得，宁可隐于山野默默无闻，也不愿与人争强好胜。”

“裴二少太瞧得起我了。”

“嗯，你我确实不是一路人。”

裴敬若有所思地点了点头，忽然高举手臂，横指虚空握拳。

嗖嗖嗖！

破风箭矢漫天激荡，左右两道弧形的箭网犹如暴风骤雨般，飞袭街角骑射营，当中一波直射平云客栈！

颜风眼疾手快，一把擒住赵云肩膀，弹指刀光赫然劈落身前一片黑云，急退客栈大堂。

鸦翎箭阵呼啸而上，拨云散雾，瞬息间射落屋顶数名东州兵。

两大弓弩阵营互相对射，骑射营前排虽有伤亡，但是后排早已跃步疾冲，一字长蛇阵忽然变幻为扇形包抄，弯弓满月，尖锐的破风声恍似潮涌，誓要与东州兵拼个鱼死网破。

街道山墙千疮百孔，东州兵的气势始终不及骑射营，但见街道两旁的屋顶一片尘扬，场面肃杀，触目惊心。

郭庄正巧躲在门后，完全没有防备东州兵的动作，只觉得眼前一花，门框之上已钉满一堆密密麻麻的利箭，他若是位置偏差一步，此刻只怕早已被射成穿心葫芦。

“我的乖乖！师兄你……连我也不放过？！”郭庄脸色铁青，脱口惊呼。

听到郭庄喊出这一声“师兄”，颜风神情大震，脑子里嗡的一声。

他身子微颤，眼前即刻浮现安玛城那位风度翩翩的富家公子，扛起倾斜的马车，救出车轮底下的百姓，这一幕暖人的场景仿佛就发生在昨日。

颜风恍惚之时，思绪又飘到了白岩山钟峰观。

穿着一身黑衣的裴二爷，正悄无声息地步入观堂，一掌打在张守朴的胸前。原来裴敬就是兰褐寺阿毗莫罗的高徒，“大悲手印”的真正传人！

颜风长叹一声，面色黯然：“我终于明白了，我一直觉得柳嫣被和尚击中的那一掌，指痕深浅似有蹊跷。玄嗔功力浑厚，五指力度均匀，而裴二爷的拇指上却套着一枚指环……”

“呵呵，颜兄弟果然细察入微，看来我也没什么可以隐瞒的了。当年我游历西域长史府，拜在阿毗莫罗门下，神僧传我一身修为，让我潜心钻研‘大悲手印’，我苦练七年，不负尊师厚望，与蜀中四绝的功力相比，倒是不敢妄自尊大。我敬服颜兄弟的英雄气概，无心与你为敌，你若是执意要替姜城主报仇，我无话可说，什么时候动手，由你决定。”

“敬儿？你，你……”

裴擒虎如梦初醒，急火攻心，脚步一个趔趄，险些栽倒在地。

他万万没有想到，裴家长子狂妄自大，老二偏又暗藏心机，眼看裴家老少身败名裂，再也难续三代忠良，顿觉天旋地转，恍如遭受晴天霹雳。

安玛城主仆二人的反应，一怒一悲，杀父仇人终于现身，总算不会太晚，姜无素恨得咬牙切齿，紧紧拽住颜风的衣袖，死命克制住不让自己流泪。

雅朵闻言呆怔，仿佛一盆寒霜冷水突然从她头顶浇淋，一直凉到了足底。她身子瑟瑟发抖，脸上的表情莫名悲酸，完全是一副失魂落魄的模样。

爱错男人不是罪过，雅朵并不是一个怨天尤人的女人，但是那种被人愚弄的哀伤，她一辈子都忘不了。裴二爷的心思不言而喻，利用雅朵姑娘的身份，保持与美人的亲密关系，伺机说服姜啓与之联盟抗蜀。

“裴敬！你就是个狼心狗肺的畜生！”

雅朵嘶声大喊，泪水夺眶而出。

裴敬摇头叹气，语气平静：“雅朵……裴某不是什么赤诚君子，满腔热血，志在高山。为了赌一把锦绣前程，生死早已置之度外。只可惜你我有缘无分，天意如此，怨不来任何人，祈盼来世做牛做马，报答你一片痴心。”

“原来白毛貂儿在涧石舫看到的人影是你，却误以为是裴川。”

“唉，我恳请姜啓与我结盟，可是老城主固执己见，恶语相加，我一时气愤不过，提出与他切磋武艺。料不到我一出手竟然把控不住拳脚上的力度，心里十分愧疚……”

“你处心积虑隐于暗处，却突然做出了一件非常愚蠢的事。你本不该去杀顾师爷的，他完全可以为你挡风遮雨。”颜风面露冷笑，缓缓地道，“当时我在宝兴布行的柴房发现了顾师爷，他最后喊出的两个字，我原以为是临死之前痛苦的呼声，但是后来一想，他当时的眼神不对，我问他是什么人，哪怕他吐出一个‘顾’字，也能迅速表明自己的身份，所以我断定他是想说出凶手的名字。刚才我仔细回想，这个‘呃’字与‘二’字的发音确有相似之处……如果他想说的是‘二爷杀了我’，你觉得有没有这个可能？”

“呵呵，这么说来，你当时已经开始怀疑我了？”

“那倒没有，我怀疑柳嫣与玄嗔和尚正在策划一场阴谋。而且郭庄的嫌疑最大，他故意拐弯抹角，人前人后也从来没有说过一句真话。”

一旁的郭庄翻了个白眼，悻悻地道：“良驹识主，长兄为父。”

裴敬淡淡一笑，道：“我师弟与师妹二人劳苦功高，向来都是我的左膀右臂。顾师爷居然敢偷兵符，确实让我始料未及，但我始终相信那句‘宁我负人，毋人负我’。大丈夫敢作敢当，何惧之有？幸亏姜郡主自投罗网，省了我不少心思。”

“你也配称大丈夫？”颜风冷眼逼视。

“哈哈！成大事者，争的是名扬四海的念想，一朝一夕的荣辱又算得了什么？你武功再高，也斗不过那些掌管天下生杀予夺之人，何苦作践自己？颜兄弟！只要你点个头，我即刻封你为西蜀国神武大将军！建一番万世不朽的功业！”

“住口！我颜风只是个江湖人，没有你这种狼子野心！持国之事从未奢望，若是连为家为民的事我都做不了，枉自为人！”

颜风紧握拳头，疾言怒色。

紫卿邪刀的凶悍之处，西蜀无人不知，而以裴敬的武功造诣，虽然不及四大绝顶高手，但是排名第五，绰绰有余。他此时眼眸深凝，盯住颜风的手腕，只要鹤鸣刀声破空响起，他的全力一击绝对不能出现任何纰漏，纵是搭上一条胳膊，也得重创颜风。

至于杜鹃儿的蜀绣银针，他相信郭庄师弟足以应付，没理由让他分心。

“我最后问你一件事，你为何要杀张道长？！”颜风咬牙切齿。

裴敬脸色忽变，“张道长”三字似乎触及了痛处，他深深吸上一口冷气，想起了很多伤心的往事：“论天下之文韬武略者，寥寥无几，若是神武将军肯站在前头，裴某自当跟随左右，绝无半分妒意。而像大将军这等英雄豪杰，空有一身忠肝义胆，却没有鸿鹄远志……我虽与佑亭兄八拜之交，彼此的性格相差甚远，当年我与他共守雒城之时，已瞧出他心无斗志，苦劝无果，只得由他归隐山林，昔日手足形同陌路。既然不为我所用，留着他便祸患无穷，谁也预料不到他日后会不会反我……但是话说回来，如果当时我知道颜兄弟也在钟峰观，或许会有另外一番心思。试问世间那些儒生俗士，又有几人识得了时务？我欣赏的正是颜兄弟的勇猛与胆识。”

“一个男人的宏图远志，非要越过尸山血海才能实现吗？我谢谢裴二爷的好意！”

颜风怒目切齿，突然踏前一步。

赵云此时皱眉冥思，暗想对策，瞧见颜风逼人的气势，心领神会，迅速向韩倘将军使了个眼色。他知道以颜兄弟的脾气，千古恩怨一朝了断，容不得半点犹豫，弹指出刀之后，正是骑射营强攻的最佳时机。

可是颜风还是有所顾虑。

他有胆子面对蜀中四大绝顶拔刀，潜意识里其实暗藏心计。

就像街上的斗殴打架，双方往往是为了逞一时之气，无心伤人，不管是班黥戈布也好，靖尘真人也罢，或者是冷言冷语的玄嗔神僧，面对颜风的弹指拔刀，他们完全处于一种莫名其妙的状态，心里最真实的反应是这个年轻人的火气，太他娘的暴躁了。

但是裴敬的处境不同，他早已具备与颜风决一死战的念头。

高手之争，可以在一招之内解决问题，漫天的刀光，拼的就是必杀的机会，可是对方也有可能在喘息之际，反败为胜，天时、地利与人和，缺一不可。

“大悲手印”的凶险之处，内力加持只是其中的一部分，玄嗔神僧也曾坦言，单以掌法上的变化而论，他远远不及阿毗莫罗。

颜风当然不是初生牛犊，他遇见猛虎，必须保持头脑冷静，不仅要推算对方的实力，也要判断御刀角度的每一种可能性。

凄冷的长街，杀气弥漫。

裴敬气定神闲地站在街心，目光如炬，轻展衣袖：“颜兄弟，道不同不相为谋，今日你我难免一战，无论谁输谁赢，恩怨两清，你莫要记恨于我。”

杜鹃儿冷不防冒出一句：“你千万别轻信他的鬼话，你这一脚踏出去，只怕箭道街上乱箭齐飞。”

“娃儿们！家中老少我会照顾，老子要屋顶上的人一个不留！”

“将军威严！阿比塔子民没有孬种！”

此时，长街之上忽然传来一阵狂吼咆哮之声，气势惊人。

只见班黥戈布长发披肩，高视阔步，身后跟着一群黑衣黑裤的狼甲勇士，手持弯斧，步伐整齐地踏出骑射营箭阵，直逼平云客栈，目空四海，傲睨自若。

他们竟要以血肉之躯，去迎接屋檐山墙的箭雨，面露微笑，视死如归。东州兵满场皆惊，互相对望几眼，心想青衣胡羌的战力非同小可，他们要是冲上来抱着我一块死，那可划不来了，没理由让我为裴将军的梦想搭上小命，大伙儿三思啊！

屋顶上的阵形乱作一团，数名东州兵窃窃私语，有人小声嘀咕一句："裴将军，小的还是回家种地吧……"

裴敬面色凛寒，抬头环顾山墙四处，振臂高呼："羌人不是孬种，我汉人也是顶天立地的好汉！你们瞧一瞧身边左右，可有贪生怕死之人？我蜀人世代英勇，祖祖辈辈的尊严岂容外人践踏！人生难免一死，有轻于鸿毛，也有重于泰山，倘若是我裴敬先死，烦请各位将士在我墓碑上刻上'丹心照蜀'四字！"

他此番慷慨激昂的说辞，已然表明杀身成仁的决心，东州兵虽是一群草莽村夫，但是心头尚有几分男儿热血，如今羌人狼甲进犯蜀地，步步紧逼，汉人的尊严怎能败在他们手上？

"弟兄们！让羌人滚回西岭雪山！"

"来来，跟他们拼了，他妈的射死一个少一个！"东州兵愤然而起，黑压压一片弓弩对准了街道上的狼甲勇士。眼看一场恶战即刻来临，大邑城内必将尸横遍野，血流成河。

"无上天尊。"

长街之上响起一声悠悠的吟诵，靖尘老道领着一群鹤鸣派的弟子，正与衍虚师弟缓步而来，朝着裴敬单手叩礼，面目慈祥，语重心长，"人生难免患得患失，裴施主若是心里还有一点黎民苍生的念想，自然当得起'丹心照蜀'四字。老道好言奉劝你一句，消释心魔，回头是岸。"

"阿弥陀佛……此子蛇蝎心肠，穷凶极恶，靖尘师兄跟他说这么多废话，简直就是对牛弹琴。"

玄嗔不知何时，盘膝坐在街边的角落，孤身只影，面有悒色，倒像是大病初愈的模样。

靖尘老道展颜笑道："想来和尚是酒喝多了，杀心太重。"

"老僧就是喜欢陪大将军饮酒，何错之有？"玄嗔不以为然。

赵云在客栈听到动静，精神抖擞，朗声笑道："和尚！莫要让靖尘老道跑了！哈哈，不尝一碗我大邑城的平云酿，枉称神仙！"

"既有大将军发令，老道不敢抗令。"靖尘老道听到赵云的呼声，冲着玄嗔挤眉弄眼，

“正所谓跑得了和尚，跑不了庙，我鹤鸣山与雾中山一脉相连，只要大将军找得到老和尚，老道哪里也去不了。”

“靖尘师伯！”

颜风大喊一声，心里又惊又喜，他想起鹤鸣七子的慷慨悲壮，忍不住心绪翻涌，泪水在眼眶之中打转。

靖尘老道颔首微笑，郑重地道：“颜师侄，江湖险恶，切记要护在大将军左右，万万不可掉以轻心。老道相信天下的英雄好汉，不应该以性情的喜怒无常来分辨善恶，只要堂堂正正，光明磊落，我鹤鸣派的弟子皆以你为荣。”

蜀中四绝已到了三位，再加上太清观的执教长老衍虚真人，大邑城高手云集，裴敬的“大悲手印”恐难再有用武之地。东州兵之中也有听过四绝名号之人，心知满天箭镞在前辈高人的眼中，就像是雾里看花，估计连眼皮子也不会抬一下。

众人心里最后一道防线瞬间崩塌，顿觉大势已去，纷纷抛下手中的弓弩，翻墙而下。数十名垂头丧气的好汉，皆跪于骑射营将士的身前，俯首认罪。

赵云见羌汉军民齐心合力，终于扭转了局势，不由得大喜过望，迈步走出平云客栈。

“我还有一次机会！”

裴敬此时万念俱灰，神情怪异，忽然一声冷哼，身形疾冲而上，展袖拂出一道阴柔的掌风，风驰电掣般拍向大将军的后背。

五蕴皆空，大悲手印！

阿波悉摩，曼多提尼，般若波罗蜜！

第五十八章：风云怒吼

大悲手印源自《般若道行经》，当年玄嗔与阿毗莫罗在天竺偶遇，相约研习经书上的武学，二人以梵文佛典上记载的内家功法入手，所学各有千秋。

老和尚的般若智慧，深得佛典精髓，他以罡猛浑厚的真气，引发掌力上的汹涌力度，心神合一,五蕴皆空。

而阿毗莫罗却痴迷于大悲手印的招式变化，独创掌法上的灵动，偏偏裴家公子天资极高，一学即通，无论是掌力还是丹田之上的自我调息，皆能挥洒自如。

赵云的武力与裴敬原是伯仲之间，六韬三略皆能，一杆暴雨梨花枪，出神入化，但是他在拳脚上的武学造诣，始终拼不过江湖上的高手。他可以做到遇强则强，却无法参悟敌人变化多端的招式，并不是弱于应变能力，而是深谙项籍的武将之技：剑一人敌，不足学，要学就学万人敌!

千钧一发的危机，容不得片刻犹豫。

颜风蓄劲已久，手臂上蕴含的内力一直在指尖徘徊，刀光一闪，风卷愁云!

此刀名为“紫卿”，锋如炽火，刀声似鹤。

颜风以丹阳真气弹指御刀，名震西蜀，独一无二，但是此刻面对暴戾恣睢的强敌，他绝对不敢大意。刀锋在指尖一转，凌空直劈裴敬手臂，屈膝撞向赵云的后背，硬生生地将大将军的身子推回客栈门口。

腥风肆虐，大悲手印的掌劲赫然荡开刀锋。

裴敬侧旋身躯，顷刻间变化招式，右腕隐于袖中，不退反攻，竟以流云飞袖之势，撞向颜风的刀锋。只听“呲”的一声，炙热的刀光已然削落一截衣袖，虚空一转，缤纷碎片漫天飘落，恍如翩翩起舞的布蝶在云雾之中穿梭，迅速遮掩了二人的身影。

有形无形，意念兼容；南北西东，似幻似空。

颜风刀法上的技巧，日渐成熟，虚空挥刀之时，指尖的变化也能层见叠出。

凶悍的刀光仿佛疾坠的流星，缤纷闪耀。

大悲掌风波澜千里，萧萧如泣。

二人旗鼓相当，难分胜负，众人心知这是一场事关仇恨的最终交集，无论是谁援手，都化解不了其中的宿命因果，心病终需心药医，解铃还须系铃人。

在场旁观者之中，唯有柳嫣的心情最为沉重。

一边是她儿时就已守护身旁的大师兄，倾尽全力，谆谆教导，确保小师妹衣食无忧。另一边是她一见倾心，甘愿为之付出所有的风哥哥，如今却要为了仇恨拼个你死我活。

柳嫣此时左右两难，心里不是个滋味，如果田园村那晚，她没有为师兄处理善后，如果她没有遇见颜风……或许她还能选择一次，裴敬就是她的亲人，她怎能将大师兄置于危难而不顾?

她忽然看见大师兄的左手在衣袖之中缩进缩出，出掌之时，指腕多出一只乌丝寒铁的手套。

“小心！”

她知道，手套上煨了剧毒。

柳嫣一声脱口惊呼，手中长剑一扬，居然想冲上去挑开凌空飞旋的刀锋。她其实并不是有意偏袒颜风，而是不愿意见到爱人惨遭毒手。

解决仇恨的暴力方式，往往两败俱伤，但好歹也要讲究一个公平公正，裴敬此招并不是出奇制胜，而是恶意偷袭。

乌丝寒铁锋利无比，可以锁死刀锋，也能侵袭敌人的身躯。

颜风惊觉有异，紫卿刀左右开弓，在身前旋转不息，猛然瞧见裴敬左腕上的寒铁手套，立即回转刀锋，侧身避开一步。

可惜，柳嫣并没有意识到两大高手的决斗，七步之内，杀人无形，容不得任何人干涉。只听街心传来“叮”的一声脆响，柳嫣的剑势虽然荡开了虚空的刀气，却没有躲过裴敬杀红眼的奋力一击。

乌丝寒铁犹如一片薄冰，鬼使神差地击中了柳嫣的肩臂。

柳嫣身子一晃，满眼惊恐地退后一步，手中长剑哐当落地。

“柳嫣？！”

颜风嘶声狂吼，犹如负痛的恶狼，仰天哀号，誓要与敌人同归于尽！

天边仿佛飞来一群五彩斑斓的鹤鸟，振翅俯冲，鸣声凄厉。

长街雾散，风起云涌。

裴敬大惊失色，忽闻耳边响起丝丝入扣的刀声，时左时右，飘忽不定，一道炽热温柔的刀光，犹如斜风细雨，无声无息地落在眼前。

但见裴敬闷哼一声，在一片血雾之中缓缓跪倒，右腕撑地，面色煞白。街道上多了一只血淋淋的断手，寒铁手套上发出一束诡异的光芒。

“快！快去封死我师妹的心脉……我裴敬算尽天机，却算不到师妹遭此一劫……天意如此，天意如此！”裴敬眼神恍惚，忽然仰头长叹一声，心神俱裂。

颜风满脸鲜血，一个箭步冲了过去，扶住柳嫣摇摇欲坠的身子，迅速封住她心肺之处的经脉。

柳嫣打了个寒战，身子一软，倒在颜风的怀中。

若是她身中大悲手印的掌力，倒也不会致命，但是乌丝寒铁上的剧毒乃是西域菩斯蛇胆提炼，毒性极其凶猛，无药可医。裴敬此时悲痛交加，满腔的豪情斗志，转眼之间烟消云散。

柳嫣紧紧抓住颜风的手腕，浑身颤抖，脸上却露出一丝欣慰的笑容：“风哥哥，我就要死了……你会不会难过……”

箭道街上寂静无声。

众人屏住呼吸，听到飞燕子说出这句充满哀伤的话语，不禁黯然神伤，她虽是裴敬的帮凶，但是却对颜风一片痴情，人世间的种种悲苦，往往会让人在一刹那时，感同身受。

姜无素突然冲出客栈，正想狂奔柳嫣身前，却突然迟疑了片刻。

她不知道该如何安慰柳嫣，远远望着眼前这个甘愿做她丫鬟的女人，眼眶里的泪水就像是断了线的珍珠，啪啪跌落尘土。

颜风强忍悲痛，心如刀绞：“柳嫣！我不会让你死的！”

“你能不能，答应我最后一个心愿……”柳嫣蹙眉喘气，低声细语地道，“你偷偷跟我说，说你爱我，不要给他们听见了……就咱们俩知道，好不好……”

“我……我……”颜风心乱如麻。

这三个字他对姜无素都难以启口，此时要他在大庭广众之下说出来，确实是强人所难。

“颜哥儿！你快点说啊！好妹妹，你听我说……颜哥儿经常跟我提起你，暗示了我好几回。你放心，他一定会带你去安玛城！”姜无素失声大叫，心急如焚，她试图编造一个谎言，让柳嫣振作起来，哪怕只有一线生机，也绝对不要放弃自己。

柳嫣嫣然一笑，轻声呼唤：“姜郡主……你是个好人，我真替你高兴……你，你能找到一个真心爱你的人……”

她此时鬓乱钗横，星眸朦胧，声音渐渐远去。

冷风吹起柳嫣额头几缕青丝，颜风抱住她孱弱不堪的身子，眼前浮现出严家村的场景。

有菀者柳，不尚息焉；有鸟高飞，亦傅于天。

微弱的烛光中，出现了一张清秀的脸庞，蚕眉星目，宛如仙人。

颜风眼眶中的泪水再也控制不住，潮涌般滴落在柳嫣的脸颊上，就像是山间流淌的泉水，晶莹剔透：“你答应过我的啊，要陪我去鹤鸣山找清风老道，你还要做烧鸡给他吃呢……可是你，你怎么可以说话不算数啊……”

“颜哥儿……让我带她去安玛城。”姜无素瞧见颜哥儿失魂落魄的模样，莫名心痛，上前紧紧握住爱人的手腕，泣不成声。

颜风神思恍惚之时，突然听到素素的哭声，心神一震，扭头怒视裴敬：“裴二爷！你杀我好友，杀我至亲，可怜你师妹也逃不出你的毒手！你终于如愿以偿了是吗？我在张道长坟前发过誓，若是不替他讨回公道，此生誓不为人！今日我颜风便要用你的鲜血，洗清所有的仇恨！”

“杀了这个畜生！为老城主报仇！”

“惩奸除恶，还我蜀汉太平！”

人群之中喊声如雷，羌汉将士同仇敌忾。

裴敬此时目睹师妹毒发身亡，无奈叹息，嘴中喃喃自语，脸上的表情似笑非笑，对四周震耳欲聋的呼喊声充耳不闻。

他单膝跪地，傲睨长街上的人群，深深吸上一口冷气，忽然大吼一声：“郭庄何在？！”

郭庄身躯一颤，从人群之中缓缓现身，一瘸一拐，神情沮丧。

“人生一世，草木一秋，命数如织，当为磐石……裴敬当年承蒙季玉公厚爱，死守雒城，不惜肝脑涂地，以身报国！无论是非对错，今日终成定局，我也该歇一歇了……我时常思念佑亭兄，嗟悔无及，可叹今生无望战死于沙场，倒不如死在自己人手里。师弟，送我去见神武将军！”

“敬儿！敬儿啊！”

裴擒虎料不到裴家一世忠良，竟要落到这种断子绝孙的下场，忍不住悲声大喊，老泪纵横。

裴敬闭上眼睛，昂首挺胸：“孩儿不孝，爹爹保重！”

郭庄见裴敬慷慨赴死，去意已决，心知大师兄为人心高气傲，从来不愿臣服于人。如今他又失手杀了同门至亲，断然不会原谅自己，死得痛快一点反而是好事。

“师兄，一路走好。”郭庄手持长刀，双膝跪地，给裴敬叩上三个响头，挽袖抹去眼角的泪珠，猛地咬牙嘶吼一声，负手起跃，横刀挥斩！

刀声凄厉，风沙飞扬，一颗头颅滚落尘埃。

裴敬半生戎马，也曾想过杀敌报国，建功立业，怎奈他野心勃勃，故施迷雾，不甘于俯首称臣，做尽了丧尽天良的坏事，今日落得这般下场，也算是罪有应得。

众人见此情景，唏嘘不已，文韬武略的不世之才，偏要与天下人为敌，但是公道自在人心，就算你是英雄好汉又能怎样？若是逃不过名缰利锁的束缚，终有一天身败名裂，遭世人唾弃！

颜风独立街头，满身鲜血，忽然抬头痴望客栈屋檐上“平步青云”四字，嘴角露出一丝无奈的哀伤。他上前将裴敬的人头包裹严实，悬于腰间，大步往箭道街上走去。

“颜兄弟留步！”

赵云踏出平云客栈，走到街边，亲手牵过一匹矫健的战马，将缰绳塞入颜风的手中，语气温和，“你这是要去钟峰观拜祭张道长吗？你……你还回不回来？若是执意远行，我自不该拦你，只是乱世儿女练得这一身好本领，当为黎民百姓出一份微薄之力，无愧于心，无愧天地。”

“无上天尊，大将军真英雄也！”靖尘老道由衷感叹。

此时的颜风百感交集，张道长临终前的一番话语，历历在目，刀剑可以扶善惩恶，也能解救天下苍生，唯有仁义之心，方能化解仇恨。

是啊！若是我能放下仇恨，素素以后就不会再为我担惊受怕，我要带她去钟峰观拜祭昔日好友，告诉张道长，西蜀就是我的家！

颜风跃身上马，勒缰在街心转了一圈，突然抓住姜无素的手腕，轻轻地抱上马背。

站在客栈门外的雅朵再也憋不住心头的悲喜交加，“哇”的一声，伏在戈布叔叔身上捶胸顿足，又哭又笑。一群狼甲勇士歪着脑袋瞪着她，不知小姑奶奶是为了爱错男人伤心，还是替姜郡主高兴，皆是满脸惊诧。

姜无素泪光闪烁，依偎在颜风的后背。此时此刻，她只希望永远不要再与爱人分开。

“百姓疾苦不是天命，我颜风若能为黎民苍生肝脑涂地，不枉此生！诸位前辈兄弟，你们等我回来！”

颜风恭敬地朝人群抱拳行礼，眼眺远处巍峨青山，一声轻啸，纵马奔蹄而去。长街之上云雾缭绕，五彩裙衣随风飘扬，恍如染血的战旗。

“阿比塔神，庇佑英雄！”

“颜少侠好样的！哈哈，别把媳妇弄丢了啊，大伙儿等着喝你喜酒呐！”

狼甲勇士与飞龙营众将士齐声喝彩，纷纷聚拢平云客栈。

一时之间，箭道街边人声沸腾，欢声如雷，但见马背上二人情意相连，紧紧贴在一起，化作一道意气风发的身影，奔逸绝尘。

后　记　英雄迟暮，亦生辉彩

纵观中国五千年历史的长河，曾经涌现出无数传奇人物。

无论是载于史书的逸事，还是口口相传的奇闻，最令人情有独钟、击节而赞的，是那些英雄！

小时候读《三国演义》，形形色色的出场人物成百上千，其中不乏风流名士、铁腕枭雄与谋臣大将，但在情态各异的诸多英雄中，唯独最爱赵云。

记得读完长坂坡一战，热血沸腾，掩卷长思。眼前仿佛可以清晰看到那白马银枪、金甲素袍的将军，似一柄乍出炉的宝剑，穿梭于百万曹军的阵中。虽单枪匹马，却令神鬼皆惧……

那在铁火相间的炽热与畅快中无畏进击的影像，从此深深铭刻在我脑海里。而被誉为“浑身是胆”的常胜将军赵云赵子龙，亦成为我心中最完美、不可取代的英雄。

论勇决，当阳长坂，独对百万雄兵，七进七出，单骑救主，被传为千古佳话。

论智略，汉水破曹，智取桂阳，身经百战，未尝败绩。

论忠义，投靠刘备后，一心辅佐，匡扶汉室，忠心不二。

论仁厚，爱兵如子，大公无私。益州城破后力阻蜀军哄抢财物，戍边大邑不以武力霸凌，而是以怀柔之政与羌民和睦共处。

蜀汉众将之中，相较倨傲的关羽、暴躁的张飞、莽勇的马超、老迈的黄忠、逆反的魏延、苦撑大局的姜维……赵子龙可谓是几无瑕疵的完美武将。

多年以后，我成为一名武侠小说作家，在某次访谈中历数中国侠客，不知为何，赵云赵子龙的名字突然跳荡在唇边，又被我生生咽了下去。

毕竟，他身居庙堂高位，远离江湖恩怨是非，与侠客大概是沾不上关系的，陡然间想到他，或许只是缘于少年的我对他那种发自内心的喜爱与崇拜吧。

事后仔细回想，方才解开疑惑。除去少年的狂热，添了成年人的理智，再加上作为作者的思考，我忽然明白为什么子龙将军在我心目中一直保有着特殊的地位……

那是因为，在他的骨子里，可以看到一种只存在于江湖的侠义之气。

一直以为，“侠”是最具有中国特色的传统文化元素。出于理法，却又超脱于理法，有着最大众化的规则与理解。它以江湖为载体，以口碑做评判，从传统理法中提炼出独有的规则，代表着人们心底对好坏、善恶、正邪、道义最基本的认可。

一个真正的侠客，不但有为国为民的情怀、扶弱惩恶的理想、严格自律的操守，还有滚涌于内心的激扬性情、澎湃于血脉的清绝傲骨，更有一种相期于天下的凛冽意气！

而这一切，正是子龙将军身上吸引我们的地方。

2018 年，偶遇一位数年未见的老友，恰在大邑，便邀我去玩，去了子龙庙。

锦屏山下，峰峦叠翠，仿佛还有当年一树梨花下和着血色的药香。

明月流萤人间道。
年少堪知江山老。
莫问英雄归何处？
铁马飞霜谁知晓。

一面欣赏着青山秀水，一面拜祭着心目中的英雄，美丽的风景与厚重的历史纷沓而至，感慨万千。

与老友闲谈中提及大邑的文化遗产，方知除了子龙庙外，还有鹤鸣山中的天下第一道观，雾中山佛教南传第一寺。更提及子龙将军流传于大邑的种种事迹，渐渐地，子龙将军的形象慢慢鲜明起来，一种创作的冲动在心头澎湃。

老友致力于传统文化产业的发展，与我一拍即合。在他的邀请下，也是我自身的创作冲动的指引下，历时近一年，终于催生了这篇小说。

关于子龙将军的故事轶闻有很多，就不一一举例了。对我来说，一来希望从武侠的角度重新解读他，二来也想让更多的人认识一个褪下英雄面具、除去英雄光环、走下英雄神坛的子龙将军。

这时的子龙将军，虽已到了暮年，但他的身上依然有着我们所崇拜的高贵品行。我对他最好的理解，是他自始至终都一直保持着不畏强权，只遵循内心原则的理念！

这亦是对自己的要求！

至于小说本身，主角虽然是个普通的江湖人，但其后隐含的主角一直是子龙将军。我刻意不从正面角度去描绘，因为那只是自说自话的一言堂，而是愿意透过其他各种人物的视角，来逐渐呈现子龙将军的高风亮节。

我相信，英雄迟暮，亦生辉彩！

“平云”隐含顺平侯赵云之意，诗人陆游曾游历大邑静惠山平云亭，写下“天垂绿野三边尽，云与朱阑一样平”。虽然只是武侠作品，但对于许多大邑民间流传的趣闻逸事进行了加工，再结合当地的风土人情，也算是一篇推广介绍大邑的小说。

最后，要感谢老友文树，还有双叁文化公司的支持，给我提供了许多可供发挥的创作空间与素材，希望通过这本小说，能够把大邑特色文化传播给更多人知道，而你们，对此功不可没。

时未寒

2021 年 6 月 18 日

图书在版编目（CIP）数据

平云侠客传 / 时未寒著 . -- 北京 : 中国文史出版社 ,2021.11
ISBN 978-7-5205-3399-7

Ⅰ . ①平… Ⅱ . ①时… Ⅲ . ①长篇小说－中国－当代 Ⅳ . ① I247.5

中国版本图书馆 CIP 数据核字（2021）第 241772 号

封面题签：魏亚明　　责任编辑：梁　洁
选题策划：文　树　　装帧设计：飞　羊
封底图片：江福建

出版发行：中国文史出版社
社　　址：北京市海淀区西八里庄路 69 号　邮编：100142
电　　话：010-81136606　81136602　81136603（发行部）
传　　真：010-81136677　81136655
印　　装：廊坊市海涛印刷有限公司
经　　销：全国新华书店
开　　本：16
印　　张：28.5
字　　数：497 千字
版　　次：2022 年 7 月 北京第 1 版
印　　次：2022 年 7 月 第 1 次印刷
定　　价：66.00 元